〔明〕羅貫中 著
〔清〕毛宗崗等 評改
與觚齋 輯校

三國演義

彙評彙校本

中華書局

圖書在版編目(CIP)數據

三國演義彙評彙校本/(明)羅貫中著;(清)毛宗崗等評改;與觚齋輯校. —北京:中華書局,2025.4. —ISBN 978-7-101-16983-6

Ⅰ.I242.4

中國國家版本館 CIP 數據核字第 2025Q0K225 號

責任編輯:李芃蓓
裝幀設計:王銘基
責任印製:管　斌

三國演義彙評彙校本
(全三册)
〔明〕羅貫中 著
〔清〕毛宗崗 等評改
與觚齋 輯校
*
中 華 書 局 出 版 發 行
(北京市豐臺區太平橋西里 38 號　100073)
http://www.zhbc.com.cn
E-mail:zhbc@zhbc.com.cn
河北新華第一印刷有限責任公司印刷
*
787×1092 毫米 1/16・110½印張・6 插頁・1400 千字
2025 年 4 月第 1 版　2025 年 4 月第 1 次印刷
印數:1-3000 册　定價:798.00 元

ISBN 978-7-101-16983-6

前言

一、關於作者

現存最早的《三國演義》刊本爲明嘉靖壬午年（嘉靖元年，一五二二年）刊《三國志通俗演義》（即嘉靖本，簡稱嘉本）各卷首題「晉平陽侯陳壽史傳，後學羅本貫中編次」。陳壽爲史書《三國志》編撰者，而「平陽侯」據《三國志》應作「平陽侯相」。題陳壽之名，表明《三國志通俗演義》作者對《三國志》及其編撰者的尊崇，體現小説據史而成的立意。

題名後半部分署名羅貫中（名本，字貫中），因而羅貫中被認爲是《三國演義》實際作者。據賈仲明《録鬼簿續編》載：「羅貫中，太原人，號湖海散人，與人寡合，樂府、隱語，極爲清新。與余爲忘年交，遭時多故，各天一方，至正甲辰復會。別來又六十餘年，竟不知其所終。」此書作於明永樂二十年（一四二二年），書中敘説與羅貫中相遇於至正甲辰年（一三六四年），並説是「忘年交」。可知羅貫中生活於元代中後期，卒于明初。關於其籍貫，根據明代以來有其署名的著作，有東原（今山東東平）、太原（今山西太原）、錢塘（今浙江杭州）、廬陵（今江西吉安）等説法。

羅貫中生平文獻記録不多。明王圻《稗史彙編》卷一百三：「宗秀羅貫中、國初葛可久，皆有志圖王者；乃遇真主，而葛寄神醫工，羅傳神稗史。」清徐渭仁《徐鈵水滸一百單八將題跋》：「施耐庵感時政陵夷，作《水滸傳》七十回。羅貫中客僞吴，欲諷士誠，繼成一百二十回。」根據文獻所述，羅貫中生平與元末農民起義割據勢力之一的張士誠有關。現存署名羅貫中的小説除《三國演義》外，還有《隋唐志傳》《殘唐五代史演義傳》《三遂平妖傳》，雜劇作品今存《趙太祖龍虎風雲會》。在明、清數種《水滸傳》版本中也題有「羅貫中纂修」。

《三國演義》歷經明、清兩代間多次修改，版本存世繁多。如果説活躍於元末明初的羅貫中爲《三國演義》的原作者，目前所見則皆爲衍生版本，非羅氏原著。嘉本亦爲明中期的整理本，其形制頗似官刻本，與其同時代民間坊刻葉逢春本的面貌有不小的差異。

在嘉本之後出現的同系統各版本中，以清康熙年間毛綸（字德音，號聲山）、毛宗崗（字序始，號孑庵）父子修改、評點的《四大奇書第一種》（即毛本）最爲突出，後世流傳最久、最廣。中國國家圖書館藏醉畊堂刊《四大奇書第一種》，即毛氏評改本《三國演義》，是目前可見最早的毛本。封面題「聲山別集」，各卷首題「茂苑毛宗崗序始氏評，吴門杭永年資能氏評定」。可知，毛綸、毛宗崗父子爲茂苑人（即長洲苑，今江蘇蘇州）。據陳翔華先生《〈醉畊堂刊毛宗崗評本三國志演義〉序言》及《毛宗崗的生平與〈三國志演義〉毛評本的金聖歎序問題》所考，毛綸疑生於明萬曆三十九年（一六一一年）；毛宗崗生於明崇禎五年（一六三二年），卒於清康熙四十八年（一七〇九年）春後。

根據《繡像第七才子書》（簡稱《毛評琵琶記》）之清代浮雲客子《〈第七才子書〉序》、毛綸《總論》《自序》及毛宗崗《參論》，可知毛綸晚年失明後，才從事評點，先後評點羅貫中《三國演義》和高則誠《琵琶記》。兩部評點作品皆由其子毛宗崗筆録、整理而成。毛綸《總論》述曰：「遭背師之徒而中擱」，「書既成，有白門快友見而稱善，將取以付梓，不意忽遭背師之徒，欲竊冒此書爲己有，遂致刻事中閣，殊爲可恨。」因此，由毛綸點評、毛宗崗整理的《三國演義》並未行世。於今所見毛本，由其對正文的修改和評點方式頗似金聖歎評《第五才子書施耐庵水滸傳》兩方面來看，毛本應爲毛宗崗在其父點評基礎上，由其獨立完成大部分的正文修改和批語撰寫而成。

另外，毛本《三國演義》中《前出師表》、《蜀相》、《詠懷古跡五首》之《其三》《其四》（《詠蜀先主》《詠諸葛孔明》）等處批評引自金聖歎所著

《天下才子必讀書》《唱經堂第四才子書杜詩解》（簡稱《金批古文》《金批杜詩》）。醉畊堂本之後的毛本卷首所有題「聖歎外書」，雖屬書商托僞的宣傳行爲，但由於確有輯録金聖歎批語，「聖歎外書」亦不能算是完全失實。黄霖、沈伯俊二先生斷：所謂「背師之徒」即杭永年。黄、沈説是，杭永年並不能與毛氏父子並列于作者。

除毛氏批語外，本書輯録其他版本批語的作者屬兩種情況：一是未明確標明作者，一是托僞。詳情見書後《附録》之《三國演義版本簡介》。

二、關於《三國演義》

《三國演義》，舊稱《三國志通俗演義》《三國志演義》，在羅貫中成書前，有長期的形成過程。三國故事早在唐宋期間就已在民間流傳。晚唐詩人李商隱在《嬌兒詩》曾寫到：「或謔張飛胡，或笑鄧艾吃。」宋代《東京夢華録》曾記載北宋時已從「説話人」（説書人）的「講史」（專門演説歷史故事）一門中産生「説三分」（三國故事）的獨立專科。至元代，「三國」和「水滸」又是雜劇作者最多取材的對象，同時又有平話（説書底本）流行，如現存的《三分事略》《新全相三國志平話》。至此三國故事雛形已成。羅貫中《三國演義》成書於明代（一説元末明初），是在上述民間不斷流傳、積累的基礎上，參考紀傳體史書《三國志》（含裴松之注）和編年體史書《資治通鑑》或《資治通鑑綱目》等整理而成。

《三國演義》數百年來一直是最受歡迎的歷史演義小説。從鄭振鐸先生于一九二九年發表長篇論文《〈三國志演義〉的演化》起，《三國演義》版本研究已歷經近百年。現今所存，明代版本約三十餘種；清康熙至今三百多年間，毛本流傳最久、最廣，存世清代至民國各類毛本古籍有二百多種。

明清小説在其成書年代皆是當時社會的「底層」讀物，雖廣受歡迎，但在校勘上，較其他古籍略顯粗糙。在版本衍遞的過程中，大致遵循後出轉精，但又出現新訛誤的規律。且在數百年的流傳過程中，偶爾會出現某個版本對之前版本進行大幅修改的狀況，如金聖歎《第五才子書施耐菴水滸傳》、毛氏《四大奇書第一種》等。此類嬗變，一方面從修改者的立意出發，部分改變了古本原貌，另一方面也在其着墨之處提高了文學性，並加入大量批語，從而使小説更爲精彩。同時，在修改過程中也無可避免地産生其他問題。

就《三國演義》而言，自清康熙年間毛氏《四大奇書第一種》醉畊堂本梓行後，他本大多不復傳於世。在這三百餘年中，以毛本爲基礎産生了各類藝術形式的加工，如戲曲、曲藝，及現今影視作品等。《三國演義》的情節、人物都深入人心，成爲民族文化血液的重要組成部分。作爲大衆耳熟能詳的四大名著之一，《三國演義》各類出版物不計其數。但總體而言，由於其篇幅大、毛本普及性高，反而缺乏對版本、文本的重視。在古籍數字化及互聯網技術大發展的環境下，國内外各種《三國演義》的數字資源更多地展現在讀者面前。從學術上，《三國演義》的版本研究近三十年也頗有成就。衆多研究論文、專著的發表，使《三國演義》古籍的版本系統逐步釐清。當下《三國演義》出版物的品質，呈現出與版本研究成果脱節的現象。在校勘整理方面，《紅樓夢》領先其他幾部名著。廣大讀者與學界對於各種脂硯齋評本文字的研究更爲深入，因而促使各種《紅樓夢》整理版本不斷進步。

《三國演義》主旨多被認定爲所謂的「正統」思想。毛本在明代版本基礎上，通過修改而深化了這一主題。由於其「正統」思想，多年以來《三國演義》的主題被直接描述爲「擁劉反曹」。在當今社會教育水平和價值觀下，人們逐漸摒棄了原書主旨，從最初對小説故事産生的興趣，進而轉向了解、研究三國歷史。《三國演義》對於三國歷史的普及産生深遠影響，是普通讀者通向正史的橋樑。三國史也因此在《二十四史》《資治通鑑》等史籍所記載歷代歷史中最爲人熟知。更多的讀者通過歷史，能夠正視曹操、司馬懿等被小説作者定義的反面人物，拒絶臉譜化。但同時也並没有因此對劉、關、張、諸葛亮這樣過去所謂的正面人物加以負面認知。《三國演義》雖然在文學形象上對人物進行了加工，但並未嚴重脱離歷史。並且由於其貼合歷史程度遠高於其他古典歷史演義小説，而有獨一無二的價值。除了「正統」思想外，讀者看到的，在戰亂年代中，一是主要人物劉備集團的理想主義：出身寒微而對重興漢室矢志不渝，不因窮途而道德淪喪；二是曹操集團的實用主義：不論暴戾奸詐，抑或氣度磅礴，一切以實現天下一統的目的而爲。《三國演義》的成功之處，在於把飽滿的人性置於恰當的、細致的歷史、社會環境描寫中，再賦予創造性的情節。

年少時初讀《三國演義》，最先認知的是諸葛亮的智近於妖，神乎其技而歎爲觀止，使人着迷。可是，在人生閱歷、知識更多積累之後，看到正史書中的諸葛亮有着超群的見識、能力與功績，以及千古不滅的人性光輝，又有理想主義者明知不可爲而爲之的悲壯。不枉歷代文人士大夫、愛國者奉之爲楷模。劉備、關羽、孫權、周瑜、曹操、司馬懿等主要人物，在小説中的形象皆是如此生動。因此《三國演義》的魅力不會因讀者群體認知水平的成長而褪色。不論是通向正史研讀，還是文學欣賞，抑或是讀以自娱，《三國演義》都是古典歷史演義小説的不二瑰寶。

三、關於彙評與彙校

《三國演義》批語，於「演義」系統諸本最爲常見。除毛氏批語外，其他版本批語影響力和普及度較低，因而近年極少有相關出版物行世。本書彙輯「演義」系統諸版本批語而成彙評本，爲《三國演義》讀者提供七種古本批語。

本書在彙評之外，依靠近年版本研究的成果，針對《三國演義》正文及批語的文本進行了精心的校勘。通過校勘，修正底本舊有舛訛，擇各版本異文之善者。另外，因《三國演義》是明清小説中與史最爲貼近的小説，本書在毛本《三國演義》舊有面貌基礎上，利用其他古籍文獻資料進行了相關校正。

相關彙評與彙校的介紹，詳見《校勘札記》。

本書緣起于筆者以《三國演義》讀者的角度，希望看到一種滿足自己需求的版本，而開始獨立校書。在不斷研究和實踐中，對《三國演義》的認知有極大地提升。對於自己所做版本，由於研究的深入，要求不斷提高，規模也持續增大。一定程度上，要感謝三點：一是對於《三國演義》以及四大名著的喜好，無熱愛則無追求。二是自我要求和不懈努力。如果當初能預見如今的規模以及所付出的時間和精力，可能會畏難而放棄。三是時代的紅利。無數前人理論積累以及數字化時代的資源分享，使古籍與普通人的距離不再遥遠。編校過程中陸續發現的各類《三國演義》版本數字資源，無論是國内還是國外，都是拜時代所賜。而且，還有衆多的版本研究資料，能爲實踐做出指導。

學術畢竟是嚴肅的，與所有喜愛《三國演義》的讀者朋友一樣，筆者更看重的是《三國演義》本身對於讀者的影響。閲讀時能感受文學作品給人帶來的最原始的感性，才是《三國演義》現今還能廣受歡迎，尊爲傳世經典的原因。推動版本進步，是《三國演義》忠實讀者的客觀需求。

感謝在成書過程中，爲本書推廣、宣傳提供支援的寇國尚、張章洪、王偉明、于得水幾位先生，以及母親陳斐然女士；感謝中華書局各位編輯老師的賞識與幫助。

書即始成，路亦未終。抱膝危坐，笑傲風月。讀者諸君，不吝賜教。

甲辰暮秋與觚齋書於北京豐臺

校勘説明

一、書目

以下是本書彙評、彙校所用書目名稱及所使用的簡稱（簡稱用下劃線標明）。

書系及版本			書目	卷、回數	收藏單位
毛本	醉本		清康熙醉畊堂刊本《四大奇書第一種》	六十卷	中國國家圖書館
	毛校本	致本	清雍正十二年致遠/啟盛堂刻本《官板大字全像批評三國志》毛漁合評本	二十四卷	日本東京大學東方文化研究所
		業本	清乾隆十七年姑蘇書業/懷穎堂刻本《金批第一才子書》	六十卷	天津圖書館、日本國立公文書館内閣文庫
		貫本	朝鮮高宗（清晚期）覆刻大字本《貫華堂第一才子書》	十九卷	日本早稻田大學圖書館
		齋本	清光緒十一年上海同文書局石印、鐵城廣百宋齋藏本《增像三國全圖演義》	六十卷	德國柏林圖書館

續表

書系及版本		書目	卷、回數	收藏單位
毛本 毛校本	澹本	清光緒三十三年澹雅書局刻本《繡像第一才子書》	五十一卷	美國伊利諾伊大學厄巴納-香檳分校圖書館
	光本	民國十九年上海國光書局鉛印本《精校繪圖三國志演義》	六十卷	上海圖書館
	商本	一九五七年商務印書館出版《三國志演義》	十九卷	中國國家圖書館
明三本（嘉、周、夏本，含劉本則爲明四本）	嘉本	明嘉靖壬午年刻本《三國志通俗演義》	二十四卷	上海圖書館、甘肅圖書館
	沈本	文匯出版社二〇〇七年沈伯俊校註本《三國志通俗演義》		
	周本	明萬曆年萬卷樓周曰校刻本《新刊校正古本大字音釋三國志通俗演義》	二十卷	日本國立公文書館內閣文庫
			存六卷	中國國家圖書館

續表

書系及版本				書目	卷、回數	收藏單位
明三本（嘉、周、夏本，含劉本則爲明四本）	夏本			國家圖書館出版社二〇一〇年影印本《日本藏夏振宇刊本三國志傳通俗演義》（夏振宇繡梓，原題《新刻校正古本大字音釋三國志傳通俗演義》）	十二卷	原書藏日本名古屋市蓬左文庫
贄本系（劉、鍾、翼本）	贄甲本	贄本	劉本	明晚期刻本《李卓吾先生批評三國志》（劉君裕刊刻版畫）	一百二十回	臺灣「國家」圖書館
	贄乙本	贄校本	吴本	明晚期建陽吴觀明刻本《李卓吾先生批評三國志》	一百二十回	日本米澤市市立米澤圖書館
			緑本	清康熙緑蔭堂刻本《李卓吾原評三國志》	一百二十回	法國國家圖書館
	贄丙本	藜本		清藜光樓刻本《李卓吾原評三國志》	一百二十回	中國國家圖書館
	鍾本			明末積慶堂刻、四知堂補刻本《鍾伯敬先生批評三國志》	二十卷	日本東京大學東洋文化研究所

續表

書系及版本				書目	卷、回數	收藏單位
贊本系（劉、鍾、翼本）	漁本	翼本	國圖本	清康熙翼聖堂刻本《笠翁評閱繡像三國志第一才子書》	一百二十回，第五十六回配抄本	中國國家圖書館
			法圖本		三十六回殘本	法國國家圖書館
		衡校本		浙江古籍出版社一九九〇年出版《李漁全集》第十、十一卷《李笠翁批閱三國志》（以清兩衡堂刻本爲底本點校）	一百二十回	

其他《三國演義》參照本（版本按其書説明、凡例、相關資料所述。嘉靖壬午序刊本、嘉靖本即嘉本，萬卷樓本即周本，其餘皆屬清代、民國各類毛本）包括：

（一）《三國演義》，人民文學出版社「中國古典文學讀本叢書」，二〇一九年第四版。底本：一九五三年（作家出版社出版）用民國時期某毛本；校本：一九五五年第一版由周汝昌整理，用清致遠堂本（即致本），一九七三年第三版由陳新整理，用大魁堂藏版毛本（大魁堂本）、嘉靖壬午序刊本。

（二）《三國演義》，中華書局「四大名著 名家點評」叢書，劉世德、鄭銘點校，二〇〇九年。底本：醉畊堂本；校本：芥子園本、三槐堂本。

（三）《三國演義：毛宗崗評本》，上海古籍出版社，穆儔等標點，一九八九年。底本：大魁堂本；校本：善成堂本（咸豐三年，朱墨套印）、光緒庚寅上海圖書集成局印本；參校本：（一）。

（四）《毛宗崗批評三國演義》，齊魯書社「名家批評、插圖本明代四大奇書」叢書，齊煙校點，二〇一五年。底本：大魁堂本；校本：醉畊堂本、善成堂本。參校：嘉靖本。

（五）《毛宗崗批評本·三國演義》，岳麓書社「四大名著批評本」叢書，孟昭連、卞清波、王淩校點，二〇一五年。

（六）《毛宗崗批評本三國演義》，鳳凰出版社「名家批評本名著」叢書，沙文校點，二〇一〇年。

（七）《毛批三國演義》，天津古籍出版社，二〇一〇年。底本：善成堂本；校本：嘉靖本、李卓吾本、「六十卷本」、其他社毛本。

（八）《三國演義（校注本）》，巴蜀書社「四大名著權威校注本」叢書，裴效維校注，二〇二二年。底本：大魁堂本；校本：三槐堂本、掃葉山房本；參校本：嘉靖本、萬曆萬卷樓本；參考：人民文學出版社二〇〇二年版通行本。

（九）《毛宗崗評三國演義》，崇賢館出品「崇賢館刊名家全評古典四大名著」叢書，北京聯合出版公司，二〇一五年。底本：大魁堂本；校本：同（三）；參校本：嘉靖本、三槐堂本。

（十）《三國演義會評本》，北京大學出版社「中國古典小説戲曲研究資料叢書」，陳曦鐘、宋祥瑞、魯玉川輯校，一九八六年。底本：①毛本：芥子園本（十七至一百二十回殘本）；②贄本：吴觀明本（一至四十六、六十二至九十六、一百十四至一百二十回殘本）；③鍾本：積慶堂本；④漁本：兩衡堂本。校本：①毛本：清雍正郁郁/郁文堂本；②贄本：緑蔭堂本。

（十一）《三國演義（新校注本）》，四川文藝出版社，吴小林校注，陳邇冬審訂，一九九〇年。底本：早期毛本；參照：嘉靖本以及《三國志》《後漢書》《晉書》等。

（十二）《三國演義（鍾惺評點本）》，中國廣播電視出版社，陳曦中、陳衛平點校，一九九二年。

（十三）《三國志演義文史對照本》，周文業主編，鄧宏順編著，中州古籍出版社「《三國演義》文史對照系列」，二〇一三年。

（十四）《三國演義》，果麥文化出品「果麥·中國古典」叢書，三秦出版社，二〇二〇年。校本：嘉靖本、致遠/啟盛堂本（毛漁合評本）、老會賢堂本（《漢宋奇書》本）。

其他參考文獻詳見《附録》。

二、底本與校本

全書校勘共用古本十九種。校勘記所述「古本」特指嘉、周、夏、贄本（明四本）與致、業、貫、齋、澹、光、商本（毛校本）。

（一）正文及毛批

底本：醉本。通校本：光本（民國新六十卷本）、商本（民國十九卷本）。參校本：致本（清前期二十四卷本）、業本（清中期舊六十卷本）、貫本（清晚期十九卷本）、齋本（清晚期新六十卷本）、滄本（清晚期五十一卷本）、明四本（正文異文參校）。

（二）嘉批、周批、夏批

嘉、周、夏三本批注分別以嘉本、周本内閣文庫藏本、夏本（孤本，無校本）爲底本；校本分別爲沈本、周本國圖藏本（殘本）。

（三）贄本系批語（贄批、鍾批、漁批）

贄本系三家批語，有校本則作通校。

贄批底本爲劉本，吴本、緑本爲校本；底本闕文處，另參校藜本。

鍾批使用積慶堂本（孤本，無校本）。

漁批底本使用國圖本，法圖本、衡校本爲校本，致本爲參校本。

三、校勘規則

底、校本異文處，亦依下述規則勘定。所述「酌情」標準爲：改後一不影響情節，二範圍小，不改《三國演義》舊有印象。規則如下：

（一）字面

脱、訛、倒、衍等依各校本勘定，異文擇善。通校本脱、訛、倒、衍及異文出校。

醉本文中大量出現的通假字、異體字，適當保留。

避諱字（如「玄」）、雕版混用字形（如「己」「已」「巳」）、訛用俗字（如「段」俗字「叚」）等首現出校，後文一律校正不記。合併批語遇不同版本用字有異，取用優先版本用字。

（二）人物

①人名及年齡

人名（姓名、字、號等）錯別字隨文校改，與史異者酌情據史校改，在《附録》之《人名校正録》中作統一説明。如改後影響大，則從原文並出校，例如：

第三十三回「幽州刺史烏桓觸」，據史爲

袁紹部將焦觸，作者引史斷句有誤成訛，如改而影響情節，從原文並出校。

人物年齡多有與史不符，且有超常者，一律從原文不記。例如：

第八十五回劉備「章武三年」（二二三年）去世，「壽六十三」，據此應生於一六一年；出場時爲中平元年（一八四年），「已二十八歲」，據此應生於一五七年。

②身份、官職、封號類

名稱遇別字、訛、倒等，據史校改。例如：

第三回「鰲鄉侯」，據史改作「斄鄉侯」。

原文跨級別或時代誤用及杜撰名稱，酌情校改。例如：

第一回「幽州太守」據史改作「幽州刺史」。第三回「西涼太守」，「太守」應作「刺史」，涉全文多處官職稱謂已成習，從原文。

③人物關係

人物關係與史異，酌情修改，不論改否皆出校。例如：

第十六回曹安民爲「操之兄子」，史作「操之弟子」，皆是侄子，僅此一處，據史校改。

（三）地理類

①地名

地名訛誤凡以下三種：地名別字、行政級別及範圍錯亂、跨時空地名混用。以上類型亦涉及地方官名、人物籍貫等，皆據史酌情校改。

別字如第十五回「烏程」誤作「烏城」，校改。籍貫如第一回關羽出身「解良」應作「解縣」，成習，從原文並出校。

原文中，州、郡（國）、縣（城）及其治

所（政府駐地）大量混用，造成地理範圍與位置的錯亂，如「荆州」「徐州」非城池、「西川」應作「益州」等，酌情從原文不記；籍貫多處「譙縣」、第十三回「楊縣」誤作「譙郡」「楊郡」，校改。

跨時間如第二十七回「滑州」屬隋代，第十四回「大梁」屬戰國，校改作「白馬（縣）」「梁縣」。多處「西凉太守馬騰」「西凉刺史董卓」，「西凉」屬東晉十六國，應作「凉州」，稱謂成習，從原文。跨空間如第十一回「泰山華陰」，「華陰」屬弘農郡，據史校改作「華縣」。第三回「荆州刺史丁原」，各古本「并州」誤作「荆州」，在毛本删節贄本文字中曾出現「并州刺史丁原」，同史，校改。

②方位

原文中標記地理方位與史料及實際地理位置不符的，皆從原文不記。

（四）物名、時間及其他

物名類如器具、武器、建築、服飾等，時間類如年號、日期、干支紀法等，及其他處多有與史不符者，不涉及前後文矛盾皆從原文不記。

（五）邏輯錯誤、前後文矛盾

此類「硬傷」或可斟酌處，運用本校、他校、理校法酌情校改，不論改否皆出校。例如：

劉備先祖劉貞封號第一回作「逐鹿亭侯」、第十八回作「陸城亭侯」；劉備第四、二十回兩次受封「宜城亭侯」。皆據前後文及史書校改。

第四十一回蒯越毛本受封作「江陵太守、樊城侯」，明本作「江陵太守、樊城侯、光禄勳」，《三國志》降曹前封作「章陵太守、樊亭侯」，降曹後作「蒯越等侯者十五人，越爲光禄勳」。另《演義》中曹操表達喜愛蒯越，赤壁後荆州降官、將皆隨曹操入都，故降曹後蒯越作地方官「江陵太守」誤，應據史校改爲京官加已有爵位作「光禄勳、樊亭侯」。

第二十一回關、張闖相府，前作「手提寶刀」，後作「按劍而立」「特來舞劍」，前文據以校改作「手提寶劍」。

第七回孫堅「又過房俞氏一子，名韶，字公禮」。據史，孫韶爲孫堅侄孫，後文再次出場時正述爲孫策過房俞氏之子、孫權之侄。如改作孫策，時孫策年十七未婚，過房一子亦不當。雖前後矛盾，但如修改只能删掉整句，造成脱文及人物伏線消失。從原文並出校。

（六）既有引文與他書引文

全書正文、各家批語有大量引用，包括經史、古文、詩詞、雜劇等的詞句，完整韻文（詩、詞、歌、賦等）、古文，以及引改前本之各類韻文、書信、檄文、盟書、表、祭文等。引用詞句異於原文者，酌情校改。例如：

第四十八回多處批語引蘇軾《赤壁賦》句，據古本《東坡全集》校正。「智激周瑜」所用《銅雀臺賦》因情節而改，則從《演義》原文。

整篇引用他文及引改自前本之文，皆出校以示源。據醉本《凡例》，引他書整篇者，酌情據今本他書以校正。引改前本之文皆從毛本不記。例如：

《凡例》：第二十二回陳琳《討曹操檄》、第二十三回孔融《薦禰衡書》等整篇引自《文選》，以古本《文選》（李善注本、六臣注本）校正。《凡例》未提及的，也依例校正。如第二十三回曹操《短歌行》。

（七）批語（含注）

與毛本正文删節處對應的其餘六家批註不輯録；批註與毛本正文相異處，酌情校改。

依據毛批與漁批、贄批與鍾批的衍生關係及高相同率，批語遇闕文、漫漶等難以校定字句處，可據他本同位置、同前後字句批語予以互校補充，不出校。

各本注釋（毛本眉、側注，明三本、贄本系雙行夾注）爲版本繼承而來，文字多相同。注釋内容有訛誤或與現今情況不符者，及各本有不同者酌情校正。批注可考據、引用他書者，則儘量用原書校正。注音類皆從原文。例如：

第八回「郿塢」，周批、夏批「郿塢，在鳳翔府郿縣東北二十里，漢末董卓封郿府」，此段注釋原文出自《資治通鑑綱目》合注本中明代馮智舒的注文《綱目質實》，所引用爲《明一統志》内容。但考《一統志》原文，此文有誤，遂校正「二十」作「一十六」、「郿府」作「郿侯」。

第十四回「軹道」，醉本眉注、周批、夏批、贄本系三本夾注，皆作「在西安府」。漢代京兆尹霸陵縣「枳道」，亦作「軹道」，明代屬西安府（今陝西省西安市東北）。司隸校尉部河内郡軹縣，亦稱「軹道」，明代屬懷慶府（今河南省濟源市東南）。軹縣在箕關東，符合《演義》「過箕關」及正史「出箕關，下軹道」之説。此屬「張冠李戴」式誤注，據删。

（八）小説情節

小説邏輯結構上既定的問題，超出所謂校勘範疇，屬於結構修改的，不予考慮。比如徐庶薦諸葛後，赴隆中見孔明，而孔明未言破曹操之計，任由其中計喪母。諸如此類，一律不作校改説明。

體例

本書正文使用思源宋體，詩歌、韻文、引文等使用楷體，批、注語使用不同顏色的聚珍仿宋體小號字，批語版本及位置使用略字標示，批語版本及同位置並列順序：

版本	毛本	嘉本	周本	夏本	贊本	鍾本	漁本
標識	毛	嘉	周	夏	贊	鍾	漁
批語	深藍	淺藍	紫色	青色	深紅	深黃	墨綠

毛本回前評、毛本獨有引文處毛批，及贊、鍾二本回末評省去版本標識。

各版本有不同位置批語，使用略字標識：眉批[眉]（眉批或注，頁眉上的文字）、行間側批[側]（行間側批或注，正文兩行中間的文字）、雙行夾批[夾]（雙行夾批或注，正文某句後用小號字分兩行的文字）。同本中不同位置批語數量最多的，或只有一種位置批語的，皆省略標識，包含：毛本、嘉本、周本、夏本雙行夾批，贊本、鍾本、漁本眉批，毛本回前總評，贊本、鍾本回末總評。

周、夏二本夾批標注名目「釋義」「補遺」「考證」等。其中周本大量詞義、地理類注釋皆標「釋義」；夏本與周本相同的詞義注釋標「釋義」，地理類注釋標「考證」。此類標注省略。周本標示除「音釋」「釋義」外的名目；夏本標示除「釋義」「考證」外的名目。如[補遺]、[補證]、[論曰]等。

由於明四本、贊本系及毛本的注釋因版本衍遞，多有相同或相似，爲簡化使用合併省略標識：

批語版本	標識	批語版本	標識	批語版本	標識	批語版本	標識
贊夾鍾夾	二	二漁夾	三				
周夾夏夾	二	二二	四	二三	五		
嘉夾周夾	二	二夏夾	三	三二	五	三三	六
毛眉周夾	二	毛眉二	三	毛眉二	四	三二	五
四二	六	四三	全				

「○」符號爲批語原本所有，實際爲區分同一位置，但不同立意或分段的批語。「□」爲闕字。「（）」，一爲原本文字模糊，據上下文猜度補充，或不同版本異文；二爲同位置不同版本異文置於其中。「〈〉」表示符號前後批語一體，但所涉版本不同。文中做過校勘的位置，標有小號數字。對應的校記內容在同頁左下部。

目録

[一] 醉本總目爲一百二十回，毛校本、贊本同；分六十卷，每卷二回，業本、齋本同；回目數作「某回」，其他毛校本同，光本、商本、贊本作「第某回」。致本爲二十四卷，貫本、商本爲十九卷，澹本爲五十一卷，光本、贊本不分卷。嘉本、夏本無總目，嘉本二十四卷，每卷十則，卷前有卷目，周本有二百四十則總目。本書目録略去卷數，回目數與正文同，據補作「第某回」。

〔二〕「敗」，原作「損」，毛校本同。據正文回目改。
〔三〕「襲」「元直」，原作「取」「徐庶」，毛校本同。據正文回目改。
〔四〕「瑜」，原作「郎」，其他毛校本同，據正文回目及商本改。

〔五〕總目及正文回目「機」，原作「幾」，致本同，據其他毛校本改。

〔六〕「兵退」，原倒作「退兵」，致本、業本、貫本、齋本、澹本、商本，據正文回目及光本乙正。

〔七〕「占」，原作「戰」，毛校本同。據正文回目改。

〔八〕「綝」，原作「琳」，致本、業本、貫本、齋本、光本、商本同。據正文回目及澹本改。

序〔一〕

昔弇州先生〔二〕有宇宙四大奇書之目，曰《史記》也，《南華》也，《水滸》與《西廂》也。馮猶龍〔三〕亦有四大奇書之目，曰《三國》也，《水滸》也，《西遊》與《金瓶梅》也。兩人之論各異。愚謂書之奇，當從其類：《水滸》在小説家，與經史不類；《西廂》係詞曲，與小説又不類。今將從其類，以配其奇，則馮説爲近是。然野史類多鑿空，易於逞長，若《三國演義》則據實指陳，非屬臆造，堪與經史相表裏。由是觀之，奇又莫奇於《三國》矣。

或曰：凡自周、秦而上，漢、唐而下，依史以演義者，無不與《三國》相仿，何獨奇乎《三國》？曰：三國者，乃古今争天下之一大奇局；而演三國者，又古今爲小説之一大奇手也。異代之争天下，其事較平，取其事以爲傳，其手又較庸，故迥不得與《三國》並也。吾嘗覽三國争天下之局，而歎天運之變化，真有所莫測也。當漢獻失柄，董卓擅權，羣雄並起，四海鼎沸，使劉皇叔早偕魚水之歡，先得荆、襄之地，長驅河北，傳檄淮南、江東、秦雍，以次畧定，則仍一光武中興之局，而不見天運之善變也。惟卓不遂其篡以誅死，曹操又得挾天子以令諸侯，名位雖虚，正朔未改。皇叔宛轉避難，不得蚤建大義於天下，而大江南北已爲吴、魏之所攘，獨留西南一隅爲劉氏托足之地。然不得孔明出，而東助赤壁一戰，西爲漢中一摧，則梁益亦幾折而入於曹，而吴亦不能獨立，則又成一

〔一〕致本無此篇《序》；業本、貫本、澹本「金人瑞」《序》改自醉本「李漁」《序》，多異文；其他毛校本題作《原序》。毛校本《凡例》《讀〈三國志〉法》皆從醉本。按：清代毛本序跋凡十數種，本書《序》《凡例》《讀〈三國志〉法》三篇録爲醉本所載。

〔二〕按：「弇州先生」，明代王世貞，號鳳洲，又號弇州山人。王弇州評「宇宙四大奇書」語無考。

〔三〕按：「馮猶龍」，明代馮夢龍，字猶龍。馮猶龍「四大奇書」語亦無考。

王莽簒漢之局，而天運猶不見其善變也。逮于華容遁去，雞肋歸來，鼎足而居，權侔力敵，而三分之勢遂成。尋彼曹操一生，罪惡貫盈、神人共怒，檄之、罵之、刺之、藥之、燒之、劫之，割鬚折齒，墮馬落塹，瀕死者數，而卒免於死；爲敵者衆，而爲輔亦衆，此又天之若有意以成三分，而故留此奸雄以爲漢之蟊賊。且天生瑜以爲亮對，又生懿以繼曹後，似皆恐鼎足之中折，而疊出其人才以相持也。自古割據者有矣，分王者有矣，爲十二國、爲七國、爲十六國、爲南北朝、爲東西魏、爲前後梁，其間乍得乍失，或亾或存，遠或不能一紀，近或不踰歲月，從未有六十年中，興則俱興，滅則俱滅，如三國争天下之局之奇者也。然三國之局固奇，而非得奇手以傳之，則其奇亦不著於天下後世之耳目。前此，雖有陳壽一《志》，較之荀勗、裴顗魏、晉諸《紀》，差爲此，善於彼，而質以文掩，事以意晦，而又愛憎自私，去取失實，覽者終爲鬱抑不快，則又未有如《演義》一書之奇，足以使學士讀之而快，委巷不學之人讀之而亦快；英雄豪傑讀之而快，凡夫俗子讀之而亦快；拊髀扼腕有志乘時者讀之而快，據梧面壁無情用世者讀之而亦快也。

昔者蒯通之説韓信，已有鼎足三分之説，其時信已臣漢，義不可背。項羽粗暴無謀，有一范增而不能用，勢不得不一統于羣策羣力之漢。三分之幾，虚兆于漢室方興之時，而卒成于漢室衰微之際。且高祖以王漢興，而先主以王漢亾，一能還定三秦，一不能取中原尺寸。若彼蒼之造漢，以如是起，以如是止，蚤有其成局於冥冥之中，遂致當世之人之事，才謀各别，境界獨殊，以迥異於千古，此非天事之最奇者歟！作《演義》者，以文章之奇而傳其事之奇，而且無所事于穿鑿，苐貫穿其事實，錯綜其始末，而已無之不奇，此又人事之未經見者也。

獨是事奇矣，書奇矣，而無有人焉起而評之，即或有人，而使心非錦心，口非繡口，不能一一代古人傳其胸臆，則是書亦終與周、秦而上，漢、唐而下諸演義等，人亦烏乎知其奇而信其奇哉？《水滸》之奇，聖嘆嘗批之矣，而《三國》之評，獨未之及。予嘗欲探索其奇，以正諸世，乃酬應日煩，又多出遊少暇，年來欲踐其志，會病未果。適予婿沈因伯歸自金陵，出聲山所評書示予。觀其筆墨之快，心思之靈，堪與聖嘆《水滸》相頡頏，極鉥心抉髓之談，而更無靡漫沓拖之病，則又似過之，因稱快者再。因伯復索序。聲山既已先我而評矣，而予又爲之序，不亦贅乎？雖然，予歷觀三國之局，見天之始之終之，所以造其奇者如此；讀《三國演義》又能貫穿其事實，錯綜其始末，而已匠心獨運，無之不奇如此；今聲山又布其錦心，出其繡口，條分句析，揭造物之秘藏，宣古人之義藴，開卷井井，寔獲我心，且使讀是書者，知「第一奇書」之目，果在《三國》也，因以證予說之不謬，則又何可以無言。是爲序。

康熙歲次己未十有二月李漁笠翁氏題於

吴山之層園〔四〕

〔四〕毛校本題作「旹順治歲次甲申嘉平朔日金人瑞聖歎氏題」。按：金聖歎，原名金采，字若采，後改字聖歎，明亡後改名人瑞，居蘇州。順治甲申嘉平朔日，即順治元年、崇禎十七年，臘月初一（一六四四年底）。西漢司馬遷《史記·秦始皇本紀》「十二月，更名臘曰『嘉平』」，唐代司馬貞索隱（以下簡稱「索隱」）引《廣雅》：「夏曰『清祀』，殷曰『嘉平』，周曰『大蜡』，亦曰『臘』，秦更曰『嘉平』。」東漢許慎《說文解字》（以下簡稱《說文》）：「朔：月一日始蘇也。」時清軍未南下渡江，蘇州屬未亡之南明。於南明境，題清廷之年號，並用明亡後之改名，係後人托僞。毛綸（聲山）評《繡像第七才子書》（以下簡稱《毛評琵琶記》）清代浮雲客子（彭瓏）康熙丙午（五年，一六六六年）《〈第七才子書〉序》「不幸雙目失視，乃更號聲山，學左丘著書以自娱」，可知毛綸晚年失明後，才從事評點。《毛評琵琶記》之《總論》「今特先以《琵琶》呈教，其《三國》一書，客當嗣出」，述毛批《三國》刊行當在《琵琶記》刊行之後，晚於康熙五年。順治甲申年《序》早于《毛評琵琶記》二十二年，亦證其僞。

凡例

一、俗本「之」「乎」「者」「也」等字，大半齟齬不通；又詞語冗長，每多複沓處。今悉依古本改正，頗覺直捷痛快。

一、俗本紀事多訛，如昭烈聞雷失筯，及馬騰入京遇害，關公封漢壽亭侯之類，皆與古本不合。又曹后罵曹丕詳于范曄《後漢書》中，而俗本反誤書其黨惡；孫夫人投江而死，詳于《梟姬傳》中，而俗本但紀其歸吴。今悉依古本辨定。

一、事有不可闕者，如關公秉燭達旦、管寧割席分坐、曹操分香賣履、于禁陵廟見畫，以至武侯夫人之才、康成侍兒之慧、鄧艾「鳳兮」之對、鍾會「不汗」之荅、杜預《左傳》之癖，俗本皆删而不録。今悉依古本存之，使讀者得窺全豹。

一、三國文字之佳，其録于《文選》〔一〕中者，如孔融《薦禰衡表》、陳琳《討曹操檄》，寔可與前、後《出師表》並傳，俗本皆闕而不載。今悉依古本增入，以備好古者之覽觀焉。

一、俗本題綱參差不對，錯亂無章；又于一回之中，分上下兩截。今悉體作者之意而聯貫之，每回必以二語對偶爲題，務取精工以快閱〔二〕者之目。

一、俗本謬托李卓吾先生批閱，而究竟不知出自何人之手；其評中多有唐突昭烈、謾罵武侯之語。今俱削去，而以新評校正之。

一、俗本之尤可笑者，于事之是者，則圈點之；于

〔一〕按：南朝梁昭明太子蕭統所編《昭明文選》，又稱《文選》。本書後文選用《文選》兩種：李善注本、六臣注本，詳見《其他參考文獻》。

〔二〕「閱」，原作「悦」，致本、業本、貫本、齋本同；澹本作「觀」。據商本改。

事之非者，則塗抹之，不論其文而論其事，則《春秋》弑君三十六、亡國五十二，將盡取聖人之經而塗之抹之耶？今斯編評閱處，有圈點而無塗抹，一洗從前之陋。

一、敘事之中夾帶詩詞，本是文章極妙處，而俗本每至「後人有詩嘆曰」，便處處是「周靜軒先生」，而其詩又甚俚鄙可笑。今此編悉取唐、宋名人作以實之，與俗本大不相同。

一、七言律詩起于唐人，若漢則未聞有七言律也。俗本往往捏造古人詩句，如鍾繇、王朗頌銅雀臺，蔡瑁題館驛屋壁，皆僞作七言律體，殊爲識者所笑。今悉依古本削去，以存其真。

一、後人捏造之事，有俗本《演義》所無，而今日傳奇所有者，如關公斬貂蟬、張飛捉周瑜之類，此其誣也，則今人之所知也；有古本《三國志》所無，而俗本《演義》所有者，如諸葛亮欲燒魏延于上方谷、諸葛瞻得鄧艾書而猶豫未决之類，此其誣也，則非今人之所知也。不知其誣，毋乃冤古人太甚！今皆削去，使讀者不爲齊東所誤。

讀《三國志》法

讀《三國志》者，當知有正統、閏運、僭國之別。正統者何？蜀漢是也。僭國者何？吴、魏是也。閏運者何？晉是也。魏之不得爲正統者，何也？論地，則以中原爲主；論理，則以劉氏爲主。論地不若論理，故以正統予魏者，司馬光《通鑑》〔一〕之誤也；以正統予蜀者，紫陽《綱目》〔二〕之所以爲正也。《綱目》于獻帝建安之末，大書後漢昭烈皇帝章武元年，而以吴、魏分注其下。蓋以蜀爲帝室之胄，在所當予；魏爲篡國之賊，在所當奪。是以前則書劉備起兵徐州討曹操，後則書漢丞相諸葛亮出師伐魏，而大義昭然揭于千古矣。夫劉氏未亡，魏未混一，魏固不得爲正統，迨乎劉氏已亡，晉已混一，而晉亦不得爲正統者。何也？曰：晉以臣弑君，與魏無異，而一傳之後，厥祚不長，但可謂之閏運，而不可謂之正統也。至于東晉偏安，以牛易馬，愈不得以正統歸之。故三國之并吞于晉，猶六國之混一于秦，五代之混一于隋耳。秦不過爲漢驅除，隋不過爲唐驅除。前之正統以漢爲主，而秦與魏、晉不得與焉，亦猶後之正統以唐、宋爲主，而宋、齊、梁、陳、隋，梁、唐、晉、漢、周俱不得與焉耳。且不特魏、晉不如漢之爲正，即唐、宋亦不如漢之爲正。煬帝無道而唐代之，是已，惜其不能顯然如周之代商，而稱唐公，加九錫，以蹈魏、晉之陋轍，則得天下之正，不如漢也。若夫宋以忠厚立國，又多名臣大儒出乎其間，故尚論者以正統予宋。然終宋之世，燕雲十六州未入版圖，其規模已遜于唐，而陳橋兵變，黄袍加身，取天下於孤兒寡婦之手，

〔一〕按：北宋司馬光主編《資治通鑑》，簡稱《通鑑》，全書同。

〔二〕按：南宋朱熹與其門人趙師淵等，據司馬光《資治通鑑》《資治通鑑舉要曆》和胡安國《資治通鑑舉要補遺》等書撰《資治通鑑綱目》，簡稱《綱目》，全書同。朱熹，字元晦，號晦庵，晚稱晦翁，別名紫陽先生。

則得天下之正亦不如漢也。唐、宋且不如漢，而何論魏、晉哉？高帝以除暴秦、擊楚之殺義帝者而興，光武以誅王莽而克復舊物，昭烈以討曹操而存漢祀于西川。祖宗之創之者正，而子孫之繼之者亦正，不得但以光武之混一爲正統，而謂昭烈之偏安非正統也。昭烈爲正統，而劉裕、劉知遠亦皆劉氏子孫，其不得爲正統者，何也？曰：裕與知遠之爲漢苗裔，遠而無徵，不若中山靖王之後近而可考，又二劉皆以篡弑得國，故不得與昭烈並也。後唐李存勗之不得爲正統者，何也？曰：存勗本非李而賜姓李，其與吕秦、牛晉不甚相遠，故亦不得與昭烈並也。南唐李昪之亦不得繼唐而爲正統者，何也？曰：世遠代遐，亦裕與知遠者比，故亦不得與昭烈並也。南唐李昪不得繼唐而爲正統，南宋高宗獨得繼宋而爲正統者，何也？高宗立太祖之後爲後，以延宋祚于不絶，故正統歸焉。夫以高宗之殺岳飛、用秦檜，全不以二聖爲念，作史者尚以其延宋祚而歸之以正統，况昭烈之君臣同心，誓討漢賊者乎！則昭烈之爲正統愈無疑也。陳壽之《志》未及辨此，余故折衷于紫陽《綱目》，而特于《演義》中附正之。

古史甚多，而人獨貪看《三國志》者，以古今人才之聚，未有盛于三國者也。觀才與不才敵，不奇；觀才與才敵，則奇。觀才與才敵，而一才又遇衆才之匹，不奇；觀才與才敵，而衆才尤讓一才之勝，則更奇。吾以爲三國有三奇，可稱三絶：諸葛孔明，一絶也；關雲長，一絶也；曹操，亦一絶也。歷稽載籍，賢相林立，而名高萬古者，莫如孔明。其處而彈琴抱膝，居然隱士風流；出而羽扇綸巾，不改雅人深致。在草廬之中而識三分天下，則達乎天時；承顧命之重而至六出祁山，則盡乎人事。七擒八陣，木牛流馬，既已疑鬼疑神之不測；鞠躬盡瘁，志决身殲，仍是爲臣爲子之用心。比管、樂則過之，比伊、吕則兼之，是古今來賢相中第一奇人。歷稽載籍，名將如雲，而絶倫超群者，莫如雲長。青史對青燈，則極其儒雅；赤心如赤面，則極其英靈。秉燭達旦，人傳其大節；單刀赴會，世服其神威。獨行千里，報主之志堅；義釋華容，酬恩之誼重。作事如青天白日，待人如霽月光風。心則趙抃焚香告帝之心，而磊落過之；意則阮籍白眼傲物之意，而嚴正過之，是古今來名將中第一奇人。歷稽載籍，奸雄接踵，而智足以攬人才而欺天下者，莫如曹操。聽荀彧勤王之説，而自比周文，則有似乎忠；黜袁術僭號之非，而願爲曹侯，則有似乎順；不殺陳琳而愛其才，則有似乎寬；不追關公以全其志，則有似乎義。王敦不能用郭璞，而操之得士過之；桓温不能識王猛，而操之知人過之。李林甫雖能制禄山，不如操之擊烏桓于塞外；韓侂〔三〕胄雖能貶秦檜，不若操之討董卓于生前。竊國家之柄而姑存其號，異于王莽之顯然弑君；留改革之事以俟其兒，勝于劉裕之急欲篡晉，是古今來奸雄中第一奇人。有此三奇，乃前後史之所絶無者，故讀遍諸史而愈不得不喜讀《三國志》也。

三國之有三絶，固已。然吾自三絶而外，更遍觀乎三國之前、三國之後，問有運籌帷幄，如徐庶、龐統者乎？問有行軍用兵，如周瑜、陸遜、司馬懿者乎？問有料人料事，如郭嘉、程昱、荀彧、賈詡、步隲、虞翻、顧雍、張昭者乎？問有武功將畧邁等越倫，如張飛、趙雲、黄忠、嚴顔、張遼、徐晃、徐盛、朱桓者乎？問有衝鋒陷陣驍鋭莫當，如馬超、馬岱、關興、張苞、許褚、典韋、張郃、夏侯惇、黄蓋、周泰、甘寧、太史慈、丁奉者乎？問有兩才相當、兩賢相遇，如姜維、鄧艾之智勇悉敵，羊祜、陸抗之從容互鎮者乎？至于道學則馬融、鄭玄〔四〕；文藻則蔡邕、王粲；穎捷則曹植、楊修；蚤慧則諸葛恪、鍾會；應對則秦宓、張松；舌辯則李恢、闞澤；不辱君命則趙諮、鄧芝；飛書馳檄則陳琳、阮瑀；治煩理劇則蔣琬、董允；揚譽蜚聲則

〔三〕「侂」，光本作「佹」，齋本、滄本、商本作「伲」，形訛。按：韓侂胄，南宋權相。

〔四〕醉本、致本、業本、齋本、滄本、光本全書，後文部分漁本批語（以下簡稱漁批）諱「玄」，缺筆作「玄」，滄本作「元」，徑改不記。

馬良、荀爽；好古則杜預，博物則張華。求之別籍，俱未易一一見也。乃若知賢則有司馬徽之哲，勵操則有管寧之高，隱居則有崔州平、石廣元、孟公威之逸；忤姦則有孔融之正，觸邪則有趙彥之直，斥惡則有禰衡之豪，罵賊則有吉平之壯，殉國則有董承、伏完之賢，捐生則有耿紀、韋晃之節；子死于父則有劉諶、關平之孝，臣死于君則有諸葛瞻、諸葛尚之忠，部曲死于主帥則有趙累、周倉之義。其他早計如田豐，苦口如王累，矢貞如沮授，不屈如張任；輕財篤友如魯肅，事主不二心如諸葛瑾，不畏强禦如陳泰，視死如歸如王經，獨存介性如司馬孚。炳炳燐燐，照耀史册。殆舉前之豐沛三傑、商山四皓、雲臺諸將、富春客星，後之瀛洲學士、麟閣功臣、杯酒節度、呰市宰相，分見於各朝之千百年者，奔合輻湊于三國之一時，豈非人才一大都會哉！入鄧林而選名材，遊玄圃而見積玉，收不勝收，接不暇接，吾于三國有觀止之嘆矣！

《三國》一書，乃文章之最妙者。敘三國，不自三國始也，三國必有所自始，則始之以漢帝；敘三國，不自三國終也，三國必有所自終，則終之以晉國。而不但此也，劉備以帝冑而纘統，則有宗室如劉表、劉璋、劉繇、劉辟等以陪之；曹操以强臣而專制，則有廢立如董卓，亂國如李傕、郭汜以陪之；孫權以方侯而分鼎，則有僭號如袁術，稱雄如袁紹，割據如吕布、公孫瓚、張楊、張邈、張魯、張繡等以陪之。劉備、曹操于第一回出名，而孫權則于第七回方出名。曹氏之定許都在第十四回，孫氏之定江東在第十五〔五〕回，而劉氏之取西川則在第六十回後。假令今人作稗官，欲平空擬一三國之事，勢必劈頭便敘三人，三人便各據一國，有能如是之繞乎其前，出乎其後，多方以盤旋乎其左右者哉？古事所傳，天然有此等波瀾，天然有此等層折，以成絶世妙文，然則讀《三國》一書，誠勝讀稗官萬萬耳。

〔五〕「十四」「十五」，原作「十一」「十二」，毛校本同。據後文改。

若論三國開基之主，人盡知爲劉備、孫權、曹操也，而不知其間各有不同。備與操皆自我身而創業，而孫權則籍父兄之力，其不同者一。備與權皆及身而爲帝，而操則不自爲而待之于其子孫，其不同者二。三國之稱帝也，唯魏獨早，而蜀則稱帝于曹操已死、曹丕已立之餘，吴則稱帝于劉備已〔六〕死、劉禪已立之後，其不同者三。三國之相持也，吴爲蜀之隣，魏爲蜀之讐；蜀與吴有和有戰，而蜀與魏則有戰無和；吴與蜀則和多于戰，吴與魏則戰多于和，其不同者四。三國之傳也，蜀止二世，魏則自丕及奂凡五主，吴則自〔七〕權及皓凡四主，其不同者五。三國之亡也，吴居其後，而蜀先之，魏次之；魏則見奪于其臣，吴、蜀則見并于其敵，其不同者六。不寧惟是，策之與權，則兄終而弟及；丕之與植，則舍弟而立兄；備之與禪，則父爲帝而子爲虜；操之與丕，則父爲臣而子爲君，可謂參差錯落，變化無方者矣。今之不善畫者，雖使繪兩人，亦必彼此同貌；今之不善歌者，即使唱兩調，亦必前後同聲。文之合掌，往往類是。古人本無雷同之事，而今人好爲雷同之文，則何不取余所批《三國志》而讀之？

《三國》一書，總起總結之中，又有六起六結：其敘獻帝，則以董卓廢立爲一起，以曹丕篡奪爲一結；其敘西蜀，則以成都稱帝爲一起，而以綿竹出降爲一結；其敘劉、關、張三人，則以桃園結義爲一起，而以白帝托孤爲一結；其敘諸葛亮，則以三顧草廬爲一起，而以六出祁山爲一結。其敘魏國，則以黄初改元爲一起，而以司馬受禪爲一結；其敘東吴，則以孫堅匿璽爲一起，而以孫皓啣璧爲一結。凡此數段〔八〕文字，聯絡交互于其間，或此方起而彼已結，或此未結而彼又起，讀之不見其斷

〔六〕「已」，原作「巳」。按：各本「已」「己」「巳」多混用作「巳」，徑改不記。

〔七〕「自」，原作「及」，致本、業本、貫本、齋本同。按：前句作「自丕及奂」。據其他毛校本改。

〔八〕「段」，原作「叚」。按：各本「段」多混用作「叚」，徑改不記。

續之迹，而按之則自有章法之可知也。

《三國》一書，有追本窮源之妙。三國之分，由于諸鎮之角立；諸鎮角立，由于董卓之亂國；董卓亂國，由于何進之召外兵；何進召外兵，由于十常侍之專政。故敘三國，必以十常侍爲之端也。然而劉備之初起，不即在諸鎮之內，而尚在草澤之間。夫草澤之所以有英雄聚義，而諸鎮之所以繕修兵革者，由于黃巾之作亂。故敘三國，又必以黃巾爲之端也。乃黃巾未作，則有上天垂災異以警戒之，更有忠謀智計之士，直言極諫以預料之。使當時爲之君者，體天心之仁愛，納良臣之讜論，斷然舉十常侍而迸斥焉，則黃巾可以不作，草澤英雄可以不起，諸鎮之兵革可以不修，而三國可以不分矣。故敘三國而追本于桓、靈，猶河源之有星宿海云。

《三國》一書，有巧收幻結之妙。設令魏而爲蜀所并，此人心之所甚願也；設令蜀亡而魏得一統，此人心之所大不平也。乃彼蒼之意，不從人心所甚願，而亦不出于人心之所大不平，特假手于晉以一之，此造物者之幻也。然天既不祚漢，又不予魏，則何不假手於吴而必假手於晉乎？曰：魏固漢賊也，吴嘗害關公、奪荆州，助魏以攻蜀，則亦漢賊也。若晉之奪魏，有似乎爲漢報讎也者，則與其一之以吴，無寧一之以晉也。且吴爲魏敵，而晉爲魏臣，魏以臣弒君，而晉即如其事以報之，可以爲戒于天下後世，則使魏而見并于其敵，不若使之見并於其臣之爲快也，是造物者之巧也。幻既出人意外，巧復在人意中，造物者可謂善於作文矣。今人下筆，必不能如此之幻，如此之巧。然則讀造物自然之文，而又何必讀今人臆造之文乎哉！

《三國》一書，有以賓襯主之妙。如將敘桃園兄弟三人，先敘黃巾兄弟三人：桃園其主也，黃巾其賓也。將敘中山靖王之後，先敘魯恭王之後：中山靖王其主也，魯恭王其賓也。將敘何進，先敘陳蕃、竇武：何進其主也，陳蕃、竇武其賓也。敘劉、關、張及曹操、孫堅之出色，并敘各鎮諸侯之無用：劉備、曹操、孫堅其主也，各鎮諸侯其賓也。劉備將遇諸葛亮，而先遇司馬徽、崔州平、石廣元、孟公威等諸人：諸葛亮其主也，司馬徽諸人其賓也。諸葛亮歷事兩朝，乃又有先來即去之徐庶，晚來先死之龐統：諸葛亮其主也，而徐庶、龐統又其賓也。趙雲先事公孫瓚，黄忠先事韓玄，馬超先事張魯，法正、嚴顔先事劉璋，而後皆歸劉備：備其主也，公孫瓚、韓玄、張魯、劉璋其賓也。太史慈先事劉繇，後歸孫策；甘寧先事黄祖，後歸孫權；張遼先事吕布，徐晃先事楊奉，張郃先事袁紹，賈詡先事李傕、張繡，而後皆歸曹操：孫、曹其主也，劉繇、黄祖、吕布、楊奉等諸人其賓也。「代漢當塗」之讖，本應在魏，而袁公路謬以自許：魏其主也，袁公路其賓也。「三馬同槽」之夢，本應在司馬氏，而曹操誤以爲馬騰父子：司馬氏其主也，馬騰父子其賓也。受禪臺之説，李肅以賺董卓，而曹丕即真焉，司馬炎又即真焉：曹丕、司馬炎其主也，董卓其賓也。且不獨人有賓主也，地亦有之。獻帝自洛陽遷長安，又自長安遷洛陽，而終乃遷于許昌：許昌其主也，長安、洛陽皆賓也。劉備失徐州而得荆州：荆州其主也，徐州其賓也；及得兩川而復失荆州：兩川其主也，而荆州又其賓也。孔明將北伐中原而先南定蠻方，意不在蠻方而在中原：中原其主也，蠻方其賓也。抑不獨地有賓主也，物亦有之。李儒持鴆酒、短刀、白練以貽帝辨：鴆酒其主也，短刀、白練其賓也。許田打圍，將敘曹操射鹿，先敘玄德射兎：鹿其主也，兎其賓也。赤壁鏖兵，將敘孔明借風，先敘孔明借箭：風其主也，箭其賓也。董承受玉帶，陪之以錦袍：帶其主也，袍其賓也。關公拜受赤兎馬，而陪之以金印、紅袍諸賜：馬其主也，金印等其賓也。曹操掘地得銅雀，而陪之以玉龍、金鳳：雀其主也，龍、鳳其賓也。諸如此類，不可悉數，善讀是書者，可於此悟文章賓主之法。

《三國》一書，有同樹異枝、同枝異葉、同葉異花、同花異果之妙。作文者，以善避爲能，又以善犯爲能。不犯之而求避之，無所見其避也；唯犯之而後避之，乃見其能避也。如紀宮掖，則寫一何太后，又寫一董太后；寫一伏皇后，又寫一曹皇后；寫一唐貴妃，又寫一董貴人；寫甘、糜二夫人，又寫一孫夫人，又寫一北地王妃；寫魏之甄后、毛后，又寫一張后，而其間無一字相同。紀戚畹，則何進之後寫一董承，董承之後又寫一伏完；寫一魏之張緝，又寫一吴之全〔九〕尚，而其間亦無一字相同。寫權臣，則董卓之後又寫李傕、郭汜，傕〔一〇〕、汜之後又寫曹操，曹操之後又寫一曹丕，曹丕之後又寫一司馬懿，司馬懿之後又並寫一師、昭兄弟，師、昭之後又繼寫一司馬炎，又旁寫一吴之孫綝，而其間亦無一字相同。其他敘兄弟之事，則袁譚與袁尚不睦，劉琦與劉琮不睦，曹丕與曹植亦不睦，而譚與尚皆死，琦與琮一死一不死，丕與植皆不死，不大異乎！敘婚姻之事，則如董卓求婚于孫堅，袁術約婚于吕布，曹操約婚于袁譚，孫權結婚于劉備，又求婚于雲長，而或絶而不許，或許而復絶，或僞約而反成，或真約而不就，不大異乎！至于王允用美人計，周瑜亦用美人計，而一效一不效，則互異。

卓、布相惡，傕、汜亦相惡，而一靖一不靖，則互異。獻帝有兩番密詔，則前隱而後彰；馬騰亦有兩番討賊，則前彰而後隱，此其不同者矣。吕布有兩番弒父，而前動于財，後動于色；前則以私滅公，後則假公濟私，此又其不同者矣。趙雲有兩番救主，而前救于陸，後救于水；前則受之主母之手，後則奪之主母之懷，此又其不同者矣。若夫寫水不止一番，寫火亦不止一番。曹操有下邳之水，又有冀州之水；關公有白河之水，又有罾口川之水。吕布有濮陽之火，曹操有烏巢之火，周郎有赤壁之火，陸遜有猇亭之火，徐盛有南徐〔一一〕之火，武侯有博望、新野之火，又有盤蛇谷、上方谷之火，前後曾

〔九〕「全」，原作「錢」，毛校本同。按：第一百九回敘張緝爲魏主曹芳國丈，第一百十三回敘全尚爲吴主孫亮國丈。據後文改。

〔一〇〕二「傕」，原皆作「淮」，致本、業本同，據其他毛校本改。

〔一一〕按：南朝梁沈約《宋書·州郡志》：「武帝永初二年，加徐州曰南徐，而淮北但曰徐。文帝元嘉八年，更以江北爲南兗州，江南爲南徐州。」「南徐」爲南朝宋地名，今江蘇省鎮江市。嘉本、周本、夏本（以下簡稱明三本，合贊本簡稱明四本）、贊本、毛本全書正文多處作「南徐」或「南徐州」，俱從原文，不另出校。

有絲毫相犯否？甚者孟獲之擒有七，祁山之出有六，中原之伐有九，求其一字之相犯而不可得。妙哉文乎！譬猶樹同是樹，枝同是枝，葉同是葉，花同是花，而其植根安蒂，吐芳結子，五色紛披，各成異采。讀者于此，可悟文章有避之一法，又有犯之一法也。

《三國》一書，有星移斗轉、雨覆風翻之妙。杜少陵詩曰：「天上浮雲如白衣，斯須改變如〔一二〕蒼狗。」此言世事之不可測也，《三國》之文亦猶是爾。本是何進謀誅宦官，却弄出宦官殺何進，則一變；本是呂布助丁原，却弄出呂布殺丁原，則一變；本是董卓結呂布，却弄出呂布殺董卓，則一變；本是陳宮釋曹操，却弄出陳宮欲殺曹操，則一變；陳宮未殺曹操，反弄出曹操殺陳宮，則一變；本是王允不赦傕、汜，却弄出傕、汜殺王允，則一變；本是孫堅與袁術不睦，却弄出袁術致書于孫堅，則一變；本是劉表求救于袁紹，却弄出劉表殺孫堅，則一變；本是昭烈從袁紹以討董卓，却弄出助公孫瓚以攻袁紹，則一變；本是昭烈救徐州，却弄出昭烈取徐州，則一變；本是呂布投徐州，却弄出呂布奪徐州，則一變；本是呂布攻昭烈，又〔一三〕弄出呂布迎昭烈，則一變；本是呂布絶袁術，又弄出呂布求袁術，則一變；本是昭烈助呂布以討袁術，又弄出助曹操以殺呂布，則一變；本是昭烈助曹操，又弄出昭烈討曹操，則一變；本是昭烈攻袁紹，又弄出昭烈投袁紹，則一變；本是昭烈助袁紹以攻曹操，又弄出關公助曹操以攻袁紹，則一變；本是關公尋昭烈，又弄出張飛欲殺關公，則一變；本是關公許田欲殺曹操，又弄出華容道放曹操，則一變；本是曹操追昭烈，又弄出昭烈投東吴以破曹操，則一變；本是孫權讐劉表，又弄出魯肅弔劉表、又弔劉琦，則一變；本是孔明助周郎，却弄出周郎欲殺孔明，則一變；本是周郎欲害昭烈，却弄出孫權結婚

〔一二〕「如」，原作「成」，毛校本同。按：唐代杜甫《可歎》：「天上浮雲如白衣，斯須改變如蒼狗。」據《杜工部集》改。

〔一三〕「又」，齋本、光本作「却」。

昭烈，則一變；本是用孫夫人牽制昭烈，却弄出孫夫人助昭烈，則一變；本是孔明氣死周郎，又弄出孔明哭周郎，則一變；本是昭烈不受劉表荆州，却弄出昭烈借荆州，則一變；本是劉璋欲結曹操，却弄出迎昭烈，則一變；本是劉璋迎昭烈，却弄出昭烈奪劉璋，則一變；本是昭烈分荆州，又弄出吕蒙襲荆州，則一變；本是昭烈破東吴，又弄出陸遜敗昭烈，則一變；本是孫權求救于曹丕，却弄出曹丕欲襲孫權，則一變；本是昭烈讐東吴，又弄出孔明結好東吴，則一變；本是劉封聽孟達，却弄出劉封攻孟達，則一變；本是孟達背昭烈，又弄出孟達欲歸孔明，則一變；本是馬騰與昭烈同事，又弄出馬超攻昭烈，則一變；本是馬超救劉璋，却弄出馬超投昭烈，則一變；本是姜維敵孔明，却弄出姜維助孔明，則一變；本是夏侯霸助司馬懿，却弄出夏侯霸助姜維，則一變；本是鍾會忌鄧艾，却弄出衛瓘〔一四〕殺鄧艾，則一變；本是姜維賺鍾會，却弄出諸將殺鍾會，則一變；本是羊祜和陸抗，却弄出羊祜請伐孫皓，則一變；本是羊祜請伐吴，却弄出一杜預，又弄出一王濬，則一變。論其呼應有法，則讀前卷定知其有後卷；論其變化無方，則讀前文更不料其有後文。於其可知，見《三國》之文之精；於其不可料，更見《三國》之文之幻矣。

《三國》一書，有横雲斷嶺、横橋鎖溪之妙。文有宜于連者，有宜于斷者。如五關斬將、三顧草廬、七擒孟獲，此文之妙于連者也；如三氣周瑜、六出祁山、九伐中原，此文之妙于斷者也。葢文之短者不連敘，則不貫串；文之長者連敘，則懼其累墜；故必敘別事以間之，而後文勢乃錯綜盡變。後世稗官家鮮能及此。

《三國》一書，有將雪見霰、將雨聞雷之妙。將有一段正文在後，必先有一段閒文以爲之引；將有一段大文在後，必先有一段小文以爲之端。如將

〔一四〕「瓘」，原作「灌」，致本、業本、貫本、齋本同。形訛，據其他毛校本改。

敘曹操濮陽之火，先寫糜竺家中之火一段閒文以啓之；將敘孔融求救于昭烈，先寫孔融通刺于李膺〔一五〕一段閒文以啓之；將敘赤壁縱火一段大文，先寫博望、新野兩段小文以啓之；將敘六出祁山一段大文，先寫七擒孟獲一段小文以啓之是也。「魯人將有事于上帝，必先有事于頖宮。」文章之妙，正復類是。

《三國》一書，有浪後波紋、雨後霡霂之妙。凡文之奇者，文前必有先聲，文後亦必有餘勢。如董卓之後，又有從賊以繼之；黃巾之後，又有餘黨以衍之；昭烈三顧草廬之後，又有劉琦三請諸葛一段文字以映帶之；武侯出師一段大文之後，又有姜維伐魏一段文字以蕩漾之是也。諸如此類，皆他書中所未有。

《三國》一書，有寒冰破熱、凉風掃塵之妙。如關公五關斬將之時，忽有鎮國寺内遇普浄〔一六〕長老一段文字；昭烈躍馬檀溪之時，忽有水鏡莊上遇司馬先生一段文字；孫策虎踞江東之時，忽有遇于吉一段文字；曹操進爵魏王之時，忽有遇左慈一段文字；昭烈三顧草廬之時，忽有遇崔州平席地閒談一段文字；關公水渰七軍之後，忽有玉泉山月下點化一段文字。至于武侯征蠻而忽逢孟節，陸遜追蜀而忽遇黃承彦，張任臨敵而忽問紫虚上〔一七〕人，昭烈伐吴而忽問青城老叟。或僧或道，或隱士，或高人，俱于極喧鬧中求之，真足令人躁思頓清，煩襟盡滌。

《三國》一書，有笙簫夾鼓、琴瑟間鐘之妙。如正敘黃巾擾亂，忽有何后、董后兩宮争論一段文字；正敘董卓縱横，忽有貂蟬鳳儀亭一段文字；正敘傕、汜倡狂，忽有楊彪夫人與郭汜之妻來往一段文字；正敘下邳交戰，忽有吕布送女、嚴氏戀夫一

〔一五〕「膺」，原作「弘」，毛校本同。按：第十一回作「李膺」，據改。
〔一六〕「浄」，原作「静」，致本、業本、貫本、齋本、光本同。按：第二十七回作「普浄」，據澹本、商本改。
〔一七〕「上」，原作「丈」，毛校本同。按：第六十二回作「紫虚上人」。據後文改。

段文字；正敘冀州厮殺，忽有袁譚失妻、曹丕納婦一段文字；正敘荆州事變，忽有蔡夫人商議一段文字；正敘赤壁鏖兵，忽有曹操欲取二喬一段文字；正敘宛城交攻，忽有張濟妻與曹操相遇一段文字；正敘趙雲取桂陽，忽有趙範寡嫂敬酒一段文字；正敘昭烈争荆州，忽有孫權親妹洞房花燭一段文字；正敘孫權戰黄祖，忽有孫翊妻爲夫報讐一段文字；正敘司馬懿殺曹爽，忽有辛憲英爲弟畫策一段文字。至于袁紹討曹操之時，忽帶敘鄭康成之婢；曹操救漢中之日，忽帶敘蔡中郎之女。諸如此類，不一而足。人但知《三國》之文是敘龍争虎鬭之事，而不知爲鳳爲鸞、爲鶯爲燕，篇中有應接不暇者，令人于干戈隊裏時見紅裙，旌旗影中常覩粉黛，殆以「豪士傳」與「美人傳」合爲一書矣。

《三國》一書，有隔年下種、先時伏着之妙。善圃者投種于地，待時而發；善弈者下一閑着于數十着之前，而其應在數十着之後。文章敘事之法，亦猶是已。如西蜀劉璋乃劉焉之子，而首回〔一八〕將敘劉備，先敘劉焉，早爲取西川伏下一筆；又于玄德破黄巾時，並敘曹操，帶敘董卓，早爲董卓亂國、曹操專權伏下一筆；趙雲歸昭烈在古城聚義之時，而昭烈之遇趙雲，早于磐河助〔一九〕公孫時伏下一筆；馬超歸昭烈在葭萌戰張飛之後，而昭烈之與馬騰同事，早于受衣帶詔時伏下一筆；龐統歸昭烈在周郎既死之後，而童子述龐統姓名，早于水鏡莊前伏下一筆；武侯歎「謀事在人，成事在天」在上方谷火滅之後，而司馬徽「未遇其時」之語、崔州平「天不可强」之言，早于三顧草廬前伏下一筆；劉禪

〔一八〕「回」，原作「卷」。按：醉本序文及全書批語「回」多訛作「卷」，「回」「卷」皆存。醉本、業本、齋本、光本皆六十卷，每卷二回；致本二十四卷，每卷四至六回；貫本、商本十九卷，每卷六或七回；澹本五十一卷，每卷二至六回。醉本所述「某卷」「前卷」等，實爲「某回」「前回」。全書凡「卷」字訛用不通，皆改作「回」，不另出校，各本批語同。

〔一九〕「磐」，原作「盤」，致本、業本、貫本、澹本同。按：第七回正文作「磐」，據其他毛校本改，後同。「助」，原作「戰」，毛校本同。按：第七回回目作「袁紹磐河戰公孫」，敘趙雲、劉備先後助公孫瓚對敵袁紹，酌改。

帝蜀四十餘年而終在一百十回之後，而鶴鳴之兆，早于新野初生時伏下一筆；姜維九伐中原在一百五回之後，而武侯之收姜維，早于初出祁山時伏下一筆；姜維與鄧艾相遇在三伐中原之後，姜維與鍾會相遇在九伐中原之後，而夏侯霸述兩人姓名，早於未伐中原時伏下一筆；曹丕篡漢在八十回中，而青雲紫雲之祥，早于三十三回之前伏下一筆；孫權僭號在八十五回後，而吳夫人夢日之兆，早于三十八回中伏下一筆；司馬篡魏在一百十九回，而曹操夢馬之兆，早于五十七回中伏下一筆。自此而外，凡伏筆之處，指不勝屈。每見近世稗官家一到扭捏不來之時，便平空生出一人，無端造出一事，覺後文與前文隔斷，更不相涉。試令讀《三國》之文，能不汗顔？

《三國》一書，有添絲補錦、移針勻繡之妙。凡敘事之法，此篇所闕者，補之於彼篇；上卷所多者，勻之於下卷，不但使前文不沓拖，而亦使後文不寂寞；不但使前事無遺漏，而又使後事增渲染〔二〇〕，此史家妙品也。如呂布取曹豹之女，本在未奪徐州之前，却于困下邳時敘之；曹操望梅止渴，本在擊張繡之日，却于青梅煮酒時敘之；管寧割席分坐，本在華歆未仕之前，却于破壁取后時敘之；吳夫人夢月，本在將生孫策之前，却于臨終遺命時敘之；武侯求黄氏爲配，本在未出草廬之前，却于諸葛瞻死難時敘之。諸如此類，亦指不勝屈。前能留步以應後，後能迴照以應前，令人讀之，真一篇如一句。

《三國》一書，有近山濃抹、遠樹輕描之妙。畫家之法，于山與樹之近者，則濃之重之；于山與樹之遠者，則輕之淡之。不然，林麓迢遥，峰嵐層疊，豈能于尺幅之中，一一而詳繪之乎？作文亦猶是已。如皇甫嵩破黄巾，只在朱儁一邊打聽得來；袁紹殺公孫瓚，只在曹操一邊打聽得來；趙雲襲南郡，關、張襲兩郡，只在周郎眼中、耳中得來；昭烈殺楊奉、韓暹，只在昭烈口中敘來；張飛奪古城，在關公耳

〔二〇〕「渲染」，原作「縇染」。按：「縇」爲別字，後文多處，徑改不記。

中聽來；簡雍投袁紹，在昭烈口中説來。至若曹丕三路伐吴而皆敗，一路用寔寫，兩路用虚寫；武侯退曹丕五路之兵，唯遣使入吴用實寫，其四路皆虚寫。諸如此類，又指不勝屈。只一句兩句，正不知包却幾許事情，省却幾許筆墨。

《三國》一書，有奇峰對插、錦屏對峙之妙。其對之法，有正對者，有反對者，有一回之中自爲對者，有隔數十回而遥爲對者。如昭烈則自幼便大，曹操則自幼便奸；張飛則一味性急，何進則一味性慢。議温明是董卓無君，殺丁原是吕布無父。袁紹磐河之戰勝敗無常，孫堅峴山之役生死不測。馬騰勤王室而無功，不失爲忠；曹操報父讐而不果，不得爲孝。袁紹起馬步三軍而復回，是力可戰而不斷；昭烈擒王、劉二將而復縱，是勢不敵而從權。孔融薦禰衡，是緇衣之好；禰衡駡曹操，是巷伯之心。昭烈遇德操，是無意相遭；單福過新野，是有心來謁。曹丕苦逼生曹植，是同氣戈矛；昭烈痛哭死關公，是異姓骨肉。火熄上方谷，是司馬之數當生；燈滅五丈原，是諸葛之命當死。諸如此類，或正對，或反對，皆一回之中而自爲對者也。如以國戚害國戚，則有何進；以國戚薦國戚，則有伏完。李肅説吕布，則以智濟其惡；王允説吕布，則以巧行其忠。張飛失徐州，則以飲酒誤事；吕布陷下邳，則以禁酒受殃。關公飲魯肅之酒，是一片神威；羊祜飲陸抗之酒，是一團和氣。孔明不殺孟獲，是仁者之寬；司馬懿必殺公孫淵，是奸雄之刻。關公義釋曹操，是報其德于前；翼德義釋嚴顔，是收其用于後。武侯不用子午谷之計，是慎謀以圖全；鄧艾不懼陰平嶺之危，是行險以僥幸。曹操有病，陳琳一駡便好；王朗無病，孔明一駡便亡。孫夫人好甲兵，是女中丈夫；司馬懿受巾幗，是男中女子。八日而取上庸，則以速而神；百日而取襄平，則以遲而勝。孔明屯田渭濵，是進取之謀；姜維屯田沓中，是退避之計。曹操受漢之九錫，是操之不臣；孫權受魏之九錫，是權之不君。曹操射鹿，義乖于君臣；曹丕射鹿，情動于母子。楊儀、魏延相争于班師之日，鄧艾、鍾會相忌在用兵之時。姜維欲繼孔明之志，人事逆乎天心；杜預能承羊祜之謀，天時應乎人力。諸如此類，或正對，或反對，皆不在一回之中而遥相爲對者也。誠于此較量而比觀焉，豈不足快讀古之胸，而長尚論之識？

《三國》一書，有首尾大照應、中間大關鎖處。如首回以十常侍爲起，而末回有劉禪之寵中貴以結之，又有孫皓之寵中貴以雙結之，此一大照應也。又加〔二一〕首回以黄巾妖術爲起，而末回有劉禪之信師婆以結之，又有孫皓之信術士以雙結之，此又一大照應也。照應既在首尾，而中間百餘回之内若無有與前後相關合者，則不成章法矣。于是有伏完之托黄門寄書，孫亮之察黄門盜蜜，以關合前後；又有李傕之喜女巫，張魯之用左道，以關合前後。凡若此者，皆天造地設以成全篇之結構者也。然猶不止此也，作者之意，自宦官妖術而外，尤重在嚴誅亂臣賊子以自附于《春秋》之義。故書中多録討賊之忠，紀弑君之惡。而首篇之末，則終之以張飛之勃然欲殺董卓；末篇之末，則終之以孫皓之隱然欲殺賈充。由此觀之，雖曰《演義》，直可繼「麟經」而無愧耳。

《三國》敘事之佳，直與《史記》彷彿，而其敘事之難，則有倍難于《史記》者。《史記》各國分書，各人分載，于是有本紀、世家、列傳之別。今《三國》則不然，殆合本紀、世家、列傳而總成一篇。分則文短而易工，合則文長而難好也。

讀《三國》勝讀《列國志》。夫《左傳》《國語》誠文章之最佳者。然左氏依經而立傳，經既逐段各自成文，傳亦逐段各自成文，不相聯屬也。《國語》則離經而自爲一書，可以聯屬矣。究竟《周語》《魯語》《晉語》《鄭語》《齊語》《楚語》《吴語》《越語》，八國分作八篇，亦不相連屬也。後人合《左傳》《國語》而爲《列國志》，因國多事〔二二〕煩，其

〔二一〕「加」，致本、業本同，其他毛校本作「如」。
〔二二〕「多事」，齋本、光本倒作「事多」。

段落處，到底不能貫串。今《三國演義》自首至尾讀之，無一處可斷，其書又在《列國志》之上。

讀《三國》勝讀《西遊記》。《西遊》捏造妖魔之事，誕而不經，不若《三國》實敘帝王之事，真而可考也。且《西遊》好處，《三國》已皆有之。如啞泉、黑泉之類，何異子母河、落胎泉之奇？朵思大王、木鹿大王之類，何異牛魔、鹿力、金角、銀角之號？伏波顯聖、山神指迷之類，何異南海觀音之救？只一卷「漢相南征記」，便抵得一部《西遊記》矣。至于前而鎮國寺，後而玉泉山，或目視戒刀、脱離火厄，或望空一語、有同棒喝，豈必誦靈臺方寸、斜月三星之文，乃悟禪心乎哉！

讀《三國》勝讀《水滸傳》。《水滸》文字之真，雖較勝《西遊》之幻，然無中生有，任意起滅，其匠心不難，終不若《三國》敘一定之事，無容改易，而卒能匠心之爲難也。且三國人才之盛，寫來各各出色，又有高出于吳用、公孫勝等萬萬者。吾謂才子書之目，宜以《三國演義》爲第一。

四大奇書第一種　第一才子書

三國志通俗演義〔一〕

晉平陽侯相陳壽史傳　後學羅本貫中編次
李卓吾先生批評　景陵鍾惺伯敬父批評
李笠翁批閱〔二〕　聲山別集
聖嘆外書　茂苑毛宗崗序始氏評定〔三〕

〔一〕醉本、業本、貫本、澹本各卷首題「四大奇書第一種卷之幾」，致本題「官板大字全像批評三國志卷之幾」，齋本、光本題「第一才子書卷幾」，商本題「第一才子書繡像三國志演義卷幾」。本書不分卷，引「四大奇書第一種」「第一才子書」於全書之前，略去卷數。嘉本各卷首題「三國志通俗演義卷之幾」；周本前有「新刊校正古本大字音釋」；夏本「刊」作「刻」，「志」下有「傳」。據補書名「三國志通俗演義」（以下簡稱《演義》）。

〔二〕「晉平陽侯相陳壽史傳，後學羅本貫中編次，李卓吾先生批評，景陵鍾惺伯敬父批評，李笠翁批閱」，前二句據明三本補，皆無「相」；夏本無「晉」「本」，後有「書林夏振宇繡梓」；周本後有「明書林周曰校刊行」，周、夏非題批語作者；後三句據贊本、鍾本、漁本卷首題名補。按：西晉陳壽《三國志·蜀書·諸葛亮傳》：「平陽侯相臣陳壽上。」據補。

〔三〕醉本總目及各卷首題名均題作「茂苑毛宗崗序始氏評，吳門杭永年資能氏評定」；業本、貫本、齋本、光本總目此兩句前多「聖嘆外書」「聲山別集」，無第二處「評」；致本題「吳門金聖歎、茂苑毛宗崗批點，湖上李笠翁評閱」；澹本、商本總目及毛校本各卷首均題「聖嘆外書，茂苑毛宗崗序始氏評」，澹本後有「龍霧鄒梧岡叅訂」。按：《毛評琵琶記》之《總論》：「予因嘆高東嘉《琵琶記》與羅貫中《三國志》皆絶世妙文，予既皆批之，則皆欲刻之，以公同好。而一則遭背師之徒而中閣，一則遇知音之友而速成。」「書既成，有白門快友見而稱善，將取以付梓，不意忽遭背師之徒，欲竊冒此書爲己有，遂致刻事中閣，殊爲可恨。」黄霖、沈伯俊二先生斷：所謂「背師之徒」即杭永年。黄沈説是，又因前述，毛本爲毛綸點評、毛宗崗整理，或毛氏父子共同點評，比重不明。後文《前出師表》、《蜀相》、《詠懷古跡五首》之《其三》《其四》（《詠蜀先主》《詠諸葛孔明》）等處批評引自金聖嘆所著《天下才子必讀書》《唱經堂第四才子書杜詩解》（以下簡稱《金批古文》《金批杜詩》），後者屬「聖嘆外書」。據以上考，奪杭永年評句，據毛校本補「聲山別集」「聖嘆外書」。

詞曰〔四〕：

滚滚長江東逝水，浪花淘盡英雄。是非成敗轉頭空，青山依舊在，幾度夕陽紅。白髮漁〔五〕樵江渚上，慣看秋月春風。一壺濁酒喜相逢，古今多少事，都付笑談中。以詞起，以詩〔六〕結。

〔四〕按：毛本開篇詞原爲明代楊慎所作《廿一史彈詞》之《卷之三·説秦漢》開篇《臨江仙》。毛本引用於第一回前，明四本無。

〔五〕「漁」，原作「魚」，業本同，致本闕葉，據《廿一史彈詞》及其他毛本改。

〔六〕「詩」，原作「詞」，業本、貫本、齋本、澹本同，致本闕葉。按：全書末爲古風詩，毛本批語（以下簡稱毛批）作「以詞起，以詩收」，據後文及光本、商本改。

第一回

宴桃園豪傑三結義
斬黃巾英雄首立功

人謂魏得天時、吴得地利〔一〕、蜀得人和，乃三大國將興，先有天公、地公、人公三小寇以引之。亦如劉季將爲天子，有吴廣、陳涉以先之；劉秀將〔二〕爲天子，有赤眉、銅馬以先之也。以三寇引出三國，是全部中賓主；以張角兄弟三人引出桃園兄弟三人，此又一回中賓主。

今人結盟，必拜關帝；不知桃園當日，又拜何神？可見盟者，盟諸心，非盟諸神也。今人好通譜，往往非族認族；試觀桃園三義，各自一姓：可見兄弟之約，取同心同德，不取同姓同宗也。若不信心而信神，不論德而論姓，則神道設教，莫如張角三人，同氣連枝，亦莫如張角三人矣。而彼三人者，其視桃園爲何如耶！

齊東絶倒之語，偏足煽惑愚人，如「蒼天已死，黄天當立」是已。且安知「南華老仙」「天書三卷」，非張角謬言之而衆人妄信之乎！愚以爲裹黄巾、稱黄天，由前而觀，則黄門用事之應；由後而觀，則黄初改元之兆也。

百忙中忽入劉、曹二小傳：一則自幼便大，一則自幼便奸；一則中山靖王之後，一則中常侍之養孫：低昂已判矣。後人猶有以魏爲正統，而書「蜀兵入寇」者，何哉？

許劭曰：「治世能臣，亂世奸雄」，此時豈治世耶？劭意在後一語，操喜亦喜在後一語。喜得惡，喜得險，喜得直，喜得無禮，喜得不

〔一〕「地利」，貫本訛作「地理」。
〔二〕「將」，貫本脱此字，對應有誤。

平常〔三〕，喜得不懷好意。只此一喜，便是奸雄本色。

話説天下大勢，分久必合，合久必分。周末七國分争，并入于秦；及秦滅之後，楚漢分争，又并入于漢；漢朝自高祖斬白蛇而起義，一統天下，後來光武中興，傳至獻帝，遂分爲三國。推其致亂之由，殆始於桓、靈二帝。【毛】《出師表》曰「嘆息痛恨于桓、靈」，故從桓、靈説起。桓、靈不用十常侍，則東漢可以不爲三國；劉禪不用黄皓，則蜀漢可以不爲晉國。此一部大書前後照應處。桓帝禁錮善類，崇信宦官。及桓帝崩，靈帝即位，大將軍竇武、太傅陳蕃，共相輔佐。時有宦官曹節等弄權，【鍾】中涓弄權便不是好消息。竇武、陳蕃謀誅之，機事〔四〕不密，反爲所害，中涓【二】中涓，（宫中）（官名，）掌事之宦官也。自此愈横。【毛】將説何進，先以陳、竇二人作引。

建寧二年四月望日，帝御温德殿。方陞座，殿角狂風驟起。只見一條大青蛇，從梁上飛將下來，蟠于椅上。【毛】【漁】白蛇斬而漢興，青蛇見而漢危。青蛇、白蛇，遥遥相對。〈【毛】〉○「惟虺惟蛇，女子之祥。」寺人正女子一類也，故有此兆。【鍾】怪物。帝驚倒，左右急救入宫，百官俱奔避。須臾，蛇不見了。忽然大雷大雨，加以冰雹，落到半夜方止，壞却房屋無數。建寧四年二月，洛陽地震，【二】洛陽，郡名。今河南府洛陽縣是也。又海水泛溢，沿海居民盡被大浪捲入海中。【毛】水將滅火。【贊】亂世景象自是如此，不足異也。【鍾】天變地變。光和元年，雌鷄化雄。【毛】【漁】此兆尤〔五〕切（中）宦官。以男子而浄身，則雄化爲雌矣；以閹人而干政，則雌又化爲雄矣。【鍾】人變物變。六月朔，黑氣十餘丈，飛入温德殿中。秋七月，有虹見【二】音現。於玉堂。五原【六】五原，郡名。〔六〕〈【二】〉今故城在陝西延安府神木縣。

〔三〕「常」，齋本、光本脱。

〔四〕「機事」，齋本、光本作「作事」，嘉本、周本作「機謀」。

〔五〕毛批「尤」，齋本、光本作「又」。

〔六〕此句醉本眉注，業本同，濟本改雙行夾批，無「五原」；其他毛校本全書無眉注、側注。業本、濟本注少於醉本，無異文則不另出校。

山岸盡皆崩裂，種種不祥，非止一端。【毛】先說災異，引起盜賊。【鍾】災變迭至，正天心仁愛靈帝，令其恐懼脩省，不（怨）處絶之也。帝下詔問羣臣以災異之由。議郎蔡邕【毛】[眉]邕，音雍。上疏，以爲蜺墮、【毛】[眉]蜺，音倪。墮，音惰。雞化，乃婦寺干政之所致，言頗切直。【毛】首卷書以蔡邕起，以董卓結，蓋邕固一代文人也，使不失身董卓，則《三國志》當成于蔡邕之手，豈成于陳壽之手哉？作者殆爲中郎惜之。【鍾】邕奏推亂本，鑿治源，親賢遠奸，脩德回天之功，種種俱（備）。帝覽奏嘆息，因起更衣。曹節在後竊視，悉宣告左右，遂以他事陷邕於罪，放歸田里。後張讓、趙忠、封諝、段珪、曹節、侯覽、蹇碩、程曠、夏惲〔七〕、【毛】[側]音允。郭勝十人朋比爲奸，號爲「十常侍」。【二】常侍，即宦官，今之太監也。帝尊信張讓，呼爲「阿父」。【毛】有此「張父」，自然生出張角等兄弟三人來。朝政日非，以致天下人心思亂，盜賊蜂起。

時鉅鹿郡【二】鉅鹿，郡名，今屬北直隸順德府鉅鹿縣是也。有兄弟三人，【毛】以此兄弟三人，引出桃園兄弟三人來。一名張角，一名張寶，一名張梁。那張角本是箇不第秀才，【毛】脱儒冠而裹黄巾，負却秀才名色。因入山採藥，遇一老人，碧眼童顏，手執藜杖，喚角至一洞中，以天書三卷授之，曰：「此名《太平要術》，汝得之當代天宣化，普救世人。【鍾】南華老仙原是正術。若萌異心，必獲惡報。」【毛】【漁】若無此（句，人不肯信）（一言，亦張角兄弟等類）。【贊】原自説破。【鍾】豫先說破了。角拜問姓名，老人曰：「吾乃南華老仙也。」言訖，化陣清風而去。【毛】【漁】此事誰見來？（是）（乃）張角自言之，而人遂〔八〕（信之）（言之耳），〈【毛】〉正與「篝火狐鳴」一般伎倆。角得此書，曉夜攻習，能呼風喚雨，號爲「太平道人」。【毛】稱謂絶奇〔九〕。【贊】近日白蓮教彷佛如此，可不有以禁之。中平元年正月內，疫氣流行，張角散施符水，爲人治病，自稱「大賢良

〔七〕「惲」，齋本、光本作「暉」，明四本作「輝」。按：後文第三回作「惲」。南朝宋范曄《後漢書·宦者列傳》作「惲」。

〔八〕毛批「是張角」「遂」，齋本、光本作「此張角」「誰」。

〔九〕「絶奇」，滄本、商本倒作「奇絶」。

師」。【毛】名號愈出愈奇。角有徒弟五百餘人，雲遊四方，皆能書符念咒。次〔一〇〕後徒衆日多，角乃立三十六方，大方萬餘人，小方六七千，各立渠帥，【二】【補註】謹按《綱目》所載云：「渠帥，《夏書》云『殲厥渠魁』，注云：『渠，大；魁，帥也。』」稱爲將軍，【毛】書符念咒，只好遣鬼爲將，奈何以人爲將乎！稱「道人」，稱「師〔一一〕」，又稱「將軍」，〈【毛】【漁】〉名號愈出愈奇。訛言：「蒼天已死，黃天當立。」【毛】造語不通之極。如此秀才，宜其不第也。○漢將興，有赤帝、白帝之奇讖；漢將亡，有蒼天、黃天之妖言。赤白、蒼黃，二帝二天，正遙遙相映。【贊】好胡説。【漁】造語不通，宜其不第秀才。○漢將興，有赤帝、白帝之讖；漢將亡，有蒼天、黃天之讖。赤白、蒼黃，二帝二天，遙遙相應。又云〔一二〕：「歲在甲子，天下大吉。」【鍾】□日白蓮教彷□如此，□不有（能）□之。（興）是訛言。令人各以白土書「甲子」二字于家中大門上。青、幽、徐、冀、荆、揚、兖、豫【二】青，今山東青州府；幽，今北直隸地方；冀，今山西地；荆，今湖廣荆州（地方）；揚，今南直〔一三〕隸揚州；徐（州），今南〔一四〕直隸徐州（地方）；兖，今山東兖州府也；豫，今河南汝寧地方。八州之人，家家侍奉大賢良師張角名字。【毛】天子既呼張讓爲父，天下安得不奉張角爲師〔一五〕。 角遣其黨馬元義，暗齎金帛，結交中涓封諝，以爲內應。【毛】外寇必結連內寇。【贊】來了。【鍾】張角只萌異心，自當獲惡報矣。角與二弟商議曰：「至難得者，民心也。今民心已順，若不乘勢取天下，誠爲可惜！」【贊】「之」字不通，一部俱如此。〔一六〕遂一面私造黃旗，約期舉事；一面使弟子唐周馳書報封諝。唐周乃徑赴省中告變。【毛】【漁】中涓反作奸細，奸細反作首人，（可見）內寇更（惡于）（甚）外寇。【贊】好個唐周。

〔一〇〕「次」，光本作「此」。

〔一一〕「師」，齋本、光本作「帥」。

〔一二〕「又云」，明四本無。

〔一三〕夏本批語（以下簡稱夏批）「揚」，原作「楊」，形訛，後一處同。周本批語（以下簡稱周批）「直」，原作「真」，形訛。

〔一四〕周批「南」，原作「有」，形訛。

〔一五〕「安得不奉張角」，貫本作「又安得不奉角」。

〔一六〕按：贊本正文作「誠爲萬代之可惜」。

【鍾】好弟子！帝召大將軍何進【毛】引出何進。調兵擒馬元義，斬之，次收封諝等一干人下獄。【毛】何不便殺？張角聞知事露，星夜舉兵，自稱「天公將軍」，張寶稱「地公將軍」，張梁稱「人公將軍」，【毛】隱然鼎足，爲三國引子。【漁】以三寇引出三國，是全部中賓主。以張角兄弟三人引出桃園兄弟三人，此又一回中賓主。申〔一七〕言于衆曰：「今漢運將終，大聖人出。汝等皆宜順天從正，以樂太平。」【鍾】所謂「以道爲念」「普救世人」者安在？四方百姓，裹黃巾從張角反者四五十萬。【毛】奉黃天而裹黃巾，煞是好笑。賊勢浩大，官軍望風而靡。何進奏帝火速降詔，令各處備禦，討賊立功。一面遣中郎將盧植、皇甫嵩、朱儁，【二】【補註】皇甫，複姓；嵩，名；安定朝那人。儁，音俊。各引精兵，分三路討之。【毛】好。

且說張角一軍，前犯幽州界分。幽州刺史〔一八〕劉焉，【毛】【漁】一箇姓劉的，引出一箇姓劉的來。乃江夏竟陵人氏，漢魯恭王之後也。【毛】魯恭王之後，引出中山靖王之後來〔一九〕。當時聞得賊兵將至，召校【毛】【眉】校，音效。尉鄒靖計議。靖曰：「賊兵衆，我兵寡，明公宜作速招軍應敵。」劉焉然其說，隨即出榜招募【周】音暮。義兵。榜文行到涿縣，【二】涿，音卓。涿縣，今順天府涿州也。引出涿縣中一箇英雄。【毛】方入此卷正文。○先是一箇英雄。【漁】從榜文生來無迹。那人不甚好讀書，【毛】便與下〔二〇〕第秀才不同。【贊】不樂讀書便是英雄矣。性寬和，寡言語，喜怒不形於色，【贊】「於」字不通，一部俱如此。素有大志，專好結交天下豪傑。【鍾】大英雄，

〔一七〕「申」，商本作「角」。

〔一八〕「刺史」，原作「太守」，毛校本、明四本（以下簡稱古本）同。按：《三國志·蜀書·劉二牧傳》：劉焉「歷雒陽令、冀州刺史、南陽太守、宗正、太常」，並建言：「可選清名重臣以爲牧伯，鎮安方夏。」《後漢書·郡國志》：「右幽州刺史部，郡、國十一，縣、邑、侯國九十。」《孝靈帝紀》：中平元年四月「廣陽黃巾殺幽州刺史郭勳及太守劉衛」；中平五年「是歲，改刺史，新置牧」；《劉虞傳》：中平五年「復拜幽州牧」。「刺史」誤作「太守」；劉備起兵破黃巾，時任刺史未載史書，抑或職位空置，劉焉治幽州屬《演義》杜撰。據改。

〔一九〕「來」，澹本、商本脱。

〔二〇〕「下」，致本同，其他毛校本作「不」。

（分）手眼！結交天下豪傑，便不消呫嗶讀書。生得身長七尺五寸[一一]，兩耳垂肩，雙手過膝，目能自顧其耳，面如冠【夏】音貫。玉，唇若塗脂，中山靖王劉勝之後，漢景帝閣下玄孫，【毛】可知蜀漢是正統。【漁】于此處大書特書，就明以正統歸之。姓劉名備，字玄德。昔劉勝之子劉貞，漢武時封涿縣陸城亭侯[一二]，後坐酎【毛】眉酎，音宙。正月作酒，八月乃熟，名曰酎，以獻宗廟。金失侯，【毛】漢武時宗廟祭祀[一三]，命宗藩俱獻金助祭。金色有不佳者，輒削其封。【二】因坐酎金之罪而失其亭侯之爵[一四]。因此遺這一枝在涿縣。玄德祖劉雄，父劉弘。弘曾舉孝廉，亦嘗作吏，早喪。玄德幼孤，事母至孝。【毛】然則昭烈之事母，勝于高宗之事父矣。家貧，販屨織蓆爲業。【毛】漢武用主父偃計，削弱宗藩，以致光武起于田間，昭烈起于織蓆，可勝嘆哉。【鍾】發跡甚（微）。家住本縣樓桑村。【二】樓桑村，地名，在涿州西南一十五里，即漢昭烈（皇帝）故居東南隅。其家之東南，有一大桑樹，高五丈餘，遥望之，童童[一五]【三】（童童，）獨立（之）貌。如車蓋。相者云：「此家必出貴人。」【毛】只爲此一株桑，遂使南陽八百株桑不能獨樂其樂。【漁】桑質原具經綸作用，故伊尹以之生，玄德以之興。玄德幼時，與鄉中小兒戲於樹下，曰：「我爲天子，當乘此車蓋。」【毛】漢高微時，見始皇車從，曰：「丈夫不當如是耶？」[一六]正與此合。【贊】自然露出。【鍾】少年即有大志。【漁】此語疑後人附會。【三】補遺朱晦（翁）（菴）題《樓桑詩》曰：「樓桑大樹翠繽紛，鳳鳥鳴時曾一聞。合使本支垂百世，詎知功業只三分。」（云云。）叔父劉元起奇其言，曰：「此兒非常人也！」【鍾】阿叔塵埃中物色天子。

[一一]「七尺五寸」，原作「八尺」，毛校本同。按：《三國志·蜀書·先主傳》作「身長七尺五寸」，後文第三十五回亦作「七尺五寸」。據明四本改。

[一二]「涿縣陸城亭侯」，原作「逐鹿亭侯」，毛校本同；嘉本作「涿郡陸城亭侯」。按：後文第十八回作「勝生陸城亭侯劉貞」；《三國志·蜀書·先主傳》：「元狩六年封涿縣陸城亭侯。」據周、夏、贊本改。

[一三]「祭祀」，貫本作「祭禮」。

[一四]周、夏批「爵」，原作「職」。按：亭侯爲爵位，非職位。

[一五]「童童」，致本、貫本作「重重」，形訛。

[一六]按：毛批引述漢高祖劉邦事，語待考。《史記·高祖本紀》：「高祖常繇咸陽，縱觀，觀秦皇帝，喟然太息曰：『嗟乎，大丈夫當如此也！』」

因見玄德家貧，常資給之。毛好叔父。贊好阿叔。年十五歲，母使游學，嘗師事鄭玄、盧植，與公孫瓚等爲友。毛以上是玄德一篇小傳。及劉焉發榜招軍時，玄德年已二十八歲矣。

當日見了榜文，慨然長嘆。毛此一嘆，嘆出無數大事來。漁長嘆便有撫髀之意。隨後一人厲聲言曰：「大丈夫不與國家出力，何故長嘆？」毛斗然而來。贊是好兄弟。鍾英雄氣槩。玄德回視其人，身長八尺，豹頭環眼，燕頷毛眉頷，含，上聲，頤也。虎鬚，聲若巨雷，勢如奔馬。毛漁又引出一箇英雄。玄德見他形貌異常，問其姓名。其人曰：「某姓張名飛，字翼德。世居涿郡，頗有莊毛眉莊，俗作庄，非。田。賣酒屠猪，專好結交天下豪傑。毛與玄德有同好。漁賣酒屠猪，不是田舍翁行逕；結交壯士，又是酒家屠兒行徑。叙述甚妙。恰〔二七〕纔見公看榜而嘆，故此相問。」玄德曰：「我本漢室宗親，姓劉名備。今聞黃巾倡亂，有志欲破賊安民，恨力不能，故長嘆耳。」贊此三人氣魄原大。飛曰：「吾頗有資財，當召募鄉勇，與公同舉大事，如何？」毛畢竟有貲財者，易于舉大事。鍾玄德有翼德，生一右翼。玄德甚喜，遂與同入村店中飲酒。正飲間，見一大漢，推著一輛車子，到店門首歇了，入店坐下，便喚酒保：「快斟酒來吃，我待趕入城去投軍！」毛斗然而來。玄德看其人：身長九尺〔二八〕，髯長二尺，面如重棗，唇若塗脂，丹鳳眼，卧蠶眉，相貌堂堂，威風凜凜。毛又引出〔二九〕一箇英雄。○寫玄德先遇張公，次遇關公，叙法參差有致。漁又引出一個英雄來。○叙三人相會，各一機局，如畫。玄德就邀他同坐，叩其姓名。其人曰：「吾姓關名羽，字長生，後改雲長，河東解良〔三〇〕人也。二河東，今屬山西平陽府。解良，即平陽府蒲州是

〔二七〕「恰」，齋本、光本作「適」，明四本無。
〔二八〕「尺」字原闕，據毛校本補。
〔二九〕「出」，商本作「來」。
〔三〇〕按：《三國志·蜀書·關羽傳》：「河東解人也。」明李賢、彭時《大明一統志》（以下簡稱《一統志》）：「春秋爲晉之解梁城。戰國屬魏。漢爲解縣，屬河東郡……五代漢始置解州，治解縣……元屬平陽路。本朝因之。」「梁」誤作「良」，應作「解縣」，「解良」成習。

也。因本處勢豪倚勢凌人，被吾殺了，【毛】頗與張翼德同性。【贊】能殺倚勢欺人之豪霸便是聖人，便是佛，所以今日華夷並仰，老幼俱親也。【漁】此等殺人，便是萬事成靈根本。逃難江湖，五六年矣。今聞此處招軍破賊，特來應募。」玄德遂以己志告之，雲長大喜，同到張飛莊上共議大事。【鍾】玄德有雲長，生一左翼。

飛曰：「我〔三一〕莊後有一桃園，花開正盛，明日當於園中祭告天地，我三人結爲兄弟，協力同心，然後可圖大事。」【毛】黃巾賊有三箇姓張的弟兄，不如張翼德結兩箇不姓張的弟兄較勝萬倍。但論兄弟不兄弟，何論姓張不姓張哉！玄德、雲長齊聲應曰：「如此甚好。」次日，於桃園中備下烏牛白馬祭禮等項。三人焚香再拜而説〔三二〕誓曰：「念劉備、關羽、張飛，雖然異姓，既結爲兄弟，則同心協力，救困扶危，上報國家，下安黎庶。不求同年同月同日生，只願同年同月同日死。【毛】【漁】千古盟書，（第一奇語。）（有此正大否？）【贊】發願先已不同。【鍾】□□誓□千古。皇天后土，實鑒此心，背義忘恩，天人共戮！」誓畢，拜玄德爲兄，關羽次之，張飛爲弟。祭罷天地，復宰牛設酒，聚鄉中勇士，得三百餘人，就桃園中〔三三〕痛飲一醉。【毛】【贊】（如此勝舉，）值得一醉。來日收拾軍器，但恨〔三四〕無馬匹可乘。正思慮間，人報有兩箇客人，【贊】好兆頭。引一夥伴儅，趕一羣馬，投莊上來。【毛】【漁】來得凑巧。玄德曰：「此天祐我也！」【鍾】□以天□□□。三人出莊迎接。原來二客乃中山大商，一名張世平，一名蘇雙，每年往北販馬，近因寇發而回。玄德請二人到莊，置酒管〔三五〕待，訴説欲討賊安民之意。二客大喜，願將良馬五十匹相送，又贈金銀五百兩，鑌【毛】眉鑌，本作賓，爲刀甚利。鐵一千斤，以資器用。【毛】大是佳客。【贊】二客大通。【鍾】二客亦□俠氣。【漁】何不也附關、張末座？玄德謝別二客，便命

〔三一〕「我」，光本作「吾」。
〔三二〕「説」，光本作「設」。
〔三三〕「中」，商本脱。
〔三四〕「但恨」，明四本無「但」，商本脱「恨」。
〔三五〕「管」，齋本、光本、商本作「款」。

良匠打造雙股劍。雲長造青龍偃月刀，【毛】刀名奇。又名「冷艷鋸」，【毛】更新奇。【贊】「冷艷」名甚雅。【漁】好名色。重八十二斤。張飛造丈八點鋼矛。【夏】音年。各置全身鎧【夏】音你。甲。共聚鄉勇五百餘人，來見鄒靖。鄒靖引見刺史劉焉。三人參見畢，各通姓名。玄德說起宗派，劉焉大喜，遂認玄德爲姪。【毛】方作關、張〔三六〕之兄，又作劉焉之姪。【贊】劉焉亦通。【鍾】這樣姪子若不（認）他，亦是肉眼。

不數日，人報黃巾賊將程遠志統兵五萬來犯涿郡。劉焉令鄒靖引玄德等三人，統兵五百，【毛】看他以五百敵其五萬。前去破敵。玄德等欣然領軍前進，直至大興山下，與賊相見。賊衆皆披髮，以黃巾抹額。當下兩軍相對，玄德出馬，左有雲長，右有翼德，揚鞭大罵：「反國逆賊，何不早降！」程遠志大怒，遣副將鄧茂出戰。張飛挺丈八蛇矛直出，手起處，刺【夏】音次。中〔三七〕鄧茂心窩，翻身落馬。【毛】極寫翼德。【贊】此處形容關、張用勇也。【鍾】翼德首發市入。【漁】祭丈八矛的是鄧茂。程遠志見折了鄧茂，拍馬舞刀，直取張飛。雲長舞動大刀，縱馬飛迎。程遠志見了，早吃一驚，【贊】此人還有些眼力。措手不及，被雲長刀起處揮爲兩段。【毛】極寫雲長。龍刀、蛇矛，初發利市。【贊】此所云發利市也。【鍾】雲長發利市。【漁】祭青龍偃月刀的是程遠志。後人有詩讚二人曰：

英雄落〔三八〕穎在今朝，一試矛兮一試刀。
初出便將威力展，三分好把姓名標。

衆賊見程遠志被斬，皆倒戈而走。玄德揮軍追趕，投降者不計其數，大勝而回。劉焉親自迎接，賞勞軍士。次日，接得青州刺史龔景〔三九〕牒文，言黃巾賊圍城將陷，乞賜救援。劉焉與玄德商議。玄

〔三六〕「關張」，商本倒作「張關」。
〔三七〕「中」，齋本、光本作「入」。
〔三八〕「落」，齋本、光本作「發」，明四本無。
〔三九〕「刺史龔景」，原作「太守龔景」，古本同。按：《後漢書·臧洪傳》：「以洪領青州刺史。前刺史焦和好立虛譽，能清談。時黃巾群盜處處飆起，而青部殷實，軍革尚衆。」龔景爲《演義》虛構。同本回校記〔一八〕，據改，後一處同。

德曰：「備願往救之。」毛壯甚。劉焉令鄒靖將兵五千，同玄德、關、張，投青州來。賊衆見救軍〔四〇〕至，分兵混戰。玄德兵寡，不勝，退三十里下寨。毛前以五百而大勝，此以五千而小却，寫得變幻。若每戰必寫獲捷，便不成文字矣。玄德謂關、張曰：「賊衆我寡，必出奇兵，方可取勝。」贊此處形容玄德同謀也〔四一〕。鍾玄德發利市。乃分關公引一千軍伏山左，張飛引一千軍伏山右，鳴金爲號，齊出接應。毛先〔四二〕寫關、張斬將，次寫玄德運籌，叙法亦參差有致。漁關張以勇勝，玄德以謀勝。三人各露一班矣。次日，玄德與鄒靖引軍鼓譟而進。賊衆迎戰，玄德引軍便退。賊衆乘勢追趕，方過山嶺，玄德軍中一齊鳴金，左、右兩軍齊出，玄德麾軍回身復殺。三路夾攻，賊衆大潰。毛極寫玄德。直趕至青州城下，刺史龔景亦率民兵出城助戰。毛帶寫青州兵一句，好。賊勢大敗，勦戮極多，遂解青州之圍。後人有詩讚玄德曰：

運籌決算有神功，二虎還須遜一龍。
初出便能垂偉績，自應分鼎在孤窮。

龔景犒軍畢，鄒靖欲回。玄德曰：「近聞中郎將盧植與賊首張角戰於廣宗，二廣宗，《一統志》云：東漢之邑，即今北直隸順德府廣宗縣也。備昔曾師事盧植，欲往助之。」毛壯甚，義甚。漁不忘師，壯甚，壯甚。於是鄒靖引軍自回，贊玄德大是，鄒生亦是。鍾欲就盧植破賊，玄德應（變）之權，鄒靖特守常耳。玄德與關、張引本部五百人投廣宗來。至盧植軍中，入帳施禮，具道來意。盧植大喜，留在帳前〔四三〕聽調。

時張角賊衆十五萬，植兵五萬，相拒于廣宗，未見勝負。植謂玄德曰：「我今圍賊在此，賊弟張梁、張寶在潁川〔四四〕，與皇甫嵩、朱儁對壘。汝可

〔四〇〕「軍」，光本作「兵」。
〔四一〕「同謀也」，緑本作「用謀」。
〔四二〕「先」，商本作「光」，形訛。
〔四三〕「前」，光本作「引」。
〔四四〕「潁川」，原作「頴川」，致本、業本、貫本、齋本、嘉本、夏本、贊本同；澹本、光本作「穎川」。按：明末張自烈《正字通》：「潁：從水頃聲，俗作頴，非。」據商本、周本改。各本全書「潁」多作「頴」，徑改，不另出校。

引本部人馬，我更助汝一千官軍，前去潁川打探消息，約期勦捕。」玄德領命，引軍星夜投潁川來。毛本要助盧植，却使轉助皇甫嵩、朱儁，叙法變幻。時皇甫嵩、朱儁領軍拒賊，賊戰不利，退入長社，二長社，縣名，故址在河南開封府城西南二百二十〔四五〕里，即今許州也。依草結營。嵩與儁計曰：「賊依草結營，當用火攻之。」贊亦是。鍾火攻之計□□。漁三國中頭一次用火攻。遂令軍士每人束草一把，暗地埋伏。其夜大風忽起，毛正與「呼風喚雨」相映作趣。二更以後，一齊縱火，嵩與儁各引兵攻擊〔四六〕。賊寨火焰張天，賊衆驚慌，馬不及鞍，人不及甲，四散奔走。

殺到天明，張梁、張寶引敗殘軍士，奪路而走。忽見一彪軍馬，盡打紅旗，當頭來到，截住去路。毛讀至此，必謂是玄德、關、張來矣，不意竟不是。奇絶。爲首閃出一將，身長七尺，細眼長髯〔四七〕，鍾畫出一箇生曹操，鬚眉都會動。官拜騎都尉，沛國譙縣人也〔四八〕，姓曹名操，字孟德。毛忽然飛來。漁讀至此，只道劉、關、張來矣，不想竟不是。○出奸雄，鄭重。操父曹嵩，本姓夏侯氏，因爲中常侍曹騰之養子，故冒姓曹。曹嵩生操，小字阿瞞，一名吉利。毛漁（曹操）世系如此，豈得與靖王後裔（、景帝玄孫）同日論哉！操幼時好游獵，喜歌舞，有權謀，多機變。三機警，謂有機關而警省。權數，謂權謀術數。〔四九〕操有叔父，見操游蕩無度，嘗怒之，毛玄德之叔父奇其姪，曹操之叔父怒其姪：都是好叔父。言于曹嵩，嵩責操。操忽心生

〔四五〕周、夏批「十」下原有「五」。按：《綱目》（《新刊資治通鑑綱目大全》）卷八明代馮智舒《綱目質實》（以下簡稱「馮質實」）引《一統志》作「二百二十五里」。《一統志》：「許州，在府城西南二百二十里。」據刪。

〔四六〕「擊」，光本作「戰」。

〔四七〕「髯」，齋本、光本作「鬚」。

〔四八〕「譙縣」，原作「譙郡」，古本同。按：《三國志·魏書·武帝紀》：「太祖武皇帝，沛國譙人也。」《後漢書·郡國志》：東漢時譙縣屬豫州沛國，爲豫州州治。建安十八年譙縣爲譙郡治。後文第五回夏侯惇出場處亦作「沛國譙人」；第七十九回曹丕「南巡沛國譙」。「郡」應作「縣」，據後文改，批語同。「沛國譙郡」周、夏批原有「沛國譙郡今屬徐州沛縣地方」，夏批「徐」作「滁」。按：《一統志》：廢譙縣「在亳縣城，漢屬沛郡」。周、夏批皆誤注，不録。

〔四九〕按：明四本正文作「少機警、有權數」。

一計：見叔父來，詐倒于地，作中風之狀。贊小賊便夭手脚矣。叔父驚告嵩，嵩急視之，操故無恙。嵩曰：「叔言汝中風，今已愈乎？」操曰：「兒自來無此病，因失愛于叔父，故見罔耳。」毛漁（自幼便狡猾。）欺其父、欺其叔，（他日）安得不欺其君乎？〈毛〉○玄德孝其母，曹瞞欺其父、叔，邪正便判〔五〇〕。贊便是奸雄。嵩信其言。後叔父但言操過，嵩並不聽。鍾幼年便搬夭叔、父如嬰兒，可見曹操奸雄，自小已然。因此，操得恣意放蕩。時人有橋玄者，謂操曰：「天下將亂，非命世之才不能濟。能安之者，其在君乎？」南陽何顒見操言：「漢室將亡，安天下者，必此人也。」毛二人皆不識曹操，曹操聞之亦不喜。漁安天下此人，亂天下亦此人。汝南許劭，有知人之名。操往見之，問曰：「我何如人？」劭不答。又問，劭曰：「子治世之能臣，亂世之奸雄也。」毛二語定評。贊橋玄、何顒都讓許劭一頭地。漁「治世能臣」「亂世奸雄」，此時豈治世耶？劭意在後一語，操喜亦在後一語。操聞言大喜。毛稱之爲奸雄而大喜，大喜便是真正奸雄。三補遺橋玄嘗曰：「君未有名，可交許子將。」子將者，訓之從子劭也，好人倫〔五一〕，多所賞識，與從兄靖俱有高名。好共〔五二〕覈論鄉黨人物，每月輒更其品題，故汝南俗有「月旦評」焉。曹操往造劭而問之曰：「我何如人？」劭鄙其爲人，不荅。操又（劫）（問）〔五三〕之，劭曰：「子，治世之能臣，亂世之奸雄。」操大喜而（後）去。年二十，舉孝廉，贊曹操也曾舉孝廉，孝廉之名無人不可冒也。今之春元諸公何必以此沾沾〔五四〕也，呵呵。爲郎，除洛陽北部尉〔五五〕。初到任，即設五色棒十餘條于縣之四

〔五〇〕「父叔邪正便判」，商本作「叔父邪正更判」。

〔五一〕周、夏批「人倫」，原作「議論」。按：《後漢書·許劭傳》：「少峻名節，好人倫，多所賞識。」據嘉本批語（以下簡稱嘉批）改。

〔五二〕周、夏批「共」，原無。按：《後漢書·許劭傳》：「好共覈論鄉黨人物。」據嘉批補。

〔五三〕按：《後漢書·許劭傳》：「劭鄙其人而不肯對，操乃伺隙脅劭。」《三國志·魏書·武帝紀》南朝宋裴松之注（以下簡稱裴注）引晉孫盛《三國異同評》（《異同雜語》）曰：「固問之。」

〔五四〕「沾沾」，緑本作「沾清」。

〔五五〕「北部尉」，原作「北都尉」，古本同。按：《三國志·魏書·武帝紀》：「年二十，舉孝廉爲郎，除洛陽北部尉。」據改。

門，有犯禁者，不避豪貴，皆責之。中常侍蹇碩之叔，提刀夜行，操巡夜拏住，就棒責之。由是内外莫敢犯者，威名頗震。後爲頓丘令。【毛】百忙中夾叙曹操一篇小傳，奇。因黄巾起，拜爲騎都尉，引馬步軍五千，前來潁川助戰。【漁】方入正文。正值張梁、張寶敗走，【漁】遥接無痕。曹操攔住，大殺一陣，斬首萬餘級，奪得旗旛、金鼓、馬匹極多。張梁、張寶死戰得脱。操見過皇甫嵩、朱儁，隨即引兵追襲張梁、張寶去了。【毛】【漁】寫曹操忽然飛來，忽然飛去，奇絶。

却説玄德引關、張來潁川，聽得喊殺之聲，又望見火光燭天。急引兵來時，賊已敗散。玄德見皇甫嵩、朱儁，具道盧植之意。嵩曰：「張梁、張寶勢窮力乏，必投廣宗去依張角。玄德可即星夜往助。」玄德領命，遂引兵復回。【毛】盧植遣助皇甫嵩、朱儁，皇甫嵩、朱儁又遣助盧植，叙法變幻。到得半路，只見一簇軍馬，護送一輛檻車，車中之囚，乃盧植也。【毛】更極〔五六〕變幻。【漁】奇幻。玄德大驚，滚鞍下馬，問其緣故。植曰：「我圍張角，將次可破，因角用妖術，未能即勝。【毛】張角妖術，在盧植口中虚叙一句，好。朝廷差黄門左豐前來體〔五七〕探，問我索取賄賂。我荅曰：『軍糧尚缺，安有餘錢奉承天使？』左豐挾恨，回奏朝廷，説我高壘不戰，惰慢軍心。因此朝廷震怒，遣中郎將董卓來代將我兵，【毛】先伏一筆。【漁】此處先伏董卓一筆。取我回京問罪。」張飛聽罷大怒，要斬護送軍人，以救盧植。【毛】【贊】的是快人。【鍾】老張每□公憤。【漁】快人。玄德急止之曰：「朝廷自有公論，汝豈可造次？」【漁】已見關、張粗細之分。軍士簇擁盧植去了。關公曰：「盧中郎已被逮，别人領兵，我等去無所依，不如且回涿郡。」玄德從其言，遂引軍北行。

行無二日，忽聞山後喊聲大震。玄德引關、張縱馬上高岡望之，見漢軍大敗，後面漫山塞野，黄巾蓋地而來，旗上大書「天公將軍」。【毛】真是意外出

〔五六〕「極」，光本作「妙」。

〔五七〕「體」，齋本、光本作「打」，商本作「察」。

奇。【漁】更奇幻，使人測摸不着。玄德曰：「此張角也！可速戰！」【毛】玄德兩番往來，本要助戰，却都未戰；今引兵欲回，本不想戰，却反得一戰：叙法俱變。三人飛馬引軍而出。張角正殺敗董卓，乘勢趕來，忽遇三人衝殺，角軍大亂，敗走五十餘里。三人救了董卓回寨。【毛】本要助盧植，却反救了董卓，變幻。〇此回本叙劉、關、張，中間却夾叙曹操，末後又帶出董卓，奇絶。卓問三人現居何職，玄德曰：「白身。」卓甚輕之，不爲禮。【毛】可笑，可惡。【贊】救命的是〔五八〕「白身」便輕之，若有爵位者殺之亦自甘心也，俗人可笑如此。【鍾】（聽）着「白身」，即救命之恩亦遂不報，董卓真小人。【漁】因「白身」兩字，救命恩都忘了。玄德出，張飛大怒曰：「我等親赴血戰，救了這厮，他却如此無禮！若不殺之，難消我氣！」【漁】見盧植受屈便要殺，見董卓無禮又要殺，快人。〇此時殺却，倒也乾净。便要提刀入帳來殺董卓。【毛】見盧植受屈便要救，見董卓無禮便要殺，畧無一毫算計。寫翼〔五九〕德真是當時第一快人。【贊】快人，快人。正是：

人情勢利古猶今，誰識英雄是白身？
安得快人如翼德，盡誅世上負心人！

畢竟董卓性命如何，且聽下文分解。

最可笑者，是「蒼天已死，黄天當立」之言也，如此胡説，只好欺罔下愚，真齊東野人之語也。

桃園結義，劈頭發願，便説同心協力，救困扶危，上報國家，下安黎庶。你看他三人豈尋常草澤之人而已乎！三分事業實基于此。

操聞亂世奸雄之評，欣然而去，則其人猶非甚有城府者，不如今人説着病痛，多方掩飾，反致仇恨也。

操小時便搬弄叔父于股掌，如弄嬰兒。是人也，豈有君父者乎？

要殺護送人以救盧植，要殺董卓以洩小憤，絶無廻避，一味直前，翼德真快人也！翼德真快人也！

〔五八〕「救命的是」，緑本脱。
〔五九〕「翼」上，貫本有「張」字。

說着「白身」，即救命之恩亦遂不報，董卓真小人哉。如此勢利小人，不殺何待？雖然，今天下豈少董卓哉！那裡殺得許多也！那裡殺得許多也！

《三國志演義》「其」字、「於」字、「耳」字、「之」字，决不肯通，要改，又改不得許多，無可柰何，只得于首卷標出，後不能再及矣。

奸邪亂世，每借天來造一不可窮究之説，以惑民心。

張角訛言「蒼天已死，黄天當立」，結交十常侍爲内應，豈能欺天哉？適以自欺耳！萌此異心，應獲惡報。南華老仙决不輕放了他。

桃園結義，名則兄弟，情則朋友，分則君臣。故三分事業，千古爲昭。「亂世之奸雄」五字爲操一生定評，橋玄、何顒之見，還不出許劭頭地。

第二回

張翼德怒鞭督郵　何國舅謀誅宦豎

翼德要救盧植，不曾救得；要殺董卓，不曾殺得；今遇督郵，更不能耐矣！督郵蠹國害民，是又一黄巾也。柳條一頓，可謂再破黄巾第二功。

寫翼德十分性急，接手便寫何進十分性慢。性急不曾誤事，性慢誤事不小。人謂項羽不能忍，是性急；高祖能忍，是性慢：此其説非也。項羽刻印將封，印刓敝而不忍予〔一〕；鴻門會上，范增三舉玦而不忍發，正病在遲疑不斷，何嘗性急？高祖四萬斤金，可捐則捐之；三齊、九江、大梁之地，可割則割之；六國印，可銷則銷之；鴻溝之約，可背則背之，正妙在果斷有餘，何嘗性慢？

西漢則外戚盛于宦官，東漢則宦官盛于外戚。惟其外戚盛也，故初則産、禄幾危漢祚，後則王莽遂移漢鼎。而宦官如弘恭、石顯輩，雖嘗擅權，未至如東漢之横。是西漢之亡，亡於外戚也。若東漢則不然，外戚與宦官迭爲消長。而以宦官圖外戚，則常勝，如鄭衆之殺竇憲、單超之殺梁冀是也。以外戚圖宦官，則常不勝，如竇武見殺于前，而何進復見殺于後是也。是東漢之亡，亡于宦豎〔二〕也。然竇武不勝，止于身死；何進不勝，遂以亡國。何也？曰：召外兵之故也。外戚圖之而不勝，至召外兵以勝之，而前門拒虎，後門進狼，國於是乎非君之國矣。亂漢者，宦豎也；亡漢者，外鎮

〔一〕「印刓敝而不忍予」，原作「印敝而不忍與」，毛校本同；齋本、澹本、光本「敝」作「秘」。按：《史記·淮陰侯列傳》：「印刓敝，忍不能予。」據補、改。

〔二〕「豎」，商本作「官」，後一處同。

也。而召外鎮者，外戚也。然則謂東漢之亡，亦亡於外戚，可也。

前於玄德傳中，忽然夾叙曹操；此又於玄德傳中，忽然帶表孫堅。一爲魏太祖，一爲吴太祖，三分鼎足之所從來也。分鼎雖屬孫權，而伏線則〔三〕已在此。此全部大關目處。

三大國將興，先有三小醜爲之作引；三小醜既滅，又有衆小醜爲之餘波。從來實事，未甞徑遂率直。奈何今之作稗官者，本可任意添設，而反徑遂率直耶！

且說董卓，字仲潁，隴西臨洮【周】音桃。【夏】音逃。人也，官拜河東太守，自來驕傲。【毛】一味驕傲，便筭不得奸雄，便不及曹操。當日怠〔四〕慢了玄德，張飛性發，便欲殺之。玄德與關公急止之曰：「他是朝廷命官，豈可擅殺？」飛曰：「若不殺這廝，反要在他部下聽令，其實不甘！二兄要便住在此，我自投別處去也！」【毛】確是怒後憤急語。不然，三人義同生死，何出此言。【贊】快人。【漁】是急話，莫當認真，兄弟三人，安有獨自去耶？玄德曰：「我三人義同生死，豈可相離？不若都投別處去便了。」飛曰：「若如此，稍解吾恨。」【鍾】士爲知己者用，故離却董卓，方解老張之恨。

於是三人連夜引軍來投朱儁，儁待之甚厚，合兵一處，進討張寶。是時曹操自跟皇甫嵩討張梁，大戰于廣宗〔五〕。【毛】首回夾叙曹操，此處還他一句下落，且爲後文伏線。這裏朱儁進攻張寶，張寶引賊衆八九萬屯于山後。儁令玄德爲其先鋒，與賊對敵。張寶遣副將高昇出馬搦【毛】［眉］搦，音諾。戰，玄德使張飛擊之。飛縱馬挺矛，與昇交戰，不數合，刺昇落馬。玄德麾軍直衝過去。張寶就馬上披髮仗劍，作起妖法，只見風雷大作，一股黑氣從天而降，黑氣中似有無限人馬殺來。【毛】前張角妖術只在盧植口中虛點一

〔三〕「則」，商本作「即」。

〔四〕「怠」，齋本、光本作「輕」，明四本無。

〔五〕「廣宗」，原作「曲陽」，古本同。按：《後漢書·皇甫嵩傳》：「嵩與角弟梁戰於廣宗。」據改。後文原作「斬張梁於曲陽」，同改。

句；今張寶妖術却用實叙，都好。玄德連忙回軍，軍中大亂，敗陣而歸，與朱儁計議。儁曰：「彼用妖術，我來日可宰猪羊狗血，令軍士伏于山頭，候賊趕來，從高坡上潑之，其法可解。」玄德聽令，撥關公、張飛各引軍一千，伏于山後高崗之上，盛毛眉盛，讀成二音成。猪羊狗血并穢物準備。次日，張寶摇〔六〕旗擂鼓，引軍搦戰，玄德出迎。交鋒之際，張寶作法，風雷大作，飛砂走石，黑氣漫天，滚滚人馬自天而下。玄德撥馬便走，張寶驅兵趕來。將過山頭，關、張伏軍放起號砲，穢物齊潑。但見空中紙人草馬紛紛墜地，風雷頓息，砂石不飛。毛《太平要術》甚是不濟。〇關公當日已可與翼德並稱伏魔大帝。鍾張寶邪不勝正。漁《太平要術》不濟事了。張寶見解了法，急欲退軍。左關公，右張飛，兩軍都出，背後玄德、朱儁一齊趕上，賊兵大敗。玄德望見「地公將軍」旗號，飛馬趕來，張寶落荒而走。玄德發箭，中其左臂。毛前寫關、張〔七〕，此寫劉備。張寶帶箭逃脱，走入下曲陽〔八〕，堅守不出。朱儁引兵圍住下曲陽攻打，一面差人打探皇甫嵩消息。探子回報，毛只如此帶筆接叙，不冗不脱，絶妙經營。且説：「皇甫嵩大獲勝捷，朝廷以董卓屢敗，命嵩代之。毛帶應董卓。嵩到時，張角已死，毛了却張角。張梁統其衆，與我軍相拒，鍾何等僭分。被皇甫嵩連勝七陣，斬張梁於廣宗。毛了却張梁〔九〕。發張角之棺，戮尸梟首，送往京師，鍾惡報。餘衆俱降。朝廷加皇甫嵩爲左〔一〇〕車騎將軍，領冀州牧。二〔一一〕晉州，古

〔六〕「摇」，齋本、光本作「播」，形訛。

〔七〕「關張」，光本倒作「張關」。

〔八〕「下曲陽」，原作「陽城」，古本同。按：《後漢書·皇甫嵩傳》：「嵩復與鉅鹿太守馮翊郭典攻角弟寶於下曲陽，又斬之。」據改。後二處同。此處周、夏批原有「陽城，郡名，今之河南府登封縣」，誤注，不録。

〔九〕「却」，光本作「去」。

〔一〇〕「左」，原無，古本同。按：《後漢書·皇甫嵩傳》：「即拜嵩爲左車騎將軍，領冀州牧。」據補。

〔一一〕周、夏批此處原有「曲陽，郡名，今屬北直隸真定府」。按：同本回校記〔五〕。曲陽誤注，不録。

名下曲陽，冀州，今屬北直隸〔一二〕也。皇甫嵩又表奏盧植有功無罪，朝廷復盧植原官。【毛】又帶應〔一三〕盧植，妙。曹操亦以有功，除濟南【二】濟南，（郡名，）今山東濟南府也。相，【毛】結曹操。即日將班師赴任。」【毛】一場大事，只就探子回報，帶筆寫出。一邊實叙，一邊虛叙，參差盡致。【漁】將許多事實收拾一報中，言簡意盡。朱儁聽説，催促軍馬，悉力攻打下曲陽。賊勢危急，賊將嚴政刺殺張寶，獻首投降。【毛】了却張寶。〇以三寇爲三國作引〔一四〕；而「天公」先亡，「人公」次之，「地公」後亡，正應着魏先亡，蜀次之，吴又〔一五〕次之：天然一箇小樣子。朱儁遂平數郡，上表獻捷。

時又黄巾餘黨三人：【毛】三人方死，又有三人作餘波。趙弘、韓忠、孫夏，聚衆數萬，望風燒劫，稱與張角報仇。【漁】黄巾餘波。朝廷命朱儁即以得勝之師討之。儁奉詔，率軍前進。時賊據宛【二】音鴛。城，【二】（《一統志》云：）宛城，（古）地名，今南陽府（南陽縣）是也。儁引兵攻之，趙弘遣韓忠出戰。儁遣玄德、關、張攻城西南角。韓忠盡率精鋭之衆，來西南角抵敵。朱儁自縱鐵騎二千，逕取東北角。賊恐失城，急棄西南而回。玄德從背後掩殺，賊衆大敗，奔入宛城。朱儁分兵四面圍定，城中斷糧，韓忠使人出城投降，儁不許。【毛】不許得有見。玄德曰：「昔高祖之得天下，蓋爲能招降納順，公何拒韓忠耶？」儁曰：「彼一時，此一時也。昔秦、項之際，【二】【考證補註】「秦、項」謂秦始皇、項羽之時（也）。天下大亂，民無定主，故招降賞附以勸來耳。【二】（謂）附者，賞之；來者，勸之。今海内一統，惟黄巾造反，若容其降，無以勸善。使賊得利，恣意劫掠，失利便投降，此長寇之志，非良策也。」【毛】此是正論。【鍾】朱儁不許投

〔一二〕周、夏批「北直隸」，周批原作「大名府」，夏批原作「北直隸大名府」。按：《後漢書·郡國志》：「右冀州刺史部，郡、國九，縣、邑、侯國百。」東漢冀州，明代大部屬京師（即北直隸）中南部。《一統志》：京師轄九府（含大名府）、二直隸州。據改。

〔一三〕「應」，商本作「映」。

〔一四〕「引」，貫本脱。

〔一五〕「又」上，貫本有「亡」字。

降以長寇志，此兵家之用正。【漁】此是兵家正用。玄德曰：「不容寇降是矣。今四面圍如鐵桶，賊乞降不得，必然死戰。萬人一心，尚不可當，況城中有數萬死命之人乎？不若撤去東南，獨攻西北。賊必棄城而走，無心戀戰，可即擒也。」【毛】【贊】兩策都是。【鍾】玄德撤去東南，令其奔走就擒，此兵家之用奇。【漁】此是兵家奇用。儁然之，隨撤東、南〔一六〕二面軍馬，一齊攻打西、北。韓忠果引軍棄城而奔。儁與玄德、關、張率三軍掩殺，射死韓忠，【毛】了却韓忠。餘皆四散奔走。正追赶間，趙弘、孫夏引賊衆到，與儁交戰。儁見弘勢大，引軍暫退。弘乘勢復奪宛城。儁離十里下寨，方欲攻打，忽見正東一彪人馬到來。【毛】來得突兀。爲首一將，生得廣額闊面，虎體熊腰，吴郡富春人也，【二】富春，今屬浙江嚴州府建德縣。姓孫名堅，字文臺，乃孫武子之後。年十七歲時，與父至錢塘，見海賊十餘人，刼取商人財物，于岸上分贓。堅謂父曰：「此賊可擒也。」遂奮力提刀上岸，揚聲大叫，東西指揮，【贊】便見一班矣。如喚人狀。賊以爲官兵至，盡棄財物奔走。堅趕上，殺一賊。【毛】亦是自幼便奇。由是郡縣知名，薦爲縣尉〔一七〕。【鍾】孫堅武勇，便見一班矣。後會稽妖賊許昌造反，自稱「陽明皇帝」，聚衆數萬。堅與郡司馬招募勇士千餘人，會合州郡破之，斬許昌并其子許韶。刺史臧旻上表奏其功，除堅爲鹽瀆丞，又除盱眙【毛】[眉]盱，音吁；眙，音夷。丞、下邳【毛】[眉]邳，音批。丞。【毛】有此大功，只除一丞，可笑。【二】塩瀆，今（之）淮安塩城縣（是也）；盱眙，今（之）鳳陽泗州盱眙縣（是也）；下邳，今（之）淮安（府）邳州（是）也。【贊】【鍾】世上自無埋没之豪傑，彼埋没者，定非豪傑耳。【漁】前于玄德傳中忽然夾叙曹操；此又於玄德傳中忽得夾表孫堅。一爲魏太祖，一爲吴太祖，三分鼎足之所

〔一六〕「南」，原作「西」，業本、貫本同，據其他古本改。

〔一七〕「縣尉」，原作「校尉」，古本同。按：《三國志·吴書·孫破虜傳》：「由是顯聞，府召署假尉」，「詔書除堅鹽瀆丞，數歲徙盱眙丞，又徙下邳丞。」《後漢書·百官志》：各類校尉秩二千石，位同郡太守。孫堅之後歷任鹽瀆、盱眙、下邳三縣縣丞，作「縣尉」是。據改。原眉注「校，音效」移至第一回「校尉鄒靖」處。

從來也。今見黄巾冠起，聚集鄉中少年及諸商旅，并淮、泗精兵一千五百餘人，前來接應。毛孫堅爲吴國孫權之父，故百忙中特爲立一小傳。漁方入正文。朱儁大喜，便令堅攻打南門，玄德打北門，朱儁打西門，留東門與賊走。孫堅首先登城，斬賊二十餘人，賊衆奔潰。趙弘飛馬突〔一八〕搠，直取孫堅。堅從城上飛身奪弘搠，贊好看。刺弘下馬，毛了却趙弘。却騎弘馬，飛身往來殺賊。毛寫得孫堅如此英雄，可見仲謀分鼎亦非易易〔一九〕。鍾堅直飛將軍也。漁驍勇好看。孫夏引賊突出北門，正迎玄德，無心戀戰，只待奔逃。玄德張弓一箭，正中孫夏，翻身落馬。毛了却孫夏。朱儁大軍隨後掩殺，斬首數萬級，降者不可勝計。南陽一路，二南陽，即今河南道南陽府是也。十數縣〔二〇〕皆平。儁班師回京，詔封爲右車騎將軍、光禄大夫〔二一〕。儁表奏孫堅、劉備等功。堅有人情，除别部〔二二〕司馬上任去了，毛饒他十分本事，終須靠着人情，爲之一嘆。贊天下事都要人情，從來如此，何怪今日？鍾從來事要人情，何怪今日？漁天下事都靠人情。惟玄德聽候日久，不得除授。

三人鬱鬱不樂，上街閒行，正值郎中張鈞車到。玄德見之，自陳功績。鈞大驚，隨入朝見帝曰：「昔黄巾造反，其原皆由十常侍賣官鬻爵，非親不用，非讐不誅，以致天下大亂。今宜斬十常侍，懸首南郊，遣使者布告天下，有功者重加賞賜，則四海自清平也。」毛漁不提（起）劉玄德，（却只）（單）駡十常侍，拔〔二三〕本塞源之論。贊好話。鍾張鈞直言無

〔一八〕「突」，商本作「挺」。

〔一九〕「易易」，致本作「容易」。

〔二〇〕「縣」，原作「郡」，古本同。按：《後漢書·郡國志》：「右荆州刺史部，郡七」；南陽郡「三十七城」。作「縣」是，據改。

〔二一〕「右車騎將軍、光禄大夫」，原作「車騎將軍、河南尹」，古本同。按：《後漢書·朱儁傳》：「遣使者持節拜儁右車騎將軍，振旅還京師，以爲光禄大夫。」據改。

〔二二〕「部」，原作「郡」，古本同。按：《三國志·吴書·孫破虜傳》：「儁具以狀聞上，拜堅别部司馬。」據改。

〔二三〕漁批「拔」，原作「投」，衡校本同。按：《左傳·昭公九年》：「伯父若裂冠毁冕，拔本塞原，專棄謀主，雖戎狄其何有余一人。」據毛批改。

隱，爲豪傑吐氣。十常侍奏帝曰：「張鈞欺主。」帝令武士逐出張鈞。十常侍共議：「此必破黃巾有功者，不得除授，故生怨言。權且教省家銓注微名，待後却再理會未晚。」毛即伏後沙汰一着。贄好貨。漁帝亦明白。因此玄德除授中山安喜縣尉〔二四〕，克日赴任。玄德將兵散回鄉里，毛細。止帶親隨二十餘人，與關、張來安喜縣中到任。漁直教英雄氣短。署縣事一月，與民秋毫無犯，民皆感化。贄今復有此縣尉否？鍾好縣事。到任之後，與關、張食則同桌，寢則同床。如玄德在稠人廣〔二五〕坐，關、張侍立，終日不倦。毛贄今復有此（結拜弟兄〔二六〕）（交誼）否？鍾好兄弟。

到縣未及四〔二七〕月，朝廷降詔，凡有軍功爲長吏者當沙汰，二「沙汰〔二八〕」猶言革除也。玄德疑在遣中。毛漁無人情者如此吃虧，（爲之一）（可）嘆。適督郵行部至縣，三補註督郵，乃宋參軍判官之有權者。玄德出郭迎接，見督郵施禮。督郵坐于馬上，惟微以鞭指〔二九〕回答，毛可惡，該打。贄鍾好大督郵。關、張二公俱怒。及到館驛，督郵南面高坐，玄德侍立階下。良久，督郵問曰：「劉縣尉是何出身？」毛漁所問與董卓〔三〇〕如出一口（，勢利小人大都如是）。玄德曰：「備乃中山靖王之後。自涿郡剿

〔二四〕「中山」，原作「定州中山府」，古本同；沈本作「中山國」。按：安喜，又稱安憙。《後漢書·郡國志》：「安憙本安險，章帝更名。」《孝靈帝紀》：「（熹平三年）三月，中山王暢薨，無子，國除。」《南匈奴列傳》唐代李賢注（以下簡稱李注）曰：「舊中山郡，今之定州是也。」《三國志·蜀書·先主傳》裴注引三國魏魚豢《典略》曰：「後以軍功，爲中山安喜尉。」劉備破黃巾爲中平年間，熹平年之後，時中山已除國爲郡；「定州」爲李賢作注時（唐高宗）地名。據刪。此處周、夏批原有「安喜今屬北直隸永平府遷安縣」，夏批後有「也」。按：同前，安喜屬中山郡。清代顧祖禹《讀史方輿紀要》（以下簡稱《方輿紀要》）之《北直八》：安喜廢縣「《遼志》云：『本令支地，五代梁末，契丹以定州安喜縣俘户置縣於此。』金大定七年改置遷安縣。」《一統志》：「本朝改爲定州以安喜縣省入。」周、夏批混二安喜縣，誤注，不録。

〔二五〕「廣」，商本作「高」。

〔二六〕「弟兄」，澹本、光本倒作「兄弟」。

〔二七〕「四」，商本作「數」。

〔二八〕周批「汰」，原作「大」。據正文及夏批改。

〔二九〕「指」，商本作「稍」。

〔三〇〕毛批「董卓」，澹本訛作「曹操」。

戮黃巾，大小三十餘戰，頗有微功，因得除今職。」督郵大喝曰：「汝詐稱皇親，虛報功績！目今朝廷降詔，正要沙汰這等濫官污吏！」毛可惡，該打。贊如此作威，亦復知有老張否？〔三一〕鍾生禍。玄德喏喏連聲而退。歸到縣中，與縣吏商〔三二〕議。吏曰：「督郵作威，無非要賄賂耳。」毛漁（此等機關）（一言道破），還是縣吏精通。贊真話説盡千古。〔三三〕鍾作威要賄賂，説盡古今騙局。玄德曰：「我與民秋毫無犯，那得財物與他？」次日，督郵先提縣吏去，勒令指稱縣尉害民。毛可惡，該打。玄德幾番自往求免，俱被門役阻住，不肯放參。毛不過要一紙包耳。

却説張飛飲了數盃悶酒，乘馬從館驛前過，毛來了。督郵作威時，定然不知有老張。見五六十箇〔三四〕老人，皆在門前痛哭，飛問其故，衆老人答曰：「督郵逼〔三五〕勒縣吏，欲害劉公。我等皆來苦告，不得放入，反遭把門人趕打！」張飛大怒，睜圓環眼，咬碎鋼牙，滾鞍下馬，逕入館驛，把門人那裏阻擋得住，直奔後堂，見督郵正坐廳上，將縣吏綁倒在地。飛大喝：「害民賊！認得我麼？」毛漁快人快事。妙在絕無商量。鍾督郵威福却□老張□□。督郵未及開言，早被張飛揪住頭髮，扯出館驛，直到縣前馬椿上縛住，毛前日坐馬上，今日縛馬椿上，好笑。攀下柳條，去督郵兩腿上着力鞭打，毛打得暢快。督郵所望者蒜條金耳，豈意張公以柳條鞭見贈〔三六〕。一連打折柳條十數枝。毛此柳條十數枝，可當「甘棠之思」。贊快人，快人！世上如何少得如此快人。鍾鞭得快意，二百也還少。〔三七〕漁翼德要救盧植不曾救得，要殺董卓不曾殺得，此時遇督郵，再不能忍耐矣。玄德正納悶間，聽得縣前喧鬧，問左右，答曰：「張將軍綁一人，在縣前痛打。」玄德忙去觀之，見綁縛者乃督郵

〔三一〕贊本批語（以下簡稱贊批）原闕第五、六、九、十字，據贊校本補。
〔三二〕「商」，齋本、光本作「相」。
〔三三〕贊批原闕第一、二、五、六字，據贊校本補。
〔三四〕「箇」，齋本、光本脱。
〔三五〕「逼」，齋本、光本作「迫」。全書多處，不另出校。
〔三六〕句尾，齋本、光本有「甚妙」二字。
〔三七〕按：明三本、贊本系正文有張飛鞭打督郵「到二百」。

也。毛不謂南面高坐人，一至于此。玄德驚問其故，飛曰：「此等害民賊，不打死等甚！」毛快人快語，絶無商量。督郵告曰：「玄德公救我性命！」毛不敢不敢，我本詐稱皇親、虚報功績者，安能救公耶？漁痛快，痛快，此時方認得玄德公麽？玄德終是仁慈的人，急喝張飛住手。傍邊轉過關公來，曰：「兄長建許多大功，僅得縣尉，今反被督郵侮辱。吾思枳棘叢中，非棲鸞鳳之所，二考證補註古語云：「枳棘非鸞鳳所棲，百里（非大賢之路）（豈大賢之地）。」〔三八〕不如殺〔三九〕督郵，棄官歸鄉，別圖遠大之計。」毛落落丈夫語。鍾長才屈于短罐，雲長亦抱憤。玄德乃取印綬，掛于督郵之頸，毛可謂掛印督郵。贊雲長公聖人，聖人。玄德也妙。責之曰：「據汝害民，本當殺却，今姑饒汝命。毛翼德竟〔四〇〕將打死之，關公乃欲殺之，而玄德則姑饒之。寫三人各自一樣，無不酷肖。鍾玄德公不忍殺他，終是仁慈的人。吾繳還印綬，從此去矣。」毛如此繳印辭官法，絶奇絶趣。漁如此繳印辭官，千古未有。督郵歸告中山〔四一〕太守，太守申文州〔四二〕府，差人捕捉。玄德、關、張三人往代郡〔四三〕投劉恢，恢見玄德乃漢室宗親，留匿在家不題。毛按下一頭。漁如此小結句，亦得案下一頭之法。

却說十常侍既握重權，互相商議，但有不從己者誅之。趙忠、張讓差人問破黃巾將士索金帛，不從者奏罷職。皇甫嵩、朱儁皆不肯與，趙忠等俱奏罷其官。帝又封趙忠等爲車騎將軍，張讓等十三人

〔三八〕按：《通鑑·漢紀四十七》：「（王）奐曰：『枳棘之林非鸞鳳所集，百里非大賢之路。』」周批同《綱目》卷十一，無「之林」。

〔三九〕「殺」下，光本有「却」字。

〔四〇〕「竟」，商本作「意」，形訛。

〔四一〕「中山」，原作「定州」，古本同。按：同本回校記〔二四〕，據改。

〔四二〕「州」，原作「省」，古本同。按：《後漢書·郡國志》《百官志》，東漢無地方省、中書省等行政機構。《漢書·昭帝紀》：「共養省中」唐代顔師古注（以下簡稱顔注）引伏儼曰：「蔡邕云本爲禁中，門閤有禁，非侍御之臣不得妄入……孝元皇后父名禁，避之，故曰省中。」顔注曰：「省，察也，言入此中皆當察視，不可妄也。」「省」應作「州」，據改。

〔四三〕「郡」，原作「州」，古本同。按：《後漢書·郡國志》：代郡屬幽州。據改，後一處同。此處周、夏批原有「州屬山西太原府」，夏批「州」上有「代」。按：《演義》正文誤作「代州」，致周、夏批誤注，不録。

皆封列侯。【贊】此是何等世界！可恨，可嘆！【鍾】群〔四四〕邪得志，天下甚狼狽矣。朝政愈壞，人民嗟怨。於是長沙賊區【三】音歐。星作亂，【毛】又是黄巾餘波。漁陽張舉、張純反，舉稱「天子」，純稱「大將軍」。【毛】又是兩箇姓張的。【二】補遺　是時中山相張純與泰山太守張舉及烏桓大人〔四五〕丘力居等結連，（掠）劫（掠）薊中，殺校尉、太守，衆至十餘萬。表章雪片告急，十常侍皆藏匿不奏。【贊】妙。【鍾】欺君賊罪不容于死。【漁】知封爵之因，可羞可賤；知變亂之因，可懼可恨。

一日，帝在後園與十常侍飲宴。諫議大夫劉陶，逕到帝前大慟。帝問其故，陶曰：「天下危在旦夕，陛下尚自與閹官〔四六〕共飲耶！」帝曰：「國家承平，有何危急？」陶曰：「四方盜賊並起，侵掠州郡。其禍皆由十常侍賣官害民，欺君罔上。朝廷正人皆去，禍在目〔四七〕前矣！」【毛】【贊】【鍾】劉陶不愧姓劉。【漁】不愧姓劉。○只「正人皆去，禍在目前」八字，足爲千古之鑒。十常侍皆免冠跪伏於帝前曰：「大臣不相容〔四八〕，臣等不能活矣！願乞性命歸田里，盡將家産以助軍資。」言罷痛哭。【毛】何異驪姬夜半之哭？奸豎妖姬，一般身分。【贊】十常侍原巧。【鍾】小人巧□家□。帝怒謂陶曰：「汝家亦有近侍之人，何獨不容朕耶？」【漁】好獃話。呼武士推出斬之。【贊】帝太痴。劉陶大呼：「臣死不惜！可憐漢室天下四百餘年，到此一旦休矣！」【毛】好劉陶。【鍾】劉陶忠心耿耿。武士擁陶出，方欲行刑，一大臣喝住曰：「勿得下手，待我諫去。」衆視之，乃前司徒〔四九〕陳躭，逕入宮中來諫帝曰：「劉諫議得何罪而受誅？」帝曰：「毀謗近臣，冒瀆朕躬。」躭曰：「天下人民，欲食十常侍

〔四四〕鍾本批語（以下簡稱鍾批）「群」，原作「郡」，疑形訛，酌改。

〔四五〕周、夏批「張純與泰山太守張舉及烏桓大人」，周批原作「與太山太守張舉反、烏桓太守」，夏批無「反」。按：《通鑑·漢紀五十》：「故中山相漁陽張純請將之。」「乃與同郡故泰山太守張舉及烏桓大人丘力居等連盟，劫略薊中。」據改、補。

〔四六〕「官」，致本同，其他毛校本作「宦」。

〔四七〕「目」，光本作「日」，形訛。

〔四八〕「不相容」，明四本作「不容」。

〔四九〕「前司徒」，原無「前」，古本同；澹本作「司農」。按：《後漢書·孝靈帝紀》：「前司徒陳耽、諫議大夫劉陶坐直言，下獄死。」據補。

之肉，陛下敬之如父母，身無寸功，皆封列侯。況封諝等，結連黄巾，欲爲内亂。毛照應前文。陛下今不自省，社稷立見崩摧矣！」毛言言痛切。贊正論，亦快談。鍾陳躭忠言，字挾風霜。漁排擊有力，入封諝更有定案。此是作者有照應處。帝曰：「封諝作亂，其事不明。十常侍中，豈無一二忠臣？」毛謚之曰「靈」，名稱其實。鍾帝太痴。陳躭以頭撞階而諫。毛好陳躭。帝怒，命牽出，與劉陶皆下獄。是夜，十常侍即於獄中謀殺之。毛可惜，可恨。贊好貨。假帝詔以孫堅爲長沙太守，討區星。

不五十日，報捷，長沙[五〇]平。毛了却區星。詔封堅爲烏程侯；封劉虞爲幽州牧，領兵往漁陽征張舉、張純。漁此處略述，語氣嚴緊。代郡劉恢以書薦玄德見虞。虞大喜，令玄德爲都尉，引兵直抵賊巢，與賊大戰數日，挫動鋭氣。張純專一凶暴，士卒心變，帳下頭目刺殺張純，將頭納獻，毛了却張純。率衆來降。張舉見勢敗，亦自縊死。毛了却張舉。漁陽盡平。劉虞表奏劉備大功，朝廷赦免鞭督郵之罪，毛落得打。贊此後又好打督郵矣。笑笑。漁照應前案，絶不遺漏。除下密丞，遷高唐[五一]尉。公孫瓚又表陳玄德前功，薦爲別部司馬，守平原縣令。玄德在平原，頗有錢糧軍馬，重整舊日氣象。鍾難得吐氣。劉虞平寇有功，封太尉。毛漁前文至此一束[五二]。

中平六年夏四月，靈帝病篤，召大將軍何進入宫，商議後事。毛漁接入何進事。那何進起身屠家，因妹入宫爲貴人，生皇子辯，遂立爲皇后，進由是得權重任。帝又寵幸王美人，生皇子協。何后嫉妒，鴆毛眉鴆，音朕。二酖，音（鄭）（枕）。置毒于酒中，人飲之即死。殺王美人。毛可惡。贊入宫之妬如此。皇子協養于董太后宫中。董太后乃靈帝之母，解瀆亭侯劉萇毛眉萇，音長。之妻也。初因桓帝無子，迎立解

[五〇]「長沙」，原作「江夏」，古本同。按：與上下文異，據改。

[五一]「高唐」，原作「高堂」，毛校本、贊本同。按：《三國志·蜀書·先主傳》：「力戰有功，除爲下密丞。復去官。後爲高唐尉，遷爲令。」據明三本改。

[五二]「束」，齋本、滄本、光本作「表」。

濆亭侯之子，是爲靈帝。靈帝入繼大統，遂迎養母氏于宮中，尊爲太后。毛插叙董太后，爲後文伏線。○迎養則可，「尊爲太后」非禮也。若尊董氏爲太后，亦將尊解濆亭侯爲太〔五三〕皇乎？當時無有諫者，蓋由奸邪擅權，言路閉塞耳。

董太后嘗勸帝立皇子協爲太子，帝亦偏愛協，欲立之。漁靈帝偏愛，釀大禍胎。當時病篤，中常侍蹇碩奏曰：「若欲立協，必先誅何進，以絶後患。」帝然其説，因宣進入宮。進至宮門，司馬潘隱謂進曰：「不可入宮，蹇碩欲謀殺公。」進大驚，急歸私宅，召諸大臣，欲盡誅宦官。座上一人挺身出曰：「宦官〔五四〕之勢，起自沖、質二沖帝名炳，質帝名纘。之時，朝廷滋蔓極廣，安能盡誅？倘機不密，必有滅族之禍，請細詳之。」毛一語道破。贄大是。鍾老成見解。進視之，乃典軍校尉曹操也。進叱曰：「汝小輩安知朝廷大事！」毛不知後來朝廷大事，都出此小輩之手。贄何進如此，該死，該死，何足惜乎！鍾何進自是小輩。漁説話的是能人，小輩説話，誰肯作準？不想後來多少大事俱出在此小輩之手。説話的是能人。正躊躇間，潘隱至，言：「帝已崩。今蹇碩與十常侍商議，秘不發喪，矯詔宣何國舅入宮，欲絶後患，册立皇子協爲帝。」説未了，使命至，宣進速入，以定後事。操曰：「今日之計，先宜正君位，然後圖賊。」毛扼要語。贄大是。鍾操言急本緩末。進曰：「誰敢與吾正君討賊？」一人挺身出曰：「願借精兵五千，斬關入内，册立新君，盡誅閹竪，掃清朝廷，以安天下！」毛語亦不尋常。贄孟德、本初已露一班，是豈尋常流伍乎哉？鍾袁本初英雄已〔五五〕露一班。進視之，乃司空〔五六〕袁逢之子，袁隗毛眉隗，音危。之姪，名紹，

〔五三〕「太」下，光本有「上」字。

〔五四〕「宦官」，光本倒作「官宦」。

〔五五〕「已」下原重衍「已」字，酌删。

〔五六〕「空」，原作「徒」，古本同。按：《後漢書·文苑列傳》：光和元年「是時司徒袁逢受計」。《孝靈帝紀》：光和元年二月「光禄勳陳國袁滂爲司徒」；「冬十月，屯騎校尉袁逢爲司空」；光和二年三月「司徒袁滂免，大鴻臚劉郃爲司徒」，「司空袁逢罷」。王先謙《後漢書集解》引洪頤煊曰：「元年受計者，非袁逢也。」作「司空」是，據改。

字本初，見爲司隸校尉。何進大喜，遂點御林軍五千。紹全身披掛。何進引何顒、【毛】眉顒，音容。荀攸、鄭泰等大臣三十餘員，相繼而入，就靈帝柩前，扶立太子辯即皇帝位。

百官呼拜已畢，袁紹入宮收蹇碩。碩慌走入御園花陰下，爲中常侍郭勝所殺。【毛】【漁】以宦官殺宦官。碩所領禁軍盡皆投順。紹謂何進曰：「中官結黨，今日可乘勢盡誅之。」【毛】是。張讓等知事急，慌入告何后曰：「始初設謀陷害大將軍者，止〔五七〕蹇碩一人，並不干臣等事。今大將軍聽袁紹之言，欲盡誅臣等，乞娘娘憐憫！」何太后曰：「汝等勿憂，我當保汝。」傳旨宣何進入。太后密謂曰：「我與汝出身寒微，非張讓等，焉能享此富貴？今蹇碩不仁，既已伏誅，汝何聽信人言，欲盡誅宦官耶？」【毛】【鍾】婦人誤（天下大）事。【贊】【漁】誤天下事者婦人也。何進聽罷，出謂衆官曰：「蹇碩設謀害我，可族滅其家。其餘不必妄加殘害。」【毛】【漁】何進（如此）無用，死不足惜。袁紹曰：「若不斬草除根，必爲喪身之本。」【毛】是。【漁】「夫人不言，言必有中。」進曰：「吾意已決，汝勿多言。」【贊】何進狗才。衆官皆退。

次日，太后命何進叅録尚書事，其餘皆封官職。董太后宣張讓等入宮商議曰：「何進之妹，始初我擡舉他。今日他孩兒即皇帝位，内外臣僚皆其心腹，威權太重，我將如何？」【贊】也怪他不得。〔五八〕【鍾】董后生妬。讓奏〔五九〕曰：「娘娘可臨朝垂簾聽政，封皇子協爲王，加國舅董重大官，掌握軍權〔六〇〕，重用臣等，【毛】【漁】張讓意中只重此句。大事可圖矣。」【贊】妙！妙！來了。〔六一〕【鍾】張讓釀成禍根。董太后大喜。次日設朝，董太后降旨，封皇子協爲陳留王，董重爲驃騎將軍，張讓等共預朝政。何太后見董太后專權，于宮中設一宴，請董太后赴席。酒至半酣，何

〔五七〕「止」，商本脱，明四本作「皆是」。
〔五八〕贊批原闕第一、二、五字，據贊校本補。
〔五九〕「奏」，齋本、光本作「對」。
〔六〇〕「權」，光本作「機」。
〔六一〕贊批原闕第一、二字，據贊校本補。

太后起身捧盃再拜曰：「我等皆婦人也，參預朝政，非其所宜。昔呂后因握重權，宗族千口皆被戮。乃〔六二〕我等宜深居九重，朝廷大事，任大臣元老自行商議，今國家之幸也。願垂聽焉。」毛說得是，惜言是而人〔六三〕非。贊其言是，其人未必是。鍾何后亦巧。漁極說得好，惜言是而人非。董后大怒曰：「汝酖毛側音枕。死王美人，設心嫉妒。毛惡毒。分明劈心一拳。今倚汝子爲君，與汝兄何進之勢，輒敢亂言！吾勅驃騎斷汝兄首，如反掌耳！」何后亦怒曰：「吾以好言相勸，何反怒耶？」董后曰：「汝家屠沽小輩，有何見識！」兩宮互相爭競，毛體統壞盡。贊鍾兩婦相爭，（不）成（何）體統！安有不敗國亡家（之理）。〈贊〉凡有國有家者鑒之。張讓等各勸歸宮。何后連夜召何進入宮，告以前事。何進出，召三公共議。來早設朝，使廷臣奏「董太后原係藩妃，不宜久居宮中，合仍遷于河間安置，限日下即出國門」。鍾此皆何進奸計。一面遣人起送董后，一面點禁軍圍驃騎將軍董重府宅，追索印綬。董重知事急，自刎于後堂。家人舉哀，軍士方〔六四〕散。毛漁以外戚殺外戚。張讓、段珪見董后一枝已廢，遂皆以金珠玩好結構何進弟何苗并其母舞陽君，令早晚入何太后處善言遮蔽，因此十常侍又得近幸。毛一班〔六五〕女子小人。鍾小人善爲寅緣。

六月，何進暗使人酖殺董后于河間驛庭，毛稱太后則不可，然迎養宮中，靈帝所以盡子情也。出之外藩而又酖殺之，何進之罪大矣。〇〈毛漁〉今日姓何的弒董后，他日姓董的（又）弒何后，（天之）報施亦巧。贊此雖似董后取禍，然自暢快可取，何進真奴才也。鍾何進可（殺）。舉柩回京，葬于愼陵〔六六〕。進托病不出，司隸校尉袁紹入見進曰：「張讓、段珪等流言于外，

〔六二〕「乃」，原作「今」，致本、業本、貫本、齋本、澹本同；明四本作「此」。按：「今」字同句重，據光本、商本改。

〔六三〕「人」，齋本、光本作「行」。

〔六四〕「方」，商本作「盡」。

〔六五〕「班」，商本作「般」。

〔六六〕「愼陵」，原作「文陵」，古本同。按：《後漢書·皇后紀》：「喪還河閒，合葬愼陵。」據改。

言公酖【二】補註鴆，毒鳥也，黑身赤目。食蝮蛇，以其毛歷飲食則殺人。鴆，音（朕）（枕）。殺董后，欲謀大事。乘此時不誅閹宦，後必爲大禍。【毛】是。【鍾】（此）時誅（閹）宦，事（尤可）爲，（過）此不（能矣）。昔竇武欲誅內豎，機謀不密，反受其殃。今公兄弟部曲將吏，皆英俊之士，【毛】兄弟倒未必。【漁】兄弟恐未必然。若使盡力，事在掌握。此天贊之時，不可失也。」進曰：「且容商議。」【漁】没用，没用。左右密報張讓，【毛】家人骨肉箇箇向外，進之爲人可知矣。【贊】畢竟筭此輩不過。讓等轉告何苗，又多送賄賂。苗入〔六七〕奏何后云：「大將軍輔佐新君，不行仁慈，專務殺伐。今無端又欲殺十常侍，此取亂之道也。」【贊】何苗狗彘耳！真堪爲何進弟也。后納其言。少頃，何進入白后，欲誅中涓。【毛】何進真在夢中。何后曰：「中官統領禁省，漢家故事。先帝新棄天下，爾欲誅殺舊臣，非重宗廟也。」進本是没決斷之人，【毛】没決斷之人，幹得甚事？聽太后言，唯唯而出。【漁】外慕大名，內無決斷，是何進定評。袁紹迎問曰：「大事若何？」進曰：「太后不允，如之奈何？」紹曰：「可召四方英雄之士，勒兵來京，盡誅閹豎。此時事急，不容太后不從。」【毛】此計壞了。【贊】本初英雄。【鍾】英雄手段。【漁】袁紹着着都有理，獨此一着壞了。進曰：「此計大妙！」【毛】偏是此計不妙，他偏說大妙，想何進胸中如漆。便發檄至各鎮，召赴京師。主簿陳琳曰：「不可！俗云『掩目而捕燕雀』，是自欺也。微物尚不可欺以得志，況國家大事乎？今將軍仗皇威，掌兵要，龍驤虎步，高下在心，若欲誅宦官，如鼓洪爐【二】鼓洪爐，顏師古曰：「扇惑其人謂之『鼓』。」燎【二】音了。毛髮耳。但當速發雷霆，行權立斷，則天人順之。却反外檄大臣，臨犯京闕。英雄聚會，各懷一心，所謂倒持干戈，授人以柄，功必不成，反生亂矣。」【毛】【漁】良言碩畫，炳若日星。（〇密圈，密圈。）【贊】此人見識更爲老成。【鍾】陳琳所見老成練達。何進笑曰：「此懦夫之見也！」【毛】到底不聽好人言。傍邊一人鼓掌大笑曰：「此事易如反

〔六七〕「入」，貫本、商本作「便」，明四本作「入內來」。

掌，何必多議！」視之，乃曹操也。正是：

欲除君側宵人亂，須聽朝中智士謀。

不知曹操説出甚話來，且聽下文分解。

只打督郵一節，翼德便不可及。然雲長之言、玄德之事都是英雄本色，三人真堪兄弟也。今之上司粧威做勢索取下司者，亦往往有之，安得翼德柳條着實打他二百也。

呵呵。

畢竟袁本初、曹孟德輩是英雄，若何進者，犬彘耳，何足與議大事哉？

督郵不識劉縣尉，粧威作勢，打也該打，殺也該殺。翼德鞭他二百，爲天下萬世吐氣。

人有死重于太山者，非以其能死也，以其死而不死也。劉陶、陳耽，忠言逆耳，可對漢先帝于地下而無愧，非所謂重太山之死哉。

第三回 議温明董卓叱丁原 餽金珠李肅説吕布

天子者，日也。日而借光於螢火，不成其爲日矣。後人以孔明在蜀，耿耿如長庚之照一方。夫長庚，則固勝於螢光百倍也。

李肅説吕布一段文字，花團錦簇。凡勸人背叛、勸人弑逆，是最難啓齒之事；今偏不説出，偏要教他自説，妙不可言。

奸在君側者，除之貴密、貴速。董卓上表以暴其威，是不密也；頓兵以觀其變，是不速也。何進不知當密，卓則知之，而故爲不密；何進不知當速，卓則知之，而故爲不速：其意以爲如是而何進必死，内亂必作，夫然後乘釁入朝，可以惟我所欲爲耳。此皆出李儒之謀，儒亦智矣。乃勸卓収吕布爲腹心，又何愚而失于計也！殺一義父，拜一義父，爲其父者，不亦危乎？卓不疑布，布亦不慮卓之疑己，無謀之人，固不足怪。儒自以爲智，而慮不及此，哀哉！

玄德結兩異姓之弟，而得其死力；丁原結一異姓之子，而受其摧殘。其故何也？一則擇弟而弟，弟其所當弟；一則不擇子而子，子其所不當子故〔一〕也。觀吕布，益服關、張之篤義；觀丁原，益嘆玄德之知人。

且説曹操當日對何進曰：「宦官之禍，古今皆有，但世主不當假之權寵，使至於此。若欲治罪，當除元惡，但付一獄吏足矣，何必紛紛召外兵乎？欲盡誅之，事必宣露。吾料其必敗也。」【毛】【漁】所見大勝本初。兩人優劣（具）（已）見于此。【贄】極是。【鍾】（操）

〔一〕「故」，齋本、光本脱。

云易（如）反掌，□如此。何進怒曰：「孟德亦懷私意耶？」操退曰：「亂天下者，必進也。」進乃暗差使命，齎密詔星夜往各鎮去。

却説前將軍、鰲鄉侯、西凉刺史〔二〕董卓，先爲破黄巾無功，朝議〔三〕將治其罪，因賄賂十常侍幸免，【毛】【漁】賄賂十常侍之人，（安）（如何）能殺十常侍？後又結托朝貴，遂任〔四〕顯官，統西州大軍二十萬，常有不臣之心。【贊】【鍾】奸雄。是時得詔大喜，點起軍馬，陸續便行。使其壻【毛】眉 壻，本土字傍，俗作婿，非。中郎將牛輔守住陝縣〔五〕，自己却帶李傕、【毛】眉 傕，音覺。【三】音角。郭汜、【毛】眉 汜，音祀。【三】音似。張濟、樊稠等提兵望洛陽進發。卓壻謀士李儒曰：「今雖奉詔，中間多有暗昧。何不差人上表，名正言順，大事可圖。」【毛】【漁】何進暗發密詔，李儒乃欲顯上表章，明明要激成内變〔六〕。【贊】此人亦通。【鍾】假公濟私，往往如此。卓大喜，遂上表。其略曰〔七〕：

竊聞天下所以亂逆不止者，皆由黄門常侍張讓等侮慢天常之故。臣聞揚湯止沸，不如去薪；潰癰雖痛，勝於養毒。臣輒〔八〕鳴鐘鼓，入洛陽，請除讓等。社稷幸甚！天下幸甚！【贊】是大奸雄文字。

何進得表，出示大臣。侍御史鄭泰諫曰：「董

〔二〕「鰲鄉侯西凉刺史」，原作「鰲鄉侯西凉刺史」，古本同。按：《後漢書·董卓列傳》：「封鰲鄉侯，邑千户。」李注曰：「鰲，縣，故城在今雍州武功縣。字或作『郿』，音台。」據改。《董卓列傳》：「及靈帝寢疾，璽書拜卓爲并州牧。」「西凉」爲東晉十六國時地名，東漢時爲「凉州」；「西凉」「西凉州」「西凉刺史」「西凉太守」等涉全書多處，皆從原文。

〔三〕「議」，齋本、光本作「廷」。

〔四〕「遂任」，貫本作「遂致」。

〔五〕「陝縣」，原作「陝西」，古本同。按：《後漢書·董卓列傳》：「初，卓以牛輔子壻，素所親信，使以兵屯陝。」《郡國志》：陝縣屬司隸校尉部弘農郡。《演義》誤解作明代陝西。據改，後文第九回同。

〔六〕毛批「變」，致本同，其他毛校本作「亂」。

〔七〕毛本董卓表文刪、增、改自贊本；鍾本、漁本同周本；贊本同明三本。按：表文改自《三國志·魏書·董卓傳》及裴注引《典略》。

〔八〕「臣輒」，原作「臣敢」，致本、業本、貫本、齋本、澹本、光本同，商本作「故臣」。按：《三國志·魏書·董卓傳》：「臣輒鳴鐘鼓如洛陽。」據明四本改。

卓乃豺狼也，引入京城，必食人矣。」【毛】【漁】欲去狐鼠，乃召豺狼。確論。進曰：「汝多疑，不足謀大事。」【贄】何進不聽好人之言，真奴材也。如此人若何不敗！盧植亦諫【二】考訂補註靈帝時，以盧植討黄巾久不拔，帝怒，檻車征植還，減死一等。此處又以植爲尚書〔九〕，未知在何時超昇，當詳考之。曰：「植素〔一〇〕知董卓爲人面善心狠，一入禁庭，必生禍患。不如止之勿來，免致生亂。」進不聽，【贄】獨有何進可與謀大事，不枉食君禄也？【鍾】鄭泰、盧植藥石之言，惜何進堅距不聽。鄭泰、盧植皆棄官而去。朝廷大臣，去者大半。【鍾】君子見幾而作。進使人迎董卓于澠【毛】眉澠，音閔。【三】音免。池，【六】澠池，縣名，（在）（即今）河南府（澠池縣是也）。卓按兵不動。【毛】【漁】先上表以示威，復按兵以觀變，皆李儒（之謀）（計）也。

張讓等知外兵到，共議曰：「此何進之謀也，我等不先下手，皆滅族矣！」乃先伏刀斧手五十人于長樂宮嘉德門内，入告何太后曰：「今大將軍矯詔召外兵至京師，欲滅臣等，望娘娘垂憐賜救！」太后曰：「汝等可詣大將軍府謝罪。」讓曰：「若到相府，骨肉虀粉矣，望娘娘宣大將軍入宫，諭止之。如其不從，臣等只就娘娘前請死。」【鍾】十常侍巧計。太后乃降詔宣進。【毛】婦人誤〔一一〕事如此。進得詔便行。主簿陳琳諫曰：「太后此詔，必是十常侍之謀，切不可去，去必有禍。」【毛】智哉陳琳。進曰：「太后詔我，有何禍事？」袁紹曰：「今謀已泄，事已露，將軍尚欲入宫耶？」曹操曰：「先召十常侍出，然後可入。」【毛】真應變之策。【漁】二語的是萬全之策，奈何進不依，可恨。進笑曰：「此小兒之見也。【毛】好箇大人。吾掌天下之權，十常侍敢待如何？」【贄】【鍾】陳琳、袁紹、曹操俱有定見，何進（甚）鹵莽（不用，宜其敗）也。紹曰：「公必欲去，我等引甲士護從，以防不測。」【漁】也是不得已而思其次。于是袁紹、曹操各選精

〔九〕按：明三本正文作「尚書盧植」。據《後漢書》，董卓進京時，盧植確爲尚書，未辭官。

〔一〇〕「素」上，齋本、光本衍「嘗」字。

〔一一〕「誤」，原作「謂」，據毛校本改。

兵五百，命袁紹之弟袁術領之。袁術全身披掛，引兵布列青瑣門外。【二】【補註】青瑣，南宫門名。顔師古曰：「刻爲連環文，而青塗之也。」〔一二〕紹與操帶劍護送何進至長樂宫前。黄門傳懿旨云：「太后特宣大將軍，餘人不許輒入。」將袁紹、曹操等都阻住宫門外。何進昂然直入，【毛】【漁】（可謂）大將軍八面威風。【鍾】禍不遠矣。至嘉德殿門，張讓、段珪迎出〔一三〕，左右圍住，進大驚。【贊】何進固是奴才，不足惜也，然亦董后之報，此天道好還之一証也。讓厲聲責進曰：「董后何罪，妄以酖死？國母喪葬，托疾不出！汝本屠沽小輩，我等薦之天子，以致榮貴，不思報効，欲相謀害。汝言我等甚濁，其清者是〔一四〕誰？」【毛】《左傳》曰：「惟無瑕者，可以戮人。」〔一五〕何進謀殺董后，其罪亦與十常侍等。【贊】亦説得是。【鍾】責得是。【漁】何患無辭。進慌急欲尋出路，【毛】至此而欲尋出路，真小兒之見矣〔一六〕。宫門盡閉，伏甲齊出，將何進砍爲兩段。【贊】何進者，正所云可憐不足惜者也。【鍾】何進死不足惜。後人有詩嘆之曰〔一七〕：

漢室傾危天數終，無謀何進作三公。
幾番不聽忠臣諫，難免宫中受劒鋒。【贊】此實録也，可稱詩史。【鍾】實録。

讓等既殺何進，袁紹久不見進出，乃于宫門外大叫曰：「請將軍上車！」讓等將何進首級從牆上擲出，【毛】身不能上車而行，頭乃得踰牆而出，還算逃得一半。宣諭曰：「何進謀反，已伏誅矣！其餘協從，盡皆赦宥。」袁紹厲聲大叫：「閹官〔一八〕謀殺大臣！

〔一二〕周、夏批「刻爲連環文，而青塗之也」，原作「門刻爲連瑣文，以青塗之」。按：東漢班固《漢書·元后傳》顔注曰：「青瑣者，刻爲連環文，而青塗之也。」據改。
〔一三〕「迎出」，光本倒作「出迎」。
〔一四〕「是」，齋本、光本脱。
〔一五〕按：唐代姚察、姚思廉撰《梁書·賀琛傳》：「凡人有爲，先須内省，惟無瑕者，可以戮人。」《左傳·昭公四年》：「椒舉曰：『臣聞無瑕者可以戮人。』」
〔一六〕「矣」，貫本、商本作「也」。
〔一七〕毛本嘆何進詩從贊本；鍾本同贊本，贊本同明三本；漁本無。
〔一八〕「官」，貫本、齋本、光本、商本作「宦」，後一處同。

誅惡黨者前來助戰！」何進部將吳匡便于青瑣門外放起火來。袁術引兵突入宮庭，但見閹官，不論大小，盡皆殺之。【毛】勢必至此。然則又何必召外兵耶？【贊】快事。【漁】暢快。袁紹、曹操斬關入內，【漁】此時董卓在那裏？趙忠、程曠、夏惲〔一九〕、郭勝四箇被趕至翠花樓前〔二〇〕，剁爲肉泥，宮中火焰沖天。張讓、段珪、曹節、侯覽將太后及少帝〔二一〕并陳留王劫去內省，從後道走北宮。時盧植棄官未去，見宮中事變，擐【毛】〔眉〕擐，音患。甲持戈，立于閣下。遥見段珪擁逼何后過來，植大呼曰：「段珪逆賊，安敢劫太后！」段珪回身便走，太后從窗中跳出，植急救得免。【毛】國舅踰牆，止剩一頭；太后跳窗，得保全身：猶幸矣。【贊】盧植可用。吳匡殺入內庭，見何苗亦提劍出，匡大呼曰：「何苗同謀害兄，當共殺之！」【漁】其事不明。衆人俱曰：「願斬謀兄之賊！」苗欲走，四面圍定，砍爲虀粉。紹復令軍士分頭來殺十常侍家屬，不分大小盡皆誅絶，【鍾】盡誅十常侍家屬，誰人不快！多有無鬚者誤被殺死。【毛】【贊】此時鬍子（大得便宜）（甚僥倖也）。【漁】此是無鬚劫。後十六國時殺滅胡種，凡（隆準）大鼻者皆遇害，又是大鼻劫。曹操一面救滅宮中之火，請何太后權攝大事，遣兵追襲張讓等，尋覓少帝。【毛】孟德舉動畢竟不同。【漁】袁紹、孟德二人舉動俱得大體。

且說張讓、段珪劫擁少帝及陳留王，冒烟突火，連夜奔走至北邙山，【二】北邙，山名，在河南府城北一十里。山連偃師、鞏、孟津三縣。綿亘四百餘里，東漢諸陵及唐宋名臣墳多在此。〔二二〕約二〔二三〕更時分，後面喊聲大舉，人馬趕至。當前河南中部掾〔二四〕【二】音遠，去聲。閔貢，大呼：「逆賊休走！」張讓見事

〔一九〕「惲」，齋本、光本、商本作「憚」，形訛。

〔二〇〕「前」，齋本、光本脫，明四本作「上」。

〔二一〕「少帝」，原作「太子」，古本同。按：後文作「少帝」，據改。

〔二二〕周、夏批「一」「縣」「此」，原作「七」「郡」「焉」。按：「北邙」注原文引自《綱目》卷十二馮質實引《一統志》，另卷三十一「北邙」質實引《一統志》注文與卷十二下異，而同《一統志》「北邙」原文。據《一統志》改。

〔二三〕「二」，齋本、光本作「三」。

〔二四〕「掾」下原有「吏」，毛校本同；明四本作「史」。按：《後漢書·靈帝紀》：「王允遣河南中部掾閔貢隨植後。」據刪。

急，遂投河而死。帝與陳留王未知虚實，不敢高聲，伏於河邊亂草之内。軍馬四散去趕，不知帝之所在。帝與王伏至四更，露水又下，腹中飢餒，相抱而哭。又怕人知覺，吞聲草莽之中。毛冦則伏莽，帝亦伏莽，爲之一嘆。鍾天下似此，予無樂乎爲君。陳留王曰：「此間不可久戀，須别尋活路。」于是二人以衣相結，爬上岸邊，滿地〔二五〕荆棘，黑暗之中不見行路。正無奈何，忽有流螢千百成羣，光芒照耀，只在帝前飛轉。毛漁炎劉之勢，昔（如〔二六〕）（爲）日月，今爲螢光，火德衰矣。〈漁〉〇日而借光于螢，尚成其爲日哉！贄此時螢火蟲亦功臣也。鍾微物也有忠心。陳留王曰：「此天助我兄弟也！」遂隨螢火〔二七〕而行，漸漸見路。行至五更，足痛不能行，山崗〔二八〕邊見一草堆，帝與王卧于草堆之畔〔二九〕。毛竟爲草頭〔三〇〕皇帝矣。草堆前面是一所莊院。莊主是夜夢兩紅日墜於莊後，毛漁兩紅日正應陳留亦爲帝之兆。鍾□□夢。驚覺，披衣出户，四下觀望，見莊後草堆上紅光沖天，毛然則螢光相隨，直以光引光耳。慌忙往視，却是二人卧于草畔。莊主問曰：「二少年誰家之子？」帝不敢應。陳留王指帝曰：「此是當今皇帝，遭十常侍之亂，逃難到此。吾乃皇弟陳留王也。」贄是。鍾果然是（弟）強兄。漁此時據理還不該直説。莊主大驚，再拜曰：「臣先朝司徒崔烈之弟崔毅也。因見十常侍賣官嫉賢，故隱於此。」毛崔烈此弟頗勝於兄。漁映帶得好。遂扶帝入莊，跪進酒食。

却説閔貢趕上段珪，拏住問：「天子何在？」珪言：「已在半路相失，不知何往。」貢遂殺段珪，懸頭于馬項下，分兵四散尋覓，贄是。鍾段珪逆賊，宜殺示衆。自己却獨乘一馬隨路追尋。偶至崔毅莊，毅見首級，問之，貢説詳細。崔毅引貢見帝。君臣

〔二五〕「地」，商本作「他」，形訛。
〔二六〕毛批「如」，商本作「爲」。
〔二七〕「火」，商本作「光」。
〔二八〕「崗」，致本、嘉本、周本作「岡」。按：「崗」上聲意爲土石坡；陰平同「岡」，意爲山嶺、山脊。
〔二九〕「畔」，致本同，其他毛校本作「中」。
〔三〇〕「竟爲」，光本作「可謂」。「頭」，澹本作「堆」。

痛哭。貢曰：「國不可一日無君，請陛下還都。」崔毅莊上止有瘦馬一匹，備與帝乘，貢與陳留王共乘一馬，毛帝曰萬乘，王曰千乘，大夫亦曰百乘。今一帝、一王、一臣，止共騎得二馬，可嘆。漁帝萬乘，王千乘，大夫百乘。君臣三人共騎二馬，好看，好看。離莊而行。不到三里，司徒〔三一〕王允、衛尉〔三二〕楊彪、右校尉淳于瓊、助軍左校尉〔三三〕趙融、騎都尉鮑信、司隸校尉〔三四〕袁紹，一行人衆，數百人馬〔三五〕，接着車駕，君臣皆哭。先使人將段珪首級往京師號令，贊是。另換好馬與帝及陳留王騎坐，毛細。漁叙事甚細。簇帝還京。先是洛陽小兒謡曰：「帝非帝，王非王，千乘萬騎走北邙。」鍾童謡已驗。至此果應其讖。毛（側音衬。）後來帝廢爲王，王反爲帝，所謂「帝非帝，王非王」耶。此時只應得末一句，那知後來却應在首二句耶。

車駕行不到數里，忽見旌旗蔽日，塵土遮天，一枝人馬到來，百官失色，帝亦大驚。袁紹驟馬出問：「何人？」繡旗影裏〔三六〕，一將飛出，厲聲問：漁厲聲便勢頭不好。「天子何在？」毛不荅袁紹，竟問天子，氣質〔三七〕便來得不好。帝戰慄不能言。陳留王勒馬向前，叱曰：「來者何人？」卓曰：「西涼刺史董卓也。」毛漁（董）（廢立之関在此。）卓至此時（始）（方）來，皆李儒之計也。陳留王曰：「汝來

〔三一〕按：《後漢書·王允傳》：「召允與謀事，請爲從事中郎，轉河南尹。」「初平元年，代楊彪爲司徒。」應作「河南尹」，涉正文及批語數處，從原文。

〔三二〕「衛尉」，原作「太尉」，古本同。按：《後漢書·楊震列傳》附《楊彪傳》：「三遷永樂少府、太僕、衛尉。中平六年，代董卓爲司空。」據改。

〔三三〕「右校尉」「助軍左校尉」，原作「左軍校尉」「右軍校尉」，古本同。按：《後漢書·孝靈帝紀》李注引西晉樂資《山陽公載記》：「趙融爲助軍左校尉。」「淳于瓊爲右校尉。」據改。

〔三四〕「騎都尉」「司隸校尉」，原作「後軍校尉」「中軍校尉」，古本同。按：《後漢書·袁紹傳》：「脅太后誅諸宦官，轉紹司隸校尉。」前文作「司隸校尉」。又：「及卓將兵至，騎都尉太山鮑信説紹曰。」據改，後同。

〔三五〕「數百人馬」，貫本脱。

〔三六〕「裏」，齋本、光本作「内」。

〔三七〕「質」，光本作「勢」。

保駕耶？汝〔三八〕來劫駕耶？」【鍾】陳留王□□□□。卓應曰：「特來保駕。」陳留王曰：「既來保駕，天子在此，何不下馬？」【贊】陳留王亦大通，但此時袁本初在也，何無一言？可疑，可疑。卓大驚，慌忙下馬，拜于道左。陳留王以言撫慰董卓，自初至終，並無失語。【毛】獻帝此時頗强人意，何後來倦儢之甚也？卓暗奇之，【二】【考証】董卓起，至此三句，必原本編差，文理未明。今按《綱目》：是日，董卓迎見帝於北邙山下，帝見卓兵驟至，甚是驚恐。羣臣謂卓曰：「有詔：不許兵入。」卓曰：「公衆人爲國之大臣，不能匡正王室，使天子播遷，何以令兵莫入？」卓下馬與帝共語，語不得了，乃又與陳留王語。卓問朝廷禍亂之由，王荅自初至終，無所遺失。卓大喜，以王爲賢。【贊】陳留王固好，卓亦識人，亦奸雄也。【漁】不該奇之，應該懼之。已懷廢立之意。是日還宫，見何太后，俱各痛哭。檢點宫中，不見了傳國玉璽。【毛】爲後文孫堅得璽伏線。【漁】是大関鍵。董卓屯兵城外，每日帶鐵甲馬軍入城，橫行街市，百姓惶惶不安。【鍾】這等行事便露殘暴。卓出入宫庭，略無忌憚。騎都尉鮑信來見袁紹，【鍾】兩人俱識時事。言：「董卓必有異心，可速除之。」【毛】若欲除之，不如勿召。既已召之，欲除則難矣。紹曰：「朝廷新定，未可輕動。」【贊】亦是。鮑信見王允，亦言其事。允曰：「且容商議〔三九〕。」【漁】非不從，無可奈何耳。信自引本部軍兵，投泰山去了。

董卓招誘何進兄弟部下之兵，盡歸掌握，私謂李儒曰：「吾欲廢帝立陳留王，何如？」【毛】不過欲借廢立以張威，非真有愛于陳留也。李儒曰：「今朝廷無主，不就此時行事，遲則有變矣。來日于温明園中召集百官，諭以廢立。有不從者斬之，則威權之行，正在今日。」【贊】【鍾】卓與儒亦一時之雄（也）。〈【鍾】〉惜其用之不正矣。卓喜。

次日大排筵會，遍請公卿。公卿皆懼董卓，誰敢不到。卓待百官到了，然後徐徐到園門下馬，【毛】妝模做樣，可惡，可笑。【贊】奸雄，奸雄！帶劍入席。【鍾】

〔三八〕「汝」，商本作「抑」。
〔三九〕「且容商議」四字原闕，據毛校本補。

小人氣（概）。酒行數巡，卓教停酒止樂，乃厲聲曰：「吾有一言，衆官靜聽。」衆皆〔四〇〕側耳。卓曰：「天子爲萬民之主，無威儀不可以奉宗廟社稷。今上懦弱，不若陳留王聰明好學，可承大位。吾欲廢帝立陳留王，諸大臣以爲何如〔四一〕？」毛鳴鐘鼓入洛陽，不是來殺十常侍，特來廢皇帝耳。贊奸雄，奸雄！鍾奸雄舉事，必借箇大題目以塞衆口，好「先君密詔」所云是也。漁此句話從何處得來，何諸人不聞而卓獨聞？原請你來誅十常侍，不曾請你來廢立皇帝。諸官聽罷，不敢出聲。坐上一人推案直出，立于筵前，大呼：「不可！不可！汝是何人，敢發大語？天子乃先帝嫡子，初無過失，何得妄議廢立！汝欲爲簒逆耶？」毛漁此時此人（斷）不可少。贊若無此人，幾不成朝廷，不必以成敗論也。鍾此時若無丁原稍振威風，□甚□（朝廷）。卓視之，乃并夏音兵。州刺夏音次。史〔四二〕丁原也。卓怒叱曰：「順我者生，逆我者死！」遂掣佩劍，欲斬丁原。時李儒見丁原背後一人，贊李儒的是可兒。生得器宇軒昂，威風凜凜，手執方天畫戟，怒目而視。毛漁先從李儒眼中虛畫（一呂布。○此處）（出一個呂布來。○也在人背後。○）先寫戟。鍾□畫手。李儒急進曰：「今日飲宴之處，不可談國政，來日向都堂公論未遲。」贊李儒大通。鍾李儒察布動靜，故爲此（緩）兵話。衆人皆勸，丁原上馬而去。

卓問百官曰：「吾所言，合公道否？」盧植曰：「明公差矣。昔太甲不明，伊尹放之于桐宮。昌邑王登位方二十七日，造惡三千餘條，故霍光告太廟而廢之。今上雖幼，聰明仁智，並無分毫過失。公乃外州刺史〔四三〕，素未參與國政，又無伊、霍之

〔四〇〕「皆」，致本同，其他毛校本作「官」。

〔四一〕「何如」，光本倒作「如何」。

〔四二〕「并州刺史」，原作「荆州刺史」，古本同。按：明四本中，前文何進召各鎮軍馬入洛陽一段有「第三路武猛都尉并州刺史丁原」，此段毛本刪節。《三國志·魏書·呂布傳》：「以驍武給并州。刺史丁原爲騎都尉。」「與何進謀誅諸黃門，拜執金吾。」應作「執金吾」，本回後文作「丁刺史」成習。據改。

〔四三〕「外州刺史」，原作「外郡刺史」，古本同。按：《後漢書·百官志》：「外十二州，每州刺史一人，六百石。」據改。

大才，何可强主廢立之事？聖人云：「有伊尹之志則可，無伊尹之志則篡也。」」毛正論侃侃，不愧爲玄德之師。贊侃侃正論。鍾盧植侃侃而論，詞嚴義正。卓大怒，拔劍向前欲殺植。議〔四四〕郎彭伯諫曰：「盧尚書海内人望，今先害之，恐天下震怖。」卓乃止。司徒王允曰：「廢立之事，不可酒後相商，另日再議。」毛漁王允此時，（胸中）（想）已有成算。贊此人已有主張矣。鍾王司徒已有主張。于是百官皆散。

卓按劍立于園門，忽見一人躍馬持戟，于園門外往來馳驟。毛漁又從董卓眼中虛畫（一吕布。〇前）（出一個吕布來。〇先）只寫戟，此（處）添寫馬。卓問李儒：「此何人也？」儒曰：「此丁原義兒，姓吕名布，字奉先者也。毛在李儒口中，方實叙出吕布姓名。主公且須避之。」毛添此一句，張皇之極。贊此時自不可少吕奉先也。鍾此時甚得力于吕布。卓乃入園潛避。次日，人報丁原引軍城外搦戰。卓怒，引軍同李儒出迎。兩陣對圓，只見吕布頂束髮金冠，披百花戰袍，擐唐猊周音倪。夏音宜。鎧甲，繫獅蠻寶帶，縱馬挺戟，隨丁建陽出到陣前。毛又雙從董卓、李儒眼中實寫一吕布。〇看他先寫狀貌，次寫姓名，次寫妝束；先寫戟，次寫馬，次寫冠帶袍甲：都作三〔四五〕層出落，妙。漁此處冠帶袍甲一齊都寫出來。建陽指卓罵曰：「國家不幸，閹官〔四六〕弄權，以致萬民塗炭。爾無尺寸之功，焉敢妄言廢立，欲亂朝廷！」贊鍾（丁建陽）正論自不可少。董卓未及回言，吕布飛馬直殺過來。董卓慌走，建陽率軍掩殺。卓兵大敗，退三十餘里下寨，聚衆商議。卓曰：「吾觀吕布非常人也。吾若得此人，何慮天下哉！」贊奸雄！奸雄！帳前一人出曰：「主公勿憂。某與吕布同鄉，知其勇而無謀，見利忘義。毛二語説盡奉先。漁二語吕布定評。某

〔四四〕「議」上，明四本有「侍中蔡邕」。按：《通鑑·漢紀五十一》：「將殺植，蔡邕爲之請，議郎彭伯亦諫卓曰。」「征蔡邕」嘉本同史書，周本、夏本置于批語，贊本置於「立獻帝」後。毛本前文第一回「遂以他事陷邕於罪，放歸田里」，後文第四回「卓命徵之，邕不赴」。從毛本。

〔四五〕「三」，光本作「數」。

〔四六〕「官」，貫本、齋本、光本、商本作「宦」。

憑三寸不爛之舌，說【二】說，音稅，以巧言誘人也。猶蘇秦游說六國之說（同）。呂布拱手來降，可乎？」卓大喜，觀其人，乃虎賁【二】音奔。中郎將李肅也。【鍾】又壞了□□。卓曰：「汝將何以說之？」肅曰：「某聞主公有名馬一匹，號曰「赤兔」，日行千里。【毛】此處輕輕略贊一句。須得此馬，再用金珠，以利結其心。某更進說詞，呂布必反丁原，來投主公矣。」卓問李儒曰：「此言可乎？」儒曰：「主公欲取天下，【漁】「欲取天下」四字在李儒口中道出，可見教董卓無道者，皆李儒也。何惜一馬！」【毛】看他翁壻二人口口穩取天下，煞是可笑。卓欣然與之，【毛】今不惜名馬，後獨惜愛姬，何也？更與黃金一千兩、明珠數十顆、玉帶一條。【鍾】金珠、玉帶、良馬，止換一呂布，呂布却亦值錢。

李肅齎了禮物，投〔四七〕呂布寨來。伏路軍人圍住。肅曰：「可速報呂將軍，有故人來見。」軍人報知，布命入見。肅見布曰：「賢弟別來無恙！」布揖曰：「久不相見，今居何處？」肅曰：「見任虎賁中郎將之職。聞賢弟匡扶社稷，不勝【周】音升。之喜。有良馬一匹，日行千里，渡水登山，如履平地，【毛】此處又添贊一句。【鍾】借馬做箇話柄，便好引他。名曰『赤兔』：特獻與賢弟，以助虎威。」【毛】且不說是董卓之馬，妙甚〔四八〕。布便令牽過來看。果然那馬渾身上下火炭般赤，無半根雜毛，從頭至尾長一丈，從蹄至項高八尺，嘶喊〔四九〕咆【二】音庖。哮，【周】音肴。【夏】音毫。有騰空入海之狀。【毛】從呂布眼中方看出渾身上下好處，層次出落得妙。○此馬將爲雲長騎坐，故先于此處極寫之。【漁】絕妙馬贊。後人有詩單道赤兔馬曰〔五〇〕：

奔騰千里蕩塵埃，渡水登山紫霧開。
掣斷絲韁搖玉轡，火龍飛下九天來。

布見了此馬，大喜，【毛】極寫名將愛馬。謝肅曰：「兄

〔四七〕「投」下，光本有「奔」字。
〔四八〕「妙甚」，光本倒作「甚妙」。
〔四九〕「喊」，商本作「吼」。
〔五〇〕毛本後人道赤兔馬詩從贊本；鍾本同贊本，贊本同明三本；漁本無。

賜此龍〔五一〕駒，將何以爲報？」肅曰：「某爲義氣而來，豈望報乎！」布置酒相待。酒酣，肅曰：「肅與賢弟少得相見，令尊却常會來。」毛妙在同鄉人口中稱「令尊」，必謂是姓吕之父矣。贊妙。鍾□極。漁「令尊」二字開口便有機鋒。布曰：「兄醉矣！先父棄世多年，安得與兄相會？」肅大笑曰：「非也！某說今日丁刺史耳。」毛妙，明明羞他。贊妙。布惶恐曰：「某在丁建陽處，亦出于無奈。」毛等他自說，妙，妙〔五二〕。肅曰：「賢弟有架天架〔五三〕海之才，四海孰不欽敬？功名富貴，如探囊取物，何言無奈而在人之下乎？」毛看他逼入去，惡極。贊李肅亦用得。鍾□刺一□之。布曰：「恨不逢其主耳。」毛等他自說，妙，妙。漁吕布處處皆開籬引犬。肅笑曰：「『良禽擇木而棲，賢臣擇主而事。』見機不早，悔之晚矣。」毛惡極。又逼入。贊句句打着他心上。布曰：「兄在朝廷，觀何人爲世之英雄？」毛等他先〔五四〕問，妙，妙。肅曰：「某遍觀羣臣，皆不如董卓。」毛疾入。董卓爲人敬賢禮士，賞罰分明，終成大業。」鍾虧他說得出。布曰：「某欲從之，恨無門路。」毛等他自說，妙，妙。肅取金珠、玉帶列于布前。毛馬與金珠、玉帶，分兩番取出，先後次序都〔五五〕妙。布驚曰：「何爲有此？」肅令叱退左右，告布曰：「此是董公久慕大名，特令某將此奉獻，赤兔馬亦董公所贈也。」毛至此方纔說明。妙絶。贊肅是幹得事人。鍾會幹重人，有步可行。布曰：「董公如此見愛，某將何以報之？」肅曰：「如某之不才，尚爲虎賁中郎將，公若到彼，貴不可言。」布曰：「恨無涓埃之功，以爲進見之禮。」毛等他自說，妙，妙。肅曰：「功在翻手之間，公不肯爲耳。」毛惡極，妙極。鍾更激之。布沉吟良久，曰：「吾欲殺丁原，引軍歸董卓，何如？」毛此句亦等他自說，惡極，妙極。肅曰：「賢弟若能如

〔五一〕「龍」，齋本、光本作「良」。
〔五二〕「妙妙」，齋本、光本作「妙哉妙哉」。
〔五三〕下「架」字，原作「駕」，毛校本同，據明四本改。
〔五四〕「先」，商本作「自」。
〔五五〕「都」，致本同，其他毛校本作「得」。

此，真莫大之功也！但事不宜遲，在于速決。」【毛】得他心〔五六〕肯，便即催之。【贊】此時布在肅掌上，憑他搬弄而已。【漁】李肅説吕布一段，真花團錦簇，凡勸人背叛，勸人弑逆，是最難啓齒的事。今偏不説出，偏要教他自説出來，絶妙好計。布與肅約於明日來降，肅别去。

是夜二更時分，布提刀逕入丁原帳中。原正秉燭觀書，見布至，曰：「吾兒來有何事故？」布曰：「吾堂堂丈夫，安肯爲汝子乎！」【毛】堂堂丈夫，不爲丁原子，然一〔五七〕堂堂丈夫，又何獨爲董卓子乎。總是金珠、赤兔在那裏説話耳。原〔五八〕曰：「奉先何故心變？」【毛】便不敢叫「吾兒」了〔五九〕。布向前一刀，砍下丁原首級，【鍾】虧他下得手。大呼左右：「丁原不仁，吾已殺之。肯從吾者在此，不從者自去！」軍士散其大半。次日，布持丁原首級，往見李肅。肅遂引布見卓，卓大喜，置酒相待，卓先下拜曰：「卓今得將軍，如旱苗之得甘雨也。」布納卓坐而拜之曰：「公若不棄，布請拜爲義父。」【毛】方殺一義父，又拜一義父。殺得容易，亦拜得容易。【贊】會拜人爲父者，會殺人也。卓能無懼乎？【鍾】父事人者能殺人，惜卓（執）迷不悟。【漁】吕布命中刑尅甚重，一拜爲父，就要傷損。卓以金甲錦袍賜布，暢飲而散。卓自是威勢越大，自領前將軍事，封弟董旻爲左將軍、鄠【三】音户。侯，封吕布爲中〔六〇〕郎將、都亭侯。

李儒勸卓早定廢立之計。【毛】仍接叙到〔六一〕廢立事。卓乃于省中設宴會集公卿，令吕布將甲士千餘侍衛左右。是日，太傅袁隗與百官皆到。酒行數巡，卓按劍曰：「今上闇弱，不可以奉宗廟，吾將依伊尹、霍光故事，【毛】特〔六二〕特引二故事，却是從盧植口中學來，足見其胸中無物。【漁】他也跟着人説伊尹、霍光，可

〔五六〕「心」，貫本、齋本、光本作「自」。
〔五七〕「爲」上，齋本、光本有「肯」字。「一」，光本脱。
〔五八〕「原」上，商本有「丁」字。
〔五九〕「吾兒了」，商本作「他兒子」。「兒」，滄本作「見」，形訛。
〔六〇〕「中」上原有「騎都尉」，古本同。按：《三國志·魏書·吕布傳》：「卓以布爲騎都尉。」「稍遷至中郎將，封都亭侯。」據删。
〔六一〕「接叙到」，商本作「叙到卓」。
〔六二〕「特」，齋本、光本作「今」。

笑。廢帝爲弘農王，立陳留王爲帝。有不從者斬！」【贊】奸雄！奸雄！【鍾】借尹、光爲口實，□卓大奸雄處。羣臣惶怖莫敢對。司隸校尉袁紹挺身出曰：「今上即位未幾，並無失德，汝欲廢嫡立庶，非反而何？」【毛】【漁】勸召外兵者，公也，今日（之）罵（董卓）晚矣。【贊】畢竟是箇有用的人。【鍾】袁紹明大義以正之。卓怒曰：「天下事在我！我今爲之，誰敢不從？汝視我之劍不〔六三〕利否？」袁紹亦拔劍曰：「汝劍利，吾劍未嘗不利！」【鍾】英雄語。兩箇在筵上對敵。【贊】是箇對手。正是：

丁原仗義身先喪，袁紹爭鋒勢又危。

畢竟袁紹性命如何，且聽下文分解。

董卓廢辯立協，雖爲奸臣妄動，此中實有因果，人自不察耳。何也？何后毒死王美人，其子董后育之，今陳留王是也。却好董卓來立之，非董后之靈實式臨之乎？

董卓的是痴人。吕布父事丁原，既斬其頭而來矣，今又父事我，安保其異日不斬我頭而去乎？方大懼之不暇，乃大喜乎？痴人！痴人！

諺語曰：殺十常侍時，無鬚者多被枉殺，未知和尚讀至此，大叫曰：「可憐！可憐！」既而又曰：「此時鬍子大興頭也。」聞者無不絕倒。

一味自是，不聽人言，禍立至矣。世人不信，請看何進便是樣子。

何進鹵莽，不用善言，死固不足惜，然亦酖殺董后之報。此天道好還之一驗也。

董卓廢辨立協，明懷篡逆之心，假托先君密詔，以彈壓衆官〔六四〕，卓真奸雄哉！

吕布父事丁原，既忍殺原；又欲父事董卓，寧不忍殺卓乎？稍能反觀者，可推類而知也。不大懼，且大喜，董卓的是痴人。

〔六三〕「不」，商本脱。
〔六四〕「官」，原作「宦」，不通，疑形訛。酌改。

第四回 廢漢帝陳留踐位 謀董賊孟德獻刀

呂后慘殺戚姬，而惠帝無子；何后鴆死王美人，而少帝不終：豈非天哉！且也前有何進之弒董后，後有董卓之弒何后：天道好還，於茲益信。

丁管、伍孚，奮不顧身，若使兩人當曹操之地，必不肯爲獻刀之舉矣。曹操欲謀人，必先全我身。丁管、伍孚所不及曹操者，智也；曹操所不及丁管、伍孚者，忠也。假令當日，縣令不肯釋放，伯奢果去〔一〕報官，而曹操竟爲董卓所殺，則天下後世，豈不以爲漢末忠臣，固無有過于曹操者哉？王莽謙恭下士，而後人有詩嘆之曰：「向使當初身便死，一生真僞復誰知？」〔二〕人固不易知，知人亦不易也。

孟德殺伯奢一家，誤也，可原也；至殺伯奢，則惡極矣。更說出「寧使我負人，休教人負我」之語，讀書者至此，無不詬之、詈之，爭欲殺之矣。不知此猶孟德之過人處也。試問天下人，誰不有此心者，誰復能開此口乎？至于講道學諸公，且反其語曰：「寧使人負我，休教我負人。」非不說得好聽，然察其行事，却是步步私學孟德二語者。則孟德猶不失爲心口如一之小人；而此曹〔三〕之口是心非，反不如孟德之直捷〔四〕痛快也。吾故曰：此猶孟德之過人處也。

若使首回張飛于路中殺却董卓，此回陳宮

〔一〕「去」，齋本、光本作「然」。

〔二〕「向使當初身便死，一生真僞復誰知」，「向」「初」「復」原作「假」「年」「有」，毛校本同。按：詩句引自唐代白居易七律詩《放言五首·其三》，據《白氏文集》校正。

〔三〕「猶」，光本作「有」。「曹」，齋本、光本作「輩」。

〔四〕「反」，貫本作「而」。「捷」，業本闕，齋本作「述」。

于店中殺却曹操，豈不大快。然使爾時即便殺却，安得後面有許多怪怪奇奇、異樣驚人文字？蒼蒼者將演出無數排場，此二人却是要緊脚色，故特特〔五〕留之耳。

且説董卓欲殺袁紹，李儒止之曰：「事未可定，不可妄殺。」袁紹手提寶劍〔六〕，辭别百官而出，懸節東門，奔冀州去了。【毛】亦去得慷慨。卓謂太傅袁隗曰：「汝姪無禮，吾看汝面，姑恕之。【毛】今既因叔恕姪，後何因姪殺叔？廢立之事若何？」隗曰：「太尉所見是也。」【毛】姪兒頗〔七〕剛，叔子太軟。【漁】袁隗若效袁紹，何至滅門？皆一軟所至。卓曰：「敢有阻大議者，以軍法從事！」羣臣震恐，皆云：「一聽尊命。」宴罷，卓問侍中周毖、【嘉】音庇。【二】毖，音秘。《東觀記》曰：「周毖，豫州刺史周慎之子。」校尉伍瓊曰：「袁紹此去若何？」【漁】問袁紹此去若何，卓還有顧忌，不敢輕動。可恨。衆人點破。周毖曰：「袁紹忿忿而去，若購【周】音搆。之急，勢必爲變。且袁氏樹恩四世，門生故吏遍于天下，倘收豪傑以聚徒衆，英雄因之而起，山東非公有也。不如赦之，拜爲一郡守，則紹喜于免罪，必無患矣。」【毛】一箇説他有用。【鍾】以此輩而輔卓，亦是賊徒。伍瓊曰：「袁紹好謀無斷，【毛】【漁】四字定評。不足爲慮。誠不若加之一郡守，以收民心。」【毛】一箇説他無用。【贊】卓雖非人，輔之者皆豪傑也。可惜！可惜！卓從之，即日差人拜紹爲渤海太守。【二】（渤海，郡名。）按《一統志》：（渤海，郡名。）今之河間府滄州〔八〕是也。【贊】彼何曾喜來，寃枉，寃枉。

九月朔，請帝陞嘉德殿，大會文武。卓拔劍在手，對衆曰：「天子闇弱，不足以君天下。今有策文一道，宜爲宣讀。」乃命李儒讀策曰〔九〕：

〔五〕「特」，光本脱。

〔六〕「劍」，原作「刀」，致本、業本、貫本、齊本、滄本、商本同。按：前回末「袁紹亦拔劍曰」，據明四本、光本及前文改。

〔七〕「頗」，齊本、光本作「太」。

〔八〕「州」，原訛作「洲」，據夏批改。

〔九〕毛本李儒所讀策文删、增、改自贊本；鍾本、漁本同贊本；贊本同明三本。按：表文改自《三國志·魏書·董卓傳》裴注引《獻帝起居注》。

孝靈皇帝，早棄臣民；皇帝承嗣〔一〇〕，海內仰望。而帝天資輕佻，【二】音跳。威儀不恪，居喪慢惰，否德既彰，有忝大位。皇太后教無母儀，統政荒亂。永樂太后暴崩，衆論惑焉。三綱之道，天地之紀，毋乃有闕？陳留王協，聖德偉懋，規矩肅然；居喪哀戚，言不以邪；休聲美譽，天下所聞。宜承洪〔一一〕業，爲萬世統。茲廢皇帝爲弘農王，皇太后還政。請奉陳留王爲皇帝，應天順人，以慰生靈之望。

李儒讀策畢，卓叱左右扶帝下殿，解其璽【毛】側音徙。綬，【漁】前回璽已失却，此時那得璽綬可解？北面長跪，稱臣聽命。又呼太后去服，候〔一二〕勅。帝、后皆號哭，羣臣無不悲慘。【漁】「慘慘然」三字〔一三〕說出無限情景。堦下一大臣，憤怒高叫〔一四〕曰：「賊臣董卓，敢爲欺天之謀，吾當以頸血濺之！」揮手中象簡，直擊董卓。【毛】此象簡亦可云擊賊笏。【鍾】氣吐山河。卓大怒，喝武士拏下，乃尚書丁管也。卓命牽出斬之，管罵不絕口，至死神色不變。【毛】【贊】此時何可無此一人！【漁】到底丁董作對。後人有詩嘆曰〔一五〕：

董賊潛懷廢立圖，漢家宗社委丘墟。
滿朝臣宰皆囊括，惟有丁公是丈夫。【贊】【鍾】（丁管）是丈夫。

卓請陳留王登殿。羣臣朝賀畢，卓命扶何太后并弘農王及帝妃〔一六〕唐氏于永安宮閒住，封鎖宮門，禁羣臣無得擅入。【毛】昔桓、靈禁錮黨人，今董卓禁錮天子。可憐少帝四月登基，至九月即被廢。卓所立陳留王協，表字伯和，靈帝中【二】音仲，內也。子，即

〔一〇〕「承嗣」，齋本、光本脫，明四本作「承紹」。
〔一一〕「洪」，齋本、光本作「皇」。
〔一二〕「候」下，齋本、光本、商本有「帝」字。
〔一三〕按：漁本正文「悲慘」作「慘慘然」。
〔一四〕「高叫」，致本作「大呼」。
〔一五〕「曰」上，貫本有「之」字。毛本詩句改自贊本，明代周靜軒所作（以下簡稱靜軒詩）。鍾本、漁本、贊本同周本、夏本，嘉本無。
〔一六〕按：董卓廢帝爲弘農王，「帝妃」應作「王妃」；《後漢書·皇后紀》：「王謂姬曰：『卿王者妃，埶不復爲吏民妻。』」又後文尊稱弘農王爲「少帝」，故此處從原文。

獻帝也，時年九歲，改元初平。董卓爲相國，贊拜不名，入朝不趨，劍履上殿，威福〔一七〕莫比。李儒勸卓擢用名流，以收人望。毛從來權臣大都如是。因薦蔡邕之才，卓命徵之，邕不赴。毛初念原好。卓怒，使人謂邕曰：「如不來，當滅汝族。」毛求賢之法太峻。邕懼，只得應命而至。卓見邕大喜，一月三遷其官，嘉先補侍御史，又轉侍書御史，遷尚書。二補遺是時，蔡邕避亂在江海間有十二年。李儒聞其賢，薦扵董卓曰：「伯喈〔一八〕，非常人也。若主公用之，大事可就。」卓使人徵之，邕托疾不起，卓怒曰：「我（去）（能）滅人九族，犯者不恕。」人報邕，邕急往。卓拜邕爲祭酒，甚相敬重。三日之間，周歷三臺，遷爲侍中。拜爲侍中，甚見親厚。毛孔光屈節于董賢，谷永依托于王鳳，揚〔一九〕雄失身于新莽，龜山應聘于蔡京：古今同嘆。

却說少帝與何太后、唐妃困于永安宮中，衣服飲食，漸漸欠缺〔二〇〕。贊此則更可恨矣。鍾王美人必含笑地下。少帝淚不曾乾。毛李後主所云「此中日夕，以眼淚洗面」〔二一〕也。一日，偶見雙燕飛于〔二二〕庭中，遂吟詩一首。毛空庭飛鳥，任其翔舞；冷宮廢主，身被牢籠。觸目感憤，抗聲而吟，不知是詩，不知是淚。詩曰〔二三〕：

嫩草綠〔二四〕凝烟，裊裊雙飛燕。
洛水一條青，陌上人稱羡。前半首咏燕，興也，比也。

〔一七〕「威福」，原作「威禍」，致本、業本同；明四本無此句。按：「威福」語出《尚書·洪範》：「惟辟作福，惟辟作威。」原指統治者的賞罰之權，後多謂當權者妄自尊大，恃勢弄權。「威福」義合，據其他毛校本改。

〔一八〕周、夏批「喈」，原作「皆」。按：《後漢書·蔡邕列傳》作「伯喈」；後文第九回正文亦作「伯喈」。據後文改。

〔一九〕「揚」，原作「楊」，據致本、業本、貫本、齋本、澹本、光本、商本改。

〔二〇〕「欠缺」，致本同，明四本作「缺少」，商本脱「欠」，其他毛校本作「少缺」。

〔二一〕按：北宋王銍《默記》：「李國主歸朝後，與金陵舊宮人書云：『此中日夕，只以眼淚洗面。』」

〔二二〕「燕飛于」，原作「飛燕于」，其他毛校本同，明四本作「燕飛入」，據澹本改。

〔二三〕毛本少帝所作詩改自贊本；鍾本、漁本同贊本；贊本同明三本。

〔二四〕「嫩草綠」，光本作「綠草嫩」。

遠望碧雲深，是吾舊宮殿。目斷舊宮，不能奮飛，誠不如雙燕之得反故巢矣。傷哉！何人仗忠義，洩我心中怨！後半首自咏，賦也。○詩好。

董卓時常使人探聽，是日獲得此詩，來呈董卓。卓曰：「怨望作詩，殺之有名矣。」毛漁殺之何名？請教。〈毛〉○天子亦以文字取禍，千古異聞。遂命李儒帶武士十人，入宮弑帝。贊卓賊至此，極惡大〔二五〕罪，何可逃也！鍾卓賊罪惡盈天，無可逃矣。帝與后、妃正在樓上，宮女報李儒至，帝大驚。儒以鴆酒奉帝，毛賦詩飲酒，最是〔二六〕雅事，不意有此燕詩鴆酒之慘毒也。帝問何故，儒曰：「春日融和，毛是雙燕飛庭時節。董相國特上壽酒。」毛好箇壽酒。太后曰：「既云壽酒，汝可先飲。」毛此酒豈可相勸〔二七〕。儒怒曰：「汝不飲耶？」呼左右持短刀白練于前曰：「壽酒不飲，可領此二物！」毛鴆酒可曰壽酒，則二物亦可曰壽禮。贊鍾李儒亦該萬段。漁既云壽酒，二般當云壽禮。唐妃跪告曰：「妾身代帝飲酒，願公存母子性命。」毛滿朝文武，不如此一女子。贊鍾唐妃最可憐。儒叱曰：「汝何人，可代王死？」乃舉酒與何太后曰：「汝可先飲！」毛后欲儒先飲，儒亦欲后先飲，只算還敬。后大罵何進無謀，引賊入京，致有今日之禍。毛此時方悟何進誤事，不識亦念及董太后、王美人否？贊鍾這是董后陰靈〈贊〉所爲，罵何進何用？漁非何進誤事也，乃自誤耳。儒催逼帝，帝曰：「容我與太后作別。」乃大慟而作歌，毛甚矣，帝之多文也。既作感懷詩于前，復作絕命詞于後。文章無救于禍患，我爲天子一哭，更爲文章一哭。其歌曰〔二八〕：

〔二五〕「大」，緑本作「人」，疑壞字。

〔二六〕「最是」，光本倒作「是最」。

〔二七〕「勸」，光本作「代」。

〔二八〕毛本少帝及後文唐妃所作歌改自贊本；鍾本、漁本同贊本；贊本同明三本。按：兩歌皆改自《後漢書·皇后紀》，原句作「王悲歌曰：『天道易兮我何艱，棄萬乘兮退守蕃。逆臣見迫兮命不延，逝將去汝兮適幽玄。』」「姬抗袖而歌曰：『皇天崩兮後土穨，身爲帝兮命夭摧。死生路異兮從此乖，柰我煢獨兮心中哀。』」

天地易兮日月翻，棄萬乘兮退守藩。

爲臣逼兮命不久，大勢去兮空淚潸！毛 側 三 音山。

皇天將崩兮后土頹，身爲帝姬兮恨〔二九〕不隨。

生死異路兮從此畢，奈何煢嘉音窮。二音羣。速兮心中悲！贊鍾可憐。

唐妃亦作歌曰：

歌罷，相抱而哭。漁前有何之弑董，今有董之弑何，天道好還，於兹益信。李儒叱曰：「相國立等回報，汝等俄延，望誰救耶？」太后大罵：「董賊逼我母子，皇天不佑！汝等助惡，必當滅族！」儒大怒，雙手扯住太后，直攛下樓，叱武士絞死唐妃，以鴆酒灌殺少帝。毛慘極。李儒之罪，浮于董卓。贊李儒亦儘聰明，何助卓爲虐至此？所云「聰明誤人」也。鍾李儒助卓爲虐，死有餘辜。還報董卓，卓命葬于城外。贊遭此大刧，真可嘆也。漁可恨。

自此每夜入宮，姦淫宮女，夜宿龍床。毛便是强盜所爲，不成氣候〔三〇〕。鍾卓賊罪該萬死。嘗〔三一〕引軍出城，行到陽城地方。時當二月，村民社賽，男女皆集。卓命軍士圍住，盡皆殺之，掠婦女財物裝載車上，懸頭千餘顆于車下，贊卓賊何以償此，可畏！可畏！鍾殘忍極矣。漁好作樂法。連軫還都，揚言殺賊大勝而回，毛末世官軍捕盜，往往如此，堂堂宰相，亦爲是耶？于城門外〔三二〕焚燒人頭，以婦女財物分散衆軍。

越騎校尉伍孚，字德瑜，見卓殘暴，憤恨不平，嘗于朝服内披小鎧，藏短刀，欲伺便殺卓。一日，卓入朝，孚迎至閣下，拔刀直刺卓。毛將敘曹操行刺，却〔三三〕先有伍孚行刺作引。天然奇妙。〇孚之勇往

〔二九〕「恨」，明四本作「命」。

〔三〇〕「候」，商本作「象」。

〔三一〕「嘗」，光本、商本作「當」，形訛；明四本作「常」，通「嘗」。

〔三二〕「城門外」，原作「城門下」，致本、業本、齋本、潚本同；光本脱「門」。按：「城門外」通，據明四本、貫本、商本改。

〔三三〕「却」，商本脱。

直前較勝于操，蓋曹操顧身，伍孚不顧身也。【漁】有曹操之刺，又先有伍孚之刺作引子。卓氣力大，兩手摳住，呂布便入，揪倒伍孚。卓問曰：「誰教〔三四〕汝反？」孚瞪目大喝曰：「汝非吾君，吾非汝臣，何反之有？【毛】反字駁得快暢。【漁】「反」字數得明白。汝罪惡盈天，人人願得而誅之！吾恨不車裂汝以謝天下！」【鍾】卓賊雖未誅，亂罵一頓猶勝裂于市朝。卓大怒，命牽出剖剮【二】音寡。之。孚比〔三五〕死罵不絕口。【贊】伍孚是丈夫。後人有詩讚之曰〔三六〕：

漢末忠臣說伍孚，沖天豪氣世間無。
朝堂殺賊名猶在，萬古堪稱大丈夫！【贊】【鍾】是大丈夫。

董卓自此出入，常帶甲士護衛。時袁紹在渤海，聞知董卓弄權，乃〔三七〕差人齎密書來見王允。【毛】夾寫袁紹致書，前應懸節出奔，後伏興兵會盟，妙甚。○接敘出王允，尤妙。書略曰〔三八〕：

卓賊欺天廢主，人不忍言。而公恣其跋扈，【二】扈，音户。扈者，以竹梁拘魚。力大者，跳而出之，猶言人之强梁也。如不聽聞，豈報國效忠之臣哉？【贊】書詞凜凜，義正詞嚴，具見忠義。【鍾】義正詞嚴。紹今集兵練卒，欲掃清王室，未敢輕動。公若有心，當乘間圖之。倘〔三九〕有驅使，即當奉命。【漁】人說封他太守，他便滿足，豈不屈殺老袁？

王允得書，尋思無計。一日，于侍班閣子內，見舊臣俱在，允曰：「今日老夫賤降，晚間敢屈衆位到舍小酌？」【毛】【漁】非請衆官（吃司徒）（請）壽酒，正爲（前日）天子（前日曾）吃李儒壽酒耳。【鍾】王司徒大有深意。衆官皆曰：「必來祝壽。」當晚王允設宴後堂，公卿皆至。酒行數巡，王允忽然掩面大哭。【毛】絕不說起胸中心事。突然放聲大哭，一則想着前日天子吃

〔三四〕「教」，原作「喚」。按：「教」字通，據古本改。
〔三五〕「比」，齋本、澹本、光本、商本作「至」，嘉本、周本無。
〔三六〕毛本後人讚伍孚詩從贊本；鍾本同贊本；贊本同明三本；漁本無。
〔三七〕「知」「乃」，商本脫。
〔三八〕毛本袁紹書信從贊本；鍾本、漁本同贊本；贊本同明三本。
〔三九〕「倘」，明四本作「如」，商本作「若」。

壽酒之眼淚，一則引出〔四〇〕今日衆人吃壽酒之眼淚也。是至情，亦是妙用。衆官驚問曰：「司徒貴誕，何故發悲？」允曰：「今日並非賤降，因欲與衆位一敘，恐董卓見疑，故托言耳。董卓欺主弄權，社稷旦夕難保。想高皇誅秦滅楚，奄有天下，誰想傳至今日，乃喪于董卓之手，此吾所以哭也。」于是衆官皆哭。【毛】徒作楚囚相對，亦何益耶？【鍾】說到此，定要大家痛哭一場。【漁】何異楚囚對泣。坐中一人獨撫掌大笑【毛】衆人皆哭我獨笑，的的〔四一〕妙人。曰：「滿朝公卿，夜哭到明，明哭到夜，還能哭死董卓否？」【毛】【漁】妙語解頤。【贊】妙語！【鍾】妙話。允視之，乃驍騎校尉曹操也。【毛】畢竟出公全〔四二〕別。允怒曰：「汝祖宗亦食祿漢朝，今不思報國而反笑耶？」【漁】王允亦能人耳，不宜有此没用說話。操曰：「吾非笑別事，笑衆位無一計殺董卓耳。操雖不才，願即斷董卓頭，懸之都門，以謝天下！」【毛】其言甚壯。允避席問曰：「孟德有何高見？」操曰：「近日操屈身以事卓者，實〔四三〕欲乘間圖之耳。【毛】有心人。今卓頗信操，操因得時近卓。聞司徒有七寶〔四四〕刀一口，【贊】奸雄。【漁】刺董卓何須七寶刀，其所以請七寶刀者，預爲獻刀計耳。曹操行刺勝丁管十倍。願借與操，入相府刺殺之，雖死不恨！」【毛】袁紹致書，孟德獻刀，一樣憤激，而操更壯。【鍾】初意恐未必如此。允曰：「孟德果有是心，天下幸甚！」遂親自酌酒奉操。操瀝酒設誓，允隨取寶刀與之。操藏刀，飲酒畢，即起身辭別衆官而去。【毛】寫得慷慨動色，彷彿荆卿渡易水時。衆官又坐了一回，亦俱散訖。

次日，曹操佩着寶刀來至相府，問：「相國何在〔四五〕？」從人云：「在小閣中。」操逕〔四六〕入，

〔四〇〕「引出」，齋本、光本脱。

〔四一〕「的的」，光本作「的是」，齋本、商本作「的的是」。

〔四二〕「出公全」，貫本作「生意全」，齋本、澹本作「曹公全」，光本作「曹公獨」，商本作「與衆全」。

〔四三〕「實」，光本、商本脱。

〔四四〕「寶」上、下，商本、光本各有「星」字。

〔四五〕「相國何在」，原作「丞相何在」，毛校本同；明四本作「丞相出來否」。按：《三國志·魏書·董卓傳》：「卓遷相國，封郿侯。」據改，後文多處正文及批語稱董卓作「丞相」，徑改不記。

〔四六〕「逕」，齋本、光本訛作「竟」。

見董卓坐于床上，吕布侍立于側。**毛**讀書者至此，爲曹操捏一把汗。卓曰：「孟德來何遲？」操曰：「馬羸行遲耳。」**毛**虧此一句，後來好逃走。**漁**「馬」字照應。爲曹操捏一把汗。卓顧謂布曰：「吾有西涼進來好馬，奉先可親去揀一騎賜與孟德。」**毛**多謝。少停，當以寶刀奉答。布領命而出〔四七〕。**毛**好〔四八〕機會。操暗忖曰：「此賊合死！」**毛**我亦謂然。即欲拔刀刺之，懼卓〔四九〕力大，未敢輕動。**毛**有鑒于伍孚之事也。卓胖大，不耐久坐，遂倒身而卧，轉面向内。**毛**一發凑巧。操又思曰：「此賊當休矣！」**毛**我亦謂然。急掣寶刀在手，**毛漁**（讀至此，又爲董卓）（爲董卓又）捏一把汗。恰待要刺，不想董卓仰面看衣鏡中，照見曹操在背後拔刀，**毛**意外出奇之事，寫得情景如畫。急回身問曰：「孟德何爲？」**毛漁**（讀書者至此，）大爲曹操捏一（身〔五〇〕）（把）汗。時吕布已牽馬至閣外。**毛**夾寫此句，更令讀者吃驚不小。操惶遽，乃持刀跪下曰：「操有寶刀一口，獻上恩相。」**毛**好權變，的是奸雄。○賜馬獻刀，大好酧酢。○刺卓何必寶刀，其所以請寶刀者，預爲地也。獻刀之舉，未必不在曹操算〔五一〕中。**鍾**□個脱□。**漁**好模寫。卓接視之，見其刀長尺餘，七寶嵌**毛**[側]**周**音欠。**夏**音瞰。飾，極其鋒利，果寶刀也。**毛**補寫寶刀，忙中閒筆。○如此寶刀，固不當以董卓之頸血污之。遂遞與吕布收了。操解鞘付布。**毛**先拔刀，後解鞘，明明行刺。董卓愚莽，故不省得。卓引操出閣看馬，操謝曰：「願借試一騎。」**毛**妙。適〔五二〕未及試刀，今不得不急試馬。**贊**能人。卓就教與鞍轡。**毛**細。操牽馬出相府，加鞭望東南而去。**毛**來便遲，去便快。○推托馬羸，未必不爲此時地也。奸雄妙算如神。**鍾**□料必來捉拏。**漁**來遲去速，豈馬

〔四七〕「領命而出」，明四本作「趨步出」，齋本、光本「出」作「去」。

〔四八〕「好」，光本作「妙」。

〔四九〕「刀」，原作「劍」，致本、業本、貫本、齋本、澹本、商本同。按：「劍」與前後文異，據光本、明四本及前後文改。「卓」，光本作「賊」。

〔五〇〕毛批「身」，齋本、光本作「把」。

〔五一〕「算」，齋本、光本作「意」。

〔五二〕「適」，齋本、澹本、光本、商本作「極」，屬上句。

之故耶？布對卓曰：「適來曹操似有行刺之狀，及被喝破，故推獻刀。」毛畢竟呂布略乖覺些。卓曰：「吾亦疑之。」毛此是順口話，適纔並不曾疑。正説話間，適李儒至，毛此君若早來，孟德休矣。卓以其事告之。儒曰：「操無妻小在京，毛唯其如此，所以去得放心，去得乾浄。○此句在李儒口中帶叙出來，省筆。只獨居寓所。贊鍾（一班痴子，）劒已去矣，刻舟何（爲）（如）？今差人往召，如彼無疑而便來，則是獻刀；如推托不來，則必是行刺，便可擒而問也。」毛李儒甚有機變，惜爲董卓令坦。卓然其説，即差獄卒四人往喚操。毛差獄卒，便是擒捉之狀。去了良久，毛孟德去遠矣。回報曰：「操不曾回寓，乘馬飛出東門。門吏問之，操曰『相國差我有緊急公事』，縱馬而去矣。」毛此段在獄卒口中補叙出來，省筆。漁此時能不走更勝一着。又幸遇陳宮，不則禍非止及身，且波及王允矣。儒曰：「操賊心虚逃竄，行刺無疑矣。」卓大怒曰：「我如此重用，反欲害我！」儒曰：「此必有同謀者，待拏住曹操，便可知矣。」毛讀書者至此，又爲王允擔憂。卓遂令徧行文書，畫影圖形，捉拏曹操，擒獻者賞千金，封萬户侯，窩藏者同罪。

且説曹操逃出城外，飛奔譙縣。路經中牟縣，二中牟，按《一統志》：今河南開封府中牟縣也。爲守關軍士所獲。毛讀書者至此，不特爲曹操着急，且益爲王允擔憂。擒見縣令。毛且不説出縣令是誰，好〔五三〕。操言：「我是客商，覆姓皇甫。」毛何不云覆姓夏侯？縣令熟視曹操，沉吟半晌，毛是何故耶？令人驚疑不定。乃曰：「吾前在洛陽求官時，曾認得汝是曹操，如何隱諱！且把來監下，明日解去京師請賞。」毛熟視沉吟後却説出此數語，孟德奈何？把關軍士賜以酒食而去。毛細。至夜分，縣令喚親隨人暗地取出曹操，直〔五四〕至後院中審究。毛精細。此熟視沉吟時算定者。贊鍾縣令是有心人。問曰：「我聞相國待汝不薄，何故自取其禍？」操曰：「『燕雀安知鴻鵠志』二補註前

〔五三〕「好」，商本作「好，好」。
〔五四〕「直」，齋本、光本作「且」，形訛；明四本無。

漢陳勝家貧，傭力於人，釋耕隴上，取書而讀，衆人笑之，勝曰：「燕雀安知鴻鵠之志哉！」〔五五〕哉！』汝既拏住我，便當解去請賞。何必多問！」毛此縣令須以此言動之，奸雄眼〔五六〕力過人。鍾操膽頗大。漁激語。縣令屏退左右，毛精細。謂操曰：「汝休小覷我。我非俗吏，奈未遇其主耳。」毛是有心人。操曰：「吾祖宗世〔五七〕食漢禄，若不思報國，與禽獸何異？毛偏是奸雄會説道學語。吾屈身事卓者，欲乘間圖之，爲國除害耳。今事不成，乃天意也！」毛曹操此時，竟是一位正人。贊雖非本心，説得好聽，自能動人。鍾亦説得好聽。漁此時操實是好人。縣令曰：「孟德此行〔五八〕，將欲何往？」毛問得緊要。操曰：「吾將歸鄉里，發矯詔，召天下諸侯興兵共誅董卓，吾之願也。」毛詞直氣壯。○後文事先逗露于此。鍾大議論。縣令聞言，乃親釋其縛，扶之上坐，再拜曰：「公真天下忠義之士也！」毛微獨縣令信之，讀書者至此亦幾信之。○寫縣令先沉吟，次密語，後拜服：最有次序。鍾未必然。曹操亦拜，問縣令姓名。縣令曰：「吾姓陳名宮，字公臺。毛至此方出姓名，好。老母妻子，皆在東郡。毛此處先説老母妻子，遥對後白門樓中語。今感公忠義，願棄一官，從公而逃。」毛不特相救，且復相從，宮之于操，其恩不可謂不厚矣。操甚喜。是夜陳宮收拾盤費，與曹操更衣易服，各背劍一口，毛細。乘馬投故鄉來。

行了三日，至成皋五成皋，（地名。按《一統志》：）今（屬河南開封府鄭州）汜水縣（也）。地方，天色向晚。操以鞭指林深處，毛二語是絕妙一幅畫景。謂宮曰：「此間有一人，姓吕名伯奢，是吾父結義弟兄〔五九〕，就往問家中消息，覓一宿，如何？」毛

〔五五〕周批「之勝」「哉」，原無。按：《史記·陳涉世家》：「陳涉少時，嘗與人傭耕，輟耕之壟上，悵恨久之，曰：『苟富貴，無相忘。』庸者笑而應曰：『若爲庸耕，何富貴也？』陳涉太息曰：『嗟乎，燕雀安知鴻鵠之志哉！』」據夏批補。

〔五六〕「眼」，商本作「才」。

〔五七〕「宗世」，光本倒作「世宗」，明四本作「宗四百年」。

〔五八〕「行」，商本作「去」。

〔五九〕「弟兄」，澹本、商本倒作「兄弟」。

聞聞而來。宮曰：「最好。」二人至莊前下馬，入見伯奢。奢曰：「我聞朝廷遍行文書，捉汝甚急，汝父已避陳留【六】陳留，（漢）郡名。〔六〇〕（今開封府陳留縣也。）去了。【毛】應上「家中消息」句。【漁】爲後取父伏線。汝如何得至此？」操告以前事，曰：「若非陳縣令，已粉骨碎身矣。」【毛】【漁】異日白門樓中何不記此一語？伯奢拜陳宮曰：「小姪若非令君〔六一〕，曹氏滅門矣。【毛】曹氏幸不滅門，君家却即刻有滅門之禍。令君寬懷安坐，今晚便可下榻草舍。」【毛】應上「覓宿」句。説罷，即起身入內。良久乃〔六二〕出，【毛】寫得舉動可疑。謂陳宮曰：「老夫家無好酒，容往西村沽一樽來相待。」言訖，匆匆上驢而去。【毛】更是可疑。

操與宮坐久，忽聞莊後有磨刀之聲。【毛】一發驚疑。操曰：「吕伯奢非吾至親，【毛】應上「結義弟兄」句。【贊】亦是。此去可疑，當〔六三〕竊聽之。」【毛】微獨操疑之，讀書者至此亦深疑之。【鍾】奸雄多疑。二人潛步入草堂後，但聞人語曰：「縛而殺之，何如？」【毛】嚇殺。操曰：「是矣！【毛】二字摹神。今若不先下手，必遭擒〔六四〕獲。」遂與宮拔劍直入，不問男女，皆殺之，【毛】不曾在董家試刀，却來吕家試劍。【漁】不曾在董家行了刺，先在吕家試了劍。一連殺死八口。【毛】「八口之家」，無一存〔六五〕矣。【鍾】此是誤死。搜至廚下，却見縛一猪欲殺。【毛】昔吕后曾以人爲彘，今曹操誤認彘爲人，而吕氏全家被殺，伯奢豈吕氏苗裔與？否則何以有此惡報也。宮曰：「孟德心多，誤殺好人矣！」急出莊上馬而行。行不到二里，只見伯奢驢鞍前鞽懸酒二瓶，手〔六六〕攜菓菜而來，【毛】又是一幅畫圖。叫曰：「賢姪與令君何故便去？」操曰：「被罪之人，不敢〔六七〕

〔六〇〕醉本眉注原存「郡」字，毛校本無，據贊本夾注補。
〔六一〕「令君」，原作「使君」，古本同。按：漢代尊稱刺史、州牧作「使君」，太守作「府君」，縣令作「令君」。據改，後同。
〔六二〕「乃」，光本、商本作「始」，明四本無。
〔六三〕「當」上，商本有「吾」字。
〔六四〕「擒」，光本、商本作「拘」。
〔六五〕「存」，致本同，其他毛校本作「全」。
〔六六〕「驢鞍前鞽」，貫本作「驢鞍鞽」。「手」，光本脱。
〔六七〕「敢」，商本作「可」。

久住。」伯奢曰：「吾已分付家人宰一猪相款，【毛】適來入内〔六八〕良久，正爲分付此耳。○丈人止宿子路，不過雞黍是供〔六九〕，今何必殺猪相款乎？伯奢真奢矣〔七〇〕。賢姪、令君何憎〔七一〕一宿？速請轉騎。」操不顧，策馬便行。行不數步，忽〔七二〕拔劍復回，叫伯奢曰：「此來者何人？」伯奢回頭看時，操揮劍砍伯奢于驢下。【毛】乃翁之結義兄弟〔七三〕也，而既殺其家，復殺其身，咄哉阿瞞！豈堪復與劉、關、張三人作狗彘耶？宫大驚曰：「適纔誤耳，今何爲也？」操曰：「伯奢到家，見殺死多人，安肯干休？若率衆來追，必遭其禍矣。」【毛】此等見識，在曹操原自不差。宫曰：「知而故殺，大不義也！」操曰：「寧教我負天下人，休教天下人負我！」【毛】【漁】曹操（從前竟似一箇）（前番俱是）好人，到此忽然説出（奸雄）心事。此二語是開宗明義章第一。【三】論曰後晉桓温説兩句言語教萬代人罵道（是）：「（男子）雖不（去）（能）流芳百世，亦（可以）（當）遺臭萬年。」〔七四〕【贊】人人有此心，不能人人開此口。陳宫默然。

當夜行數里，月明中敲開客店門投宿。【毛】又是一幅絶妙畫景。○忙中〔七五〕偏有此點綴，妙。喂飽了馬，曹操先睡。陳宫尋思：「我將謂曹操是好人，棄官跟他，原來是箇狠心〔七六〕之徒！今日留之，必爲後患。」【毛】不差。便欲拔劍來殺曹操。【毛】該殺。【漁】回回煞尾俱有驚人語。正是：

設心狠毒非良士，操卓原來一路人。

〔六八〕「内」，貫本脱。
〔六九〕「丈人止宿子路，不過雞黍是供」，貫本脱「止」，光本「雞黍是」作「是雞黍」。按：《論語·微子》：「止子路宿，殺雞爲黍而食之。」
〔七〇〕「矣」，光本、商本作「也」。
〔七一〕「憎」，商本作「惜」，形訛。
〔七二〕「忽」，商本訛作「復」，明四本無。
〔七三〕「兄弟」，商本倒作「弟兄」。
〔七四〕按：《通鑑·晉紀二十五》：「大司馬温，恃其材略位望，陰蓄不臣之志，嘗撫枕歎曰：『男子不能流芳百世，亦當遺臭萬年！』」
〔七五〕「忙」上，光本有「百」字。「中」下，齋本、光本有「忽」字。
〔七六〕「狠心」，澹本作「狼心」，明四本作「狼心狗行」。

畢竟曹操性命如何，且聽下文分解。

丁管、伍孚是個漢子，然死而無益，以謀之不遠，發之太驟耳。若本初一書，孟德數語，侃侃正言，機微旨密，真可與幹事之人也。

哭死董卓之語，非有廿分識、廿分才、廿分膽，亦何敢旁若無人，開此大口也？孟德人豪哉！孟德人豪哉！

孟德殺伯奢一家，誤也，可原也。至殺伯奢，則惡極矣！罪大矣！可恨矣！可殺矣！更説出「寧使我負天下人，休教天下人負我」話來，讀史者至此，無不欲食其肉而寢其皮也。不知此猶孟德之過人處也。試問天下人誰不有此心者，誰復能開此口乎？故吾以世人之心較之，猶取孟德也。至於講道學諸公，且反其語曰：「寧使天下人負我，毋使我負天下。」非不説得好聽，倘存心行事，稍有一毫孟德者存，是孟德猶不失爲心口如一之小人，彼曹反爲口君子、身小人之罪人也。即孟德見此曹，亦何肯以之爲奴也哉！吾故曰：此猶孟德之過人處也。

陳宫舍孟德而去，可謂有二十分識矣，亦可謂有二十分膽乎？

丁管擊卓而死，伍孚殺賊而亡。兩人并稱丈夫。忠寃猶遶漢庭。

曹操謀殺董卓，固是英雄本色。然卓死之後，操之行事，罪百于卓，則謂之以卓刺卓可也。

孟德殺伯奢一家，誤也，可原也；至殺伯奢，則惡極矣，罪大矣，可恨矣，可殺矣！更説出「寧使我負天下人，休教天下人負我」，無不欲食其肉而寢其皮也。李卓吾謂孟德之過人處，真謬論哉！

第五回　發矯詔諸鎮應曹公　破關兵三英戰呂布

董卓不亂，諸鎮不起；諸鎮不起，三國不分。此一回正三國之所自來也。故先叙曹操發檄舉事，次叙孫堅當先敢戰，末叙劉備三人英雄無敵。其餘諸人，紛紛滚滚，不過如白茅之藉琬琰而已。

袁術不識玄德兄弟，無足責也；本初亦是人豪，乃亦拘牽俗見，不能格外用人：此孟德之所以爲可兒也。今人都駡孟德奸雄，吾恐奸雄非尋常人所可駡，還應孟德駡人不奸雄耳。

甚矣，目前地位之不足量英雄也！十八鎮諸侯，以盟主推袁紹；而後來分鼎竟屬孫、曹。且孫、曹雖爲吴、魏之祖，而僭號稱尊，尚在後嗣。其異日堂堂天子正位繼統者，乃立公孫瓚背後之一縣令。嗚呼！英雄豈易量哉？公孫瓚背後之一人，爲驚天動地之人；而此一人又有背後之兩人，又是驚天動地之人。英雄不得志時，往往居人背後，俗眼不能識。直待其驚天動地，而後嘆前者立人背後之日交臂失之。孰知其背後冷笑之意，固已〔一〕視十八路諸侯如草芥矣。

却説陳宫臨〔二〕欲下手殺曹操，忽轉念曰：「我爲國家跟他到此，殺之不義。【漁】前説曹操不義，後又説自殺曹操不義。若使陳宫于店中殺却曹操，豈不大快？然使爾時即使殺却，後那得有許多奇奇怪怪文字？彼蒼畱此一人，正欲爲英雄出色耳。不若棄而他往。」插劍上馬，不等天明，自投東郡去了。【毛】陳宫〔三〕不隨曹操，

〔一〕「已」，商本作「早」。
〔二〕「臨」，齋本、澹本、光本、商本作「正」。
〔三〕「宫」，商本作「公」。

可謂知人；然後來却〔四〕隨呂布，則猶未爲知人也。操覺，【二】音教。不見陳宮，尋思：「此人見我説了這兩句，疑我不仁，【毛】操自以爲不仁，可謂自知之明。【漁】陳宮但説他不義，他自供出不仁來。棄我而去。吾當急行，不可久留。」遂連夜到陳留，尋見父親，備説前事，欲散家資招募義兵。【鍾】募兵亦急務。父言：「資少恐不成事。此間有孝廉衛茲，疏財仗義，其家巨富，【毛】富者必不疏財，疏財者必不富。今曰疏財矣，而又曰其家巨富，何也？蓋不疏財者，善藏其富，必不使人知其有富名。其家巨富，正在疏財上見得耳。若得相助，事可圖矣。」操置酒張筵，拜請衛茲到家，告曰：「今漢室無主，董卓專權，欺君害民，天下切齒。操欲力扶社稷，恨力不足。公乃忠義之士，敢求相助！」衛茲曰：「吾有是心久矣，恨未遇英雄耳。既孟德有大志，願將家資相助。」【毛】脱盡富人習套，不愧爲孝廉矣。【贊】衛茲亦通。【鍾】衛茲果疏財仗義。操大喜。於是先發矯詔，馳報各道，然後招集義兵，豎起招兵白旗一面，上書「忠義」二字。【毛】【漁】有聲有色，古來真正（奸）（英）雄，未有不借此二字（而）起（手）。【贊】孟德行事，綽有次第。【鍾】「忠義」二字亦甚光明。不數日間，應募之士，如雨駢集。

一日，有一箇陽平衛國人，【六】陽平〔五〕衛國，今（屬山東）東昌府。姓樂名進，字文謙，來投曹操。又有一箇山陽鉅野〔六〕人，姓李名典，字曼成，也來投曹操。操皆留爲帳前吏。又有沛國譙人夏侯惇，【毛】側音敦。字元讓，乃夏侯嬰之後。自小習鎗棒，年十四從師學武，有人辱罵其師，惇殺之，逃於外方。聞知曹操起兵，與其族弟夏侯淵兩箇，各引壯士千人來會。【毛】李典、樂進，各自一人來；夏侯惇、夏侯淵，却是兩人同來，又帶着千人而來。來法各自不同。此二人本操之弟兄：操父曹嵩原是夏侯氏之子，過房與〔七〕

〔四〕「來却」，齋本、光本作「却去」。

〔五〕漁本夾注「陽平」，原作「平陽」。按：《三國志・魏書・樂進傳》：「樂進字文謙，陽平衛國人也。」據乙正。

〔六〕「鉅野」，原作「鉅鹿」，古本同。按：《三國志・魏書・李典傳》：「李典字曼成，山陽鉅野人也。」據改。

〔七〕「與」，光本作「於」。

曹家，因此是同族。毛忽然替曹操扳〔八〕親叙眷。雖是再將他家世細述一番，亦是作者閒中冷筆。漁閑中點綴亦佳。不數日，曹氏兄弟曹仁、曹洪各引兵千餘來助。毛不姓曹而同族者既有兩人，今姓曹而同族者又有兩人。可發一笑。曹仁字子孝，曹洪字子廉，二人弓馬熟嫻，武藝精通。操大喜，于村中調〔九〕練軍馬。衛兹盡出家財，置辦衣甲旗旛。毛兵精。四方送糧食者，不計〔一〇〕其數。毛糧足。○以上一段極寫曹氏。

時袁紹得操矯詔，乃聚麾下文武，引兵三萬，離渤海來與曹操會盟。毛袁紹先到，正與前番致書王允相應。贊此時曹操、袁紹皆人豪也，惜不克終耳。鍾袁紹亦人豪。操作檄文以達諸郡。檄文曰〔一一〕：

操等謹以大義布告天下：董卓欺天罔地，滅國弒君，穢亂宫禁，殘害生靈，狼〔一二〕戾不仁，罪惡充積！今奉天子密詔，大集義兵，誓欲掃清華夏，勦戮羣凶。望興義師，共洩公憤，扶持王室，拯救黎民。檄文到日，可速奉行！

操發檄文去後，各鎮諸侯皆起兵相應：贊鍾（各鎮起兵，）此（時）（是）猶然漢天下也。

第一鎮，後將軍、南陽太守袁術。六字公路。〔一三〕

第二鎮，冀州牧〔一四〕韓馥。六字文節。

第三鎮，豫州刺史孔伷。毛伷同冑。六字公緒。

第四鎮，兖州刺史劉岱。六字公山。

第五鎮，河内郡太守王匡。六字公節。

第六鎮，陳留太守張邈。六字孟卓。

第七鎮，東郡太守喬瑁。毛瑁音妹。六字元偉。

〔八〕「操」，貫本作「氏」。「扳」，齊本、光本作「攀」，商本作「敘」。

〔九〕「調」，澹本作「訓」，光本作「操」。

〔一〇〕「計」，原作「記」，致本、業本、貫本、齊本、澹本、光本、夏本、贊本同。據商本、嘉本、周本改。

〔一一〕毛本曹操所發檄文刪，改自贊本；鍾本、漁本同贊本；贊本同明三本。

〔一二〕「狼」，嘉本、夏本、贊本、光本、商本作「狠」。

〔一三〕按：十七路諸侯表字，明四本、鍾本作夾注，漁本作正文。

〔一四〕「牧」，原作「刺史」，古本同。按：《三國志·魏書·武帝紀》與後文第七回皆作「冀州牧韓馥」。據改。

第八鎮，山陽太守袁遺。六字伯業。

第九鎮，濟北相鮑信。六字允誠。

第十鎮，北海太守孔融〔一五〕。六字文舉。

第十一鎮，廣陵太守張超。六字孟高。

第十二鎮，徐州刺史陶謙。六字恭祖。

第十三鎮，西涼太守馬騰〔一六〕。六字壽成。

第十四鎮，北平太守公孫瓚〔一七〕。六字伯圭。

第十五鎮，上黨太守張楊。六字稚叔〔一八〕。

第十六鎮，烏程侯、長沙太守孫堅。六字文臺。

第十七鎮，邟鄉侯〔一九〕、渤海太守袁紹。六字本初。

諸路軍馬，多少不等，有三萬者，有一二萬者，各領文官武將，投洛陽來。

且説北平太守公孫瓚，統領精兵一萬五千，路經青州〔二〇〕平原縣。正行之間，遥見桑樹叢中一面黃旗，數騎來迎。漁桑樹亦有炤應。瓚視之，乃劉玄德也。毛劉玄德不列諸鎮〔二一〕之内，却從公孫瓚路上相遇，敘得有意無意。孰知後來虎牢關前當先出色者，乃是此人。漁玄德不列諸鎮之中，却從公孫瓚路上相遇，誰知虎牢關當先出色者，就是此人。瓚問曰：「賢弟何故在

〔一五〕按：《後漢書·郡國志》：「北海國，景帝置。」《百官志》：「皇子封王，其郡爲國，每置傅一人，相一人，皆二千石……相如太守。」《孔融傳》：「時黄巾寇數州，而北海最爲賊衝，卓乃諷三府同舉融爲北海相。」《三國志·魏書·武帝紀》：討董卓無孔融軍。屬《演義》創作。全書多處，稱謂成習，皆從原文，不另出校。

〔一六〕按：同第三回校記〔二〕，時無「西涼」。據《後漢書》及《三國志》，馬騰未曾任過太守、刺史或州牧。全書多處，稱謂成習，皆從原文，不另出校。

〔一七〕按：《後漢書·郡國志》：右北平郡屬幽州。《三國志·魏書·公孫瓚傳》：「虞上罷諸屯兵，但留瓚將步騎萬人屯右北平。」「北平」應作「右北平」，公孫瓚未曾任右北平太守。全書多處，稱謂成習，皆從原文，不另出校。

〔一八〕嘉批「稚叔」，原作「稚升」。按：《三國志·魏書·張楊傳》作「稚叔」。據周、夏批、贊本系夾注改。

〔一九〕「邟鄉侯」，原作「祁鄉侯」，古本同。按：《三國志·魏書·袁紹傳》：「卓以爲然，乃拜紹勃海太守，封邟鄉侯。」據改。

〔二〇〕「青州」，原作「德州」，古本同。按：《後漢書·郡國志》：平原縣屬青州。據改。

〔二一〕「鎮」，致本同，其他毛校本作「侯」。

此？」玄德曰：「舊日蒙兄保備爲平原縣令，今聞大軍過此，特來奉候，【鍾】亦是奇緣。就請兄長入城歇馬。」【五】云云。〔二二〕瓚指關、張而問曰：「此何人也？」玄德曰：「此關羽、張飛，備結義兄弟也。」瓚曰：「乃同破黄巾〔二三〕者乎？」玄德曰：「皆此二人之力。」【毛】就從玄德帶表〔二四〕關、張，爲虎牢關張本。瓚曰：「今居何職？」玄德答曰：「關羽爲馬弓手，張飛爲步弓手。」瓚嘆曰：「如此可謂埋沒英雄！【毛】【漁】千古英雄往往如此（，爲之一嘆）。今董卓作亂，天下諸侯共往誅之。賢弟可棄此卑官，一同討賊，力扶漢室，若何？」玄德曰：「願往。」張飛曰：「當時若容我殺了此賊，免有今日之事。」【毛】【漁】快人快語。又照應前文。【贊】有得他説。【鍾】當時張飛欲殺卓，玄德力勸，留其殘生，後來幹出許多惡業，或亦漢末一劫，故天未逐滅。雲長曰：「事已至此，即當收拾前去。」

玄德、關、張引數騎跟公孫瓚來，曹操接着。衆諸侯亦陸續皆至，各自安營下寨，連接二百餘里。操乃宰牛殺馬，大會諸侯，商議進兵之策。太守王匡曰：「今奉大義，必立盟主。【贊】極是。衆聽約束，然後進兵。」操曰：「袁本初四世三公，門多故〔二五〕吏，漢朝名相之裔，可爲盟主。」【毛】不過以門第推之。【鍾】□□盟□□是。紹再三推辭。衆皆曰：「非本初不可。」紹方應允。次日築臺三層，遍列五方旗幟，上建白旄黄鉞，兵符將印，請紹登壇。紹整衣佩劍，慨然而上，焚香再拜。其盟曰〔二六〕：

> 漢室不幸，皇綱失統。賊臣董卓，乘釁縱害，禍加至尊，虐流百姓。紹等懼社稷淪喪，糾合義兵，並赴國難。【贊】盟書甚是明切。凡我同盟，齊心戮力，以致臣節，必無二志。有渝此

〔二二〕按：此句明四本作夾注，鍾本作正文。

〔二三〕「巾」下，商本有「賊」字。

〔二四〕「帶表」，業本作「帶來」，商本作「帶寫」。

〔二五〕「多故」，光本倒作「故多」。

〔二六〕毛本袁紹所讀盟書删、改自贊本；鍾本、漁本同贊本；贊本同明三本。按：盟書删、改自《三國志·魏書·臧洪傳》，爲臧洪所讀。

盟，俾墜其命，無克遺育。皇天后土，祖宗明靈，實皆鑒之！

讀畢，歃【二】音殺。血。【二】春秋之盟，諸侯皆歃血，猶言飲血也。衆因其辭氣慷慨，皆涕泗横流。【贊】人心不死，信然信然。【鍾】（人心）不（死）〔二七〕【漁】寫得淋漓痛快。始知人心不死。歃血已罷，下壇。衆扶紹升帳而坐，兩行依爵位年齒分列坐定。操行酒數巡，言曰：「今日既立盟主，各聽調遣，同扶國家，勿以强弱計較。」【毛】先喝破。【贊】大是。袁紹曰：「紹雖不才，既承公等推爲盟主，有功必賞，有罪必罰。國有常刑，軍有紀律，各宜遵守，勿得違犯。」衆皆曰：「惟命是聽。」紹曰：「吾弟袁術總督糧草，【漁】開口就教袁術督管糧草，便有私了。應付諸營，無使有缺。【毛】與後不肯發糧相炤。更須一人爲先鋒，直抵汜水關【二】《一統志》云：汜水関，三國魏復古縣，今開府汜水縣是也。挑戰。餘各據險要，以爲接應。」長沙太守孫堅出曰：「堅願爲前部。」【毛】此處極寫孫氏。紹曰：「文臺勇烈，可當此任。」【贊】孫堅可用。堅遂引本部人馬殺奔汜水關來。守關將士〔二八〕，差流星馬往洛陽相國府告急。

董卓自專大權之後，每日飲宴。李儒接得告急文書，逕來稟卓。卓大驚，急聚衆將商議。温侯吕布挺身出曰：「父親勿慮。關外諸侯，布視之如草芥。願提虎狼之師，盡斬其首，懸于都門。」卓大喜曰：「吾有奉先，高枕無憂矣！」言未絶，吕布背後一人【毛】【漁】吕布背後有人，那知公孫瓚背後又〔二九〕有人。高聲出曰：「『割雞焉用牛刀？』不勞温侯親往。吾斬衆諸侯首級，如探囊取物耳！」【鍾】禍患皆因强出。卓視之，其人身長九尺，虎體狼腰，豹頭猿臂，關西人也，姓華名雄。【漁】先寫華雄之勇，後説華雄被害，以見關公之勇。卓聞言大喜，加爲驍騎校尉。撥馬步軍五萬，同李肅、胡軫、趙岑星夜赴關迎敵。

〔二七〕鍾批以下闕字，字數不詳。
〔二八〕「將士」，明四本作「將」，致本、光本作「軍士」。
〔二九〕毛批「又」，光本、商本作「亦」。

衆諸侯内有濟北相鮑信，尋思孫堅既爲前部，怕他奪了頭功，暗撥其弟鮑忠，先將馬步軍三千，逕抄小路，直到關下搦戰。華雄引鐵騎五百，飛下關來，大喝：「賊將休走！」鮑忠急待〔三〇〕退，被華雄手起刀落，斬于馬下，【毛】先寫鮑忠之死，以襯孫堅之勇。【贄】【鍾】鮑忠雖敗〔三一〕，然其兄弟自忠義也。生擒將校極多。華〔三二〕雄遣人賫鮑忠首級來相府報捷，卓加雄爲都督。

却説孫堅引四將直至關前。那四將？第一箇，右北平〔三三〕土垠【三】音銀。人，姓程名普，字德謀，使一條鐵脊蛇矛。第二箇，姓黄名蓋，【二】音葛。字公覆，零陵泉陵〔三四〕人也，使鐵鞭。第三箇，姓韓名當，字義公，遼西令支人也，使一口大刀。第四箇，姓祖名茂，字大榮，吴郡富春人也，使雙刀。孫堅披爛銀鎧，裹赤幘，【毛】此處先寫赤幘，爲後文伏線。【嘉】【夏】赤幘（者），即（是）蜀錦抹額之類（者）也。【周】赤幘者，即紅錦爲巾幘也。横古錠刀，騎花鬃馬，指關上而罵曰：「助惡匹夫，何不早降！」華雄副將胡軫引兵五千，出關迎戰。程普飛馬挺矛，直取胡軫。鬭不數合，程普刺中胡軫咽喉，死於馬下。【毛】寫程普正是寫孫堅。副將如此，主將可知。堅揮軍直殺至關前，關上矢石如雨。孫堅引兵回至梁東屯住，使人於袁紹處報捷，就於袁術處催糧。

或説術曰：「孫堅乃江東猛虎，若打破洛陽，殺了董卓，正是除狼而得虎也。今不與糧，彼軍必散。」【贄】小人誤事，每每如此。術聽之，不發糧草。【毛】袁術誤事，可恨，可恨。【贄】袁術可恨，或有天在，未可知也。【漁】小人忌成，每每如此，可恨，可恨。孫堅軍缺食，軍中自亂，細作報上關來。李肅爲華雄謀曰：「今

〔三〇〕「待」，光本、商本作「欲」。

〔三一〕「敗」，緑本作「死」。

〔三二〕「多華」，光本倒作「華多」。

〔三三〕「右北平」，原作「右平北」，致本、業本、貫本、齋本同，光本、商本作「石平北」。按：土垠縣，秦漢時屬右北平郡，今河北省唐山市豐潤區。據明四本、滄本乙正。

〔三四〕「泉陵」，原無，古本同。按：《三國志·吴書·黄蓋傳》：「黄蓋字公覆，零陵泉陵人也。」前、後句皆以郡縣敘籍貫，據補。

夜我引一軍從小路下關，襲孫堅寨後。將軍揮〔三五〕其前寨，堅可擒矣。」雄從之，傳令軍士飽餐，【毛】正與堅軍缺食映照。【漁】飽餐與無糧，擊勝負可知。乘夜下關。是夜月白風清，【毛】爲照見赤幘伏線。【漁】月白風清總爲赤幘伏線。到堅寨時已是〔三六〕半夜，鼓譟直進。堅慌忙披掛上馬，正遇華雄。兩馬相交，鬬不數合，後面李肅軍到，竟天價〔三七〕放起火來。【毛】風月之下放火，風助火勢，月助火光，分外猛烈。堅軍亂竄。衆將各自混戰，止有祖茂跟定孫堅，突圍而走。背後華雄追來。堅取箭，連放兩箭，皆被華雄躲過。再放第三箭時，因用力太猛，拽折了鵲畫弓，只得棄弓縱馬而奔。【漁】第三箭射着不妙，射不着又不妙，如此收場方有餘地。祖茂曰：「主公頭上赤幘射目，爲賊所識認，可脱幘與某戴之。」【毛】【贊】【鍾】（壯哉）祖茂，智勇忠義，色色具足。〈贊〉丈夫哉！堅就脱幘換茂盔，【毛】【漁】孫堅脱幘，勝〔三八〕于曹操棄袍。分兩路而走。雄軍只望赤幘者追趕，堅乃從小路得脱。祖茂被華雄追急，將赤幘掛於人家燒不盡的庭柱上，却入樹林潛躲。【漁】從赤幘上生情，絶好裝點。華雄軍於月下遥見赤幘，四面圍定，不敢近前。【毛】可知孫堅英勇，敵所懾服。用箭射之，方知是計，遂向前取了赤幘。祖茂于林後殺出，揮雙刀欲劈華雄。雄大喝一聲，將祖茂一刀砍于馬下。殺至天明，雄方引兵上關。程普、黄蓋、韓當都來，尋見孫堅，再收拾軍馬屯扎。堅爲折了祖茂，傷感不已，星夜遣人報知袁紹。

紹大驚曰：「不想〔三九〕孫文臺敗于華雄之手！」便聚衆諸侯商議。【四】云云。〔四〇〕衆人都到，只有公孫瓚後至，【漁】提出公孫瓚，出玄德有根。紹請入帳列坐。紹曰：「前日鮑將軍之弟不遵調遣，擅自進兵，殺身喪命，折了許多軍士。今者孫文臺又敗

〔三五〕「揮」，明四本無；商本作「攻」，滄本作「擊」。
〔三六〕「是」，商本訛作「時」。
〔三七〕「竟天價」，滄本、光本作「令軍士」，齋本、商本作「竟令軍」，明四本作「竟天」。
〔三八〕毛批「勝」，商本作「危」。
〔三九〕「想」，光本作「思」。
〔四〇〕以上二字贊本作正文。

于華雄，挫動鋭氣，爲之奈何？」毛獨不説起袁術之不發糧，豈非狥私。諸侯並皆不語。紹舉目遍視，見公孫瓚背後立着三人，漁公孫瓚背後一人，爲驚天動地之人，而此一人背後又有驚天動地之兩人，可見英雄不得志時，往往居人背後。容貌異常，都在那裡冷笑。毛此處極寫劉、關、張。○如此三人，却在人背後立着，豈不可嘆！豈不可怪！贊笑着恁來？〔四一〕鍾三人冷笑，氣□関□。紹問曰：「公孫太守背後何人？」瓚呼玄德出曰：「此吾自幼同舍兄弟，平原令劉備是也。」曹操曰：「莫非破黄巾劉玄德乎？」毛偏是他記得。瓚曰：「然。」即令劉玄德拜見。瓚將玄德功〔四二〕勞，并其出身細説一遍。贊鍾豪傑自露一班也。〔四三〕紹曰：「既是漢室宗派，取坐來。」命坐。毛袁本初只重家世，不重功勳，可笑。備遜謝。紹曰：「吾非敬汝名爵，吾敬汝是帝室之胄耳。」玄德乃坐於末位，關、張叉手侍立於後。

忽探子來報：「華雄引鐵騎下關，用長竿挑着孫太守赤幘，毛好炤應。漁還不離赤幘。來寨前大罵搦戰。」紹曰：「誰敢去戰？」袁術背後轉出驍將俞涉曰：「小將願往。」紹喜，便着俞涉出馬。即時報來：「俞涉與華雄戰不三合，被華雄斬了。」毛漁虚寫，妙。衆大驚。冀州牧〔四四〕韓馥曰：「吾有上將潘鳳，可斬華雄。」紹急令出戰。潘鳳手提大斧上馬。去不多時，飛馬來報：「潘鳳又被華雄斬了。」毛都用虚寫，妙。○寫得華雄聲勢，越襯得雲長聲勢。漁又用虚寫，妙。衆皆失色。紹曰：「可惜吾上將顔良、文醜未至！得一人在此，何懼華雄！」毛襯入此數語，一發激惱雲長。漁以顔良、文醜激出雲長，便伏後案。○誰知顔良、文醜後日皆爲關公所殺。言未畢，階下一人大呼出曰：「小將願往斬華雄頭，獻於帳下！」毛更耐不得矣。衆視之，見其人身長九尺，髯〔四五〕

〔四一〕贊批原闕首字，緑本同，據吴本補。
〔四二〕「功」上，商本有「之」字。
〔四三〕贊批原闕三字，緑本脱整句，據吴本補。
〔四四〕「冀州牧」，原作「太守」，古本同。按：同本回校記〔一四〕，據改。
〔四五〕「髯」，光本作「鬚」。

長二尺，丹鳳眼，卧蠶眉，面如重棗，聲如巨鐘，立於帳前。鍾關某英（鋒）凛凛。紹問何人。毛即異日殺顏良、文醜之人也。公孫瓚曰：「此劉玄德之弟關羽也。」毛代荅，妙。紹問見居何職。瓚曰：「跟隨劉玄德充馬弓手。」帳上袁術大喝曰：「汝欺吾衆諸侯無大將耶？贊鍾袁氏兄弟鄙陋可耻，〈贊〉真是難爲兄難爲弟也，不如老瞞多矣。量一弓手，安敢亂言！與我打出！」毛贊鍾漁一弓手今且爲王、爲帝、爲天尊矣。袁氏兄弟，四世三公，今何在（哉）（也）？〈毛贊〉即爲雲長執鞭，雲長之馬亦（决）不肯也。（奴才，奴才。）曹操急止之曰：「公路息怒。此人既出大言，必有勇略。試教出馬，如其不勝，責之未遲。」鍾老瞞還有眼力。袁紹曰：「使一弓手出戰，必被華雄所笑。」毛袁術、袁紹〔四六〕，真乃難兄難弟。操曰：「此人儀表不俗，華雄安知他是弓手？」關公曰：「如不勝，請斬某頭。」操教釃夏音篩。熱酒一盃，與關公飲了上馬。毛漁阿瞞的是可兒。關公曰：「酒且斟下，某去便來。」毛漁壯哉。出帳提刀，飛身上馬。衆諸侯聽得關外鼓聲大震〔四七〕，喊聲大舉，如天摧地塌、岳撼山崩，衆皆失驚。毛漁亦用虚寫，妙。正欲探聽，鸞鈴響處，馬到中軍，雲長提華雄之頭，擲於地上，其酒尚温。毛寫得百倍聲勢。後人有詩讚之曰〔四八〕：

威鎮乾坤第一功，轅門畫鼓響鼕鼕。
雲長停盞施英勇，酒尚温時斬華雄。

曹操大喜。只見玄德背後轉出張飛，高聲大叫：「俺哥哥斬了華雄，不就這裡殺入關去，活拏董卓，更待何時！」毛快人快語。袁術大怒，喝曰：「俺大臣尚自謙讓，量一縣令手下小卒，安敢在此耀武揚威！都與趕出帳去！」毛贊袁術俗物，（老〔四九〕）翼德何不以（老）（大）拳（斷送）（夗）之？（世間）（今日）

〔四六〕「袁術袁紹」，貫本倒作「袁紹袁術」。
〔四七〕「震」，齋本、光本作「振」。
〔四八〕毛本後人讚雲長温酒斬華雄詩從贊本；鍾本同贊本；贊本同明三本；漁本無。
〔四九〕「老」，緑本作「張」。

此等俗物極〔五〇〕多，一一該以老拳斷送之也。鍾袁術小人，那識老張？曹操曰：「得功者賞，何計貴賤乎？」袁術曰：「既然公等只重一縣令，我當告退。」操曰：「豈可因一言而誤大事耶？」命公孫瓚且帶玄德、關、張回寨，衆官皆散。曹操暗使人，賫牛酒撫慰三人。毛阿〔五一〕瞞畢竟是可兒。鍾孟德具眼三人，袁紹不及，袁術無足道矣。漁何計貴賤，暗買牛酒，好行事。阿瞞的是可兒。

却說華雄手下敗軍，報上關來。李肅慌忙寫告急文書，申聞董卓。卓急聚李儒、吕布等商議。儒曰：「今失了上將華雄，賊勢浩大。袁紹爲盟主，紹叔袁隗現爲太傅，倘或裡應外合，深爲不便，可先除之。請相國親領大軍分撥勦捕。」卓然其說，喚李傕、郭汜領兵五百，圍住太傅袁隗家，不分老幼，盡皆誅絶，先將袁隗首級去關前號令。毛袁紹外不能治其弟，内不能蔽其叔，爲盟主何益？卓遂起兵二十萬，分爲兩路而來：一路先令李傕、郭汜引兵五萬，把住汜水關，不要厮殺；卓自將十五萬，同李儒、吕布、樊稠、張濟等守虎牢關。五虎牢關在開封府汜水（縣〔五二〕西二里，歷代累經戦守之所）（縣）。〈三〉漢時名虎牢關，唐時名武牢關。〈二〉本朝改爲古崤關，置廵檢司在焉。這關離洛陽五十里。軍馬到關，卓令吕布領三萬軍，去關前〔五三〕扎住大寨，卓自在關上屯住。

流星馬探聽得，報入袁紹大寨裡來，紹聚衆商議。操曰：「董卓屯兵虎牢，截俺諸侯中路，今可勒兵一半迎敵。」鍾此亦扼要。紹乃分王匡、喬瑁、鮑信、袁遺、孔融〔五四〕、張楊、陶謙、公孫瓚八路諸侯，往虎牢關迎敵，操引軍往〔五五〕來救應。八路諸侯，各自起兵，河内太守王匡引兵先到。毛

〔五〇〕毛批「極」，商本作「最」。
〔五一〕「阿」，光本作「曹」。
〔五二〕周批「縣」，原作「關」。按：《一統志》：「古崤關『在汜水縣西二里，本周之虎牢，漢置成臯，隋爲虎牢關，唐改武牢關。』」據夏批改。
〔五三〕「軍」，齋本作「大軍」，光本作「軍馬」。「前」，貫本作「下」。
〔五四〕「遺孔融」三字原闕，據毛校本補。
〔五五〕「軍往」二字原闕，據毛校本補。

先〔五六〕是一路人馬。呂布帶鐵騎三千，飛奔來迎。王匡將軍馬列成陣勢，勒馬門旗〔五七〕下看時，見呂布出陣：頭戴三叉束髮紫金冠，體掛西川紅錦百花袍，身披獸面吞頭連環鎧，腰繫勒甲玲瓏獅蠻帶。弓箭隨身，手持畫戟，坐下嘶風赤兔馬，果然是「人中呂布，馬中赤兔」！〔毛〕寫呂布聲勢，愈襯劉、關、張聲勢。〔漁〕人中呂布，馬中赤兔，用「果然是」三字，視成語，便成話句。下又總兩句，又於馬中暗帶着人，形容一句，説得飛活有興。王匡回頭問曰：「誰敢出戰？」後面一將，縱馬挺鎗而出。匡視之，乃河内名將方悦。兩馬相交，無五合，被呂布一戟刺於馬下，挺戟直衝過來。匡軍大敗，四散奔走。布東西衝殺，如入無人之境。幸得喬瑁、袁遺兩軍皆至，〔毛〕又是兩路人馬。來救王匡，呂布方退。三路諸侯各折了些人馬，退三十里下寨。隨後五路軍馬都至，〔毛〕又是五路人馬。八路人馬，寫得參差有勢。一處商議，言呂布英雄，無人可敵。〔毛〕〔贊〕〔鍾〕〔漁〕此時袁術（何在？）何不以「四世三公」四〔五八〕字退却呂布也？〈〔贊〕〉可發一笑。正慮間，小校報來〔五九〕：「呂布搦戰。」八路諸侯一齊上馬，軍分八隊，布在高崗〔六〇〕。遥望呂布一簇軍馬，繡旗招颭，先來衝陣。上黨太守張楊部將穆順，出馬挺鎗迎戰，被呂布手起一戟，刺於馬下，衆大驚。北海太守孔融部將武安國，使鐵鎚飛馬而出。呂布揮戟拍馬來迎，戰到十餘合，一戟砍斷安國手腕，棄鎚於地而走。八路軍兵齊出，救了武安國，呂布退回去了。衆諸侯回寨商議，曹操曰：「呂布英勇無敵，可會十八路諸侯，共議良策。若擒了呂布，董卓易誅耳。」

正議間，呂布復引兵搦戰。八路諸侯齊出。公孫瓚揮搠親戰呂布。戰不數合，瓚敗走，呂布縱赤

〔五六〕「先」字原闕，據毛校本補。
〔五七〕「門旗」，商本、周本、夏本、贊本倒作「旗門」。
〔五八〕毛批「何」，業本、齋本作「可」。「四」下，齋本、光本有「個」字。
〔五九〕「報來」，光本倒作「來報」。
〔六〇〕「布在高崗」，光本、商本「布」作「皆」，致本、滄本、商本「崗」作「岡」。

兔馬趕來。那馬日行千里〔六一〕，飛走如風。【漁】又讚馬。看看趕上，布舉畫戟望瓚後心便刺。傍邊一將，圓睜環眼，倒豎虎鬚，挺丈八蛇矛，飛馬大叫：「三姓家奴【漁】四字罵絶。休走！燕人張飛在此！」【毛】【漁】殺華雄先〔六二〕寫雲長，戰呂布先寫翼德，都好。呂布見了，棄了公孫瓚，便戰張飛。飛抖擻精神，酣戰呂布。【贊】比〔六三〕袁術何如？【鍾】張飛耀武揚威，袁術更敢以小卒目之否？連鬭五十餘合，不分勝負。雲長見了，把馬一拍，舞八十二觔青龍偃月刀，來夾攻呂布。三匹馬「丁」字兒厮殺。【漁】好摹寫。戰到三十合，戰不倒呂布。劉玄德掣雙股劍，驟黄鬃馬，刺斜裏也來助戰。這三箇圍住呂布，轉燈兒般厮殺，【毛】今日走馬燈，多用「三〔六四〕戰呂布」故事，這便是燈樣。【贊】真正好看，如今已有「三戰呂布」轉燈矣！這箇便是燈樣，呵呵！【鍾】好箇轉燈兒樣。【漁】今人畫燈，多用「三戰呂布」故事，這便是燈樣。八路人馬都看得呆了。【毛】其實好看。此時衆人亦只好看得。呂布架隔遮攔不定，看着玄德面上，虛刺一戟，玄德急閃。呂布蕩開陣角，倒拖畫戟，飛馬便回。三箇那裡肯捨，拍馬趕來。八路軍兵，喊聲大震，一齊掩殺。呂布軍馬望關上奔走，玄德、關、張隨後趕來。古人曾有篇言語，單道着玄德、關、張三戰呂布〔六五〕：

漢朝天〔六六〕數當桓靈，炎炎紅日將西傾。
奸臣董卓廢少帝，劉協懦弱魂夢驚。
曹操傳檄告天下，諸侯奮怒皆興兵。
議立袁紹作盟主，誓扶王室定太平。
温侯呂布世無比，雄才四海誇英偉。
護軀銀鎧砌龍鱗，束髮金冠簪雉〔六七〕尾。
參差寶帶獸平吞，錯落錦袍飛鳳起。

〔六一〕「里」，光本作「重」，形訛。
〔六二〕毛批「殺華雄先」，齋本、光本「先」作「正」，商本「殺」作「敘」。
〔六三〕「比」，緑本闕。
〔六四〕「用三」，業本「用」訛作「川」，商本倒作「三用」。
〔六五〕毛本三英戰呂布詩改自贊本；鍾本、漁本同贊本；夏本、贊本同嘉本，周本改自贊本。
〔六六〕「天」，商本訛作「大」。
〔六七〕「雉」，齋本、光本作「短」。

龍駒跳踏起天〔六八〕風，畫戟熒煌射秋水。
出關搦戰誰敢當？諸侯膽裂心惶惶。
踴出燕人張翼德，手提〔六九〕蛇矛丈八鎗。
虎鬚倒竪翻金線，環眼圓睁起電光。
酣戰未能分勝敗，陣前惱起關雲長。
青龍寶刀燦霜雪，鸚鵡戰袍飛蛺蝶。
馬蹄到處鬼神嚎，目前一怒應流血。
梟〔七〇〕雄玄德掣雙鋒，抖擻天威施勇烈。
三人圍繞戰多時，遮攔架隔無休歇。
喊聲震動天地翻，殺氣迷漫牛斗寒。
呂布力窮尋走路，遥望家山拍馬還。
倒拖畫桿方天戟，亂散銷金五彩旛。
頓斷絨縧走赤兔，翻身飛上虎牢關。贄韻語不俗。

三人直趕呂布到關下，看見關上西風飄動青羅傘蓋。張飛大叫：「此必董卓！追呂布有甚强處？不如先拏董賊，便是斬草除根！」毛漁快人快語。贄翼德千古快人。**拍馬上關，來擒董卓。**毛每回之末，定作異樣驚人語。妙絶。鍾畢竟要如此。**正是：**

擒賊定須擒賊首，奇功端的待奇人。

未知勝負如何，且聽〔七一〕下文分解。

前董卓以玄德白身有功不報，今袁氏兄弟又以雲長弓手不欲序用，若非孟德具眼，英雄遂無出頭之期矣。即此一事，孟德何可及也！彼袁紹者，何以爲盟主哉！何以爲盟主哉！

袁術小人，不識玄德兄弟，無責也。本初亦是人豪，乃亦拘牽俗見，不能格外用人。嗚呼，天生豪傑，豈可于資格中求哉？此孟德之所以爲可兒也；今人都駡孟德奸雄，吾恐奸雄非尋常人所可駡也，還應孟德駡人不奸雄耳。

〔六八〕「天」，光本訛作「大」。
〔六九〕「提」，商本作「持」，周本作「挺」。
〔七〇〕「梟」，齊本、濟本、光本作「英」。
〔七一〕「聽」，齊本、光本作「看」，周本、夏本、贄本脱。

曹操暗以牛酒來慰玄德兄弟，此何如舉動也，即袁紹不及之矣，況餘人乎？操真奸雄，何可及也！

天生豪傑，必于格外相賞。雲長爲馬弓手，袁紹不能破格用之，竟同其弟拘牽俗見，紹固不可爲盟主；彼袁術者，定當借吕布之戟以刺之也。

世態炎凉，誰識英雄？玄德兄弟當年落落，曹操暗以牛酒來慰，亦可謂具眼英雄者。

第六回

焚金闕董卓行兇　匿玉璽孫堅背約

無故而遷天子，則比於蒙塵；無端而遷百姓，則等於流竄。遷天子不易，遷百姓更難。昔漢武徙〔一〕關中豪傑，擇富者而徙之：其貧者不中徙也。今董卓殺富户而徙貧民，富者既死於罪，貧者復死於徙：民生其時，富亦死，貧亦死，《詩》曰「周餘黎民，靡有孑遺」，其不在周宣，而在漢獻乎？

平王居東而周衰，光武居東而漢興，其故何也？一則能誅王莽，而冠履之分明；一則不能討申侯，而君臣之義滅也。盤庚復成湯之故宇而殷盛，獻帝復高祖之故土而漢亡，其故何也？一則天子當陽，而曲達其迓續民命之情；一則暴臣當國，而大逞其劫奪民生之惡也。總之，君尊則治，君卑則亂；民安則治，民危則亂。安在西方之必勝於東而新都之宜復其舊哉？

觀董卓行事，是愚蠢强盜，不是權詐奸雄。奸雄必要結民心，奸雄必假行仁義。今焚宫室、發陵寢，殺百姓、擄貲財，不過如張角等所爲。後人並稱卓、操，孰知卓之不及操也遠甚！

人各一心，不能成〔二〕事，蘇秦「洹水之約」，所以不久而散也。前者孫堅欲戰，而袁術沮之；今者曹操欲戰，而袁紹復沮之，使有志之人，動而掣肘，可勝嘆哉！至于劉表，徒負虚名。不聞其得曹操之檄而討〔三〕董卓，但見其奉袁紹之書而截孫堅，其無用可知矣。

千軍易得，一將難求；衆將易得，主將難

〔一〕「徙」上，商本有「之」字。
〔二〕「成」，貫本作「同」。
〔三〕「討」，貫本作「謀」。

求。爲從者萬輩，不若爲首者一人之重也。「天下可無洪，不可無公」，此語可垂千古。

曹操幾死者三：獻刀而逃，爲〔四〕中牟軍士所獲，一死也；陳宮於客店欲殺之，二死也；滎陽之戰，中箭墮馬，三死也。脱此三死，人爲操〔五〕幸，我獨爲操恨，恨其不得以一死成忠義之名。天下固有生不如死者，此類是也。

玉璽琢自祖龍，則祖龍以前，夏、商、周之爲天子，何嘗有玉璽耶？況祖龍三十六年玉璽失而復得，而祖龍即于明年死，則是失之不足憂，得之不足喜也。孫堅舉動，頗有忠義之氣，一得玉璽，而忽懷異心，亦其見之不明耳。

却説張飛拍馬趕到關下，關上矢石如雨，不得進而回。八路諸侯，同請玄德、關、張賀功，使人去袁紹寨中報捷。

紹遂移檄孫堅，令其進兵。毛不獎劉、關、張戰〔六〕捷，只檄孫堅進兵；但教孫堅進兵，不責袁術給糧：殊爲可笑。堅引程普、黄蓋至袁術寨中相見。堅以杖畫地曰：「董卓與我，本無讐隙。今我奮不顧身，親冒矢石，來决死戰者，上爲國家討賊，毛此句責他無君。下爲將軍家門之私。毛指袁隗受害。○此句責他無親。而將軍却聽讒言，不發糧草，致堅敗績。將軍何安？」贄孫堅如此處袁術極姿。漁辭嚴義正，聲氣欲出。「以杖畫地」四字更爲生情。術惶恐無言，鍾孫堅丈夫，不比袁術小人，只痛説一番，令其惶恐更□。命斬進讒〔七〕之人，以謝孫堅。

忽人報堅曰：「關上有一將，乘馬來寨中，要見將軍。」堅辭袁術，歸到本寨，唤來問時，乃董卓愛將李傕。毛奇。漁意想不出。堅曰：「汝來何爲？」傕曰：「相國所敬者，惟將軍耳。今特使傕來結親：相國有女，欲配將軍之子。」毛「匪寇，婚

〔四〕「爲」，貫本作「在」。
〔五〕「操」，致本同，其他毛校本作「曹」，後一處同。
〔六〕「戰」，商本作「奏」。
〔七〕「讒」下，明四本、商本有「言」字。

媾。」突如其來。堅大怒，叱曰：「董卓逆天無道，蕩覆王室，吾欲夷其九族以謝天下，安肯與逆賊結親耶！吾不斬汝，汝當速去，早早獻關，饒你性命！倘若遲誤，粉骨碎身！」毛贊漁孫堅是漢子，〈毛漁〉與吕布大異。鍾堅欲滅此而後朝食，安肯與逆賊結趣？

李傕抱頭鼠竄，回見董卓，説孫堅如此無禮。卓怒，問李儒，儒曰：「温侯新敗，兵無戰心。不若引兵回洛陽，遷帝于長安，以應童謡。近日街市〔八〕童謡曰：『西頭一箇漢，東頭一箇漢。鹿走入長安，方可無斯難。』毛童謡甚奇。臣思此言，『西頭一箇漢』，乃應高祖旺〔九〕于西都長安，傳一十二帝；『東頭一箇漢』，乃應光武旺于東都洛陽，今亦〔一〇〕一十二帝。毛李儒所解，不合童謡。蓋「東頭一個漢」乃指許都，「西頭一個漢」乃指蜀都也。鍾解得相〔一一〕天運合回。相國遷回長安，方可〔一二〕無虞。」卓大喜曰：「非汝言，吾實不悟。」遂引吕布星夜回洛陽，商議遷都。聚文武於朝堂，卓曰：「漢東都洛陽二百餘年，氣數已衰。吾觀旺氣實在長安，吾欲奉駕西幸，汝等各宜促裝。」二促裝，今之（收拾）行李（收拾）也。司徒楊彪曰：「關中殘破零落。今無故捐宗廟，棄皇陵，恐百姓驚動。天下動之至易，安之至難，望相國鑒察。」毛此從百姓起見，言民居不可動摇。漁此是百姓起見。卓怒曰：「汝阻國家大計耶？」太尉黄琬曰：「楊司徒之言是也。往者王莽篡逆，更始赤眉之時，二考證補註王莽篡孺〔一三〕子嬰位，國人立淮陽王劉玄于宛，改元更始。赤眉，賊也，黨類（眉皆赤）（赤其眉）。焚燒長安，盡爲瓦礫二音立。之地，更兼人民流移，百無一二。今棄宮室而就荒地，非所宜也。」毛此從朝廷起見，言荒地不可建都。漁此是朝廷起見。卓曰：「關東賊起，天下播亂。長

〔八〕「市」，齋本、光本作「中」。
〔九〕「旺」，光本作「王」，後二處同。
〔一〇〕「亦」下，貫本有「傳」字。
〔一一〕鍾批以下疑闕字。
〔一二〕「合回」，齋本、光本倒作「回合」。「方可」，貫本作「乃保」。
〔一三〕周批「孺」，原無，據夏批補。

安有崤【二】音爻。函【嘉】二音爻寒。【二】音咸。之險，更近隴右，木石磚瓦尅日可辦，宮室營造不須月餘。汝等再休亂言。」司空〔一四〕荀爽諫曰：「相國若欲遷都，百姓騷動不寧矣。」【毛】荀爽之意亦重在百姓。卓大怒曰：「吾爲天下計，豈惜小民哉！」【毛】捨却百姓，安有天下？確是不通文理之言。【贄】胡説。小民之外，又何者爲天下計也。【鍾】不惜小民，更何者爲天下計，卓□亂道。【漁】不有民，何有國，不有國，何有天下？爲天下計不惜小民，真亂話。即日罷楊彪、黃琬、荀爽爲庶民。卓出上車，只見二人望車而揖，視之，乃尚書周毖、城門校尉伍瓊也。卓問有何事，毖曰：「今聞相國欲遷都長安，故來諫耳。」卓大怒曰：「我始初聽你兩箇，保用袁紹，今紹已反，是汝等一黨！」【毛】照應前文。叱武士推出都門斬首。遂下令遷都，限來日便行。李儒曰：「今錢糧缺少，洛陽富户極多，可籍没入官。【漁】李儒，罪之魁也。但是袁紹等門下，殺其宗黨而抄其家貲，必得巨萬。」【毛】讀「哿矣富人」之詩，而嘆幽、厲之朝猶爲盛世矣。【鍾】此等行事，神人俱憤。

卓即差鐵騎五千，遍行捉拏洛陽富户，共數千家，插旗頭上，大書「反臣逆黨」，盡斬于城外，取其金貲。【毛】何不竟題之曰「富户」，而必借逆黨爲名乎？「匹夫無罪，懷璧其罪。」人生亂世，不幸而富，便當族耳。陶朱公三致千金而三散之，誠懼此也。【贄】如此舉動，天〔一五〕祐之耶？李傕、郭汜盡驅洛陽之民數百萬口，前赴長安。【毛】富民死，貧民徙，所得何罪？每百姓一隊，間【二】去聲。軍一隊，【二】謂以軍一隊雜在百姓隊中防其走也。互相拖押，死于溝壑者，不可勝數。又縱軍士淫人妻女，奪人糧食，啼哭之聲，震動天地。〔一六〕【毛】不是相國要遷都，却是强盗搬場矣。【贄】【鍾】此乾坤一刼也。〈【贄】〉若今佛法流行，安得有此？卓臨行，教諸門放火，焚燒居民房屋，并放火燒宗廟宮府。【贄】卓惡貫盈至此。南北兩宮，火燄相接，長樂宮

〔一四〕「空」，原作「徒」，古本同。按：《後漢書·孝獻帝紀》作「司空荀爽」。據改。

〔一五〕「天」，綠本闕。

〔一六〕明四本此處有「如有行得遲者，背後三千軍催督，軍手執白刃，于路殺人」句。

庭〔一七〕，盡爲焦土。**毛**彷彿楚人一炬。又差吕布發掘先皇及后妃陵寢，取其金寶，軍士乘勢掘官民墳塚殆盡。**毛**黄巾賊反不如此之甚。**鍾**卓賊不仁至此。董卓裝載金珠緞疋好物數千餘車，劫了天子并后妃等，竟望長安去了。**毛**王莽知有《金縢》而學之，要做假聖人；董卓不知有《盤庚》而學之，竟做真强盜。**漁**看董卓行事，是强盜，不是奸雄。奸雄必要結民心，假仁義。試觀董卓種種所爲，張角且不若是之慘。後人乃欲與曹操並稱奸雄，異哉！

却説卓將趙岑，見卓已棄洛陽而去，便獻了汜水關。孫堅驅兵先入，玄德、關、張殺入虎牢關，諸侯各引軍入。

且説孫堅飛奔洛陽，遥望火燄沖天，黑烟鋪地，二三百里，並無雞犬人烟。堅〔一八〕先發兵救滅了火，令衆諸侯各于荒地上屯住軍馬。**漁**得體。曹操來見袁紹曰：「今董賊〔一九〕西去，正可乘勢追襲。本初按兵不動，何也？」**毛漁**（衆諸侯中，）畢竟孫、曹二人出色。紹曰：「諸兵〔二〇〕疲困，進恐無益。」**毛**庸夫無膽。操曰：「董賊焚燒宫室，劫遷天子，海内震動，不知所歸。此天亡之時也，一戰而天下定矣。諸公何疑而不進？」**毛**袁、曹優劣又見于此。**鍾**乘時追殺卓賊，操見極是，安可以成敗論人哉？衆諸侯皆言不可輕動。**毛**俱是庸夫。操大怒曰：「豎子不足與謀！」遂自引兵萬餘，領夏侯惇、夏侯淵、曹仁、曹洪、李典、樂進，星夜來趕董卓。**毛**是壯舉，不是輕動〔二一〕。**漁**是壯舉，莫説曹操輕進。

且説董卓行至滎**嘉**音營。**周**音興。**夏**音榮。陽地方，太守〔二二〕徐榮出接。李儒曰：「相國新棄

〔一七〕「長樂宫庭」，原作「長安宫庭」，致本、業本、貫本、齋本、滄本、商本同；光本作「洛陽宫廷」。據前文及明四本改。

〔一八〕「堅」，齋本、光本、商本脱。

〔一九〕「賊」，商本作「卓」。

〔二〇〕「兵」，光本作「侯」。

〔二一〕「動」，齋本、光本作「舉」。

〔二二〕按：《後漢書·郡國志》：洛陽、滎陽，皆爲縣，屬河南郡。「太守」應作「縣令」，後文第二十七回作「滎陽太守王植」「洛陽太守韓福」，「過五關、斬六將」成習，從原文。

洛陽，防有追兵。可教徐榮伏軍滎陽【六】滎陽，古邑名，今開封府滎陽縣（也）。城外山塢【三】音鄔。之傍，若有兵追來，可竟放過，待我這裏殺敗，然後截住掩殺，令後來者不敢復追。」【毛】【漁】若十八路齊（去〔二三〕）（來），一徐榮何足當之！可恨衆人愚懦，致令孟德敗兵。卓從其計，又令吕布引精兵遏〔二四〕後。布正行間，曹操一軍趕上。吕布大笑曰：「不出李儒所料也！」將軍馬擺開。曹操出馬，大叫：「逆賊！劫遷天子，流徙百姓，將欲何往？」吕布罵曰：「背主懦夫，何得妄言！」夏侯惇挺鎗躍馬，直取吕布。戰不數合，李傕引一軍從左邊殺來，操急令夏侯淵迎敵。右邊喊聲又起，郭汜引軍殺到，操急令曹仁迎敵。三路軍馬，勢不可當。夏侯惇抵敵吕布不住，飛馬回陣。布引鐵騎掩殺，操軍大敗，回〔二五〕望滎陽而走。【毛】【漁】此敗非操之罪，乃衆諸侯之罪也。走至一荒山脚下，時約二更，月明如畫。【毛】閒筆點綴，絶佳。方纔聚集殘兵，正欲埋鍋造飯，只聽得四圍喊聲，徐榮伏兵盡出。【毛】徐榮黨惡，與李儒等。曹操慌忙策馬，奪路奔逃，正遇徐榮，轉身便走。榮搭上箭，射中操肩膊。操帶箭逃命，𨀁〔二六〕【毛】側音熾。過山坡。兩箇軍士伏於草中，見操馬來，二鎗齊發，操馬中鎗而倒。操翻身落馬，被二卒擒住。【毛】使讀者吃一嚇。【漁】使讀者吃一大驚。只見一將飛馬而來，揮刀砍死兩箇步軍〔二七〕，下馬救起曹操。【毛】不謂竟有此一救。○讀到此處，方知「月明如畫」四字點綴得好。惟其月明如畫，故一來便見；若黑暗〔二八〕中，正自摸不著也。操視之，乃曹洪也。操曰：「吾死于此矣，賢弟可速去！」洪曰：「公急上馬！洪願步行。」操

〔二三〕毛批「去」，貫本作「出」。

〔二四〕「遏」，原作「歇」，致本、業本、貫本同；齋本、滄本、光本、商本作「斷」。按：「遏」字佳，據明四本改。

〔二五〕「回」，致本作「因」。

〔二六〕「𨀁」，明四本作「𧽚」，光本作「轉」。按：《正字通》：「𨀁𧽚，並俗字。舊本𨀁音熾，躍貌；一曰踰也。𧽚音薛，旋倒也；又音熾，一足行，沿《篇海》誤。」

〔二七〕「步軍」，致本作「軍士」。

〔二八〕「黑暗」，貫本倒作「暗黑」。

曰：「賊兵趕上，汝將奈何？」洪曰：「天下可無洪，不可無公。」【毛】曹洪真好兄弟。乃不從一家起見，而以天下起見，所以更奇。【贊】【鍾】由今言之，天下何可有操？〈【贊】〉若洪者，政不妨有也。【漁】好個曹洪，不從一家起見，却從天下起見。愚謂天下可無洪，曹操不可無洪。操曰：「吾若再生，汝之力也。」操上馬，洪脱去衣甲，拖刀跟馬而走。【毛】天下可無洪，曹操却不可無洪。約走至四更餘，只見前面一條大河阻住去路，後面喊聲漸近。【毛】使讀者又吃一嚇。操曰：「命已至此，不得復活矣！」洪急扶操下馬，脱去袍鎧，負操渡水。【毛】此時又不可無洪。【贊】曹洪者，操之忠，漢之賊也。【漁】兩人俱無衣甲，方可渡水。纔過彼岸，追兵已到，隔水放箭，操帶水而走。【毛】險殺，嚇殺。比及天明，又走三十餘里，土崗〔二九〕下少歇。忽然喊聲起處，一彪人馬趕來，却是徐榮從上流渡河來追。【毛】使讀者又吃一嚇。【漁】讀者又吃一大驚。操正慌急間，只見夏侯惇、夏侯淵引十數〔三〇〕騎飛至，【鍾】好救星。大喝：「徐榮勿〔三一〕傷吾主！」【毛】不謂又有此一救。徐榮便奔夏侯惇，惇挺鎗來迎。交馬數合，惇刺徐榮于馬下，【毛】殺得好。殺散餘兵。隨後曹仁〔三二〕、李典、樂進各引兵尋到，見了曹操，憂喜交集，【漁】曹操三次宜死而不死，人爲操幸，予獨爲曹恨。恨其不得以一死成忠義之名耳。聚集殘兵五百餘人，同回河内〔三三〕。【毛】【漁】曹操（此）（這）一戰，雖敗猶榮。

却説衆諸侯分屯洛陽。孫堅救滅宮中餘火，屯兵城内，設帳于建章殿基上。堅令軍士掃除宮殿瓦礫，凡董卓所掘陵寢，盡皆掩閉。于太廟基上，草創殿屋三間，請衆諸侯立列聖神〔三四〕位，宰太牢祀之。【毛】孫堅忙中舉動，大是可觀。【贊】忙中舉動，亦自

〔二九〕「崗」，原作「岡」，致本、業本、貫本、滄本、商本、周本同，據嘉本、夏本、贊本、齋本、光本改。

〔三〇〕「十數」，明三本作「數十」。

〔三一〕「勿」，商本作「無」。

〔三二〕「仁」下，貫本有「同」字。

〔三三〕「河内」，貫本作「河南」。另明四本此處有「卓兵自往長安」句。

〔三四〕「聖神」，光本倒作「神聖」，明四本作「漢代神」。

可觀。【鍾】閉漢陵，立漢祀，孫堅此舉真仁義。【漁】忙中舉動，大是得體。祭畢，皆散。堅歸寨中，是夜星月交輝，【毛】「明月自來還自去，更無人倚玉欄杆。」〔三五〕乃按劍露坐，仰觀天文，見紫微垣中白氣漫漫。堅〔三六〕嘆曰：「帝星不明，賊臣亂國，萬民塗炭，京城一空！」言訖，不覺淚下。【毛】在瓦礫場上看月，又在舊殿基上看月。月色愈好，人情愈悲。（凄慘。）〈【毛】【漁】〉孫堅灑淚數語，可當唐人懷古詩數首。【鍾】□□滅（殺）。

傍有軍士指曰：「殿南有五色毫光起于井中。」【毛】亦使讀者眼光閃爍。堅喚軍士點起火把，下井打撈，撈起一婦人屍首。雖然日久，其屍不爛，【毛】此婦人之死〔三七〕，不在董卓放火之時，却在張讓作亂之時。宮様裝束，項下帶一錦囊。取開看時，内有硃紅小匣，用金鎖鎖著。啟視之，乃一玉璽：方圓四寸，上鐫五龍交紐；傍缺一角，以黃金鑲之，上有篆文八字，云：「受命于天，既壽永昌。」【毛】前云不見了傳國玉〔三八〕璽，今于此處還他下落，妙補前文。【漁】前番失璽，至此方得下落。堅得璽，乃問程普，普曰：「此傳國璽也。此玉是昔日卞和于荊山之下，見鳳凰棲于石上，載而進之楚文王。【三】考証補註 和氏得玉璞（于）楚山中，奉獻厲王。王使玉人相之，曰：「石也。」以和爲詐，而刖其左足。及武王即位，（和）又獻之。武王使人相之，又曰：「石也。」又以和爲詐，而刖其右足。文王即位，和乃抱其玉而哭于楚山下三日三夜，（淚）（泣）盡而繼以血。王聞之，使人問其故，曰：「天下刖者多矣，子奚哭之悲耶？」乃使玉人理其璞而得玉焉，遂命曰「和氏之璧」（也）（云）。解之，果得玉。秦二十六年，令良工琢爲璽，李斯篆此八字于其上。【毛】應上「篆文八字」句。二十八年，始皇巡狩至洞庭湖，風浪大作，舟將覆，急投玉璽于湖而止。【毛】未曾入井，先曾入湖。至三十六年，始皇巡狩至華陰，有人持璽〔三九〕遮道，

〔三五〕按：詩句引自唐代崔櫓《華清宮三首》，同《全唐詩》。
〔三六〕「堅」，光本脱。
〔三七〕「之死」，齋本、光本作「其死」，商本作「死屍」。
〔三八〕「云」，貫本作「出」。「玉」，滄本脱。
〔三九〕「璽」，光本脱。

與從者曰：『持此還祖龍。』言訖不見，此璽復歸于秦。毛始皇得璽于活人，孫堅得璽于死婦。明年，始皇崩。毛得璽即死，又何取乎璽也。後來子嬰將玉璽獻與漢高祖。後至王莽篡逆，孝元皇太后將璽〔四〇〕打王尋、蘇獻，崩其一角，以金鑲之。毛應上「傍缺一角」句〔四一〕。光武得此寶于宜陽，傳位至今。近聞十常侍作亂，劫少帝出北邙，回宮失此寶。毛又與前失璽照應。今天授主公，必有登九五之分。毛孫堅改節，寔因程普此二語。鍾多因「天授主公，必登九五」二語，便起争端。此處不可久留，宜速回江東，別圖大事。」堅曰：「汝言正合吾意。明日便當托疾辭歸。」毛孫堅一得玉璽，便爾〔四二〕心變，惜哉！漁淚下處是覩物傷情，托疾處是見財起意。商議已定，密諭軍士勿得洩漏〔四三〕。毛正爲下文軍人洩漏〔四四〕伏線。

誰想數〔四五〕中一軍，是袁紹鄉人，欲假此爲進身之計，連夜偷出營寨，來報袁紹。紹與之賞賜，暗留軍中。次日，孫堅來辭袁紹曰：「堅抱小疾，欲歸長沙，特來別公。」紹笑曰：「吾知公疾，乃害傳國璽耳。」毛趣甚。漁趣語。堅失色曰：「此言何來？」紹曰：「今興兵討賊，爲國除害。玉璽乃朝廷之寶，公既獲得，當對衆留于盟主處，毛也不懷好意。候誅了董卓，復歸朝廷。今匿之而去，意欲何爲？」贊詞義俱正。鍾紹言詞義嚴正。漁其詞甚正，其意則非。堅曰：「玉璽何由在吾處？」紹曰：「建章殿井中之物何在？」堅曰：「吾本無之，何强相逼？」紹曰：「作速取出，免自生禍。」堅指天爲誓曰：「吾若果得此寶，私自藏匿，異日不得善終，死于〔四六〕刀箭之下！」毛今之盜物者極會賭咒，孫堅英雄，何亦爾爾？漁取璽時原有天在上。孫堅亦豪傑耳，不

〔四〇〕「璽」，原作「印」，致本、業本、貫本、齋本、滄本同。按：上下文皆作「璽」，據光本、商本、明四本改。
〔四一〕「上」下，齋本、光本有「文」字。「句」上，齋本、光本有「二」字。
〔四二〕「爾」，商本作「爲」。
〔四三〕「洩漏」，滄本倒作「漏洩」。
〔四四〕「漏」，光本訛作「淚」。
〔四五〕「數」，光本作「内」。
〔四六〕「于」，貫本脱。

該賭咒。鍾堅太輕誓。衆諸侯曰：「文臺如此說誓，想必無之。」紹喚軍士出曰：「打撈之時，有此人否？」堅大怒，拔所佩之劍，要斬那軍士。紹亦拔劍曰：「汝斬軍人，乃欺我也。」紹背後顏良、文醜皆拔劍出鞘，堅背後程普、黃蓋、韓當亦掣刀在手。衆諸侯一齊勸住。鍾爭一國璽，自相吞併，昔日盟誓何在？堅隨即上馬，拔寨離洛陽而去。毛去了一箇有用人。漁一個有用的去了。紹大怒，遂寫書一封，差心腹人連夜往荆州，送與刺史劉表，教就路上截住奪之。毛伏線。

次日，人〔四七〕報曹操追董卓，戰于滎陽，大敗而回。紹令人接至寨中，會衆置酒，與操解悶。毛孫堅無心對月，曹操亦何〔四八〕心對酒。飲宴間，操嘆曰：「吾始興大義，爲國除賊。諸公既仗義而來，操之初意，欲煩本初引河内之衆臨孟津、三先時渤海太守袁紹，（先）與王匡屯兵于河内。酸棗，諸將〔四九〕三劉岱、張邈、張超、袁遺、鮑信、曹操、喬瑁（也）。固守成皋，據廒倉，塞二音色。轘二音還。轅、嘉音還元。大谷〔五〇〕，制其險要；公路〔五一〕率南陽之軍，駐丹、析，入武關，以震三輔。六孟津，（古地名，周武王伐紂，師渡孟津即此。）今河南府孟津縣（也）。成皋，今汜水縣（也）。廒倉，（《一統志》云：廒倉，本）山名，（秦初，敖氏築倉於上，因以名山。今）在開封府河陰〔五二〕縣。轘轅，關名，在河南府登封縣（西北轘轅嶺下）。大谷，在河南府閿鄉縣（西南二十五里）。丹、析，二縣名，（《括地志》云：故）丹城在鄧州内鄉縣（西南百三十里）。

〔四七〕「人」，商本作「入」，形訛。

〔四八〕「何」，致本、商本作「無」。

〔四九〕「將」，齋本作「衆」，光本作「君」。

〔五〇〕「大谷」，明四本作「太古」。按：大谷又稱大谷口、水泉口。在今洛陽市南。《後漢書·董卓列傳》：「卓遣將李傕詣堅求和，堅拒絕不受，進軍大谷，距洛九十里。」李注曰：「大谷口在故嵩陽西北三十五里，北出對洛陽故城。張衡《東京賦》云『盟津達其後，大古通其前』是也。距，至也。」後注文據改。

〔五一〕「公路」，商本訛作「公孫」，明四本作「袁將軍」。

〔五二〕醉本眉注、贊本系夾注「河陰」，原作「河陽」。按：《方輿紀要·歷代州域形勢二》：「漢築甬道，屬之河，以取敖倉粟。（敖，敖山，在今鄭州河陰縣西二十里，秦時築倉於山上。）」據周、夏批改。

析，古邑名，今內鄉縣是也）。武關，（《一統志》云：武關，）秦之南關也，在西安府商縣（東一百八十里。本朝建有巡檢司在焉）。三輔，京兆、左馮翊、右扶風，名（爲）三輔。京兆，即今西安府（也）；馮翊，今（之）西安府同州（也）；扶風，今（之）鳳翔府：俱屬陝西（是也）。皆深溝高壘，勿與戰，益爲疑兵，示天下形勢，以順誅逆，可立定也。毛所言確是良策〔五三〕。今遲疑不進，大失天下之望。操竊恥之！」贊鍾漁（言之鑿鑿，）此所（云）（謂）治世之能臣也。紹等無言可對。既而席散，操見紹等各懷異心，料不能成事，自引軍投揚州去了。毛又去了一箇有用人。鍾阿瞞却有先見。漁一個有用的又去了。公孫瓚謂玄德、關、張曰：「袁紹無能爲也，久必有變，吾等且歸。」遂拔寨北行。毛又去了三〔五四〕箇有用人。漁一連三個有用的都去了。至平原，令玄德爲平原相，自去守地養軍。兖州刺史〔五五〕劉岱，問東郡太守喬瑁借糧，瑁推辭不與，岱引軍突入瑁營，殺死喬瑁，盡降其衆。袁紹見衆人各自分散，就領兵拔寨，離洛陽，投關東去了。毛盟主走了，好箇盟主。漁連盟主都走了，笑殺。

却說荆州刺史劉表，字景升，山陽高平人也，乃漢室宗親，幼好結納，與名士七人爲友，時號「江夏八俊」。毛劉表徒負虛名。那七人？汝南陳翔，字仲麟；同郡范滂，字孟博；魯國孔昱，字世元；渤海苑康，字仲真；山陽檀敷，字文友；同郡張儉，字元節；南陽岑晊〔五六〕，嘉音直。二音質。字公孝。劉表與此七人爲友，毛今之依托名流、自謂名士者，皆劉表類也。有中廬〔五七〕人蒯良、蒯越，襄陽人蔡瑁

〔五三〕「確是良策」，澹本「良」作「長」，商本「確」訛作「却」。

〔五四〕「三」，齋本、光本作「幾」，澹本作「一」。

〔五五〕「刺史」，原作「太守」，古本同。按：《三國志·蜀書·許靖傳》：「侍中劉岱爲兖州刺史」；前文第五回作「兖州刺史劉岱」。據改。

〔五六〕「晊」，原作「胵」，致本、業本、貫本、商本、周本、贊本同；其他毛校本作「脛」。按：《三國志·魏書·劉表傳》作「岑晊」。作「胵」「脛」皆形訛，據嘉本、周本改。

〔五七〕「中廬」，原作「延平」，毛校本同；明四本作「延平郡」。按：《後漢書·郡國志》，東漢無延平郡（國、縣）。又《三國志·魏書·劉表傳》裴注引西晉司馬彪《戰略》：「而延中廬人蒯良、蒯越。」延，引進，迎接。據改。

爲輔。當時看了袁紹書，隨令蒯越、蔡瑁引兵一萬來截孫堅。【毛】既能引兵截孫堅，何不興兵勤王室？【漁】當日勤王不來，今日截璽就來。堅軍方到，蒯越將陣擺開，當先出馬。孫堅問曰：「蒯異度【三】（異度，）越（之）表字。何故引兵截吾去路？」越曰：「汝既爲漢臣，如何私匿傳國之寶？可速留下，放汝歸去！」【贊】言甚正大。【鍾】蒯越言亦正大。堅大怒，命黄蓋出戰，蔡瑁舞刀來迎。鬬到數合，蓋揮鞭打瑁，正中護心鏡，瑁撥回馬走，孫堅乘勢殺過界口。山背後金鼓齊鳴，乃劉表親自引軍來到。孫堅就馬上施禮曰：「景升何故信袁紹之書，相逼鄰郡？」表曰：「汝匿傳國璽，將欲反耶？」堅曰：「吾若有此物，死于刀箭之下！」【毛】只管賭咒。【鍾】□不惜命。表曰：「汝〔五八〕若要我聽信，將隨軍行李，任我〔五九〕搜看。」堅怒曰：「汝有何力，敢小覷我！」方欲交兵，劉表便退。堅縱馬趕去，兩山後伏兵齊起〔六〇〕，背後蔡瑁、蒯越趕來，將孫堅困在垓心。正是：

玉璽得來無用處，反因此寶動刀兵。

畢竟孫堅怎地脱身，且聽〔六一〕下文分解。

孟德追趕董卓極是，不可以成敗論也，設無曹洪救出，死于徐榮伏兵之手，亦不失爲忠義之鬼也。至于曹洪之言曰：「天下寧可無洪，不可無主公！」真知己之言也。但孟德奸雄，非真心爲漢耳。論至此，又不如死于伏兵之手爲愈也。何也？以其猶得忠義之名也，天下有生不如死者，此類是也。

袁本初自然做不得盟主，衆諸侯解體而去無異也。可笑孫堅亦是漢子，緣何隨口立誓，一如今之市井小夫所爲？後來果不得善終，亦堅自取之也。

孫堅立誓曰：死于刀箭之下，不得善終。後果如此。

〔五八〕「汝」，商本作「如」。

〔五九〕「李」，原作「禮」，致本、業本、貫本、齋本同，據其他古本改。「我」，光本、明四本作「吾」。

〔六〇〕「後」，商本作「下」。「起」，齋本、光本作「出」。

〔六一〕「聽」，光本作「看」，明四本無。後文多處，不另出校。

凡立誓者，請看此樣。鬼神豈可誑哉！鬼神豈可誑哉！

曹操追襲董卓，原非真心爲漢，若真心爲漢，即死于徐榮手，亦爲忠義鬼也。曹洪救之，雖操之忠，實漢之賊也。豈稱知己哉！

大凡謀大事，動大衆，必要同心協力。你看十八路諸侯，却有三十六箇心，安能成事？宜其解體而去也。

無人不惜性命，孫堅欲匿國寶，輕立誓願，後果不得善終，可見舉頭三尺，斷然不差。

第七回　袁紹磐河戰公孫　孫堅跨江擊劉表

諸侯紛紛，互相争競，天下已成四分五裂之勢。一董卓未死，而天下又生出無數董卓。欲舉而一之固難，欲舉而三之亦正〔一〕不易也。

袁紹之取冀州，謀亦巧哉。然人知韓馥、公孫瓚爲袁紹所愚，而不知袁紹又爲董卓所愚。紹初爲盟主以討卓，何其壯也！今董卓遣一介之使以和之，而遂奉命不遑：嗚呼，有愧曹操多矣！

善盜物者最會賭咒，亦惟善賭咒者最會盜物。觀于孫堅故事，可爲寒心。

一玉璽耳，孫堅匿焉，袁紹争焉，劉表截焉。究竟孫堅不因得璽而帝，反因得璽而死。若備之帝蜀，未嘗得璽；丕之帝魏，權之帝吴，亦皆不因璽。噫嘻！皇帝不皇帝，豈在玉璽不玉璽哉？

看此回瓚與紹戰，一日之間，忽敗忽勝，忽勝忽敗，變態不測。至于〔二〕文弱如劉表，勇壯如孫堅，必以爲勝在孫、敗在劉，而事之相反，又不可料如此。嗟乎！茫茫世事，何常之有？一部《三國志》，俱當作如是觀。微獨《三國》而已，一部十七史，俱當作如是觀。

此回叙孫堅之終，叙孫策之始，凡皆爲孫權而叙之也。孫權于此回方纔出名，乃出名而猶未出色，止寫得孫策出色耳。然與劉、曹鼎立者，孫權也，是孫權爲主，而孫堅、孫策皆客也。且因孫權而叙其父兄，則又以孫堅、孫策爲主，而袁紹、公孫瓚又其客也。然公孫瓚文中忽有一劉備，突如其來，倏焉而往，而公孫瓚遂表備爲平原相，則因劉備而叙及公孫瓚，因公孫瓚而叙及袁紹：是又以袁紹之戰公孫爲主，而孫堅之擊劉表爲客矣。何也？分漢鼎者孫權，而繼漢統者劉備也。以三國爲主，則紹、瓚等皆其客；三

〔一〕「亦正」，齋本、光本倒作「正亦」。
〔二〕「于」，貫本作「子」，形訛；商本作「如」。

國以劉備爲主，則孫權又其客也。今此回之目曰「袁紹戰公孫」，而注〔三〕意乃在劉備；曰「孫堅擊劉表」，而注意乃在孫權：賓中有主，主中又有賓，讀《三國志》者不可以不辯。

却說孫堅被劉表圍住，虧得程普、黃蓋、韓當三將死救得脱，折兵大半，奪路引兵回江東。自此孫堅與劉表結怨。【毛】伏一筆。【漁】伏後案。

且說袁紹屯兵河内，缺少糧草，冀州牧韓馥遣人送糧以資軍用。【毛】袁術不發糧而致孫堅之敗，韓馥以送糧而啓袁紹之謀。庸人舉動俱〔四〕錯。謀士逄紀說紹曰：「大丈夫縱橫天下，何待人送糧爲食！冀州乃錢糧廣盛之地，將軍何不取之？」【贊】逄紀是最無佛性者，此時却以此爲佛事也。呵呵。【鍾】逄紀激紹，恰似漂母激信。紹曰：「未有良策。」紀曰：「可暗使人馳書與公孫瓚，令進兵取冀州，約以夾攻，瓚必興兵。韓馥無謀之輩，必請將軍領州事，就中取事，唾手可得。」【贊】所云謀士如此。【鍾】逄紀良策。【漁】送糧而反欲得其地，何貪而不仁如此。紹大喜，即發書到瓚處。瓚得書，見說共攻冀州，平分其地，大喜，即日興兵。紹却使人密報韓馥。馥慌聚荀諶、【嘉】音臣。【二】音忱。辛評二謀士商議。【毛】【漁】如此二人，亦稱（作）謀士，可笑。諶曰：「公孫瓚將燕、代之衆，長驅而來，其鋒不可當。兼有劉備、關、張助之，難以抵敵。今袁本初智勇過人，手下名將極廣〔五〕，將軍可請彼同治州事，彼必厚待將軍，無患公孫瓚矣。」【毛】正中逄紀之計。【鍾】果不出逄紀所料。韓馥即差別駕閔純去請袁紹，長史耿武諫曰：「袁紹孤客窮軍，仰我鼻息，【二】謂鼻中之氣息，言其易也。譬如嬰兒在股掌之上，絶其乳哺，立可餓死。奈何欲以州事委之？此引虎入羊羣也！」【毛】【漁】冀州未嘗無人。【贊】是，是，耿武此人可用。【鍾】耿武此諫可用。馥曰：「吾乃袁氏之故吏，才能又不如本初。古者擇賢者而讓之，諸君何嫉妬

〔三〕「注」，光本作「主」，形訛。
〔四〕「俱」，致本同，其他毛校本作「皆」。
〔五〕「廣」，光本、商本作「多」。

耶？」耿武嘆曰：「冀州休矣！」于是棄職而去者三十餘人，獨耿武與閔純伏于城外，以待袁紹。數日後，紹引兵至。耿武、閔純拔刀而出，欲刺殺紹。紹將顏良立斬耿武，文醜砍死閔純。【毛】二人烈烈，可謂忠于韓馥。紹入冀州，以馥爲奮威〔六〕將軍，以田豐、沮授、許攸、逢紀分掌州事，盡奪韓馥之權。【毛】「擇賢而讓」，賢者固如是乎？馥懊悔無及，遂棄下家小，匹馬往投陳留太守張邈去了。【毛】【漁】虎入羊羣，羊能存乎？其得去，（猶）幸矣。

却説公孫瓚知袁紹已據冀州，遣從〔七〕弟公孫越來見紹，欲分其地。【漁】痴人。紹曰：「可請汝兄自來，吾有商議。」越辭歸。行不到五十里，道傍閃出一彪軍馬，口稱：「我乃董相國家將也！」亂箭射死公孫越。【毛】袁紹不能討董卓，反假作董家兵以殺人〔八〕。如此舉動，有愧盟主多矣。從人逃回見公孫瓚，報越已死。瓚大怒曰：「袁紹誘我起兵攻韓馥，他却就裏取事，今又詐董卓兵射死吾弟，此寃如何不報！」盡起本部兵，殺奔冀州來。【漁】痴人。

紹知瓚兵至，亦領軍出，二軍會于磐河之上。紹軍于磐河橋東，瓚軍于橋西。【漁】以橋爲界，看他處處點「橋」字。瓚立馬橋上，大呼曰：「背義之徒，何敢賣我！」紹亦策馬至橋邊，指瓚曰：「韓馥無才，願讓冀州于吾，與爾何干？」瓚曰：「昔日以汝爲忠義，推爲盟主，今之所爲，真狼心狗行之徒，有何面目立于世間！」【毛】回思向日歃〔九〕血定盟，可發一笑。今之稱盟兄盟弟者須要仔細〔一〇〕。【漁】只好罵他兩句出氣，也罵得好。【鍾】瓚言大義凜凜。袁紹大怒曰：「誰可擒之？」言未畢，文醜策馬挺鎗，直殺上橋。【漁】想來這橋必然長大。公孫瓚就橋邊與文醜交鋒。戰不到十餘合，瓚抵擋不住，敗陣而走，文醜乘勢追趕。瓚走入陣中，文醜飛馬逕入中軍，往來衝突。瓚手

〔六〕「威」，商本作「武」。按：《後漢書·袁紹傳》作「威」。

〔七〕「從」，原無，古本同。按：《三國志·魏書·公孫瓚傳》：「瓚懼術聞而怨之，亦遣其從弟越將千騎詣術以自結。」據補。

〔八〕「人」，商本作「之」。

〔九〕「歃」，原作「插」，致本同，據其他毛校本改。

〔一〇〕「仔細」，光本作「小心」。

下健將四員，一齊迎戰，被文醜一鎗，刺一將下馬，三將俱走。文醜直趕公孫瓚出陣後，瓚望山谷而逃。文醜驟馬厲聲大叫：「快下馬受降！」瓚弓箭盡落，頭盔墜地，披髮縱馬，奔轉山坡，其馬前失，瓚翻身落于坡下。漁急殺！瓚軍一敗。文醜急捻鎗來刺。毛讀書者至此，必曰公孫瓚休矣。忽見草坡左側轉出一箇少年將軍，飛馬挺鎗，直取文醜。毛來得突兀。漁此處接出趙雲有力。○有命了。公孫瓚扒〔一一〕二音巴。上坡去，看那少年，生得身長八尺，濃眉大眼，濶面重頤，威風凜凜，與文醜大戰五六十合，勝負未分。毛在公孫瓚眼中看出，分外聲勢。瓚部下救軍到，文醜撥回馬去了，那少年也不追趕。瓚忙下土〔一二〕坡，問那少年姓名。那少年欠身荅曰：「某乃常山五常山，（古郡名，）今北直隸真定府（是也）。真定人也，姓趙名雲，字子龍。毛此人突如其來。人謂當日公孫瓚〔一三〕得一救星，却是異日劉玄德得一幇手。本袁紹轄下之人，因見紹無忠君救民之心，故特棄彼而投麾下，毛子龍立志，高人一等。贊漁子龍發願，便與他人不同。鍾子龍有救世之仁，亦有（背）主之憂。不期於此處相見。」漁讀此語，知非其君者不事也。瓚大喜，遂同歸寨，整頓甲兵。

次日，瓚將軍馬分作左右兩隊，勢如羽翼，馬五千餘匹，大半皆是白馬。因公孫瓚曾與烏桓〔一四〕戰，盡選白馬爲先鋒，號爲「白馬義從」，烏桓但見白馬便走，因此白馬極多。毛漁閒（文）（中）錯雜得妙。袁紹令顏良、文醜爲先鋒，各引弓弩手一千，亦分作左右兩隊，令在左者射公孫瓚右軍，在右者射公孫瓚左軍。再令麴義引八百弓手，步兵一萬五千，列于陣中。毛一邊馬多，一邊箭多。袁紹自引馬步軍數萬于後接應。公孫瓚初得趙雲，不知心腹，

〔一一〕「扒」，光本、商本作「爬」。

〔一二〕「土」，齋本、光本、商本作「山」，周本作「上」，形訛。

〔一三〕「孫瓚」，光本倒作「瓚孫」。

〔一四〕「烏桓」及後文「白馬義從」，原作「羌人」「白馬將軍」，古本同。按：《後漢書·公孫瓚傳》：「瓚常與善射之士數十人，皆乘白馬，以爲左右翼，自號『白馬義從』。烏桓更相告語，避白馬長史。」據改，後同。

令其另領一軍在後，毛便非能知人、能用人之人。漁初得子龍就敗陣，便没意興，插入人情數語，便有安放。遣大將嚴綱爲先鋒。瓚自領中軍，立馬橋上，傍豎大紅圈金線「帥」字旗於馬前。毛有聲有色。○先伏一筆。從辰時擂鼓，直到巳時，紹軍不進。麴義令弓手皆伏於遮箭牌下，只聽砲響發箭。嚴綱鼓譟吶喊，直取麴義。義軍見嚴綱兵來，都伏而不動，直到來得至近，一聲砲響，八百弓弩手一齊俱發。毛麴義亦能軍。綱急待回，被麴義拍馬舞刀，斬於馬下，瓚軍大敗。漁瓚軍一敗。忽敗忽勝，變幻不測。左右兩軍，欲來救應，都被顏良、文醜〔一五〕引弓弩手射住。毛馬多不如箭多。紹軍並進，直殺到界橋邊，麴義馬到，先斬執旗將，把繡旗砍倒。毛若使子龍在前，必不至此。公孫瓚見砍倒繡旗，回馬下橋而走。毛瓚軍〔一六〕一敗。漁説橋、説旗、説軍不動，俱一一有照應。麴義引軍直衝到後軍，正撞着趙雲，贊子龍漢子。挺鎗躍馬，直取麴義。戰不數合，一鎗刺麴義于馬下。鍾子龍英雄，無人敢當。趙雲一騎馬飛入紹軍，左衝右突，如入無人之境。公孫瓚引軍殺回，紹軍大敗。毛漁瓚軍一勝。

却說袁紹先使探馬看時，回報麴義斬將搴旗，追趕敗兵，因此不作準備。與田豐引着帳下持戟軍士數百人，弓箭手數十騎，乘馬出觀，呵呵大笑〔一七〕：「公孫瓚無能之輩！」正說之間，忽見趙雲衝到面前。鍾疑是從天而下。弓箭手急待射時，雲連刺數〔一八〕人，衆軍皆走，後面瓚軍團團圍裹上來。田豐慌對紹曰：「主公且于空牆中躲避！」紹以兜鍪毛側音謀〔一九〕。撲地，大呼曰：「大丈夫願臨陣鬬死，豈可入牆而望活乎！」毛此時氣槩，惜不用之于討董卓之時。贊袁紹亦通。鍾還硬氣□。漁假忙。衆軍士齊心死戰，趙雲衝突不入，紹兵大隊掩

〔一五〕「顏良文醜」，商本倒作「文醜顏良」。
〔一六〕「瓚軍」，光本訛作「又是」。
〔一七〕「笑」下，嘉本有「曰」字。
〔一八〕「刺數」，光本倒作「數刺」，明四本無。
〔一九〕「謀」，致本、業本、澹本作「牟」。

至，顏良亦引軍來到，兩路并殺。趙雲保公孫瓚殺透重圍，回〔二〇〕到界橋。紹驅兵大進，復趕過橋，落水死者，不計其數。毛漁瓚軍又一敗。〈毛〉○處處夾寫橋，妙。袁紹當先趕來，不到五里，只聽得山背後〔二一〕喊聲大起，閃出一彪人馬，爲首三員大將，乃是劉玄德、關雲長、張翼德。毛漁讀書者至此，亦正想公等三人。鍾劉、關、張仗義助戰。因在平原探知公孫瓚與袁紹相爭，特來助戰。當下三匹馬，三般兵器，飛奔前來，直取袁紹。紹驚得魂飛天外，手中寶刀墜于馬下，忙撥馬而逃，毛四世三公，奈何懼此一縣令、兩弓手耶？衆人死救過橋，毛漁瓚軍又一勝。〈毛〉○寫兩軍忽勝忽敗，令讀者目光霍霍。公孫瓚亦收軍歸寨。玄德、關、張動問畢，瓚曰：「若非玄德遠來救我，幾周平聲。夏音机。乎狼狽。」二狼狽是兩物。狽前兩足絶短，每行常駕兩狼，失狼則不能動。今言顛倒失措曰狼狽。教與趙雲相見，玄德甚相敬愛，贊鍾玄德具眼（子龍）。便有不捨之心。毛眼力絶勝公孫瓚。○此爲後文子龍歸劉張本。漁爲後來歸劉張本。

却說袁紹輸了一陣，堅守不出。兩軍相拒月餘，有人來長安報知董卓。李儒對卓曰：「袁紹與公孫瓚，亦當今豪傑。見在磐河廝殺，宜假天子之詔，差人往和解之。二人感德，必順太師矣。」贊李儒甚通。鍾倡和解以市恩，甚快董卓之心。卓曰：「善〔二二〕。」次日，便使太傅馬日磾、毛側二音低。太僕趙岐，齎詔前去。二人來至河北，紹出迎于百里之外，再拜奉詔。毛此果天子詔耶？乃董卓令耳。昔日盟衆而討之，今日再拜而奉之，紹真懦夫哉！漁豈果天子詔耶？乃董卓命耶。前盟衆而討之，今再拜而受之，可笑。次日，二人至瓚營宣諭，瓚乃遣使致書于紹，互相講和。二人自回京復命。瓚即日班師，又表薦劉玄德爲平原相。漁就便。玄德與趙雲分別，執手垂淚，不忍相離。雲嘆曰：「某曩日誤認公孫瓚爲

〔二〇〕「回」，光本作「來」，明四本作「復」。
〔二一〕「背後」，光本倒作「後背」。
〔二二〕「善」，光本、商本作「然」。

英雄，今觀所爲，亦袁紹等輩耳！」【贊】【鍾】子龍具眼玄德（，亦善用收拾也）。〔二三〕【漁】子龍雙眼如鏡，不獨膽似斗也。玄德曰：「公且屈身事之，相見有日。」洒淚而别。【毛】此時子龍不即歸劉，非子龍之戀瓚，乃玄德之愛瓚也。

却説袁術在南陽，聞袁紹新得冀州，遣使來求馬千匹。紹不與，術怒，自此兄弟不睦。【毛】曹家兄弟相救，袁家兄弟相讐。袁曹優劣，又見於此。又遣使往荆州，問劉表借糧二十萬，表亦不與。術恨之，密遣人遺書於孫堅，使伐〔二四〕劉表。【毛】【漁】（袁術前以）（前此）不發糧而致孫堅於敗，今（又）恨他人（之）不發〔二五〕糧而誤孫堅以死，可恨。其書畧曰〔二六〕：

前者劉表截路，乃吾兄本初之謀也。【鍾】骨肉相殘。今本初又與表私議，欲襲江東。【贊】袁術小人。公可速興兵伐劉表，吾爲公取本初，【毛】是何言與！二讐可報。公取荆州，吾取冀州，切勿誤也！【毛】有此一番致書，便爲後文孫策投袁術張本。

堅得書曰：「叵耐劉表！昔日斷吾歸路，今不乘時報恨，更待何年！」聚帳下程普、黄蓋、韓當等商議，程普曰：「袁術多詐，未可准信。」【鍾】如見肺肝。堅曰：「吾自欲報讐，豈望袁術之助乎？」【毛】語〔二七〕亦壯。【漁】可謂小不忍則亂大謀。便差黄蓋先來江邊安排戰舡，多裝軍器糧草，大舡裝載戰馬，剋〔二八〕日興師。江中細作探知，來報劉表。表大驚，急聚文武將士商議。蒯良曰：「不必憂慮。可令黄祖部領江夏之兵爲前驅，主公率荆襄之衆爲援。孫堅跨江涉湖而來，安能用武乎？」【毛】計亦通。表然之，令黄祖設備，隨後便起大軍。

〔二三〕緑本脱此句贊批。
〔二四〕「伐」，光本作「代」，形訛；明四本無。
〔二五〕毛批「於」「發」，商本作「之」「借」。
〔二六〕毛本袁術遺孫堅書信改自贊本；漁本改自贊本，鍾本同贊本；贊本改自明三本。
〔二七〕「語」，光本作「説」。
〔二八〕「剋」，光本作「即」。

却説孫堅有四子，皆吳夫人所生：長子名策，字伯符；次子名權，字仲謀；三子名翊，字叔弼；四子名匡，字季佐。毛孫堅將死，其子方欲出頭，故百忙中特爲叙出。吳夫人之妹，即爲孫堅次妻，毛後有二喬，前有二吳。二喬各配一壻，二吳却共歸一夫。亦生一子一女：子名朗，字早安；女名仁〔二九〕。毛并叙其女，爲後配劉備張本。漁叙女兒爲後贅劉玄德張本。堅又過房俞氏一子，名韶，字公禮〔三〇〕。堅有一弟，名静，字幼臺。堅臨行，静引諸子列拜於馬前而諫曰：「今董卓專權，天子懦弱，海内大亂，各霸一方，江東方稍寧。以一小恨而起重兵，非所宜也。願兄詳之。」毛文臺之弟，勝過〔三一〕本初之弟。鍾孫静仁人之言。漁語極正當。堅曰：「弟勿多言。吾將縱横天下，有讐豈可不報！」贊有仇必報，便非濟世安民者矣。漁「誓」字單爲堅而説。束手待死，亦成悪讖。長子孫策曰：「如父親必欲往，兒願隨行。」堅許之，遂與策登舟，殺奔樊城。六樊城（古蹟）在襄陽府城漢江上〔三二〕。黄祖伏弓弩手於江邊，見舡傍岸，亂箭俱發。堅令諸軍不可輕動，只伏於舡中，來往誘之，一連三日，舡數十次傍岸。黄祖軍只顧放箭，箭已放盡，堅却拔舡上所得之箭，約十數萬。當日正值順風，堅令軍士一齊放箭，毛朱晦翁見此，亦當註曰：「即以其人之箭，還射其人之兵。」鍾孫堅此舉全以□勝。漁朱晦翁註此，必曰：「即以其人之箭，還射其人之身。」岸上支吾不住，只得退走。堅軍登岸，程〔三三〕普、黄蓋分兵兩路，直取黄祖營寨，背後韓當驅兵

〔二九〕按：《三國志·吳書·孫破虜傳》裴注引東晉虞喜《志林》：「少子朗，庶生也，一名仁。」孫仁爲孫朗别名，孫堅之女姓名未提及。涉後文毛批，從原文。

〔三〇〕按：《三國志·吳書·宗室傳》：孫韶爲孫堅侄孫。後文第八十六回，叙孫韶爲孫策過房俞氏之子、吳王孫權之侄。前後文矛盾。改則需删整句，從原文。

〔三一〕「過」，原作「是」，致本、業本、齋本、滄本同；貫本作「於」。按：「過」字佳，據光本、商本改。

〔三二〕醉本眉注、夏批、贊本系夾注「江上」，醉本原作「江口」，夏批、贊本系夾注原作「江山」。按：《方輿紀要·湖廣五》：「樊城，府城北漢江上，與襄陽城隔江對峙。」據周批改。

〔三三〕「岸程」，光本倒作「程岸」。

大進。三面夾攻，黃祖大敗，棄却樊城，走入鄧城。毛孫堅大勝。堅令黃蓋守住船隻，親自統兵追襲。黃祖引軍出迎，布陣於野。堅列成陣勢，出馬於門旗之下。孫策也全副披掛，挺鎗立馬於父側。毛本初無弟，文臺有兒。黃祖引二將出馬：一箇是江夏張虎，一箇是襄陽陳生。黃祖揚鞭大罵：「江東鼠賊，安敢侵犯漢室宗親境界！」鍾好名（目）。便令張虎搦戰，堅陣內韓當出迎。兩騎相交，戰三十餘合，陳生見張虎力怯，飛馬來助。孫策望見，按住手中鎗，扯弓搭箭，正射中陳生面門，應弦落馬。張虎見陳生墜地，吃了一驚，措手不及，被韓當一刀，削去半箇腦袋。程普縱馬直來陣前捉黃祖，黃祖棄却頭盔、戰馬，雜於步軍內逃命。孫堅掩殺敗軍，直到漢水，六（《一統志》云：）漢水在襄陽城西北，源出陝西嶓冢山。〈二〉唐杜審言詩（云）「楚山橫地出，漢水接天回」即此也。命黃蓋將船隻進泊漢江。毛孫堅又大勝。

黃祖聚敗[三四]軍來見劉表，備言堅勢不可當。表慌請蒯良商議。良曰：「目今新敗，兵無戰心，只可深溝高壘，以避其鋒。却潛令人求救於袁紹，此圍自可解也。」毛漁有袁術致書于孫堅，便有劉表求救于袁紹，勢所必然。鍾防守之策極善。蔡瑁曰：「子柔二蒯良表字。之言，真[三五]拙計也。兵臨城下，將至壕邊，豈可束手待斃！某雖不才，願請軍出城，以決一戰。」劉表許之。蔡瑁引軍萬餘，出襄陽城外，於峴毛眉鍾夾峴，賢，上聲。二音顯。山布陣。六峴山在襄陽府城南（七里，晉羊祜每登此山）。孫策將得勝之兵，長驅大進，蔡瑁出馬。堅曰：「此人是劉表後妻之弟[三六]也，誰與吾擒之？」毛蔡瑁出處從孫堅口中點出，敘事妙品。程普挺鋏脊矛出馬，與蔡瑁交戰，不到數合，蔡瑁敗走。堅驅大軍，殺得尸橫遍野，蔡瑁逃入襄陽。毛孫堅又大勝。蒯良言

[三四]「敗」，商本作「散」，形訛。
[三五]「真」，原作「直」，形訛，毛校本同。據明四本改。
[三六]「弟」，原作「兄」，古本同。按：後文第三十四回作「蔡瑁告其姊蔡夫人曰」。《後漢書・劉表傳》：「又妻弟蔡瑁及外甥張允並得幸於表。」據改。後文「劉表新娶其妹」，「妹」亦據改作「姊」。

瑁不聽良策，以致大敗，按軍法當斬。劉表以新娶其姊，不肯加刑。【毛】【漁】（劉表溺愛後妻，便）爲後文廢劉琦、立劉琮張本。【贊】老婆面皮如此貴重。【鍾】（具）看老婆面皮。

却說孫堅分兵四面，圍住襄陽攻打。忽一日，狂風驟起，將中軍「帥」字旗竿吹折，【毛】屢勝之後，忽有此不祥之兆，天有不測風雲，正應人有旦夕禍福。○公孫瓚「帥」字旗，敵軍砍倒；孫堅「帥」字旗，天風吹折：兩處閒閒相照。韓當曰：「此非吉兆，可暫班師。」【漁】此一數也，想不能逃。堅曰：「吾屢戰屢勝，取襄陽只在旦夕，豈可因風折旗竿，遽爾罷兵！」【贊】孫堅丈夫。〔三七〕【鍾】還是不祥之兆。遂不聽韓當之言，攻城愈急。蒯良謂劉表曰：「某夜觀天象，見一將星欲墜。以分野度之，當應在孫堅。【毛】又一預兆。彼兆在風，此兆在星。○（【毛】【漁】）孫堅前在建章殿前看月，仰嘆帝星不明；今于襄陽城（下）遇風，遂使將星下墜。（一月、一風，帝星、將星，）遙遙相對。【鍾】蒯良能識天文。主公可速致書袁紹，求其相助。」劉表寫書，問誰敢突圍而出，健將呂公應聲願往。蒯良曰：「汝既敢去，可聽吾計：與汝軍馬五百，多帶能射者衝出陣去，即奔峴山，他必引軍來趕。汝分一百人上山，尋石子準備，一百人執弓弩伏於林中。【贊】亦周密。但有追兵到時，不可逕走，可盤旋曲折，引到埋伏之處，矢石俱發。若能取勝，放起連珠號砲，城中便出接應。【毛】本爲求救防追，不謂便以此殺敵。【漁】不料小小一策，反成大功。如無追兵，不可放砲，趲程而去。【毛】主意在此三句，那知却是閒文。【漁】主意在此一句。今夜月不甚明，黄昏便可出城。」【鍾】妙哉良計，一出萬金。呂公領了計策，拴束軍馬。黄昏時分，密開東門，引兵出城。孫堅在帳中，忽聞喊聲，急上馬，引三十餘騎出營來看。軍士報說：「有一彪人馬殺將出來，望峴山而去。」堅不會諸將，只引三十餘騎趕來。【漁】太托膽，天使之耶？自取之耶？呂公已于山林叢雜去處，上下埋伏。堅馬快，單騎獨來，前〔三八〕

〔三七〕綠本脱此句贊批。
〔三八〕「前」上，商本有「離」字。

軍不遠，堅大叫：「休走！」呂公勒回馬來戰孫堅。交馬只一合，呂公便走，閃入山路去。堅隨後趕入，却不見了呂公。堅方欲上山，忽然一聲鑼響，山上石子亂下，林中亂箭齊發。堅體中石、箭，腦漿迸流，人馬皆死於峴山之内〔三九〕，壽止三十七歲。贄鍾（罰）（前）誓應了。漁蒯良亦何嘗料此。毛劉備、曹操、孫堅，並起一時。而備則及身于〔四〇〕帝，操亦及〔四一〕身而王，獨堅不帝不王而死于不虞之鋒刃，豈非有幸有不幸哉？○孫堅此一死，不特堅所不及料，亦蒯良、呂公之所不及料也。漁獨載年壽歲月，亦見鄭重英雄之意。○賭誓應了。

呂公截住三十騎，並皆殺盡，放起連珠號砲。城中黃祖、蒯越、蔡瑁分頭引兵殺出，江東諸軍大亂。黃蓋聽得喊聲震天，引水軍殺來〔四二〕，正迎着黃祖，戰不兩合，生擒黃祖。程普保着孫策，急待尋路，正遇呂公，程普縱馬向前，戰不到〔四三〕數合，一矛刺呂公於馬下。漁即擒黃祖，刺呂公亦是快事，見孫堅一死亦不輕，又爲易屍之故耳。兩軍大戰，殺到天明，各自收軍，劉表軍自入城。孫策回到漢水，方知父親被亂箭射死，屍首已被劉表軍士扛擡入城去了，放聲大哭，毛本欲報截路之讐，今又添一殺父之讐，是讐上加讐矣。衆軍俱號泣。策曰：「父屍在彼，安得回鄉！」黃蓋曰：「今活捉黃祖在此，得一人入城講和，將黃祖去換主公屍首。」毛讐上添讐，而反欲遣使講和者，重在父屍故耳。贄鍾死孫堅還換的活黃祖，終是下路人值錢。（呵呵！）言未畢，軍吏桓階出曰：「某與劉表有舊，願入城爲使。」策許之。桓階入城見劉表，具説其事。表曰：「文臺屍首，吾已用棺木盛夏音成。貯在此。漁劉表亦敬重孫堅。可速放回黃祖，兩家各罷兵，再休侵犯。」桓階拜謝欲行，堦下蒯良出曰：「不可！不可！吾有一言，

〔三九〕「内」，光本、商本作「下」。
〔四〇〕「則及身于」，貫本、齋本、光本、商本「于」作「而」。
〔四一〕「及」，商本作「反」，形訛。
〔四二〕「殺來」，光本倒作「來殺」。
〔四三〕「到」，致本作「致」，商本脱此字。

令江東諸軍片甲不回。請先斬桓階，然後用計。」

正是：

追敵孫堅方殞命，求和桓階又遭殃。

未知桓階性命如何，且聽下文分解。

趙雲舍袁紹就公孫瓚，曰：「願從仁義之主，以安天下。」至視所爲，瓚亦紹輩，大拂投見之心耳。一接玄德，獨具隻眼，厥後毀山寨，率衆班，三分定鼎，子龍真從仁義主以安天下者哉！

第八回 王司徒巧使連環計 董太師大鬧鳳儀亭

十八路諸侯不能殺董卓，而一貂蟬足以殺之；劉、關、張三人不能勝呂布，而貂蟬一女子能勝之。以衽席爲戰場，以脂粉爲甲胄，以盼睞爲戈矛，以嚬笑爲弓矢，以甘言卑詞爲運奇設伏，女將軍真可畏哉！當爲之語曰：「司徒妙計高天下，只用美人不用兵。」

爲西施易，爲貂蟬難。西施只要哄得一箇吴王；貂蟬一面要哄董卓，一面又要哄呂布，使出兩副心腸，粧出兩副面孔，大是不易。我謂貂蟬之功，可書竹帛。若使董卓伏誅後，王允不激成李、郭之亂，則漢室自此復安；而貂蟬一女子，豈不與麟閣、雲臺並垂不朽哉？最恨今人，訛傳關公斬貂蟬之事。夫貂蟬無可斬之罪，而有可嘉之績，特爲表而出之。

此回最妙在董卓賜金安慰呂布一段。若無此一段以緩之，則布之刺卓，不待鳳儀亭相遇之後矣。且鳳儀亭打戟墮地之時，呂布何難拾戟回刺董卓？而但往外急走，則皆此一緩之力也。

連環計之妙，不在專殺董卓也。設使董卓擲戟之時，刺中呂布，則卓自損其一臂，而卓可圖矣。此皆在王允算中，亦未始不在貂蟬算中。王允豈獨愛呂布，貂蟬亦豈獨愛呂布哉！吾嘗謂「西子真心歸范蠡，貂蟬假意對温侯〔一〕」，蓋貂蟬心中只有一王允爾。

前回方叙龍争虎鬭，此回忽寫燕語鶯聲。温柔旖旎，真如鏡吹之後，忽聽玉簫；疾雷之

〔一〕「温侯」，原作「吕布」，致本同。按：依平仄對仗規則，據其他毛校本改。

餘，忽見好月：令讀者應接不暇。今人喜讀稗官，恐稗官中反無如此妙筆也！

却説蒯良曰：「今孫堅已喪，其子皆幼。乘此虛弱之時，火速進軍，江東一鼓可得。鍾亦一好計。若還屍罷兵，容其養成氣力，荆州之患也。」表曰：「吾有黄祖在彼營中，安忍棄之？」良曰：「捨一無謀黄祖而取江東，有何不可？」毛自是暢論。贊蒯良所見極是。表曰：「吾與黄祖心腹之交，捨之不義。」遂送桓階回營，相約以孫堅尸換黄祖。毛漁死孫堅換活黄祖，人道劉表便宜，我道劉表不便宜。黄祖十輩，不敵孫堅一人；孫堅之死，猶勝黄祖之生也。

孫策釋回黄祖〔二〕，迎接靈柩，罷戰回江東，葬父於曲阿之原。喪事已畢，引軍居江都，招賢納士，屈己待人，四方豪傑漸漸投之，毛便有〔三〕不凡。鍾孫策有經國遠猷。不在話下。毛放過孫策，接入董卓。

却説董卓在長安聞孫堅已死，乃曰：「吾除却一心腹之患也！」問〔四〕：「其子年幾歲矣？」或答曰：「十七歲。」卓遂不以爲意。自此愈加驕横，自號爲「尚父」，毛王莽欲學周公，董卓又欲學太公，可發一笑。二音甫。出入僭天子儀仗，封弟董旻爲左將軍、鄠侯，姪董璜爲侍中，總領禁軍。董氏宗族，不問長幼〔五〕，皆封列侯。離長安城二百五十里，別築「郿塢」，嘉音梅。二郿，音眉；塢，音鄔。〈六〉郿塢，在鳳翔府郿縣〈二〉東北一十六里。漢末董卓封郿侯〔六〕，據此築塢，積谷徙金銀雜物於其内。役民夫二十五萬人築之。其城郭高下厚薄一如長安，毛

〔二〕「孫策釋回黄祖」，「釋」原作「换」，致本、業本、齋本、澹本、光本同；貫本作「放」；明四本作「黄祖得回孫策」。按：「釋」字義長，據商本改。

〔三〕「有」，齋本、光本、商本作「自」。

〔四〕「除却一心腹之患」，致本脱「却」，嘉本作「心腹却除一患」，周本、夏本、贊本作「心腹除却一患」。「問」上，致本有「因」字。

〔五〕「董氏宗族不問長幼」，致本同，其他毛校本「長」作「老」，明四本作「不問宗族長幼」。

〔六〕周、夏批「一十六」「侯」，原作「二十」「府」。按：《綱目》卷十二下馮質實引《一統志》作「一十六」「侯」。據《一統志》改。

昔有新豐，今有小長安。內蓋宮室，倉庫屯積二十年糧食，選民間少年美女八百人實其中，金玉、彩帛、珍珠堆積不知其數，家屬都住在內。【毛】爲後文伏案。【贄】【鍾】自家倒算的通。卓往來長安，或半月一回，或一月一回，公卿皆候送於橫門【三】音光（門）。〈六〉橫門，即長安（縣）北出西頭第一門〔七〕也。外。卓嘗設帳於路，與公卿聚飲。一日，卓出橫門，百官皆送，卓留宴。適北地招安降卒數百人到。卓即命於座前，或斷其手足，或鑿其眼睛，或割其舌，或以大鍋煮之，哀號之聲震天，百官戰慄失筯，卓飲食談笑自若。【毛】以殺降卒爲下酒物，亦甚無趣。【贄】自是惡人。【鍾】殘忍極矣。又一日，卓於省臺大會百官，列坐兩行。酒至數巡，呂布逕入，向卓耳邊言不數句。卓笑曰：「原來如此。」命呂布於筵上揪衛尉〔八〕張温下堂，百官失色。【漁】極寫董卓之惡，方見人人欲殺，千古欲殺。不多時，侍從將一紅盤，托張温頭入獻。【毛】同時有兩張温。此一張温，乃漢張温也。後孫權使張温至蜀，乃吳張温也。【贄】一時也倒徒牌，只怕要起利錢還他耳。百官魂不附體。卓笑曰：「諸公勿驚。張温結連袁術，欲圖害我，因使人寄書來，錯下在吾兒奉先處，故斬之。【毛】【漁】張温事即在董卓口中敘出，省筆。公等無故不必驚畏。」【贄】【鍾】無耻（之）極（矣）。衆官唯唯而散。

司徒王允歸到府中，尋思今日席間之事，坐不安席。【毛】此處又放過董卓，接入王允，鬬笋俱妙。【漁】從張温事生下王允、貂蟬事來，有線索，有原委。至夜深月明，策杖步入後園，立於荼蘼架側，仰天垂淚。【毛】孫堅、王允，一樣月下灑淚，而一是悲憤，一是憂鬱。【漁】又是一個月下長歎。忽聞有人在牡丹亭畔，長吁短嘆。允潛步窺之，乃府中歌伎貂蟬也。【毛】無端忽敘出一女子。不用王允想到此人，偏用此人來挑動王允，妙，妙。其女自幼選入府中，教以歌舞，年方二八，色伎俱

〔七〕「北出西頭第一門」，醉本眉注、周、夏批、贄本系夾注原作「東門」。按：《方輿紀要·陝西二》：「（西安府）北出西頭第一門曰橫門，亦曰橫城門。（橫讀曰光。）」非東、北、西門，據改。

〔八〕「衛尉」，原作「司空」，古本同。按：《三國志·魏書·董卓傳》：「故太尉張温時爲衛尉，素不善卓，卓心怨之。」據改。

佳，允以親女待之。【鍾】天生尤物斷送卓賊。是夜，允聽良久，喝曰：「賤人將有私情耶？」【毛】一喝妙甚。不用順叙，偏用逆挑，最有波致。貂蟬驚跪荅曰：「賤妾安敢有私！」允曰：「汝無所私，何夜深于此長嘆？」蟬曰：「容妾伸肺腑之言。」允曰：「汝勿隱匿，當實告我。」蟬曰：「妾蒙大人恩養，訓習歌舞，優禮相待，妾雖粉骨碎身〔九〕，莫報萬一。近見大人兩眉愁鎖，必有國家大事，【毛】【漁】自曹操行刺不成（以）後，王允日夜憂悶光景，俱于貂蟬口中（暗暗）補出。又不敢問。今晚又見行坐不安，因此長嘆。不想爲大人窺見。倘有用妾之處，萬死不辭！」【毛】好貂蟬。【贊】自是有心人。【鍾】多情語，有心人。允以杖擊地曰：「誰想漢〔一〇〕天下却在汝手中耶！【毛】突作奇語，令人猜想不着。【漁】奇。隨我到畫閣中來。」貂蟬跟允到閣中，允盡叱出婦〔一一〕妾，納貂蟬於坐，叩頭便拜。【毛】又特特〔一二〕作此驚人之筆，令人一發猜想不着。【贊】王司徒自是老成人，此策却有天助，妙哉「連環計」也！【鍾】王司徒此時却有天助。【漁】又奇。貂蟬驚伏於地曰：「大人何故如此？」允曰：「汝可憐漢天下生靈！」【毛】看官試想：一箇女子，教他如何救天下生靈？【漁】更奇。言訖，淚如泉湧。【漁】讀至此而不墮淚者，其人必不忠。貂蟬曰：「適間賤妾曾言，但有使令，萬死不辭。」允跪而言曰：「百姓有倒懸之危，君臣有壘卵之急，非汝不能救也。賊臣董卓，將欲篡位，朝中文武，無計可施。董卓有一義兒，姓呂名布，驍勇異常。我觀二人，皆好色之徒，今欲用『連環計』，【毛】計名奇。【贊】不意將來如此使用，妙甚，妙甚。【鍾】的是好計。先將汝許嫁呂布，後獻與董卓，汝於中取便，諜間他父子分顏〔一三〕，令布殺卓，以絶大惡。重扶社稷，再立江山，皆汝之力也。不知汝意若何？」【毛】此處方

〔九〕「粉骨碎身」，商本、周本作「粉身碎骨」。

〔一〇〕「漢」上，光本有「大」字，後一處同。

〔一一〕「到」，商本作「至」。「婦」，光本作「婢」。

〔一二〕「特特」，光本不重。

〔一三〕「諜」，齋本、光本、商本作「謀」；嘉本作「喋」，形訛。「分顏」，商本作「反顏」，光本作「分離」。

說出計策，却要他成功衽〔一四〕席之上。貂蟬曰：「妾許大人萬死不辭，望即獻妾與彼。妾自有道理。」贊是有幹手人，呵呵。鍾是女妖，亦是女俠。允曰：「事若洩漏，我滅門矣。」毛漁（此句叮囑）（叮嚀）斷不可少。貂蟬曰：「大人勿憂。妾若不報大義，死於萬刃之下！」漁女子有此志氣。允拜謝。

次日，便將家藏明珠數顆，令良匠嵌造金冠一頂，使人密送呂布。毛本將玉女爲鈎，先用珠冠作餌。妙。漁便是以利誘了。布大喜，親到王允宅〔一五〕致謝。毛不用王允去請，却使呂布自來。又妙。允預備嘉肴美饌，候呂〔一六〕布至，允出門迎迓，接入後堂，延之上坐。布曰：「呂布乃相府一將，司徒是朝廷大臣，何故錯敬？」允曰：「方今天下別無英雄，惟有將軍耳。允非敬將軍之職，敬將軍之才也。」贊司徒妙人。布大喜。允慇懃敬酒，口稱董太師并布之德不絕。毛極口奉承呂布，妙矣；却又于呂布面前褒奬太師，更妙。漁奉承得湊泊，妙甚。布大笑暢飲。允叱退左右，只留侍妾數人勸酒。酒至半酣，允曰：「喚孩兒來。」毛竟説是孩兒，妙。少頃，二青衣引貂蟬艷糚而出。布驚問何人，允曰：「小女貂蟬也。允蒙將軍錯愛，不異至親，故令其與將軍相見。」贊鍾兩人是合手，妙（人，妙人）（甚）。便命〔一七〕貂蟬與呂布把盞。貂蟬送酒與布，兩下眉來眼去。毛漁來了。允佯醉曰：「孩兒央及將軍痛飲幾盃！吾一家全靠着將軍哩。」布請貂蟬坐，貂蟬假意欲入，毛寫得好看。允曰：「將軍吾之至友，孩兒便坐何妨。」貂蟬便坐於允側，毛先把盞，後同坐，以漸而親，寫得次序。呂布目不轉睛的看。又飲數盃，允指蟬謂布曰：「吾欲將此女送與將軍爲妾，還肯納否？」布出席謝曰：「若得如此，布當效犬馬之報！」允曰：「早晚選一良辰，送至府中。」布欣喜無限，頻以目視貂

〔一四〕「衽」，光本作「妊」，形訛。

〔一五〕「喜親」「宅」，光本「喜親」倒作「親喜」，商本「宅」作「府中」，明四本無「親」。

〔一六〕「呂」，商本脱。

〔一七〕「命」，齋本、光本作「令」，明四本無。

蟬，貂蟬亦以秋波送情。毛寫得好看。不意《三國志》中，有此一段温柔〔一八〕旖旎文字。贊妙哉！貂蟬吾之師也。佛也，佛也。鍾弄吕布如小兒。少頃席散，允曰：「本欲留將軍止宿，恐太師見疑。」布再三拜謝而去。

過了數日，允在朝堂見了董卓，趁吕布不在側，毛精細。伏地拜請曰：「允欲屈太師車騎，到草舍赴宴，未審鈞意若何？」鍾司徒真幹事人。卓曰：「司徒見招，即當趨赴。」允拜謝歸家，水陸畢陳，二水，江海之味也；陸，花果之品也。於前廳正中設座，錦繡鋪地，内外各設幃幔。毛寫設宴〔一九〕，比前加倍尊嚴。次日晌午，董卓來到。毛漁董卓、吕布來法不同，一箇自來，一箇請來。允具朝服出迎，再拜起居。卓下車，左右持戟甲士百餘，簇擁入堂，分列兩傍。允于堂下再拜，贊王司徒是停當人，妙手，妙手。卓命扶上，賜坐于側。允曰：「太師盛德巍巍，伊、周不能及也。」卓大喜。進酒作樂，允極其致敬。漁看其禮文之卑，供帳之盛，與諂曲小人何異？只因存心不同，遂各有妙用。天晚酒酣，允請卓入後堂。毛請入後堂，纔出貂蟬，不特次序應〔二〇〕然，亦見機密之至。卓叱退甲士，允捧觴稱賀曰：「允自幼頗習天文，夜觀乾象，漢家氣數已盡。太師功德振于天下，若舜之受堯〔二一〕，禹之繼舜，正合天心人意。」毛不但奉承董卓，便已埋伏後〔二二〕文。漁奉承得湊泊，妙。卓曰：「安敢望此！」允曰：「自古『有道伐無道，無德讓有德』，豈過分乎！」鍾前以伊、周，復動以天文。人知王司徒爲丁香舌，不知實是銜鋼劍。漁便伏下後案。卓笑曰：「若果天命歸我，司徒當爲元動。」毛漁先許（下）一箇元動，穩當。允拜謝。堂中點上畫燭，止留女使進酒供食。贊鍾弄卓賊如小兒，〈贊〉司徒真幹事人也，然其女更會幹事。一笑，一笑。允曰：「教坊之樂，不足供奉，偶有家〔二三〕伎，敢

〔一八〕「温柔」，光本倒作「柔温」。

〔一九〕「設宴」，光本作「得宴」，齋本作「得此宴」。

〔二〇〕「應」，光本、商本作「井」。

〔二一〕「受堯」，光本作「授禹」，齋本作「受禹」。

〔二二〕「後」，商本作「下」。

〔二三〕「家」，齋本、光本作「佳」，明四本無。

使承應？」卓曰：「甚妙。」允教放下簾櫳，笙簧繚繞，簇捧〔二四〕貂蟬舞于簾外。【毛】董卓先坐前堂，次入後堂；貂蟬先舞簾外，轉入簾内：俱有次序。【漁】孩兒是孩兒體態，歌妓是歌妓身胚。有詞讃之曰〔二五〕：

原是昭陽宫裏人，驚鴻宛轉掌中身，只疑飛過洞庭春。按徹《梁州》蓮步穩，好花風裊一枝新，畫堂香煖不勝春。

又詩曰：

紅牙催拍燕飛忙，一片行雲到畫堂。
眉黛促成遊子恨，臉容初斷故人腸。
榆錢不買千金笑，柳帶何須百寶粧。
舞罷隔簾偷目送〔二六〕，不知誰是楚襄王。【漁】有味乎其言之也。

舞罷，卓命近前。貂蟬轉入簾内，深深再拜。【毛】來了。【漁】請吕布，貂蟬從内出來，是女兒家風度；請董卓，貂蟬從外進來，是歌妓行徑。摹寫酷似也。來了。卓見貂蟬顔色美麗，便問：「此女何人？」允曰：「歌伎貂蟬也。」【毛】此時又不説是孩兒，更妙。【贄】【鍾】此處不言小女，更妙，更妙。卓曰：「能唱否？」允命貂蟬執〔二七〕檀板，低謳一曲。【毛】貂蟬見吕布只把盞，見董卓便歌舞。説女兒是女兒身分，説歌伎是歌伎身分。正是〔二八〕：

一點櫻桃啓絳脣，兩行碎玉噴《陽春》。
丁香舌吐銜〔二九〕【二】音迊。鋼劍，要斬姦邪亂國臣。

卓稱賞不已。允〔三〇〕命貂蟬把盞，卓擎盃問曰：

〔二四〕「捧」，商本作「擁」。
〔二五〕毛本讃貂蟬舞詩詞二首從贄本；鍾本同贄本，漁本改自贄本，贄本改自明三本。
〔二六〕「目送」，光本、商本倒作「送目」。
〔二七〕「執」，商本脱，明四本作「手執」。
〔二八〕毛本讃貂蟬歌詩從贄本；鍾本同贄本，夏本、贄本同嘉本，周本改自嘉本；漁本無。
〔二九〕「銜」，齋本、澹本、光本作「衡」，商本作「衘」，皆形訛。
〔三〇〕「允」，光本作「即」。

「青春幾何？」貂蟬曰：「賤妾年方二八。」卓笑曰：「真神仙中人也！」毛漁也來了。允起曰：「允欲將此女獻上太師，未審肯容納否？」卓曰：「如此見〔三一〕惠，何以報德？」允曰：「此女得侍太師，其福不淺。」卓再三稱謝。允即命備氈車，先將貂蟬送到相府。毛女將軍起兵〔三二〕前去了。○連忙送去，妙。鍾妙計天成。卓亦起身告辭。允親送董卓，直到相府，然後辭回。

乘馬而行，不到半路，只見兩行紅燈照道，呂布騎馬執戟而來，正與王允撞見，毛看到此處，爲王允吃一嚇〔三三〕。便勒住馬，一把揪住衣襟，厲聲問曰：「司徒既以貂蟬許我，今又送與太師，何相戲耶？」毛嚇殺。贊妙哉司徒，遣如此將軍；妙哉貂蟬，用如此兵器；何憂卓賊、布奴不死其手也耶？雖然這等將軍，這般兵器，人人避不得也，家家有埋伏也。允急止之曰：「此非說話處，且請到草舍去〔三四〕。」毛妙，有機變。鍾好安頓。漁讀至此爲王允吃一驚。布同允到家，下馬入後堂。毛也入後堂，妙。敘禮畢，允曰：「將軍何故反怪老夫？」布曰：「有人報我，說你把氈車送貂蟬入相府，是何意〔三五〕故？」允曰：「將軍原來不知！昨日太師在朝堂中，對老夫說：『我有一事，明日要到你家。』允因此準備小宴等候。太師飲酒中間說：『我聞你有一女名喚貂蟬，已許吾兒奉先。我恐你言未准，特來相求，并請一見。』老夫不敢有違，隨引貂蟬出拜公公。毛漁「公公」二字（搠心。）妙。太師曰：『今日良辰，吾即當取此女回去，配與奉先。』毛更妙。將軍試思：太師親臨，老夫焉敢推阻？」毛一派鬼話，令人入其玄中。贊司徒真是大可人。鍾□真情，□□個假圈套，不怕呂布不信。布曰：「司徒少罪。布一時錯見，來日自當負荊。」二補註藺相如爲趙上卿，位在廉頗右。頗曰：「我見相如必辱之。」

〔三一〕「見」，商本作「厚」。
〔三二〕「起兵」，貫本倒作「兵起」。
〔三三〕「嚇」，業本、光本作「驚」。
〔三四〕「去」，致本作「處」，明四本無。
〔三五〕「意」，商本作「緣」，明四本無。

相如望見頗，引車避曰：「強秦不敢加兵於趙者，以吾兩人在。今兩虎共鬬，勢不俱生，吾先國家之急而後私仇。」頗聞之，肉袒負荊，至門謝罪。允曰：「小女頗〔三六〕有糙奩，【嘉】音連。【二】音廉。糙奩，助女之資也。待過將軍府下，便當送至。」【毛】此句找足得妙。想呂布此時，猶儼然以新郎自待也。【贊】更妙，更妙。【鍾】不消也罷。【漁】既以色迷，又以利動，王允語無空發。○冠用明珠，粧奩不知何等甚法。布謝去。

次日，呂布在府中打聽，絶不聞音耗。【毛】不聞「配與奉先」之音耗也。【漁】呂布那得不想。逕入堂中〔三七〕，尋問諸侍妾。侍妾對〔三八〕曰：「夜來太師與新人共寢，至今未起。」【毛】董卓做乾爺，難爲了乾娘；呂布做乾兒，難爲了乾媳婦。【漁】只此一句，氣殺呂布。布大怒，【毛】不得不怒。潛入卓卧房後窺探。時貂蟬起〔三九〕，于窗下梳頭，忽見窗外〔四〇〕池中照一人影，極長大，頭戴束髮冠，【毛】先見影，後見人，妙。偷眼視之，正是呂布。貂蟬故蹙雙眉，做憂愁不樂之態，【贊】妙哉蟬也，佛也？仙也？帝也？鬼也？【鍾】妙哉貂蟬，巧媚至此。復以香羅頻拭淚眼〔四一〕。【毛】笑亦傾人，顰亦傾人。呂布窺視良久，乃出，少頃又入。卓已坐于中堂，見布來，問曰：「外面無事乎？」布曰：「無事。」【毛】外面無事，裏面却有事。侍立卓側。卓方食，布偷目竊望，見繡簾内一女子往來觀覷，微露半面，以目送情，【毛】此皆女將軍絶妙兵法。布知是貂蟬，神魂飄蕩。【漁】爲西施易，爲貂蟬難，西施只要哄得一個人，貂蟬却要哄兩箇人，使出兩副面孔，大費苦心。卓見布如此光景，心中疑忌，曰：「奉先無事且退。」布怏怏而出。

董卓自納貂蟬後，爲色所迷，月餘不出理事。卓偶染小疾，貂蟬衣不解帶，曲意逢迎，【毛】看他待

〔三六〕「頗」，光本作「稍」。
〔三七〕「逕」上，齋本、光本有「布」字。「堂中」，光本倒作「中堂」。
〔三八〕「對」，商本作「答」。
〔三九〕「起」上，光本、商本有「已」字。
〔四〇〕「外」，光本作「下」。
〔四一〕「淚眼」，商本倒作「眼淚」。

布如彼，待卓又如此。使出兩副心腸，粧出兩副面孔，令我想殺女將軍矣。卓心愈喜。呂布入内問安，正值卓睡。貂蟬于床後探半身望布，以手指心，又以手指董卓，揮淚不止。毛贊（女）（蟬）將軍韜畧一至于此，孫、吴不及也。鍾（油）粉女子有此（韜）畧。漁孫、吴莫及。布心如碎。卓朦朧雙目，見布注視床後，目不轉睛，回身一看，見貂蟬立于床後。卓大怒，叱布曰：「汝敢戲吾愛姬耶！」喚左右逐出：「今後不許入堂！」呂布怒恨而歸，毛先爲擲戟作引。路遇李儒，告知其故。儒急入見卓曰：「太師欲取天下，何故以小過見責温侯？倘彼心變，大事去矣！」卓曰：「奈何？」儒曰：「來朝喚入，賜以金帛，好言慰之，自然無事。」卓依言。次日，使人喚布入堂，慰〔四二〕之曰：「吾前日病中，心神恍惚，誤言傷汝，汝勿記心。」隨賜金十斤，錦二十疋。漁即以貂蟬賜之，方是英雄作略。金帛何用？李儒亦知卓難遽進此言，故止先出中策。布謝歸，毛此處忽又一頓波瀾，倏起倏落，大有層折〔四三〕。然身雖在卓左右，心實繫念貂蟬。

卓疾既愈，入朝議事。布執戟相隨，見卓與獻帝共談，便乘間提戟出内門，毛漁一寫戟。上馬逕投相府來，毛漁一寫馬。繫馬府前，毛漁再寫馬。提戟入後堂，毛漁再寫戟。尋見貂蟬。蟬曰：「汝可〔四四〕去後園中鳳儀亭邊等我。」三卓府後有鳳儀亭，取鳳凰來儀之義也。布提戟逕往，毛漁三寫戟。立于亭下曲欄之傍。良久，見貂蟬分花拂柳而來，果然如月宫仙子，毛花下看佳人，如馬上看壯士，加倍動目。泣謂布曰：「我雖非王司徒親女，然待之如己出。自見將軍，許侍箕箒，贊貂蟬亦是對手。妾已平生願足。誰想太師起不良之心，將妾淫汙，妾恨不即死。止因未與將軍一決〔四五〕，故且忍辱偷生。今

〔四二〕「慰」，原作「謂」，致本同；明四本無。按：「慰」字義長，據其他毛校本改。
〔四三〕「折」，光本、商本作「次」。
〔四四〕「可」，商本脱。
〔四五〕「決」，光本作「訣」，明四本無。

幸得見，妾願畢矣！此身已污，不得復事英雄，願死于君前，以明妾志！」【毛】語語動人。【贊】【鍾】妖美人，（驢）（驍）將軍也。吕布如何敵得他過。【漁】只此數語，雖非吕布亦爲所迷。「此身已污」二語更動人。言訖，手攀曲欄，望荷花池便跳。【毛】以死動之。吕布慌忙抱住，泣曰：【毛】使布怒易，使布泣難。布而至于泣，董卓不能活矣。「我知汝心久矣！只恨不能共語！」貂蟬手扯布曰：「妾今生不能與君爲妻，願相期于來世。」【毛】再逼一句，妙。【漁】好激法。布曰：「我今生不能以汝爲妻，非英雄也！」【毛】正要逼出他此句。蟬曰：「妾度日如年，願君憐而救之。」【毛】明明催殺董卓。自己原不肯死。布曰：「我今偷空而來，恐老賊見疑，必當速去。」貂〔四六〕蟬牽其衣曰：「君如此懼怕老賊，妾身無見天日之期矣！」【毛】妙極，惡極。【贊】【鍾】蟬將軍殺人不用刀（，至于此乎）！【漁】更激得妙。布立住曰：「容我徐圖良策。」説罷，提戟欲去。【毛】【漁】四寫戟。○若此時便去，那得撞着董卓？讀書者至此，亦惟恐其去也〔四七〕。貂蟬曰：「妾在深閨，聞將軍之名，如雷灌耳，以爲當世一人而已，誰想反受他人之制乎！」言訖，淚下如雨〔四八〕。【毛】諺云：「請將不如激將。」是絶妙説士聲口。【漁】越激得妙。布羞慚滿面，重復倚戟，【毛】【漁】五寫戟。回身摟抱貂蟬，用好言安慰。兩箇偎偎倚倚，不忍相離。【毛】此皆貂蟬故意淹留吕布，要他撞著董卓。女將軍兵法神妙如許。

却説董卓在殿上，回頭不見吕布，心下懷疑，連忙辭了獻帝，登車回府，見布馬繫于府前，【毛】三寫馬。問門吏，吏答曰：「温侯入後堂去了。」卓叱退左右，逕入後堂中，尋覓不見。喚貂蟬，蟬亦不見。【毛】急殺。急問侍妾，侍妾曰：「貂蟬在後園看花。」卓尋入後園，正見吕布和貂蟬在鳳儀亭下共語，畫戟倚在一邊。【毛】六寫戟。卓怒，大喝一聲。布見卓至，大驚，回身便走。卓搶了畫戟，【毛】七寫戟。

〔四六〕「貂」，嘉本、商本無。
〔四七〕「也」，商本作「矣」。
〔四八〕「下如雨」，商本、周本倒作「如雨下」。

挺著趕來。呂布走得快，卓肥胖趕不上，擲戟刺布，毛八寫戟。布打戟落地。毛九寫戟。卓拾戟再趕，毛十寫戟。布已走遠。卓趕出園門，一人飛奔前來，與卓胸膛相撞，卓倒于〔四九〕地。毛此何人耶？令人急欲看下文矣。正是：

沖天怒氣高千丈，仆地肥軀做一堆。

未〔五〇〕知此人是誰，且聽下文分解。

王司徒的是老手，董卓、呂布酒色小人耳，何煩此妙計乎？然不施此妙計，又不能併此二人也。

司徒固是妙人，貂蟬亦是神女，不是兩人對手，亦筭不倒董卓、呂布也。余嘗謂：「十八路諸侯到底不如此一女子也。」雖然，今人但知畏十八路諸侯，豈知畏女子哉！真箇是：至險伏于至順，至剛伏于至柔也。世上有幾人悟此哉！世上有幾人悟此哉！

一書生謔曰：玄德、雲長、益德〔五一〕三人並戰呂布尚且費力，貂蟬以一油粉女子一戰勝布，真大將軍也。今人閨閣中俱有油粉將軍，怕人，怕人，避之，避之。

司徒固是智人，貂蟬更是巧女。若不是貂蟬巧媚，司徒雖智，亦算董卓、呂布不倒也。人言「十八路諸侯不如一女子」，信乎！

〔四九〕「于」，商本訛作「與」。

〔五〇〕「未」，光本作「不」。

〔五一〕按：明四本全書正文及批語皆作「益德」，同《三國志》，不另出校。

第九回

除兇暴呂布助司徒
犯長安李傕聽賈詡

弑一君，復立一君，爲所立者，未有不疑其弑我亦如前之君也；弑一父，復歸一父，爲所歸者，未有不疑其弑我亦如前之父也。乃獻帝畏董卓，而董卓不畏呂布；不惟不畏之，又復恃之。業已恃之，又不固結之，而反怨怒之、讐恨之；及其將殺己，又復望其援己而呼之。嗚呼，董卓真蠢人哉！

王允勸呂布殺董卓一段文字，一急一緩，一起一落，一反一正，一縱一收，比李肅勸殺丁建陽更是淋漓痛快。

今人俱以蔡邕哭卓爲非，論固正矣；然情有可原，事有足録。何也？士各爲知己者死。設有人受恩桀、紂，在他人固爲桀、紂，在此人則堯、舜也。董卓誠爲邕之知己，哭而報之，殺而狥之，不爲過也。猶勝今之勢盛則借其餘潤，勢衰則掉臂去之，甚至爲操戈，爲下石，無所不至者，畢竟蔡爲君子，而此輩則真小人也。

呂布去後，貂蟬竟不知下落。何也？曰：成功者退。神龍見首不見尾，正妙在不知下落。若必欲問他下落，則范大夫泛湖之後，又誰知西子蹤跡乎？

張柬之不殺武三思而被害；惡黨固不可赦，遺孽固不可留也。但李傕、郭汜擁兵于外，當散其衆而徐圖之。不當求之太急，以至生變耳。故柬之之病，病在緩；王允之病，病在急。

却説那撞倒董卓的〔一〕人，正是李儒。當下李

〔一〕「的」，齋本、光本脱，明四本無。

儒扶起董卓，至書院中坐定。卓曰：「汝爲何來此？」儒曰：「儒適至府門，知太師怒入後園，尋問呂布。因急走來，正遇呂布奔走，云：『太師殺我！』儒慌趕入園中勸解，不意悮撞恩相。死罪！死罪！」毛李儒此來〔二〕，只在李儒口中叙明，省筆之甚。卓曰：「叵毛〔側〕音頗。耐逆賊！戲吾愛姬，誓必殺之！」儒曰：「恩相差矣！昔楚莊王『絶纓』之會，不究戲愛姬之蔣雄，鍾□□絶□樣子，董卓不能學也。後爲秦兵所困，得其死力相救。今貂蟬不過一女子，而呂布乃太師心腹猛將也。太師若就此機會，以蟬賜布，布感大恩，必以死報太師。贄李儒此人可用。鍾李儒之（言）甚善。太師請自三思。」毛李儒幾破連環計。漁連環計幾乎不成。卓沉吟良久曰：「汝言亦是，我當思之。」儒謝而出。

卓入後堂，喚貂蟬問曰：「汝何與呂布私通耶？」蟬泣曰：「妾在後園看花，呂布突至。妾方驚避，布曰：『我乃太師之子，何必相避？』提戟趕妾至鳳儀亭。妾見其心不良，恐爲所逼，欲投荷池自盡，却被這厮抱住。正在生死之間，得太師來救了性命。」毛此等巧言，溺愛者每爲所惑。董卓曰：「我今將汝賜與呂布，何如？」貂蟬大驚，哭曰：毛驚是真驚，哭是假哭。「妾身已事貴人，今忽欲下賜家奴，妾寧死不辱！」遂掣壁間寶劍，欲自刎。毛亦以死動之〔三〕。○今日婦人放刁，每以要死恐嚇其夫，是學貂蟬而誤者也。卓慌奪劍，擁抱曰：「吾戲汝！」毛只〔四〕三字，如聞其聲。鍾怎生舍得，還是貂蟬巧計。貂蟬倒於卓懷，掩面大哭曰：「此必李儒之計也！儒與布交厚，故設此計，却不顧惜太師體面與賤妾性命。妾當生噬毛〔側〕音示。其肉！」毛説破李儒尤妙。不特〔五〕間呂布，并間李儒。贄美女破舌，正謂此也。漁不但間呂布，并間李儒。要間他父子，先間他君臣，俱是女將軍作用。卓曰：「吾安忍捨汝耶？」蟬曰：「雖

〔二〕「此來」，貫本倒作「來此」。
〔三〕「亦」，商本作「將」。「之」，貫本作「人」。
〔四〕「只」，商本作「此」。
〔五〕「特」，商本作「惟」。

蒙太師憐愛，但恐此處不宜久居，必被呂布所害。」卓曰：「吾明日和你歸郿塢去，同受快樂，慎勿憂疑。」蟬方收淚拜謝。

次日，李儒入見曰：「今日良辰，可將貂蟬送與呂布。」卓曰：「布與我有父子之分，不便賜與，我只不究其罪。汝傳我意，以好言慰之可也。」毛此處又用一頓。是聽李儒一半言語，不然擲戟之後，安得虎頭蛇尾？儒曰：「太師不可爲婦人所惑。」卓變色曰：「汝之妻肯〔六〕與呂布否？」贄鍾李儒没得說。貂蟬之事，再勿多言，言則必斬！」李儒出，仰天嘆曰：「吾等皆死於婦人之手矣！」毛漁雙股劍、青龍刀、丈八（蛇）矛，俱不（及）（敵）女將軍（裙下）兵器。〈毛〉今之好色者，仔細，仔細！後人讀書至此，有詩嘆之曰：

司徒妙算托紅裙，不用干戈不用兵。
三戰虎牢徒費力，凱歌却奏鳳儀亭。

董卓即日下令還郿塢，百官俱拜送。貂蟬在車上，遥見呂布於稠人之内，眼望車中。貂蟬虛掩其面，如痛哭之狀。毛哭是假哭。贄妖。鍾下淚快（矣）。車已去遠，布緩轡于土崗之上，眼望車塵，歎惜痛恨。毛恨是真恨。忽聞背後一人問曰：「温侯何不從太師去，乃在此遥望而發嘆？」毛問得惡。布視之，乃司徒王允也。

相見畢，允曰：「老夫日來因染微恙，閉門不出，故久未得與將軍一見。毛補筆，周旋得妙。今日太師駕歸郿塢，只得扶病出送，却喜得晤將軍。請問將軍〔七〕，爲何在此長嘆？」布曰：「正爲公女耳。」允佯驚曰：「許多時尚未與將軍耶？」毛唯托疾閉門，方掩飾得此句。不然，王允豈有不知之理？贄老王大好。布曰：「老賊自寵幸久矣！」允佯大驚曰：「不信有此事！」布將前事一一告允。允仰面跌足，半晌不語，良久乃言曰：「不意太師作此禽

〔六〕「肯」，商本下移至「否」上。
〔七〕「出」，商本作「相」。「請問將軍」，商本脱。兩處明四本皆無。

獸之行！」【鍾】冷言刺心。因挽布手曰：「且到寒舍商議。」布隨允歸。允延入密室，置酒款待。布又將鳳儀亭相遇之事，細述一遍。允曰：「太師淫吾之女，奪將軍之妻，誠爲天下恥笑。非笑太師，笑允與將軍耳！【毛】【漁】一轉，妙。【贄】老王老王，大通大通。【鍾】說至此，吕布氣死。然允老邁無能之輩，不足爲道，可惜將軍蓋世英雄，亦受此汚辱也！」【毛】【漁】又一轉，（更）妙（，更惡〔八〕）。布怒氣沖天，拍案大叫。允急曰：「老夫失語，將軍息怒。」布曰：「誓當殺此老賊，以雪吾耻！」允急掩其口曰：「將軍勿言，恐累及老夫。」【毛】不用順口攛掇，却用反言激惱。布曰：「大丈夫生居天地間，豈能鬱鬱久居人下！」允曰：「以將軍之才，誠非董太師所可限制。」【毛】此處王允却用順口攛掇。【鍾】以才動之。【漁】說詞來了。布曰：「吾欲殺此老賊，奈是父子之情，恐惹後人議論。」【毛】此處吕布却用反言跌頓。【贄】已在丁家做過了，何妨，何妨。允微笑〔九〕曰：「將軍自姓吕，太師自姓董。擲戟之時，豈有父子情耶？」【毛】攛掇之中，又以「擲戟」二字激惱他。【漁】惡。布奮然曰：「非司徒言，布幾自誤！」允見其意已決，便說之曰：「將軍若扶漢室，乃忠臣也，青史傳名，流芳百世。將軍若助董卓，乃反臣也，載之史筆，遺臭萬年！」【毛】數語撇却家門私怨，告以朝廷大義，乃是正文。【鍾】以義激（之）。【漁】王允說吕布一段文字，與李肅説吕布一段文字，同是勸人弒父，而辭氣光明正大，不同。布避席下拜曰：「布意已決，司徒勿疑。」允曰：「但恐事或不成，反招大禍。」【毛】當其奮怒，反掩口以止之；及其遲疑，則正言以動之；待其應允，又反言以決之。凡用三番曲折。王允信是妙人。布拔帶刀刺臂出血爲誓。允跪謝曰：「漢祀不斬，皆出將軍之賜也。【贄】【鍾】王允忠臣。切勿洩漏！臨期有計，自當相報。」【毛】伏筆。【漁】密詔何來得迅速。布慨諾而去。

允即請僕射【三】音夜。士孫瑞、司隸校尉黄琬商

〔八〕毛批「更妙更惡」，齋本、光本倒作「更惡更妙」。
〔九〕「微笑」，致本、明四本作「大笑」。

議。瑞曰：「方今主上有疾新愈，可遣一能言之人往郿塢，請卓議事，一面以天子密詔付呂布，使伏甲兵於朝門之內，引卓入誅之。此上策也。」琬曰：「何人敢去？」瑞曰：「呂布同郡騎都尉李肅，以董卓不遷其官，甚是懷怨。若令此人去，卓必不疑。」允〔一〇〕曰：「善。」請呂布共議，布曰：「昔日勸吾殺丁建陽，亦此人也。毛照應前文。今若不去，吾先斬之！」漁不羞不耻，虧你說得出，豈爲丁建陽報仇耶？使人密請肅至，布曰：「昔日公說布，使殺丁建陽而投董卓。今卓上欺天子，下虐生靈，罪惡貫盈，人神共憤。公可傳天子詔往郿塢，宣卓入朝，伏兵誅之，力扶漢室，共作忠臣。尊意若〔一一〕何？」肅曰：「吾亦欲除此賊久矣，恨無同心者耳。今將軍若此，是天賜也，肅豈敢有二心！」毛漁慣會殺父者，呂布也；慣勸人殺父者，李肅也。遂折箭爲誓。允曰：「公若能幹此事，何患不得顯官？」毛正應「董卓不遷其官」句，直刺入李肅耳中。

次日，李肅引十數〔一二〕騎，前到郿塢，人報天子有詔，卓教喚入。毛天子有詔，坐而受之，目中尚有天子二字乎？李肅入拜，卓曰：「天子有何詔？」肅曰：「天子病體新痊，欲會文武於未央殿，議將禪位於太師，故有此詔。」毛中心藏之久矣。此語亦直刺入董卓耳中。贄妙。卓曰：「王允之意若何？」毛卓賊胸中，只碍一王允，想見王允〔一三〕平日氣槩。漁卓胸中止有一王允，可想王允當日立朝氣慨。肅曰：「王司徒已命人築『受禪臺』，只等主公到來。」毛受禪臺故事却在後文，於此處先虛點一筆。有此處之虛，乃有後文之實。鍾此言甚□讒脾。卓大喜曰：「吾夜夢一龍罩身，今日果得此喜信。」毛龍罩身者，帝治其罪也，此老如何省得。時哉不可失！」便命心腹將李傕、郭汜、張濟、樊稠四人，領飛熊軍三千守郿塢，自己即日

〔一〇〕「允」，光本作「琬」。
〔一一〕「漢室」，原作「王室」，致本同。按：「漢室」義合，據其他古本改。「若」，商本作「如」。
〔一二〕「數」，澹本、商本作「餘」。
〔一三〕「王允」，商本脫。

排駕回京，顧謂李肅曰：「吾爲帝〔一四〕，汝當爲執金吾。」【毛】【漁】又許（下）一箇執金吾。【贊】妙。肅拜謝稱「臣」。卓入辭其母，母時年九十餘矣，【毛】此嫗老而不死，以待典刑，皆董卓惡貫所致。問曰：「吾兒何往？」卓曰：「兒將往受漢禪，母親早晚爲太后也！」【毛】【漁】又許（下）一箇太后。母曰：「吾近日肉顫【毛】側音戰。心驚，恐非吉兆。」卓曰：「將爲國母〔一五〕，豈不預有驚報！」【毛】國母要做，只怕令孫不肯。【贊】【鍾】如李肅者，正所謂「奉承三箇好，送你老前（程）（粧）」也，〈【贊】〉今富貴家門客陪堂最得此種衣鉢。遂辭母而行。臨行，謂貂蟬曰：「吾爲天子，當立汝爲貴妃。」【毛】【漁】又許（下）一箇貴妃。貂蟬已明知就裏，假作歡喜拜謝。【毛】鳳儀亭戰功將從今日奏凱矣。

卓出塢上車，前遮後擁，望長安來。行不到三十里，所乘之車，忽折一輪，卓下車乘馬。又行不到十里，那馬咆哮嘶喊，掣斷轡頭。卓問肅曰：「車折輪，馬斷轡，其兆若何？」肅曰：「乃太師應紹〔一六〕漢禪，棄舊換新，將乘玉輦金鞍之兆也。」【毛】【漁】前則其母疑而（董）卓解之，此則（董）卓疑而（李）肅又解之。（董）卓解（得）勉强，（李）肅解（得敏）（便）捷。卓喜而信其言。次日，正行間，忽然狂風驟起，昏霧蔽天。卓問肅曰：「此何祥也？」肅曰：「主公登龍位，必有紅光紫霧，以壯天威耳。」【漁】何異伯嚭。卓又喜而不疑。既至城外，百官俱出迎接，【漁】也是夢見一時做皇帝。只有李儒抱病在家，不能出迎。【毛】董卓此來無人諫阻，正爲此耳。卓令百官回：「來日平明，朝下迎接。」呂〔一七〕布入賀，卓曰：「吾登九五，汝當總督天下兵馬。」【毛】又許一

〔一四〕「吾爲帝」，「吾爲」二字原闕，嘉本、周本、贊本作「吾登九五」，夏本作「吾若登基」，據毛校本補。

〔一五〕「國母」，致本作「太后」，明四本作「萬代國之祖母」。

〔一六〕「紹」，原作「詔」，致本、業本、貫本、商本同，齋本、滄本、光本作「受」。按：「紹」字通，據明四本改。

〔一七〕「卓令百官回來日平明朝下迎接呂」，嘉本無「朝」，原作「卓進至相府呂」，其他毛校本同，齋本、光本脱「呂」。按：下文述呂布「帳前歇宿」並夜聽郊外小兒作歌，董卓應宿城外帳中，則毛本進相府誤。據周本、夏本、贊本改。

箇總督，真是做夢。漁又許下一個都督。布拜謝，就帳前歇宿。是夜有數十〔一八〕小兒于郊外作歌，風吹歌聲入帳，歌曰：「千里草，何青青！十日卜〔一九〕，不得生！」毛「千里草」乃董字；「十日卜」乃卓字；「不生者」，言死也。歌聲悲切。漁從來大善人生死固不輕易，大惡人生死亦不輕易。董卓種種先兆，亦天鄭重惡人之意。卓問李肅曰：「童謠主何吉凶？」肅曰：「亦只是言劉氏滅、董氏興之意。」毛葫蘆提的妙。鍾好箇□□。

次日侵晨，董卓擺〔二〇〕列儀從入朝，忽見一道人，青袍白巾，手執長竿，上縛布一丈，兩頭各書一「口」字。毛明明是「吕布」二〔二一〕字。卓問肅曰：「此道人何意？」肅曰：「乃心恙之人也。」呼將士驅去。卓進朝，羣臣各具朝服，迎謁於道，李肅手執寶劍扶車而行。到北掖毛側音亦。門，二掖門，韋昭曰：宫中小門，在正門之傍者，如左右之掖〔二二〕。軍兵盡擋在門外，獨有御車二十餘人同入。董卓遥見王允等各執寶劍立于殿門，漁先是一個執寶劍，後是個個執寶劍，何寶劍森列如此？讀至此雖三尺童子，亦知快心。驚問肅曰：「持劍是何意？」肅不應，毛到此便不消解説矣。推車直入。王允大呼曰：「反賊至此，武士何在？」兩傍轉出百餘人，持戟挺槊刺之。卓衷〔二三〕甲不入，三衷甲者，披甲於内，而加衣於甲上。原來董卓恐人暗筭，常披掩心鎧甲兩副。傷臂〔二四〕墮車，大呼曰：「吾兒奉先何在？」吕布從車後厲

〔一八〕「數十」，齋本、光本倒作「十數」。
〔一九〕「卜」，原作「上」，毛校本同；明四本作「下」。按：《後漢書・五行志》：「獻帝踐祚之初，京都童謡曰：『千里草，何青青。十日卜，不得生。』案千里草爲董，十日卜爲卓。凡別字之體，皆從上起，左右離合，無有從下發端者也。今二字如此者，天意若曰：卓自下摩上，以臣陵君也。青青者，暴盛之貌也。不得生者，亦旋破亡。」據改，批語同。
〔二〇〕「擺」，商本作「排」。
〔二一〕「二」，商本訛作「三」。
〔二二〕周、夏批「韋」「掖」，原作「章」「翼」。按：《綱目》卷十二元代王幼學《綱目集覽》（以下簡稱「王集覽」）：「韋昭曰：『宫中小門，在正門之旁者，如左右之掖。』」據改。
〔二三〕「衷」，原作「裹」，致本、業本、澮本、商本、周本、贄本同；貫本、齋本、嘉本、夏本作「裏」。《後漢書・董卓列傳》：「肅以戟刺之，卓衷甲不入，傷臂墮車。」據光本改，批語同。
〔二四〕「臂」，齋本、光本、商本作「膺」。

聲出曰：「有詔討賊！」毛以前叫過無數父親，此處忽換一「賊」字，可發一笑。贊好呂布。一戟直透咽喉，毛呂布孝丁原以刀，孝董卓以戟。或刀或戟，比以〔二五〕用力用勞，各盡子道。鍾呂布切齒之仇，一戟洩盡。李肅早割頭在手。呂布左手持戟，右手懷中取詔，大呼曰：「奉詔討賊臣董卓，其餘不問！」將吏皆呼「萬歲」。後人有詩嘆董卓曰〔二六〕：

伯業成時爲帝王，不成且作富家郎。
誰知天意無私曲，郿塢方成已滅亡。

却說當下呂布大呼曰：「助卓爲虐者，皆李儒也！誰可擒之？」李肅應聲願往。忽聽朝門外發喊，人報李儒家奴已將李儒綁縛來獻。毛漁事甚省力，文甚省筆。贊鍾（人人）快心。王允命綁〔二七〕赴市曹斬之。又將董卓尸首號令通衢，卓尸肥胖，看尸軍士以火置其臍中爲燈，毛可稱「卓燈」。贊快人。膏流滿地，百姓過者，莫不手擲其頭，足踐其尸。王〔二八〕允又命呂布同皇甫嵩、李肅領兵五萬，至郿塢抄藉董卓家産、人口。漁呂布此行爬着癢處。

却說李傕、郭汜、張濟、樊稠聞董卓已死，呂布將至，便引了飛熊軍，連夜奔涼州去了。漁先穩取涼州〔二九〕到手。呂布至郿塢，先取了貂蟬。毛呂布心中只爲此一事。贊大將軍又將立功去也。鍾呂布無非爲一貂蟬。皇甫嵩命將塢中所藏良家子女〔三〇〕，盡行釋放。毛好。但係董卓親屬，不分老幼，悉皆誅戮，卓母亦被殺。毛是弒何太后之報。○董卓收得好兒子，此嫗養得好兒子。漁豈弒何后之報耶？卓弟董旻、侄董璜皆斬首號令。收藉塢中所蓄，黄金數十萬，白金〔三一〕數百萬，綺羅、珠寶、器皿、糧食，不計其

〔二五〕「比以」，齋本、商本作「皆以」，澹本、光本作「可謂」。
〔二六〕毛本嘆董卓詩從贊本；鍾本、漁本、贊本、夏本同周本，周本改自嘉本。
〔二七〕「綁」，致本同，其他毛校本作「縛」。
〔二八〕「王」，商本脱。
〔二九〕「涼州」，原作「荆州」，衡校本同，據正文改。
〔三〇〕「子女」，商本、周本倒作「女子」。
〔三一〕「金」，商本作「銀」。

數。毛刻剥民脂民膏，而今安在哉！可爲貪夫之戒。鍾董卓死有餘辜。回報王允，允乃大犒軍士，漁天也快活。設宴於都堂，召集衆官，酌酒稱慶。

正飲宴間，忽人報曰：「董卓暴尸於市，忽有一人伏其尸而大哭。」允怒曰：「董卓伏誅，士民莫不稱賀。此何人？獨敢哭耶！」遂喚武士：「與吾擒來！」須臾擒至。衆官見之，無不驚駭，原來那人不是别人，乃侍中蔡邕也。毛蔡邕之哭董卓，亦如欒布之哭彭越。允叱曰：「董卓逆賊，今日伏誅，國之大幸。汝亦漢臣，乃不爲國慶，反爲賊哭，何也？」邕伏罪曰：「邕雖不才，亦知大義，豈肯背國而向卓？只因一時知遇之感，不覺爲之一哭。自知罪大，願公見原，倘得黥〔三二〕首刖足，使續成漢史，贊鍾（士）（争）爲知己者死，〈贊〉卓果爲知己，哭之亦無不可。以贖其辜，邕之幸也。」毛若使邕成漢史，當奪范曄、陳壽之席。衆官惜邕之才，皆力救之。太傅馬日磾毛側音氏。嘉日磾音密低。二音低。亦密謂允曰：「伯喈曠世逸才，若使續成漢史，誠爲盛事。且其孝行素著，若遽殺之，恐失人望。」毛本是全孝不全〔三三〕忠，今琵琶曲本反説他全忠不能全孝，誣之甚矣。允曰：「昔孝武不殺司馬遷，後使作史，遂致謗書流於後世。方今國運衰微，朝政錯亂，不可令佞臣執筆於幼主左右，使吾等蒙其訕議也。」毛漁王允所見亦是，恐其（叙董卓處有曲）（于董卓有回）筆耳〔三四〕。贊鍾各見其是，畢竟王允刻也。日磾無言而退，私謂衆官曰：「王公〔三五〕其無後乎！善人，國之紀也；制作，國之典也。滅紀廢典，豈能久乎？」三斷論論曰此是日磾先見之明。當下王允不聽馬日磾之言，命將蔡邕下獄中縊死。毛同一死也，若前日不從董卓而爲卓所殺，豈不善乎？吾爲邕惜之。一時士大夫

〔三二〕「黥」，原作「黔」，毛校本同；嘉本、周本作「典」。按：《後漢書·蔡邕列傳》：「邕陳辭謝，乞黥首刖足。」據夏本、贊本改。醉本側注「音鉗」不録。

〔三三〕下「全」字，原作「在」，致本、業本、貫本同。按：「全」字通，據其他毛校本改。

〔三四〕毛批「耳」，商本作「也」。

〔三五〕「公」，商本作「允」。

聞者，盡爲流涕。後人論蔡邕之哭董卓，固自不是，允之殺之，亦爲已甚。有詩嘆曰〔三六〕：

董卓專權肆不仁，侍中何自竟亡身？
當時諸葛隆中卧，安肯輕身事亂臣！

且説李傕、郭汜、張濟、樊稠逃居陝縣，使人至長安上表求赦。王允曰：「卓之跋扈，皆此四人助之。今雖大赦天下，獨不赦此四人。」【毛】【漁】先赦其罪，使〔三七〕散其兵，（而）（然）後圖之，未（爲）晚也。此是王允失筭。【贊】【鍾】王允不能處置此輩，又起風波（，功不掩罪也）。使者回報李傕。傕曰：「求赦不得，各自逃生可也。」謀士賈詡【三】（詡，）音許。曰：「諸君〔三八〕若棄軍單行，則一亭長能縛君矣。不若〔三九〕誘集陝人，并本部軍馬，殺入長安，與董卓報讎。事濟，奉朝廷以正天下；若其不勝，走亦未遲。」【毛】只賈詡一言，便使長安大亂。武士兵端，起于説士舌端：可畏哉！傕等然其説，遂流言於西凉州曰：「王允將欲洗蕩此方之人矣！」衆皆驚惶。乃復揚言曰：「徒死無益，能從我反乎？」衆皆願從。於是聚衆十餘萬，分作四路，殺奔長安來。路逢董卓女壻中郎將牛輔，引軍五千人，欲去與丈人報讎。【毛】卓有二壻，李儒伏誅，牛輔漏網，何也？李傕便與合兵，使爲前驅，四人陸續進發。

王允聽知西凉兵來，與呂布商議。布曰：「司徒放心。量此鼠輩，何足數也！」遂引李肅將兵出敵。肅當先迎戰，正與牛輔相遇，大殺一陣。牛輔抵敵不過，敗陣而去。不想是夜二更，牛輔乘李肅不備，竟來劫寨。肅軍亂竄，敗走三十餘里，折軍大半，來見呂布。布大怒曰：「汝何挫吾鋭氣！」遂斬李肅，懸頭軍門。【毛】慣勸人殺父之報。不用别人

〔三六〕毛本嘆王允殺蔡邕詩從贊本，爲静軒詩；贊本、夏本、鍾本同周本；嘉本及漁本無。

〔三七〕毛批「使」，貫本作「後」。

〔三八〕「諸君」，貫本作「將軍」，業本、澹本、商本作「諸軍」，周本作「諸公」。

〔三九〕「若」，原作「然」，其他毛校本同，商本作「如」。按：「若」字通，據致本、明四本改。

殺之，即用殺父之人殺之，此天道之巧。【鍾】亦是惡（報）。【漁】勸人殺父之人，亦被殺父之人殺了。○埋伏投順李、郭。次日，呂布進兵與牛輔對敵，量牛輔如何敵得呂布，仍復大敗而走。是夜，牛輔喚心腹人胡赤兒商議曰：「呂布驍勇，萬不能敵。不如瞞了李傕等四人，暗藏金珠，與親隨三五人棄軍而去。」【毛】賊徒身分，正堪爲董卓之壻。【漁】文得賓主旁正之法。胡〔四〇〕赤兒應允，是夜收拾金珠，棄營而走，隨行者三四人。將渡一河，赤兒欲謀取金珠，竟殺死牛輔，將頭來獻呂布。【毛】一派賊徒。【贄】【鍾】有天理（，有天理）。【漁】李肅是心腹人，爲官爵便殺董卓；赤兒是心腹人，爲金寶便殺牛輔，心腹人之不足恃如此。布問起情由，從人出首：「胡赤兒謀殺牛輔，奪其金寶〔四一〕。」布怒，即將赤兒誅殺，【毛】胡赤兒之殺牛輔，亦如呂布之殺董卓也。知人則明，自知則暗。領軍前進，正迎着〔四二〕李傕軍馬。呂布不等他列陣，便挺戟躍馬，麾軍直衝過來。傕兵〔四三〕不能抵當，退走五十餘里，依山下寨，請郭汜、張濟、樊稠共議，曰：「呂布雖勇，然而無謀，不足爲慮。我引軍守住谷口，每日誘他廝殺。郭將軍可領軍抄擊其後，【贄】亦通。效彭越撓楚之法，鳴金進兵，擂鼓收兵。張、樊二公却分兵兩路，逕取長安。彼首尾不能救應，必然大敗。」【毛】賈詡固能謀，李傕亦善算。【鍾】□計策。【漁】賊黨計謀亦巧。衆用其計。

却說呂布勒兵到山下，李傕引軍搦戰。布忿怒，衝殺過去，傕退走上山〔四四〕，山上矢石如雨，布軍不能進。忽報郭汜在陣後殺來，布急回戰，只聞鼓聲大震，汜軍已退。布方欲收軍，鑼聲響處，傕軍又來。未及對敵，背後郭汜又領〔四五〕軍殺到。及至呂布來時，却又擂鼓收軍去了，【毛】顛倒金鼓以亂之，所以疲其力也。【漁】一一應前，說得眼花繚亂，只是謀能勝勇。激得呂布怒氣填胸。一連如此幾日，欲戰不

〔四〇〕「胡」，商本脫。
〔四一〕「寶」，滄本、商本作「珠」。
〔四二〕「迎着」，光本倒作「着迎」，明四本無「着」。
〔四三〕「兵」，貫本、齋本、光本、明四本作「軍」。
〔四四〕「上山」，貫本、商本倒作「山上」，明四本作「去」。
〔四五〕「領」，商本作「引」，明四本無。

得，欲止不得。【鍾】此時極好看，但呂布定要悶死也。遇此時勢，呂布雖驍勇，亦無可用其力（矣）。正在惱怒，忽然飛馬報來，說張濟、樊稠兩路軍馬竟犯〔四六〕長安，京城危急。布急領軍回，背後李傕、郭汜殺來，布無心戀戰，只顧奔走，折了好些人馬。【毛】昔日能擋十八路諸侯，而今日不能勝李、郭、張、樊四軍，何也？豈既得貂蟬後，勇力已不如前日矣！比及到長安城下，賊兵雲屯雨集，圍定城池，布軍與戰不利。軍士畏呂布暴厲，多有降賊者，布心甚憂。【漁】應前布軍離變。

數日之後，董卓餘黨李蒙、王方在城中爲賊內應，偷開城門，四路賊軍一齊擁入。【漁】好看。呂布左衝右突，攔擋不住，引數百騎往青瑣門外，呼王允曰：「勢急矣！請司徒上馬，同出關去，別圖〔四七〕良策！」【毛】王允若去，是棄天子而去也。貽天子以危，而己則逃其難，王允決不〔四八〕爲矣。允曰：「若蒙社稷之靈，得安國家，吾之願也。若不獲已，則允奉身以〔四九〕死。【贊】極是。【鍾】大節不辱，非王允不能。臨難苟免，吾不爲也。爲我謝關東諸公，努力以國家爲念！」呂布再三相勸，王允只是不肯去。【毛】王允是漢子。【漁】好個王允，是條漢子。不一時，各門火燄竟〔五〇〕天，呂布只得棄却家小，【毛】【贊】貂蟬也不要了。【漁】貂蟬如何下落，予甚記念。引百餘騎飛奔出關，投袁術去了。

李傕、郭汜縱兵大掠。衛尉〔五一〕种【毛】【眉】【三】（种，）音充。拂、太僕魯馗、【毛】【眉】馗，音葵。【嘉】音奎。【二】音渠。大〔五二〕鴻臚周奂、【毛】【眉】奂，音喚。城門校尉〔五三〕崔烈、越騎校尉王頎【毛】【眉】頎，音奇。【二】音其。皆死于國難。賊兵圍繞內庭至急，侍臣請天子上宣

〔四六〕「犯」，貫本作「往」，明四本無。

〔四七〕「圖」，貫本作「作」。

〔四八〕「不」下，齋本、光本有「肯」。

〔四九〕「以」，齋本、光本作「而」。

〔五〇〕「竟」，齋本、光本作「沖」，商本作「連」。

〔五一〕「衛尉」，原作「太常卿」，古本同。按：《後漢書·董卓列傳》：「殺衛尉种拂等。」據改。

〔五二〕「大」，貫本、齋本、商本訛作「太」。

〔五三〕「城門校尉」，光本「門校」倒作「校門」，滄本脱「城」。

平門止亂。三《三輔黃圖》云：長安都城十二門，東出北頭第一門曰「宣平」，民間所謂「東都門」〔五四〕。李傕等望見黃蓋，約住軍士，口呼「萬歲」。獻帝倚樓問曰：「卿不候奏請，輒入長安，意欲何爲？」李傕、郭汜仰面奏曰：「董太師乃陛下社稷之臣，無端被王允謀殺，臣等特來報讐，非敢造反。毛如吴楚七國之欲殺晁錯也。但見王允，臣便退兵。」王允時在帝側，聞知此言，奏曰：「臣本爲社稷計。事已至此，陛下不可惜臣，以誤國家。臣請下見二賊。」贄王〔五五〕允是箇人。鍾王司徒臨難不爲苟免，真社稷臣也。帝徘徊不忍。允自宣平門樓上跳下樓去，毛王允跳樓，勝于揚雄投閣〔五六〕。大呼曰：「王允在此！」毛好王允。李傕、郭汜拔劍叱曰：「董太師何罪而見殺？」允曰：「董賊之罪，彌天亘地，不可勝言！受誅之日，長安士民皆相慶賀，汝獨不聞乎？」贄亦是。傕、汜曰：「太師有罪，我等何罪，不肯相赦？」毛漁本意在此句。王允大罵：「逆賊何必多言！我王允今日有死而已！」毛王允死之無益，不如隨吕布而去。然不忍棄天子而走〔五七〕，乃其忠也。漁王允之天理安在？二賊手起，把王允殺于樓下。史官有詩讚曰〔五八〕：

王允運機籌，奸臣董卓休。
心懷家〔五九〕國恨，眉鎖廟堂憂。
英氣連霄漢，忠心〔六〇〕貫斗牛。

〔五四〕嘉、周、夏批「謂東都門」，原作「爲東都也」。按：《三輔黃圖》：「長安城東出北頭第一門曰宣平門，民間所謂東都門。」據改。

〔五五〕「王」，吴本闕；緑本作「元」，形訛。

〔五六〕「揚雄投閣」，原作「楊雄跳閣」，致本、業本、貫本、齋本、滄本同；商本「楊」作「揚」。按：《漢書·揚雄傳》：「雄恐不能自免，乃從閣上自投下，幾死。」「然京師爲之語曰：『惟寂寞，自投閣；爰清静，作符命。』」顔注曰：「以雄《解嘲》之言譏之也。今流俗本云：『惟寂惟寞，自投於閣；爰清爰静，作符命。』妄增之。」「揚雄投閣」，成語，據光本改。

〔五七〕「吕」，商本脱。「走」，商本作「去」。

〔五八〕毛本贄王允詩從贄本；鍾本、漁本同贄本、夏本，贄本改自嘉本、周本。

〔五九〕「家」，原作「安」，毛校本、周本、夏本、贄本同。按：「家國」與後句「廟堂」對，據嘉本改。

〔六〇〕「心」，嘉本作「誠」。

至今魂與魄，猶遶鳳凰樓。

衆賊殺了王允，一面又差人將王允宗族老幼，盡行殺害。【鍾】可憐。**士民無不下淚。**【二】【補遺】【補註】李傕既殺王允，暴其屍於市，無人敢收。有故吏趙戩棄官收葬之。【漁】董卓之死老幼慶賀，王允之死老幼下淚，不但老幼下淚，千百世後人亦爲下淚。**當下李傕、郭汜尋思曰：「既到這裏，不殺天子謀大事，更待何時？」便持劍大呼，殺入内來。正是：**

巨魁伏罪災方息，從賊縱横禍又來。

未知獻帝性命如何，且聽下文分解。

董卓一味妄自尊大，全不知世務。如此人，安有成事之理？這樣結果到底便宜了他。凡今之妄自尊大不知世務者，看樣。

今人俱以蔡邕哭卓爲非，是論固正矣。然情有可原，事有足録，何也？士各爲知己者死。設有人受恩桀紂，在他人固爲桀紂，在此人則堯舜也，何可概論也？董卓誠爲邕之知己，哭而報之，殺而狗之，不爲過也。猶勝今之勢盛則借其餘潤，勢衰則掉臂去之，甚至爲操戈，爲下石，無所不至者。畢竟蔡爲君子，而此輩則真小人也。

王司徒臨〔六一〕難不爲苟免，以身許國，真社稷臣也！真社稷臣也！或曰：「子既以蔡之死董爲是，今又以允之死國爲忠，恐兩處有碍乎？」余曰：「何碍也？蔡之死董，死爲知己耳；彼既以身許董，則允之殺之，正蔡之心也，何遂碍允之死國也？余取蔡之死董者，取其不負知己，非謂其遂不負漢也。讀史者，何可如此拘勢也？」

士爲知己者死，蔡邕哭卓，未爲不是。弟卓非可知己人，而邕翻成知己死，哀哉！

王司徒身爲社稷計，生除國賊，死舒國難，忠義激烈，可謂生爲漢臣，死爲漢鬼者矣。

〔六一〕「臨」，緑本作「盡」。按：「臨」字義通。

第十回

勤王室馬騰舉義　報父讐曹操興師

或問予曰：天雷擊董卓於身後，何不擊董卓於生前？擊既死之元凶，何不擊方興之從賊？予應之曰：天有天理，亦有天數；待其惡貫既盈，而後假手於人以殺之。是亦氣數使然。蓋天理之天，不能不聽於天數之天也。

賈詡深溝高壘之謀，即李左車勸〔一〕陳餘之策也。陳餘不能用左車之言，車固遇非其人；李傕雖能用〔二〕賈詡之言，詡亦事非其主。君子擇主而事，可不慎哉？

馬超如此英勇，却怪虎牢關前，並不見西涼兵將挺身一戰，何也？意者馬超此時尚幼，未隨父來。又或馬騰見袁紹不能用人，袁術不肯發糧，故無戰心耶？不然今日討李、郭者馬騰，異日受衣帶詔者亦馬騰：既已烈烈於後，豈得冥冥於前？

曹操以荀彧爲「吾之子房」，是隱然以高祖自待矣。何至加九錫而始知其有不臣之心乎？文若不於此時疑之，直至後日而始疑之，惜哉，見之不早也！

曹操殺呂伯奢一家是有意，陶謙害曹嵩一家是無心。曹操遷怒於陶謙，猶可言也；遷怒於徐州百姓，則惡矣；至復遷怒於昔日救命之陳宮，則尤惡矣！惡人有言必踐，言之則必行之。前日殺呂家，是「寧可我負人」；今日欲報讐，是「不可人負我」。

却説李、郭二賊欲弑獻帝，張濟、樊稠諫曰：

〔一〕「勸」，齋本、光本作「劫」。
〔二〕「能用」，光本倒作「用能」。

「不可。今日若便殺之，恐衆人不服。不如仍舊奉之爲主，賺（毛）[眉]賺，音暫。諸侯入關，先去其羽翼，然後殺之，天下可圖也。」（毛）一欲殺、一不殺，總是狂寇筭計，與曹操不同。李、郭二人〔三〕從其言，按住兵器。帝在樓上，宣諭曰：「王允既誅，軍馬何故不退？」李傕、郭汜曰：「臣等有功王室，未蒙賜爵，故不敢退軍。」（漁）極軟極硬。帝曰：「卿欲封何爵？」李、郭、張、樊四人各自寫職銜獻上，勒要如此官品，（毛）今道士受籙，每日〔四〕擬職銜以奏天庭，想亦用此法也。帝只得從之。（漁）近時天子亦只几上肉耳。封李傕爲車騎將軍、池陽侯，領司隸校尉，假節鉞；（二）節鉞者，即借天子旌節黃鉞，任其行事也。〈（三）〉將軍本無節，假之以節〔五〕者，欲以重其威也。節，《釋名》：節，毛上下相重，取象竹節。《光武本紀》注：節，以竹爲之，柄長八尺，以旄牛尾爲其毦三重〔六〕。蘇鶚《演義》曰：古者，節長一尺二寸〔七〕。秦、漢以下，改爲旌旛之形，後世漸長數尺。節，操也，謂持節者必盡人臣節操。〈（嘉）〉《傳》：張志反以木爲之，長尺五寸。書符又上，又以一板者，楷封以御史印章，所以爲信。郭汜爲後將軍、美陽侯〔八〕，假節鉞，同秉朝政。樊稠爲右將軍、萬年侯；張濟爲鎮東將軍〔九〕、平陽侯，領兵屯弘農。（嘉）

〔三〕「人」，商本作「賊」，明四本無。

〔四〕「日」，齋本、澹本、光本、商本作「自」。

〔五〕嘉、夏批「之以節」，原作「以節之」。按：「之以節」通，據周批乙。

〔六〕周批「竹」，原作「毛」。嘉、周、夏批「長八」「爲其毦」，原作「三」「爲之，其毛」。按：《後漢書·光武帝紀》李注曰：「節，所以爲信也，以竹爲之，柄長八尺，以旄牛尾爲其毦三重。」據改、删。

〔七〕嘉、周、夏批「一尺二寸」，原作「二尺」。按：唐代蘇鶚《蘇氏演義》：「《三禮義宗》曰：『長一尺二寸。』」據改。

〔八〕「美陽侯」，原無，毛校本、周本、夏本、贊本同。按：四人求爵，三人封侯，獨郭汜無。《三國志·魏書·董卓傳》：「汜爲後將軍、美陽侯。」《後漢書·梁慬傳》李注曰：「美陽，縣名，故城在武功縣北七里。」據嘉本補。

〔九〕「鎮東將軍」，原作「驃騎將軍」，古本同。按：《三國志·魏書·董卓傳》：「傕爲車騎將軍、池陽侯，領司隸校尉，假節。」「濟爲驃騎將軍、平陽侯，屯弘農。」《後漢書·董卓列傳》：「傕又遷車騎將軍，開府，領司隸校尉，假節。」「張濟爲鎮東將軍。」《百官志》：「比公者四：第一大將軍，次驃騎將軍，次車騎將軍，次衛將軍。又有前、後、左、右將軍。」張濟爲驃騎將軍則位在車騎將軍李傕、後將軍郭汜、右將軍樊稠之上，誤；作「鎮東」是。據改。

地名。二弘農，郡名。今之河南府陜〔一〇〕州是也。其餘李蒙、王方等，各爲校尉。然後謝恩，毛只算自封自，何謝之有？贊全不似世界，既如此，又何須謝恩？可發一笑。領兵出城。又下令追尋董卓屍首，獲得些零碎皮骨，贊些小皮骨亦不得葬，可憐，可憐！漁亦是李、郭好處。以香木雕成形體，安湊停當，大設祭祀，用王者衣冠〔一一〕棺槨，選擇吉日，遷葬郿塢。臨葬之期，天降大雷雨，平地水深數尺，霹靂震開其棺，屍首提出棺外。毛曹操七十二疑塚，天不一擊之，而獨擊董卓之墓者，葢報其發掘陵寢之惡也。漁曹操有七十二疑塚，而天不廢之，何也？以曹操未有發掘陵寢之慘耳。李傕候晴再葬，是夜又復如是。三次改葬，皆不能葬，零皮碎骨，悉爲雷火消滅。毛前臍中置燈是人火，今雷火消滅是天火。贊有天理。天之怒卓，可謂甚矣！鍾三葬皆廢，天理昭彰□。

且說李傕、郭汜既掌大權，殘虐百姓，密遣心腹，侍帝左右觀其動靜。獻帝此時，舉動荊棘。朝廷官員，並由〔一二〕二賊陞降。因採人望，特宣朱儁入朝，封爲太僕，同領朝政。毛董卓召蔡邕，李、郭用朱儁，正是一樣意思。一日，人報西涼太守馬騰、并二音氷。州刺史韓遂，二將引軍十餘萬，殺奔長安來，聲言討賊。原來二將先曾使人入長安，結連侍中馬宇、諫議大夫种邵、左中郎將劉範三人爲內應，共謀賊黨。三人密奏獻帝，封馬騰爲征西將軍、韓遂爲鎮西將軍，各受密詔，併力討賊。毛漁此處討李、郭有密詔，後文（異日）討曹操亦有衣帶詔。前後一轍。當下李傕、郭汜、張濟、樊稠聞二軍將〔一三〕至，一同商議禦敵之策。謀士賈詡曰：「二軍遠來，只宜深溝高壘，堅守而拒之。不過百日，彼兵糧盡，必將自退，然後引兵追之，二將可擒矣。」毛漁此（即）（亦）李左車（勸）（獻）陳餘之計。李蒙、王方出

〔一〇〕周批「陜」，原作「郟」。按：《一統志》：陜州「秦漢置陜縣爲弘農郡治」，「後魏始置陜州」。據夏批改。

〔一一〕「冠」，貫本、商本作「衾」。

〔一二〕「由」，致本作「出」。

〔一三〕「軍將」，澹本、商本倒作「將軍」。

曰：「此非好計。願借精兵萬人，立斬馬騰、韓遂之頭，獻於麾下。」賈詡曰：「今若即戰，必當敗績。」李蒙、王方齊聲曰：「若吾二人敗，情願斬首；吾若戰勝，公亦當輸首級與我。」詡謂李傕、郭汜曰：「長安西二百里盩厔【六】盩，音周；厔，音質。山名，今西安府盩厔縣（是也）。【嘉】音周質。山，其路險峻，可使張、樊兩將軍屯兵於此，堅壁守之，【毛】此似善碁者下一閒着，後來却是要着。待李蒙、王方自引兵迎敵可也。」李傕、郭汜從其言，點一萬五千人馬與李蒙、王方。二人忻喜而去，離長安二百八十里下寨。

西涼兵到，兩箇引軍迎去。西涼軍馬攔〔一四〕路擺開陣勢，馬騰、【漁】今日討李、郭是〔一五〕馬騰，異日受衣帶詔亦是馬騰，既已烈烈于後，豈能冥冥于前。韓遂聯轡而出，指李蒙、王方罵曰：「反國之賊！誰去擒之？」言未絶，只見一位少年將軍，面如冠玉，眼若流星，虎體猿臂，彪腹狼腰，手執長鎗，坐騎駿馬，從陣中飛出。【毛】寫得聲勢。原來那將即馬騰之子馬超，字孟起，年方十七歲，英勇無敵。【漁】馬超如此英勇，却怪虎牢關前並不見西涼兵將挺身一戰，豈超時尚年幼耶？王方欺他年幼，躍馬迎戰，戰不到數合，早被馬超一鎗刺于馬下，【贄】【鍾】好個馬超。馬超勒馬便回。李蒙見王方刺死，一〔一六〕騎馬從馬超背後趕來，超只做不知。馬騰在陣門下大叫：「背後有人追趕！」聲猶未絶，只見馬超已將李蒙擒在馬上。【毛】二人皆敗，不出賈詡之〔一七〕料。【漁】隨後生擒更有意致。原來馬超明知李蒙追趕，却故意俄延，等他馬近舉鎗刺來，超將身一閃，李蒙搠箇空，兩馬相並，被馬超輕舒猿臂，生擒過去。【毛】馬超乃五虎將之一。此處極寫其英勇，正爲後文伏線。軍士無主，望風奔逃。馬騰、韓遂乘勢追殺，大獲勝捷，直逼隘口下寨，

〔一四〕「攔」，原作「欄」，夏本、贄本同。按：「欄」字形訛，據毛校本、嘉本、周本改。
〔一五〕「是」，原無。按：後句作「亦是馬騰」。酌補。
〔一六〕「一」，商本脱。
〔一七〕「之」，商本作「所」。

把李蒙斬首號令。【鍾】果是馬超第一場厮殺。

李傕、郭汜聽知李蒙、王方皆被馬超殺了，方信賈詡有先見之明，【漁】不出賈詡之料。重用其計，只理會緊守關防，由他搦戰，並不出迎。果然西涼軍未及兩月，糧草俱乏，商議回軍。恰好長安城中馬宇家僮出首家主與劉範、种邵，外連馬騰、韓遂，欲爲内應等情，【毛】後來董承謀討曹操，亦被家僮所〔一八〕首，前後又出一轍。李傕、郭汜大怒，盡收三家老小〔一九〕良賤斬於市，把三顆首級直來門前號令。馬騰、韓遂見軍糧已盡，【毛】勢不得不去。○起義之兵，却因食盡而沮：前有孫堅，後有韓、馬。爲之一嘆。内應又泄，【毛】加一倍要去。只得拔寨退軍。李傕、郭汜令張濟引軍趕馬騰，樊稠引軍趕韓遂，西涼軍大敗。馬超在後死戰，殺退張濟。【毛】畢竟馬超猛于韓遂。樊稠去趕韓遂，看看趕上，相近陳倉，【六】陳倉（，邑名），今（屬）鳳翔府寶雞縣（也）。【嘉】地名。韓遂勒馬向樊稠曰：「吾與公乃同鄉之人，今日何太無情？」【毛】國義不足以動之，而但以鄉情動之。樊稠也勒住馬，荅曰：「上命不可違。」韓遂曰：「吾此來亦爲國家耳，公何相逼之甚也？」【毛】先通鄉情，後説國義。樊稠聽罷，撥轉馬頭，收兵回寨，讓韓遂去了。不提防李傕之侄李利，見樊稠放走韓遂，回報其叔。李傕大怒，便欲興兵討樊稠。賈詡曰：「目今人心未寧，頻動干戈，深爲不便。不若設一宴，請張濟、樊稠慶功，就席間擒稠斬之，毫不費力。」【毛】【漁】賈詡爲傕謀，每每中款〔二〇〕，惜（乎）事非其主。【鍾】□不□□。李傕大喜，便設宴請張濟、樊稠。二將忻然赴宴。酒半闌，李傕忽然變色曰：「樊稠何故交通韓遂，欲謀造反？」稠大驚，未及回言，只見刀斧手擁出，早把樊稠斬首於案下，【毛】樊稠猶知同鄉之情，李傕更不念同事之情。嚇得張濟俯伏於地。李傕扶起曰：「樊稠謀反，故爾誅之〔二一〕。公乃吾之心腹，何須驚懼？」

〔一八〕「討」，齋本作「計」。「所」，商本作「出」。
〔一九〕「小」，致本同，其他毛校本作「少」。
〔二〇〕毛批「款」，商本作「竅」。
〔二一〕「爾誅之」，商本「爾」作「而」，明四本作「先下手」。

就〔二二〕將樊稠軍撥與張濟管領。張濟自回弘農去了。毛張濟此時亦當心變，而終從李傕，非丈夫也。

李傕、郭汜自戰敗西涼兵〔二三〕，諸侯莫敢誰何。賈詡三後爲魏臣。〔二四〕屢勸撫安百姓，結納賢豪，自是朝廷微有生意。毛此等舉動，比之李儒勸殺百姓，大不相同；惜其黨惡，至今受人吐〔二五〕罵。贊鍾（此）亦（是）賈詡好處（，不可没也）。漁此等舉動比李儒勸殺百姓大不相同。前文小結賈詡、大結朝廷，收拾得法，下再遠接黃巾，既起波瀾，又有線脉，大好文字。不想青州黃巾又起，聚衆數十萬，頭目不等，劫掠良民。毛黃巾與李、郭等真是聲應氣求，有董卓餘黨〔二六〕作之于上，自有黃巾餘黨應之于下。太僕朱儁保舉一人可破羣賊，李傕、郭汜問是何人，朱儁曰：「要破山東羣賊，非曹孟德不可。」毛漁從李、郭〔二七〕引出黃巾，又從黃巾引入曹操（。下文獨詳叙曹操事，此正過枝接葉）（正文字過接）處也。鍾儁知其才，未知其奸。李傕曰：「孟德今在何處？」儁曰：「見爲東郡太守〔二八〕，廣有軍兵。若命此人討賊，賊可尅日而破也。」李傕大喜，星夜草詔，差人賫往東郡，命曹操與濟北相鮑信一同破賊。毛又添出鮑信陪之。操領了聖旨，會合鮑信，一同興兵，擊賊於壽張〔二九〕。鮑信殺入重地，爲賊所害。毛此處了却鮑信。漁用爲功魁耶？抑驅之死地耶？得法得法，便有經濟。操追趕賊兵直到濟北，降者數萬。操即用賊爲前驅，兵馬到處，無不降順。不過百餘日，招安到降兵三十餘萬，男女百餘萬口。操擇精鋭者，號爲「青州兵」，其餘盡令歸農。曹操自此威名日重。捷書報到長安，朝廷

〔二二〕「就」，商本脱。
〔二三〕「兵」，致本作「軍」。
〔二四〕按：周本、夏本此句批語誤作正文。
〔二五〕「吐」，澹本作「唾」。
〔二六〕「餘黨」，齋本、光本脱。
〔二七〕毛批「郭」，致本同，其他毛校本作「傕」。
〔二八〕「見爲東郡太守」，原作「見在東郡太守」，致本、業本、貫本、齋本、澹本同；光本作「現任東郡太守」；明四本作「見引兵於東郡，權州事」。按：「見」同「現」。「現在」語義不通，據商本改。
〔二九〕「壽張」，原作「壽陽」，古本同。按：《三國志·魏書·武帝紀》：「遂進兵擊黃巾于壽張東。」據改。

加曹操爲兗州牧〔三〇〕。

操在兗州招賢納士。有叔侄二人來投操〔三一〕，毛漁先來二人。乃潁川潁陰〔三二〕人，姓荀名彧，二（或，）音郁。嘉音育。字文若，荀緄之子也，舊事袁紹，今棄紹投操。操與語大悅，曰：「此吾之子房也！」毛隱然以高祖自待。鍾荀彧可比子房。漁曹操以荀彧爲子房，便儼然以高祖自待，豈是加九錫而始知有不臣之心耶？得第一着。遂以爲行軍司馬。其侄荀攸，字公達，海内名士，曾拜黄門侍郎，後棄官歸鄉，今與其叔同投曹操，操以爲行軍教授。荀彧曰：「某聞兗州有一賢士，今此人不知何在。」操問是誰，彧曰：「乃東郡東阿人，姓程名昱，毛眉昱，音育。字仲德。」毛漁一人薦出一人。鍾荀彧薦程昱。操曰：「吾亦聞名久矣。」遂遣人於鄉中尋問，訪得他在山中讀書。操拜請之，程昱來見，曹操大喜。昱謂荀彧曰：「某孤陋寡聞，不足當公之薦。公之鄉人，姓郭名嘉，字奉孝，毛漁一人又薦出一人。乃當今賢士，何不羅而致之？」彧猛省曰：「吾幾忘却！」遂啓操徵聘郭嘉到兗州，共論天下之事。郭嘉〔三三〕薦光武嫡派子孫，淮南成德人，姓劉名曄，毛眉三（曄，）音葉。字子揚。毛漁（可稱朋良遇合。）一人又薦出一人。操即聘曄至。曄又薦二人：一箇是山陽昌邑人，姓滿名寵，字伯寧；一箇是任城〔三四〕人，姓呂名虔，字子恪。毛漁一人（又）薦出二人。曹操亦素知這兩箇名譽，就聘爲軍中從事。滿寵、呂虔共薦一人，乃陳留平丘人，姓毛名玠，字孝先。毛漁二人共薦（出）一人。鍾劉曄〔三五〕薦滿寵、呂虔，薦毛玠。

〔三〇〕「兗州牧」，原作「鎮東將軍」，古本同。按：《三國志·魏書·武帝紀》：「信乃與州吏萬潛等至東郡迎太祖領兗州牧。」「（興平二年）冬十月，天子拜太祖兗州牧。」「（建安元年）夏六月，遷鎮東將軍。」據改。

〔三一〕「操」上，商本有「曹」字。

〔三二〕「潁川潁陰」，原作「潁州潁陰」，毛校本、夏本、贊本同；嘉本作「潁川潁陰」。按：「潁州」爲南北朝東魏時地名，東漢時應作「潁川」；潁陰，東漢縣名，屬豫州潁川郡。據周本改。

〔三三〕「郭嘉」，光本倒作「嘉郭」。

〔三四〕「任城」，原作「武城」，古本同。按：《三國志·魏書·呂虔傳》：「呂虔字子恪，任城人也。」據改。

〔三五〕「劉曄」，原作「虔曄」，據正文改。

曹操亦聘爲從事。【贊】轉轉相薦真賢士也，與今之妬嫉賢能者大不相似。

又有一將，引軍數百人來投曹操：【毛】【漁】又自來一人。乃泰山鉅平人，姓于名禁，字文則。操見其人弓馬熟嫻，武藝出衆，命爲軍司馬〔三六〕。一日，夏侯惇引一大漢來見，【毛】【漁】前所見皆〔三七〕先通姓名而後引見，惟夏侯惇所薦，先引見而後通姓名。又是一樣筆法。〈【漁】〉輾轉薦賢，便有明盛氣象。操問何人，惇曰：「此乃陳留人，姓典名韋，勇力過人。舊跟張邈，與帳下人不和，手殺數十人，逃竄山中。惇出射獵，見韋逐虎過澗，因收於軍中。今特薦之於公。」【毛】典韋來歷，只在夏侯惇口中叙出，好。操曰：「吾觀此人容貌魁梧，必有勇力。」【鍾】收拾英雄，大奸雄也。惇曰：「他曾爲友報讎殺人，提頭直出鬧市，數百人不敢近。只今所使兩枝鐵戟，重八十斤，挾之上馬，運使如飛。」操即〔三八〕令韋試之。韋挾戟驟馬，往來馳騁。忽見帳下大旗爲風所吹，岌岌欲倒，衆軍士挾持不定，韋下馬，喝退衆軍，一手執定旗桿，立於風中，巍然不動。操曰：「此古之惡來也！」【毛】惡來助紂，果然。【三】惡來，紂王時人，極有氣力（，操以典韋比之）。【鍾】惡來乃紂之黨，奸心露□此言。遂命爲帳前都尉，解身上〔三九〕錦襖及駿馬雕鞍賜之。【毛】叙典韋獨詳，文字參差有法。【贊】收拾英雄，大奸雄也。此其所以興乎？妬賢而自用者，操不令之管馬也。一笑，一笑。

自是曹操部下文有謀臣，武有猛〔四〇〕將，威鎮山東。【毛】總結一句。【漁】既總題兩句，又一一數出；既收足一句，又留出一人作尾聲。文章變宕，歐、韓不是過也。乃遣泰山太守應劭，往瑯琊〔四一〕【六】琅琊，今益都路沂

〔三六〕「軍司馬」，原作「點軍司馬」，古本同。按：《三國志·魏書·于禁傳》：「太祖召見與語，拜軍司馬。」據刪。

〔三七〕毛批「皆」下，光本有「是」字。

〔三八〕齋本、光本脱「即」。

〔三九〕「身上」，原作「上身」，致本、業本、光本同。按：「身上」義長，據其他古本乙正。

〔四〇〕「猛」，商本作「勇」。

〔四一〕「瑯琊」下原有「郡」，古本同。按：《三國志·魏書·武帝紀》：「避難瑯邪，爲陶謙所害。」《後漢書·郡國志》：徐州琅邪國有琅邪縣。「郡」應作「國」，但作「縣」較佳。據刪。

州，本漢瑯琊國。〈【三】〉《括地志》云：今〈【六】〉兗州、沂州、密州，皆古琅琊地也。取父曹嵩。【毛】【漁】（曹操）但討[四二]黃巾，不討李、郭，是重外而輕內；不去勤王，先去取[四三]父，是先私而後公（也）。嵩自陳留避難，隱居瑯琊。當日接了書信，便與操[四四]弟曹德及一家老小四十餘人，帶從者[四五]百餘人、車百餘輛，逕望兗州而來。道經徐州，州牧[四六]陶謙，字恭祖，爲人溫厚純篤，向欲結納曹操，正無其由，【毛】陶謙差矣。曹操何人，而必欲結納之耶！知操父經過，遂出境迎接，再拜致敬，大設筵宴，款待兩日。曹嵩要行，陶謙親送出郭，特差都尉張闓將部兵五百護送。【毛】【漁】誰知爲好（反成怨）（翻成惡）？曹嵩率家小行到華、費間[四七]，【三】（華、費二縣皆屬泰山郡。）費，音秘。〈【五】〉華、費，古縣名（，俱屬泰山[四八]郡），今之沂州（是也）。時夏末秋初，大雨驟至，只得投一古寺歇宿。寺僧接入。嵩安頓家眷[四九]，命張闓將軍馬屯於兩廊。衆軍衣裝都被雨打濕，同聲嗟[五〇]怨。張闓喚手下頭目於靜處商議曰：「我們本是黃巾餘黨，【漁】又是黃巾賊，屢屢不斷。勉強降順陶謙，未有好處。如今曹家輜重車輛無數，你們欲得富貴不難，只就今夜三更，大家砍[五一]將入去，把曹嵩一家殺了，取了財物，同往山中落草。此計何如[五二]？」

〔四二〕毛批「但討」，貫本作「去討」，齋本作「但計」。

〔四三〕毛批「重外」，光本倒作「外重」。「取」，光本作「迎」。

〔四四〕「操」，原無，古本同。按：《三國志·魏書·武帝紀》：「殺太祖弟德于門中。」德乃操弟。據補。

〔四五〕「小」，商本作「少」。「餘人帶從者」，貫本作「餘口並從者」。

〔四六〕「經」，貫本作「逕」。「州牧」，原作「太守」，古本同。按：《三國志·魏書·陶謙傳》：「遷安東將軍、徐州牧，封溧陽侯。」據改。

〔四七〕「間」，原無，毛校本同。按：《三國志·魏書·武帝紀》裴注引西晉郭頒《世語》（《魏晉世語》）：「闓於泰山華、費間殺嵩，取財物，因奔淮南。」據明四本補。

〔四八〕周、夏批「泰山」，原作「東海」。按：《方輿紀要·山東四》：「漢置華縣，屬泰山郡。後漢併入費縣。初平四年陶謙遣別將守陰平，利曹嵩寶，襲殺之于華、費間，即此。」據前嘉批改。

〔四九〕「家眷」，齋本、光本作「家小」，明四本作「宅眷」。

〔五〇〕「嗟」，明四本作「皆」。

〔五一〕「砍」，齋本、光本作「斫」，明四本無。

〔五二〕「此計何如」，嘉本、周本作「却不是好」，夏本、贊本無，致本、光本「何如」倒作「如何」。

毛曹操討黃巾，那知又受黃巾之害。鍾此是殺伯奢之報一家。衆皆應允。是夜風雨未息，曹嵩正坐，忽聞四壁喊聲大舉。曹德提劍出看，就被搠死。曹嵩慌〔五三〕引一妾奔入方丈後，欲越墻而走。妾肥胖不能出，漁又是一個肥胖的，何不與老董作配？嵩慌急，與妾躲於厠中，被亂軍所殺。毛有〔五四〕曹操殺呂伯奢全家之報。呂家害在一猪；曹家胖妾，亦一猪也。應劭死命逃脱，投袁紹去了。張闓殺盡曹嵩全家，取了財物，放火燒寺，與五百人逃奔淮南去了。後人有詩曰〔五五〕：

曹操奸雄世所誇，曾將呂氏殺全家。

如今闔户逢人殺，天理循環報不差。贊真一段因果也，此語可補内典。鍾此段因果可補内典。

當下應劭部下有逃命的軍士，報與曹操。操聞之，哭倒于地。衆人救起，操切齒曰：「陶謙縱兵殺吾父，此讎不共戴天！吾今悉起大軍，洗蕩徐州，方雪吾恨！」漁便作出惡來。遂留荀彧、程昱領軍三萬守鄄二音絹。城、毛眉鄄，音因。即今東昌府濮州。嘉音絹城。范縣、毛眉范縣，今東昌府濮州范縣。東阿毛眉東阿，今兗州府東平州東阿縣。三縣，毛此二人爲後來抵敵呂布伏線。五鄄城，（衛地，秦屬東郡，漢爲濟陰。鄄〔五六〕城縣，）今濮州治（二），即鄄城是也。《一統志》云：范縣、東阿皆邑名。范，屬東郡。按：東郡，今東昌府。東阿，本齊之阿邑。桓公與魯會阿而盟即此。（五）范縣，今（之）東昌府濮州范縣（是也）。東阿，今（之）兗州府東平州東阿縣是也。其餘盡殺奔徐州來〔五七〕。夏侯惇、于禁、典韋爲先鋒。操令但得城池，將城中百姓盡行屠戮，以雪父讎。毛遷怒百姓，殊〔五八〕爲無理。漁遷怒于陶謙猶可言也，遷怒于徐州百姓不可，甚至遷怒于昔日救命之陳宮，則惡矣。當有九江太守邊讓，與陶謙交厚，聞知徐州有難，自引兵五千來救。操

〔五三〕「慌」，明四本無；商本作「慌忙」，齋本、光本作「方」。
〔五四〕「有」，齋本、光本作「是」。
〔五五〕毛本後人詩從贊本，爲静軒詩；鍾本、漁本同夏本、贊本；嘉本無。
〔五六〕周批「鄄」，原作「郵」，形訛，據夏批改。
〔五七〕「殺奔徐州來」，商本脱「殺」，明四本作「起」。
〔五八〕「殊」，齋本、光本作「更」。

聞之大怒，使夏侯惇於路截殺之。【毛】後陳琳檄中以此罪操。時陳宮爲東郡從事，亦與陶謙交厚，聞曹操起兵報讐，欲盡殺百姓，星夜前來見操。【毛】自前回客店中一去，陳宮却無下落，于此處補出。操知是爲陶謙作説客，欲待不見，又滅不過舊恩，只得請入帳中相見。宫曰：「今聞明公以大兵臨徐州，報尊父之讐，所到欲盡殺百姓，某因此特來進言。陶謙乃仁人君子，非好利忘義之輩。尊父遇害，乃張闓之惡，非謙罪也。且州縣之民，與明公何讐？殺之不祥。望三【二】去聲。【夏】音訕。思而行！」【贊】陳宮是箇仁人。【鍾】陳宮仁人之言。操怒曰：「公昔棄我而去，今有何面目復來相見？【毛】還怒陳宮，更是無理。陶謙殺吾一家，誓當摘膽剜心，以雪吾恨！【毛】【漁】然則吕伯奢全家被殺，又將（得）摘何人之膽，剜何人之心，以（雪）（洩）其恨耶？〈【漁】〉答曰，此正我負人，不可人負我之意。意欲得徐州是本意，報仇還是第二着。公雖爲陶謙游説，其如吾不聽何！」陳宮辭出，嘆曰：「吾亦無面目見陶謙也！」遂馳馬投陳留太守張邈去了。【毛】爲後文使吕布攻兖州〔五九〕張本。

且説操大軍所到之處，殺戮人民，發掘墳墓。【毛】此段亦在陳琳檄中。陶謙在徐州，聞曹操起軍〔六〇〕報讐，殺戮百姓，仰天慟哭曰：「我獲罪於天，致使徐州之民受此大難！」【鍾】陶謙苦心，只有天知。急聚衆官商議。曹豹曰：「曹兵既至，豈可〔六一〕束手待死！某願助使君破之。」陶謙只得引兵出迎，遠望操軍如鋪霜湧雪，中軍豎起白旗二面，大書「報讐雪恨」四字。【毛】寫得如此聲勢，讀書者至此，爲陶謙寒心，又爲徐州百姓寒心。【鍾】名義却正。軍馬列成陣勢，曹操縱馬出陣，身穿縞素，揚鞭大罵。陶謙亦出馬於門旗下，欠身施禮曰：「謙本欲結好明公，故托張闓護送，不想賊心不改，致有此事。實不干陶謙之故，望明公察之。」操大罵曰：「老匹夫！殺吾父，尚敢

〔五九〕「攻」下，商本有「打」字。「兖州」，原作「徐州」，毛校本同。按：後文陳宮投張邈，説其令吕布襲取兖州。據後文改。

〔六〇〕「軍」，商本作「兵」，明四本作「大軍馬來」。

〔六一〕「可」，原作「有」，毛校本同。按：「可」字通，據明四本改。

亂言！誰可生擒老賊？」夏侯惇應聲而出，陶謙慌走入陣。夏侯惇趕來，曹豹挺鎗躍馬，前來〔六二〕迎敵。兩馬相交，忽然狂風大作，飛沙走石，兩軍皆亂，各自收兵。毛 此時亦天之不欲絶徐州百姓也。漁 此時天亦不從絶徐州百姓。

陶謙入城，與衆計議曰：「曹兵勢大難敵，吾當自縛往操〔六三〕營，任其剖割，以救徐州〔六四〕百姓之命。」毛 漁 憂在百姓，仁人之言。贊 仁人。鍾 （謙）真仁人君子。言未絶，一人進前言曰：「使君〔六五〕久鎮徐州，人民感恩。今曹兵雖衆，未能即破我城，使君與百姓堅守勿出。某雖不才，願施小策，教曹操死無葬身之地！」衆人大驚，便問：「計將安出？」正是：

本爲納交反成怨，那知絶處又逢生。

畢竟〔六六〕此人是誰，且聽下文分解。

曹瞞報讐，亦是人子分内事，不聽陳宮之言，無怪也。但曰：「陶謙殺吾一家，誓當摘膽剜心以祭之」，宮何不答曰：「將軍之言，孝子之言也，宮何敢非，第亦思呂伯奢全家被殺乎？彼當摘誰人之膽，剜誰人之心以祭其一家也？」吾不知操又何以答之也。惜當日陳宮不及此，爲可恨耳。

曹吉利收拾英雄，固可佳矣。而荀彧、荀攸、程昱、郭嘉、劉曄、滿寵、吕虔、毛玠彼此互相推薦，真大賢也。今人平居相聚，深知某某賢、某某才，亦自降心，亦自相下，及至己登要地，不惟不能薦也，見同黨連翩而進，且巧以抑之毀之，陰以妬之嫉之者有矣，可嘆也。

曹嵩一家被殺，明是吕伯奢假手之報，曹瞞不識因果，反曰：「陶謙殺吾一家，誓當摘膽剜心以祭之。」夫非其所殺，爲操者尚欲摘謙膽、剜謙心；則是其所殺，爲奢者益當摘操膽、剜操心也。以此爲律案，操必心膽先痛矣。

〔六二〕「前來」，嘉本作「向前」，貫本作「前去」。

〔六三〕「操」，貫本、光本、商本作「曹」。

〔六四〕「州」下原有「一郡」，致本、業本、貫本、澹本、商本、明四本同。按：「徐州一郡」不通，據齋本、光本刪。

〔六五〕「使君」，原作「府君」，古本同。按：同第四回校記〔六一〕。前文曹豹亦稱陶謙「使君」。此處及後文多處稱陶謙「府君」，據改。

〔六六〕「畢竟」二字原闕，據毛校本補。

第十一回

劉皇叔北海救孔融 呂温侯濮陽破曹操

本是陶謙求救，却弄出孔融求救；本是太史慈救孔融，却弄出劉玄德救孔融。本是孔融求玄德，却弄出陶謙求玄德；本是玄德退曹操，却弄出吕布退曹操：種種變幻，令人測摸不出。

看前回曹操咬牙切齒、秣馬厲兵，觀者必以爲此回中定然踏平徐州，碎割陶謙矣。不意虎頭蛇尾，竟自解圍而去。所以然者，操以兖州爲家，無兖州則無家也。顧家之情重，遂使報父之情輕，故乘便賣箇人情與劉備。嗟乎！天下豈有報父讐而可以賣人情者乎？孝子報讐，不復顧身，奈何顧家而遂中止乎？太史慈爲母報德〔一〕，而終以克報：慈誠孝子也。曹操爲父報讐，而竟不克報：以操非孝子故也。

劉備之辭徐州，爲真辭耶？爲假辭耶？若以爲真辭，則劉璋〔二〕之益州且奪之，而陶謙之徐州反讓之，何也？或曰：辭之愈力，則受之愈穩。大英雄人，往往有此筭計，人自不知耳。

卻說獻計之人，乃東海朐[毛][側][三]音渠。縣人，姓糜名竺，字子仲。此人家世富豪，嘗往洛陽買賣，乘車而回，路遇一美婦人，來求同載，竺乃下車步行，讓車與婦人坐。婦人請竺同載，竺上車端坐，目不邪視。[毛]其實難得。[贊][鍾]（實是難得。）（糜竺）身火不動，家火隨滅（矣）。行及數里，婦人辭去，臨別對竺曰：「我乃南方火德星君也，[毛]「離爲中女」，火固屬陰，故火星化爲婦人。奉上帝勅，往燒汝家。感君相待以〔三〕禮，故明告君。君可速歸，搬出財物。

〔一〕「德」，商本訛作「讎」。
〔二〕「劉璋」二字原闕，據毛校本補。
〔三〕「以」，商本作「之」。

吾當夜來。」言訖不見。【毛】心火不動，天火亦不爲害。然今之能爲糜竺者，幾人哉？天火安能燒得許多也！【贊】如此則今人當天火燒者多矣。竺大驚，飛奔到家，將家中所有，疾忙搬出。是晚果然厨中火起，盡燒其屋。竺因此廣捨家財，濟貧拔苦。【三】（此）事出《搜神記》。【贊】今世火燒的佷有，但因火燒而濟貧拔苦、救難扶危者則未有也。【鍾】真慈悲心，勝今之假□□。後陶謙聘爲別駕從事。【毛】夾敘糜竺一段閒情。敘事到極急時，偏用一緩。當日獻計曰：「某願親往北海[四]，求孔融起兵救援，更得一人往青州田楷處求救。若二路[五]軍馬齊來，操必退兵矣。」謙從之，遂寫書二封，問帳下誰人敢去青州求救。一人應聲願往。衆視之，乃廣陵人，姓陳名登，字元龍。陶謙先打發陳元龍往青州去訖，【毛】略過青州一邊。下便詳敘北海一邊。然後命糜竺齎書赴北海，自己率衆守城，以備攻擊。【漁】可見曹操注意在得徐州，報父仇還是第二着。

卻說北海孔融，字文舉，魯國曲阜人也，孔子二十世孫，泰山都尉孔宙之子。自小聰明，年十歲時，往謁河南尹李膺，閽人難之，融曰：「我係李相通家。」及入見，膺問曰：「汝祖與吾祖何親？」融曰：「昔孔子曾問禮于老子，融與君豈非[六]累世通家？」【毛】【漁】今（人）挾刺（投人者）多寫通家，想亦學孔融而誤（者）也。【贊】閒序亦自有致。【鍾】直溯師友淵源。膺大奇之。【贊】要知與游客攀援者不同。少頃，太中大夫[七]陳煒至，膺指融曰：「此奇童也。」煒曰：「小時聰明，大時未必聰明。」融即應聲曰：「如君[八]所言，幼時必聰明者。」【毛】口角尖利，咄咄逼人。

[四]「北海」下原有「郡」，古本同。按：《後漢書·孝獻帝紀》：建安十一年「齊、北海、阜陵、下邳、常山、甘陵、濟北、平原八國皆除。」時爲北海國，作「北海」是。據删，後同。

[五]「路」，致本同，其他毛校本作「處」。

[六]「豈非」，齋本、光本脱，明四本無。

[七]「太中大夫」，原作「大中大夫」，毛校本、夏本、贊本同。按：後文第四十回批語，毛本引《綱目》亦作「大中大夫」。《後漢書·孔融傳》：「歲餘，復拜太中大夫。」《百官志》：「太中大夫，千石。」「大」同「太」，「太中大夫」亦作「大中大夫」。據嘉本、周本改。後文多處，徑改不記。

[八]「君」，光本脱。

煒等皆笑曰：「此子長成，必當代之偉器也。」自此得名。後爲中郎將，累遷北海太守。極好賓客，【毛】今之寫通家帖拜客者，偏多慳吝，未必好客：此孔融之所以不可及也。常曰：「座上客常滿，樽中酒不空，吾之願也。」【毛】【漁】（高懷。）惜今世無孔融，我亦欲寫通家帖拜（投）門下矣。【鍾】今世那得此好主人？在北海六年，甚得民心。【毛】又夾敘孔融一段閒文。叙事到極急時，又用一緩[九]。

當日正與客坐，人報徐州糜竺至。融請入見，問其來意。竺出陶謙書，言曹操攻圍甚急，望明公垂救。融曰：「吾與陶恭祖交厚，子仲又親到此，如何不去？只是曹孟德與我無讎，當先遣人送書解和。如其不從，然後起兵。」竺曰：「曹操倚仗兵威，決不肯和。」融教一面[一〇]點兵，一面差人送書。正商議間，忽報黃巾賊黨管亥部領羣寇數萬，殺奔前來。【漁】本欲救人急而忽自急，欲求救于人。情事變幻，令人應接不暇。〈【毛】【漁】〉（此數萬人）突如其來，怪絕。孔融大驚，急點本部人馬出城，與賊迎戰。管亥出馬曰：「吾知北海糧廣，可借一萬石，即便退兵。不然，打破城池，老幼不留！」孔融叱曰：「吾乃大漢之臣，守大漢之地，豈有糧米與賊耶！」【鍾】北海正直不阿，真大聖也，□也。管亥大怒，拍馬舞刀，直取孔融。融將宗寶，挺鎗出馬，戰不數合，被管亥一刀砍宗寶于馬下。孔融兵大亂，奔入城中。管亥分兵四面圍城，孔融心中鬱悶。糜竺懷愁，更不可言。【毛】【漁】（糜竺）此時其實難過。

次日，孔融登城遥望，賊勢浩大，倍添[一一]憂惱。忽見城外一人，挺鎗躍馬，殺入賊陣，左沖右突，如入無人之境，【鍾】待此人來解□。直到城下，大叫：「開門！」【毛】【漁】（此一人又）突如其來，怪絕。孔融不識其人，不敢開門。賊衆趕到壕[一二]邊，那人回身，連搠十數人下馬，【毛】具見英雄。賊衆倒退，

[九]「緩」下，齋本、瀋本、光本有「筆」字。
[一〇]「教一面」，商本倒作「一面教」。
[一一]「添」，齋本、光本「深」。
[一二]「壕」，齋本、光本作「河」。後文多處，不另出校。

融急命開門引入。其人下馬棄鎗，逕到城上，拜見孔融。融問其姓名，對曰：「某東萊黄縣人也，覆姓太史名慈，【毛】其名曰慈，其人則〔一三〕孝。字子義。老母重蒙恩顧。某昨自遼東回家省親，知賊寇城。老母說：『屢受府君深恩，汝當往救。』某故單馬而來。」【毛】曹操爲父報讐，太史慈爲母報德。孔融大喜。原來孔融與太史慈雖未識面，卻曉得他是箇英雄。因他遠出，有老母住在離城二十里之外，融常使人遺【毛】側音位。以粟帛。母感融德，故特使慈來救。【毛】好客而惠及其母，固當得此報。【贊】【鍾】今之孔北海何在？當下孔融重待太史慈，贈與衣甲鞍馬。慈曰：「某願借精兵一千，出城殺賊。」融曰：「君雖英勇〔一四〕，然賊勢甚盛，不可輕出。」慈曰：「老母感君厚德〔一五〕，特遣慈來。如不能解圍，慈亦無顔見母矣。【毛】【漁】的是孝子（聲）口（吻）。【贊】【鍾】（慈亦）孝子。願決一死戰！」融曰：「吾聞劉玄德乃當世英雄，若請得他來相救，此圍自解，只無人可使耳。」慈曰：「府君修書，某當急往。」【毛】糜竺方爲陶謙求救于孔融，太史慈又爲孔融求救于劉備：變幻之極。【漁】本是陶謙求救，却弄出孔融求救；本是太史慈救孔融，又弄出劉玄德救孔融，變幻不測。融喜，修書付慈。慈擐甲上馬，腰帶弓矢，手持鐵鎗，飽食嚴裝，城門開處，一騎飛出。近壕，賊將率衆來戰，慈連搠死數人，透圍而出。【贊】太史慈此人用得。【鍾】竭力出圍，太史慈移孝可以作忠。管亥知有人出城，料必是請救兵的，便自引數百騎趕來，八面圍定。慈倚住鎗，拈弓搭箭，八面射之，無不應弦落馬，賊衆不敢來追。【毛】英勇〔一六〕之極。

太史慈得脫，星夜投平原來見劉玄德。施禮罷，具言孔北海被圍求救之事，呈上書札。玄德看畢，問慈曰：「足下何人？」慈曰：「某太史

〔一三〕「則」，貫本、商本作「曰」。
〔一四〕「勇」，明四本、光本、商本作「雄」。
〔一五〕「德」，商本作「恩」。
〔一六〕「勇」，貫本、濟本作「雄」。

慈，東萊〔一七〕之鄙人也。與孔融親非骨肉，比非鄉黨，特以〔一八〕氣誼相投，有分憂共患之意。【毛】語語打動玄德，妙。【贊】【鍾】慈更長于言語，〈【贊】〉可謂有刀有舌者矣。【漁】有心人出肝膽語，自能動人。今管亥暴亂，北海被圍，孤窮無告，危在旦夕。聞君仁義素著，能救人危急，故特令某冒鋒突圍，前來求救。」【漁】有德有言有仁有勇，太史慈兼之矣。玄德斂容荅曰：「孔北海知世間有劉備耶？」【毛】【漁】自負語，亦骯髒語。【鍾】鄭重至□。乃同雲長、翼德點精兵三千，往北海進發。管亥望見救軍〔一九〕來到，親自引兵迎敵，因見玄德兵少，不以爲意。玄德與關、張、太史慈立馬陣前，管亥忿怒直出。太史慈却待向前，雲長早出，【毛】破黃巾賊却用一裹青巾者，可謂以木克土。【鍾】畫出一個生雲長。【漁】迅雷掣電，目不及瞬。直取管亥。兩馬相交，衆軍大喊，量管亥怎敵得雲長？數十合之間，青龍刀起，劈管亥于馬下。太史慈、張飛兩騎齊出，雙鎗並舉，殺入賊陣，玄德驅兵掩殺。城上孔融望見太史慈與關、張趕殺賊衆，如虎入羊羣，縱橫莫當，【毛】只八字，寫得何等聲勢。【贊】此段文字大通。【鍾】劉、關、張英鋒莫（當）。便驅兵出城。兩下夾攻，大敗羣賊，降者無數，餘黨潰散。【毛】可謂「慣破黃巾劉、關、張」矣。

孔融迎接玄德入城，敘禮畢，大設筵宴慶賀。又引糜竺來〔二〇〕見玄德，具言張闓殺曹嵩之事：「今曹操縱兵大掠，圍住徐州，特來求救。」玄德曰：「陶恭祖乃仁人君子，不意受此無辜之寃。」孔融曰：「公乃漢室宗親。今曹操殘害百姓，倚强欺弱，何不與融同往救之？」【鍾】孔北海有激而言。玄德曰：「備非敢推辭，奈兵微將寡，恐難輕動。」【漁】是寔話。孔融曰：「融之欲救陶恭祖，雖因舊誼，亦爲

〔一七〕「東萊」，原作「東海」，古本同。按：《後漢書·郡國志》：東海郡屬徐州，東萊郡屬青州。《三國志·吳書·太史慈傳》：「遂到平原，説備曰：『慈，東萊之鄙人也。』」據改。

〔一八〕「以」，商本脱。

〔一九〕「軍」，致本作「兵」。

〔二〇〕「來」，光本作「出」，商本脱。

大義。公豈獨無仗義之心耶？」【毛】激勵得好。【漁】語語激動玄德。玄德曰：「既如此，請文舉先行，容備去公孫瓚處，借三五千人馬，隨後便來。」融曰：「公切勿失信。」玄德曰：「公以備爲何如人也〔二一〕？【毛】【漁】正與「（北海）知世間有劉備」句（相）照〔二二〕（應）。聖人云：『自古皆有死，人無信不立。』劉備借得軍或借不得軍，必然〔二三〕親至。」【鍾】全信方成個人。孔融應允，教糜竺先回徐州去報，融便收拾起程。太史慈拜謝曰：「慈奉母命前來相助，今幸無虞。有揚州刺史劉繇，【二】音由。與慈同郡，有書來喚，不敢不去，容圖再見。」融以金帛相酬，慈不肯受而歸。【毛】何不留之，可惜，可惜。其母見之，喜曰：「我喜汝有以報北海也！」【毛】子是孝子，母是賢母。【贄】【鍾】孝子賢母。【漁】賢哉，母也。遂遣慈往揚州去了。【毛】爲後伏線。

不說孔融起兵。且說玄德投北平〔二四〕來見公孫瓚，具說欲救徐州之事。瓚曰：「曹操與君無讐，何苦替人出力？」【漁】糜竺所云正與此合。玄德曰：「備已許人，不敢失信。」瓚曰：「吾借與君馬步軍二千。」玄德曰：「更望借趙子龍一行。」【毛】【漁】未嘗須臾忘此人。【贄】有主張。【鍾】玄德注意久矣。瓚許之。玄德遂與關、張引本部三千人爲前部，子龍引二千軍隨後，往徐州來。

却說糜竺回報陶謙，言北海又請得劉玄德來助。陳元龍也回報青州田楷欣然領兵來救。【毛】一邊實敘，一邊虛敘，妙。【漁】虛寫來好，知行文敘事有走拽〔二五〕之法。陶謙心安。原來孔融、田楷兩路軍馬，懼怕曹兵勢猛〔二六〕，遠遠依山下寨，未敢輕進。【漁】又安放得孔融、田楷二處兵妥貼。曹操見兩路軍到，亦

〔二一〕「也」，光本作「耶」。

〔二二〕毛批「照」，商本作「應」。

〔二三〕「必然」，光本倒作「然必」。

〔二四〕「投北平」，原作「投北海」，其他毛校本同；明四本作「投北地」。按：北地郡屬涼州，「北海」與「北地」皆誤。據致本改。

〔二五〕「拽」，原作「拶」，衡校本、致本同。按：「拶」字不通，「走」「拽」皆書法之筆法。

〔二六〕「怕曹兵勢猛」，商本「兵」作「操」，明四本作「怯曹操」。

分了軍勢，不敢向前攻城。

却説劉玄德軍到，見孔融，融曰：「曹兵勢大，操又善于用兵，未可輕戰。且觀其動静，然後進兵。」玄德曰：「但恐城中無糧，難以持久〔二七〕。備令雲長、子龍領軍四千，在公部下相助。備與張飛殺奔曹營，逕投徐州去見陶使君商議。」毛畢竟玄德英雄。贄鍾急人之急，（非）大英雄（也）（不能）。融大喜，會合田楷，爲犄角三音機。之勢。雲長、子龍領兵兩邊接應。是日玄德、張飛引一千人馬殺入曹兵寨邊，正行之間，寨内一聲皷響，馬軍步軍，如潮似浪，擁將〔二八〕出來，當頭一員大將，乃是于禁，勒馬大叫：「何處狂徒！往那里去！」張飛見了，更不打話，直取于禁。贄此番定是好看者，大家着眼，何如？兩馬相交，戰到數合，玄德掣雙股劍麾兵大進，于禁敗走。張飛當前追殺，直到徐州城下。城上望見紅旗白字，大書「平原劉玄德」，陶謙急令開門。玄德入城，陶謙接着，共到府衙禮畢，設宴相待，一壁勞軍。陶謙見玄德儀表軒昂，語言豁達，心中大喜，便命〔二九〕糜竺取徐州牌印，讓與玄德。毛陶恭祖〔三〇〕一讓徐州。玄德愕然曰：「公何意也？」謙曰：「今天下擾亂，王綱不振，公乃漢室宗親，正宜力〔三一〕扶社稷。老夫年邁無能，情願將徐州相讓，公勿推辭。謙當自寫表文，申奏朝廷。」贄陶謙此讓極是。鍾陶謙以徐州讓玄德，爲社稷計，非爲身家謀，可謂忠于漢矣。玄德離席再拜曰：「劉備雖漢朝苗裔，功微德薄，爲平原相猶恐不稱〔三二〕職。今爲大義，故來相助。公出此言，莫非疑劉備有吞併之心耶？漁不敢，豈敢。若舉此念，皇天不佑！」謙曰：「此老夫之實情也。」再三相讓，玄德那里肯

〔二七〕「持久」，齋本、光本、嘉本、周本作「久持」。

〔二八〕「馬軍步軍」，貫本、商本作「馬步軍兵」。「將」，齋本、光本作「衆」。

〔二九〕「壁」，齋本、濟本、光本作「面」。「儀」，齋本、光本作「一」。「便命」，齋本、光本作「便令」，明四本作「急命」。

〔三〇〕「恭祖」，貫本作「公祖」，訛誤。

〔三一〕「力」字原闕，據古本補。

〔三二〕「稱」，光本訛作「能」。

受。【毛】真耶？假耶？糜竺進曰：「今兵臨城下，且當商議退敵之策。待事平之日，再當相讓可也。」玄德曰：「備當遺書與〔三三〕曹操，勸令解和。操若不從，廝殺未遲。」于是傳檄三〔三四〕寨，且按兵不動，遣人齎書以達曹操。

却說曹操正在軍中與諸將議事，人報徐州有戰書到。操拆而觀〔三五〕之，乃劉備書也，書略曰〔三六〕：

備自關外得拜君顔，嗣後天各一方，不及趨侍。向者尊父曹侯，實因張闓不仁，以致被害，非陶恭祖之罪也。目今黄巾遺孽擾亂于外，董卓餘黨盤踞于內。願明公先朝廷之急，而後私讐，撤徐州之兵，以救國難。【贊】此是玄德本心。【鍾】（懇）切。則徐州幸甚，天下幸甚！【毛】書好。

曹操看書，大罵：「劉備何人，敢以書來勸我！且中間有譏諷之意！」命斬來使，一面竭力攻城。郭嘉諫曰：「劉備遠來救援，先禮後兵，主公當用好言荅之，以慢備心，然後進兵攻城，城可破也。」【贊】極是。【鍾】郭嘉有覺見。【漁】謀之甚正。操從其言，欵留來使，候發回書。【三】此（乃）是曹操姦雄之畧（也）。【贊】老花面。正商議間，忽流星馬飛報禍事。【毛】【漁】令人（測摸）（揣摩）不出，怪絶。操問其故，報説吕布已襲破兖州，進據濮陽。【毛】真是意想不到。原來吕布自遭李、郭之亂，逃出武關，去投袁術，術怪吕布反覆不定，拒而不納。投袁紹，紹納之，與布共破張燕于常山。布自以爲得志，傲慢袁紹手下將士，紹欲殺之。布乃去投張楊，楊納之。時龐舒在長安城中，私藏吕布妻〔三七〕小，送還吕布。李傕、郭汜知之，遂斬龐舒，寫書與張楊，教殺吕布。布因棄

〔三三〕「與」，商本作「於」，明四本無。
〔三四〕「三」，貫本、商本作「二」。
〔三五〕「觀」，致本作「視」。
〔三六〕毛本劉備與曹操戰書刪、增、改自贊本；鍾本同贊本；漁本改自贊本；贊本同明三本。
〔三七〕「妻」，商本作「家」。

張楊去投張邈。【毛】呂〔三八〕布出關後事，附補于此。【漁】呂布許多反覆，收作數行，讀之了了，真好筆也。恰好張邈弟張超引陳宮來見張邈，宮説〔三九〕邈曰：「今天下分崩，英雄並起。君以千里之衆，而反受制于人，不亦鄙乎！【三】陳宮剛直壯烈，見操屠城，内亦自疑，乃與超共謀〔四〇〕叛操説邈。今曹軍〔四一〕征東，兗州空虚，而呂布乃當世勇士，若與之共取兗州，伯業可圖也。」【毛】陳宮妙人。張邈大喜，便令呂布襲破兗州，隨據濮陽。【六】濮陽，（《地理志》云：）東郡濮陽縣，古昆吾國。今開州是（，屬大名府地方）（，屬大名府）〔四二〕。〈【嘉】【夏】〉地名。止有鄄城、東阿、范縣三處，【三】（鄄城、東阿、范縣，）俱地名。被荀彧、程昱設計死守得全，【毛】虧得前番防守。其餘俱破。曹仁屢戰皆不能勝，特此告急。【毛】【漁】（不）（本）是劉備救陶謙，却（是）（又弄出）呂布救陶謙（；亦）（，越發變幻得極。要曉得）不是呂布救陶謙，仍是陳宮救陶謙也。操聞報大驚曰：「兗州有失，使吾無家可歸矣，不可不亟圖之！」【毛】欲報父讐，奈何顧家耶！郭嘉曰：「主公正好賣箇人情與劉備，退軍去復兗州。」【毛】報讐何事，可賣人情乎？【贊】郭生通。【鍾】郭生會□假人□。操然之，即時荅書與劉備，拔寨退兵。【毛】前寫曹操盛怒，有不可嚮邇之勢。不意却作如此收局，奇幻。【贊】大奸雄。【漁】焉有報父仇而可以做人情者乎？要曉得，兗州，曹操家也。爲家之情重，遂使報父之念輕。曹操此舉，的是虎頭蛇尾。

且説來使回徐州，入城見陶謙，呈上書札，言

〔三八〕「呂」，商本脱。
〔三九〕「説」，商本作「謂」。
〔四〇〕「軍」，齋本作「操」。
〔四一〕「謀」，周批無。
〔四二〕醉本眉注、周、夏、贊本系夾注批「開州」，原作「濮州」；周、夏批「屬大名」，原作「屬濟寧」「蜀齊寧」。按：《一統志》：東昌府濮州「漢置鄄城縣，屬濟陰郡；東漢末於此置兗州」；大名府開州「漢爲頓丘縣地屬」。《方輿紀要·山東五》：東昌府濮州「秦屬東郡，漢屬濟陰郡。（後漢末兗州治鄄城，即此。）」；《北直七》：大名府開州「秦爲東郡地，漢仍屬東郡，後漢因之。」「明亦曰開州，以州治濮陽縣省入。（編户百有一里。）領縣二。」「後漢之季，呂布亦争此以抑曹操。」《方輿紀要》是，據改。

曹兵已退。謙大喜，差人請孔融、田楷、雲長、子龍等赴城大會。【毛】衆軍齊赴，必謂有〔四三〕一場大戰矣。不意曹兵已不戰而退，奇幻。飲宴既畢，謙延玄德于上座，拱手對衆曰：「老夫年邁，二子不才，不堪國家重任。劉公乃帝室之胄，德廣才高〔四四〕，可領徐州。老夫情願乞閑養病。」【毛】陶恭祖二讓徐州。玄德曰：「孔文舉令備來救徐州，爲義也。今無端據而有之，天下將以備爲無義人矣。」【鍾】讓者是，辭者也是。糜竺曰：「今漢室陵遲，海宇顛覆，樹功立業，正在此時。徐州殷富，户口百萬，玄德公〔四五〕領此，不可辭也。」【毛】糜竺亦看上玄德了。玄德曰：「此事決不敢應命。」【鍾】玄德有大英雄處。【漁】第二次讓徐州。若不是一「義」字，玄德早已受之矣。陳登曰：「陶使君多病，不能視事，明公勿辭。」玄德曰：「袁公路四世三公，海内所歸，近在壽春，何不以州讓之？」孔融曰：「袁公路塚中枯骨，【毛】【漁】四字（更）罵得惡。何足掛齒！今日之事，天與不取，悔不可追。」玄德堅執不肯。【贊】衆人之見都是，而玄德不受，亦大奸雄處〔四六〕也。【漁】要曉得玄德俱是假仁假義，辭之愈堅，方受之愈穩。陶謙泣下曰：「君若捨我而去，我死不瞑目矣！」雲長曰：「既承陶公相讓，兄且權領州事。」張飛曰：「又不是我强要他的州郡，他好意相讓，何必苦苦推辭！」【毛】説得爽利。【贊】畢竟老張爽〔四七〕利。【鍾】老張便忍手不住。【漁】直人直話。玄德曰：「汝等欲陷我于不義耶？」【漁】純是一派假，與曹操踐麥自刎何異？陶謙推讓再〔四八〕三，玄德只是不受。【毛】真耶？假耶？陶謙曰：「如玄德必不肯從，此間近邑，名曰小沛，足可屯軍，請玄德暫駐軍此邑，以保徐州。何如？」衆皆勸玄德留小沛，玄德從之。陶謙勞軍已畢，趙

〔四三〕「有」，齋本、光本脱。
〔四四〕「德廣才高」，齋本、光本作「德高才廣」。
〔四五〕「玄德公」，原作「劉使君」，毛校本同，明四本無「劉」。按：同第四回校記〔六一〕，據前文，劉備時爲平原相，屯小沛，尊稱非「使君」。
〔四六〕「大奸雄處」，緑本作「大奸大詐」。
〔四七〕「爽」，緑本作「貪」。
〔四八〕「再」，光本訛作「者」。

雲辭去，玄德執手揮淚而別。贄玄德奸雄，自會收拾子龍也。鍾玄德會不捨子龍。孔融、田楷亦各相別，引軍自回。玄德與關、張引本部軍來至小沛，修葺城垣，撫諭居民。毛漁高祖起于沛，玄德亦居小沛，（可稱小沛公）（遥遥相應）。

却説曹操回軍，曹仁接着，言吕布勢大，更有陳宮爲輔，兖州、濮陽已失〔四九〕，其鄄城、東阿、范縣三處，賴荀彧、程昱二人設計相連，死守城郭。操曰：「吾料吕布有勇無謀，不足慮也。」漁前番看兖州甚重，此番看吕布甚輕，以其自回之故耳。教且安營下寨，再作商議。吕布知曹操回兵已過公丘〔五〇〕，召副將薛蘭、李封曰：「吾欲用汝二人久矣。汝可引軍一萬，堅守兖州。吾親自〔五一〕率兵前去破曹。」二人應諾。陳宮急入見曰：「將軍棄兖州，欲何往乎？」布曰：「吾欲屯兵濮陽，以成鼎足之勢。」漁伏線。宮曰：「差矣。薛蘭必守兖州不住。毛具有先見。此去正南一百八十里，泰山路險，可伏精兵萬人在彼。曹兵聞失兖州，必然倍道而進，待其過半，一擊可擒也。」毛洵是妙策。贄有見識。漁的是妙計。布曰：「吾屯濮陽，别有良謀〔五二〕，汝豈知之！」遂不用陳宮之言，漁陳餘尚不用李，布亦何能用陳？而用薛蘭守兖州而行。曹操兵行至泰山險路，郭嘉曰：「且不可進，恐此處有伏兵。」毛陳宮之言，郭嘉暗暗料着。曹操笑曰：「吕布無謀之輩，故教薛蘭守兖州，自往濮陽，安得此處有埋伏耶？」毛吕布不聽陳宮之言，曹操又暗暗料着。贄鍾（此）高陳宮數倍。教曹仁領一軍圍兖州，吾進兵濮陽，速攻吕布。」陳宮聞曹兵至近，乃獻計曰：「今曹兵遠來疲困，利在

〔四九〕「兖州濮陽已失」，齋本、光本脱「濮陽」，明四本作「已有濮陽等處」。

〔五〇〕「兵」，致本作「軍」。「公丘」，原作「滕縣」，古本同。按：北魏酈道元《水經注》卷二十五《泗水》清末楊守敬疏（《水經注疏》，以下簡稱《疏》）曰：「秦滕縣，漢武帝改爲公丘，屬沛郡，後漢、魏屬沛國，晉屬魯郡，後廢。」據改。

〔五一〕「吾親自」，原作「親自」，其他毛校本同；致本作「吾自」，明四本作「吾去」。按：缺主語。

〔五二〕「謀」，商本作「策」。

速戰，不可養成氣力。」【贊】是。布曰：「吾匹馬縱橫天下，何愁曹操！待其下寨，吾自擒之。」

却說曹操兵近濮陽，下住寨脚。次日，引衆將出，陳兵于野。操立馬于門旗下，遥望吕布兵到。陣圓處，吕布當先出馬，兩邊擺〔五三〕開八員健將：第一箇雁門馬邑人，姓張名遼，字文遠；第二箇泰山華縣〔五四〕人，姓臧名覇，字宣高。兩將【三】【補註】這兩員大將，後來都降於曹操也。又各引三〔五五〕員健將：郝萌、曹性、成廉，魏續、宋憲、侯成。布軍五萬，鼓聲大震。操指吕布而言曰：「吾與汝自來無讐，何得奪吾州郡？」布曰：「漢家城池，諸人有分，偏爾合得？」【毛】極無理語，説來却甚是有理。【贊】也是。【鍾】吕布亦是。便叫臧覇出馬搦【二】音色。戰。曹軍内樂進出迎。兩馬相交，鎗刀〔五六〕齊舉。戰到三十餘合，勝負不分。夏侯惇拍馬便出助戰，吕布陣上張遼截住厮殺。惱得吕布性起，挺戟驟馬，衝出陣來。夏侯惇、樂進皆走，吕布掩殺，曹軍〔五七〕大敗，退三四十里。布自收軍。曹操輸了一陣，回寨與諸將商議。于禁曰：「某今日上山觀望，濮陽之西，吕布有一寨，約無多軍。今夜彼將謂我軍敗走，必不准備，可引兵擊之。若得寨，布軍必懼。此爲上策。」【鍾】又起兵□。操從其言，帶曹洪、李典、毛玠、吕虔、于禁、典韋六將，選馬步二萬人，連夜從小路進發。

却說吕布于寨中勞軍，陳宫曰：「西寨是箇要緊去處，倘或曹操襲之，奈何？」布曰：「他今日輸了一陣，如何敢來！」宫曰：「曹操是極能用兵之人，須防他攻我不備。」【毛】【漁】于禁之謀，陳宫又暗暗料着。【贊】陳宫此人用得。【鍾】陳宫料敵如神。布乃撥高順

〔五三〕「擺」，齋本、光本作「排」。

〔五四〕「泰山華縣」，原作「泰山華陰」，古本同。按：泰山郡屬兖州，在今山東，轄縣無華陰縣。華陰縣屬司隸州弘農郡，在今陝西。《三國志·魏書·臧霸傳》：「臧霸字宣高，泰山華人也。」華縣，今山東費縣。據改。

〔五五〕「三」，原作「六」，毛校本同。按：「六」與上文異，據明四本改。

〔五六〕「鎗刀」，原作「雙鎗」，古本同。按：後文第五十三回：「樂進一騎馬，一口刀。」據改。

〔五七〕「軍」，致本作「兵」。

并魏續、侯成引兵往守西寨。

却説曹操于黄昏時分，引軍至西寨，四面突入。寨兵〔五八〕不能抵擋，四散奔走，曹操奪了寨。【漁】布兵未至，而寨已奪，可見用兵神速。將及四更，高順方引軍到，殺將入來。【毛】布兵未至，而〔五九〕寨已奪，可見曹操行軍之速。曹操自引軍馬來迎〔六〇〕，正逢高順，三軍混戰。將及天明，正西鼓聲大震，人報吕布自引救軍來了。操棄寨而走。【毛】既奪而使之不能不棄，可見陳宫應敵之妙。背後高順、魏續、侯成趕來，當頭吕布親自引軍來到。于禁、樂進雙戰吕布不住，操望北而行。山後一彪軍出，左有張遼，右有臧霸。操使吕虔、曹洪戰之，不利，操望西而走。【漁】忽望北，忽望西，好看。忽又喊聲大震，一彪軍至，郝萌、曹性、成廉、宋憲四將攔住去路。【毛】殺得好看。陳宫兵法頗妙。衆將死戰，操當先衝陣，梆子響處，箭如驟雨射將來。操不能前進，無計可脱，大叫：「誰人救我！」【漁】此時曹操已着忙了。馬軍隊裡，一將踴出，乃典韋也，手挺雙鐵戟，大叫：「主公勿憂！」【贊】典韋此人用得。飛身下馬，插〔六一〕住雙戟，取短戟十數枝，挾在手中，【毛】吕布一戟，典韋雙戟，奇矣；乃不用兩大戟，而用無數小戟，更奇。【漁】典韋雙戟對吕布一戟，却又揷住雙戟，取出無數小戟。顧從人曰：「賊來十步乃呼我！」【毛】奇。遂放開脚步，冒箭前行。布軍數十騎追至。從人大叫曰：「十步矣！」韋曰：「五步乃呼我！」【毛】奇。從人又曰：「五步矣！」韋乃飛戟刺之，一戟一人墜馬，並無虚發，【毛】【漁】百步箭不敵五步戟（，奇絶）。立殺十數人〔六二〕，衆皆奔走。韋復飛身上馬，挺一雙大鐵戟，衝殺入去。【毛】忽下馬，忽上馬〔六三〕；忽用小戟，忽用大戟。寫

〔五八〕「寨兵」，明四本作「寨中兵」，致本作「寨軍」。

〔五九〕「布」，光本作「吕」。「而」，貫本作「西」。

〔六〇〕「來迎」，嘉本作「相迎」，致本作「迎敵」。

〔六一〕「插」，齋本、光本作「撑」。

〔六二〕「十數人」，貫本訛作「數十八」，澹本、商本作「數十人」，明四本作「數十餘人」。

〔六三〕「忽下馬忽上馬」，貫本作「忽上馬忽下馬」。按：先下後上，與正文順序同；後文漁批據改。

典韋如生龍活虎。漁忽下馬，忽上馬，忽用雙戟，忽用無數小戟，寫典韋直是真龍活虎。郝、曹、成、宋〔六四〕四將不能抵擋，各自迯去。典韋殺散敵軍，救出曹操。衆將隨後也到，尋路歸寨。看看天色傍晚，背後喊聲起處，吕布驟馬提戟趕來，大叫：「操賊休走！」此時人困馬〔六五〕乏，大家面面相覷，各欲迯生。正是：

雖〔六六〕能暫把重圍脱，只怕難當勁敵追。

不知曹操性命如何，且聽下文分解。

劉玄德不受徐州，是大奸雄手段，此所以終有蜀也。蓋大貪必小廉，小廉之名既成，大貪之實亦隨得也。奸雄舉事，每每如此，非尋常人所能知也。

玄德不受徐州，是大英雄手段。若遽受徐州，何能終有蜀乎？圖大者不貪小，英雄舉事，往往如此。

〔六四〕「郝曹成宋」，原作「郝曹侯宋」，古本同。據前文改。

〔六五〕「操」，光本作「曹」。「困馬」，齋本、光本倒作「馬困」。

〔六六〕「雖」，業本、貫本、澹本、商本作「誰」，形訛。

第十二回

陶恭祖三讓徐州
曹孟德大破〔一〕呂布

糜竺家中之火，天火也；濮陽城中之火，人火，亦天火也。糜竺知燒而避其燒，天所以全君子也；曹操不知燒而亦不死於燒，天〔二〕所以留奸雄也。全君子是天理，留奸雄是天數。曹操既據兗州，且將北取冀，安得不東取徐？是徐州固操所必争也。今雖暫舍之而去，其志豈能須臾忘徐州哉！玄德雖受陶謙之讓，吾知終非其有爾。

荀文若曰：「河濟之地，昔之關中、河内也。」是隱然以高祖、光武之所爲教曹操矣。待其後自加九錫而惡其不臣，豈始既教之，而後復惡之耶？坡公稱文若爲聖人〔三〕，吾未敢信。

呂布一〔四〕聽陳宫之言而輒勝，一不聽陳宫之言而輒敗，宫誠智矣。然田氏之叛，乃宫教之也。何也？先啟其機也。若在〔五〕老手，只須自用一人假作田使，不必使田氏知之。

曹操正慌走間，正南上一彪軍到，乃夏侯惇引軍來救援，截住呂布大戰。鬪到黄昏時分，【毛】【漁】自昨夜黄昏時分，直到今夜黄昏時分，好一場大殺〔六〕。**大雨如注，各自引軍分散。操回寨，重賞典韋，加爲領軍都尉。**

却説呂布到寨，與陳宫商議。宫曰：「濮陽

〔一〕「破」，致本同，其他毛校本作「戰」。按：各本總目皆作「破」。
〔二〕「天」，光本脱。
〔三〕按：北宋蘇軾《東坡全集》卷一百五《論古》：「故吾嘗以文若爲聖人之徒者，以其才似張子房而道似伯夷也。」
〔四〕「一」，光本脱，後一處同。
〔五〕「在」，齋本、光本作「其」。
〔六〕毛批「殺」，商本作「戰」。

城中有富户田氏，家僮千百，爲一郡之巨室。可令彼密使人往操寨中下書，言『呂温侯殘暴不仁，民心大怨。毛漁後吕布之敗，果（然爲此兩）（因此二）句〔七〕。今欲移兵黎陽，止有高順在城内。可連夜進兵，我爲内應』。毛不想後來弄假成真。贄亦似。操若來，誘之入城，四門放火，外設伏兵。曹操雖有經天緯地之才，到此安能得脱也？」鍾陳宫反間計亦妙。吕布從其計，密諭田氏，使人逕到操寨。操因新敗，正在躊躕，忽報田氏人到，呈上密書云：「吕布已往黎陽，城中空虛。萬望速來，當爲内應。城上插白旗，大書『義』字，便是暗號。」毛前日曹操在徐州城外以白旗示威，今日吕布在濮陽城中以白旗行詐。操大喜曰：「天使吾〔八〕得濮陽也！」重賞來人，一面收拾起兵。劉曄曰：「布雖無謀，陳宫多計。只恐其中有詐，不可不防。明公欲去，當分三軍爲三隊，兩隊伏城外接應，一隊入城，方可。」毛漁操之不死于是役，全虧劉曄此數語。贄劉曄大是。鍾劉曄亦是高人。

操從其言，分軍三隊，來至濮陽城下。操先往觀之，見城上遍竪旗旛，西門角上，有一「義」字白旗，毛漁此時（只此）一點白，誰知（少頃）弄出（後來）一片紅。心中暗喜。是日午牌〔九〕，城門開處，兩員將引軍出戰：前軍侯成，後軍高順。操即使典韋出馬，直取侯成。侯成抵敵不過，囬馬望城中走。韋趕到弔橋邊，高順亦攔當不住，都退入城中去了。數内有〔一〇〕軍人乘勢混過陣來見操，説是田氏之使，呈上密書。約云：「今夜初更時分，毛與前兩番黄昏時分相照。城上鳴鑼爲號，便可進兵。某當獻門。」操撥夏侯惇引軍在左，曹洪引軍在右，自己引夏侯淵、李典、樂進、典韋四將，率兵入城。李典曰：「主公且在城外，容某等先入城去。」毛漁（李典）所見亦是。操喝曰：「我不自往，誰肯向前！」

〔七〕毛批「果然爲此兩句」，商本作「果爲此兩句而敗」。
〔八〕「吾」，光本作「我」。
〔九〕「牌」，商本作「刻」。
〔一〇〕「數内有」，齋本、滄本、光本、商本倒作「内有數」。

贊李典是，曹操亦是。鍾李典、曹操各有一見。遂當先領兵直入。時約初更，月光未上，毛將寫火光之明，先寫月光之暗以形之。○〈毛漁〉前寫黄昏有雨，（今）（此）寫（初更無）月（光未上）。忙中偏有此閒筆。只聽得西門上吹贏殺聲，喊聲忽起。門上火把燎〔一一〕亂，城門大開，弔橋放落。曹操争先拍馬而入，直到郡衙〔一二〕，路上不見一人。操知是計，忙撥回馬，大叫：「退兵！」郡衙中一聲砲響，四門烈火轟天而起，金鼓齊鳴，喊聲如江翻海沸。毛漁嚇殺。東巷内轉出張遼，西巷内轉出臧霸，夾攻掩殺。操走北門，道傍轉出郝萌、曹性，又殺一陣。操急走南門，高順、侯成攔住。典韋怒目咬牙，衝殺出去。贊典韋此人可大用。高順、侯成倒走出城。毛中計者未得出城，殺敵者倒〔一三〕走出城，好笑。典韋殺離弔橋，回頭不見了曹操，翻身復殺入城來，門下撞着李典。典〔一四〕韋問：「主公何在？」典曰：「吾亦尋不見。」韋曰：「汝在城外催救軍，我入去尋主公！」鍾□□典韋。李典去了。典韋殺入城中，尋覓不見，再殺出城壕邊，撞着樂進。進曰：「主公何在？」韋曰：「我往復兩遭，尋覓不見。」進曰：「同殺入去救主！」毛語亦壯。兩人到門邊，城上火砲滚下，樂進馬不能入。典韋衝〔一五〕烟突火，又殺入去，到處尋覓。毛典韋三入火城，可謂忠勇。鍾的是罕有。漁只一個典韋，寫得出出入入、盤盤旋旋，如風後火毬，如此生動。倒走出城，好笑。

却說曹操見典韋殺出去了，四下裡人馬截來，不得出南門，再轉北門，火光裡正撞見吕布挺戟躍馬而來。毛漁嚇殺。讀（書）者至此，（必）（將）謂曹操死矣。操以手掩面，加鞭縱馬竟過。毛妙有膽〔一六〕識。若此時便撥馬回走，必反被擒矣。吕布從後拍馬趕

〔一一〕「燎」，光本作「繚」。

〔一二〕「郡衙」，原作「州衙」，古本同。按：《後漢書·郡國志》：濮陽縣爲東郡治所，「昌邑刺史治」。「州」應作「郡」。據改，後一處同。

〔一三〕「出」，齋本、光本作「其入」。「倒」，光本訛作「到」。

〔一四〕「下」，齋本、光本作「内」。「典」，商本脱。

〔一五〕「衝」，商本作「冒」。

〔一六〕「膽」，貫本作「智」。

來，將戟于操盔上一擊，問曰：「曹操何在？」毛因其掩面，故認不真；然亦以其縱馬竟過，故不疑其即操也。操反指曰：「前面騎黄馬者是他〔一七〕。」毛有急智。贊尔〔一八〕看孟德是何等膽。鍾孟德何等膽智。漁真奸雄，好急智。○這騎黄馬者，可稱曹操替死鬼。呂布聽説，棄了曹操，縱馬向前追趕。毛見了曹操，反問曹操；捨却曹操，別趕曹操。諺云「方説曹操，曹操就到」，當面錯過，豈不好笑。曹〔一九〕操撥轉馬頭，望東門而走，毛走得好。正逢典韋。韋擁護曹操，殺條血路到城門邊，火焰甚盛，城上推下柴草，遍地都是火，韋用戟撥開，飛馬冒烟突火先出，曹操隨後亦出。方到門道邊，城門上崩下一條火梁來，正打着曹操戰馬後胯，那馬撲地倒了。毛漁嚇殺。讀（書）者至此，又必〔二〇〕謂曹操死矣。操用手托梁，推放地上，手臂鬚髮盡被燒傷。毛漁曹操之鬚〔二一〕未割于潼關，先燒于濮陽。鬚不幸而爲曹操之鬚，鬚亦苦矣。典韋回馬來救，恰好夏侯淵亦到。兩箇同救起曹操，突火而出。操乘淵馬，典韋殺條大路而走。直混戰到天明，操方回寨。

衆將拜伏問安，操〔二二〕仰面笑曰：毛如此一番驚嚇後，忽然發笑，正諺所謂「哭不得而笑」耳。漁如此一番驚恐後反發笑，曹操從來如此。「悮中匹夫之計，吾必當報之！」贊老曹是個豪傑。鍾老操奸雄。郭嘉曰：「計可速發。」操曰：「今只將計就計：詐言我被火傷，已〔二三〕經身死。毛昨日呂布使人詐降，今日曹操自己詐死。你詐我，我詐你，好看煞人。布必引兵來攻。我伏兵于馬陵山中，三馬陵是姜太公莝妻馬氏之地，龐涓敗扵此處。候其兵半渡而擊之，布可擒矣。」毛好計策。贊大是。鍾詐死求勝，虧操（計妙）。嘉曰：「真良策也！」于是令軍士掛孝發喪，毛漁昨日（濮陽）城

〔一七〕「他」，光本、商本、周本作「也」。
〔一八〕「尔」，緑本闕。
〔一九〕「曹」，商本脱。
〔二〇〕毛批「必」，光本作「當」。
〔二一〕毛批「鬚」，光本訛作「髮」。
〔二二〕「操」，光本作「曹」。
〔二三〕「已」上，齋本、光本有「火毒攻發五更」六字。

內一片紅，今日（濮陽）城外一片白。〈毛〉紅是真紅，白是假白。○掛孝發喪，今人必以爲不祥，可見婆子氣人幹不得事。詐言操死。早有人來濮陽報呂布，說曹操被火燒傷肢體，到寨身死。布隨點起軍馬，殺奔馬陵山來。將到曹〔二四〕寨，一聲鼓響，伏兵四起。呂布死戰得脱，折了好些人馬，敗回濮陽，堅守不出。是年蝗蟲忽起，食盡禾稻。關東一境，每穀一斛直錢五十〔二五〕貫，人民相食。曹操因軍中糧盡，引兵回鄄城暫住，呂布亦引兵出屯山陽就食。因此二處權且罷兵。【毛】【漁】（兩家俱因凶荒罷兵，）蝗蟲倒是和事老。

却說陶謙在徐州，時年已六十三歲，忽然染病，看看沉重，請糜竺、陳登議事。竺曰：「曹兵之去，止爲吕布襲兖州故也。今因歲荒罷兵，來春又必至矣。【毛】勢所必然。使君兩番欲讓位與劉玄德，時使君尚强健，故玄德不肯受，今病已〔二六〕沉重，正可就此而與之，玄德不肯〔二七〕辭矣。」【毛】糜竺心歸玄德久矣。謙大喜，使人來小沛，請劉玄德商議軍務。玄德引關、張帶十數騎到徐州，陶謙教請入卧内。玄德問安畢，謙曰：「請玄德公來，不爲別事。止因老夫病已危篤，朝夕難保，萬望明公可憐漢家城池爲重，【毛】「以漢家城池爲重」，的是仁人君子之言。【漁】動玄德在此一句。受取徐州牌印，老夫死亦瞑目矣！」【鍾】陶恭祖惓惓漢家，至死不倦。玄德曰：「君有二子，何不傳之？」謙曰：「長子商，次子應，其才皆不堪任。老夫死後，猶望明公教誨，【毛】【漁】不但讓州，兼且托子（，恭祖可謂知人）。切勿令〔二八〕掌州事。」玄德曰：「備一身安能當此大任？」謙曰：「某舉一人，可爲公輔，係北海人，姓孫名乾，字公祐。此人可使爲從事。」又謂糜竺曰：「劉公當世人傑，汝當善事之。」玄德終是推托，陶謙以手指心而

〔二四〕「曹」，貫本作「操」。
〔二五〕「十」，商本訛作「千」。
〔二六〕「病已」，光本倒作「已病」，明四本無「已」。
〔二七〕「不肯」，光本作「必不」，明四本無。
〔二八〕「勿令」，光本倒作「令勿」。

死。毛漁陶恭祖三讓徐州。○其名曰謙，其字曰恭，其人則讓（，可謂名稱其實）。贄〔二九〕此心真是。鍾三讓猶推，玄德心亦不忍。衆官〔三〇〕舉哀畢，即捧牌印交送玄德，玄德固辭。次日徐州百姓擁擠府前哭拜曰：「玄德公若不領此州〔三一〕，我等皆不能安生矣！」毛民心悦服如此，想見劉公平日德政。關、張二公亦再三相勸。玄德乃許權領徐州事，使孫乾、糜竺爲輔，陳登爲幕官，盡取小沛軍馬入城，出榜安民，一面安排喪事。玄德與大小軍士，盡皆掛孝，毛濮陽城外有假掛孝，徐州城中有真掛孝。一假一真前後照耀〔三二〕。大設祭奠。祭畢，葬于黄河之原〔三三〕，將陶謙遺表申奏朝廷。毛應前文。漁補應。

操在鄄城，知陶謙已死，劉玄德領徐州牧，大怒曰：「我讐未報，汝不費半箭之功，坐得徐州！毛真是氣殺。漁怪不得不氣。吾必先殺劉備，後戮謙屍，以雪先君之怨！」贄氣死老賊也，妙。即傳號令，尅日起兵去打徐州。毛漁前番（賣箇）（做）人情，（此時不肯做）（今番做不得）人情矣。荀彧入諫曰：「昔高祖保關中，光武據河内，皆深根固本以正〔三四〕天下，進足以勝敵，退足以堅守，故雖有困，終濟大業。明公本首事兗州，二操初舉義兵于陳留，故以兗州爲首事。河、濟乃天下之要地，是亦昔之關中、河内也。毛文若此時已將高祖、光武望曹操矣，何後日九錫之加，而反有所不滿乎？漁文若數語，已儼然以高祖、光武教曹操矣。豈待加九錫而後知其有不臣之心乎？坡公謂文若〔三五〕爲聖人，予未敢信。今若取徐州，多留兵則不足用，少留兵則呂布乘虚寇之，是無兗州也。若徐州不得，明公安所歸乎？今陶謙雖死，已有劉備守

〔二九〕贄批原闕句首三字；吴本作「此心真」，緑本首字漫漶，後二字作「心直」。據吴本補。
〔三〇〕「衆官」，致本同，其他毛校本作「衆軍」。
〔三一〕「哭拜」，光本倒作「拜哭」，明四本作「哭拜於地」。「玄德公」，原作「劉使君」，古本同。按：同第十一回校記〔四五〕。「州」，原作「郡」，古本同。按：徐州非郡，據改。
〔三二〕「耀」，商本作「應」。
〔三三〕「原」，業本、貫本、齋本、滄本、商本作「源」。
〔三四〕「正」，明四本作「制」。
〔三五〕「若」，原訛作「意」，酌改。

之。徐州之民既已服備，必助備死戰。明公棄兖州而取徐州，是棄大而就小，去本而求末，以安而易危也。願熟思之。」毛漁藥石之言，洞見利害。贄荀彧此人可用。操曰：「今歲荒乏糧，軍士坐守于此，終非良策。」彧曰：「不如東畧陳地，使軍就食汝南、潁川。黄巾餘黨何儀、黄邵〔三六〕等刦掠州郡，多有金帛糧食。此等賊徒又容易破，破而取其糧，以養三軍，朝廷喜，百姓悦，乃順天之事也。」毛因糧于寇，是妙策。贄荀彧通。鍾東畧取糧，彧謀甚善。漁因糧平寇，的是妙策。

操喜，從之，乃留夏侯惇、曹仁守鄄城等處，自引兵先畧陳地，次及汝、潁。黄巾何儀、黄邵知曹兵到，引衆來迎，會于羊山。時賊兵雖衆，都是狐羣狗黨，並無隊伍行列。操令〔三七〕强弓硬弩射住，令典韋出馬。何儀令副元帥出戰，不三合，被典韋一戟刺于馬下。操引衆乘勢趕過羊山下寨。次日，黄邵自引軍來。陣圓處，一將步行出戰，頭裹黄巾，身披緑袄，手提鐵棒，大叫：「我乃截天夜叉何曼也！毛確是强盜綽號。誰敢與我厮鬬？」曹洪見了，大喝一聲，飛身下馬，提刀步出。兩下向〔三八〕陣前厮殺，四五十合，勝負不分。曹〔三九〕洪詐敗而走，何曼趕來。洪用拖刀背砍計，轉身一踅〔四〇〕，毛側音熾。砍中何曼，再復一〔四一〕刀殺死。毛殺得好。贄殺賊如同切菜。漁裝點、形狀、名號頗像様，如何不耐殺，可笑。李典乘勢，飛馬直入賊陣，黄邵不及隄備，被李典生擒〔四二〕活捉過來。鍾何異馳韓盧搏蹇兔。曹兵掩殺賊衆，奪其金帛、糧食無數。毛漁意正欲得此耳。何儀勢孤，引數百騎奔走葛陂。

〔三六〕「黄邵」，商本作「黄劭」，後同。
〔三七〕「令」，光本作「合」，形訛。
〔三八〕「向」，齋本作「回」，形訛；光本作「裏」。
〔三九〕「曹」，商本脱。
〔四〇〕「踅」，明四本作「趄」，齋本、光本作「跳」。
〔四一〕「復一」二字原闕，據毛校本補。
〔四二〕「入賊」，商本作「殺入」。「隄」，同「堤」。詞義作防備時，今寫同齋本、澹本作「提」，光本作「防」，明四本無。「李典生擒」四字原闕，據毛校本補。

正行之間，山背後撞出一軍，爲頭一箇壯士，身長八尺，腰大十圍，手提大刀，截住去路。毛漁横閃出（此）一壯士，奇。何儀挺鎗出迎，只一合，被那壯士活挾過去。餘衆着忙，皆下馬受縛，被壯士盡驅入葛陂塢中。毛漁如驅牛羊。

却説典韋追襲何儀到葛陂，壯士引軍迎住。典韋曰：「汝亦黄巾賊耶？」壯士曰：「黄巾數百騎，盡被我擒在塢内！」毛趣甚。韋曰：「何不獻出？」壯士曰：「你若贏得手中寶刀，我便獻出！」贊大奇人，大奇事，好看，好看。鍾奇人奇事。韋大怒，挺雙戟向前來戰。兩箇從辰至午，不分勝負，各自少歇。不一時，那壯士又出搦戰，典韋亦出，直戰到黄昏，各因馬乏暫止。毛漁（是對頭，）可見人自不乏。典韋手下軍士飛報曹操，操大驚，忙引衆將來看。次日，壯士又出搦戰。操見其人威風凜凜，心中暗喜，分付典韋，今日且詐敗。韋領命出戰，戰到三十合，敗走回陣。壯士趕到陣門中，弓弩射回。操急引軍退五里，密使人掘下陷坑，暗伏鉤手。次日，再令典韋引百餘騎出〔四三〕，壯士笑曰：「敗將何敢復來！」便縱馬接戰。典韋畧戰數合，便回馬走。壯士只顧望前趕來，不隄防連人帶馬，都落于陷坑之内〔四四〕，毛漁黄巾被驅入塢中（者），（而驅黄巾之人）又陷入坑内，好笑。被鉤手縛來見曹操。操忙〔四五〕下帳叱退軍士，親解其縛，急取衣衣之，命坐，問其鄉貫姓名。毛漁曹操得英雄心，俱用此法。贊孟德善收拾人，真大豪傑也。鍾曹操善收拾人。壯士曰：「我乃沛國譙縣人也〔四六〕，姓許名褚，字仲康。向遭寇亂，聚宗族數百人，築堅壁于塢中以禦之。一日寇

〔四三〕「令」，商本作「戰」。「出」，光本其下有「戰」字，明四本作「去搦戰」。

〔四四〕「内」，商本作「中」。

〔四五〕「忙」，明四本作「慌」，齋本、光本脱此字。

〔四六〕「沛」，原作「譙」，古本同。按：《三國志·魏書·許褚傳》：「許褚字仲康，譙國譙人也。」《沛穆王林傳》：「（建安）二十二年，徙封譙。」盧弼《三國志集解》（以下簡稱《集解》）按：「是譙置郡在建安十八年魏國既建以後，立國在建安二十二年也。」疑《三國志》各傳作者或創作時間有别，至同代人籍貫各述。許褚籍貫應與曹操同，據改。「也」，商本脱。

至，吾令衆人多取石子準備，吾親自飛石擊之，無不中者，【毛】典韋飛戟，許褚飛石，俱〈【毛】【漁】〉可稱「没羽箭」。寇乃退去。又一日寇至，塢中無糧，遂與賊和，約以耕牛换米。【贊】大奇人，大奇事。可述，可述。米已送到，賊驅牛至塢外，牛皆奔走回還，被我雙手掣二牛尾，倒行百餘步。【毛】【漁】真〔四七〕神力。【鍾】覩此奇事，許褚真壯哉！賊大驚，不敢取牛而走，因此保守此處無事。」【毛】此人生平，須〔四八〕用此人自述爲稱。【漁】在此人又須自述爲稱。操曰：「吾聞大名久矣，還肯降否？」褚曰：「固所願也。」遂招引宗族數百人俱降。操拜許褚爲都尉，賞勞甚厚。隨將何儀、黄邵斬訖。【毛】細。汝、潁悉平。

曹操班師，曹仁、夏侯惇接見，言近日細作報説，兖州薛蘭、李封軍士皆出擄掠，城邑空虚〔四九〕，【鍾】空城待取。可引得勝之兵攻之，一鼓可下。操遂引軍逕奔兖州。薛蘭、李封出其不意，只得引兵出城迎戰。許褚曰：「吾願取此二人，以爲贄見之禮。」【毛】【漁】典韋已見〔五〇〕本事，此處專寫許褚。操大喜，遂令出戰。李封使畫戟向前來迎。交馬兩合，許褚斬封〔五一〕于馬下。薛蘭急走回陣，弔橋邊李典攔住。薛蘭不敢回城，引軍投鉅野而去，却被吕虔飛馬趕來，一箭射于馬下，【毛】【漁】果不出陳宫所料。軍皆潰散。

曹操復得兖州，程昱便請進兵取濮陽。操令許褚、典韋〔五二〕爲先鋒，夏侯惇、夏侯淵爲左軍，李典、樂進爲右軍，操自領中軍，于禁、吕虔爲合後。兵至濮陽，吕布欲自將出迎，陳宫諫：「不可出戰。待衆將聚會後方可。」吕布曰：「吾怕誰來？」遂不聽宫言，引兵出陣，横戟大罵。許褚便出，鬬二十合，不分勝負。操曰：「吕布非一人可勝。」便差

〔四七〕毛批「真」，齋本、光本作「如」。
〔四八〕「須」，貫本作「又」。
〔四九〕「空虚」，貫本倒作「虚空」。
〔五〇〕毛批「已見」，齋本、光本作「見了」。
〔五一〕「封」上，商本有「李」字。
〔五二〕「許褚典韋」，齋本、光本倒作「典韋許褚」。

典韋助戰，兩將夾攻，左邊夏侯惇、夏侯淵，右邊李典、樂進齊到，六員將共攻呂布。毛漁（此）可云「六〔五三〕戰呂布」。布遮攔不住，撥馬回城。城上田氏，見布敗回，急令人拽起吊橋。布大叫：「開門！」田氏曰：「吾已降曹將軍矣。」毛漁誰知弄假反成真。贊鍾田氏（遂）弄假成真（，此皆老瞞之遇也）。布大罵，引軍奔定陶六定陶，（秦之縣名，本堯所居之地，即）今兖州府（是也）。而去。陳宮急開東門，保護呂布老小出城。漁呂布一生性命只在老小身上，故須保護，（毛漁）不知（此時）貂蟬安在。操遂得濮陽，恕田氏舊日之罪。劉曄曰：「呂布乃猛虎也，今日困乏〔五四〕，不可少容。」操令劉曄等守濮陽，自己引軍趕至定陶。時呂布與張邈、張超盡在城中，高順、張遼、臧霸、侯成巡海打糧未回。毛巡海打糧，與黄巾何〔五五〕異。操軍至定陶，連日不戰，引軍退四十里下寨。正值濟陰〔五六〕麥熟，操即令軍割麥爲食。毛布軍打糧未回，操〔五七〕軍割麥爲食，都照應前文歲荒乏糧。漁俱炤應前荒乏糧。細作報知呂布，布引軍趕來。將近操寨，見左邊一望林木茂盛，恐有伏兵而回。操知布軍回去，乃謂諸將曰：「布疑林中有伏兵耳，可多插旌旗于林中以疑之。毛前「義」字假白旗只得一面，此處假旗却又甚多。寨西一帶長堤毛眉堤，音邸。無水，可盡伏精兵。明日呂布必來燒林，毛呂布心腸，早被曹操猜破。堤中軍斷其後，布可擒矣。」鍾操多以□謀取勝。于是止留鼓手五十人，于寨中擂鼓，將村中擄來男女在寨吶喊，毛打糧、割麥，又擄村中男女，民生此時亦大困矣。恐凶年又相尋也〔五八〕。精兵多伏堤中。

却説呂布回告〔五九〕陳宮，宮曰：「操多詭計，

〔五三〕毛批「六」，光本作「大」。
〔五四〕「乏」，商本作「之」。
〔五五〕「何」，滄本、光本、商本作「無」。
〔五六〕「濟陰」，原作「濟郡」，古本同。按：《後漢書·郡國志》：東漢末，定陶屬濟陰郡。據改。
〔五七〕「操」，商本作「曹」。
〔五八〕「恐凶年又相尋也」，貫本「尋」作「等」，形訛；齊本脱「也」，光本作「況又凶年耶」。
〔五九〕「回告」，致本同，其他毛校本作「回報」。

不可輕敵。」【毛】曹操詭計，又被陳宮猜破。【鍾】陳宮智足知操。布曰：「吾用火攻，可破伏兵。」【漁】此處火攻用不着了。乃留陳宮、高順守城。布次日引大軍來，遥見林中有旗，驅兵大進，四面放火，竟無一人。欲投寨中，却聞鼓聲大震。正自疑惑不定，忽然寨後一彪軍出，吕布縱馬趕來。砲響處，堤内伏兵盡出，夏侯惇、夏侯淵、許褚、典韋、李典、樂進驟馬殺來。吕布料敵不過，落荒而走。【鍾】何不足馬縱横。從將成廉，被樂進一箭射死。布軍三停去了二停，敗卒囬報陳宮。宮曰：「空城難守，不若急去。」遂與高順保着吕布老小，棄定陶而走。【毛】【漁】處處寫吕布老小，〈毛〉蓋因吕布所注意者在此也。曹操將得勝之兵，殺入城中，勢如劈竹。張超自刎〔六〇〕，張邈投袁術去了。山東一境，盡被曹操所得，安民修城，不在話下。

却説吕布正走，逢諸將皆囘，【毛】打糧囘也。陳宮亦已尋着。布曰：「吾軍雖少，尚可破曹。」遂再引軍來。正是：

兵家勝敗真常事，捲甲重來未可知。

不知吕布勝負如何，且聽下文分解。

陳宮之智亦足與操相敵，但布不能用，亦未到出神入鬼妙處。如田氏之叛，乃宮教之也。何也？先啓其機也，若在老手，只須自用一人作田使，不必使田氏知之乃可。

操多詭計，陳宮智足以知之，特布不用其言耳。定陶此敗，皆布自取，勿遂以田氏弄假成真爲宮咎也。

〔六〇〕「刎」，原作「焚」，毛校本、夏本、贊本同。按：《三國志·魏書·張邈傳》：「太祖攻圍數月，屠之，斬超及其家。」「自刎」義長，據嘉本、周本改。

第十三回

李傕郭汜大交兵　楊奉董承雙救駕

王允以婦人行反間，楊彪亦以婦人行反間。同一間也，允用之而亂稍平，彪用之而亂益甚。何也？蓋呂布聽允而爲允所用，郭汜則未嘗聽彪而不爲彪所用也。縱使汜能殺傕，猶以董卓殺董卓耳。傕與汜，是二董卓也。一董卓死，而一董卓愈横，曾何救於漢室哉！況二人合而離，離而復合。離而〔一〕天子公卿受其毒，合而天子公卿亦受其毒。楊彪始而反間，繼而講和；既欲離之，又欲合之。主張不定，適以滋擾，以是謀國亦無策之甚矣。

呂布之誅董卓，奉天子詔者也。郭汜之攻李傕，不奉天子詔而自相吞并者也。一則假公義以報私讐；一則但知有私讐，而不知有公義。故布之行事與卓異，汜之肆惡與傕同。

楊奉、賈詡，其於李傕，亦始合而終離。乃一離而不復合，是則獨補過者也。若郭阿〔二〕多反覆無常，與二人正自霄壤。

或問予曰：設使王允謀洩，郿塢兵變，其亂亦必至此？予應之曰：董卓不死，將不止於劫天子；而呂布不勝，則必不至於劫公卿，而亦必不至與董卓復合。何以知之？彼意在奪貂蟬，則不得不黨王允；黨王允，則不得不助獻帝：勢所必然耳。

若使今人作稗官，董卓之後，便必緊接曹操。而兹偏有傕、汜爲董卓之餘波，又有李、樂爲傕、汜之餘波，夫然後以楊奉、董承之救駕作一過文，徐徐轉出曹操：何其曲折乃爾！

〔一〕「而」，商本作「則」，後一處同。

〔二〕「獨」，光本作「能」。「阿」，齋本、光本作「亞」，後文多處，不另出校。

天〔三〕真善作稗官者哉！

話〔四〕説曹操大破吕布於定陶，布乃收集敗殘軍馬於海濱，衆將皆來會集，欲再與曹操決戰。陳宫曰：「今曹兵勢大，未可與争。先尋取安身之地，那時再來未遲。」【鍾】先覓安身之處，極是。布曰：「吾欲再投袁紹，何如？」【毛】未叙袁紹那邊要來，先叙吕布這邊要去。宫曰：「先使人往冀州探聽消息，然後可去。」布從之。

且説袁紹在冀州，聞知曹操與吕布相持。謀士審配進曰：「吕布，豺虎也，若得兖州，必圖冀州。不若助操攻之，方可無患。」紹遂遣顔良將兵五萬，往助曹操。【毛】後陳琳檄中以此居功。細作探知〔五〕這箇消息，飛報吕布。布大驚，與陳宫商議。宫曰：「聞劉玄德新領徐州，可往投之。」布從其言，竟投徐州來。有人報知玄德，玄德曰：「布乃當今英勇之士，可出迎之。」糜竺曰：「吕布乃虎狼之徒，不可收留，收則傷人矣。」【毛】【漁】爲後文奪徐州（伏線）（張本）。【鍾】虎狼得人怕。玄德曰：「前者非布襲兖州，怎解此州〔六〕之禍？【毛】前者曹軍之退，名虧玄德，實虧吕布。今玄德明明説出，何等光明忠厚。【漁】前者曹操之退，實虧吕布襲兖之力。今玄德自説破。細味此言，玄德前番豈得謂無意徐州乎？今彼窮而投我，豈有他心！」張飛曰：「哥哥心腸忒好。雖然如此，也要準備。」【毛】【贄】【鍾】老張（却是）（却是）粗中有細。

玄德領衆出城三十里，接着吕布，並馬入城，都到州衙廳上，講禮畢，坐下。布曰：「某自與王司徒計殺董卓之後，又遭傕、汜之變，飄零關東，諸侯多不能相容。【毛】豈非以汝連殺兩義父，故人多疑汝耶？怎〔七〕因曹賊不仁，侵犯徐州，蒙使君力救陶

〔三〕「天」，致本、業本同；光本作「斯」，其他毛校本作「夫」。
〔四〕「話」，致本同，其他毛校本作「却」。
〔五〕「探知」，原作「報知」，致本、業本、澹本、商本同；明四本無。按：「報知」與後文「飛報吕布」義重；「探知」義合，據其他毛校本改。
〔六〕同第十二回校記〔三二〕。
〔七〕「怎」，貫本作「近」，明四本無。

謙，布因此〔八〕襲兖州以分其勢。【毛】【漁】便有居功之意。不料反墮奸計，敗兵折將。今投使君，共圖大事，未審尊意如何？」玄德曰：「陶使君新逝，無人管領徐州，因令備權攝州事。今幸將軍至此，合當相讓。」遂將牌印送與呂布。【毛】有玄德今日之讓，便有呂布後日之奪。一似先知其將奪，故作此讓。【贊】【鍾】玄德似奸雄耳。【漁】此一讓，原是玄德多事。要曉得呂布奪徐州之心，已伏于此時了。呂布却待要接，只見玄德〔九〕背後關、張二公各〔一〇〕有怒色。布乃佯笑曰：「量呂布一勇夫，何能作州牧乎？」玄德又讓。陳宮曰：「『强賓不壓主』，請使君勿疑。」【贊】【鍾】陳宮却是真奸雄。【漁】此時陳宮不得不出來説話。玄德方止。遂設宴相待，收拾宅院安下。次日，呂布回席請玄德，玄德乃與關、張同往。飲酒至半酣，布請玄德入後堂，關、張隨入。布〔一一〕令妻女出拜玄德，玄德再三謙讓。布曰：「賢弟不必推讓。」張飛聽了，瞋目大叱曰：「我哥哥是金枝玉葉，你是何等人，敢稱我哥哥爲賢弟！你來！我和你鬭三百合！」【毛】翼德生平，只讓得兩箇人爲兄。其餘則不惟不屑兄之，并不屑弟之也。呂布即欲爲張公之弟且不可，況欲爲其兄，且欲爲其兄之兄乎？宜其忿然欲鬬三百合也。○皇帝且稱之爲叔，而呂布乃呼之爲弟，的是無禮。【贊】好個老張，玄德如何少得他。【鍾】呂布平生豪雄，□□老□□婦。【漁】老張生平，只讓兩人爲兄，如何肯兄人之兄？宜其忿然欲鬭也。玄德連忙喝住，關公勸飛出。玄德與呂布陪話曰：「劣弟酒後狂言，兄勿見責。」布默然無語。須臾席散，布送玄德出門，張飛躍馬横鎗而來，大叫：「呂布！我和你併三百合！」【毛】的是快人。○寫張飛與呂布不合，爲後失徐州張本。【漁】做找戲。玄德急令關公勸止。次日，呂布來辭玄德曰：「蒙使君不棄，但恐令弟輩不能相容，布當别投他處。」玄德曰：「將軍若去，某罪

〔八〕「因此」，光本作「乃」，原作「因」，其他毛校本同。按：「因此」義通，據明四本補。
〔九〕「只見玄德」，商本脱。
〔一〇〕「公各」，齋本、光本作「人各」，商本作「公皆」，明四本無「公」。
〔一一〕「布」，光本脱。

大矣。劣弟冒犯，另日當令陪話。近邑小沛，乃備昔日屯兵之處。將軍不嫌淺狹，權且歇馬，如何？糧食軍需，【二】軍需，行軍資助也。謹當應付。」【贊】【鍾】好箇張翼德，吕布自然存身不住。玄德亦好做箇乾人情也。吕布謝了玄德，自引軍投小沛安身去了。玄德自去埋怨張飛不題。

却説曹操平了山東，表奏朝廷，加操爲建德將軍、費亭侯。【毛】此時朝廷是李傕、郭汜做。封操者，傕、汜也。其時李傕自爲車騎將軍〔一二〕，郭汜自爲後將軍〔一三〕，橫行無忌，朝廷無人敢言。太尉楊彪、大司農朱儁暗奏獻帝曰：「今曹操擁兵二十餘萬，謀臣武將數十員，若得此人扶持社稷，勦除奸黨，天下幸甚！」【毛】【漁】以此時（大）勢觀之，其才其力足以勤王（室）者，（必曹操也）（惟曹公）。獻帝泣曰：「朕被二賊欺凌久矣。若得誅之，誠爲大幸！」彪奏曰：「臣有一計：先令二賊自相殘害，然後詔曹操引兵殺之，掃清賊黨，以安朝廷。」獻帝曰：「計將安出？」彪曰：「聞郭汜之妻最妒，可令人於汜妻處用反間計，則二賊自相害矣。」【毛】【漁】又（是）（用）女將軍出頭。【贊】【鍾】此計比王〔一四〕司徒連環計更妙，何也？連環（計）尚陪了一箇貂蟬，此計只用他妻子，便足了事故也。

帝乃書密詔付楊彪。【毛】【漁】此召曹操之詔也。彪即暗使夫人以他事入郭汜府，【毛】連環計陪了一箇貂蟬，此計却就用他妻子，更不費力。乘間告汜妻曰：「聞郭將軍與李車騎夫人有染，【二】有染，猶言有相通之意。其情甚密。倘車騎知之，必遭其害。夫人宜絕其往來爲妙。」汜妻訝曰：「怪見他經宿不歸！却幹出

〔一二〕「車騎將軍」，原作「大司馬」，古本同。按：據前文第十回及《後漢書·董卓列傳》：「傕又遷車騎將軍，開府，領司隸校尉，假節。」及後文李傕欲殺皇甫酈後「傕乃自爲大司馬」，李注引《獻帝起居注》：「天子使左中郎將李國持節拜傕爲大司馬。」據改，後文「李司馬」「司馬」改作「李車騎」「車騎」。

〔一三〕「後將軍」，原作「大將軍」，古本同。按：據前文第十回及《後漢書·董卓列傳》：「汜後將軍」，「以張濟爲驃騎將軍，復還屯陝。遷郭汜車騎將軍。」據改。

〔一四〕「王」，緑本作「正」，疑底本壞字而刊誤。

如此無恥之事！【毛】【漁】是妬婦聲口。非夫人言，妾不知也。當慎防之。」彪妻告歸，汜妻再三稱謝而別。【毛】應該謝。過了數日，郭汜又將往李傕府中飲宴。妻曰：「傕性不測，況今兩雄不並立，倘彼酒後置毒，妾將奈何？」汜不肯聽，妻再三勸住。至晚間，傕使人送酒筵至，汜妻乃暗置毒於中，方始獻入。汜便欲食，妻曰：「食自外來，豈可便食？」乃先與犬試之，犬立死。【毛】【漁】即用驪姬譖申生（之術）（事）。此婦想（亦曾）讀過《左傳》。自此汜心懷疑。一日朝罷，李傕力邀郭汜赴家飲酒〔一五〕。至夜席散，汜醉而歸，偶然腹痛。妻曰：「必中其毒矣！」急令將糞汁灌之，一吐方定。【毛】【漁】本爲〔一六〕自己吃醋，却（反）教丈夫吃糞。

汜乃大怒曰〔一七〕：「吾與李傕共圖大事，今無端欲謀害我，我不先發，必遭毒手。」遂密整本部甲兵，欲攻李傕。【毛】何不亦設一酌以邀傕，如殺樊稠故事乎？郭汜〔一八〕失算甚矣。【鍾】妙哉反間計，令傕、汜自相誅殺也。早有人報知傕〔一九〕，傕亦大怒曰：「郭阿多安敢如此！」【三】阿多，汜小名也。遂點本部甲兵來殺郭汜。兩處合兵數萬，就於〔二〇〕長安城下混戰，乘勢擄掠居民。【毛】【漁】楊彪反間計反弄出不好來了。傕姪李暹【毛】【眉】暹，音先。引兵圍住宮院，用車二乘，一乘載天子，一乘載伏皇后，【毛】只爲一婦人，致使禍及帝、后。使賈詡、左靈監押車駕，其餘宮人、內侍，並皆步走，擁出後宰門。正遇郭汜兵到，亂箭齊發，射死宮人不知其數。李傕隨後掩殺，郭汜兵退，車〔二一〕駕冒險出城，不由分說，竟擁到李傕營中。【鍾】古今亂臣賊子之所爲，只如此之慘。郭汜領兵入宮，盡搶擄宮嬪采女入營，【毛】不畏妒妻耶？放火燒宮殿。【毛】董卓

〔一五〕「酒」，商本作「宴」。
〔一六〕毛批「爲」，光本作「是」。
〔一七〕「汜乃大怒曰」，周本、夏本、贊本、商本無「乃」，嘉本作「汜大怒」。
〔一八〕「汜」，光本訛作「安」。
〔一九〕「傕」，光本作「李」，明四本無。
〔二〇〕「於」，商本作「在」。
〔二一〕「車」，商本作「帝」。

焚洛陽，郭汜焚長安，又見咸陽三月矣〔二二〕。次日，郭汜知李傕劫了天子，領軍來營前厮殺。帝、后都受驚恐。後人有詩嘆之曰〔二三〕：

光武中興興漢世，上下相承十二帝。
桓靈無道宗社墮，閹臣擅權爲叔季。
無謀何進作三公，欲除社鼠招奸雄。
豺獺雖驅虎狼入，西州逆豎生淫凶。
王允赤心托紅粉，致令董吕成矛盾。
渠魁殄滅天下寧，誰知李郭心懷憤。
神州荆棘争奈何？六宫饑饉愁干戈。
人心既離天命去，英雄割據分山河。
後王規此存兢業，莫把金甌等閒缺。
生靈糜爛肝腦塗，剩水殘山多怨血。**贊** **鍾** 佳句。
我觀遺史不勝悲，今古茫茫歎《黍離》。
人君當守「包桑」戒，太阿誰執全〔二四〕綱維？

却說郭汜兵到，李傕出營接戰。汜軍不利，暫且退去。傕乃移帝后車駕於郿塢，**毛** 董賊郿塢，遺害至此，惜王允殺卓時不即墮之。**漁** 郿塢竟成陷阱。可惜王允殺董卓時，不即毀之。使姪李暹監之，斷絶内使，飲食不繼，侍臣皆有飢色。帝令人問傕取米五斛、牛骨五具，以賜左右。傕怒曰：「朝夕上飯，何又他求？」乃以腐肉朽糧與之，**毛** 可惡。皆臭不可食。帝罵曰：「逆賊直如此相欺！」侍中楊琦〔二五〕急奏曰：「傕性殘暴。事勢至此，陛下且忍之，不可攖其鋒也。」**毛** 若必欲换好米好肉，恐亦如郭汜腹痛矣。**贊** 大是。**鍾** 小不忍則亂大謀。帝乃低頭無語，淚盈龍袖〔二六〕。

忽左右報曰：「有一路軍馬，鎗刀映日，金鼓震天，前來救駕。」**毛** 好消息。帝教打聽是誰，乃郭

〔二二〕「矣」，光本作「也」。
〔二三〕毛本嘆詩改自贊本，爲静軒詩；鍾本、漁本同贊本，夏本、贊本同周本；嘉本無。
〔二四〕「全」，齋本、商本作「金」，形訛。
〔二五〕「琦」，致本同，其他毛校本作「彪」。
〔二六〕「龍袖」，嘉本作「袍袖」。

汜也。毛原來即是此公。帝心轉憂。只聞塢外喊聲大起，原來李傕引兵出迎郭汜，鞭指郭汜而罵曰：「我待你不薄，你如何謀害我？」汜曰：「爾〔二七〕乃反賊，如何不殺你！」毛然則公又是何等人？漁然則公如何人？傕曰：「我保駕在此，何爲反賊？」汜曰：「此乃劫駕，何爲保駕？」贄鍾皆天理之言。傕〔二八〕曰：「不須多言！我兩箇各不許用軍士，只自併輸贏，贏的便把皇帝取去罷了。」毛漁以皇帝當賭（輸贏）（錢出注）之物，可笑可嘆。○（皇帝上）用一「把」字，（皇帝下用）（一）「取（去）」字，自有皇帝二字以來，未有如此之狼狽者〔二九〕。二人便就陣前厮殺。戰到十合，不分勝負。只見楊彪拍馬而來，大叫：「二位將軍少歇！老夫特邀衆官，來與二位講和。」毛楊彪始既欲用反間，今又欲爲講和，胸中全無主意。漁既欲反間，又用解和。傕、汜乃〔三〇〕各自還營。楊彪與朱儁會合朝廷官僚六十餘人，先詣郭汜營中勸和，郭汜竟將衆官盡行監下。衆官曰：「我等爲好而來，何乃如此相待？」汜曰：「李傕劫天子，偏我劫不得公卿？」毛極没理語，説來却是趣甚。鍾皆狗□之行。漁極没理語，説來却也入耳。楊彪曰：「一劫天子，一劫公卿，意欲何爲？」汜大怒，便拔劍欲殺彪〔三一〕。中郎將楊密力勸，汜乃放了楊彪、朱儁，其餘都監在營中。彪謂儁曰：「爲社稷之臣，不能匡君救主，空生天地間耳！」毛固是正論，惜未得匡君救主之法。言訖，相抱而哭〔三二〕，漁漢朝君臣專一會哭。昏絶於地。儁歸家成病而死。毛朱儁與蔡邕不同。自此之後，傕、汜每日厮殺，一連五十餘日，死者不知其數。

却説李傕平日最喜左道妖邪之術，常使女巫擊鼓降神於軍中，毛郭汜聽妒妻之言，李傕信女巫之説。從來惡人未有不聽婦人言、不信師巫邪説者，可見聽婦言、

〔二七〕「爾」，齋本、光本作「你」。
〔二八〕「傕」，光本訛作「汜」。
〔二九〕毛批「者」下，齋本、光本有「也」字，後一處同。
〔三〇〕「乃」，明四本無，致本作「爲」。
〔三一〕「便拔劍欲殺彪」，商本「便」「欲」互易，明四本作「欲拔劍殺之」。
〔三二〕「哭」，致本作「泣」。

信邪術，便〔三三〕非好人。賈詡屢諫不聽。侍中楊琦密奏帝曰：「臣觀賈詡雖爲李傕心腹，然實未嘗忘君，陛下當與謀之。」【贊】具眼。【鍾】楊琦别具隻眼。【漁】此人解事、此人識人，豈得槩以近侍輕之。正説之間，賈詡來到。帝乃屏退左右，泣諭詡曰：「卿能憐漢朝，救朕命乎？」【毛】「朕」字兩頭，忽着「救」「命」二字，自有朕字〔三四〕以來，未有如此之狼狽者。【漁】可憐，可憐。詡拜伏於地曰：「固臣所願也。陛下且勿言，臣自圖之。」帝收淚而謝。少頃，李傕來見，帶劍直入，帝面如土色。傕謂帝曰：「郭汜不臣，監禁公卿，欲劫陛下。【漁】自寫照耳。非臣則駕被擄矣！」帝拱手稱謝，傕乃出。時皇甫酈【毛】側【二】音力。入見帝。帝知酈能言，又與李傕同鄉，詔使往兩邊解和。【毛】【漁】前有和事公卿，（此）（今又）有和事天子。酈奉詔，先至汜營説汜。汜曰：「如〔三五〕李傕送出天子，我便放出公卿。」酈即來見李傕曰：「今天子以某是西涼人，與公同鄉，特令某來勸和二公。汜已奉詔，公意若何？」【贊】此人亦通。【鍾】酈欲以三寸舌爲安國（劒）。傕曰：「吾有敗呂布之大功，【毛】請問此是〔三六〕甚麼功勞？【漁】彼此各有出注，請問是何功勞？輔政四年，多著勳績，【毛】劫天子、擄百姓，都算是勳績。天下共知。郭阿多盜馬賊〔三七〕耳，乃敢擅劫公卿，與我相抗，誓必誅之！君試觀吾方略士衆，足勝郭阿多否？」【毛】【漁】一派夢話。酈答曰：「不然。昔有窮后羿恃其善射，不思患難，以致滅亡。近董太師之强，君所目見也，呂布受恩而反圖之，斯須之間，頭懸國門。則强固不足恃矣。將軍身爲上將，持鉞仗節，子孫宗族皆居顯位，國恩不可謂不厚。今郭阿多劫公卿，而將軍劫至尊，果誰輕誰重耶？」【毛】【漁】其詞太直，不是和事人（説話）。【贊】快言快語，殊暢人心目，何必計利害也。【鍾】恃力者亡，報應分明，李傕死在目前矣。李傕

〔三三〕「婦」下，貫本有「人」字，脱「便」。
〔三四〕「二」，商本作「兩」。「字」，齋本、光本脱。
〔三五〕「先」，毛校本作「走」。「如」，商本下移至「傕」後。
〔三六〕「是」，商本訛作「事」。
〔三七〕「盜馬賊」，光本倒作「馬賊盜」，明四本作「盜馬虜」。

大怒，拔劍叱曰：「天子使汝來辱我乎？我先斬汝頭！」騎都尉楊奉諫曰：「今郭汜未除，而殺天使，則汜興兵有名，諸侯皆助之〔三八〕矣。」賈詡【周】音許。亦力勸，傕怒少息。詡遂推皇甫酈出。酈大叫曰：「李傕不奉詔，欲弒君自立！」【漁】酈真不是和事人。侍中胡邈急止之曰：「無出此言，恐於身不利。」酈叱之曰：「胡敬才！汝亦爲朝廷之臣，如何附賊？『君辱臣死』，吾被李傕所殺，乃分也！」【贊】忠臣。【鍾】皇甫酈忠臣不怕死，皆如此說。大罵不止。【毛】酈雖忠，然李傕可以計勝，不可以理争也〔三九〕。帝知之，急令皇甫酈回西涼。

却說李傕之軍，大半是西涼人氏，更賴羌兵爲助。却被皇甫酈揚言於西涼人曰：「李傕謀反，從之者即爲賊黨，後患不淺。」西涼人多有聽酈之言，軍心漸涣。【毛】軍士肯聽同鄉人語，李傕却〔四〇〕不肯聽同鄉人語。逆賊不知有國，并不知有鄉。【贊】【鍾】也妙。【漁】李傕是同鄉人，説不聽；軍士是同鄉人，却肯聽，可見人心不死。傕聞酈言，大怒，差虎賁王昌追之。昌知酈乃忠義之士，竟不往追，只回報曰：「酈已不知何往矣。」【毛】【漁】王昌（殊）（頗）有俠氣。【贊】昌亦大俠。【鍾】王昌亦有義氣。賈詡又密諭〔四一〕羌人曰：「天子知汝等忠義，久戰勞苦，密詔使汝還郡，後當有重賞。」羌人正〔四二〕怨李傕不與爵賞，遂聽詡言，都引兵去。詡又密奏帝曰：「李傕貪而無謀，今兵散心怯，可以重爵餌之。」【贊】【鍾】賈詡有心人。帝乃降詔，封傕爲大司馬。傕喜曰：「此女巫降神祈禱〔四三〕之力也！」【贊】【鍾】蠢賊，真奴才也。遂重賞女巫，却不賞軍將。【毛】李傕如此着邪，其妻亦宜以糞汁灌之，蓋郭汜是吃糞人，李傕亦是吃糞人也。【漁】其妻亦當以糞汁灌之。騎都尉楊奉大怒，謂宋果曰：「吾等出生入死，身冒

〔三八〕「助之」，光本倒作「之助」。
〔三九〕「然李傕可以計勝」，貫本做「李傕可以計用勝」。「也」，商本脱。
〔四〇〕「却」，光本作「即」。
〔四一〕「又密諭」，商本作「乃宣諭」，明四本作「又説」。
〔四二〕「正」，齋本、光本作「本」，明四本作「皆」。
〔四三〕「降神祈禱」，光本作「神降祈禱」，明四本作「神鬼」。

矢石，功反不及女巫耶？」宋果曰：「何不殺此賊，以救天子？」奉曰：「你於中軍〔四四〕放火爲號，吾當引兵外應。」二人約定是夜二更時分舉事。不料其事不密，有人報知李傕。傕大怒，令人擒宋果先殺之。楊奉引兵在外，不見號火。李傕自將兵出，恰遇楊奉，就寨中混殺〔四五〕到四更。奉不勝，引軍投華陰〔四六〕去了。毛漁爲後救駕伏線。李傕自此軍勢漸衰。更兼郭汜常來攻擊，殺死者甚多。忽人來報：「張濟統領大軍，自陝縣〔四七〕來到，欲與二公解和。聲言如不從者，引兵擊之。」毛不記殺樊稠之時，伏地再拜耶？鍾張濟還有手段。傕便賣箇人情，先遣人赴張濟軍中許和。郭汜亦只得許諾。張濟上表，請天子駕幸弘農。二弘農，郡名，本河南郡弘農縣，今陝州〔四八〕是也。贊張濟可用。漁與劫駕不同。帝喜曰：「朕思東都久矣，今乘此得還，乃萬幸也！」詔封張濟爲驃騎將軍。濟進糧食酒肉〔四九〕，供給百官。毛漁可稱大餔。（糧食酒肉，家）常物耳，不意此時天子（公卿）得之，竟成至寶。汜放公卿出營。傕收拾車駕東行，遣舊御〔五〇〕林軍數百持戟護送。鑾輿過新豐，六（《一統志》云：）新豐，漢（之）縣名，今西安府臨潼縣〔五一〕（是也）。至霸陵橋〔五二〕，

〔四四〕「中軍」，光本、商本倒作「軍中」。
〔四五〕「混殺」，明四本作「殺」，商本作「混戰」。
〔四六〕「華陰」，原作「西安」，毛校本同；明四本無。按：後文述楊奉「引軍屯終南山」。《後漢書·郡國志》：西安縣屬青州齊國，即今山東省淄博市恒台縣。《方輿紀要·陝西一》：終南山「亘鳳翔、岐山、郿縣，武功、盩厔、鄠縣、長安、咸寧、藍田之境，《禹貢》謂之終南。」後文獻帝奔東，經新豐、霸橋至華陰有追兵，楊奉自山後至。《演義》地理方位混亂，華陰縣無終南山，後文「終南」應作「太華」，涉批註從原文。據後文改「西安」作「華陰」。
〔四七〕「陝縣」，原作「陝西」，古本同。按：《後漢書·董卓列傳》：「張濟自陝來和解二人。」據改。
〔四八〕夏批「陝州」，原作「陝西」。按：《一統志》：陝州「秦漢置陝縣，爲弘農郡治」，「元仍爲陝州，本朝以陝縣省入。」據周批改。
〔四九〕「酒肉」，光本倒作「肉酒」。
〔五〇〕「御」上，明四本有「有」字。
〔五一〕醉本眉注、夏批、贊本系夾注「臨潼縣」，原作「臨漳縣」。按：《一統志》：臨潼縣「漢置新豐縣」。「潼」字形訛，據周批改。
〔五二〕「橋」，原無，毛校本同，據明四本補。後醉本眉注「霸橋」，原作「霸陵」，據其他古本改。

【六】霸陵橋，即霸橋，在陝西西安府東霸水上。〈【二】〉漢時送行者多至此折柳贈别。唐《開元遺事》云：迎新送故至此黯然，又呼爲「銷魂橋」是也。[五三]時值秋天，金風驟起。【毛】【漁】帝后（但）（止）知宫庭春暖，今日却受用鞍馬秋風。（得此點染，悲[五四]凉之極。）忽聞喊聲大作，數百軍兵來至橋上攔住車駕，厲聲問曰：「來者何人？」侍中楊琦拍馬上橋曰：「聖駕過此，誰敢攔阻？」【鍾】楊琦正言凛凛，千載令人追義。有二將出曰：「吾等奉郭將軍命，把守此橋，以防奸細。既云聖駕，須親見帝，方可准信。」【漁】是。楊琦高揭珠簾，帝諭曰：「朕躬在此，卿何不退？」衆將皆呼「萬歲」，分於兩邊，駕乃得過。【毛】霸陵秋景雖佳，天子過橋不易。二將回報郭汜曰：「駕已去矣。」汜曰：「我正欲哄過張濟，劫駕再入郿塢，【毛】郿塢竟成陷阱。你[五五]如何擅自放了過去？」遂斬二將，起兵趕來。車駕正到華陰縣，【六】（《一統志》云：）華陰縣，（即）今（屬）西安府（華陰縣是也）。背後喊聲震天，大叫：「車駕且休動！」帝泣告大臣曰：「方離狼窩，又逢虎口，如之奈何？」衆皆失色。賊軍漸近，【毛】【漁】嚇殺。只聽得一派鼓聲，山背後轉出一將。當先一面大旗，上書「大漢楊奉」四字，【贊】楊奉用得。【鍾】楊奉救駕。引軍千餘殺來。【毛】來得好。原來楊奉自爲李傕所敗，便引軍屯終南山【六】終南山，在西安府城南（五十里），一名南山。（東西連亘，唐韓愈有《南山詩》。）下，今聞駕至，特來保護。【毛】【漁】補應前文。當下列開陣勢。汜將崔勇出馬，大罵：「楊奉反賊！」奉大怒，回顧陣中曰：「公明何在？」【嘉】公明，晃字。一將手執大斧，飛驟驊騮，直取崔勇。兩馬相交，只一合，斬崔勇於馬下。楊奉乘勢掩殺，汜軍大敗，退走二十餘里。奉乃收軍來見天子。帝慰諭曰：「卿救朕躬，其功不小！」奉頓首拜謝。帝曰：「適斬賊將者何人？」奉乃引此將拜於車下曰：「此人河

[五三] 按：唐代王仁裕《開元天寶遺事》：「長安東灞陵有橋，來迎去送皆至此橋，爲離别之地。故人呼之『銷魂橋』也。」

[五四] 毛批「得此點染悲」，商本作「得點染淒」。

[五五] 「你」，齋本、光本作「爾」。

東楊縣〔五六〕人，姓徐名晃，字公明。」【毛】先出字，後出姓名，又是一樣叙法。帝慰勞之。楊奉保駕至華陰駐蹕。將軍段煨，具衣服飲膳上獻。是夜，天子宿於楊奉營中。

郭汜敗了一陣，次日點軍又〔五七〕殺至營前來。徐晃當先出馬，郭汜大軍八面圍來，將天子、楊奉困在垓心。【毛】【漁】又吃一嚇〔五八〕。正在危急之中，忽然東南上喊聲大震，一將引軍縱馬殺來。賊衆奔潰。徐晃乘勢攻擊，大敗汜軍。那人來見天子，乃國戚董承也。【毛】【漁】楊奉、董承，參差而至。【鍾】董承救駕。帝哭訴前事，承曰：「陛下免憂。臣與楊將軍誓斬二賊，以靖天下。」帝命早赴東都。連夜駕起，前幸弘農。

却說郭汜引敗軍回，撞着李傕，言：「楊奉、董承救駕往弘農去了。若到山東，立脚得牢〔五九〕，必然布告天下，令諸侯共伐我等，三族不能保矣。」傕曰：「今張濟兵據長安，未可輕動。我和你乘間合兵一處，至弘農殺了漢君，平分天下，有何不可？」汜喜諾。【毛】看李、郭〔六〇〕二人如此一番相爭後，忽又相合。《詩》云：「方茂爾惡，相爾矛矣。既夷既懌，如相酬矣。」小人之交，固都如是。【漁】易合易離，小人原自如是。〇二賊離間有離間之害，和解又有和解之害，真是惡物。二人合兵，於路劫掠，所過一空。楊奉、董承知賊兵遠來，遂勒兵回，與賊大戰於東澗。【六】東澗，在河南府陝州西南（七里），〈五〉一名七里澗，又名石橋溝，北流入河〔六一〕。【嘉】地名。傕、汜二人商議：「我衆彼寡〔六二〕，只可以混戰勝之。」於是李傕在左，郭汜在右，漫山遍野擁來。楊奉、董承兩邊死戰，剛保帝后車出。【鍾】此時倘無承、奉二人，不知帝后

〔五六〕「縣」，原作「郡」，古本同。按：《三國志·魏書·徐晃傳》：「徐晃字公明，河東楊人也。」「郡」應作「縣」，據改。

〔五七〕「點軍又」，商本倒作「又點軍」。

〔五八〕毛批「嚇」，貫本作「驚」。

〔五九〕「牢」，齋本、光本作「定」。

〔六〇〕「看李郭」，貫本「看」訛作「着」，商本作「看傕汜」。

〔六一〕周、夏批，贄本系夾注「石」「河」，原作「召」「海」。按：《一統志》：七里澗「今名石橋溝，北流入河」。據改。

〔六二〕「我衆彼寡」，商本倒作「彼衆我寡」。

□以逃。百官宮人，符册典籍，一應御用之物，盡皆拋棄。郭汜引軍入弘農刼〔六三〕掠。承、奉保駕走陝縣〔六四〕，傕、汜分兵趕來。

承、奉一面差人與傕、汜講和，一面密傳聖旨往河東，急召故白波帥【二】故，舊日也，靈帝末黄巾餘黨郭太等起于西河白波谷，因號「白波賊」。韓暹、【周】音宣。【夏】音先。李樂、胡才三處軍兵前來救應。【毛】此數人終非好相識。爾時何不便召曹操耶？【漁】招白波帥，何不竟召曹耶？那李樂亦是嘯聚山林之賊，今不得已而召之。【毛】以賊攻賊，豈是善計？三處軍聞天子赦罪賜官，如何不來？並〔六五〕拔本營軍士，來與董承約會，一齊再取弘農。其時李傕、郭汜但到之處，刼掠百姓，老弱者殺之，强壯者充軍。臨敵則驅民兵在前，名曰「敢死軍」。【毛】何嘗敢死，只是不敢求活耳。不當名爲「敢死軍」，只當名爲「替死鬼〔六六〕」。【漁】不是「敢死軍」，乃是「替死鬼」。賊勢浩大，李樂軍到，會於曹陽〔六七〕。郭汜令軍士將衣服物件拋棄於道。樂軍見衣服滿地，爭往取之，隊伍盡〔六八〕失。傕、汜二軍，四面混戰，樂軍大敗。楊奉、董承遮攔不住，保駕北走，背後賊軍趕來。李樂曰：「事急矣！請天子上馬先行！」帝曰：「朕不可捨百官而去。」衆皆號泣相隨。胡才被亂軍所殺。承、奉見賊追急，請天子棄車駕，步行到〔六九〕黄河岸邊，李樂等尋得一隻小舟作渡船。時值天氣嚴寒，帝與后强扶到岸。【毛】此時景象，比草堆螢〔七〇〕火之時更是悲涼。前是兄弟流離，此則夫婦逃難也。【贊】【鍾】帝后之貴，亦不可恃如此。三

〔六三〕「刼」，光本作「擄」。

〔六四〕「縣」，原作「北」，古本同。按：《三國志·魏書·董卓傳》：「天子走陝，北渡河，失輜重。」《演義》斷句誤，據改。

〔六五〕「並」，致本作「便」。

〔六六〕「鬼」，致本同，其他毛校本作「軍」。

〔六七〕「曹陽」，原作「渭陽」，古本同。按：《三國志·魏書·董卓傳》：「追及天子於弘農之曹陽。奉急招河東故白波帥韓暹、胡才、李樂等合，與傕、汜大戰。」《後漢書·孝獻帝紀》李注曰：「曹陽，澗名，在今陝州西南七里，俗謂之七里澗。」據改。「渭陽」醉本眉注、周、夏批、贊本系夾注不録。

〔六八〕「盡」，致本作「皆」。

〔六九〕「到」，致本同，其他毛校本作「至」。

〔七〇〕「螢」，原作「熒」，據毛校本改。

嘆，三嘆。邊岸又高，不得下船，後面追兵將至。漁寫出節節艱苦光景，使人不忍，見如此，何樂乎爲君？楊奉曰：「可解馬韁繩接連，拴縛帝腰，放下舡去。」人叢中國舅伏德挾白絹十數疋至，曰：「我於亂軍中拾得此絹，可接連拽輦。」行軍校尉尚弘，用絹包帝及后，令衆先掛帝往下放之，乃得下船。毛以白絹掛天子下船，真可稱白龍掛。李樂仗劍立於船頭上。后兄伏德，負后下船中〔七一〕。岸上有不得下船者，爭扯船纜，李樂盡砍於水中。渡過帝、后，再放船渡衆人。其爭渡者，皆被砍下手指，毛漁《左傳》（述）晉敗於邲之役，有〔七二〕云「舟中之指可掬也」。此將毋同？贊鍾此乾坤何等時耶？哭聲震天。

既渡彼岸，帝左右止剩得十餘人。楊奉尋得牛車一輛，載帝至大陽。六大陽，津名，在河南府陝州（城〔七三〕北四里），一名茅津，（一名）（又曰）陝津。（今置大陽関於此。）嘉地名。絕食，晚宿於瓦屋中，野老進粟飯，上與后共食，麤糲〔七四〕二麄，音初；糲，音臘。不能下咽。毛「惟辟玉食」，乃有食麤糲之天子，爲之一嘆。次日，詔〔七五〕封李樂爲征北將軍，韓暹爲征東將軍。起駕前行，有二大臣尋至，哭拜車前，乃太尉楊彪、太僕韓融也。帝、后俱哭。韓融曰：「傕、汜二賊，頗信臣言，臣捨命去説二賊罷兵，陛下善保龍體。」韓融去了，李樂請帝入楊奉營暫歇。楊彪請帝都安邑縣。六安邑（，漢之縣名），即今解州（是也）。嘉今解州即是也。駕至安邑，苦無高房，帝、后都居於茅屋中，又無門關，四邊插荆棘以爲屏蔽。帝與大臣，議事於茅屋之下，毛茅屋土〔七六〕堦，直欲比德唐堯。鍾鑾輿播遷至此，君臣體狼狽

〔七一〕「中」，光本脱。

〔七二〕毛批「役」，齋本、滄本、光本作「後」，疑形訛。「有」，商本作「文」。漁批「役」，原作「後」，衡校本同。據改。

〔七三〕周、夏批「城」，原作「西」。按：《一統志》：茅津「在陝州城北四里」。據改。

〔七四〕「麤糲」，商本作「以粗」。

〔七五〕「詔」，商本訛作「召」，明四本無。

〔七六〕「土」，原作「上」，業本闕。按：「茅屋土階」語出唐代姚思廉《陳書·宣帝紀》：「昔堯、舜在上，茅屋土堦，湯、禹爲君，藜杖韋帶。」喻住房簡陋，據其他毛校本改。

有此之甚。漁也是茆茨不剪。諸將引兵於籬外鎮壓。李樂等專權，百官稍有觸犯，竟於帝前毆罵；故意送濁酒麤食與帝，毛禹嘗菲飲食矣。既使之法堯，又使之學禹，李樂真愛君哉。帝勉强納之。李樂、韓暹又連名奏保無〔七七〕徒、部曲、巫醫、走卒二百餘名，並爲校尉、御史等官。毛李傕、郭汜做了官，原做强盜；李樂等部卒〔七八〕做了强盜，又要做官。强盜是官做，官又是强盜做。然則做了官是真做了强盜也。贄此時賣紗帽的却興頭也。漁又去二賊，又添三賊。刻印不及，以錐二音追。畫〔七九〕之，全不成體統。

却説韓融曲説傕、汜二賊，二賊從其言，乃放百官及宫人歸。是歲大荒，百姓皆食棗菜，餓莩遍野。河内太守張楊獻米肉，河東太守王邑獻絹帛，帝稍得寧。贄鍾漢高祖亦知子孫有今日否？董承、楊奉商議，一面差人修洛陽宫院，欲奉車駕還東都，李樂不從。董承謂李樂曰：「洛陽本天子建都之地，安邑乃小地面，如何容得車駕？今奉駕還洛陽是正理。」李樂曰：「汝等奉駕去，我只在此處住。」承、奉乃奉駕起程。李樂暗令人結連李傕、郭汜，一同劫駕。毛前猶〔八〇〕以賊攻賊，今則以賊合賊。漁賊畢竟是一家，舊性不改。董承、楊奉、韓暹知其謀，連夜擺布軍士，護送車駕前奔箕關。李樂聞知，不等傕、汜軍到，自引本部人馬前來追趕。四更左側，趕到箕山下，大叫：「車駕休行！李傕、郭汜在此！」毛汝果與傕、汜無二。嚇得獻帝心驚膽戰。山上火光遍起。正是：

前番兩賊分爲二，今番二〔八一〕賊合爲一。

不知漢天子怎離此難，且聽下文分解。

玄德以徐州讓呂布，形迹極似奸雄所爲。若無翼德快

〔七七〕「奏保」，明四本作「保」，致本、齋本、光本倒作「保奏」。「無」，澮本、光本作「黥」，商本作「强」。

〔七八〕「卒」，齋本、光本作「曲」。

〔七九〕「畫」，商本作「書」，形訛。

〔八〇〕「猶」，齋本作「又」，光本作「則」。

〔八一〕「二」，光本作「兩」，業本、貫本、商本作「三」。

心快口，奪布魂魄，倘儼然據而受之，玄德將何以處布？吾故曰：「似奸雄耳，非真奸雄也。」

楊太尉反間汜妻，令傕、汜自相誅殺，其功不在王司徒連環策之下也。的是大臣，的是大臣。

玄德以徐州讓吕布，逆知吕布之不受也，非十分英雄識、英雄膽不能及此。李卓吾以似奸雄訾玄德，誤哉！

陳平奇計，專在反間。楊太尉反間汜妻，令其自相誅殺，其策不下王司徒，其智不下陳孺子。

第十四回

曹孟德移駕幸許都　呂奉先乘夜襲徐郡〔一〕

或謂：楊彪請召曹操，何不請召劉備？曰：劉備兵少而勢弱，曹操兵多而勢强。以多少强弱衡〔二〕之，則必舍備而取操矣。況有楊奉、韓暹懷二心以争之於内，又有諸大鎮挾重兵以争之於外，一劉備之兵力，烏足以禦之乎？荀彧告操曰「恐有先我而爲之」者，抑知袁紹、袁術輩，可爲而不能爲，劉備能爲而不可爲，舍曹操竟無有爲之者爾〔三〕。

操之遷帝許都，與卓之遷帝長安，傕、汜之遷帝郿塢，無以異也。然卓與傕、汜之名逆而操之名順者，勤王之師與劫駕不同，所以獨成氣候。晉文公要天子赴河陽，而諸侯賓服，真伯者之事也。

劉備不殺呂布，留以爲操敵也。他日白門樓勸斬呂布，恐其爲操翼也。前之不殺，與後之勸殺，各有深意。英雄所見，非凡人可及。

朱虚侯酒令，正爲怪着姓呂的；張翼德酒風，亦爲怪着姓呂的。朱虚侯意中只有一劉，那管我是呂家女壻；張翼德意中只有一劉，偏怪他説呂家丈人。

曹操爲自己報父讐，而徐州卒未嘗爲操所破；呂布爲老婆報父讐，而徐州竟爲布所奪。鞭内父之怨，更甚於殺親父之怨：人情愛父不

〔一〕按：「徐郡」應作「徐州」。明四本分二百四十回，嘉本本回題作「呂布夜月奪徐州」，周本、夏本、贊本「夜月」作「月夜」。醉本合併兩回單句題目爲一回雙句題目，爲求末字平仄對仗，因「都」字平聲，改平聲「州」作仄聲「郡」。

〔二〕「衡」上，齋本、光本有「而」。

〔三〕「不可爲」，光本、商本作「不得爲」。「爾」，濟本作「耳」，商本作「乎」。

如愛妻，可嘆也。然愛父不如愛妻，則必有愛妻不如愛妾者。曹豹吃打，便思爲老婆報讐；獨不思王允被殺，何不爲貂蟬報讐耶？不筭愛貂蟬，還是怕老婆。爲之一笑。

却説李樂引軍詐稱李傕〔四〕、郭汜，來追車駕，天子大驚。楊奉曰：「此李樂也。」遂令徐晃出迎之。李樂親自出戰。兩馬相交只一合，被徐晃一斧〔五〕砍於馬下，毛漁也算殺一（李傕、郭汜矣）（郭汜、李傕也）。殺散餘黨，保護車駕過箕關。太守張楊具粟帛，迎駕於軹道。三（軹，）音止。〔六〕帝封張楊爲大司馬，楊辭帝屯兵野王六野王（，漢之邑名），即今河内縣（是也），屬懷慶府〔七〕。嘉地名。去了。帝入洛陽，見宮室燒盡，街市荒蕪，滿目皆是蒿草，宮院中只有頹牆壞壁，毛即孫堅〔八〕看月之處。鍾漢末衰敝至此，令人腸斷。命楊奉且蓋小宮居住。贄至此時，人亦無樂乎爲君矣。百官朝賀，皆立於荆棘之中。毛天子一向在長安，亦如居〔九〕荆棘中耳。詔改興平爲建安元年。毛「建安」二字〔一〇〕，取建都安邦之義，可見天子之意固在洛陽也。孰知曹操乃欲移之耶？是歲又大荒，洛陽居民僅有數百家，無可爲食，盡出城去〔一一〕剥樹皮、掘草根食之。尚書郎以下，皆自

〔四〕「傕」，此處正文及後一處毛批原作「確」，毛批貫本作「榷」，皆形訛，據其他古本改。

〔五〕「斧」，齋本、光本訛作「刀」。

〔六〕「軹道」醉本眉注、贄本系夾注原作「在西安府」，周、夏批原作「《一統志》云：軹道在西安府城東一十三里」。按：《三國志·魏書·董卓傳》：「出箕關，下軹道。」《集解》引《方輿紀要》卷四十九《河南四》：「河南懷慶府濟源縣南十三里有軹城，即軹道也。」《後漢書·郡國志》：京兆尹「霸陵有枳道亭」。南朝梁劉昭注（以下簡稱劉注）曰：「《前書》秦王子嬰降于軹道旁。」此處「軹道」即河内郡軹縣，非京兆尹霸陵縣。各本「軹道」注誤，不録。

〔七〕醉本眉注「懷慶府」，原作「安慶府」。按：野王縣，在今河南省焦作市代管沁陽市，漢時屬河内郡，隋時改河内縣，明時屬懷慶府。據周、夏批、贄本系夾注改。

〔八〕「即孫堅」，貫本作「前孫堅」。

〔九〕「居」，齋本、光本、商本作「在」。

〔一〇〕「二字」，貫本、澹本作「二年」。

〔一一〕「出城去」，原作「去城中」，毛校本、夏本、贄本同，據嘉本、周本改。

出城樵採，毛 羣臣何罪，皆爲鬼薪〔一二〕？多有死於頽牆壞壁之間者。毛 生不能爲「版築宰相」，死乃爲「牆下薦紳〔一三〕」，哀哉。漢末氣運之衰，無甚於此。後人有詩嘆之曰〔一四〕：

血流芒碭白蛇亡，赤幟夏 音雉。縱横遊四方。
秦鹿逐翻興社稷，楚騅推倒立封疆。
天子懦弱姦邪起，氣色〔一五〕凋零盗賊狂。
看到兩京遭難處，鐵人無淚也悽惶！三 硭〔一六〕，音芒。碭，音蕩。

太尉楊彪奏帝曰：「前蒙降詔，未曾發遣。今曹操在山東，兵强將盛，可宣入朝，以輔王室。」帝曰：「朕前既降詔，毛 應前文。卿何必再奏，今即差人前去便了。」彪領旨，即差使命赴山東宣召曹操。

却説曹操在山東，聞知車駕已還洛陽，聚謀士商議。荀彧二 音欲。進曰：「昔晉文公納周襄王，而諸侯義從〔一七〕；毛 此勸〔一八〕以伯者之業。二 補註 《通鑑前編》云：周襄王十七年，狄人奉叔帶伐周。王出奔，鄭人立叔帶爲王。是時，晉文公始反國，敗楚師於城濮。王急告于晉，文公帥諸侯伐〔一九〕國，而殺叔帶，奉王歸周，（而）（王）賜文公爲侯伯。漢高祖爲義帝發喪，而天下歸心。毛 此直勸以王者之事。二 補註 項王既殺義帝，漢王至洛陽。新城三老遮説曰：「項羽無道，放殺其主，天下之賊也。大王宜率三軍爲之素服，以告諸侯而伐

〔一二〕「鬼薪」，貫本作「蒐薪」，齋本、澹本、光本作「負薪」。
〔一三〕「薦紳」，澹本、商本作「縉紳」。按：「版築宰相」指殷商武丁時宰相傅説，出身築土牆（版築）奴隸；照應「牆下薦紳」。《史記·孝武本紀》索隱：「（薦紳）上音搢。搢，挺也。言挺笏於紳帶之間，事出《禮·内則》。今作『薦』者，古字假借耳。《漢書》作『縉紳』。」此處「薦」字取雙關義，《説文》：「薦，薦蓆也。」應正文裹屍之用。
〔一四〕毛本歎詩改自贊本，爲静軒詩；鍾本同贊本；贊本同明三本；漁本無。
〔一五〕「天子」，光本作「天王」，商本作「朝廷」，明四本作「子孫」。「氣色」，光本作「宗社」。
〔一六〕按：明三本正文作「硭」。
〔一七〕「晉」，齋本、光本脱。「義從」，原作「服從」，毛校本同。按：「義從」義長，據明四本改。
〔一八〕「勸」上，商本有「直」字。
〔一九〕周批「伐」，原作「代」，形訛，據夏批改。

之，則四海之内莫不仰德，此三王之舉也。」於是漢王發喪，哀臨三日，告諸侯而伐楚定天下。今天子蒙塵，將軍誠〔二〇〕因此時首倡義兵，奉天子以從衆望，不世之畧也。若不早圖，人將先我而爲之矣。」毛此時此事，除却曹操亦無人可爲〔二一〕。贊鍾文若的有計策。老瞞亦能用之，所以成大事也。漁此時此事，除曹操也做不來。曹操大喜。正要收拾起兵，忽報有天使〔二二〕齎詔宣召。操接詔，克日興師。

却説帝在洛陽，百事未備，城郭崩倒，欲修未能。人報李傕、郭汜領兵將到〔二三〕，漁到此時真滿地刀兵。帝大驚，問楊奉曰：「山東之使未回，李、郭之兵又至〔二四〕，爲之奈何？」楊奉、韓暹曰：「臣願與賊決死戰，以保陛下！」董承曰：「城郭不堅，兵甲不多，戰如不勝，當復如何？不若且奉駕往山東避之。」帝從其言，即日起駕，望山東進發。毛前者使命未至，曹操先欲勤王；此時曹操未來，天子反欲投操。寫得兩不相照，匆忙變動之極。百官無馬，皆隨駕步行。出了洛陽，行無一箭之地，但見塵頭蔽日，金鼓喧天，無限人馬來到〔二五〕。毛又吃一嚇，使人疑是傕、汜伏兵。帝、后戰慄不能言。漁此時不但不能言，并不能哭矣。忽見一騎飛來，乃前差往山東之使命也，至車前拜啓曰：「曹將軍盡起山東之兵，應詔前來。聞李傕、郭汜犯洛陽，先差夏侯〔二六〕惇爲先鋒，引上將十員，精兵五萬，前來保駕。」漁説得勤王之意急切，可慰可感。帝心方安。少頃，夏侯惇引許褚、典韋等，至駕前面君，俱以軍禮見。帝慰諭方畢，忽報正東又有一路軍到。漁此時失措比前畧可。帝即命夏侯惇往探之，回奏曰：「乃曹操步軍也。」須臾，曹洪、李典、樂進來見駕。漁越發放心。通名

〔二〇〕「誠」，齋本、光本脱。
〔二一〕「可」，光本作「能」。「爲」下，貫本有「矣」字。
〔二二〕「使」，光本訛作「子」。
〔二三〕「到」，齋本、光本作「至」。
〔二四〕「至」，商本作「到」，明四本無。
〔二五〕「來到」，商本倒作「到來」。
〔二六〕「侯」，原訛作「候」，據古本改，後五處同改。

畢，洪奏曰：「臣兄知賊兵至〔二七〕近，恐夏侯惇孤力難爲，故又差臣等倍道而來協助。」帝曰：「曹將軍真社稷臣也！」毛只怕未必。漁「社稷臣」三字恐未必。遂命護駕前行。探馬來報：「李傕、郭汜領兵長驅而來。」帝令夏侯惇分兩路迎之。惇乃與曹洪分爲兩翼，馬軍先出，步軍後隨〔二八〕，儘力攻擊。傕、汜賊兵大敗，斬首萬餘。于是請帝還洛陽故宮，夏侯惇屯兵於城外。次日，曹操引大隊人馬來到〔二九〕。毛馬軍先到，步軍繼至，然後大隊人馬到。寫曹操來得聲勢。漁馬兵先到，步兵後到，肰後大隊人馬一齊都到，寫曹操甚是聲勢。安營畢，鍾大奸雄幹事，自不肯依體統。入城見帝，拜於殿階之下。帝賜平身，宣諭慰勞。操曰：「臣向蒙國恩，刻思圖報。今傕、汜二賊，罪惡貫盈。臣有精兵二十餘萬，以順討逆，無不克捷。陛下善保龍體，以社稷爲重。」漁此時操是能臣，非奸雄也。帝乃封操領司隸校尉、假節鉞、周音曰。夏音月。録尚書事。

却説李傕、郭汜知操遠來，議欲速戰。賈詡諫曰：「不可。操兵精將勇，不如降之，求免本身之罪。」贊亦是。鍾操亦是，琦謂詡未嘗忘君，信然。傕怒曰：「爾〔三〇〕敢滅吾鋭氣！」拔劍欲斬詡。衆將勸免。是夜，賈詡單馬走回鄉里去了。毛去得是。獨恨其不早耳。漁此時纔去，亦已晚矣。次日，李傕軍馬來迎操兵。操先令許褚、曹仁、典韋領三百鐵騎，於傕陣中衝突三遭，方纔布陣。陣圓處，李傕姪李暹、李利出馬陣前，未及開話〔三一〕，許褚飛馬過去，一刀先斬李暹。贊許褚可用。李利吃了一驚，倒撞下馬，褚亦斬之，雙挽〔三二〕人頭回陣。曹操撫許褚之背曰：「子真吾之樊噲也！」毛漁又隱然以高祖自待。二噲，音快。樊噲，漢高祖之臣，勇力過人者。鍾許褚之

〔二七〕「至」，光本作「將」。
〔二八〕「後隨」，商本倒作「隨後」。
〔二九〕「來到」，致本、周本、夏本同，其他古本作「到來」。
〔三〇〕「爾」，齋本、光本作「你」。
〔三一〕「及開話」，致本同，其他毛校本作「及開言」，明四本作「有人回答」。
〔三二〕「挽」，致本作「提」。

勇真可□樊噲。隨令夏侯惇領兵左出，曹仁領兵右出，操自領中軍衝陣。鼓響一聲，三軍齊進，賊兵〔三三〕抵敵不住，大敗而走。操親掣寶劍押陣，率衆連夜追殺，勦戮極多，降者不計其數。傕、汜望西逃命，忙忙似喪家之狗，【漁】絶似。自知無處容身，只得往山中落草去了。【毛】一向做官，原是〔三四〕做强盜；今去做强盜，原只筭去做官。【漁】可謂盜大莫容。曹操回兵，仍屯於洛陽城外。楊奉、韓暹兩箇商議：「今曹操成了大功，必掌重權，如何容得我等？」【贊】亦智。乃入奏天子，只以追殺傕、汜爲名，引本部軍屯於梁縣〔三五〕去了。【鍾】審機觀變，兩人亦是哲士。

帝一日命人至操營，宣操入宫議事。操聞天使至，請入相見。只見那人眉清目秀，精神充足。操暗想曰：「今東都〔三六〕大荒，官僚軍民皆有飢色，此人何得獨肥？」因問之曰：「公尊顔充腴，以何調理而至此？」對曰：「某無他法，只食淡三十年矣。」【毛】肥者必俗，好淡却是不俗。【贊】【鍾】此乃内養家茀一効驗良方。操乃頷之。又問曰：「君居何職？」對曰：「某舉〔三七〕孝廉，【毛】然則是曹操年家。原爲袁紹、張楊從事。今聞天子還都，特來朝覲，【二】音近。官拜議郎〔三八〕。濟陰定陶人，姓董名昭，字公仁。」曹操避席曰：「聞名久矣！幸得於此相見。」遂置酒帳中相待，令與荀彧相會。忽人報曰：「一隊軍往東而去，不知何人。」操急令人探之。董昭曰：「此乃李傕舊將楊奉，與白波帥韓暹，因明公來此，故引兵欲投梁縣去耳。」操曰：「莫非疑操乎？」昭曰：「此乃無謀之輩，明公何足慮也。」操又〔三九〕

〔三三〕「兵」，商本作「軍」，明四本無。

〔三四〕「是」，商本作「自」。

〔三五〕「梁縣」，原作「大梁」，古本同。按：「大梁」爲戰國魏都城；東漢爲梁縣，屬河南尹；今河南省汝州市。《三國志·魏書·武帝紀》：「秋七月，楊奉、韓暹以天子還洛陽，奉別屯梁。」據改，後同。

〔三六〕「都」，業本、齋本、滄本、光本、商本作「郡」，形訛。

〔三七〕「舉」，貫本、光本訛作「居」。

〔三八〕「拜議郎」，原作「封正議郎」，古本同。按：《三國志·魏書·董昭傳》：「天子在安邑，昭從河内往，詔拜議郎。」據改、删。

〔三九〕「又」，商本脱。

曰：「李、郭二賊此去若何？」昭曰：「虎無爪，鳥無翼，不久當爲明公所擒，無足介意。」【毛】看得楊、韓、李、郭四人雪〔四〇〕淡。

操見昭語言〔四一〕投機，便問以朝廷大事。昭曰：「明公興義兵以誅〔四二〕暴亂，入朝輔佐天子，此五霸之功也。但諸將人殊意異，未必服從，今若留此，恐有不便，惟移駕幸許都爲上策。【毛】【漁】（亦類指鹿之謀。）此策非爲朝廷，（專）（單）爲曹操。然朝廷播越，新還京師，遠近仰望，以冀一朝之安，今復徙駕，不厭衆心。夫行非常之事，乃有非常之功：願將軍決計之。」【毛】【贊】【漁】（却）不似食淡人語。〈【毛】【贊】〉然食塩醬〔四三〕人，又何（能）（以）知此。【鍾】却不似食淡人言語，然食塩醬人又何知此？心思機巧。操執昭手而笑曰：「此吾之本志也。但楊奉在梁縣，大臣在朝，不有他變否？」昭曰：「易也。以書與楊奉，先安其心。明告大臣：以京師無糧，欲車駕幸許都，近魯陽，轉運糧食，庶無欠缺〔四四〕懸隔之憂。大臣聞之，當欣從也。」【贊】是。操大喜。昭謝別，操執其手曰：「凡操有所圖，惟公教之。」昭稱謝而去。【毛】【漁】（曹）操又得一（個）謀士。

操由〔四五〕是日與衆謀士密議遷都之事。時侍中太史令王立，私謂宗正劉艾曰：「吾仰觀〔四六〕天文，自去春太白犯鎮星於斗牛，過天津，熒惑又逆行，與太白會於天關，金火交會，必有新天子出。吾觀大漢氣數將終，晉魏之地，必有興者。」【毛】周時有《魏風》，而魏爲晉所并，魏地遂入於晉。及晉卿魏斯求爲諸侯，與韓、趙三分晉國，而魏復興焉。《左傳》曰：「魏，大名也。」故畢萬卜居於此，而子孫乃昌。魏居天下之中，中央屬土，土之色黃，正應「黃天當立」之讖。又

〔四〇〕「雪」，商本作「極」。
〔四一〕「語言」，商本倒作「言語」。
〔四二〕「誅」，齋本、光本作「除」。
〔四三〕毛批「醬」，致本同，其他毛校本作「醋」。
〔四四〕「欠缺」，齋本、光本倒作「缺欠」。
〔四五〕「由」，商本作「於」，明四本無。
〔四六〕「觀」，光本作「看」。

密奏獻帝曰：「天命有去就，五行不常盛。代火者土也。代漢而有天下者，當在魏。」操聞之，使人告立曰：「知公忠於朝廷，然天道深遠，幸勿多言。」【贊】【鍾】奸雄。操以是告彧，彧曰：「漢以火德王，而明公乃土命也。許都屬土，到彼必興。火能生土，土能旺〔四七〕木，正合董昭、王立之言。他日必有興者。」【毛】【漁】雖云地利，實合天時，故曰曹操得天時。【贊】【鍾】何如董昭不說出爲妥。操意遂決。次日入見帝，奏曰：「東都荒廢久矣，不可修葺，【二】音集。更兼轉運糧食艱辛。許都地近魯陽，城郭宮室，錢糧民物，足可備用。臣敢請駕幸許都，唯陛下從之。」帝不敢不從，【漁】不容獻帝不從。羣臣皆懼〔四八〕操勢，亦莫敢有異議。遂擇日起駕，【毛】此時皇帝竟如雙陸象棋，搬來搬去，憑人安放。【漁】此時天子竟像雙陸象棋，憑人搬來搬去。操引軍護行，百官皆從。

行不到數程，前至一高林〔四九〕，忽然喊聲大舉，楊奉、韓暹領兵攔路。【毛】二人忽來奪駕。使其得志，未必不爲傕、汜所爲。徐晃當先，大叫：「曹操欲劫駕何往？」操出馬視之，見徐晃威風凜凜，暗暗稱奇，便令許褚出馬與徐晃交鋒。刀斧相交，戰五十餘合，不分勝敗。操即鳴金收軍，召謀士議曰：「楊奉、韓暹誠不足道，徐晃乃真良將也。吾不忍以力併之，當以計招之。」【毛】【漁】曹操見才便愛，（安）（那）得不成大業。【贊】【鍾】老瞞知收徐晃，真大豪傑〔五〇〕也。行軍從事滿寵曰：「主公勿慮。某向與徐晃有一面之交，今晚扮作小卒，偷入其營，以言說之，管教他傾心來降。」操欣然遣〔五一〕之。

是夜滿寵扮作小卒，混入彼軍隊中，偷至徐晃帳前，只見晃秉燭被甲而坐。寵突至其前，【毛】來得突兀，如華元登子反之床。揖曰：「故人別來無

〔四七〕「旺」，商本作「生」。
〔四八〕「懼」，光本作「從」。
〔四九〕「程」，商本作「里」。「林」，原作「陵」，毛校本同。按：「林」字義長，據明四本改。
〔五〇〕「知」「豪傑」，緑本作「能」「奸雄」。
〔五一〕「遣」，明四本無，齋本、光本作「從」。

恙乎？」徐晃驚起，熟視之曰：「子非山陽滿伯寧耶〔五二〕！何以至此？」寵曰：「某現爲曹將軍從事。今日於陣前得見故人，欲進一言，故特冒死而來。」晃乃延之坐，問其來意。寵曰：「公之勇略，世所罕有，奈何屈身於楊、韓之徒？曹將軍當世英雄，其好賢禮士，天下所知也。今日陣前，見公之勇，十分敬愛，故不忍以健將決死戰，特遣寵來奉邀。公何不棄暗投明，共成大業？」【毛】語甚明快。【漁】英雄一説便來，都爲一「漢」字。晃沉吟良久，乃喟【周】音衛。【夏】音惠。然嘆曰：「吾固知奉、暹〔五三〕非立業之人，奈從之久矣，不忍相捨。」【贊】【鍾】徐公明是箇好人。【漁】善人也。寵曰：「豈不聞『良禽擇木而棲，賢臣擇主而事』？遇可事之主而交臂失之，非丈夫也。」晃起謝曰：「願從公言。」寵曰：「何不就殺奉、暹而去，以爲進見之禮？」【漁】滿寵便不是好人。晃曰：「以臣弑主，大不義也。吾決不爲！」【毛】【漁】與吕布殺丁原大相（懸絶）（迥別）。公明（真）義士，故後來獨與雲長（公交）（相）厚。寵曰：「公真義士也！」晃遂引帳下數十騎，連夜同滿寵來投曹操。早有人報知楊奉。奉大怒，自引千騎來追，大叫：「徐晃反賊休走！」正追趕間，忽然一聲砲響，山上山下，火把齊明，伏軍四出。曹操親自引軍當先，大喝：「我在此等候多時，休教走脱！」【毛】滿寵去而徐晃必來，徐晃來而楊奉必趕，〈【毛】【漁】〉都在曹操算中。楊奉大驚，急待回軍，早被曹兵圍住。恰好韓暹引兵來救，兩軍混戰，楊奉走脱。曹操趁彼軍亂，乘勢攻擊，兩家軍士大半多降。楊奉、韓暹勢孤，引敗兵投袁術去了。【毛】後文伏線。

曹操收軍回營，滿寵引徐晃入見〔五四〕。操大喜，厚待之。於是迎鑾駕到許都，蓋造宮室殿宇，立宗廟社稷、省臺司院衙門，修城郭、府庫，封董承等十三人爲列侯。賞功罰罪，並聽曹操處置。操

〔五二〕「耶」，致本、明四本作「乎」。
〔五三〕「暹」，商本訛作「先」。
〔五四〕「入見」，光本倒作「見入」，明四本無。

自封爲大將軍、武平侯，毛帝命爲司隸校尉、録尚書事，畢竟封得不暢，故不若自封之爲爽快也。○李傕、郭汜自寫職銜，勒令帝封；今〔五五〕曹操竟自封職銜，更不勞天子費心：愈出愈奇。以荀彧爲侍中、尚書令，荀攸爲軍師，郭嘉爲司空軍祭酒〔五六〕，劉曄周音葉。夏音謁。爲司空倉曹掾〔五七〕，周去緣。夏緣去。毛玠、任峻爲典農中郎將，催督錢糧，程昱二音欲。爲尚書〔五八〕，董昭爲洛陽令，滿寵爲許令〔五九〕，夏侯惇、夏侯淵、曹仁、曹洪皆爲將軍，呂虔、李典、樂進、于禁、徐晃皆爲校尉，許褚、典韋皆爲都尉。其餘將士，各各封官。自此大權皆歸於曹操。毛總結一句。漁以「並聽處置」一句揭起，下言：封者，自封之也；以者，操以之也；使者，操使之也。又以「大權皆歸」一句收之，甚有書法。朝廷大務，先禀曹操，然後方〔六〇〕奏天子。毛漁自此（以後）、（皇帝）（天子）又在曹操手中過活（矣）（了）。鍾曹瞞權勢晃熾，莫遏矣。

操既定大事，乃設宴後堂，聚衆謀士共議曰：「劉備屯兵徐州，自領州事。近呂布以兵敗投之，備使居於小沛。若二人同心，引兵來犯，乃心腹之患也。公等有何妙計可圖之？」毛方定許都，遂以徐州爲心腹之患，可知徐州乃操所必欲争也。漁方纔遷都，就以徐州爲心腹之患，可見徐州曹操所必争也。許褚曰：「願借精兵五萬，斬劉備、呂布之頭，獻與〔六一〕丞相。」

〔五五〕「命」「勒」，商本作「令」「還」。「故」「今」，商本脱。

〔五六〕「司空軍祭酒」，原作「司馬祭酒」，古本同。按：《三國志·魏書·郭嘉傳》：「表爲司空軍祭酒。」據改。

〔五七〕「倉曹掾」，原作「椽曹」，毛校本同；明四本作「曹掾」。按：清段玉裁《説文解字注》：「漢官有掾屬。正曰掾。副曰屬。」掾爲屬官。漢代尚書分曹治事（分部門辦事）後的屬官稱爲「某曹掾」（某部門官員）。「司空曹掾」，無部門名稱。《三國志·魏書·劉曄傳》：「太祖還，辟曄爲司空倉曹掾。」倉曹掾，主管倉穀事。據改。

〔五八〕「尚書」，原作「東平相范成」，古本同。按：《三國志·魏書·程昱傳》：「乃表昱爲東平相，屯范。」「天子都許，以昱爲尚書。」《後漢書·郡國志》：范（縣、城）屬兖州東郡。程昱爲東平相，屯兵范城對應前文第十回「荀彧、程昱領軍三萬守鄄城、范縣、東阿三縣」之時，《演義》移至曹操返許都之後，「范城」誤作「范成」。據改、删。

〔五九〕「許令」，原作「許都令」，古本同。按：《三國志·魏書·滿寵傳》：「及爲大將軍，辟署西曹屬，爲許令。」據改。

〔六〇〕「方」，齋本、光本作「封」。

〔六一〕「與」，致本同，其他毛校本作「於」。

三補註那時人稱爲「丞相」，只是稱「大將軍」，後建安三年纔任丞相。荀彧曰：「將軍勇則勇矣，不如用謀。今許都新〔六二〕定，未可造次用兵。彧有一計，名曰『二虎競食』之計。毛漁計名奇。贊此計大通。今劉備雖領徐州，未得詔命。明公可奏請詔命，實授備爲徐州牧，因密與一書，教殺呂布。事成，則備無猛士爲輔，亦漸可圖；事不成，則呂布必殺劉〔六三〕備矣。此乃『二虎競食』之計也。」毛極似戰國策士之謀。鍾「二虎競食」〔六四〕之計果妙。操從其言，即時奏請詔命，遣使齎往徐州，封劉備爲鎮東〔六五〕將軍、宜城亭侯，領徐州牧，并附密書一封。

却說劉玄德在徐州，聞帝幸許都，正欲上表慶賀。忽報天使至，出郭迎接入城〔六六〕，拜受恩命畢，設宴管待〔六七〕來使。使曰：「君侯得此恩命，實曹將軍於帝前保薦之力也。」玄德稱謝。使者乃取出私書，遞與玄德。玄德看罷，曰：「此事尚容計議。」毛漁已識破機關。席散，安歇來使於館驛。玄德連夜與衆商議此事。張飛曰：「呂布本無義之人，殺之何〔六八〕礙！」毛直心快口。漁快口真心。玄德曰：「他〔六九〕勢窮而來投我，我若殺之，亦是不義。」張飛曰：「好人難做！」毛看透世情語。然是爲天下負好人者說法，非要人做不〔七〇〕好人也。贊至〔七一〕言，至言。鍾真箇是難做。漁「好人難做」四字，千古名言。肰是爲負做好人者說法，非要人做不好人也。玄德不從。次日，呂布來賀，玄德教請入見。布曰：「聞公受朝

〔六二〕「如」，齋本、光本、商本作「知」。「新」，商本訛作「未」。
〔六三〕「劉」，商本脫。
〔六四〕「二虎競食」，鍾批原作「二虎争食」。按：鍾本正文作「二虎競食」。據改。
〔六五〕「鎮東」，原作「正東」，致本、業本、貫本、商本、夏本、贊本同；其他毛校本作「征東」。按：《三國志·蜀書·先主傳》：「曹公表先主爲鎮東將軍，封宜城亭侯，是歲建安元年也。」據嘉本、周本改。
〔六六〕「城」，原作「郡」，古本同。按：徐州非郡。酌改。
〔六七〕「管待」，澹本、光本作「款待」。
〔六八〕「何」，澹本、光本作「無」。
〔六九〕「他」，商本作「彼」。
〔七〇〕「做不」，齋本、光本倒作「不做」。
〔七一〕「至」，綠本脫。

廷恩命，特來相賀。」玄德遜謝。只見張飛扯劍上廳，要殺呂布，玄德慌忙阻住。布大〔七二〕驚曰：「翼德何故只要殺我？」張飛叫曰：「曹操道你是無義之人，教我哥哥殺你！」【毛】【漁】曹操密書，（却）被他一口喊〔七三〕出。【贊】快人，快人。【鍾】老張心直口快。玄德連聲喝退。乃引呂布同入後堂，寔告前因，就將曹操所送密書與呂布看。【毛】此是玄德妙用。【贊】【鍾】此是玄德誠處，亦是妙處。布看畢，泣曰：「此乃曹賊欲令我二人不和耳！」玄德曰：「兄勿憂，劉備誓不爲此不義之事。」【漁】雖是玄德作用，到此時也不得不然。呂布再三拜謝。備留布飲酒，至晚方回。關、張曰：「兄長何故不肯〔七四〕殺呂布？」玄德曰：「此曹孟德恐我與呂布同謀伐之，故用此計，使我兩人自相吞併，彼却於中取利。奈何爲所使乎？」【毛】荀彧之計早被料破，可見玄德機智絶人，不是一味忠厚。【漁】初見私書，蚤已知矣，至此方纔説破。玄德亦機智人，不是一味忠厚。關公點頭道是。張飛曰：「我只要殺此賊，以絶後患！」【毛】本心自要殺此賊，固不因孟德之書起見也。快人快語。【贊】【鍾】玄德自是可人，然翼德本心亦不爲曹丞相書也，只是爲絶後患耳，誰説翼德漫無主張哉？【漁】本心要殺此賊，不因曹操有書來也。玄德曰：「此非大丈夫之所爲也。」

次日，玄德送使命回京，就拜表謝恩，並回書與曹操，只言容緩圖之。使命回見曹操，言玄德不殺呂布之事。操問荀彧曰：「此計不成，奈何？」彧曰：「又有〔七五〕一計，名曰『驅虎吞狼』之計。」【毛】【漁】計名又奇。（○荀文若譎而不正。）【贊】文若多計，真是可人。操曰：「其計如何？」彧曰：「可暗令人往袁術處通問，報説劉備上密表，要略淮南〔七六〕。術聞之必怒而攻備，公乃明詔劉備討袁術，兩邊相併，

〔七二〕「布大」，商本倒作「大步」。

〔七三〕毛批「喊」，商本作「道」。

〔七四〕齋本、光本脱「肯」。

〔七五〕「有」，商本作「想」。

〔七六〕「淮南」，原作「南郡」，毛校本同；明四本作「南陽」。按：東漢時南郡、南陽郡以漢水爲界，皆屬荆州，其時爲劉表所據。袁術占據淮南郡（九江郡）。據下文改。

呂布必生異心。此『驅虎吞狼』之計也。」毛因劉、呂二人不肯相併，又弄出一袁術來。鍾「驅虎吞狼」之計□甚，文若何多計也？操大喜，先發人往袁術處，次假天子詔，發人往徐州。

却說玄德在徐州，聞使命至，出郭迎接。開讀詔書，却是要起兵討袁術。玄德領命，送使者先回。糜竺曰：「此又是曹操之計。」玄德曰：「雖是計，王命不可違也。」毛漁曹操所以（能）令人者，只爲假托王命。遂點軍馬，剋日起程。孫乾曰：「可先定守城之人。」玄德曰：「二弟之中，誰人可守？」關公曰：「弟願守此城。」玄德曰：「吾早晚欲與爾〔七七〕議事，豈可相離？」張飛曰：「小弟願守此城。」玄德曰：「你守不得此城。你一者酒後剛强，鞭撻士卒；毛爲下文使酒伏線。二者作事輕易，不從人諫。毛爲下文不聽陳登伏線。漁兩件說盡老張之病。吾不放心。」張飛曰：「弟自今以後，不飲酒，毛只爲不飲酒，倒弄出酒風來。不打軍士，諸般聽人勸諫便了。」贊鍾說得甚好。糜竺曰：「只恐口不應心。」飛怒曰：「吾〔七八〕跟哥哥多年，未嘗失信，你如何輕料我！」玄德曰：「弟言雖如此，吾終不放心。還請陳元龍輔之，早晚令其少飲酒，毛不曰不飲，而曰少飲，料得張公必不肯不飲酒也。漁何不竟教不飲，却教少飲，未免開籬放犬。勿致失事。」陳登應諾。玄德分付了當，乃統馬步軍三萬，離徐州望淮南〔七九〕進發。

却說袁術聞說劉備上表，欲吞其州縣，乃大怒曰：「汝乃織蓆編屨之夫，今輒占據大郡，與諸侯〔八〇〕同列。吾正欲伐汝，汝却反欲圖我，深爲可恨！」漁袁術自恃世家，只是輕薄別人。乃使上將紀靈起兵十萬，殺奔徐州。兩軍會於盱眙。毛側音吁夷。六（盱，音虛；眙，音移。原邑名，按《一統志》云：）盱眙，秦（之）縣名，漢屬臨淮郡，今屬鳳陽府。嘉二音虛移。玄德兵少，依山傍水下寨。那紀靈乃山東人，

〔七七〕「爾」，齋本、光本作「你」。
〔七八〕「吾」，光本、明四本作「我」。
〔七九〕「淮南」，原作「南陽」，古本同。按：同本回校記〔七六〕，據改。
〔八〇〕「侯」，原作「候」，形訛，據古本改。

使一口三尖刀，重五十斤。是日引兵出陣，大罵：「劉備村夫，安敢侵吾境界！」玄德曰：「吾奉天子詔，以討不臣。汝今敢來相拒，罪不容誅！」【鍾】□大義□誅之。紀靈大怒，拍馬舞刀，來取玄德。關公大喝曰：「匹夫休得逞强！」出馬與紀靈大戰。一連三十合，不分勝負。紀靈大叫：「少歇！」關公便撥馬回陣，立於陣前候之。【毛】儒雅之極，是雲長身分，不是翼德身分。紀靈却遣副將荀正出馬。關公曰：「只教紀靈來，與他決箇雌雄！」荀正曰：「汝乃無名下將，非紀將軍對手！」關公大怒，直取荀正，交馬一合，砍荀正於馬下。玄德驅兵殺將過去，紀靈大敗，退守淮陰河口，【二】《一統志》云：淮陰，秦之縣名，元併入山陽縣。故城在淮安府城西四十里。不敢交戰，只教軍士來偷營劫寨，皆被徐州兵殺敗。兩軍相拒，不在話下。

却說張飛自送玄德起身後，一應雜事，俱付陳元龍管理，軍機大務，自家条酌〔八一〕。一日設宴，請各官赴席。衆人坐定，張飛開言曰：「我兄臨去時，分付我少飲酒，恐致失事。衆官今日盡此一醉，明日都各戒酒，【毛】自己不能戒酒，却要衆人陪他戒酒，妙。挈我守城。今日却都要滿飲。」【贊】【鍾】妙人趣事，真堪千古。言罷，起身與衆〔八二〕官把盞。酒至曹豹面前，豹曰：「我從天戒，不飲酒。」【毛】【漁】「天戒」二字新〔八三〕。〈毛〉〇你自不吃酒，天何嘗戒你來。飛曰：「厮殺漢如何不飲酒！」【毛】一死且不惜，斗酒安足辭。我要你吃一盞。」【贊】【鍾】妙語。豹懼怕，只得飲了一盃。【毛】破天戒矣。張飛把遍各〔八四〕官，自斟巨觥，連飲了幾十盃，不覺大醉，却又起身與衆官把盞。酒至〔八五〕曹豹，豹曰：「某實不能飲矣。」飛曰：「你〔八六〕恰纔吃了，如今爲何推却？」豹再三

〔八一〕「条酌」，齋本、光本作「斟酌」，明四本作「掌管」。
〔八二〕「衆」，商本作「百」，明四本無。
〔八三〕「新」下，商本有「鮮」字。
〔八四〕「各」，商本作「百」。
〔八五〕「酒至」，商本作「先奉」，明四本無。
〔八六〕「你」，齋本、光本作「汝」。

不飲。飛醉後使酒，【毛】今人每因使酒故戒酒，翼德偏因戒酒反致使酒。畢竟今人俗而翼德趣。便發怒曰：「你違我將令，該打一百！」【毛】以將令行酒令，令官不過取笑；以酒令行將令，將官却是認真。【漁】分明酒令，何故牽到將令來？便喝軍士拏下。陳元龍曰：「玄德公臨去時，分付你甚來？」飛曰：「你文官只管文官事，休來管我！」【毛】違了將令，固非文官所得而管也。【贊】【鍾】老張無一事不趣，無一言不趣。趣人也，趣人也。【漁】翼德行的是將令，不是酒令，故教元龍管不得。曹豹無奈，只得告求曰：「翼德公看我女壻之面，且恕我罷！」飛曰：「你女壻是誰？」豹曰：「呂布是也。」【毛】正提着他對頭。【三】【補註】呂布前妻是豹之女。飛大怒曰：「我本不欲打你，你把呂布來諕〔八七〕【二】音黑。我，我偏要打你！我打你便是打呂布！」【毛】張飛使酒罵曹豹，意不在曹豹而在呂布。亦如灌夫使酒罵臨汝侯，意不在臨汝而在田蚡也。【漁】仗女婿勢，要該打。諸人勸不住。將曹豹鞭至五十，【毛】此五十鞭只筭酒籌。衆人苦苦告饒方止。【毛】不怕曹豹背痛，只怕呂布耳熱。席散，曹豹回去，深恨張飛，連夜差人齎書一封，逕投小沛見呂布，備說張飛無禮，且云：「玄德已往淮南，今夜可乘飛醉，引兵來〔八八〕襲徐州，不可錯此機會。」

呂布見書，便請陳宮來議。宮曰：「小沛原非久居之地。今徐州既有可乘之隙，失此不取，悔之晚矣。」【毛】【漁】（兩雄不並棲，）（並雄不兩立，而）況有陳宮爲之（謀）（輔），曹操爲之搆〔八九〕，即無張飛使酒（一着），布能久居（小沛哉）（沛乎）？無徒以使酒責張飛也。布從之，隨即披掛上馬，領五百騎先行，使陳宮引大軍繼進，高順亦隨後進發。【毛】【漁】曹操之攻徐（州），爲父報讎；呂布之（襲）（攻）徐（州），爲妻（之）父報讎。小沛離徐州只四五十里，上馬便到。呂布到城下時，恰纔四更，月色澄清，【毛】當此月明人靜，正好

〔八七〕「諕」，滄本、光本、商本作「嚇」。
〔八八〕「來」，商本脱。
〔八九〕「兩雄不並棲」，原作「並棲不兩雄」，致本、業本、齋本同；滄本「並」作「便」。據貫本、光本、商本乙。「搆」，商本作「間」。

再飲酒，如何却動兵。城上更〔九〇〕不知覺。布到城門邊叫曰：「劉使君有機密使人至！」城上有曹豹軍，報知曹豹。豹上城看之，便令〔九一〕軍士開門。呂布一聲暗號，衆軍齊入，喊聲大舉。張飛正醉卧府中，左右急忙搖醒，報説：「呂布賺開城門，殺將進來了！」鍾飲酒如老張，纔真得趣，不必以事之成敗論也。張飛大怒，慌忙披掛，綽了丈八蛇矛，纔出府門上得馬時，呂布軍馬已到，正與相迎。張飛此時酒猶未醒，不能力戰。呂布素知飛勇，毛虎牢關前已曾領教。亦不敢相逼。十八騎燕將，保着張飛，殺出東門，玄德家眷在府中，都不及顧了。

却説曹豹見張飛只〔九二〕十數人護從，又欺他醉，遂引百十人趕來。毛豈非討死。飛見豹大怒，拍馬來迎。戰了三合，曹豹敗走。飛趕到河邊，一鎗正刺中曹豹後心，毛漁（此）一鎗只（筭）（當）醉筆草草。〈毛〉〇此時酒令已完，正好殺將。連人帶馬死於河中。毛活時不肯吃〔九三〕酒，死時罰他吃水。飛於城外招呼〔九四〕士卒，出城者盡隨飛投淮南而去。呂布入城，安撫居民，令軍士一百人守把〔九五〕玄德宅門，諸人不許擅入。毛此非呂布用情，乃感玄德示以操書之情也。漁玄德恩待呂布，剛得這些。

却説張飛引數十騎直到盱眙，來見玄德，具説曹豹與呂布裡應外合，夜襲徐州，衆皆失色。玄德歎曰：「得何足喜，失何足憂！」毛落落丈夫語。贊鍾玄德的是英雄。關公曰：「嫂嫂安在？」毛問得緊要。飛曰：「皆陷於城中矣。」玄德默然無語。毛聞家眷失陷，只默然不語，後見翼德欲自刎，却放聲大哭。是至情，亦是〔九六〕妙用。漁聞家眷失陷，却無語；見翼

〔九〇〕「更」，原作「便」，致本、業本、齋本同，商本、明四本作「並」，據其他毛校本改。
〔九一〕「令」，商本作「領」。
〔九二〕「只」，商本脱，嘉本、周本作「無」。
〔九三〕「吃」，致本同，其他毛校本作「飲」。
〔九四〕「呼」，齋本、光本脱。
〔九五〕「守把」，商本倒作「把守」。
〔九六〕「是」，光本脱。

德欲自刎，放聲大哭，是真情。關公頓足埋怨曰：「你當初要守城時説甚來？兄長分付你甚來？今日城池又失了，嫂嫂又陷了，如何是〔九七〕好！」張飛聞言，惶恐無地，掣劍欲自刎。正是：

舉杯暢飲情何放，拔劍捐生悔已遲！

不知性命如何，且聽下文分解。

老瞞每見人才，即思收拾，如徐晃等無一放過，只此便是伯王之本。視彼忌才而力爲排擯者，誰爲豪傑也？

張翼德戒酒之法，的是我輩衣鉢，拘人有以徐州爲言者，殊不知徐州得失俱小事耳，不能千古也。只有此事，風流至今尚在，即百徐州不與易也，千徐州不與易也，萬徐州不與易也。呵呵。

劉伶嗜酒，終是放曠；張翼德戒酒而飲酒，致有徐州之失。酒能誤人如此，宜崇伯子之惡而疏儀狄也。卓老以翼德戒酒之法爲我輩衣鉢〔九八〕，胡説，胡説！且云百徐州不易一風流，噫嘻！喝軍捉人吃酒，天下有如是風流哉？

〔九七〕「是」，明四本無，光本作「得」。

〔九八〕「宜」，原作「宣」，不通，疑形訛。「鉢」字脱，據贄本回末總評補。

第十五回 太史慈酣鬭小霸王 孫伯符大戰嚴白虎

呂布襲兗州，而曹操卒復兗州；呂布襲徐州，而劉備不能復徐州。非備之才不如，而實勢不如也。本是呂布依劉備，今反成劉備依呂布。客轉爲主，主轉爲客，備之遇亦艱矣哉！

孫策信太史慈，而慈亦不欺孫策，英雄心事如青天白日，所以能相與有成耳。若劉備不聽曹操而殺呂布，呂布乃聽袁術而欲攻劉備，及爲袁術所欺，而後召劉備，何無信義乃爾！翼德之欲殺之，可謂知人，翼德非莽人也。

玉璽得而孫堅亡，玉璽失而孫策霸。甚矣〔一〕，玉璽之無關重輕也！成大業者，以收人才、結民〔二〕心爲寶，而玉璽不與焉。堅之匿之，不若策之棄之。策之英雄，殆過其父。

或曰：孫策如此英雄，何不先擊劉表，以報父讐？予曰：脚頭不立定，未可報讐；脚頭纔立定，亦未可報讐。曹操初得兗州，而遽擊陶謙，則呂布旋議其後；劉備未定巴蜀，而遽攻曹操，則關、張不能爲功。策〔三〕固籌之熟矣。

前回叙曹氏立國之始，此回叙孫氏開國之由。兩家已各自成一局面，而劉備則尚煢煢無依。然繼漢正統者，備也，故前回以劉備結，此回以劉備起。叙兩家，必夾叙劉備，蓋既〔四〕以備爲正統，則叙劉處文雖少，是正文；叙孫、曹處文雖多，皆旁文。於旁文之中，帶出正文，如草中之蛇，於彼見頭，於此見尾；又如空中

〔一〕「甚矣」，齋本、光本脱。
〔二〕「民」，商本作「人」。
〔三〕「策」，致本同，其他毛校本脱此字。
〔四〕「既」，光本脱。

之龍，於彼見鱗〔五〕，於此見爪。記事之妙，無過於是。今人讀《三國志》而猶欲別讀稗官，則是未嘗讀《三國志》也。

却説張飛拔劍要自刎，玄德向前〔六〕抱住，奪劍擲地〔七〕曰：「古人云：『兄弟如手足，妻子如衣服。【毛】《邶風》〔八〕云：「緑兮〔九〕衣兮，緑衣黄裏。」從來衣服比妻子。衣服破，尚可縫；手足斷，安可續？』【毛】但聞人有繼妻，不聞有繼兄繼弟。【贊】【鍾】玄德此等言語極似道學語，最能收拾人，實亦是英雄語也。吾三人桃園結義，不求同生，但願同死。今雖失了城池家小，安忍教兄弟中道而亡？【漁】結義兄弟比親生兄弟畧有間，玄德此語却過一分。況城池本非吾有，【毛】識時達勢語。家眷雖被陷，吕布必不謀害，尚可設計救之。賢弟一時之誤，何至遽欲捐生耶！」【毛】今之因妯娌不睦，而致兄弟不睦者多矣。同胞〔一〇〕且然，何況異姓？觀玄德數語，勝讀《棠棣》一篇。説罷大哭。【漁】此一哭是真情，決不可少。關、張俱感泣。

且説袁術知吕布襲了徐州，星夜差人至吕布處，許以糧五萬斛、馬五百匹、金銀一萬兩、綵段一千疋，使夾攻劉備。【毛】袁術前既不納吕布，今又〔一一〕交通吕布，反覆可笑。布喜，令高順領兵五萬，襲玄德之後。【毛】【漁】前（曾）（既）爲其所拒，今又爲其所使，吕布不但無義，亦（且）無氣。玄德聞得此信，乘陰雨徹兵，棄盱眙而走，思欲東取廣陵。比及高順軍來，玄德已去。高順與紀靈相見，就索所許之物。靈曰：「公且回軍，容某見主公計之。」高順乃別紀靈，回軍見吕布，具述紀靈語。布正在遲疑，忽

〔五〕「鱗」，商本作「頭」。
〔六〕「要」，貫本、光本脱。「向前」，原作「自前」，致本同。按：「自前」不通，疑形訛，據其他古本改。
〔七〕「奪劍擲地」，光本作「擲劍於地」，明四本作「奪其劍而言」。
〔八〕「邶風」，原作「衛風」，毛校本同。按：下文引自《詩經》之《國風·邶風》第二篇《緑衣》，非《衛風》。據改。
〔九〕「兮」，原作「衣」，致本同，據其他毛校本改。
〔一〇〕「胞」，齋本、光本、商本作「姓」。
〔一一〕「又」，商本作「反」。

有袁術書至。書意云：「高順雖來，而劉備未除。且待捉了劉備，那時方以所許之物相送。」毛漁前(之)(畨)所許，竟(似)(成)商於六百里。布怒罵袁術失信，欲起兵伐之。陳宫曰：「不可。術據壽春，兵多糧廣，不可輕敵。不如請玄德還屯[一二]小沛，使爲我羽翼。他日令玄德爲先鋒，那時先取袁術，後取袁紹，可縱横天下矣。」漁離離合合，此一回情思甚好看。鍾借近交爲遠攻，宫見甚高。布聽其言，令人賫書迎玄德回。毛忽欲攻之，忽欲迎之，反復無常，可笑。

却説玄德引兵東取廣陵，被袁術劫寨，折兵大半。回來正遇吕布之使，呈上書劄，玄德大喜。關、張曰：「吕布乃無義之人，不可信也。」玄德曰：「彼既以好情待我，奈何疑之！」遂來到徐州。毛漁(此)在他人(决)(不但)不肯來，亦(决)不敢來。布恐玄德疑惑，先令人送還家眷。甘、糜二夫人見玄德，具説吕布令兵把定宅門，禁諸人不得入；又常使侍妾送物，未嘗有缺。玄德謂關、張曰：「我知吕布必不害我家眷也。」乃入城謝吕布。張飛恨吕布，不肯隨往，先奉二嫂往小沛去了。漁有志氣。玄德入見吕布拜謝，吕布曰：「吾非欲奪城，因令弟張飛在此恃酒殺人，恐有失事，故來守之耳。」毛漁多謝(好情)。玄德曰：「備欲讓兄久矣。」贊鍾玄德能屈能伸，關、張能伸不能屈，似不及也。布假意仍讓玄德，玄德力辭，還屯小沛住劄。毛本是吕布寄寓於劉備，今反弄成劉備寄寓於吕布，真客反爲主，主反爲客。漁本是吕布寄寓于劉備，今反劉備借寓于吕布。主客倒持。關、張心中不忿[一三]，玄德曰：「屈身守分，以待天時，不可與命争也。」毛能屈然後能伸，確是至言。吕布令人送糧米、段疋，自此兩家和好，不在話下。

却説袁術大宴將士於壽春，人報孫策征廬江太守陸康，得勝而回。術唤策至，策拜於堂下。問勞已畢，便令侍坐飲宴。毛漁此處接寫孫策，忽(寫他在)(于)袁術堂下(趨蹌[一四]拜)(侍)坐，令人不解其

[一二]「屯」，商本脱。
[一三]「忿」，齋本、光本、商本作「平」。
[一四]毛批「接」，光本作「即」。「蹌」，齋本、光本、商本作「瞻」。

故。直（至）（到）下文（方與）說〔一五〕明，筆法妙甚。

原來孫策自父喪之後，退居江南，禮賢下士。鍾天（道）自□吴方□。後因陶謙與策母舅丹楊太守吴景不和，策乃移〔一六〕母并家屬居於曲阿，自己却投袁術。術甚愛之，常嘆曰：「使術有子如孫郎，死復何恨！」漁看得自家兒子不濟，此嘆出于真情。可笑亦可憐。因使爲懷義校尉，引兵攻涇縣大帥〔一七〕祖郎得勝。術見策勇，復使攻陸康，今又得勝而回。毛補叙簡到。

當日筵散，策歸營寨。見術席間相待之禮甚〔一八〕傲，毛袁術與孫堅同輩，其待策之傲，自以爲父執耳。不知英雄固不論年。策雖少，猶虎也；術雖髮白，不過一老牛而已。心中鬱悶，乃步月於中庭。因思：「父孫堅如此英雄，我今淪落至此！」不覺放聲大哭。毛漁昔孫堅在洛（陽）（下）時，曾於月下揮淚；今孫策在袁術處，亦於月下放聲。一爲國事傷情，一爲家聲發憤。「我有一片心，訴與天邊月。」〔一九〕（月之感人，甚矣哉！）忽見一人自外而入，大笑曰：「伯符何故如此？尊父在日，多曾用我。君今〔二〇〕有不決之事，何不問我，乃自哭耶！」策視之，乃丹楊故鄣〔二一〕人，姓朱名治，字君理，二補註嘗從孫堅討長沙、零、桂三郡賊有功，又從破董卓，於陽城助陶謙討黃巾。孫堅舊從事官也。策收淚而延之坐曰：「策所哭者，恨

〔一五〕毛批「說」，商本作「敘」。

〔一六〕「丹楊」，原作「丹陽」，古本同。「景」，貫本、齋本、光本、商本作「璟」。按：東漢丹楊郡屬揚州，治丹楊縣，在今安徽省宣城市宣城縣，後因戰爭遷至今安徽省當塗縣。「丹陽」爲唐代以後地名，在今江蘇省鎮江市，東漢時名曲阿。《三國志·吴書·孫討逆傳》：「策舅吴景，時爲丹楊太守。」據改，後同。「乃移」，光本倒作「移乃」。

〔一七〕「大帥」，原作「太師」，古本同。按：《三國志·吴書·孫討逆傳》裴注引西晉虞溥《江表傳》作「大帥祖郎」。據改。

〔一八〕「甚」，原作「相」，致本同，明四本無。按：「甚」字義通，據其他毛校本改。

〔一九〕按：毛批詩句引自後周梁意娘《湘妃怨》歌詞。清代陳夢雷《古今圖書集成》之《明倫彙編·閨媛典》第三百五十五卷《閨藻部·列傳三》輯録《湘妃怨》：「我有一寸心，無人對君說。願風吹散雲，訴與天邊月。」

〔二〇〕「今」，齋本、光本作「若」。

〔二一〕「故鄣」，商本作「臨漳」，原作「故障」，其他毛校本同。按：《三國志·吴書·朱治傳》：「朱治字君理，丹楊故鄣人也。」據明四本改。

不能繼父之志耳。」【毛】哭得英雄。治曰：「君何不告袁公路，借兵往江東，假名救吴景〔一二〕，實圖大業，而乃久困於人之下乎？」【鍾】孫策威震江東，始于朱治一激之力。正商議間，一人忽入曰：「公等所謀，吾已知之。吾手下有精壯百人，暫助伯符一馬〔一三〕之力。」策視其人，乃袁術謀士，汝南細〔一四〕陽人，姓吕名範，字子衡。【毛】【漁】袁術謀士（反）爲他人（所）用，（可見袁）術（之）無成（可知矣）。策大喜，延坐共議。吕範曰：「只恐袁公路不肯借兵。」策曰：「吾有亡父畱下傳國玉璽，【毛】【漁】乃翁設誓抵賴，令子竟不隱諱。以爲質當。」【毛】以無用之璽，換有用之兵，大有算計。範曰：「公路欲得此久矣！【毛】【漁】袁術平日妄想，却從吕範口中補出，妙。以此相質，必肯發兵。」三人計議已定。次日，策入見袁術，哭拜曰：「父讐不能報，今母舅吴景，又爲揚州刺史劉繇【三】音由。所逼。策老母家小，皆在曲阿，必將被害。【毛】先説報父讐，實重在救母難。策敢借雄兵數千，渡江救難省親。恐明公不信，有亡父遺下玉璽，權爲質【二】音至。當。」術聞有玉璽，取而視之，大喜曰：「吾非要你玉璽，今且權畱在此。【毛】【漁】爲後文僭號張本。我借兵三千、馬五百匹與你。平定之後，可速回來。你職位卑微，難掌大權。我表你爲折衝校尉、殄寇將軍，【毛】【漁】不但借得兵馬，（兼〔一五〕）（又）得一箇大官。剋日領兵便行。」

策拜謝，遂引軍馬，帶領朱治、吕範，舊將程普、黄蓋、【二】音葛。韓當等〔一六〕，擇日起兵。行至歷陽，見一軍到。當先一人，姿質風流，儀容秀麗，【鍾】公瑾丰姿過人。見了孫策，下馬便拜。策視其人，乃廬江舒城人，姓周名瑜，字公瑾。【毛】孫策是小霸王，此人亦〔一七〕小范增也。【漁】小霸王之范增也。原來孫

〔一二〕「景」，原本作「璟」，毛校本同。按：同本回校記〔一六〕。據明四本及前文改，後同。
〔一三〕「馬」，滄本、光本作「臂」。
〔一四〕「細」，商本訛作「湘」。
〔一五〕毛批「兼」，商本作「並借」。
〔一六〕「等」，齋本、光本脱，明四本無。
〔一七〕「亦」下，齋本、光本、商本有「是」字。

堅討董卓之時，移家舒城，瑜與孫策同年，交情甚密，因結爲昆仲。策長瑜兩月，瑜以兄事策。瑜叔周尚爲丹楊太守，今往省親，【毛】不但同年，亦且同志。到此與策相遇。策見瑜大喜，訴以衷情。瑜曰：「某願施犬馬之力，共圖大業〔二八〕。」策喜曰：「吾得公瑾，大事諧矣！」便令與朱治、吕範等相見。瑜謂策曰：「吾兄欲濟大事，可〔二九〕知江東有『二張』乎？」【毛】一人薦出二人。○能成大事者，必能得士；能助人成大事者，必能薦賢。【贄】【鍾】薦人用人皆豪傑事也，只有小人妬人阻人耳。【漁】一人薦出二人，大事業皆起于得人，真功名必成于薦賢。策曰：「何爲『二張』？」瑜曰：「一人乃彭城張昭，字子布；一人乃廣陵張紘，【二】音宏。字子綱。二人皆有經天緯地之才，因避亂隱居於此。吾兄何不聘之？」策喜，即便令人賫禮往聘，俱辭不至。【毛】【漁】有身分。〈【毛】〉若呼之即至者，周瑜亦不薦之矣。策乃親到其家，與語大悦，力聘之，二人許允。策遂拜張昭爲長史兼撫軍中郎將，張紘爲叅謀、正議校尉，商議攻擊劉繇。

却説劉繇字正禮，東萊牟平人也，亦是漢室宗親，太尉劉寵之姪，兗州刺史劉岱之弟。舊爲揚州〔三〇〕刺史，【三】【補註】陶丘洪〔三一〕（舊）薦繇，欲令舉茂才。兄曰：「前年舉公山，奈何復舉正禮？」洪曰：「明使君用公山扵前，擢正禮扵後，所謂御二龍扵長塗，騁騏驥扵千里，不亦可乎？」避亂淮浦〔三二〕，詔爲揚州刺史。屯於壽春，被袁術趕過江東，故來曲阿。【毛】叙明劉繇來歷。當下聞孫策兵至，急聚衆將商議。部將張英曰：「某領一軍屯於牛渚，【嘉】音諸。【二】渚音主。《綱目集覧〔三三〕》云：牛渚，一名采石，在太平府當塗縣北。山

〔二八〕「業」，齋本、澹本、光本、商本作「事」。

〔二九〕「可」，原作「亦」，致本、業本、貫本、齋本、澹本、商本同。按：「可」字通，據光本、明四本改。

〔三〇〕「揚州」，原作「楊州」，夏本、贄本同。據嘉本、周本、毛校本改。

〔三一〕周、夏批「洪」，原無。按：《三國志·吳書·劉繇傳》：「平原陶丘洪薦繇，欲令舉茂才。」據嘉批補。

〔三二〕周批「淮浦」，原作「江淮」。按：《三國志·吳書·劉繇傳》：「避亂淮浦，詔書以爲揚州刺史。」據嘉、夏批改。

〔三三〕周、夏批「綱目集覧」，原作「一統志」。按：周、夏批引自《綱目》卷十七王集覧，《一統志》無。據改。

下有磯，即古〔三四〕津渡也，與和州横江浦相對，六朝屯戍之下〔三五〕。縱有百萬之兵，亦不能〔三六〕近。」言未畢，帳下一人高叫曰：「某願爲前部先鋒！」衆視之，乃東萊黄縣人太史慈也。慈自解了北海之圍後，便來見劉繇，繇留於帳下。【毛】【漁】（補）（照）應前文。當日聽得孫策來到，願爲前部先鋒。繇曰：「你年尚輕，未可爲大將，【毛】袁術以年輕孫策，劉繇亦以年輕太史慈：術與繇是一流人。只在吾左右聽命。」太史慈不喜而退。張英領兵至牛渚，積糧十萬於邸【嘉】音羝。【二】音底。閣。孫策引兵到，張英出迎，兩軍會於牛渚灘上。孫策出馬，張英大罵，黄蓋便出，與張英戰不數合，忽然張英軍中大亂，報説寨中有人放火，【毛】此放火者，果何人耶？事誠意外之事，文亦意外之文。【漁】放火者誰耶？令人測摸不出。張英急回軍。孫策引軍前來，乘勢掩殺。張英棄了牛渚，望深山而逃。原來那寨後放火的，乃是兩員健將：一人乃九江壽春人，姓蔣名欽，字公奕；一人乃九江下蔡人，姓周名泰，字幼平。二人皆遭世亂，聚人在洋子江〔三七〕中，劫掠爲生，久聞孫策爲江東豪傑，能招賢納士，故特引其黨三百餘人，前來相投。【毛】二人不待相投而後立功，乃先立功而後相投，來得甚奇。【漁】先立功，後來投。二人來的甚奇。策大喜，用爲軍〔三八〕前校尉。收得牛渚邸閣糧食、軍器，并〔三九〕降卒四千餘人，遂進兵神亭。【六】神亭，在鎮江府丹陽縣界。【嘉】地名。【漁】添將益兵，漸有聲勢。

却説張英敗回見劉繇，繇怒欲斬之。下邳相笮

〔三四〕周批「古」，原作「占」，壞字。據夏批改。

〔三五〕周、夏批「下」，原作「地」。按：《綱目》卷十七王集覽作「下」，據改。

〔三六〕「能」，齋本、光本作「敢」。

〔三七〕「洋子江」，致本、業本、貫本、齋本、濟本、明四本同，光本、商本作「揚子江」。按：揚子江實爲隋代以後名稱，屬後世名稱誤用，今爲長江。東漢三國時，應作「大江」。此句情節爲虛構，及後文多處作「長江」，皆從原文。

〔三八〕「軍」，原作「車」，致本、業本、貫本、齋本、濟本、商本同。據明四本、光本改。

〔三九〕「并」，商本脱，明四本無。

融、【嘉】音昨。【二】【音註】笮，音昨。《三國志・劉繇傳》注：「笮音壯〔四〇〕力反」。按：《姓苑》音則格反。彭城相薛禮勸免，使屯兵秣陵〔四一〕城拒敵。劉〔四二〕繇自領兵於神亭嶺南下營，孫策於嶺北下營。策問土人曰：「近山有漢光武廟否？」土人曰：「有廟在嶺上。」【毛】光武廟宜在洛陽，奈何神亭嶺亦有之？意者洛陽太廟焚毀，而劉繇自以爲宗室，乃立廟於此耶？策曰：「吾夜夢光武召我相見，當往祈之。」【毛】【漁】孫策（後來）不信神仙，（此日獨）（却）信夢兆，何也？【鍾】光武中興之主，孫策夢邀相見，亦復興之兆也。長史張昭曰：「不可。嶺南乃劉繇寨，倘有伏兵，奈何？」策曰：「神人佑我，吾何懼焉！」遂披掛綽鎗上馬，引程普、黄蓋、韓當、蔣欽、周泰等共十三騎，出寨上嶺，到廟焚香。下馬叅拜已〔四三〕畢，策向前跪祝曰：「若孫策能於江東立業，復興故父之基，即當重修廟宇，四時祭祀。」【毛】卿自欲與孫家基業，與劉家何與？且正與劉家宗親作對，何反向漢室祖先致祝也？○小霸王欲求神力助攻劉氏，當求項羽廟而祝之。【漁】小霸王欲復江東事業，當求項羽廟而祝之。祝〔四四〕畢，出廟上馬，回顧衆將曰：「吾欲過嶺，探看劉繇寨柵。」諸將皆以爲不可。策不從，遂同上嶺，南望村林。早有伏路小軍飛報劉繇，繇曰：「此必是孫策誘敵之計，不可追之。」太史慈踴躍曰：「此時不捉孫策，更待何時！」遂不候劉繇將令，竟自披掛上馬，綽鎗出營，大叫曰：「有膽氣者，都跟我來！」諸將不動，惟有一小將曰：「太史慈真猛將也！吾可助

〔四〇〕周、夏批「壯」，原作「社」。按：《三國志・吴書・劉繇傳》裴注曰：「笮音壯力反。」形訛，據改。

〔四一〕「下邳相笮融彭城相薛禮」「使」「秣陵」，原作「謀士笮融薛禮」「使」「零陵」，毛校本同；明四本無「謀士」「使」。按：下文作「秣陵」；明四本前文有「下邳相笮融、彭城相薛禮」，毛本奪。《三國志・吴書・孫討逆傳》裴注引《江表傳》：「時彭城相薛禮、下邳相笮融依繇爲盟主，禮據秣陵城，融屯縣南。」《後漢書・郡國志》：零陵郡（今湖南省永州市）屬荆州，秣陵縣（今江蘇省南京市）屬揚州丹楊郡。據改、補。

〔四二〕「劉」，明四本無。

〔四三〕「已」，商本脱。

〔四四〕「祝」，光本作「祀」，形訛。

之！」拍馬同行。【毛】此小將惜不傳其名，可竟稱之爲小太史慈。【贊】太史慈可用，此小將亦通。【鍾】太史慈有見，小將亦有膽。【漁】可惜這小將姓名不傳。衆將皆笑。【毛】燕雀笑鴻鵠。

却說孫策看了半晌〔四五〕，方始回馬。【毛】足見孫策大膽。正行過嶺，只聽得嶺上叫：「孫策休走！」策回頭〔四六〕視之，見兩匹馬飛下嶺來。策將十三騎一齊擺開，策横鎗立馬於嶺下待之。【毛】【漁】儒雅之極。太史慈高叫曰：「那箇是孫策？」策曰：「你是何人？」答曰：「我便是東萊太史慈也，特來捉孫策！」【贊】【鍾】極好看。策笑曰：「只我便是。【毛】【漁】從容之極。你兩箇一齊來併我一箇，我不懼你。我若怕你，非孫伯符也！」【毛】孫郎獨戰太史慈，此項羽所謂獨身挑戰者也。慈曰：「你便衆人都來，我亦不怕！」【漁】先鬪口，妙。縱馬横鎗，直〔四七〕取孫策，策挺鎗來迎。兩馬相交，戰五十合，不分勝敗〔四八〕。程普等暗暗稱奇。【毛】【漁】在旁觀者（眼中）摹寫一筆，妙。慈見孫策鎗法無半點兒滲漏，乃佯輸詐敗〔四九〕，引孫策趕來。慈却不由舊路上嶺，竟轉過山背後。策趕到，大喝曰：「走的不算好漢！」【贊】【鍾】極好看。慈心中自忖：「這厮有十二從人，我只一箇，便活捉了他，也喫〔五〇〕衆人奪去。【毛】不愁捉不得孫策，只愁〔五一〕捉了被人奪去，可謂目無孫策矣。【漁】太欺人。再引一程，教這厮没尋處，方好下手。」於是且戰且走。策那裏肯捨，一直趕到平川之地。慈兜回馬再戰，又到五十合。策一鎗搠去，慈閃過挾住鎗；慈也一鎗搠去，策亦閃過挾住鎗。兩箇用力只一拖，都〔五二〕滚下馬來。【毛】殺得好看。馬不知走的那里去

〔四五〕「晌」，原作「响」，致本同，據其他古本改。
〔四六〕「頭」，致本作「顧」。
〔四七〕「直」，光本作「來」。
〔四八〕「敗」，齋本、光本、商本作「負」。
〔四九〕「滲」，齋本、光本、商本作「差」。「佯輸詐敗」，光本作「佯作輸敗」，明四本作「佯輸敗走」。
〔五〇〕「箇」，光本作「人」。「喫」，齋本、光本、商本作「被」。
〔五一〕「愁」，商本作「恐」。
〔五二〕「都」，光本訛作「多」。

了。【毛】不惟從人失散，且復「爰喪其馬」。【漁】好看好看。兩箇棄了鎗，揪住厮打，【毛】不打不成相識。【漁】叙入年紀，忙中着閒，甚有意味。〔五三〕不打不成相識。○此時那跟隨的小將不知何在。戰袍扯得粉碎。策手快，掣了太史慈背上的短戟，慈亦掣了策頭上的兜鍪。【嘉】音謀。【二】鍪音謀。兜鍪，胄也。《黄帝内傳》所述〔五四〕蓋玄女請帝製之，以備身也。【贅】【鍾】太史慈却是孫策（的）對手。策把戟來刺慈，慈把兜鍪遮架。【毛】策即以慈之戟刺慈，慈亦即以策之盔禦策。同是〔五五〕以敵治敵，同是以我困我。忽然喊聲後〔五六〕起，乃劉繇接應軍到來，約有千餘。策正慌急，程普等十二騎亦衝到。策與慈方纔放手。慈於軍中討了一匹馬，【毛】【漁】細。取了鎗，上馬復來。孫策的馬却是程普收得，【毛】【漁】細。策亦取鎗上馬。劉繇一千餘軍和程普等十二騎混戰，逶迤【二】迤音以。殺到神亭嶺下。喊聲起處，周瑜領軍來到。【毛】賴有此軍接應，不然孫策亦輕身陷敵矣。獨不記乃尊峴山故事耶？劉繇自引大軍殺下嶺來。時近黄昏，風雨暴至，兩下各自收軍。【毛】若非風雨，慈、策二人將直殺至天明矣〔五七〕。【漁】又是天做和事老人。

次日，孫策引軍到劉繇營前，劉繇引軍出迎。兩陣圓處，孫策把鎗挑太史慈的小戟於陣前，令軍士大叫曰：「太史慈若不是走的快，已被刺死了！」太史慈亦將孫策兜鍪挑於陣前，【毛】【漁】（都孩子氣。）前日汜水關〔五八〕上挑孫堅赤幘，今日神亭嶺下挑孫策兜鍪，可稱落帽世家。也令軍士大叫曰：「孫策頭已在

〔五三〕按：漁本正文「打」下有「慈年三十歲，策年二十一歲」。

〔五四〕周、夏批「述」，原無。按：《綱目》卷十三馮質實：「《黄帝内傳》所述，蓋玄女請帝製之。」據補。

〔五五〕「是」，光本訛作「時」。

〔五六〕「後」，商本作「復」，形訛。

〔五七〕「天」上，貫本有「大」字。「矣」，光本脱。

〔五八〕毛、漁批「汜水關」，原皆作「虎牢關」，毛校本、衡校本同。按：宋末元初胡三省《通鑑釋文辯誤》：「漢之成皋，周之虎牢也。」「劉（邦）、項（羽）相拒於成皋，扼虎牢之險也；唐初秦王世民守虎牢以破竇建德。是雖縣曰『成皋』，而『虎牢』之名猶在。」「開皇十八年改成皋爲汜水縣。」「成皋關即虎牢關也。」「成皋縣既改爲汜水縣，關亦改呼爲汜水關。」據史，「汜水」「虎牢」爲同地不同時代名。《演義》分述「汜水」「虎牢」爲兩地；前文第五回，「挑孫堅赤幘」爲華雄在汜水關所爲。據前文改。

此！」兩軍吶喊，這邊誇勝，那邊道强〔五九〕。三補註後史官議論：失盔者當輸也。太史慈出馬，要與孫策決箇勝負，策遂欲出。程普曰：「不須主公勞力，某自擒之。」程普出到陣前，太史慈曰：「你非我之敵手，只教孫策出馬來！」程普大怒，挺鎗直取太史慈。兩馬相交，戰到三十合，劉繇急鳴金收軍。太史慈曰：「我正要捉拏賊將，何故收軍？」劉繇曰：「人報周瑜領軍襲取曲阿，有廬江松滋人陳武，字子烈，接應周瑜入去。毛此段事即在劉繇〔六〇〕口中敘出，甚省筆。漁周瑜慣會塞冷拳。吾家基業已失，不可久畱。速往秣陵，五秣陵，（春秋楚威王埋〔六一〕金以鎮王氣，故名金陵。三國吴都之，改名建業。）今應天府（是也）。會薛禮、笮融軍馬，急來接應。」太史慈跟着劉繇退軍，孫策不趕，收住人馬。漁好收拾，好接脉。文情雖了，文勢不斷。長史張昭曰：「彼軍被周瑜襲取曲阿，無戀戰之心，今夜正好劫營。」孫策然之。當夜分軍五路，長驅大進，劉繇軍兵大敗，衆皆四紛五落。太史慈獨力難當，引十數騎連夜投涇縣去了。鍾□□□□無有不胜□□之甚□矣。

却說孫策又得陳武爲輔，其人身長七尺，面黄睛赤，形容古怪。毛前只在劉繇口中述其事，今却在孫策眼中見其人，補敘得好。漁補敘陳武，妙。策甚敬愛之，拜爲校尉，使作先鋒攻薛禮。武引十數騎突入陣去，斬首級五十餘顆，毛只十數騎耳，斬首如此之多，足見其勇。薛禮閉門不敢〔六二〕出。策正攻城，忽有人報：「劉繇會〔六三〕合笮融，去取牛渚。」孫策大怒，自提大軍竟奔牛渚。劉繇、笮融二人出馬迎敵。孫策曰：「吾今到此，你如何不降？」劉繇背後一人挺鎗出馬，乃部將于糜也。與策戰不三合，被策生擒過去，撥馬回陣。繇將樊能，見捉了于糜，

〔五九〕「强」，光本作「張」，形訛。
〔六〇〕「劉繇」，齋本、光本作「衆人」。
〔六一〕周批「埋」，原作「理」。按：周、夏批引自《綱目》卷十三王集覽：「秣陵，春秋楚威王埋金以鎮王氣，故名金陵。」「理」形訛，據夏批改。
〔六二〕「敢」，光本脱。
〔六三〕「會」，商本脱。

挺鎗來趕。那鎗剛搠到策後心，策陣上軍士大叫：「背後有人暗算！」策回頭，忽見樊能馬到，乃大喝一聲，聲如巨雷。樊能驚駭，倒翻身撞下馬來，破頭而死。策到門旗下，將于麋丟下，已被挾死。贊孫策的是可兒。漁須知此段文字不獨形容孫策之勇，亦見得惟太史慈方是敵手。一霎時挾死一將，喝死一將，自此人皆呼孫策爲「小霸王」。毛漁忙中（夾）（閒）註一筆，妙。〇霸王無面（目）見江東，（今）小霸王復霸江東，（或即）（想是）項羽後身（，亦未可知）。鍾孫策的是小霸王。

當日劉〔六四〕繇兵大敗，人馬大半降策，策斬首級萬餘。劉繇與笮融走豫章，投劉表去了。毛又走〔六五〕到孫策讐人處。三補註後在扵〔六六〕山林之中爲落草寇一般，劫掠財物，（被）（爲）居民所殺。孫策還兵，復攻秣陵，親到城壕邊，招諭薛禮投降。城上暗放一冷箭，正中孫策左腿，翻身落馬。衆將急救起，還營拔箭，以金瘡藥傅之。策令軍中詐稱主將中箭身死。毛孫堅真被射死，孫策詐作射死。一真一假，一死一生〔六七〕，令人不測。漁父射死，策復以射死詐人，小小亦有照應。軍中舉哀，拔寨齊起。薛禮聽知孫策已死，連夜起城内之軍，與驍將張英、陳橫殺出城來追之。忽然伏兵四起，孫策當先出馬，高聲大叫曰：「孫郎在此！」毛孫策不死，無異孫堅復生。衆軍皆驚，盡棄鎗刀，拜於地下。策令休殺一人。張英撥馬回走，被陳武一鎗刺死。陳橫被蔣欽一箭射死〔六八〕，薛禮死於亂軍之中。策入秣陵，安輯居民，移兵至涇縣來捉太史慈。

却説太史慈招得精壯二千餘人，并所部兵，正要來與劉繇報讐。孫策與周瑜商議活捉太史慈之計。瑜令三面攻縣，只留東門放走，離縣五十里〔六九〕，

〔六四〕「日」，光本作「時」，明四本無。「劉」，商本脱。
〔六五〕「走」，貫本作「是」。
〔六六〕「扵」，周批無。
〔六七〕「作」，滄本、商本作「稱」。「一死一生」，光本倒作「一生一死」。
〔六八〕「射死」，商本倒作「死射」。
〔六九〕「縣」，明四本作「城」。「五十」，原作「二十五」，毛校本同。按：後文作「太史慈走了五十里」。據改。

三路各伏一軍，太史慈到那里，人困馬乏，必然被擒。【鍾】周郎的是上將□。原來太史慈所招軍，大半是山野之民，不諳紀律，【毛】然則雖有二千人，原〔七〇〕只太史慈一人耳。涇縣城頭，苦不甚高。當夜孫策命陳武短衣持刀，首先爬上城放火。太史慈見城上火起，上馬投東門走，背後孫策引軍來趕〔七一〕。太史慈正走，後軍趕至三十里，却不趕了。太史慈走了五十里，人困馬乏，蘆葦之中，喊聲忽起。慈急待走，兩下里絆馬索齊來，將馬絆翻了，生擒太史慈，解投大寨。策知解到太史慈，親自出營，喝散士卒，自釋其縛，將自己錦袍衣之，【毛】孫策爲小霸王，太史慈亦一小英布也。但項羽不能用英布，孫策能用慈，勝項羽多矣。【贄】【鍾】孫策收拾太史慈，英雄之見無不如此。【漁】要幹大事，務先得人。請入寨中，謂曰：「我知子義真丈夫也。劉繇蠢輩，不能用爲大將，以致此敗。」【毛】貶駁劉繇，隱然誇獎自己。慈見策待之甚厚，遂請降。

策執慈手笑曰：「神亭相戰之時，若公獲我，還相害否?」慈笑曰：「未可知也。」【毛】【漁】極似穿封戍〔七二〕對楚靈王語。策大笑，請入帳，邀之上坐，設宴款待。慈曰：「劉君新破，士卒離心。某欲自往收拾餘衆，以助明公，不識能相信否。」策起謝曰：「此誠策所願也。今與公約：明日日中，望公來還。」【贄】【鍾】此等處非真人豪不能言，亦非真人豪不能信也。慈應諾而去。諸將曰：「太史慈此去必不來矣。」策曰：「子義乃信義之士，必不背我。」衆皆未信。次日，立竿於營門以候日影。恰將日中，太史慈引一千餘衆到寨。孫策大喜，衆皆服策之知人。【毛】有孫策之信太史慈，乃有孫權之信諸葛瑾：弟正學其兄也。【漁】孫策信太史慈，而慈亦不欺孫策，英雄心事如青天白日。於是孫策聚數萬之衆〔七三〕下江東，安民恤衆，投者無數。江東之民，皆呼策爲「孫郎」。但聞孫郎兵至，皆喪

〔七〇〕「原」，澹本脱。

〔七一〕「來趕」，商本倒作「趕來」。

〔七二〕「戍」，毛批商本、漁批原作「成」，衡校本同。按：穿封戍，春秋時期楚國大夫。「成」形訛，據改。

〔七三〕「衆」，致本作「軍」。

膽而走。及策軍到，並不許一人擄掠，鷄犬不驚。人民皆悦，賫牛酒到寨勞軍，策以金帛荅之，懽聲遍野。【毛】項羽好殺〔七四〕，每欲屠城，今小霸王絶勝老霸王矣。【贊】規模頗大，終成大事，有以也。【鍾】孫策大服衆心，故能所□皆□。【漁】小霸王做事絶勝老霸王。其劉繇舊軍，願從軍者聽從，不願爲〔七五〕軍者給賞歸農。江南之民，無不仰頌，【毛】勇者不必有仁，孫郎勇而能仁，尤爲難得。由是兵勢大盛。策乃迎母、叔、諸弟，俱歸曲阿，使弟孫權與周泰守宣城，【毛】【漁】孫權此處方出（頭）（現）。策領兵南取吴郡。

時有嚴白虎，自稱「東吴德王」，據吴郡，遣部將守住烏程、由拳〔七六〕。當日白虎聞策兵至，令弟嚴輿出兵，會於楓橋。【五】楓橋，在蘇州府〈二〉城西七里。面山臨水，可以遊息，南北往來，必經于此。【毛】孫郎既得陳武，又得太史慈，已有二虎，何懼此一虎？輿横刀立馬於橋上。有人報入中軍，策便欲出。【毛】一將之勇有餘，君人之度未足。張紘諫曰：「夫主將乃三軍之所繫命，不宜輕敵小寇，願將軍自重。」【贊】是。策謝曰：「先生之言如金石，但恐不親冒矢石，則將士不用命耳。」【漁】言亦當。隨遣韓當出馬。比及韓當到橋上時，蔣欽、陳武早駕小舟，從河岸邊殺過橋裏〔七七〕，亂箭射倒岸上軍。二人飛身上岸砍殺，嚴輿退走。韓當引軍直殺到閶門下，賊退入城裏去了。策分兵水陸並進，圍住吴城，一困〔七八〕三日，無人出戰。策引衆軍到閶門外招諭。城上一員裨【毛】側【二】（裨）音皮。將，左手托定護梁，右手指着城下大駡。太史慈就馬上拈弓取箭，顧軍將曰：「看我射中這厮左手！」説聲未絶，弓弦響處，果然射箇正

〔七四〕「殺」，光本作「戰」。
〔七五〕「爲」，光本作「從」。
〔七六〕「烏程」「由拳」，原作「烏城」「嘉興」，毛校本、嘉本、夏本、贊本同；周本作「烏程」「嘉興」。按：《後漢書·郡國志》：烏程、由拳屬吴郡；後文作「太史慈攻取烏程」。據周本及後文改。《三國志·吴書·吴主傳》：黄龍三年「由拳野稻自生，改爲禾興縣」；赤烏五年「改禾興爲嘉興」。據改，後同。
〔七七〕「裏」，商本作「來」。
〔七八〕「困」，齋本、光本作「圍」。

中，把那將的左手射透，反牢釘在護梁上。毛此將但會罵人，却不能口手相應。贊好箭，好箭，真好看也。城下城上〔七九〕人見者無不喝采。毛漁城下人喜而喝采，宜矣；城上人正（當）（應）着急，（如何也）（何爲）喝采？想蘇州人（固應）（俱）有此清興。鍾有此神箭，應該喝采。衆人救了這人下城。白虎大驚曰：「彼軍有如此人，安能敵乎！」遂商量求和。次日，使嚴輿出城來見孫策，策請輿入帳飲酒。酒酣，夏音含。問輿曰：「令兄意欲如何？」輿曰：「欲與將軍平分江東。」策大怒曰：「鼠輩安敢與吾相等！」毛彼自名曰〔八〇〕「虎」，策乃目之曰「鼠」。命斬嚴輿。輿拔劍起身，策飛劍砍之，應手而倒，割下首級，令人送入城中。贊是箇孫郎，不愧孫郎也。白虎料敵不過，棄城而走。

策進兵追襲，黃蓋攻取由拳，太史慈攻取烏程，數縣〔八一〕皆平。白虎奔餘杭，於路劫掠，毛漁人遇（孫家）（青州）兵，如遇青龍；遇嚴家兵，（真）如〔八二〕遇白虎。被土〔八三〕人凌操領鄉人殺敗，望會稽而走。凌操父子二人，來接孫策，三補註（時）（操）子凌統年十五歲。後（長，）（從）孫權即拜爲别部司馬，行破賊校尉。策使爲從征校尉，遂同引兵渡江。嚴白虎聚寇分布於西津渡口，程普與戰，復大敗之，連夜趕到會稽。六會稽，（郡名，即）今紹興府（是也）。

會稽太守王朗，欲引兵救白虎，忽一人出曰：「不可。孫策用仁義之師，白虎乃暴虐之衆〔八四〕，還宜擒白虎以獻孫策。」毛此言甚當。二考證補註按《綱目》：「功曹虞翻說太守王朗曰：『策善〔八五〕用兵，不如避之。』」鍾虞翻欲捉白虎以獻孫策，却是血性男。朗視之，乃會稽餘姚人，姓虞名翻，字仲翔，見爲郡吏。

〔七九〕「城下城上」，滄本作「城上城下」。
〔八〇〕「曰」，貫本、滄本作「白」，形訛。
〔八一〕「縣」，原作「州」，古本同。按：烏程、由拳皆吳郡屬縣。據改。
〔八二〕毛批「如」，貫本脫。
〔八三〕「土」，滄本作「士」，形訛。
〔八四〕「衆」，齋本、光本作「將」。
〔八五〕周、夏批「善」下原有「能」字。按：《綱目》無，據刪。

朗怒叱之，翻長嘆而出。朗遂引兵會合白虎，同陳兵於山陰之野。兩陣對圓，孫策出馬，謂王朗曰：「吾興仁義之兵，來安浙江，汝何故助賊？」朗罵曰：「汝貪心不足！既得吴郡，而又强併吾界。今日特與嚴氏雪〔八六〕讎！」毛王朗亦一時名士，何不識好歹至此。孫策大怒，正待交戰，太史慈早出。王朗拍馬舞刀，與慈戰不數合，朗將周昕殺〔八七〕出助戰。孫策陣中，黄蓋飛馬接住周昕交鋒。兩下鼓聲大震，互相鏖戰。忽王朗陣後先〔八八〕亂，一彪軍從背後抄來。毛來得奇。朗大驚，急回馬來迎，原來是周瑜與〔八九〕程普引軍刺斜殺來。毛漁（孫郎每虧周郎接應）（周郎處處出色）。孫郎之下江東，周郎之功居多。前後夾攻，王朗寡不敵衆，與白虎、周昕殺條血路，走入城中，拽起弔橋，堅閉城門。孫策大軍乘勢趕到城下，分布衆軍，四門攻打。王朗在城中見孫策攻城甚急，欲再出兵決一死戰。嚴白虎曰：「孫策兵勢甚大，足下只宜深溝高壘，堅壁勿出。不消一月，彼軍糧盡，自然退走。那時乘虛掩之，可不戰而破也。」漁也是一說。朗依其議，乃固守會稽城而不出。毛幾如句踐之甲楯五千。孫策一連攻了數日，不能成功，乃與衆將計議。孫静曰：二補註孫静乃孫策叔父也。「王朗負固守城，難可卒毛眉卒，音測。拔。會稽錢糧，大半屯於查〔九〇〕瀆，六查瀆，地名，（《一統志》云：）在寧波府定海縣（東北）。其地離此數十里，莫若以兵先據其内，所謂『攻其無備，出其不意』也。」毛孫權有兄〔九一〕，孫堅有弟。鍾攻其無備，果足破賊。漁此策又妙。策大喜曰：「叔父妙用，足破賊人矣！」即下令於各門燃火，虛張旗號，設爲

〔八六〕「雪」，致本同，其他毛校本作「報」，明四本無。
〔八七〕「殺」，商本作「飛」，嘉本無。
〔八八〕「先」，光本作「大」，嘉本無。
〔八九〕「是」，齋本、光本脱，嘉本無。「與」，光本脱，嘉本無。
〔九〇〕「查」，業本、貫本、瀹本訛作「渣」，後同。
〔九一〕「孫權有兄」，致本同；光本作「孫策有叔」，其他毛校本作「孫權有叔」。按：「孫權有兄」指孫策，「孫堅有弟」指孫静，「兄」與「弟」前後相對，兩句述二人對話，評二人俱有識見。「孫權有叔」或「孫策有叔」則二句同述評一人，語義重複。

疑兵，連夜徹圍南去。周瑜進曰：「主公大兵一起，王朗必〔九二〕出城來趕，可用奇兵勝之。」【漁】更妙。策曰：「吾今准備下〔九三〕了，取城只在今夜。」遂令軍馬起行。【毛】名取查瀆，其意實在會稽。孫郎兵法頗妙，非徒勇也。

却説王朗聞報孫策軍馬退去，自引衆人來敵樓上觀望，見城下烟火併起，旌旗不雜，心下持疑〔九四〕。周昕曰：「孫策走矣，特設此計以疑我耳。可出兵襲之。」【鍾】寡謀者安能脱小霸王□□？嚴白虎曰：「孫策此去，莫非要去查瀆？我引部兵與周將軍〔九五〕追之。」朗曰：「查瀆是我屯糧之所，正須隄防。汝引兵先行，吾隨後接應。」白虎與周昕領五千兵出城追趕。將近初更，離城二十餘里，忽密林裏一聲鼓響，火把齊明。白虎大〔九六〕驚，便勒馬回走，一將當先攔住，火光中視之，乃孫策也。周昕舞刀來迎，被策一鎗刺死，餘衆皆降。白虎殺條血路，望餘杭而走。王朗聽知前軍已敗，不敢入城，引部下奔逃海隅去了。孫策復回大軍，乘勢取了城池，安定人民。不隔一日，只見一人將着嚴白虎首級，來孫策軍前投獻。策視其人，身長八尺，面方口濶。問其姓名，乃會稽餘姚人，姓董名襲，字元代。【毛】【漁】此人亦先立功，而後出姓名，與前（文）一樣筆法。策喜，命爲別部司馬。自是東路皆平，令叔孫静守之，令〔九七〕朱治爲吴郡太守，收軍回江東。

却説孫權與周泰守宣城，忽山賊竊發，四面殺至。【漁】於報中叙山賊一事，詳而不冗。時值更深，不及抵敵，泰抱權上馬。數十賊衆〔九八〕，用刀來砍。泰赤體步行，提刀殺賊，砍殺十餘人。【贊】好箇周泰。【鍾】周泰殺賊救主，奮不顧身。隨後一賊，躍馬挺鎗直取周泰，被泰扯住鎗，拖下馬來，奪了鎗馬，殺條血

〔九二〕「必」下，商本有「然」字。
〔九三〕「下」，商本脱，嘉本無。
〔九四〕「持疑」，嘉本無，澹本、光本、商本作「遲疑」。
〔九五〕「與周將軍」，齊本、光本脱，嘉本無。
〔九六〕「大」字原闕，據毛校本補。
〔九七〕「令」，光本脱。
〔九八〕「數十賊衆」，原無，其他毛校本同，光本作「賊」。據明四本補。

路，救出孫權。餘賊遠遁。周泰身被十二鎗，[毛][漁]有如此用命之將，（安）（那）得不興？金瘡發脹，命在須臾。策聞之大驚。帳下董襲曰：「某曾與海寇相持，身遭數鎗，得會稽一箇賢郡吏虞翻薦一醫者，半月而愈。」[毛]因薦醫遂并薦一薦醫之人，曲折之甚。策曰：「虞翻莫非虞仲翔乎？」襲曰：「然。」[漁]因周泰帶出華佗，又帶出虞翻。應虞翻，又伏華佗。妙，妙。策曰：「此賢士也！我當用之。」[毛]急於求醫，更急於用賢。乃令張昭與董襲，同往聘請虞翻。翻至，策優禮相待，拜爲功曹，因言及求醫之意。[毛]先拜官而後問醫，是爲其賢士而用之，非專托其請醫生也。翻曰：「此人乃沛國譙縣〔九九〕人，姓華名佗，字元化，[漁]華佗第一次出現。真當世之神醫也。當引之來見。」不一日引至。策見其人童顏鶴髮，飄然有出世之姿，[毛]華佗先於此處出現。乃待爲上賓，請視周泰瘡。佗曰：「此易事耳。」投之以藥，一月而愈。策大喜，厚謝華佗。遂進兵殺除山賊，江南皆平。孫策分撥將士，守把〔一〇〇〕各處隘口，一面寫表申奏朝廷，[漁]一總結。一面結交曹操，一面使人致書與袁術取玉璽。[漁]好作用，索璽亦可不必。

却說袁術暗有稱帝之心，乃回書推托不還，[毛]孫堅匿璽而不出，袁術賴璽而不還，皆以此璽爲奇貨。不知在人不在璽，猶之在德不在鼎也。急聚長史楊弘〔一〇一〕，都督張勳、紀靈、橋蕤，[嘉]音蕊。[二]音雷。上將雷薄、陳蘭等三十餘人商議曰：「孫策借我軍馬起事，今日盡得江東地面，乃不思報本，而反來索璽，殊爲無禮。當以何策圖之？」長史楊弘曰：「孫策據長江之險，兵精糧廣，未可圖也。[鍾]長江天塹。[漁]作者得移花接木之法。今當先伐劉備，[毛][漁]此回書以備始，（亦）以備終。以報前日無故相攻之恨，然後圖取孫策未遲。某獻一計，使備即日就擒。」正是：

〔九九〕「縣」，原作「郡」，古本同。按：同第一回校記〔四八〕，據改。

〔一〇〇〕「守把」，光本、商本倒作「把守」。

〔一〇一〕「楊弘」，原作「楊大將」，古本同。按：《三國志·吳書·孫討逆傳》作「長史楊弘」。據改。

不去〔一〇二〕江東圖虎豹，却來徐郡鬭蛟龍。

不知其計若何，且聽下文分解。

三國英雄，一味以收拾英雄爲本，如孫策之于太史慈之類是也。如此舉動，如何不興王定伯？可笑今人視英雄如草，妬英雄如仇，真奴才也，何可與言英雄之舉動也哉！

人都曰：孫策問太史慈曰：「寧識神亭乎？若公是時獲我，還相害否？」慈答曰：「未可量也。」俱以爲英雄之言。殊不知此等問答自合如此，不然，難道「不敢，不敢也」？可笑今人不解事也。

與王定霸，似收拾英雄爲本，如孫策之于太史慈之類是也。彼視英雄如草，妬英雄如仇，安能舉大事耶？

〔一〇二〕「去」，原作「知」，致本同，明四本無。按：「知」字對仗有誤，據其他毛校本改。

第十六回　呂奉先射戟轅門　曹孟德敗師淯水

操欲殺布，而備出書以示〔一〕布；術欲攻備，而布亦射戟以救備：相報之道也。操因備之不殺布，而使搆怨於術；術因布之不攻備，而遂求婚于布：相取〔二〕之謀也。以相報之道言之，布在玄德度内；以相取之謀論之，術亦在孟德算中。

嘗縱觀春秋時事，婚姻每爲敵國。辰嬴在晉，而秦嘗伐晉。穆姬在秦，而晉嘗絶秦。況呂布不有其父，何有其壻；袁術不有其同族之兄，何有于異姓之戚，安在踈不間親耶？或解之曰：「天下儘有於父母則背之、於兒女則暱〔三〕之者，於兄弟則背之、於外戚則親之者。人情顛倒，往往如是。」此固陳宫之所必欲勸，而陳珪之所必欲争耳。

毛遂對楚王曰：「合縱爲楚，非爲趙。」呂布恐袁術取小沛，則徐州危，其勸和也爲己，非爲備也。張儀勸楚絶齊歡，而楚遂爲秦所弱。陳珪恐袁、吕之交合，則不利於劉，亦不利於曹，其勸絶也，亦爲劉、爲曹，而非爲布也。惟布本不爲備，故奪馬求和，便不許〔四〕備。而射戟之時，口口〔五〕爲備，矜德色于備，一似助備，無有如布者。珪不惟〔六〕不爲布，方父子同謀以圖布。而絶婚之謀，口口爲布，諄諄愛布，一似效忠於布無有如珪者。《三國志》

〔一〕「示」，光本訛作「視」。
〔二〕「取」，商本作「攻」，後一處同。
〔三〕「暱」，原作「擟」，致本、業本、貫本同。按：與上下文不合，據其他毛校本改。
〔四〕「許」，光本、商本作「計」。
〔五〕「口口」，商本作「殷殷」，後一處同。
〔六〕「珪不惟」，齋本、光本作「惟珪本」。

有《戰國策》之譎，而《戰國策》無《三國志》之巧，真絕世妙文哉！

操之忌備，前既欲使呂布圖之，後又使袁術攻之，而決不肯自殺之者，要推惡人與別人做。蓋以其爲人望所歸，而不欲使吾有害賢之名也。此等奸雄，奸到絕頂。傖父不解，讀書至此，失聲歎曰「曹操亦有好處」，此真爲曹操所笑矣。

董卓愛婦人，曹操亦愛婦人。乃卓死於布，而操不死于繡，何也？曰：卓之死，爲失心腹猛將之心；操之不死，爲得心腹猛將之助也。興亡成敗，止在能用人與否耳，豈在好色不好色哉！吴王不用子胥，雖無西施亦亡。吴王能用子胥，雖百〔七〕西施何害？袁中郎先生作《靈喦記》曰〔八〕：「先齊有好内之桓公，仲父云：『無害霸』；蜀宫無傾國之美人，劉禪竟爲俘虜。」此千古風流妙論。

摹寫典韋以死拒敵，淋漓痛快，令人讀之凜凜有生氣。是篇中出色處。

却說楊弘獻計，欲攻劉備。袁術曰：「計將安出？」弘曰：「劉備軍屯小沛，雖然易取，奈呂布虎踞徐州，前次許他金帛糧馬，至今未與，恐其助備。今當令人送與糧食，以結其心，【毛】前番是賒，今番是現。【漁】還賒帳了。使其按兵不動，則劉備可擒。先擒劉備，後圖呂布，徐州可得也。」【鍾】先除一患之計，亦巧。術喜，便具粟二十萬斛，令韓胤齎密書往見呂布。【毛】先送後講。【漁】總一味中之以利。呂布甚〔九〕喜，【毛】賴物便怒，得物便喜，真如小兒。重待韓胤。胤回告袁術，術遂遣紀靈爲大將，雷薄、陳蘭爲副將，統兵數萬，進攻〔一〇〕小沛。玄德聞知此信，聚衆商

〔七〕「百」，致本同，其他毛校本作「有」。

〔八〕按：毛批引袁中郎先生（明代袁宏道）《靈喦記》，首句「先齊有好内之桓公」，《袁中郎全集》卷八第四篇《靈巖》作「夫齊國有不嫁之姊妹」。

〔九〕「甚」，光本、商本作「大」。

〔一〇〕「攻」，光本作「取」。

議。張飛要出戰，孫乾曰：「今小沛糧寡兵微，如何抵敵？可修書告急於呂布。」張飛曰：「那厮如何肯來？」【贊】老張最有主張，玄德不如也。【鍾】老張平素有血性，那肯傍他人威勢？玄德曰：「乾之言善。」遂修書與呂布，書略曰〔一一〕：

伏自將軍垂念，令備於小沛容身，實拜雲天之德。今袁術欲報私讐，遣紀靈領兵到縣。【贊】書甚簡拔可愛〔一二〕。亡在旦夕，非將軍莫能救。望驅一旅之師，以救倒懸之急，不勝幸甚！

呂布看了書，與陳宮計議曰：「前者袁術送糧致書，蓋欲使我不救玄德也，今玄德又來求救。吾想玄德屯軍小沛，未必遂能爲我害；若袁術併了玄德，則北連泰山諸將以圖我，我不能安枕矣。不若救玄德。」【贊】呂布亦自有見。遂點兵起程。【毛】【漁】呂布從來没主張，（獨）此番大有定見。

却説紀靈起兵，長驅大進，已到沛縣東南，劄下營寨。晝列旌旗，遮映山川；夜設火鼓，震明天地。【毛】【漁】形容得聲勢。玄德縣中，止有五千餘人，也只得勉强出縣，布陣安營。忽報呂布引兵離縣一里，西南上劄下營寨。紀靈知呂布領兵來救劉備，急令人致書于呂布，責其無信。【毛】袁術先曾無信，今怪呂布不得〔一三〕。【贊】【鍾】此書便硬（梗）（粗），惹事矣。布笑曰：「我有一計，使袁、劉兩家都不怨我。」乃發使往紀靈、劉備寨中，請二人飲宴。【毛】此非飲宴時，豈欲以盃酒釋兵權耶？奇絶。【漁】此人亦思用計，奇。玄德聞布相請，即便欲往。關、張曰：「兄長不可去，呂布必有異心。」玄德曰：「我待彼不薄，彼必不害我。」遂上馬而行，【毛】去得有膽。關、張隨往。到呂布寨中入見，布曰：「吾今特解公之危，【毛】且不明言解危之法，妙。異日得志，不可相忘。」【毛】與白門樓相照。【漁】埋伏後日不救怨語。玄德稱謝。布請玄德坐。

〔一一〕毛本玄德與呂布書改自贊本；鍾本、漁本同贊本，贊本同明三本。
〔一二〕「愛」，緑本脱。
〔一三〕「怪呂布不得」，澹本訛作「怪呂在不待」。

關、張按劍立於背後。人報紀靈到，玄德大驚，欲避之。布曰：「吾特請你二人來會議，勿得生疑。」玄德未知其意，心下不安。紀靈下馬入寨，却見玄德在帳上坐，大驚，抽身便回，【毛】同是〔一四〕一驚，紀靈尤甚。左右留之不住。呂布向前一把扯回，如提童稚。【毛】數萬之衆，而以童稚將之，關、張兵雖少，不足懼也。【漁】只一扯便捉到，紀靈不敢不聽命矣。靈曰：「將軍欲殺紀靈耶？」【毛】此句著忙之極。布曰：「非也。」靈曰：「莫非殺『大耳兒』乎？」【毛】此句又過望之極。布曰：「亦非也。」靈曰：「然則爲何？」布曰：「玄德與布，乃兄弟也。今爲將軍所困，故來救之。」【毛】且不明言救之之法，妙。【漁】只如此問荅，便是絶好文字。靈曰：「若此則殺靈也？」【毛】此句更著忙得妙。布曰：「無有此理。布平生不好鬬，惟好解鬬。吾今爲兩家解之。」【毛】絶似今日訟師之言。靈曰：「請問〔一五〕解之之法？」【毛】未入門，先請問，情景逼真。布曰：「吾有一法，從天所決。」【毛】且只含吐，不即説出，妙。乃拉靈入帳，與玄德相見。【毛】兩人不以兵戎相見，而以酒食，大奇。二人各懷疑忌。布乃居中坐，使靈居左，備居右，【毛】主居中而客居左右，是大阿哥身分。且教設宴行酒。【毛】今大阿哥慣要備酒替人和事，葢有所覬覦于其間也。若呂布替玄德和事而不索謝，勝今之大阿哥多矣。【漁】豈欲以杯酒釋兵權耶？摹擬酷似。

酒行數巡，布曰：「你兩家看我面上，俱各罷兵。」【毛】開談且只如此。玄德無語。靈曰：「吾奉主公之命，提十萬之兵，專捉劉備，如何罷得？」張飛大怒，拔劍在手，叱曰：「吾雖兵少，覷汝輩如兒戲耳！」【毛】呂〔一六〕布提之如童稚，則張飛覷之如兒戲矣。【贊】【鍾】翼德真（是）快人。你比百萬黃巾何如？你敢傷我哥哥？」【毛】有玄德之無語，少不得張飛之發作。關公急止之曰：「且看呂將軍如何主意，那時各回營寨厮殺未遲。」【毛】有張公之發作，少不得關公之勸

〔一四〕「是」，光本訛作「時」。
〔一五〕「問」下，齊本、光本有「今日」二字。
〔一六〕「呂」，商本脱。

解。〇做好做惡，自收自放，今之聽處事人〔一七〕，多用此法。贊鍾老關更老成。吕布曰：「我請你兩家解鬪，須不教你〔一八〕厮殺！」毛是和事人聲口。這邊紀靈不忿〔一九〕，那邊張飛只要厮殺。毛情景逼真。漁今人替人和事，兩邊俱作多少身分，臨時尚有幾許咆哮，想亦從《三國》中學來。布大怒，教左右：「取我戟來！」布提畫戟在手，紀靈、玄德盡皆失色。毛本是解和，却故作此驚人之筆。布曰：「我勸你兩家不要厮殺，盡在天命。」令左右接過畫戟，去轅門外遠遠插定。乃回顧紀靈、玄德曰：「轅門離中軍一百五十步。吾若一箭射中戟小枝，你兩家罷兵。毛方説出解之之法，妙。如射〔二〇〕不中，你各自回營，安排厮殺。有不從吾言者，併力拒之。」毛魯仲連聊城一矢，難爲了燕將，只爲得一邊；不若吕奉先轅門一箭，却不難爲紀靈，是兩邊都爲〔二一〕。漁布一生只擲戟與射戟二事，真風流千古。紀靈私忖：「戟在一百五十步之外，安能便中？且落得應允。待其不中，那時憑我厮殺。」毛一箇度其未必中。便一口許諾。玄德自無不允。布都教坐，再各飲一盃酒。毛漁讀者至此，將拭目觀射矣，（却偏教再飲）（偏又行）酒。頓跌（絶）（得）妙。酒畢，布教取弓箭來。玄德暗祝曰：「只願他射得中便好！」毛一箇祝其必中。摹寫兩人心事如畫。只見吕布挽起袍袖，搭上箭，扯滿弓，叫一聲：「着！」正是：弓開如秋月行天，箭去似流星落地。毛絶妙好詞。一箭正中畫戟小枝，帳上帳下將校齊聲喝采。毛漁讀者至此，亦爲喝采。鍾吕徐州解危急，以戟爲卜，實是顯長技於袁、劉，懾服其心，真三國梟雄術也。後人有詩贊之曰〔二二〕：

温侯神射世間稀，曾向轅門獨解危。
落日果然欺后羿，號猨直欲勝由基。

〔一七〕「人」，貫本作「者」。
〔一八〕「你」，業本、貫本、澮本、商本作「爾」。
〔一九〕「不忿」，齊本、光本、商本作「忿忿」。
〔二〇〕「射」，商本作「若」。
〔二一〕「是兩邊都爲」，商本「爲」作「得」，澮本作「兩邊矣」。
〔二二〕毛本贊詩從贊本；鍾本同贊本，贊本同明三本；漁本無。

虎觔弦響弓開處，雕羽翎飛箭到時。
豹子尾摇穿畫戟，雄兵十萬脱征衣。

當下吕布射中畫戟小枝，呵呵大笑，【毛】其實得意。擲弓于地，執紀靈、玄德之手曰：「此天令你兩家罷兵也！」【毛】應前「從天所决」「盡在天命」等語。【鍾】代兩家解鬬，極妙。喝教軍士：「斟酒來，各飲一大觥！」【毛】處處夾寫酒，妙。玄德暗稱：「慚愧！」【毛】應前暗祝意。紀靈默然半晌，【毛】應前暗忖。告布曰：「將軍之言，不敢不聽。奈紀靈回去，主人如何肯信？」【漁】紀靈此言可憐，却句句是真話。布曰：「吾自作書覆之便了。」【毛】一枝箭消繳二十萬斛。酒又[二三]數巡，紀靈求書先回。布謂玄德曰：「非我則公危矣。」【漁】又照應前語。玄德拜謝，與關、張回。次日，三處軍馬都散。

不説玄德入小沛，吕布歸徐州，却説紀靈回淮南見袁術，説吕布轅門射戟解和之事，呈上書信。袁術大怒曰：「吕布受吾許多糧米，【毛】【漁】正項軍糧且不肯發，（今白送落[二四]）（白去了）二十萬[二五]（斛，豈不著）（，如何不）惱。反以此兒戲之事偏護劉備！吾當自提重兵，親征劉備，兼討吕布。」紀靈曰：「主公不可造次。吕布勇力過人，【毛】一把如提童稚之時，實親領教其勇力。兼有徐州之地，若布與備首尾相連，不易圖也。靈聞布妻嚴氏有一女，年已及笄[二六]。主公有一子，可令人求親於布。布若嫁女于主公，必殺劉備。此乃『踈不間親』之計也。」【毛】【漁】賄賂不中，變爲讐敵；讐敵不便，變爲婚姻：愈出愈奇。○（前）處處説（吕）布妻小，知布兒女情深。【贊】【鍾】好計。袁術從之，即日遣韓胤爲媒，齎禮物往徐州求親。胤到徐州見布，稱説：「主公仰慕將軍，欲求

〔二三〕「又」，光本作「行」。
〔二四〕「落」，光本作「了」。
〔二五〕漁批「二十萬」，原作「二萬」，衡校本同。據漁本正文補。
〔二六〕「年已及笄」，明四本無，貫本脱「年」。按：《禮記・内則》：「（女子）十有五年而笄，二十而嫁」，鄭玄注曰：「謂應年許嫁者，女子許嫁，笄而字之。其未許嫁，二十則笄。」

令愛爲兒婦，永結『秦晉之好』。」布入謀于妻嚴氏。原來吕布有二妻一妾：先娶嚴氏爲正妻，後娶貂蟬爲妾；及居小沛時，又娶曹豹之女爲次妻。曹氏先亡無出，貂蟬亦無所出，唯嚴氏生一女，布最鍾愛。【毛】補叙得好〔二七〕。當下嚴氏對布曰：「吾聞袁公路久鎮淮南，兵多糧廣，早晚將爲天子。【毛】爲後袁術稱帝伏筆。若成大事，則吾女有后妃之望。只不知他有幾子？」【毛】確是婦人聲口〔二八〕。布曰：「止有一子。」妻曰：「既如此，即當許之。縱不爲皇后，吾徐州亦無憂矣。」【毛】人家婚姻，多憑婦〔二九〕人作主，只要親家富貴。古今同慨〔三〇〕。【贊】【鍾】頗似婦人貪富貴結親〔三一〕心事。【漁】世間婚姻多憑老婆做主，只要親家富貴，不獨一吕布也。布意遂決，厚欵韓胤，許了親事。韓胤回報袁術。術即備聘禮，仍令韓胤送至徐州。吕布受了，設席相待，留于館驛安歇。

次日，陳宫竟往館驛内拜望韓胤。【毛】又一箇幇做媒的來了。【漁】又添一個女家媒人。講禮畢，坐定。宫乃叱退左右，對胤曰：「誰獻此計，教袁公與奉先聯姻？意在取劉玄德之頭乎？」【毛】一語道破。胤失驚，起謝曰：「乞公臺勿洩！」宫曰：「吾自不洩，只恐其事若遲，必被他人識破，事將中變。」【毛】爲後陳珪説吕布絶婚伏線。胤曰：「然則奈何？願公教之。」宫曰：「吾見奉先，使其即日送女就親，何如？」【毛】一箇方來下聘，一箇便去催妝。胤大喜，稱謝曰：「若如此，袁公感佩明德不淺矣！」宫遂辭别韓胤，入見吕布曰：「聞公女許嫁袁公路，甚善。但不知于〔三二〕何日結親？」布曰：「尚容徐議。」宫曰：「古者自受聘至成婚之期，各有定例：天子一年，諸侯半年，大夫一季，庶民一月。」布曰：「袁公路

〔二七〕「好」，毛校本作「妙」。
〔二八〕「聲口」，光本倒作「口聲」。
〔二九〕「婦」，商本作「女」。
〔三〇〕「同慨」，齋本、光本作「一體」，商本作「同然」。
〔三一〕贊批「親」，原作「見」，吴本同，緑本作「出」。按：劉本「見」字闕左半邊，疑壞字。「親」字通，據鍾批改。
〔三二〕「于」，商本脱，明四本無。

天賜國寶，【毛】映帶玉璽，好。【漁】聽老婆說話。○又提出玉璽，有映帶。早晚當爲帝，今從天子例，可乎？」【毛】是何言與？與嚴氏如出一口。宮曰：「不可。」【贊】陳生可用。布曰：「然則仍從諸侯例？」宮曰：「亦不可。」【毛】等不及半年。布曰：「然則將從卿大夫例矣〔三三〕？」宮曰：「亦不可。」【毛】又等不及一季。布笑曰：「公豈欲吾依庶民例耶？」宮曰：「非也。」【毛】然則并一月亦等不及矣。布曰：「然則公意欲如何？」宮曰：「方今天下，諸侯互相爭雄。今公與袁公路結親，諸侯保無有嫉妒者乎〔三四〕？【贊】陳生大通。若復遠擇吉期，或竟乘我良辰，伏兵半路以奪之，如之奈何？【毛】其〔三五〕言亦殊動聽。【漁】詳〔三六〕問一番，下語得力。爲今之計，不許便休。既已許之，當趁諸侯未知之時，即便送女到壽春，【毛】「求我庶士，迨其今〔三七〕兮。」另居別館，然後擇吉成親，萬無一失也。」【鍾】陳宮欲速成其事，故告之以此。【漁】真哄騃〔三八〕子。布喜曰：「公臺之言甚當。」遂入告嚴氏，連夜具辦妝〔三九〕奩，收拾寶馬香車，令宋憲、魏續一同韓胤送女前去。鼓樂喧天，送出城外。【毛】諺云：「朝種樹，晚乘涼。」竟似娶妾一般，可笑。

時陳元龍之父陳珪，養老在家，聞鼓樂之聲，遂問左右，左右告以故。珪曰：「此乃『踈不間親』之計也。玄德危矣。」【鍾】珪真解人。【漁】好危語，玄德救星。遂扶病來見呂布。【毛】【漁】「爲呂氏右〔四〇〕袒」，陳

〔三三〕「矣」，商本作「乎」，明四本無。

〔三四〕「者乎」，明四本作「者多矣」，商本作「之心」。

〔三五〕「其」，齋本作「此」。

〔三六〕「詳」，衡校本作「評」，疑形訛。

〔三七〕「今」，商本作「吉」。按：《詩經·國風·召南》第九篇《摽有梅》：「摽有梅，其實七兮。求我庶士，迨其吉兮。摽有梅，其實三兮。求我庶士，迨其今兮。」

〔三八〕「騃」，原作「唉」，致本作「痴」。按：《廣雅》：「騃，痴也。」據衡校本改。

〔三九〕「妝」，原作「敉」，澮本同，明四本無。按：「敉」音女，爲「妝」訛用俗字，據其他毛校本改。後文多處，徑改不記。

〔四〇〕毛、漁批「呂氏右」，後句「劉氏左」，原作「呂者左」「劉者左」，業本同；其他毛校本前句同，後句作「劉者右」。按：《漢書·高后紀》：「爲呂氏右袒，爲劉氏左袒。」據改。

宮〔四一〕是也；「爲劉氏左袒」，陳珪是也。布曰：「大夫何來？」珪曰：「聞將軍死至〔四二〕，特來弔喪。」【毛】故作驚人語。婚、喪、賀、弔，映襯成文。【鍾】妙話。布驚曰：「何出此言？」珪曰：「前者袁公路以金帛送公，欲殺劉玄德，而公以射戟解之。今忽來求親，其意蓋欲以公女爲質，【毛】質物猶可，質人不堪；質子猶可，質女不堪。【周】去聲。【夏】音至。隨後就來攻玄德而取小沛。【贄】此陳生又通。小沛亡，徐州危矣。【鍾】尤妙。且彼或來借糧，或來借兵，公若應之，是疲於奔命，而又結怨於人；若其不允，是棄親而啓兵端也。【毛】言袁術將攻徐州。況聞袁術有稱帝之意，是造反也。彼若造反，則公乃反賊親屬矣，得無爲天下所不容乎？」【毛】言天下皆將攻徐州。【鍾】尤妙。【漁】思量女兒做皇后便喜歡，恐怕是反賊眷屬便驚懼，情變如此。布大驚曰：「陳宮誤我！」急命張遼引兵，追趕至三十里之外，將女搶歸，【毛】【漁】高祖刻印、銷印，正見其有決斷；呂布送婚、奪婚，正見其（無）（没）主張〔四三〕。連韓胤都拏回監禁，不放歸去。【毛】殊非待媒禮。【漁】先謝媒了。却令人回復袁術，只説女兒〔四四〕妝奩【三】音廉。未備，俟備畢便自送來。陳珪又説呂布，使解韓胤赴許都〔四五〕。【毛】惡極，妙極。〇又爲後文伏線。布猶豫未決。

忽人報：「玄德在小沛招軍買馬，不知何意。」布曰：「此爲將者本分事，何足爲怪。」正話間，宋憲、魏續至，告布曰：「我二人奉明公之命，往山東買馬，買得好馬三百餘匹。回至沛縣界首，被强寇劫去一半。打聽得是劉備之弟張飛，詐妝山賊，搶劫馬匹去了。」【毛】此是醒時奪的，不是使酒。【贄】老張又惹事了，此番定好看也。【鍾】此是老張惹事。【漁】正從不疑心處，突出意外可惱之事，承接甚妙。呂布聽了大怒，隨即點兵往小沛來鬭張飛。玄德聞知大驚，慌忙領

〔四一〕「宮」、後句「珪」，光本互易。
〔四二〕「至」，光本作「故」。
〔四三〕「女搶」至「主張」原闕，據毛校本補。
〔四四〕「歸去」至「女兒」原闕，據毛校本補。
〔四五〕「陳珪」至「許都」原闕，據毛校本補。

軍〔四六〕出迎。兩陣圓處，玄德出馬曰：「兄長何故領兵到此？」布指罵曰：「我轅門射戟，救你大難，你何故奪我馬匹？」漁好處只管在口頭提拔，亦不成恩德矣。今人往往如此，可笑，可笑。玄德曰：「備因缺馬，令人四下收買，安敢奪兄馬匹？」布曰：「你便使張飛奪了我好馬一百五十匹，尚自抵賴！」張飛挺鎗出馬曰：「是我奪了你好馬！你今待怎麼？」毛快人快語。漁好認法，又好推法。布罵曰：「環眼賊！你累次渺視我！」飛曰：「我奪你馬你便惱，你奪我哥哥〔四七〕的徐州，便不說了！」毛妙，妙。其言又快直又公平。贊有理，有理，呂布自然没得說。鍾老張説得有理，呂布自然没得應。漁其言甚直，甚公平。布挺戟出馬來戰張飛，飛亦挺鎗〔四八〕來迎。兩箇酣戰一百餘合，未見勝負。玄德恐有踈失，急鳴金收軍入城。呂布分軍，四面圍定。玄德喚張飛，責之曰：「都是你奪他馬匹，惹起事端，如今馬匹在何處？」飛曰：「都寄在各寺院内。」玄德隨令人出城至呂布營中，說情願送還馬匹，兩相罷兵。布欲從之。陳宮曰：「今不殺劉備，久後必爲所害！」毛亦伏白門樓之事。贊亦是。鍾宫見亦是。漁埋伏白門之事。布聽之，不從所請，攻城愈急。玄德與糜竺、孫乾商〔四九〕議。孫乾曰：「曹操所恨者，呂布也。不若棄城〔五〇〕走許都，全今許州城〔五一〕府（是也）。投奔曹操，借軍破布，此爲上策。」玄德曰：「誰可當先破圍而出？」飛曰：「小弟情願死戰！」玄德令

〔四六〕「鬬」，光本、商本、明四本作「攻」。「知」，光本作「之」，明四本無。「軍」，嘉本作「兵」。

〔四七〕「我奪」至「哥哥」原闕，據毛校本補。

〔四八〕毛批「其言」至「公平」、正文「布挺」至「挺鎗」原闕，據毛校本補。「快」，光本作「爽」。

〔四九〕「一百餘合」至「乾商」原闕，醉本卷八第三十葉二面殘闕半面，據毛校本補。

〔五〇〕「恨者」至「棄城」原闕，據毛校本補。

〔五一〕嘉、周、夏批、贊本系夾注原在後文「却説玄德前奔許都」以下，與醉本眉注文同，移至此處合併。醉本眉注、嘉、周、夏批、贊本系夾注「許州城」，醉本眉注、嘉、周、夏批、贊本系夾注原作「隸州城」，周批原作「彰德」。按：《一統志》：許州「東漢末獻帝都於此，曹魏改曰許昌。」彰德府，今河南安陽。據改。

飛在前，雲長在後，自居于中，保護老小〔五二〕。當夜三更，乘着月明，出北門而走。正遇宋憲、魏續，被翼德一陣殺退，得出重圍。後面張遼趕來，關公敵住。吕布見玄德去了，也不來趕，隨即入城安民，令高順守小沛，自己仍回徐州〔五三〕去了。毛玄德既失徐州，又失小沛，雖皆因翼德起釁，然實陳宫搆之也。漁玄德失徐州也因張飛，失小沛也亦因張飛。

却説玄德前奔許都，到城外下寨，先使孫乾來見〔五四〕曹操，言被吕布追逼，特來相投。操曰：「玄德與吾兄弟也。」毛奸甚。便請入城相見。次日，玄德留關、張在城外，自帶孫乾、糜竺入見操。操待以上賓之禮。毛奸甚。玄德備訴吕布之事，操曰：「布乃無義之輩，吾與賢弟併力誅之。」毛又是一箇呼賢弟的。幸翼德此時不在側也。贊鍾此（都）（皆是）老瞞好處，勿一概抹殺了他。漁又是一個認弟的，幸張飛不在面前。玄德稱謝。操設宴相待，至晚送出。荀彧入見曰：「劉備，英雄也。今不早圖，後必爲患。」操不荅。彧出，郭嘉入。操曰：「荀彧勸我殺玄德，當如何？」嘉曰：「不可。主公興義兵，爲百姓除暴，惟仗信義以招俊傑，猶懼其不來也。今玄德素有英雄之名，以困窮而來投，若殺之，是害賢也。天下智謀之士，聞而自疑，將裹足不前，主公誰與定天下乎？夫除一人〔五五〕之患，以阻四海之望，安危〔五六〕之機，不可不察。」毛漁數語非爲（劉備）（玄德），實爲曹操。贊鍾二人都是。操大喜曰：「君言正合吾心。」次日，即表薦劉備領豫州牧。程昱諫曰：「劉備終不爲人之下，不如早圖之。」操曰：「方今正用英雄之時，不可殺一人而失天下之心，此郭奉孝與吾有同見也。」毛操非不欲殺備，但欲使吕布殺之、袁術殺之，必不欲自殺之也。奸雄，奸雄。

〔五二〕「于」，光本作「其」，明四本無。「小」，齋本、光本作「少」。

〔五三〕「順守小沛」至「仍回徐州」原闕，據毛校本補。「回」，致本作「还」。

〔五四〕「却説」至「來見」原闕，據毛校本補。

〔五五〕「布追逼」至「夫除一人」原闕，醉本卷八第三十一葉一面殘闕下半、二面殘闕上半，據毛校本補。「誰與」，光本倒作「與誰」。

〔五六〕「患以」「海之望安危」七字原闕，據毛校本補。

贄鍾老瞞不（用）（聽）荀、程之言，而獨信奉孝者，此中有天在焉。遂不聽昱言，以兵三千、糧萬斛送與玄德，使往豫州到任，進兵屯小沛，招集原散之兵攻呂布。玄德至豫州，令人約會曹操。

操正欲起兵，自往征呂布，忽流星馬報説：「張濟自關中引兵攻南陽，爲流矢所中而死。濟姪張繡統其衆，用賈詡爲謀士，結連劉表，屯兵宛城，六宛（城），縣名，今屬南陽府。〔五七〕欲興兵犯闕奪駕。」毛補接處如奇峰矗（眉矗，音觸。）起。漁移換端頭又散，此演義之妙。操大怒，欲興兵討之，又恐呂布來侵〔五八〕許都，乃問計于荀彧。彧曰：「此易事耳。呂布無謀之輩，見利必喜。明公可遣使往徐州，加官賜賞，令與玄德解和。漁有毛病者人人皆知，着着可中。〇〈毛漁〉荀彧前欲使二人相鬬，今又欲使二人（相）（解）和，變幻百出〔五九〕。布喜，則不思遠圖矣。」鍾文若以利止百萬之血（刃）。操曰：「善。」遂差奉車〔六〇〕都尉王則，賫官誥併和解書，往徐州去訖。一面起兵十五萬，親討張繡，分軍三路而行，以夏侯惇爲先鋒，軍馬至淯水三（淯，）音育。〈全〉淯水，在南陽（府）（外）城東（三里），俗名白河。下寨。賈詡勸張繡曰：「操兵勢大，不可與敵，不如舉衆投降。」贄是。鍾舉衆降曹，却是□□。張繡從之，使賈詡至操寨通款。操見詡應對如流，甚愛之，欲用爲謀士。詡曰：「某昔從李傕，得罪天下；毛漁自知之明。今從張繡，言聽計從，未忍棄之〔六一〕。」毛漁爲下文攻曹操張本〔六二〕。乃辭去。次日引繡來見操，操待之甚厚。引兵入宛城屯劄，餘軍分屯城外，寨

〔五七〕周、夏批、贄本系夾注原在後文「引兵入宛城屯劄」以下，與醉本眉注文同，移至此處合併。醉本眉注、周、夏批、贄本系夾注「南陽」，原作「河南」。按：宛城即宛縣，漢屬南陽郡，明代爲南陽府南陽縣。據改。

〔五八〕「侵」，商本作「攻」。

〔五九〕「百出」二字原闕，據毛校本補。

〔六〇〕「奉車」，原作「奉軍」，致本、業本、貫本、齋本、澮本、商本、明四本同。按：《三國志·魏書·呂布傳》裴注引王粲《英雄記》曰：「太祖更遣奉車都尉王則爲使者。」據光本改。

〔六一〕「未忍棄之」，明四本作「未敢棄也」。

〔六二〕毛批「本」下，齋本、光本有「妙」字。

柵【周】音冊。【夏】音乍。聯絡十餘里。一住數日，繡每日設宴請操。

一日操醉，退入寢所，私問左右曰：「此城中有妓女否？」【毛】【漁】因酒及色，阿瞞（頗）（殊）露本相。操弟之子〔六三〕曹安民，阿〔六四〕操意，乃密對曰：「昨晚小姪窺見館舍之側有一婦人，生得十分美〔六五〕麗。問之，即繡叔張濟之妻也。」【毛】取人叔之妻以媚其叔，甚不正路。【漁】還該不說出張濟。若未見顏色，操亦能以義自制也。操聞言，便令安民領五十甲兵往取之。須臾取到軍中，【毛】以軍中作桑中。操見之，果然美麗。問其姓，婦荅曰：「妾乃張濟之妻鄒氏也。」操曰：「夫人識吾否？」鄒氏曰：「久聞丞相威名，今夕幸得瞻拜。」【毛】「今夕何夕，見此良人。」【贊】【鍾】（好）玲琍女（人）（子），實是動（火〔六六〕）（人），怪不得老瞞（每日取樂，不想歸期）也。操曰：「吾爲夫人，故特納張繡之降，不然滅族矣。」【毛】【漁】（忽）將大人情賣與婦人，（確）（却）是醉後（狂）語。鄒氏拜曰：「實感再生之恩。」操曰：「今日得見夫人，乃天幸也。今宵願同枕席，隨吾還都安享富貴，何如？」【毛】醜極。鄒氏拜謝。是夜，共宿於帳中。【毛】郭汜之妻妒，張濟之妻淫，皆黨惡之報。鄒氏曰：「久住城中，繡必生疑，亦恐外人議論。」操曰：「明日同夫人去寨中住。」【毛】可稱壓寨夫人。【漁】軍中耶？桑中耶？次日，移于城外安歇，喚典韋就中軍帳房外宿衛，他人非奉呼喚，不許輒入。因此，内外不通。操每日與鄒氏取樂，不想歸期。【毛】【漁】奸雄如操，（至此亦流連亡返）（亦爲酒色所迷），色之于人，甚矣哉！

張繡家人密報繡。繡怒曰：「操賊辱我太甚！」【毛】張繡尚有廉耻。若使勢利無耻者，當認曹操爲繼叔矣。便請賈詡商議。詡曰：「此事不可漏洩〔六七〕。來日

〔六三〕「操弟之子」，原作「操之兄子」，古本同。按：《三國志·魏書·武帝紀》：「長子昂、弟子安民遇害。」據改。

〔六四〕「阿」，致本同，其他古本作「知」。

〔六五〕「美」，致本作「文」。

〔六六〕贊批「火」，吴本作「人」。

〔六七〕「漏洩」，明四本、齋本、光本作「泄漏」。

等操出帳議事，如此如此。」次日，操坐〔六八〕帳中，張繡入告曰：「新降兵多有逃亡者，乞移屯中軍。」操許之。繡乃移屯其軍，分爲四寨，刻期舉事。【毛】賈詡之謀甚細密。因畏典韋勇猛，急切難近，乃與偏將胡車兒商議。那胡車兒力能負五百觔，日行七百里，亦異人也。【贊】近日有假七百里者，賢士大夫多爲其所愚，且借以愚人也。【漁】其所謂「大〔六九〕力者，負之而趨」。當下獻計于繡曰：「典韋之可畏者，雙鐵戟耳。主公明日可請他來吃酒，使盡醉而歸。那時某便溷入他跟來軍士數內，偷入帳房，先〔七〇〕盜其戟，此人不足畏矣。」【毛】既請吃酒，何不便于酒中置毒？既可偷入帳房，何不便刺典韋，且何不竟刺曹操耶？車兒計不及此，蓋天未欲死操也〔七一〕。【鍾】凡筭人者，俱要此種機械，何今人盡車兒耶？繡甚喜，預先準備弓箭、甲兵，告示各寨。至期，令賈詡致意，請典韋到寨，慇懃待酒。至晚醉歸，【漁】主人貪色，下人貪酒。胡車兒雜在衆人隊裏，直入大寨。【毛】只叙得一半。是夜，曹操于帳中與鄒氏飲酒，忽聽帳外人言馬嘶，【毛】【漁】捉奸的來了。【三】音西。操使人觀之。回報：「是張繡軍夜巡。」操乃不疑。時近二更，忽聞寨後吶喊，報說草車上火起。操曰：「軍人失火，勿得驚動。」【毛】不是軍人失火，只爲主將要緊殺火。須臾，四下裏火起，操始著忙，急喚典韋。韋方醉臥，睡夢中聽得金鼓喊殺之聲，便跳起身來，却尋不見了雙戟。【毛】暗補車兒偷戟事，省筆。時敵兵已到轅門，韋急掣步卒腰刀在手。只見門首無數軍馬，各挺長鎗，搶入寨來。韋奮力向前，砍死二十餘人。【贊】【鍾】典韋是好漢子。馬軍方退，步軍又到，兩邊鎗如葦列。韋身無片甲，上下被數十鎗，兀自死戰。刀砍缺不堪用，韋即棄

〔六八〕「坐」，齋本、光本、商本作「在」。

〔六九〕「大」，原作「人」，衡校本同。按：隋末唐初李大師、李延壽父子《南史·王諶傳》：「儉笑曰：『所謂大力者，負之而趨。』」《莊子·大宗師》：「藏舟於壑，藏山於澤，謂之固矣。然而夜半有力者負之而走，昧者不知也。」，「走」一作「趨」。此句漁批評胡車兒力大，作「大」是，據改。

〔七〇〕「先」，齋本、光本脱。

〔七一〕「也」，齋本作「耶」，光本作「耳」。

刀，雙手提著兩箇軍人迎敵，【毛】以雙人當雙戟，大奇。擊死者八九人。【毛】真可謂以人治人。【漁】摹寫神勇，令人心驚魄動。羣賊不敢近，只遠遠以箭射之，箭如驟雨，韋猶死拒寨門。争奈寨後賊軍已入，韋背上又中一鎗，乃大叫數聲，血流滿地而死。死了半晌，還無一人敢從前門而入者。【毛】死典韋足拒生賊軍。【贊】【鍾】（漢〔七二〕子，）（好）漢子。【漁】死典韋拒生卒兵。○俱爲典韋傳神寫照。

却説曹操賴典韋當住寨門，乃得從寨後上馬逃奔，只有曹安民步隨。操右臂中了一箭，馬亦中了三箭，【漁】操已久被娘子軍迷魂陣困倒，不待此時狼狽。虧得那馬是大宛良馬，【三】補註此馬名爲「絶影」，（能）日行千里。熬得痛，走得快。剛剛走到淯水河邊，賊兵追至，安民被砍爲肉泥。【毛】【漁】「馬泊六〔七三〕」死了。操急驟馬衝波過河，纔上得岸，賊兵一箭射來，正中馬眼，那馬撲地倒了。操長子曹昂，即以己所乘之馬奉操。操上馬急奔，曹昂却被亂箭射死。【毛】【漁】愛將、愛子，（皆）（俱）死于婦人之手。【贊】【鍾】褥人之孀〔七四〕而泥己之姪，何忍，何忍！況又添以一子乎？可戒，可戒！操乃走脱，【毛】自己便走脱，只不知鄒夫人如何下落。路逢諸將，收集殘兵。時夏侯惇所〔七五〕領青州之兵，乘勢下鄉劫掠民家，平虜校尉于禁即將本部軍于路勦殺，安撫鄉民。【毛】爲民殺兵，乃真將軍。【贊】于禁極是。【鍾】安民極是。【漁】善將他人之兵者，于禁是也。青州兵走回，迎操泣拜于地，言于禁造反，赶殺青州軍馬。操大驚。須臾，夏侯惇、許褚、李典、樂進都到。操言于禁造反，可整兵迎之。

却説于禁見操等俱到，乃引軍射住陣角，鑿塹【毛】眉塹，音倩。安營。【毛】儼如樹〔七六〕敵者。或告之

〔七二〕贊批「漢」，原無，吴本、緑本同。按：疑行首闕「漢」字，酌補。

〔七三〕「六」，齋本、商本作「大」，形訛；光本作「落」。

〔七四〕贊、鍾批「褥人之孀」，原作「褥人之嫂」，吴本、緑本同。按：「褥人之嫂」與後文「泥己之姪」用詞對應有誤，亦與前文不合。「褥」對「泥」，名詞意動。「褥人之嫂」之「人」爲張繡，另鄒氏爲繡叔張濟之妻，即繡之孀；「孀」對「姪」，稱謂相對。

〔七五〕「所」，商本脱。

〔七六〕「樹」，致本同，其他毛校本作「對」。

曰：「青州軍言將軍造反，今丞相已到，何不分辯，乃先立營寨耶？」于禁曰：「今賊追兵在後，不時即至。若不先準備，何以拒敵？分辯小事，退敵大事。」(毛)(漁)退（敵）（兵）正是分辯。(贊)(鍾)于禁是真將軍。安營方畢，張繡軍兩路殺至。于禁身先出寨迎戰〔七七〕，繡急退兵。左右諸將見于禁向前，各引兵擊之，繡軍大敗，追殺百餘里。繡勢窮力孤，引敗兵投劉表去了。(毛)爲後伏線。曹操收軍點將，于禁入見，備言：「青州之兵肆行劫掠，大失民望，某故殺之。」操曰：「不告我，先下寨，何也？」禁以前言對。操曰：「將軍在匆忙之中，能整兵堅壘，任謗任勞，使反敗爲勝。雖古之名將，何以加茲！」乃賜以金器一副，封益壽亭侯，(贊)于禁固好，阿瞞亦通。(鍾)老瞞賜于禁，可謂善用英雄矣。責夏侯惇治兵不嚴之過。(毛)治兵〔七八〕不嚴，雖猛將如惇、親族如惇且不能逃其責，況不得〔七九〕惇者乎！又設祭祭典韋，操親自哭而奠之，顧謂諸將曰：「吾折長子、愛姪，俱無深痛，獨號泣典韋也！」(毛)(漁)此是曹操得人心處。然必用自說，便知其假。〈漁〉焉知不哭的是愛子、愛姪？(贊)(鍾)奸雄。衆皆感歎。次日下令班師。

不說曹操還〔八〇〕兵許都，且說王則賫詔至徐州。布迎接入府，開讀詔書：封布爲平東將軍，特賜印綬。又出操私書。(贊)(鍾)奸雄。王則在呂布面前極道曹公相敬之意，布大喜。忽報袁術遣人至，布喚入問之。使言：「袁公早晚即皇帝位，立東宮，催取皇妃早到淮南。」布大怒曰：「反賊焉敢如此！」遂殺來使，將韓胤用枷釘了，(毛)真獨桌請媒人矣。陳宮亦當陪喫一桌。(漁)此是獨桌請媒人。遣陳登賫謝表，解韓〔八一〕胤一同王則上許都來謝恩，且荅書于操，欲求實授徐州牧。操知布絕婚袁術，大喜，遂斬韓胤于市曹。陳登密諫操曰：「呂布，豺狼也，

〔七七〕「迎戰」，明四本作「來殺張繡」，齋本、濟本作「迎敵」。
〔七八〕「兵」，原作「民」。按：「民」字不通，疑形訛。據毛校本改。
〔七九〕「得」，齋本、濟本、光本、商本作「如」。
〔八〇〕「還」，商本作「遷」，形訛。
〔八一〕「韓」，商本脱。

勇而無謀，輕于去就，【毛】八字定評。宜早圖之。」【贊】【鍾】（陳登）妙人。操曰：「吾素知呂布狼子野心，誠難久養。非公父子莫能究其情，公當與吾謀之。」登曰：「丞相若有舉動，某當爲内應。」【毛】爲後賺呂布張本。操喜，表贈陳珪秩〔八二〕中二千石，登爲廣陵太守。登辭回，操執登手曰：「東方之事，便以相付。」【贊】【鍾】奸雄。登點頭允諾。回徐州見呂布，布問之，登言：「父贈禄，某爲太守。」布大怒曰：「汝不爲吾求徐州牧，而乃自求爵禄。汝父教我協同曹公，絶婚公路，今吾所求，終無一獲，而汝父子俱各顯貴，吾爲汝父子所賣耳！」遂拔劍欲斬之。登大笑曰：「將軍何其不明之甚也！」【毛】從容之極。【贊】【鍾】妙人。布曰：「吾何不明？」登曰：「吾見曹公，言養將軍譬如養虎，當飽其肉，不飽則將噬【二】音示。人。曹公笑曰：『不如卿言。吾待温侯如養鷹耳，狐兔未息，不敢先飽：饑則爲用，飽則颺【嘉】【夏】音揚。去。』【毛】張良以韓信、彭越、英布爲虎，以絳、灌等諸將爲鷹，此即借用其語，明是陳登捏出。【漁】直以虎狼鷹犬而罵，呂布不覺。元龍真妙！某問：『誰爲狐兔？』曹公曰：『淮南袁術、江東孫策、冀州袁紹、荆襄〔八三〕劉表、【毛】此四人前文已見。益州劉璋、漢中張魯，【毛】此二人前文未見，於此處點出，爲後文伏線。皆狐兔也。』」【贊】【鍾】陳登弄呂布竟如小兒。【漁】三人〔八四〕前已見，二人未見，爲後文伏線。布擲劍笑曰：「曹公知我也！」【毛】癡人。正説話間，忽報袁術軍取徐州，呂布聞言失驚。正是：

秦晉未諧吴越鬪，婚姻惹出甲兵來。

畢竟後事如何，且聽下文分解。

〔八二〕「秩」，原作「致」，致本、業本、貫本、齋本、澹本同；光本、商本作「治」。按：《三國志·魏書·呂布傳》：「即增珪秩中二千石，拜登廣陵太守。」秩，官員俸禄等級。據改。

〔八三〕「襄」，光本作「州」。

〔八四〕按：明四本、贊本系正文作「江東孫策、冀州袁紹、荆襄劉表」，故漁批作「三人」，從漁批原文。

于禁最識大體，只爲國家争勝負，不爲一身辨曲直，真良將也。老瞞以金器賞之，壽亭侯加之，亦可謂善用英雄也，安有不興王、興伯之理？

長子、愛姪不哭而哭典韋。死典韋一入耳，其知不知也，不可知；活典韋滿前都是也，如何〔八五〕不爲老瞞傾心？老瞞的是賊也，老瞞的是賊也！諸人如何出得他手？然老瞞奸雄，又出不得鄒氏也。殺其名將，殺其猶子，殺其愛子，特未殺老瞞耳。可笑今人無老瞞之奸雄，有鄒氏之惑溺，其不殺也者幾希矣。危哉，危哉！慘哉，慘哉！何忍言也，何忍見也。

爲國家争勝負，不爲一身辯曲直，于禁真良將也。老瞞以金器賞之、壽亭侯加之，亦可謂善用英雄也。長子、愛姪不〔八六〕哭而哭典韋，老瞞的奸賊也。

〔八五〕「何」，緑本作「是」。

〔八六〕「雄也長子愛姪不」七字原闕。鍾批多引自贄批，據贄本補。

第十七回

袁公路大起七軍　曹孟德會合三將

澤麋虎皮，便爲衆射之的。袁術一僭帝號，天下共起而攻之。曹操所以遲遲而未發者，非薄天子〔一〕而不爲，正畏天下而不敢耳。況所樂乎爲君，以其有令天下之權也。權則專之於己，名則歸之於帝，操之謀善矣。操辭其名，而取其實；術無其實，而冒其名：豈非操巧而術拙？

或曰：蜀、吴、魏三國，後來皆稱皇帝；獨袁術之帝則不可，何也？曰：真能做皇帝者，每不在先而在後。其爲正統混一之帝，必待海内削平，四方賓服；又必有羣臣勸進，諸侯推戴，然後讓再讓三，辭之不得，而乃祀南郊、改正朔焉。則受之也愈遲，而得之也愈固。即爲閏統偏安之帝，亦必待小邦俱已兼并，大國僅存一二，外而鄰境息烽，内而人民樂附，然而〔二〕自侯而王，自王而帝，次第而升之。斯能傳之後人，以爲再世不拔之業。今觀建安之初，曹操雖專，獻帝尚在，而羣〔三〕雄角立，如劉備、孫策、袁紹、公孫瓚、吕布、張繡、張魯、劉表、劉璋、馬騰、韓遂之徒，曾未有一人遽敢盜竊名字者。而以揚州刺史〔四〕漫然而僭至尊之號，安得不速禍而召亡哉！

愛兵而不愛民，不可以爲將。愛將而不愛民，不可以爲君。故〔五〕善將兵者，必能治兵，

〔一〕「子」，商本訛作「下」。
〔二〕「而」，光本作「後」。
〔三〕「羣」字原闕，據毛校本補。
〔四〕「揚州刺史」，原作「壽春太守」，毛校本同。按：《後漢書·袁術傳》：「殺揚州刺史陳温而自領之。」《郡國志》：揚州九江郡壽春縣，劉注曰：「《漢官》云：『刺史治，去雒陽千三百里，與志不同。』」據改。
〔五〕「故」，貫本作「最」。

兼能治他人之兵，于禁是也。善將將者，必能治將，兼能治他人之將，劉備是也。曹操擊繡之兵，以手扶麥而過，則知操之能爲將矣。袁術攻徐之將，于路劫掠而來，則知術之不能爲君矣。民爲邦本，故此回之中三致意云。

操之忌備深矣，忌布亦深矣。方其相合，則私爲之搆以離之；及其既離，又以未及攻之而姑使合之；乃陽合之，而又私相囑以〔六〕欲其終離之。初則爲「二虎競食」〔七〕之謀，繼又爲「驅虎吞狼」之計，末更爲「掘坑待虎」之策，種種不懷好意。吕布不知，而爲其所弄。劉備知之，而權且應命。曹操亦明〔八〕知劉備必然知之，而大家只做不知，真好看煞人。

曹操一生，無所不用其借：借天子以令諸侯，又借諸侯以攻諸侯。至於欲安軍心，則他人之頭亦可借；欲申軍令，則自己之髮亦可借。借之謀愈奇，借之術愈幻，是千古第一奸雄。

却説袁術在淮南，地廣糧多，又有孫策所質玉璽，遂思僭稱帝號，【毛】如此舉動，又可惡，又可笑，又可醜，又可憐。大會羣下議曰：「昔漢高祖不過泗上一亭長，而有天下。今歷年四百，氣數已盡，海内鼎沸。吾家四世三公，【毛】【漁】久仰。〈【毛】〉○薄視亭長，重稱四世三公，只是自矜家世。醜極。百姓所歸，吾欲應天順人，正位九五。爾衆人以爲何如〔九〕？」【贊】醜。主簿閻象曰：「不可。昔周后稷積德累功〔一〇〕，至於文王，三分天下有其二，猶以服事殷。明公家世雖貴，未若有周之盛；漢室雖微，未若殷紂之暴也。此事決不可行。」【毛】【漁】此事曹操亦不敢行（，而必留待其後人者），正怕此一段議論耳。【贊】快〔一一〕談。【鍾】閻

〔六〕「以」，光本作「托」。
〔七〕「二虎競食」，原作「二虎争食」，毛校本同。按：第十四回正文及批語皆作「二虎競食」，據前文改。
〔八〕「明」，光本脱。
〔九〕「何如」，光本倒作「如何」，明四本無。
〔一〇〕「功」，光本訛作「公」。
〔一一〕「快」，緑本闕。

象藥石之言，惜術不聽。術怒曰：「吾袁姓出於陳，陳乃大舜之後。毛然則不止四世三公矣。漁好蠢話，大舜之後，莫是第二房。以土承火，正應其運。又讖云：『代漢者，當塗高也。』二考證今按：「當塗高」乃曹魏之讖，《周禮》：象魏，闕名。蓋闕中通門爲道，其上懸法象，其狀巍然高大，故〔一二〕謂之象魏。袁術字公路，術亦邑中道，近〔一三〕於當塗之義，故誤認爲己兆也。吾字公路，正應其讖。毛當塗而高，象魏闕也。此曹操之讖，袁術何得冒認？又有傳國玉璽。若不爲君，背二音佩。天道也。吾意已決，多言者斬！」毛漁但聞有羣臣勸進而猶讓者，不聞有羣臣力諫〔一四〕而大怒者。皇帝豈是使性做的？遂建號仲氏，毛建號仲氏，想是虞舜第二房子孫。立臺省等官，乘龍鳳輦，祀南北郊，贊醜甚。立馮方女爲后，立子爲東宮，因命使催取呂布之女爲東宮妃。却聞布已將韓胤解赴許都，爲曹操所斬，毛補接前文。乃大怒。遂拜張勳爲大將軍，統領大軍二十餘萬，分七路征徐州：第一路大將張勳居中，第二路上將橋蕤居左，第三路上將陳紀居右，第四路副將雷薄居左，第五路副將陳蘭居右，第六路降將韓暹居左，第七路降將楊奉居右。毛末二路應前文、伏後文。各領部下健將，剋日起行。命兗州刺史金尚爲太尉，監運七路錢糧，尚不從，術殺之。以紀靈爲七路都救應使。術自引軍三萬，使李豐、梁綱、樂就爲催進使，接應七路之兵。毛漁寫得聲勢。

呂布使人探聽得張勳一軍從大路逕取徐州，橋蕤一軍取小沛，陳紀一軍取臨沂〔一五〕，雷薄一軍取琅琊，陳蘭一軍取碣石，韓暹一軍取下邳，楊奉一軍取浚山。毛此一段事，又從呂布探聽處補叙出，好。

〔一二〕周、夏批「故」，原作「者」。按：批語引自《綱目》卷十三明代陳濟《通鑑綱目集覽正誤》（以下簡稱陳正誤）：「其狀巍然高大，故謂之象魏。」據改。

〔一三〕周、夏批「近」，原無。按：《綱目》卷十三陳正誤：「術亦邑中道，近于當塗之義。」據補。

〔一四〕毛批「猶」「諫」，光本互易。

〔一五〕「臨沂」，原作「沂都」，古本同。按：《後漢書·郡國志》：東漢末無沂都，前「小沛」即沛縣，後「瑯琊」皆爲縣。臨沂縣、瑯琊縣皆屬瑯琊郡。據改，後同。

【漁】又從呂布報中探出，更覺聲勢。七路軍馬，日行五十里，於路劫掠將來。【毛】【漁】好個皇帝兵。乃急召衆謀士〔一六〕商議，陳宮與陳珪父子俱至。陳宮曰：「徐州之禍，乃陳珪父子所招，媚朝廷以求爵祿。今日移禍於將軍，可斬二人之頭獻袁術，其軍自退。」【毛】此時即殺陳珪父子，袁術必不退兵，陳宮此謀甚左。【贄】此陳不通。布聽其言，即命擒下陳珪、陳登。【毛】没主意。陳登大笑曰：「何如是之懦也？吾觀七路之兵，如七堆腐草，何足介意！」【毛】語多豪氣。○元龍會說大話，亦會幹大事。今人幹大事則不如元龍，說大話則學元龍，可嘆也！【贄】此陳大通。【鍾】陳登膽識兩絶。【漁】元龍會說大話，亦會幹大事。今人不會幹大事，偏會說大話，何也？布曰：「汝若有計破敵，免汝死罪。」陳珪〔一七〕曰：「將軍若用老夫〔一八〕之言，徐州可保無虞。」布曰：「試言之。」珪曰：「術兵雖衆，皆烏合之師，素不親信。我以正兵守之，出奇兵勝之，無不成功。更有一計，不止保安徐州，并可生擒袁術。」【毛】其語愈壯。布曰：「計將安出？」珪曰：「韓暹、楊奉乃漢舊臣，因懼曹操而走，無家可依，暫歸袁術，術必輕之，彼亦不樂爲術用。若憑尺書結爲内應，更連劉備爲外合，必擒袁術矣。」【毛】【漁】此彼失其二路，而我得其三路矣。【贄】大是，大是。【鍾】陳珪有此妙計，無怪其子視七路兵如七堆腐草也。〔一九〕布曰：「汝子〔二〇〕須親到韓暹、楊奉處下書。」陳登允諾。

布乃發表上許都，【毛】爲後曹操攻術張本。并致書與〔二一〕豫州，【毛】爲後雲長助布張本。然後令陳登引數騎，先於下邳道上候韓暹。暹引兵至，下寨畢，登入見。暹問曰：「汝乃呂布之〔二二〕人，來此何幹？」

〔一六〕「衆謀士」，商本脱「衆」，明四本作「陳珪父子」。

〔一七〕「珪」，齋本、光本作「登」，後二處同。

〔一八〕「老夫」，齋本、光本作「愚夫」。

〔一九〕「珪」「子」，原作「登」「父」。按：與毛本、鍾本正文皆矛盾。「登」「父」應作「珪」「子」。

〔二〇〕「子」，原無，古本同。按：陳珪獻計于呂布，而呂布令陳登下書，指代混亂。酌補。

〔二一〕「與」，光本作「於」。

〔二二〕「之」，商本訛作「使」。

登笑曰：「某爲大漢公卿，毛四字便打動韓暹。何謂呂布之人？若將軍者，向爲漢臣，今乃爲叛賊之臣，使昔日關中保駕之功化爲烏有，竊爲將軍不取也。毛漁（揭其前功）（挑揭得妙），搔着癢處。且袁術性最多疑，將軍後必爲其所害。今不早圖，悔之無及！」毛漁（說出後患，）刺着痛處。贊有理，有理。可聽，可聽。鍾只憑舌尖兒說得兩人心服，可見殺人不用刀。暹嘆曰：「吾欲歸漢，恨無門耳。」登乃出布書。暹覽書畢，曰：「吾已知之。公先回，吾與楊將軍反戈擊之。但〔二二三〕看火起爲號，温侯以兵相應可也。」毛前欲兩處下書；今說得此一處，而彼一處已不必復往。如摧枯拉朽，全不費力。漁一處書已響，那一處書不必下了。登辭暹，急回報呂布。布乃分兵五路：高順引一軍進小沛，敵橋蕤；陳宮引一軍進臨沂，敵陳紀；毛一將敵一將。漁一一照應。張遼、臧霸引一軍出瑯琊，敵雷薄；宋憲、魏續引一軍出碣石，敵陳蘭；毛兩將敵一將。呂布自引一軍出大道，敵張勳。毛大將敵大將。各領軍一萬，餘者守城。

呂布出城三十里下寨。張勳軍到，料敵呂布不過，且退二十里屯住，待四下兵接應。是夜二更時分，韓暹、楊奉分兵到處放火，接應呂家軍入寨，鍾奉、暹果不爽約。勳軍大亂。呂布乘勢掩殺，張勳敗走。呂布趕到天明，正撞〔二二四〕紀靈接應。毛漁前日替人和事，今日自做對頭。兩軍相迎，恰待交鋒，韓暹、楊奉兩路殺來。紀靈大敗而走，呂布引兵追殺。山背〔二二五〕後一彪軍到，門旗開處，只見一隊軍馬，打龍鳳日月旗旛，四斗五方旌幟，金瓜銀斧，黃鉞白旄，黃羅銷〔二二六〕金傘蓋之下，袁術身披金甲，腕懸兩刀，立馬〔二二七〕陣前，毛漁（形容獃腔甚好。○）如澤之麋，蒙虎之皮。大罵：「呂布，背主家奴！」布

〔二二三〕「但」，商本訛作「便」。

〔二二四〕「撞」下，光本有「着」。

〔二二五〕「背」，光本脱。

〔二二六〕「銷」，原作「絹」，致本、業本、貫本、齋本、澹本、商本、夏本、贊本同。按：「銷金」指嵌金色的物品。據光本、嘉本、周本改。

〔二二七〕「馬」，光本作「於」。

怒，挺戟向前。術將李豐挺鎗來迎，戰不三合，被布刺傷其手，豐棄鎗而走。呂布麾兵衝殺，術軍大亂。呂布引軍從〔二八〕後追趕，搶奪馬匹衣甲無數。袁術引着敗軍，走不上數里，山背後一彪軍出，截住去路。當先一將乃關雲長也，毛即前日汜水關〔二九〕前喝罵之馬弓手也。〇此時雲長獨來，則知翼德是必不肯來。大叫：「反賊！還不受死！」袁術慌走，餘衆四散奔逃，被雲長大殺了一陣。漁做了幾日皇帝，受了許多驚恐。〇即汜水関喝罵之馬弓手也。袁術收拾敗軍，奔回淮南去了。毛漁術兵（甚不經戰，）真如腐草。呂布得勝，邀請雲長并楊奉、韓暹等一行人馬到徐州，大排筵宴管〔三〇〕待，軍士都有犒賞。次日，雲長辭歸。布保韓暹爲臨沂令、楊奉爲瑯琊令〔三一〕，商議欲留二人在徐州。陳珪曰：「不可。韓、楊二人據山東，不出一年，則山東城郭皆屬將軍也。」布然之，遂送二將暫於臨沂、瑯琊二處屯劄，以候恩命。毛漁爲後玄德殺二人張本。陳登私問父曰：「何不留二人在徐州，爲殺呂布之根？」珪曰：「倘二人協助呂布，是反爲虎添爪牙也。」贊鍾老成之見，自是不同。漁極是。登乃服父之高見。毛殺義父人，偏有父子同心人協謀敗之。

却說袁術敗回淮南，遣人往江東問孫策借兵報讐。策怒曰：「汝賴吾玉璽，僭稱帝號，背反漢室，大逆不道！吾方欲加兵問〔三二〕罪，豈肯反助叛賊乎！」毛孫策甚是正氣。遂作書以絶之。毛漁回思月下大哭之時，今日始得一（雪）（洩）其憤。〈漁〉〇澤麋虎皮便爲衆射之的。袁術一僭帝號，天下群起而攻之，曹操所以遲遲而不發者，非薄天子而不爲，正畏天下而不敢耳。操辭其名而取其實，術無其實而冒其名，何操巧而術

〔二八〕「從」，致本作「殺」，明四本無。

〔二九〕「汜水關」，毛批及後漁批原作「虎牢關」，毛校本、衡校本同。按：前文第五回，袁術鄙薄劉、關、張在汜水關斬華雄之時。毛批及後文漁批據前文改。

〔三〇〕「管」，光本作「款」。

〔三一〕二「令」原皆作「牧」，古本同。按：後文作「臨沂、瑯琊兩縣」。牧爲州官。據改。

〔三二〕「問」，光本作「治」。

拙？使者賫書回見袁術。術看畢，怒曰：「黄口孺子，何敢乃爾！毛漁猶以年幼輕之，殊屬夢夢〔三三〕。吾先伐之！」長史楊弘力諫方止。

却説孫策自發書後，防袁術兵來，點軍守住江口。忽曹操使至，拜策爲會稽太守，令起兵征討袁術。策乃商議，便欲起兵。長史張昭曰：「術雖新敗，兵多糧足，未可輕敵。不如遺書曹操，勸他南征，吾爲後應，兩軍相援，術軍必敗。萬一有失，亦望操救援。」贊是。〔三四〕鍾張昭見得是。策從其言，遣使以此意達曹操〔三五〕。

却説曹操至〔三六〕許都，思慕典韋，立祠〔三七〕祭之，封其子典滿六（典）韋子名滿。爲郎中〔三八〕，收養在府。毛忙中照應前事。鍾老瞞雖奸雄，而傾服人功，追慕不已，能鼓舞英雄，亦過人矣。忽報孫策遣使致書，操覽書畢，又有人報袁術乏糧，劫掠陳畱。毛以劫掠爲事，似强盜，不似皇帝。欲乘虚攻之，遂興兵南征。令曹仁守許都，其餘皆從征，馬步兵十七萬，糧食輜重千餘車。一面先發人會合孫策與劉備、吕布。兵至豫州〔三九〕界上，玄德早引兵來迎，操命請入營。相見畢，玄德獻上首級二顆。毛漁奇。操驚曰：「此是何人首級？」玄德曰：「此韓暹、楊奉之首級也。」毛漁奇。操曰：「何以得之？」玄德曰：「吕布令〔四〇〕二人權住臨沂、瑯琊兩縣，不意二人縱兵掠民，人人嗟怨。因此備乃設一宴，詐請議事，飲酒間擲盞〔四一〕爲號，使關、張二弟殺之，

〔三三〕毛批「夢夢」，貫本訛作「夢寐」。按：夢夢，昏亂，不明。

〔三四〕綠本脱此句贊批。

〔三五〕「曹操」，光本脱「曹」，明四本作「之」。

〔三六〕「至」，商本作「在」。

〔三七〕「祠」，原作「祀」，致本、業本、齋本、滄本、光本同；明四本作「立祠堂」。據貫本、商本改。

〔三八〕「郎中」，原作「中郎」，毛校本、嘉本、周本、贊本同；夏本闕。按：《三國志·魏書·典韋傳》：「遣歸葬襄邑，拜子滿爲郎中。」據乙正。

〔三九〕「豫州」，原作「豫章」，毛校本、嘉本、夏本、贊本同。按：《後漢書·郡國志》：豫章屬揚州，今江西省南昌市。劉備領豫州牧。據周本改。

〔四〇〕「令」，商本作「使」。

〔四一〕「盞」，商本作「杯」。

盡降其衆。今特來請罪。」漁能治他人之將者，劉備是也。〈毛漁〉此事只在玄德口中叙出，省（却）許多筆墨。操曰：「君爲國家除害，正是大功，何言罪也！」遂厚勞玄德。毛漁（縱兵掠民者，）于禁治其兵，玄德治其將，（更是痛快，固當厚勞）（俱痛快事）。贊鍾奸雄。合兵到徐州界，呂布出迎，操善言撫慰，封爲左將軍，許於還都之時，換給印綬，毛安放得好。布大喜。操即分呂布一軍在左，玄德一軍在右，自統大軍居中，令夏侯惇、于禁爲先鋒。

袁術知曹兵至，令大將橋蕤引兵五萬作先鋒，兩軍會於壽春界口。橋蕤當先出馬，與夏侯惇戰不三合，被夏侯惇搠死。術軍大敗，奔走回城。忽報孫策發船攻江邊西面，呂布引兵攻東面，劉備、關、張引兵攻南面，操自引兵十七萬攻北面。毛漁袁術攻徐州，分兵七路；曹操攻壽春，分兵四面〔四二〕。鍾四面並攻，術危矣。術大驚，急聚衆文武商議。楊弘曰：「壽春水旱連年，人皆缺食，今又動兵擾民，民既生怨，兵至難以拒敵。贊鍾（的）是。不如留軍在壽春，不必與戰，待彼兵糧盡，必然生變。陛下且統御林軍渡淮，一者就熟，二者暫避其鋭。」毛方纔〔四三〕稱帝，便議遷都。術用其言，留李豐、樂就、梁綱、陳紀四人，分兵十萬，堅守壽春，其餘將卒并庫藏金玉寶貝，盡數收拾過淮去了。毛六飛〔四四〕走矣。漁纔稱帝，便遷都，好笑。

却説曹兵十七萬，日費糧食浩大，諸郡又荒旱，接濟不及。操催軍速戰，李豐等閉門不出。操軍相拒月餘，糧食將盡，致書於孫策，借得糧米十萬斛，不敷支散。管糧官任峻部下倉官王垕毛側周音后。嘉夏音厚。入稟操曰：「兵多糧少，當如之

〔四二〕毛批「面」，致本、商本作「路」。

〔四三〕「纔」，商本作「説」。

〔四四〕「六飛」，滄本作「亦飛」。按：「六飛」亦作「六騑」「六蜚」。古代皇帝的車駕六馬，疾行如飛，故名。《史記·袁盎傳》：「今陛下騁六騑，馳下峻山。」南朝宋裴駰集解（以下簡稱集解）引三國魏如淳曰：「六馬之疾若飛。」《漢書·爰盎傳》作「今陛下騁六飛，馳不測山。」後指稱皇帝的車駕或皇帝。袁術僭稱帝，諷其逃遁，作「六飛」是。

何？」操曰：「可將小斛散之，權且救一時之急。」垕曰：「兵士倘怨，如何？」操曰：「吾自有策。」毛這策此時對王垕說不得。贊老賊可惡，亦可取。鍾老瞞便起不良心。垕依命，以小斛分散。操暗使人各寨探聽，無不嗟怨，皆言丞相欺衆。操乃密召王垕入曰：「吾欲問汝借一物，以壓衆心，汝必〔四五〕勿吝。」毛不敢吝借，但此物只好借這一次。垕曰：「丞相欲用何物？」操曰：「欲借汝頭以示衆耳。」毛向孫策借糧不足，却向王垕借頭。糧可借，頭亦可借乎？借則借矣，未審何時得還？漁笑話有爲人所愚而替死罪者，臨刑自言曰：「喫虧也只喫虧得這遭」。垕之謂也。○該問他幾時還。垕大驚曰：「某實無罪！」操曰：「吾亦知汝無罪，但不殺汝，軍心變矣。汝死後，汝妻子吾自養之，汝勿慮也。」垕再欲言時，操早呼刀斧手推出門外，一刀斬訖，懸頭高竿，出榜曉示曰：「王垕故行小斛，盜竊官糧，謹按軍法。」於是衆怨始解。毛純用霸術。三斷論史官云：雖然妄殺一人，却瞞三十萬〔四六〕人，免致（失散）（生變）。此曹（公能哉，）（操能哉，）（公能以術）而用詐謀（之計者）也。贊奸雄，奸雄，人可欺也，天不可欺也，其如子孫何？鍾殺垕頭以瞞衆心，欺人即是欺天，老瞞真奸雄矣，當無後也。漁借人的頭，喪了自己的心。瞞得三十萬人，瞞不得方寸地與舉頭三尺。

次日，操傳令各營將領：「如三日内不併力破城，皆斬！」操親自至城下，督諸軍搬土運石，填壕塞塹。城上矢石如雨，有兩員裨將畏避而回，操掣劒親斬於城下，遂自下馬，接土填坑。毛純用霸術。贊奸雄，奸雄。於是大小將士無不向前，軍威大振，鍾斬將振威，奸雄手段。城上抵敵不住。曹兵争先上城，斬關落鎖，大隊擁入。李豐、陳紀、樂就、梁綱都被生擒，操令皆斬於市。焚燒僞造宮室殿宇一應犯禁之物，壽春城中，收掠一空。毛收〔四七〕之

〔四五〕「必」，光本脱。

〔四六〕按：明四本及贊本系正文及批語作「三十萬」，毛本正文作「十七萬」，嘉、周、漁批及後文贊、鍾批皆從原文。

〔四七〕「收」，光本作「取」。

掠之，得毋亦曰借乎。【漁】收掠得毋也是借乎？商議欲進兵渡淮，追趕袁術。荀彧諫曰：「年來荒旱，糧食艱難，若更進兵，勞軍損民，未必有利。不若暫回許都，待來春麥熟，【毛】【漁】暗伏後踐麥一事。軍糧足備，方可圖之。」【贄】【鍾】（或諫）亦是。操躊躇未決。忽報馬到，報説：「張繡依托劉表，復肆猖獗，南陽、章陵〔四八〕諸縣復反，曹洪拒敵不住，連輸數陣，今特來告急。」操乃馳書與孫策，令其跨江布陣，以爲劉表疑兵，使不敢妄動，【毛】拒劉表專使孫策，妙。【漁】操先一着伏案。自己即日班師，別議征張繡之事。臨行，令玄德仍屯兵小沛，與呂布結爲兄弟，互相救助，再無相侵。【毛】奸甚。【漁】一向稱兄稱弟，何須結得？且結却是開交，奸甚。呂布領兵自回徐州。操密謂玄德曰：「吾令汝〔四九〕屯兵小沛，是『掘坑待虎』之計也。【毛】【漁】前「二虎競食」「驅虎吞狼」之計，已領教過矣。【贄】奸雄，奸雄。〔五〇〕【鍾】滿肚俱是奸雄。公但與陳珪父子商議，勿致有失，某當爲公外援。」【毛】陽使合，陰使離，奸甚。話畢而別。

却説曹操引軍〔五一〕回許都，人報：「段煨殺了李傕，伍習殺了郭汜，將頭來獻。」【毛】【漁】又省却無數筆墨。【鍾】二賊授首。段煨併將李傕合族老小二百餘口活解入許都。操令分於各門處斬，傳首號令，【毛】真是快事。人民稱快。【贄】暢事快心。〔五二〕【鍾】人人快心。天子陞殿，會集文武作太平筵席〔五三〕。【毛】【漁】二賊之死，天子亦酌酒（相）（慶）賀。封段煨爲盪寇將軍，伍習爲殄虜將軍，各引兵鎮守長安，二人謝恩而〔五四〕去。操即奏張繡作亂，當興兵伐之。天子乃親排鑾駕，送操出師。時建安三年夏四月也。【毛】【漁】正是麥秋時。操留荀彧在許都，調遣兵將，自統大軍進

〔四八〕「章陵」，原作「張陵」，古本同；商本作「江陵」。按：《三國志·魏書·武帝紀》：「南陽、章陵諸縣復叛爲繡。」據改。

〔四九〕「汝」，原作「公」，致本同。按：「汝」字語境合，據其他古本改。

〔五〇〕吴本闕前三字。

〔五一〕「軍」，光本作「兵」，明四本作「大軍」。

〔五二〕吴本闕前三字。

〔五三〕「席」，致本同，其他毛校本作「宴」。

〔五四〕「而」，致本作「西」。

發。行軍之次，見一路麥已熟，民因兵至，逃避在外，不敢刈麥。操使人遠近遍諭村人父老，及各處守境官吏曰：「吾奉天子明詔，出兵討逆，與民除害。方今麥熟之時，不得已而起兵，大小將校，凡過麥田，但有踐踏者，並皆斬首。軍法甚嚴，爾民勿得驚疑。」〖毛〗君以民爲天，民以食爲天，曹操可謂知天之天。〖贊〗奸雄，奸雄，然此皆老瞞好處，不可没也。〖鍾〗老瞞雖奸雄，然麥田之禁□是他好處，不可没也。〖漁〗有王師氣象。百姓聞諭，無不歡喜稱頌，望塵遮道而拜。官軍經過麥田，皆下馬以手扶麥，遞相傳送而過，並不敢踐踏。〖毛〗因糧于敵可也，取糧于民不可也。故無糧，則壽春城中不妨收掠；有糧，則所過麥田不許踐踏。〖漁〗此時比壽春城中不同，一邊是無糧，故不妨收掠，一處有糧，故不許踐麥。奸極矣。操乘馬正〔五五〕行，忽田中驚起一鳩，那馬眼生，竄入麥中，踐壞了一大塊麥田。操隨呼行軍主簿，擬議自己踐麥之罪。〖毛〗權詐可愛。主簿曰：「丞相豈可議罪？」操曰：「吾自制法，吾自犯之，何以服衆？」〖贊〗〖鍾〗奸雄（，奸雄，此語，）人所不能及（也）。即掣所佩之劍欲自刎，〖毛〗權詐可愛。衆急救住。郭嘉曰：「古者《春秋》之義：法不加於尊。丞相總統大軍，豈可自戕？」操沉吟良久，乃曰：「既《春秋》有『法不加於尊』之義，吾姑免死。」〖毛〗即借郭嘉口中語，輕輕將死罪抛開。乃以劍割自己之髮，擲於地曰：「割髮權代首。」〖漁〗此頭借得、代得，狡獪遊戲。真奸雄。○曹操一生俱用一個「借」字，借天子以令諸侯；借諸侯以攻諸侯；欲安軍心，則他人之頭可借；欲正軍法，則自家之髮可借。使人以髮傳示三軍曰：「丞相踐麥，本當斬首號令，今割髮以代。」〖毛〗前既借人代己，此又借髮代頭，無所不用其借。〖鍾〗奸雄事，人所不能及。於是三軍悚然，無不凜遵軍令。〖三〗〖斷論〗史官曰：此乃曹操能用心術耳。後人有詩論之曰〔五六〕：

〔五五〕「正」，商本作「而」，明四本無。

〔五六〕毛本論詩從贊本，爲静軒詩；鍾本、漁本同贊本，夏本、贊本同周本；嘉本無。

十萬貔貅十萬心，一人號令衆難禁。
拔刀割髮權爲首，方見曹瞞詐術深。

却說張繡知操引兵來，急發書報劉表，使爲後應。一面與雷叙、張先二將，領兵出城迎敵。兩陣對圓，張繡出馬，指操罵曰：「汝乃假仁義無廉耻之人，與禽獸何異！」毛 隱然爲其叔母發恨。操大怒，令許褚出馬。繡令〔五七〕張先接戰。只三合，許褚斬張先於馬下，繡軍大敗。操引軍趕至穰城〔五八〕下，繡入城，閉門不出。操圍城攻打，見城壕甚濶，水勢又深，急難近城。乃令軍士運土填壕，又用土布袋，并柴薪、草把，相雜於城邊作梯凳，又立雲梯窺望城中，操自騎馬遶城觀之。如此三日，傳令：「教軍士於西門角上堆積柴薪，會集諸將，就那裏上城。」城中賈詡見如此光景，便謂張繡曰：「某已知曹操之意矣。今可將計就計而行。」正是：

强中自〔五九〕有强中手，用詐還逢識詐人。

不知其計若何，且聽下文分解。

老瞞畢竟是賊也，畢竟是大賊也，即如借王垕之頭，以解三十萬人之口，倘稍有天理人心者，如何做得？

老瞞自刎割髮等事，似同兒戲，然萬軍悚然，兆民受福則實事也。天下事又孰有真假乎哉？做得來，便是丈夫。可笑彼曹無用道學，口内極説得好聽，每一事直推究到安勉真僞，一絲不肯放過；一到利害之際，又倉皇失措，如木偶人矣，不知平時許多理學都往那裡去了。真可發一大笑也。

曹操哭典韋，真是賊也。只要活典韋傾心耳，豈真不忘典韋哉？且其口中如此説耳，又安知其心上不哭長子愛

〔五七〕「令」，商本作「合」，形訛。

〔五八〕「穰城」，原作「南陽城」，古本同。按：《三國志·魏書·武帝紀》：「公圍張繡於穰。」《後漢書·郡國志》：穰縣（城）屬荆州南陽郡，劉表所據。據改。

〔五九〕「自」，商本作「更」，明四本無。

侄也哉？

如借王垕之頭，以解三十萬人之口，老瞞畢竟是大賊，稍有天理人心者，如何做得？

老瞞自刎、割髮等事，似同兒戲，然萬軍悚然，兆民受福，則實事也。天下事又孰有真假乎哉？做得來，便是丈夫，彼道學輩，口内極説得好聽，一到利害之際，便倉皇失措，如木偶人，一籌莫展，可笑哉！

第十八回 賈文和料敵決勝 夏侯惇拔矢啖睛

「將在謀而不在勇」，賈詡之知彼知己，決勝決負，斯誠善矣。至於郭嘉論袁、曹優劣，破曹之疑，不減淮陰侯登壇數語。若夏侯惇拔矢啖睛，不過一武夫之能，未足多也。

「十勝」「十敗」，其言皆確，吾獨於「仁勝」「德勝」則有辨焉。夫操何仁何德之有？假仁非仁也，市德非德也。但當曰「才勝」「術勝」耳。

操之哭典韋，非爲典韋哭也。哭一既死之典韋，而凡未死之典韋，無不感激。此非曹操忠厚處，正是曹操奸雄處。或曰：奸雄雖奸，安得此一副急淚？予答之曰：彼口中哭典韋，意中自哭亡兒、亡姪，我惡乎知之？

兵有先後着。此着宜在先，後一着不得；此着宜在後，先一着不得。操欲攻袁紹，而懼呂布之議其後也，於是舍紹而攻布。布既平，而後吾可安意肆志於袁紹。此先後着之不可亂也。

操亦巧矣哉！術方攻布，則助布以攻術，懼布之復與術和也；布既破術，則約備而攻布，知術之必不復與布和也。備、布之交合，而操之患深；袁、呂之交合，而操之患更深。今備既離，術亦離[一]，而後布可圖矣。老謀深算，信不可及。

却說賈詡料知曹操之意，便欲將計就計而行，乃謂張繡曰：「某在城上見曹操遶城而觀者三日。他見城東南角磚土之色新舊不等，鹿角多半毀壞，意將從此處攻進，却虛去西北上積草，詐爲聲勢，欲哄我徹兵守西北，彼乘夜黑必爬東南角而進也。」【毛】【漁】虛者實之，實者虛之，早被賈生看破。【贄】【鍾】

[一]「亦離」，齋本、光本作「既離」，商本脫。

如見。繡曰：「然則奈何？」詡曰：「此易事耳。來日可令精壯之兵，飽食輕裝，盡藏於東南房屋內，却教百姓假扮軍士，虛守西北。夜間任他在東南角上爬城，俟其爬進城時，一聲砲響，伏兵齊起，操可破〔二〕矣。」毛以詐待詐，正是將計就計。贅賈生大通。鍾詡計出其不意。繡喜，從其計。早有探馬報曹操，說張繡盡徹兵在西北角上，吶喊守城，東南却甚空虛。操曰：「中吾計矣！」毛漁誰知反中彼計。遂命軍中密備鍫二音秋。钁、二音脚。爬城器具，日間只引軍攻西北角。至二更時分，却領精兵於東南角上爬過壕去，砍開鹿角。城中全無動靜，衆軍一齊擁入。只聽得一聲砲響，伏兵四起，曹軍〔三〕急退。背後張繡親驅勇壯殺來，曹軍大敗，退出城外，奔走數十里。張繡直殺至天明，方收軍入城。曹操計點敗軍，折兵五萬餘人，失去輜二音茲。重無數，呂虔、于禁俱各被傷。毛漁此皆爲城中有智囊也。

却說賈詡見操敗走，急勸張繡遺書劉表，使起兵截其後路。表得書，即欲起兵。忽探馬報：「孫策屯兵湖口。」毛漁應前。蒯良曰：「策兵屯〔四〕湖口，乃曹操之計也。今操新敗，若不乘勢擊之，後必有患。」毛蒯良之智，亦不在賈生〔五〕下。贅是。漁智不在賈詡下。表乃令黃祖堅守隘口，自己統兵至安衆縣，六（《一統志》云：）安衆，漢（之）縣名，今廢。故城在南陽府城西南（三十里）。嘉地名。截操後路，一面約會張繡。繡知表兵已起，即同賈詡引兵襲操。

且說操軍緩緩而行，毛漁故意緩行，便知有謀（矣）。至宛城〔六〕，到淯水，操忽於馬上放聲大哭。

〔二〕「破」，致本同，其他毛校本作「擒」。

〔三〕「軍」，致本、商本作「操」。

〔四〕「兵屯」，明四本作「兵已屯」，齋本、澹本、光本、商本作「屯兵」。

〔五〕「生」，光本訛作「平」。

〔六〕「宛城」，原作「襄城」，古本同。按：《三國志·魏書·武帝紀》：「公自南征，至宛」，裴注引三國魏王沈《魏書》：「臨淯水，祠亡將士，歔欷流涕，衆皆感慟。」《典韋傳》：「典韋，陳留己吾人也。」「遺歸葬襄邑。」《後漢書·郡國志》：己吾縣、襄邑屬兗州陳留郡，二縣於許都東；襄城於許都西南，宛城於襄城西南。《演義》「襄邑」誤作「襄城」；前文祭典韋與曹安民于宛城戰後，葬於宛城外淯水濱，非襄城；移「臨淯水，祠亡將士」事于曹軍撤回許昌時。據改。

【毛】奸雄可愛。衆驚問其故，操曰：「吾思去年於此地折了吾大將典韋，不由不哭耳！」【毛】此老得將士心，慣用斯法。○鄒夫人不知如何下落，亦當一哭。【贊】奸雄。【鍾】再哭典韋，奸雄之淚。【漁】曹操得人，多用此法。因即下令屯住軍馬，大設祭筵，弔奠典韋亡魂。操親自拈香哭拜，三軍無不感歎。【毛】其所以親自拈香哭拜者，正要使三軍無不感歎耳。【漁】操之哭典韋，非爲典韋哭也。哭一既死之典韋，而凡未死之典韋，無不感激。此非曹操忠厚，正是曹操奸雄。或曰：奸雄安得有此急淚？予曰：彼口哭典韋，心中自哭亡兒亡姪，予惡乎知之。祭典韋畢，方祭姪曹安民及長子曹昂，【毛】先祭將而後及姪與子，是妙用。并祭陣亡軍士，【毛】不是爲死〔七〕的，正是爲活的。連那匹射死的大宛馬也都致祭。【毛】不是爲馬，正欲感人。○忙中夾叙此一段事，提照前文，妙。【漁】此個題目人人要做。次日，忽荀彧差人報説：「劉表助張繡屯兵安衆，截吾歸路。」操答彧書曰：「吾日行數里，非不知賊來追我，然我計畫〔八〕已定，若到安衆，破繡必矣。君等勿疑。」【毛】妙算先定，此時却不明言。【贊】【鍾】奸雄。便催軍行至安衆縣界，劉表軍已守險要，張繡隨後引軍趕來。操乃令衆軍黑夜鑿險開〔九〕道，暗伏奇兵。【毛】前黑夜爬城，我中彼伏兵之計；今黑夜鑿險，彼亦中我伏兵之計。真正奇妙。及天色微明，劉表、張繡軍會合，見操兵少，疑操遁去，俱引兵入險擊之。操縱奇兵出，大破兩家之兵。曹兵出了安衆隘口〔一〇〕，於隘外下寨。【毛】彼方截險，我能出險。所謂用兵如神。【鍾】□有奸計。劉表、張繡各整敗兵相見。表曰：「何期反中曹操奸〔一一〕計！」繡曰：「容再圖之。」於是兩軍集於安衆。

且説荀彧探知袁紹欲興兵犯許都，星夜馳書報曹操。操得書心慌，即日回兵。細作報知張繡，繡欲追之。賈詡曰：「不可追也，追之必敗。」【毛】其所

〔七〕「死」，致本同，其他毛校本作「亡」。
〔八〕「我計畫」，明四本作「吾今策度」。
〔九〕「險開」，商本倒作「開險」。
〔一〇〕「隘口」，致本同，其他毛校本作「界口」。
〔一一〕「奸」，商本作「之」。

以必敗之故，且不說出。贊賈生大通，非前日賈生可比也。鍾賈生知敗。漁且不說破。劉表曰：「今日不追，坐失機會矣。」力勸繡引軍萬餘同往追之。約行十餘里，趕上曹軍後隊。曹軍奮力接戰，劉、張〔一二〕兩軍大敗而還。毛截之者繞其前，追之者逐其後。繞其前而不勝，逐其後則宜勝矣，而又不勝，殊出意外。繡謂詡曰：「不用公言，果有此敗。」詡曰：「今可整兵再往追之。」毛奇語似戲。漁奇絕。繡與表俱曰：「今已敗，奈何復追？」詡曰：「今番追去，必獲大勝。如其不然，請斬吾首。」毛其所以必勝之故，且不說出。鍾賈生知勝。漁也不說破。繡信之。毛虧他信。劉表疑慮，不肯同往，繡乃自引一軍往追，毛繡能〔一三〕深信詡言，詡所以不忍棄之也。漁繡能深知賈詡，詡故不忍棄之。操兵果然大敗，車〔一四〕馬輜重，連路散棄而走。毛不敘戰，只敘敗，省筆。○曹兵一敗之後，忽得兩勝；兩勝之後，又復一敗：令讀者閃爍不測〔一五〕。繡正往前追趕，忽山後一彪軍擁出，毛此〔一六〕處且不說是何軍，留在後文補出。敘法變幻。漁此軍且不說破，留在後文。繡不敢前追，收軍回安衆。劉表問賈詡曰：「前以精兵追退兵，而公曰必敗，後以敗卒擊勝兵，而公曰必克，究竟悉如公言。何其事不同而皆驗也？願公明〔一七〕教我。」毛讀者亦亟欲請教。詡曰：「此易知耳。將軍雖善用兵，非曹操敵手。操軍雖敗，必有勁將爲後殿，以防追兵，贊如見。我兵雖銳，不能敵之也，故知必敗。夫操之急於退兵者，必因許都有事。既破我追軍之後，必輕車速回，不復爲備。我乘其不備，而更追之，故能勝也。」毛漁（料人如指掌。）必敗必勝（之故，）至此方說明，蓋前之追在曹操料中，後之追不在曹操料中也。（鑿鑿而談，了了如見。）鍾知己知彼，料敵如神。劉表、張繡俱服其高見。毛

〔一二〕「劉、張」，致本同，光本、商本作「繡、表」，其他毛校本作「劉表」，明四本作「表、繡」。

〔一三〕「能」，致本同，其他毛校本作「乃」。

〔一四〕「車」，齋本、商本作「軍」，明四本無。

〔一五〕「測」，商本作「定」。

〔一六〕「此」，光本作「其」。

〔一七〕「公明」，商本倒作「明公」，明四本無。

不特表、繡服之，即曹操當亦服之。詡勸表回荆州，繡守穰城〔一八〕，以爲脣齒。兩軍各散。

且説曹操正行間，聞報後軍爲繡所追，急引衆將回身救應，毛補叙前文所未及，好。只見繡軍已退。敗兵回告操曰：「若非山後這一路人馬阻住中路，我等皆被擒矣。」毛數語于敗軍口中點〔一九〕綴得好。操急問何人。那人綽鎗下馬，拜見曹操，乃振威中郎將〔二〇〕，江夏平春人，姓李名通，字文達。毛至此方叙出姓名。操問何來，通曰：「近守汝南，聞丞相與張繡、劉表戰，特來接應。」操喜，封之爲建功侯，守汝南西界，以防表、繡，李通謝而去〔二一〕。毛忽然來，隨即去，絶〔二二〕不費筆墨。操還許都，表奏孫策有功，封爲討逆將軍，賜爵吴侯，遣使齎詔江東，諭令防勦劉表。操回府，衆官參見畢，荀彧問曰：「丞相緩行至安衆，何以知必勝賊兵？」毛讀者也要請教。操曰：「彼退無歸路，必將死戰，吾緩誘之而暗圖之，是以知其必勝也。」毛昔日書中所言，至此纔説明。○〈毛漁〉前有賈詡論兵，此〔二三〕又有曹操論兵，可當兵書一則。鍾誠得孫子玄妙。荀彧拜服。毛不特彧服之，即賈詡當亦服之。

郭嘉入，操曰：「公來何暮也？」嘉袖出一書，白操曰：「袁紹使人致書丞相，言〔二四〕欲出兵攻公孫瓚，特來借糧借兵。」操曰：「吾聞紹欲圖許都，今見吾歸，又別生他議。」遂拆書觀之，見其詞意驕慢，毛隋李密致書于李淵，詞意驕慢，淵卑詞答之。今紹正與密相類〔二五〕。乃問嘉曰：「袁紹如此無狀，吾欲

〔一八〕「穰城」，原作「襄城」，古本同。按：《三國志·魏書·張繡傳》：「繡還保穰，太祖比年攻之，不克。」《後漢書·郡國志》：襄城屬豫州潁川郡，曹操所據。據改。

〔一九〕「點」，商本作「補」。

〔二〇〕「振威中郎將」，「振」原作「鎮」，古本同。按：《三國志·魏書·李通傳》：「拜通振威中郎將，屯汝南西界。」據改。

〔二一〕「李通謝而去」，光本作「通拜謝而去」，明四本作「通謝而去」，商本作「李通拜謝而去」。

〔二二〕「絶」，致本同，其他毛校本作「總」。

〔二三〕毛批「此」，商本作「今」。

〔二四〕「言」，商本作「計」，明四本無。

〔二五〕「類」，商本作「對」。

討之，恨力不及，如何？」嘉曰：「劉、項之不敵，公所知也。毛漁隱然以高祖待操。高祖唯智勝，項羽雖强，終爲所擒。今紹有十敗，公有十勝，毛妙論。漁語雖多，然皆寔而非諛。紹兵雖盛，不足懼也：紹繁禮多儀，公體任自然，此道勝也；毛漁大英雄不拘細節。紹自謂四世三公，故以繁禮爲家數。不知太原公子，固自不衫不履也。紹以逆動，公以順率，此義勝也；毛漁「挾天子（以）令諸侯」，其名（固）順。桓、靈以來，政失於寬，紹以寬濟，公以猛糾，此治勝也；毛前有子産治鄭，後有孔明治蜀，皆是猛以濟寬。紹外寬内忌，所任多親戚，公外簡内明，用人唯才，此度勝也；毛如袁紹爲盟主時，不責袁術之羇〔二六〕糧；而曹操用兵，能奬于禁而責夏侯也。紹多謀少決，贄鍾唾餘可厭。公得策輒行，此謀勝也；毛漁（「多謀少決」「得策輒行」，）此袁、曹（第一）優劣處。紹專收名譽，公以至誠待人，毛未必。此德勝也；毛漁操外（雖）誠而内（實）詐，算不得德。紹恤近忽遠，公慮無不周，此仁勝也；毛漁操何仁之有？但當曰才（勝）（可）耳。紹聽讒惑亂，公浸潤不行，此明勝也；毛紹每疑田豐、沮授，而操深信郭嘉、荀彧是也。紹是非混淆，公法度嚴明，此文勝也；毛繁禮多儀不是文，法度嚴明乃真文。紹好爲虚勢，不知兵要，公以少克衆，用兵如神，此武勝也。毛如後文袁紹馳檄討操，乃頓兵不進；而操能以十萬之衆，破紹兵八十萬是也。公有此十勝，於以敗紹無難矣。」毛總結一句。○上文只説操之十勝，而紹之十敗已擧于中〔二七〕。贄鍾十勝非諛語也，乃老瞞實録也。今人能用之，亦無事不濟（也），但不可如老瞞太無人心（耳）（也）。操笑曰：「如公所言，孤何足以當之！」荀彧曰：「郭奉孝十勝十敗之説，正與愚見相合。紹兵雖衆，何足懼耶〔二八〕！」嘉曰：「徐州吕布，實心腹大患。今紹北征公孫瓚，我當乘其遠出，先取吕布，掃除東南，然後圖紹，乃爲上計。否則我方攻紹，布必乘虚來犯許都，爲害不

〔二六〕「羇」，齋本、光本作「覊」，形訛。

〔二七〕「中」，光本訛作「衆」。

〔二八〕「耶」，商本作「也」，明四本無。

淺也。」【毛】【漁】敷陳十勝十敗之後，讀者必將謂攻紹矣，乃忽欲舍紹而攻布，殊出意表〔二九〕。【贊】大是，大是。【鍾】呂布爲腹心之患，先取極是。操然其言，遂議東征呂布。【漁】明眼人旁觀所見略同。文若更斟酌一分，故減却一半。荀彧曰：「可先使人往約劉備，待其回報，方可動兵。」【毛】【漁】爲後漏書伏線。操從之，一面發書與玄德，一面厚遣紹使，奏封紹爲大將軍〔三〇〕，兼都督冀、青、幽、并四州，密書答之云：「公可討公孫瓚，吾當相助。」【毛】奸巧。紹得書大喜，便進兵攻公孫瓚。【毛】便是謀之不勝。

且說呂布在徐州，每當賓客宴會之際，陳珪父子必盛稱布德。【毛】【漁】待呂布只須如此。陳宮不悅，乘間告布曰：「陳珪父子面諛將軍，其心不可測，宜善防之。」【毛】【贊】【鍾】凡面諛人者，必腹算人者也。（看）陳珪父子便〔三一〕是榜樣（子）。〈【贊】【鍾】〉今人何爲（學）（呂）奉先之多也？可嘆也。布怒叱曰：「汝無端獻讒，欲害好人耶？」【毛】聞忠言則怒爲獻讒，聞諛言則信爲好人：奉先殊屬夢夢。雖然，世之如奉先者正復不少也。【漁】聞諛言則喜，聞忠言則怒，安得不敗。宮出歎曰：「忠言不入，吾輩必受殃矣！」意欲棄布他往，却又不忍，又恐被人嗤笑，【毛】此時若去，誰來笑你？不能引決，爲可笑耳。【漁】誰笑汝來？乃終日悶悶不樂。一日，帶領數騎去小沛地面圍獵解悶，忽見官道上一騎驛馬，飛奔前去。【毛】【漁】如此穿插接遞，妙（有情致）。宮疑之，棄了圍塲，引從騎從小路趕上，【毛】「從小路」三字細甚，正對上「官道」二字說也。問曰：「汝是何處使命？」那使者知是呂布部下人，慌不能答。【毛】好。宮令搜其身，得玄德回答曹操密書一封。【毛】前日曹操密書，是玄德後堂取去；今日玄德回書，是陳宮半路得來。究竟前未見回札，今未見來柬，總各看得一半耳。宮即連人與書拿見呂布，布問其故，來使曰：「曹丞相差我往劉豫州處下書，今得回書，不知書中所

〔二九〕毛批「表」，光本、商本作「外」。

〔三〇〕「大將軍」下原有「太尉」，古本同。按：《三國志·魏書·袁紹傳》：「天子以紹爲太尉，轉爲大將軍，封鄴侯，紹讓侯不受。」據刪。

〔三一〕贊批「便」，緑本作「真」。

言何事。」毛使者差矣，那裏有寄書的反瞞着魚雁？〇前慌不能答，此亦答猶不答。布乃拆書細看，毛陳宮不先拆，俟〔三二〕呂布手拆，俱細甚。書略曰〔三三〕：

奉明命欲圖呂布，敢不夙夜用心。但備兵微將少，不敢輕動。丞相若興大師，備當爲前驅。謹嚴兵整甲，專待鈞命。

呂布見了，大罵〔三四〕曰：「操賊焉敢如此！」遂將使者斬首。先使陳宮、臧霸，結連泰山寇孫觀、吴敦、尹禮、昌豨，毛（側音希。）絶了假皇帝，結連真强盜。東取山東兖州諸郡。令高順、張遼取沛城，攻玄德。令宋憲、魏續西取汝、潁。布自總中軍爲三路救應。毛本是操欲攻布，却反致布先發作，又出意表。漁本欲曹攻布，又反弄布攻劉，更出意表。

且説高順等引兵出徐州，將至小沛，有人報知玄德。玄德急與衆商議，孫乾曰：「可速告急於曹操。」鍾告急曹公，亦是茹藿止飢。呂徐州之梟猛，非曹公則小□劉焉□也。玄德曰：「誰可去許都告急？」皆下一人出曰：「某願往。」視之，乃玄德同鄉人，姓簡名雍，字憲和，現爲玄德幕賓。玄德即修書付簡雍，使星夜赴許都求援，毛此番莫又遇陳宮。一面整頓守城器具。玄德自守南門，孫乾守北門，雲長守西門，張飛守東門，令糜竺與其弟糜芳守護中軍。原來糜竺有一妹，嫁與玄德爲次妻，玄德與他兄弟有郎舅之親，故令其守中軍保護妻小。毛漁忙中（又）夾叙閒事，正見（得）玄德托人不苟，〈毛〉不似呂布妻小之〔三五〕托于宋憲、魏續也。高順軍至，玄德在敵樓上問曰：「吾與奉先無隙，何故引兵至此？」順曰：「你結連曹操，欲害吾主，今事已露，何不就縛！」言訖，便麾軍攻城。玄德閉門不出。次日，張遼引兵攻打西門，雲長從〔三六〕城上謂之曰：「公

〔三二〕「俟」，澹本作「候」，形訛。
〔三三〕毛本陳宮劫劉備書删、增、改自贊本；鍾本同贊本，漁本改自贊本；贊本同明三本。
〔三四〕「罵」，光本、商本作「驚」，形訛。
〔三五〕「妻小之」，商本倒作「之妻小」。
〔三六〕「從」，明四本無，商本作「在」。

儀表非俗，何故失身於賊？」毛漁（壯士惜壯士。○）爲後白門樓相救伏案〔三七〕。（惟好漢能識好漢）。張遼低頭不語。毛好張遼。雲長知此人有忠義之氣，更不以惡言相加，亦不出戰。毛豪傑愛豪傑。贊鍾惟英雄識英雄，惟豪傑（愛豪傑）（識豪傑。雲長之于文遠是）也。遼引兵退至東門，張飛便出迎戰。早有人報知關公。關公急來東門看時，只見張飛方出城，張遼軍已退。毛好張遼。飛欲追趕，關公急召入城。飛曰：「彼懼而退，何不追之？」關公曰：「此人武藝不在你我〔三八〕之下。因我以正言感之，頗有自悔之心，故不與我等戰耳。」毛好漢識好漢。飛乃悟，只令士卒堅守城門，更不出戰。

却說簡雍至許都見曹操，具言前事。操即聚衆謀士議曰：「吾欲攻呂布，不憂袁紹掣肘，只恐劉表、張繡議其後耳。」毛提照前文。荀攸曰：「二人新破，未敢輕動。呂布驍勇，若更結連袁術，縱橫淮、泗，急難圖矣。」毛表與繡合不足〔三九〕慮，布與術合深足憂。贊亦是。郭嘉曰：「今可乘其初叛，衆心未附，疾往擊之。」操從其言，即命夏侯惇與夏侯淵、呂虔、李典領兵五萬先行，自統大軍陸續進發，簡雍隨行。毛叙事細甚。早有探馬報知高順，順飛報呂布。布先令侯成、郝萌、曹性引二百餘騎接應高順，使離沛城三十里去迎曹軍，自引大軍隨後接應。玄德在小沛城中見高順退去，知是曹家兵至，乃只留孫乾守城，糜竺、糜芳守家，自己却與關、張二公，提兵盡出城外，分頭下寨，接應曹軍。毛空城出屯是失着。

却說夏侯惇引軍前進，正與高順軍相遇，便挺鎗出馬搦戰，高順迎敵。兩馬相交，戰有四五十合，高順抵敵不住，敗下陣來。惇縱馬追趕，順遶陣而走。惇不捨，亦遶陣追之。陣上曹性看見，暗地拈弓搭箭，覷得親切，一箭射去，正中夏侯惇左目。

〔三七〕漁批「門」，原作「雲」，衡校本同，據後文改。毛批「案」，光本作「筆」，澹本訛作「粮」，業本、貫本、齋本、商本作「線」。

〔三八〕「我」，光本作「吾」。

〔三九〕「足」，商本作「必」。

惇大叫一聲，急用手拔箭，不想連眼珠拔出，毛好痛也。乃大呼曰：「父精母血，不可棄也！」遂納於口内啖二音淡。之，毛惇此時面上一眼，腹中一眼；一眼外觀，一眼内視。己之視己，如〔四〇〕見其肺肝矣。○若云「父精母血」，雖然自吃自，還算吃爹娘。仍復提鎗縱馬，直取曹性。贊漢子。性不及隄防，早被一鎗搠透面門，毛曹性〔四一〕面上反多一眼矣。死於馬下。兩邊軍士見者，無不駭然。夏侯惇既殺曹性，縱馬便回。高順從背後趕來，麾軍齊上，曹兵大敗。夏侯淵救護其兄而走，吕虔、李典將敗軍退去濟北下寨。高順得勝，引軍回擊玄德。恰好吕布大軍亦至，布與張遼、高順分兵三路，來攻玄德、關、張三寨。正是：

啖睛猛將雖能戰〔四二〕，中箭先鋒難久持。

未知玄德勝負如何，且聽下文分解。

嘗欲爲老瞞作一定案，不意郭生言之甚確也。不知者定以爲訣也，第其大根本處不勝耳！如何，如何？

觀郭嘉所論袁紹十敗、曹操十勝，吾人倘能一一自檢其身，去紹之敗，集操之勝，則一生舉動有勝無敗矣。若止在袁、曹身上比較，是名代鬼作生活也，于己身分上有何益哉？雖然，獨讀《三國誌》當作如是觀乎？智者自然旁通之也。

夏侯惇啖睛，此勇者之常事，亦武夫之小節，史官津津道之，陋矣。

觀郭嘉所論袁紹十敗，曹操十勝，人能一一自檢其身，去紹之敗，集操之勝，則一生舉動，有勝無敗矣。若止在袁、曹身上比較，是代鬼作生活也。讀《三國志》者，當作如是觀〔四三〕

〔四〇〕「如」字原闕，據毛校本補。
〔四一〕「性」字原闕，據毛校本補。
〔四二〕「能戰」，光本作「云勇」，其他毛校本作「云戰」。
〔四三〕以下疑闕字。

第十九回

下邳城曹操鏖兵 白門樓呂布殞命

使劉備於漏書之後，而小沛之戰爲布所殺，則操必曰：「非我也，布也。」及令備當淮南之衝，若其放走呂布而操殺之，則又必曰：「非我也，軍令也。」欲使他人殺之，而無其隙搆，呂布則有其隙矣。欲自殺之，而無其名，違軍令則有其名矣。操心中步步欲害玄德，而外面却處處保護玄德；乃玄德心中亦步步隄防曹操，而外面亦處處逢迎曹操。兩雄相遇，兩智相對，使讀書者驚心悦目。

玄德常〔一〕曰：「元龍河海之士，豪氣未除。」又曰：「元龍如卧百尺樓上。」則元龍之爲人，其英爽高明可知。乃英爽高明之人，而亦喜於用詐，何也？曰：兵不厭詐，亦在用之得其宜耳。不當詐而不詐，則有不欺人之羊叔子；當詐而詐，何妨有善騙人之陳元龍。

或曰：玄德既知丁原、董卓之事，何不勸操留布，以爲圖操之地？予曰：不然，操非丁原、董卓比也。操不殺布，則必用布；用布，則必防布。既能以利厚結之，而使爲我用；又能以術牢籠之，而使不爲我害：是爲虎添翼也。操之周密，不似丁、董之疎虞，玄德其見及此乎？

易牙殺子以饗君，管仲以爲非人情不可近，劉安之事，將毋同乎？曰：不同。牙爲利也，劉安爲義也。君非絶食，則易牙之烹其子爲不〔二〕情；君當絶食，則介之推自割其肉不爲過也。雖然，呂布之戀妻也太愚，劉安之殺妻也太忍，

〔一〕「常」，濟本作「嘗」。
〔二〕「爲不」，光本倒作「不爲」。

唯玄德爲得其中。不得不棄而棄之，何必如兄弟之誓同生死，固不當學吕布；得保則保之，又誰云衣服之不及手足，亦不當學劉安。

曹家人截嫁攔婚，並非拉着香囊酒吃；吕家女空回白轉，不爲少了開門錢來。前日長枷釘韓胤，是獨桌請了媒人；今番火炬燒下邳，是打燈接着新轎。軍中得勝鼓，疑是娶親的奏樂人；馬前大纛旗，權當迎女的宸闈帳。國丈自馱着貴妃出走，不顧辱没了東宫；皇帝更不教太子親迎，只爲惡識了天使。《伐柯》詩詠成破斧，待大媒的是刀鋸，不是酒漿；血光星犯着紅鸞，戰通宵的是疆埸，不是枕席。此數聯皆絶倒。

將欲和人戒〔三〕酒，先特特邀人飲酒，張飛何其有禮；從未請人吃酒，便白白教人斷酒，吕布大是不情。自要吃酒，却怪〔四〕他人不吃酒，張飛怪得高懷；自不吃酒，却怒他人吃酒，吕布怒得没趣。送酒是好意，侯成遇張飛，定當引爲腹心；拒酒是蠢才，曹豹與吕布，果然可稱翁壻。先飲酒，後領棒，以醉人受醉棒，曹豹之痛好〔五〕耐；既折酒，又折棒，以醒棒打醒人，侯成之恨難消。張飛借老曹打老〔六〕吕，實不曾打老曹；吕布爲衆將打一人，是分明打衆將。張飛戒飲之飲，比不戒飲之飲愈多，翻覺戒飲爲多事；吕布禁酒之害，比害酒之害更甚，可爲禁酒之大懲。戒氣勝戒酒，張飛但當戒一己之鞭笞；禁酒如〔七〕禁色，吕布安能禁衆人之夫婦。張飛殺過一夜酒風，明日便戒酒不成，倒便宜了醉漢；吕布打散他人筵席，自家竟與酒永别，活斷送了醒人。張飛徐州之失，還堪〔八〕以酒解其悶；吕布白門樓之死，誰能以酒奠其魂。此數聯又絶倒。

〔三〕「戒」，業本、齋本、澹本、商本作「解」。
〔四〕「怪」，澹本作「怒」，貫本作「戒」。
〔五〕「好」，商本作「可」。
〔六〕「老」，光本脱。
〔七〕「如」，商本作「即」。
〔八〕「堪」，齋本、澹本、光本作「當」。

却説高順引張遼擊關公寨，呂布自擊張飛寨，關、張各出迎戰，玄德引兵兩路接應。呂布分軍從背後殺來，關、張兩軍皆潰，[二]音會。玄德引數十騎奔囬沛城。[毛]今日狼狽奔囬，則知前日不當盡出城外下寨。呂布趕來，玄德急喚城上軍士放下弔橋。呂布隨後也到。城上欲待放箭，又恐射了玄德，[毛]叙事周緻。被呂布乘勢殺入城門，把門將士抵敵不住，都四散奔避。[鍾]寡不敵衆，何劉公亦有此疎謀？呂布招軍入城。玄德見勢已急，到家不及，只得棄了妻小，[毛]此回中以玄德棄妻、劉安殺妻、呂布戀妻，相對成趣。穿城而過，走出西門，匹馬逃難。[毛]又失了小沛城。此城凡三得三失矣。呂布趕到玄德家中，糜竺出迎，告布曰：「吾聞大丈夫不廢人之妻子〔九〕。與將軍爭天下者，曹公耳。玄德常念轅門射戟之恩，不敢背將軍也。今不得已而投曹公，惟將軍憐之。」[毛]語亦動聽。[贊][鍾]（亦）（糜竺）善言語。[漁]説得親熱，宛轉能動。布曰：「吾與玄德舊交，豈忍害他妻子。」[毛]前布與袁術戰時，玄德曾遣雲長助之，故今以此相報耶？[漁]莫説竟是無義之徒，此處也還頗知恩義。便令糜竺引玄德妻小去徐州安置。[毛]爲後糜竺登城拒布伏案。[三]斷論 此是呂布（之）好處。[贊][鍾]此是呂布（好）（義）處。布自引軍投山東兗州境上，留高順、張遼守小沛。此時孫乾已逃出城外，關、張二人亦各自收得些人馬，往山中住劄。[毛]補筆應前，亦便伏筆照後。[漁]點得淒涼有趣。

且説玄德匹馬逃難，正行間，背後一人趕至，視之乃孫乾也。[毛]孫乾先至，關、張慢來，叙法參差有致。玄德曰：「吾今兩〔一〇〕弟不知存亡，妻小失散，爲之奈何？」[毛]先説兩弟，後及妻小，妙。[漁]先説兄弟，次及老小。孫乾曰：「不若且投曹操，以圖後計。」玄德依言，尋小路投許都。途次絕糧，嘗往村中求食，但到處，聞劉豫州，皆爭進飲食。[毛]絕勝重耳過衛時。○先寫此句，爲後劉安殺妻供食作引。一日，

〔九〕「子」，齋本、澹本、光本作「今」，屬下句。

〔一〇〕「兩」，光本、明四本作「二」。

到一家投宿，其家一少年出拜，問其姓名，乃獵户劉安也。【毛】是喜吃野味人。當下劉安聞豫州牧至，欲尋野味供食，一時不能得，【毛】野味難得，不若〔一一〕家味之便。乃殺其妻以食之。【毛】奇絶。古名將亦有殺妻饗士者。婦人不幸生亂世，遂使命如草菅，哀哉！○玄德以妻子比衣服，此人以妻子爲飲食，更奇。【鍾】劉安殺妻待備，可愧今之慳吝者矣。【漁】欲以感切之事，形容受之者之好處，不知言之太過，反成慘毒。文字不可太過，於此可知。玄德曰：「此何肉也？」安曰：「乃狼肉也。」【毛】人有溺愛悍妻者，但知妻是肉，不知妻是狼，乃當以劉安之法處之。○若在懼内者言之，當名曰〔一二〕「獅子肉」。【贄】劉安亦奇。玄德不疑，遂飽食了一頓，【毛】曹操在吕伯奢家，誤認猪是人；玄德在劉安家，誤認人是狼。曹操不曾吃得一塊猪肉，玄德飽吃一頓人肉。不吃〔一三〕猪肉者，反是惡人；吃人肉者，反不失爲好人。天晚就宿。【毛】不知劉安此夜如何睡得着。至曉將去，往後院取馬，忽見一婦人殺於廚下，【毛】不意取馬，反忽見狼。臂上肉已都割去，【毛】昨宵深得此「一臂之力」。○玄德髀肉可復生，此婦臂肉安得復生耶？玄德驚問，方知昨夜食者，乃其妻之肉也。【毛】脱〔一四〕或不見不問，則劉安終不使玄德知之。其立念比殺妻饗士者更奇。玄德不勝傷感，洒淚上馬。劉安告玄德曰：「本欲相隨使君，因老母在堂，未敢遠行。」【毛】又是孝子。玄德稱謝而別，取路出梁國〔一五〕。忽見塵頭蔽日，一彪大軍來到。玄德知是曹操之軍，同孫乾徑至中軍旗下，與曹操相見，【毛】不必直到許都，即於途中相遇，好。具〔一六〕説失沛城、散二弟、陷妻小之事，操亦爲之下淚。【毛】假慈悲。又説劉安殺妻爲食之事，【毛】其事甚奇，不得不爲一述。操

〔一一〕「若」，商本作「如」。

〔一二〕「曰」，商本作「爲」。

〔一三〕「吃」，光本作「食」。

〔一四〕「脱」，貫本、澹本、光本作「設」。

〔一五〕「梁國」，原作「梁城」，古本同。按：《三國志·蜀書·先主傳》裴注引《英雄記》：「備於梁國界中與曹公相遇，遂隨公俱東征。」據改。

〔一六〕「具」，原作「且」，致本、齋本、澹本、商本同；明四本無。據其他毛校本改。

乃令孫乾以金百兩往賜之。【毛】千金買駿骨，百金謝狼肉。一上黄金臺，一飽劉君腹。○劉安得此金，又可娶一妻矣，但恐無人肯嫁之耳。何也？恐其又把作野味請客也。【鍾】一妻换金百兩，换得值。【漁】如此忍心，賜金不必。

軍行至濟北，夏侯淵等迎接入寨，備言兄夏侯惇損其一目，卧病未痊。【毛】回顧前文，好。操臨卧處視之，令先回許都調理，【毛】好安放。一面使人打探吕布現在何處。探馬回報云：「吕布與陳宫、臧霸結連泰山賊寇，共攻兗州諸郡。」【毛】照前文。【漁】家奴出身，好結連賊寇。操即令曹仁引三千兵打沛城，操親提大軍，與玄德來戰吕布。【毛】伏後案。前至山東，路近蕭關，正遇泰山寇孫觀、吴敦、尹禮、昌豨領兵三萬餘，攔住去路。操令許褚迎戰，四將一齊出馬。許褚奮力死戰，四將抵敵不住，各自敗走。操乘勢掩殺，追至蕭關。探馬飛報吕布。【毛】此句是過文。

時布已回徐州，欲同陳登往救小沛，【毛】小沛休矣。令陳珪守徐州。【毛】徐州休矣。陳登臨行，珪謂之曰：「昔曹公曾言東方事盡付與汝。今布將敗，可便圖之。」【毛】照應前文。登曰：「外面之事，兒自爲之。倘布敗回，父親便請糜竺一同守城，休放布入，兒自有脱身之計。」【毛】埋伏後文。珪曰：「布妻小在此，心腹頗多，爲之奈何？」【毛】思慮周匝。登曰：「兒亦有計了。」【毛】是父是子。【贊】陳登大是可兒。乃入見吕布曰：「徐州四面受敵，操必力攻，我當先思退步。可將錢糧移於下邳，【六】下邳，〈五〉《地理志》云：東海郡下邳縣，張良遇黄石公於此，〈六〉即今淮安府（下邳縣）（邳州是也）。【毛】只説錢糧，不説妻小，妙甚。【漁】小兒得近徑，到像真實爲他。儻徐州被圍，下邳有糧可救。主公盍早爲計？」【鍾】陳登有此妙計，不愧爲陳珪之兒。布曰：「元龍之言甚善，吾當并妻小移去。」【毛】此句待他自説，甚妙。【漁】又點老小。遂令宋憲、魏續保護妻小與錢糧移屯下邳，【毛】妻小休矣。○此處點出宋憲、魏續，筆法閒警。一面自引軍與陳登往救蕭關。到半路，登曰：「容某先到關探曹兵〔一七〕虚

〔一七〕「兵」，貫本、明四本作「操」。

實，主公方可行。」【毛】此關休矣。【鍾】陳珪父子弄呂布如嬰兒，可憐布不悟也。【漁】好益友。布許之，登乃先到關上。陳宮等接見，登曰：「温侯深怪公等不肯向前，要來責罰。」【毛】反間得妙。宮曰：「今曹兵勢大，未可輕敵。吾等緊守關隘，可勸主公深保沛城，乃爲上策。」陳登唯唯。【漁】陳宮雖智，不出陳登之手。至晚，上關而望，見曹兵直逼關下，乃乘夜連寫三封書，拴在箭上，射下關去。【毛】書中約他放火爲號，殺入關中也。此處尚不説明。

次日，辭了陳宮，飛馬來見呂布曰：「關上孫觀等皆欲獻關，某已留下陳宮守把〔一八〕，將軍可於黄昏時殺去〔一九〕救應。」【毛】又反間得妙。蓋孫觀等皆新結之寇，且又新敗，而陳宮實爲呂布心腹，故必作如此語以誘布，而布乃無不信矣。〇「黄昏時」三字，更有針線。布曰：「非公則此關休矣！」【毛】非公則此關安得休？便教陳登飛騎先至關，約陳宮爲内應，舉火爲號。【毛】正暗合陳登書中之意。亦是「黄昏時」三字，有以啟之也。登徑往報宮曰：「曹兵已抄小路到關内，恐徐州有失。公等宜急回。」【毛】騙呂布又騙陳宮，兩邊夾叙，都用實筆，妙。宮遂引衆棄關而走，【毛】也着了道兒。登就關上放起火來。【毛】不負書中之約，亦可謂不背呂布之令。呂布乘黑殺至，陳宮軍和呂布軍在黑暗裡自相掩殺。【毛】只一陳登，弄得他七顛八倒，可知曹操用間之妙。【漁】陳登一人弄布于股掌之上，可敬可羨。曹兵望見號火，一齊殺到，乘勢攻擊。【毛】陳登箭上三書中語〔二〇〕暗補於此，妙。孫觀等各自四散逃避去了。【毛】易聚易散，是賊寇身分。〇此句伏後招安一案。呂布直殺到天明，方知是計，【毛】呆鳥。急與陳宮回徐州。到得城邊叫門時，城上亂箭射下。【毛】前日小沛城上之箭，當移於此日射之。糜竺在敵樓上喝曰：「汝奪吾主城池，今當仍還吾主，汝不得復入此城也！」【毛】陳珪不出，使糜竺答話，妙甚。【贊】通。【鍾】竺亦説得趣。布

〔一八〕「守把」，濟本、光本、商本倒作「把守」，明四本作「守城」。
〔一九〕「去」，致本作「出」。
〔二〇〕「語」，光本作「暗」。

大怒曰：「陳珪何在？」竺曰：「吾已殺之矣。」毛假話〔二一〕妙。若不如此說，恐陳登在呂布軍中，爲其所害也。然不知登已早脫身去矣。布回顧宮曰：「陳登安在？」毛已往小沛賺高順、張遼去了。漁兩問陳珪父子，真瞌睨漢。宮曰：「將軍尚執迷而問此佞賊乎？」毛真是呆鳥。布令遍尋軍中，却只不見。毛好笑。宮勸布急投小沛，布從之。行至半路，只見一彪軍驟至，視之，乃高順、張遼也。毛奇。布問之，答曰：「陳登來報說主公被圍，令某等急來救解。」毛不向陳登那邊叙去，却從呂布這邊聽來，是用虛筆〔二二〕，與前文變。宮曰：「此又佞賊之計也。」布怒曰：「吾必殺此賊！」毛只怕殺他不得了。急驅馬至小沛。只見小沛城上盡插曹兵旗號。原來曹操已令曹仁襲了城池，引軍守把〔二三〕。毛叙法虛實俱佳。呂布於城下大罵陳登，登在城上指布罵曰：「吾乃漢臣，安肯事汝反賊耶！」毛此時却不面諛。鍾陳登固爲忠義之言，然□亦有（諛）耳。漁一語說明心事，前疑盡釋。布大怒，正待攻城，忽聽背後喊聲大起，一隊人馬來到，當先一將乃是張飛。毛突如其來，來得湊巧。漁正怒，又撞着對頭。妙甚。高順出馬迎敵，不能取勝，布親自接戰。正鬭間，陣外喊聲復起，曹操親統大軍衝殺前來。毛寫張飛後，不即寫雲長，忽又夾叙曹操，用筆錯落。呂布料難抵敵，引軍東走，曹兵隨後追趕。呂布走得人困馬乏，忽又閃出一彪軍攔住去路，爲首一將，立馬橫刀，大喝：「呂布休走！關雲長在此！」毛突如其來，來得湊巧。〇看他寫關、張之來，叙法各變，妙甚。呂布慌忙接戰，背後張飛趕來。漁關、張於此相聚，攢簇如錦。大奇，大奇！布無心戀戰，與陳宮等殺開條路，徑奔下邳，侯成引兵接應去了。毛略作一頓。〇此處點出侯〔二四〕成，用筆閒暇。

關、張相見，各洒淚言失散之事。毛寫得有情

〔二一〕「話」，貫本作「說」。

〔二二〕「筆」，光本作「叙」。

〔二三〕「守把」，商本倒作「把守」，明四本無。

〔二四〕「侯」，原作「候」，形訛，致本、澹本同，據其他毛校本改。

致。雲長曰：「我在東海〔二五〕路上住劄，探得消息，故來至此。」張飛曰：「弟在峼【二】音芒。嵑【二】音唐。山住了這幾時，今日幸得相遇。」【毛】補寫二公〔二六〕踪跡，只在二公口中自叙，省筆。【漁】此人也落草，不信。兩箇叙話畢，一同引兵來見玄德，哭拜於地。玄德悲喜交集，【毛】叙得有情致。引二人見曹操，便隨操入徐州。糜竺接見，具言家屬無恙，玄德甚喜。陳珪父子亦來叅拜曹操。【毛】叙事簡到，一筆不漏。操設一大宴，犒勞諸將。操自居中，使陳珪居右、玄德居左〔二七〕。【毛】亦學吕布坐法耶？其餘將士，各依次坐。宴罷，操嘉陳珪父子之功，加封十縣之禄，授登爲伏波將軍。【毛】完陳珪父子。【贊】大是。【鍾】老瞞不□人之（功）。

且説曹操得了徐州，心中大喜，【毛】可知其在兖州時，未嘗須臾忘徐州也。商議起兵攻下邳。程昱【二】音欲。曰：「布今止有下邳一城，若逼之太急，必死戰而投袁術矣。【毛】確慮。布與術合，其勢難攻。今可使能事者守住淮南徑路，内防吕布，外當袁術。【毛】此是正意。況今山東尚有臧霸、孫觀之徒未曾歸順，防之亦不可忽也。」【毛】此是餘意。【贊】老成，是是。【鍾】老成之見。操曰：「吾自當山東諸路〔二八〕。其淮南徑路，請玄德當之。」【毛】使玄德當袁、吕往來之要衝，亦即「驅虎吞狼」之計也。玄德曰：「丞相將令，安敢有違。」【毛】玄德此時不得不應。次日，玄德留糜竺、簡雍在徐州，帶孫乾、關、張引軍往守淮南徑路，曹操自引兵攻下邳。

且説吕布在下邳，自恃糧食足備，【毛】應前移屯錢糧。且有泗水【五】考證泗水，源出兖州泗水縣（南），〈【二】〉過沛縣流至徐州城東北，合汴水，循城東南以達于淮。之險，【毛】照後曹操決水。安心坐守，可保無虞。陳宫曰：「今操兵方來，可乘其寨栅未定，以逸擊勞，

〔二五〕「東海」，原作「海州」，古本同。按：海州爲北朝東魏時地名，東漢時爲徐州東海郡。後文第二十八回回前評亦作「東海」。據改。

〔二六〕「公」，致本同，其他毛校本作「人」。

〔二七〕「右」「左」，光本、商本易作「左」「右」。

〔二八〕「路」，商本作「將」。

無不勝者。」【鍾】是。【漁】策雖工，其如布之不用何？布曰：「吾方屢敗，不可輕出。待其來攻而後擊之，皆落泗水矣。」【毛】豈知此水反爲我害。遂不聽陳宮之言。過數日，曹兵下寨已定。操統衆將至城下，大叫：「吕布答話！」布上城而立。操謂布曰：「聞奉先又欲結婚袁術，吾故領兵至此。夫術有反逆大罪，而公有討董卓之功，今何自棄其前功而從逆賊耶？儻城池一破，悔之晚矣。若早來降，共扶王室，當不失封侯之位。」【毛】此非誘布，實欲用布也。玄德在白門樓時，正慮此耳。【贊】【鍾】老賊哄他〔二九〕。【漁】一句入罪，兩句出罪，狡之極。布曰：「丞相且退，尚容商議。」【毛】主張不定。【漁】吕布柔軟，無丈夫氣。陳宮雖失身從人，却可謂至死不變。陳宮在布側，大罵：「曹操奸賊！」一箭射中其麾蓋。【毛】今日城上之一箭，不如前日店中之一劍。【贊】【鍾】陳宮認得老賊。操指宮恨曰：「吾誓殺汝！」【毛】爲白門樓伏案。○吕布轅門之射，玄德不必報恩；陳宮麾蓋之射，曹操安得懷恨耶？遂引兵攻城。

宮謂布曰：「曹操遠來，勢不能久。將軍可以步騎出屯於外，宮將餘衆閉守於內。操若攻將軍，宮引兵擊其背；若來攻城，將軍爲救於後。不過旬日，操軍食盡，可一鼓而破。此乃犄角之勢也。」【毛】玄德屯兵城外，而致失小沛者，爲與關、張俱出，而城中空虛也。若今陳宮所言，則誠大善。【贊】大是，大是。【鍾】犄角之勢大是。【漁】以寡敵衆，以逸待勞，以守爲戰，此法妙甚。乃夾攻之奇，不獨犄角之勢也。布曰：「公言極是。」遂歸府收拾戎裝。時方冬寒，分付從人多帶綿衣，布妻嚴氏聞之，【毛】百忙中忽閃出一婦人，正應前「移置妻小」句。出問曰：「君欲何往？」布告以陳宮之謀。嚴氏曰：「君委全城，捐妻子，孤軍遠出，儻一旦有變，妾豈得爲將軍之妻乎？」【毛】汝若肯死，安得爲他人妻？只此一語，便非貞婦。【贊】又一貂蟬也。【鍾】嚴氏亦一貂蟬。布躊躇未決，三日不出。【毛】没主意。宮入見曰：「操軍四面圍城，若不早出，必受其困。」布曰：「吾思遠出不如堅守。」【毛】没主意。

〔二九〕「老賊哄他」，贊校本脱「老」字並形訛作「賊洪他」。

宮曰：「近聞操軍糧少，遣人往許都去取〔三〇〕，早晚將至。【毛】又在陳宮口中，帶叙曹操軍中事。將軍可引精兵往斷其糧道。此計大妙。」【贊】大是。【鍾】斷糧計□毒。布然其言，復入内對嚴氏說知此事。【毛】婚姻之事謀及婦人，猶可言也；軍旅之事謀及婦人，不可言也。【漁】耳朵軟，雖有千斤之力，只當懦夫。嚴氏泣曰：「將軍若出，陳宮、高順安能堅守城池？【漁】忍着老公，偏會說得。儻有差失，悔無及矣！妾昔在長安，已爲將軍所棄，幸賴龐舒私藏妾身，再得與將軍相聚。【毛】頓提前事，如千丈游絲，忽然一落。【漁】此處才放出喫醋的情事來，又照應龐舒事，又影出貂蟬，以王允時無處插入耳。絶好心思筆用。孰知今又棄妾而去乎？將軍前程萬里，請勿以妾爲念！」言罷痛哭。【毛】先以危詞動之，又以哀詞訣之，然後繼之以哭，不由丈夫不聽。【贊】【鍾】呂布聽老婆，所以（爲呂布也。雖然，一呂布云乎哉）（敗事）。布聞言愁悶不決，入告貂蟬。【毛】貂蟬别來無恙。○既謀之妻，又謀之妾，總是没主張。貂蟬曰：「將軍與妾作主，勿輕騎自出。」【毛】嚴氏之言詳，貂蟬之言畧，叙法俱佳。布曰：「汝無憂慮。吾有畫戟、赤兔馬，誰敢近我！」【毛】頻誇戟馬，正爲後文盜馬、盜戟作反襯。乃出謂陳宮曰：「操軍糧至者，詐也。操多詭計，吾未敢動。」【毛】懼内人偏不肯說是懼内，偏有許多解說。宮出，歎曰：「我等死無葬身之地矣！」【毛】極似李儒歎董卓語。布於是終日不出，只同嚴氏、貂蟬飲酒解悶。【毛】飲酒二字，閒閒而〔三一〕起。【漁】到此處，呂布已安心束手待斃矣。謀士許汜、王楷入見布，進計曰：「今袁術在淮南，聲勢大振。將軍舊曾與彼約婚，今何不仍求之？彼兵若至，内外夾攻，操不難破也。」【毛】此計不出程昱所料。布從其計，即日修書，就着二人前去。許汜曰：「須得一軍引路衝出方好。」布令張遼、郝萌兩個引兵一千，送出隘口。是夜二更，張遼在前，郝萌在後，保着許汜、王楷殺出城去。抹過玄德寨，衆將追趕不及，已出隘口。【毛】讀者至

〔三〇〕「取」，商本脱。
〔三一〕「而」，光本作「引」。

此，爲玄德着急。郝萌將五百人，跟許汜、王楷而去。張遼引一半軍回來，【毛】一軍忽分兩隊，一去一回，寫得變幻。到隘口時〔三二〕，雲長攔住。【贊】着眼。【鍾】兩人煞是有心。未及交鋒，高順引兵出城救應，接入城中去了。【毛】此時捉住張遼，不如後日捉住郝萌。

且說許汜、王楷至壽春，拜見袁術，呈上書信。術曰：「前者殺吾使命，賴我婚姻！今又來相問，何也？」汜曰：「此爲曹操奸計所誤，願明上〔三三〕詳之。」【三】當時袁術僭號，故稱「明上」。術曰：「汝主不因曹兵困急，豈肯以女許我？」楷曰：「明上今不相救，恐唇亡齒寒，亦非明上之福也。」術曰：「奉先反覆無信，可先送女，然後發兵。」【毛】孫策借兵，得他玉璽爲質；呂布借兵，又要他女兒爲質。一是死寶，一是活寶。【漁】一句說盡其人。許汜、王楷只得拜辭，和郝萌回來。到玄德寨邊，汜曰：「日間不可過。夜半吾二人先行，郝將軍斷後。」商量停當。夜過玄德寨，許汜、王楷先過去了。郝萌正行之次，張飛出寨攔路。郝萌交馬，只一合，被張飛生擒過去，五百人馬盡被殺散。【毛】本恐許汜、王楷有失，故郝萌引軍送之；不意彼二人反走脫，郝萌反被擒，寫得變幻。○走張遼則寫雲長，擒郝萌則寫張飛，都好。張飛解郝萌來見玄德，玄德押往大寨見曹操。郝萌備說求救許婚一事，操大怒，斬郝萌於軍門，【毛】又殺了呂家一個媒人。使人傳諭各寨，小心防守，如有走透呂布及彼軍士者，依軍法處治。【毛】玄德亦在約束之內。各寨悚然。玄德回營，分付關、張曰：「我等正當淮南衝要之處。二弟切宜小心在意，勿犯曹公軍令。」飛曰：「捉了一員賊將，曹操不見有甚褒賞，却反來謊嚇，何也？」【毛】幾乎又惹此公發作。【贊】【鍾】趣（話）。【漁】此話胸中真無宿物。玄德曰：「非也。曹操統領多軍，不以軍令，何能服人？弟勿犯之。」【毛】玄德之意，不過「在他簷下過，不敢不低頭」耳。然若以此語勸張飛，飛必不服，故以軍令當嚴爲辭，蓋假

〔三二〕「時」，光本作「是」，明四本無。
〔三三〕「明上」，原作「明公」，毛校本同。據明四本改，後同。

話〔三四〕也。關、張應諾而退。

却〔三五〕說許汜、王楷回見呂布，具言袁術先欲得婦，然後起兵救援。布曰：「如何送去？」汜曰：「今郝萌被獲，操必知我情，預作準備。若非將軍親自護送，誰能突出重圍？」布曰：「今日便送去，如何？」【毛】又何倉卒至此。汜曰：「今日乃凶神值日，不可去。明日大利，宜用戌、亥時。」【毛】不唯會做媒，又會選日。布命張遼、高順：「引三千軍馬，安排小車一輛，我親送至二百里外，却使你兩個送去。」【鍾】呂布一生頗雄，惟送女一事最□。次夜二更時分，【毛】是戌末亥初。呂布將女以綿〔三六〕纏身，用甲包裹，負於背上，提戟上馬。【毛】只有隨新人的送娘，那有背新人的送爺？只有蓋新人的紅羅，那有裹新人的鐵甲？只有坐新人的花轎，那有騎新人的戰馬？可發一咲。【漁】送女兒去做皇后，老婆決然應許〔三七〕，故不必說得，想是皇后裝辦該如此。放開城門，布當先出城，張遼、高順跟着。【贊】好個送郎。將次到玄德寨前，一聲鼓響，關、張二人攔住去路，大叫：「休走！」布無心戀戰，只顧奪路而行。玄德自引一軍殺來，兩軍混戰。【漁】好新人，好迎親。有聲勢。呂布雖勇，終是縛一女在身上，只恐有傷，不敢衝突重圍。【毛】趙雲懷小兒却能衝陣，呂布背女子不能突圍。意者玄德之子紫微〔三八〕早已臨身，奉先之女紅鸞未曾照命耶？後面徐晃、許褚皆殺來，衆軍皆大叫曰：「不要走了呂布！」布〔三九〕見軍來太急，只得仍退入城。【毛】前番是自己追轉，今番是別人趕回。玄德收軍，徐晃等各歸寨，端的不曾走透一個。【漁】點綴好照應。呂布回到城中，心內〔四〇〕憂悶，【毛】不獨呂布憂悶，女兒當亦憂悶。只是飲酒。【毛】聊當送親酒。

〔三四〕「話」，澹本作「意」，齋本、光本作「語」。

〔三五〕「却」，光本作「且」。

〔三六〕「綿」，商本作「錦」，形訛。

〔三七〕「許」，致本同，衡校本作「允」。

〔三八〕「微」，原作「薇」，致本、業本、齋本、澹本同。按：紫微，帝星。據其他毛校本改。

〔三九〕「布」，商本脫。

〔四〇〕「內」，商本作「中」。

却說曹操攻城兩月不下，忽報：「河內太守張楊出兵東市，欲救呂布，部將楊醜殺之，欲將頭獻丞相，却被張楊心腹將眭固所殺，反投犬城〔四一〕去了。」【毛】此事只在報人口中敘過，省筆。【漁】正史中許多說話，演義反簡，妙，妙！操聞報，即〔四二〕遣史渙追斬眭【毛】【側】音爲。固。【毛】只一句了却，更省筆。【三】【補註】眭，音錐，姓也，名固，字白兔。固殺楊醜，兵屯〔四三〕射犬。時有巫誡固曰：「將軍字白兔，而此邑名犬，兔見犬其勢必驚，可急移去。」固不從，遂被史渙斬之。因聚衆將曰：「張楊雖幸自滅，然北有袁紹之憂，西〔四四〕有表、繡之患，下邳久圍不克。吾欲舍布還都，暫且息戰，何如〔四五〕？」荀攸急止曰：「不可。呂布屢敗，銳氣已墮，軍以將爲主，將衰則軍無戰心。彼陳宮雖有謀而遲。【毛】確評。【贊】大是，大是。今布之氣未復，宮之謀未定，作速攻之，布可擒也。」【毛】機會良不可失。若在袁紹，必不肯聽此言。【鍾】荀攸深得用兵之要。【漁】說盡兩人形狀。郭嘉曰：「某有一計，下邳城可立破，勝於二十萬師。」荀彧曰：「莫非決沂、泗之水乎？」嘉笑曰：「正是此意。」【毛】不消郭嘉說出，荀彧早已道着。二口如出一心。操大喜，即令軍士決兩河之水。曹兵皆居高原，坐視水渰下邳。【毛】濮陽城中，呂布贈操以火；下邳城中，曹操答布以水。畢竟火不勝水。下邳一城，只剩得東門無水，【毛】爲後〔四六〕侯成盜馬出東門伏案。其餘各門都被水渰。衆軍飛報呂布，布曰：「吾有赤兔馬，渡水如平地，又何懼哉！」【毛】公則無懼矣，妻小奈何？恐不能盡馱在背上也。【贊】妙人。【漁】爲下文盜馬伏線。乃日與妻妾痛飲美酒。【毛】只顧自己吃酒，不顧他〔四七〕人吃水。因酒色過傷，形容銷減。

〔四一〕「犬城」，原作「大城」，毛校本同。按：犬城，即射犬。《三國志·魏書·武帝紀》：「張楊將楊醜殺楊，眭固又殺醜，以其衆屬袁紹，屯射犬。」據明四本改。

〔四二〕「即」，商本作「急」，明四本無。

〔四三〕周批「兵屯」作「屯兵」。

〔四四〕「西」，原作「東」，古本同。按：劉表、張繡據荆州，在西。

〔四五〕「何如」，光本倒作「如何」，明四本無。

〔四六〕「後」，商本作「下」。

〔四七〕「他」，商本作「別」。

一日取鏡自照，驚曰：「吾被酒色傷矣！自今日始，當戒之。」【贊】【鍾】戒酒遲了（些）。遂下令城中，但有飲酒者皆斬。【毛】不戒色，只〔四八〕戒酒；自己害酒，却戒別人飲酒。可笑。

却説侯成有馬十五匹，被後槽人盜去，欲獻與玄德。【毛】將寫侯成盜馬獻曹操，先寫後槽人盜馬獻玄德，天然〔四九〕奇妙。侯成知覺，追殺後槽人，將馬奪回，諸將與侯成作賀。【毛】失馬安知非福，得馬安知非禍？嗟哉諸將，不若塞翁之高見矣。侯成釀得五六斛酒，欲與諸將會飲，【毛】戀妻妾者，既爲游釜之魚；會賓客者，亦作處堂之燕。有其上，必有其下也。恐呂布見罪〔五〇〕，乃先以酒五瓶詣布府稟曰：「托將軍虎威，追得失馬，衆將皆來作賀。釀得些酒，未敢擅飲，特先奉上微意。」【毛】亦可謂詞禮交至矣。布大怒曰：「吾方禁酒，汝却釀酒會飲，莫非同謀伐我乎！」【毛】此語實啟其殺機。【漁】失馬不爲憂，得馬不爲喜者，此也。命推出斬之。【毛】罪不至此。《酒誥》註曰：「予其殺者，未必殺也。」宋憲、魏續等諸將俱入告饒。布曰：「故犯吾令，理合斬首。今看衆將面，且打一百！」衆將又哀告，打了五十背花，【毛】與張飛打曹豹一樣打法，但打曹豹是醉棒，打侯成是醒棒。然後放歸。衆將無不喪氣。宋憲、魏續至侯成家來〔五一〕探視，侯成泣曰：「非公等則吾死矣！」【贊】自然如此。憲曰：「布只戀妻子，視吾等如草芥。」續曰：「軍圍城下，水遶壕邊，吾等死無日矣！」【毛】然則水可弔也，馬何弔賀〔五二〕？憲曰：「布無仁無義，我等棄之而走，何如〔五三〕？」續曰：「非丈夫也，不若擒布獻曹公。」【毛】一個商量要走，一個決計要擒，叙法又參差又〔五四〕次

〔四八〕「只」，澹本訛作「淮」，光本作「而」，其他毛校本作「則」。
〔四九〕「天然」，商本作「大是」。
〔五〇〕「罪」，商本作「責」，明四本無。
〔五一〕「來」，光本脱。
〔五二〕「弔賀」，澹本作「可賀」，齋本、光本作「用賀」。按：「弔賀」典出「翻賀爲弔」。南朝梁劉勰《文心雕龍·哀弔》：「及晉築虒台，齊襲燕城，史趙、蘇秦翻賀爲弔。虐民構敵，亦亡之道。」批語評侯成追馬爲賀，又見責于呂布，反成弔。
〔五三〕「何如」，光本倒作「如何」，明四本作「若何」。
〔五四〕二「又」，商本作「乃」「有」。

序。侯成曰：「我因追馬受責，而布所倚恃者，赤兔馬也。【毛】因馬想到馬。汝二人果能獻門擒布，吾當先盜馬去見曹公。」【毛】因盜馬想到盜馬。〇侯成馬後槽人不曾盜得，吕布馬侯成反要盜去，奇幻。三人商議定了。【毛】三人者，或則托其防護妻小，或則賴其引兵接應，皆布〔五五〕之心腹也。而布卒〔五六〕死於此三人之手，異哉。〇同思吕布「同謀伐吾」一語，竟是出口成讖。【鍾】三人共招公憤，大事去矣。是夜侯成暗至馬院，盜了那匹赤兔馬，【毛】張飛奪馬是一百五十匹，後槽偷馬是一十五匹，今侯成盜馬却只一匹。飛奔東門來。【毛】東門無水故也。魏續便開門放出，却佯作追趕之狀。【毛】若真追轉，吕布也該飲酒賀喜。侯成到曹操寨，獻上馬匹〔五七〕，【毛】侯成馬不曾獻與玄德，吕布馬反先獻與曹操，奇幻。備言宋憲、魏續插白旗爲號，準備獻門。【毛】濮陽城中白旗是詐，下邳城上白旗是真。〇白旗之説，前三人商議〔五八〕時所畫之策，乃却於此處補出。曹操聞此信〔五九〕，便押榜數十張，射入城去。【毛】一則惑其軍心，一則暗約宋、魏二人。〇前陳登射書，今曹操射榜；陳登書連射三封，曹操榜又連射數十：正相對成趣。其榜曰〔六〇〕：

大將軍曹，特奉明詔，征伐吕布。如有抗拒大軍者，破城之日，滿門誅戮。上至將校，下至庶民，有能擒吕布來獻，或獻其首級者，重加官賞。爲此榜諭，各宜知悉。【毛】前叙陳登書用暗補法，今叙曹操榜却〔六一〕明寫其詞，都好。

次日平明，城外喊聲震地。吕布大驚，提戟上城，各門點視，責罵魏續走透侯成，失了戰馬，欲待治罪。城下曹兵望見城上白旗，竭力攻城，布只得親自抵敵。從平明直打到日中，曹兵稍退。【毛】此

〔五五〕「布」上，商本有「吕」字。
〔五六〕「卒」，商本作「今」。
〔五七〕「匹」，貫本、明四本無。
〔五八〕「議」，商本作「確」。
〔五九〕「聞此信」，光本、商本作「聞此言」，明四本作「得消息」。
〔六〇〕毛本曹操榜文删、增、改自贊本；鍾本、漁本同贊本，贊本同明三本。
〔六一〕「却」，商本脱。

時宋、魏二人不即獻門者，懼布之勇也。布少憩【二】音契。門樓，【毛】此門樓其即白門樓耶？不覺睡着在椅上。【毛】既非酒醉，何便睡着？【漁】到此時還睡得着，只是没精神耳。宋憲趕退左右，先盜其畫戟，【毛】侯成盜馬，宋憲盜戟，正相對。○被責者侯成，而首欲擒布者，反是魏續；首謀者魏續，而〔六二〕先盜戟者，反是宋憲：叙得參差變幻。便與魏續一齊動手，將呂布繩纏索綁，緊緊縛住。【毛】不意呂布竟被縛於二人。夫〔六三〕非二人之能縛布也，布實自縛於其妻妾耳。○「緊緊」二字，對後「縛太急」句。【漁】方天戟、赤兔馬，何所用之？布從睡夢中驚醒，急喚左右，却都被二人殺散，把白旗一招，曹兵齊至城下。魏續大叫：「已生擒呂布矣！」【鍾】早聽陳宮之言，未便至有今日。雖然，此皆天也，非人所能爲也。夏侯淵尚未信，宋憲在城上擲下呂布畫戟來，【毛】典韋之死，雙戟先亡；呂布之擒，一戟先落。大開城門，曹兵一擁而入。高順、張遼在西門，水圍難出，爲曹兵所擒。陳宮奔至南門，爲徐晃所獲。

曹操入城，即傳令退了所決之水，出榜安民。【毛】叙事周緻。【贊】【鍾】大是。一面與玄德同坐白門樓上，【二】白門，徐州城門名。陳后山詩：「只有青樓與白門。」關、張侍立於側，提過擒獲一干人來。呂布雖然長大，却被繩索綑作一團。【毛】真如綑〔六四〕布。布叫曰：「縛太急，乞緩之！」【毛】既已被縛，何争緩急。操曰：「縛虎不〔六五〕得不急。」【毛】陳登説他是鷹，曹操偏説他是虎。【贊】老賊好粧做。布見侯成、魏續、宋憲皆立於側，乃謂之曰：「我待諸將不薄，汝等何忍背反？」憲曰：「聽妻妾言，不聽將計，何謂不薄？」【毛】責備得是。布默然。【毛】其實没得説。須臾，衆擁高順至。操問曰：「汝有何言？」順不答。【毛】亦好。操怒，命斬之。徐晃解陳宮至。操曰：「公臺別來無恙！」【毛】輕薄語。宮曰：「汝心術不正，吾故棄汝！」

〔六二〕「首」，光本作「起」。「而」字原漫漶作「一」，致本同，據其他毛校本補。
〔六三〕「夫」，商本脱。
〔六四〕「綑」，澹本訛作「悃」，致本作「細」，形訛。
〔六五〕「不」，商本作「安」。

操曰：「吾心不正，公又奈何獨事呂布？」【毛】亦責備得不差。宮曰：「布雖無謀，不似你詭詐奸險。」【漁】俱是正言。操曰：「公自謂足智多謀，今竟何如？」【毛】好嘲咲。宮顧呂布曰：「恨此人不從吾言！若從吾言，未必被擒也。」操曰：「今日之事當如何？」【毛】問得惡。宮大聲曰：「今日有死而已！」【毛】操如此問，宮必如此答。使操而有良心者，念其昔日活我之恩，則〔六六〕竟釋之；釋之而不降，則竟縱之；縱之而彼又來圖我，而又獲之，然後聽其自殺：此則仁人君子之用心也，而操非其倫也。【漁】問荅俱是針鋒相對，然畢竟陳宮氣壯，曹操心怯。操曰：「公如是，奈公之老母妻子何？」【毛】又問得惡。○中牟縣初遇時，曾談〔六七〕及老母妻子，此處遥〔六八〕應前文。宮曰：「吾聞以孝治天下者，不害人之親；施仁政於天下者，不絕人之祀。老母妻子之存亡，亦在於明公耳。吾身既被擒，請即就戮，並無掛念。」【毛】並無一弱語。【漁】宮知後來操必不容，若此時不死，空折忠慨之名。操有留戀之意，【毛】假惺惺。不記前城上射箭時，發狠〔六九〕要殺之耶？宮徑步下樓，左右牽之不住。【毛】硬漢。操起身泣而送之，【毛】假惺惺。宮並〔七〇〕不回顧。【毛】硬漢。操謂從者曰：「即送公臺老母妻子回許都養老。怠慢者斬。」【毛】一味權詐。○諄諄母妻，亦爲回中殺妻戀妻等事作餘波。【三】補註 後曹公養其母，嫁其女，待之甚厚。此乃曹公之德也。宮聞言，亦不開口，伸頸受〔七一〕刑。【毛】硬漢。【贊】好箇陳宮，亦好箇曹操！【鍾】陳宮慷慨就死，操亦泣而送之，可見忠（義）動人。【漁】操處陳宮亦有體。衆皆下淚。操以棺槨盛【夏】音成。其尸，葬於許都。【毛】宮初獲操而不殺，客店欲殺而不果，宮之活操者再矣。而操不一活之，操真狠人哉。後人有詩嘆之曰〔七二〕：

〔六六〕「則」，貫本作「若」。
〔六七〕「談」，商本作「說」。
〔六八〕「遥」，商本作「照」。
〔六九〕「狠」，光本、商本作「恨」。
〔七〇〕「並」，商本作「竟」。
〔七一〕「受」，致本同，其他毛校本作「就」。
〔七二〕毛本嘆陳宮詩從贊本；鍾本、漁本同贊本，贊本同明三本。

生死無二志，丈夫何壯哉！
不從金石論，空負棟梁材。
輔主真堪敬，辭親實可哀。
白門身死日，誰肯似公臺？

方操送宮下樓時，布告玄德曰：「公爲坐上客，布爲階下囚，何不發一言而相寬乎？」【毛】宮何硬，布何軟。玄德點頭。【漁】此段寫情事俱活現。及操上樓來，布叫曰：「明公所患，不過於布，布今已服矣。公爲大將，布副之，天下不難定也。」【毛】布言如此，備愈不肯出言相寬矣。【贄】匹夫呂布不及陳公臺、張文遠多矣。操回顧玄德曰：「何如〔七三〕？」【毛】操意已動。玄德答曰：「公不見丁建陽、董卓之事乎？」【毛】妙極，似爲操語。【鍾】言正理（嚴）。【漁】只這一句，斷送了他。布目視玄德曰：「是兒最無信者！」【毛】聊以效顰。操令牽下樓縊【二】音異。之。布回顧玄德曰：「『大耳兒』！不記轅門射戟時耶？」【毛】即不轅門射戟，備未必死。操則負宮，備不爲負布。忽一人大叫曰：「呂布匹夫！死則死耳，何懼之有！」【毛】未罵曹操，先罵呂布；未說自己不怕死，先罵呂布怕死：大是妙人。【鍾】呂布（求）生不生，張遼料死不死。衆視之，乃刀斧手擁張遼至。【毛】寫呂布、陳宮、張遼、高順陸續擒至，各有一樣身分。操令將呂布縊死，然後梟首。後人有詩歎曰〔七四〕：

洪水滔滔淹下邳，當年呂布受擒時。
空餘〔七五〕赤兔馬千里，漫有方天戟一枝。
縛虎望寬今太懦，養鷹休飽昔無疑。
戀妻不納陳宮諫，枉罵無恩「大耳兒」。

又有詩論玄德曰〔七六〕：

傷人餓虎縛休寬，董卓丁原血未乾。

〔七三〕「何如」，商本倒作「如何」，明四本作「呂布欲如何」。
〔七四〕毛本歎呂布詩改自贄本；鍾本、漁本同贄本，贄本改自明三本。
〔七五〕「餘」，滄本作「誇」，光本作「知」，商本作「言」，原作「如」，其他毛校本同。按：「空餘」與下句「漫有」對仗較佳。據明四本改。
〔七六〕毛本論玄德詩從贄本；鍾本、漁本同贄本，周本、夏本、贄本改自嘉本。

玄德既知能啖父，爭如畱取害〔七七〕曹瞞？【贊】此時玄德亦知老瞞不可欺也，勿輕議之。【鍾】玄德（决不欺）。

却説武士擁張遼至，操指遼曰：「這人好生面善。」遼曰：「濮陽城中曾相遇，如何忘却？」操咲曰：「你原來也記得！」遼曰：「只是可惜！」【毛】奇語忽發。操曰：「可惜甚的？」遼曰：「可惜當日火不大，不曾燒死你這國賊！」【毛】因今日之水，提起昔日之火，妙甚。【贊】好箇張遼。操大怒曰：「敗將安敢辱吾！」拔劍在手，親自來殺張遼。【毛】不覺露出狠惡身段。遼〔七八〕全無懼色，引頸待殺。【毛】所謂「死則死耳，何懼之有」？【鍾】有此張遼，玄德、雲長應（該）救之。曹操背後一人攀住臂膊，一人跪於面前，【漁】巧。説道：「丞相且莫動手！」【漁】吕布求生不得生，張遼料死反不死，死生是由命哉。正是：

乞哀吕布無人救，罵賊張遼反得生。

畢竟救張遼的是誰，且聽下文分解。

陳珪父子，弄吕布如嬰兒，可憐吕布全不知也。武夫哉，武夫哉！

從來聽婦人之言者，再無不壞〔七九〕事者，不獨一吕布也。凡聽婦人之言者，請看吕布這樣子，何如？

吕布求生，畢竟不生；張遼料死，而反不死。此雖往事，通之便可以得了生死之訣。

雲長先生爲張文遠也，不惜一屈膝于老瞞，真是英雄自古惜英雄也。固知凡忌英雄者，皆小人也。

劉安殺妻，固非中道，猶勝吕布因妻而殺身者也。

吕布聽婦人之言，不用陳宫之計，至于白門受縛，俛首乞憐，以視陳公臺、張文遠慷慨就死，不及多矣。嗟乎！此亦殺丁原、誅董卓之一報也，誰謂天道遠哉？

自古英雄惜英雄，雲長爲文遠不惜一屈膝于曹瞞，方是真惜英雄也。

〔七七〕「害」，嘉本作「養」，周本作「食」。

〔七八〕「出狠惡身段」，原作「出恨惡身段」，致本、齋本、商本同；業本、貫本脱「出」「段」二字。據澹本、光本改。「遼」上，業本、貫本、商本有「張」字。

〔七九〕「壞」，藜本作「敗」。

第二十回

曹阿瞞許田打圍
董國舅内閣受詔

趙高以指鹿察左右之順逆，曹操以射鹿驗衆心之從違，奸臣心事，何其前後如出一轍也！至於借弓不還，始而假借，既且實受，豈獨一弓爲然哉？即天位亦猶是爾。

河陽之狩，以臣召君；許田之獵，以上從下：皆非天子意也。然重耳率諸侯以朝王，曹操代天子而受賀，操於是不得復爲重耳矣。

雲長之欲殺操，爲人臣明大義也；玄德之不欲殺，爲君父謀萬全也。君側之惡，除之最難。前後左右，皆其腹心爪牙，殺之而禍及我身，猶可耳；殺之而禍及君父，則不爲功之首，而反爲罪之魁矣，可不慎哉！

董承前曾拒傕、汜以救駕，今若能誅曹操，是再救駕也。馬騰前同韓遂攻傕、汜曾受密詔，今同董承謀曹操，是再受詔也。前之救駕是實事，而後之救駕是虛談；前之受詔用虛叙，而後之受詔用實寫。一虛一實，參差變換，各各入妙。又妙〔一〕在七人受詔處，或自受，或因人所受以爲受；或先見詔，或後見詔；或約來，或自至；或兩人同來，或一人獨至；或潸然淚下，或咬牙切齒。文官有文官身分，武臣有武臣氣概，人人不同，人人如畫，真叙事妙品。

曹操無君之罪，至許田射鹿而大彰明較著矣。人臣無將，將則必誅。袁術之僭，其既然者也；曹操之篡，其將然者也。將之與既，厥罪維均，故自有衣帶詔之後，凡興兵討操者，俱大書「討賊」以予之。

前有謀誅宦竪之何國舅，後有謀誅奸相之

〔一〕「妙」，光本作「好」。

董國舅，遥遥相對，然二人不可同年而語矣。進有鴆董后之罪，承有拒李傕之功；進則靈帝甞欲殺之，承則獻帝傾心托之。乃二人之賢否不同，而同於敗者，進之失在不斷，承之失在不密。君不密則失臣，臣不密則失身。事欲其秘，何必歃〔二〕血會飲？跡恐其露，何必立券書名？雖然，「謀事在人，成事在天」，天不祚漢，無徒爲董承咎也。

話說曹操舉劍欲殺張遼，玄德攀住臂膊，雲長跪於面前。玄德曰：「此等赤心之人，正當留用。」雲長曰：「關某素知文遠忠義之士，願以性命保之。」【毛】爲後文張遼土山救關公張本。【漁】應前相戀光景，伏後関公在曹情事。操擲劍笑曰：「我亦知文遠忠義，故戲之耳。」【毛】【漁】恐他人做了人情，便説自家是戲。（奸雄權變，真不可及）（老奸巨滑）。【嘉】此是曹公奸雄處。【二】斷論當下曹操的有意殺遼，及聞玄德、關羽之言故轉語以謂「相戲」〔三〕。這便是操奸雄處也。【鍾】奸雄人自有奸雄語、奸雄事。乃親釋其縛，解衣衣之，延之上坐。【毛】要殺則親自拔劍，不殺則解衣延坐；怒便加一倍怒，愛亦加一倍愛。奸雄權變，真不可及。【贄】大奸雄，大奸雄。不可及，不可及。遼感其意，遂降。操拜遼爲中郎將，賜爵關内侯，使招安臧霸。霸聞吕布已死，張遼已降，遂亦引本部軍投降，操厚賞之。臧霸又招安孫觀、吴敦、尹禮來降，獨昌豨未肯歸順。操封臧霸爲瑯琊相，孫觀等亦各加官，令守青、徐〔四〕沿海地面，將吕布妻女載回許都。【毛】未識貂蟬亦在其中否？自此之後，不復知貂蟬下落矣。【二】補遺後操以貂蟬賜關羽。未久，關羽惡蟬言（辭）（詞）反覆，激怒斬之。【鍾】君子不絶人之後，此亦老瞞好處。【漁】此後貂蟬不復再見下落矣。大犒三軍，拔寨班師。路過徐州，百姓焚香遮道，請留劉使君爲牧。操曰：「劉使君功大，且

〔二〕「歃」，原作「插」，致本同，滷本訛作「軟」，據其他毛校本改。
〔三〕按：嘉本、周本正文作「故相戲之耳」。
〔四〕「徐」，商本作「齊」。

待面君封爵，回來未遲。」毛漁操自欲取徐州，而不欲（以）予（劉）備明矣。百姓叩謝。操喚車騎將軍車冑權領徐州。毛漁爲後（文）關公斬車冑張本。操軍回許昌〔五〕，封賞出征人員，畱玄德在相府左近宅院歇定。

次日，獻帝設朝，操表奏玄德軍功，引玄德見帝，玄德具朝服拜於丹墀。帝宣上殿，問曰：「卿祖何人？」玄德奏曰：「臣乃中山靖王之後，孝景皇帝閣下玄孫，劉雄之孫，劉弘之子也。」毛首回中已叙過，此又於玄德口中自叙一番。漁又一叙。帝教取宗族世譜檢看，令宗正卿宣讀曰：

孝景皇帝生十四子。第七子乃中山靖王劉勝。勝生陸城亭侯劉貞。貞生沛侯劉昂。昂生漳侯劉禄。禄生沂水侯劉戀。戀生欽陽侯劉英。英生安國侯劉建。建生廣陵侯劉哀。哀生膠水侯劉憲。憲生祖邑侯劉舒。舒生祁陽侯劉誼。誼生原澤侯劉必。必生潁〔六〕川侯劉達。達生豐靈侯劉不疑。不疑生濟川侯劉惠。惠生東郡范令劉雄。雄生劉弘。弘不仕。劉備乃劉弘子也。

帝排世譜，則玄德乃帝之叔也。毛歷按宗譜，章章可考，正爲後文繼漢正統張本。帝大喜，請入偏殿，叙叔姪之禮。帝暗思：「曹操弄權，國事都不由朕主，今得此英雄之叔，朕有助矣！」毛漁帝亦有眼力。鍾帝亦涇渭自明。遂拜玄德爲左將軍〔七〕。毛皇帝面封，封得冠冕。設宴款待畢，玄德謝恩出朝，自此人皆稱爲「劉皇叔」。漁曹、劉相失，寔始于此。

曹操回府，荀彧等一班謀士入見曰：「天子認劉備爲叔，恐無益於明公。」操曰：「彼既認爲皇

〔五〕按：《三國志·魏書·文帝紀》：黄初二年春正月「改許縣爲許昌縣」。應作「許都」，涉多處，從原文。

〔六〕「潁」，原作「頴」，形訛，據古本改。

〔七〕「左將軍」下原有「宜城亭侯」，毛校本同；明四本作「左將軍之職，封宜城亭侯」。按：與前文第十四回「封劉備爲鎮東將軍、宜城亭侯，領徐州牧」封爵重。《三國志·蜀書·先主傳》：「曹公表先主爲鎮東將軍，封宜城亭侯，是歲建安元年也。」對應爲第十四回攻呂布之前。故「宜城亭侯」衍。酌刪。

叔，吾以天子之詔令之，彼愈不敢不服矣。况吾留彼在許都，名雖近君，實在吾掌握之内，吾何懼哉！【毛】操不使備留徐州，正是此意。【贄】【鍾】大奸雄（，大奸雄）。吾所慮者，太尉楊彪係袁術親戚，倘與二袁爲内應，爲害不淺，當即除之。」乃密使人誣告彪交通袁術，遂收彪下獄，命滿寵按治之。【毛】前彪實勸帝召操，今操即害彪，老賊大是忘本。時北海太守孔融在許都，【毛】孔融自〔八〕玄德北海解圍後，至此第二番出現。因諫操曰：「楊公四世清德，豈可因袁氏而罪之乎？」操曰：「此朝廷意也。」融曰：「使成王殺召公，周公可得言不知耶？」操不得已，乃免彪官，放歸田里。【毛】彪則幸免，而〔九〕操之忌融，自此始矣。議郎趙彦憤操專横，上疏劾操不奉帝旨、擅收大臣之罪。操大怒，即收趙彦殺之。【毛】殺趙彦、收楊彪二事，俱見陳琳檄中。於是百官無不悚懼。

謀士程昱説操曰：「今明公威名日盛，何不乘此時行王霸之事〔一〇〕？」操曰：「朝廷股肱尚多，未可輕動。吾當請天子田獵，以觀動静。」【毛】【漁】觀動静者，觀左右（之順逆）也。於是揀選良馬、名鷹、俊〔一一〕犬，弓矢俱備，先聚兵城外，操入請天子田獵。帝曰：「田獵恐非正道。」【毛】【漁】絶非亡國之君之言，何天之不祚漢也？操曰：「古之帝王，春蒐、【三】音搜。夏苗、秋獮、【二】音弥。冬狩，【二】音獸。四時出郊，以示武於天下。今四海擾攘之時，正當借田獵以講武。」【贄】是。【鍾】雖非本心，却亦説得好聽。帝不敢不從，【毛】【漁】周宣王之獵於東都〔一二〕，是天子當陽；漢獻帝之獵於許田，是權臣耀武。隨即上逍遥馬，帶寶雕弓、【三】雕弓，赤色泥金弓也。金鈚【毛】側音皮。箭，【三】（金鈚）箭頭（上）嵌金也。排鑾駕出城。玄德與關、張各彎弓插箭，内穿掩心甲，手持兵器，引數十騎

〔八〕「自」，光本作「與」。

〔九〕「免而」，光本倒作「而免」。

〔一〇〕「事」，貫本作「業」，明四本作「機」。

〔一一〕「俊」，商本作「駿」，形訛。

〔一二〕漁批「東都」，原作「許都」，衡校本同。按：《詩經·小雅·南有嘉魚之什》第九篇《車攻》序：周宣王「復會諸侯於東都，因田獵而選車徒焉」。西周東都，成周也，今屬河南省洛陽市。據毛批改。

隨駕出許昌。【毛】滿朝文武，獨詳叙劉、關、張，正爲關公欲殺曹操張本。曹操騎爪〔一三〕黄飛電馬，引十萬之衆，與天子獵於許田。【嘉】地名。【二】許田，即許昌之界也。今按：許（田）（昌），即開封府〔一四〕是也。軍士排開圍場，週廣二百餘里。操與天子並馬而行，只争一馬頭，背後都是操之心腹將校。【毛】【漁】可知此時殺曹操不得。文武百官，遠遠侍從，誰敢近前。當日獻帝馳馬到許田，劉玄德起居道傍。帝曰：「朕今欲看皇叔射獵。」玄德領命上馬，忽草中趕起一兔。玄德射之，一箭正中那兔，【毛】將有曹操射鹿，先有玄德射兔以引之。【漁】是曹操射鹿引子。帝喝采。【鍾】□□□□皇叔。轉過土坡，忽見荊棘叢〔一五〕中趕出一隻大鹿。帝連射三箭不中，顧謂操曰：「卿射之。」操就討天子寶雕弓、金鈚箭，扣滿一箭〔一六〕，正中鹿背，倒於草中。【毛】【漁】漢失其鹿，爲操所得，正魏代漢之兆也。羣臣將校，見了金鈚箭，只道天子射中，都踴躍向帝呼「萬歲」。曹操縱馬直出，遮於天子之前，以迎受之，【毛】弓箭可借，「萬歲」亦可借乎？操之儼然迎受，正以觀衆人之動靜也。【鍾】不臣極矣。【漁】此正觀動靜之謂也。衆皆失色。【毛】此句内伏下馬騰一班人。玄德背後雲長大怒，剔起卧蠶眉，睁開丹鳳眼，提刀拍馬便出，要斬曹操。【毛】義氣凜凜，鬚眉如覩。【贊】此是雲長作聖成佛根基〔一七〕。【鍾】忠義奮發。玄德見了，慌忙摇手送目，關公見兄如此，便不敢動。玄德欠身向操稱賀曰：「丞相神射，世所罕及！」【毛】如此涵養，是英雄權變，是帝王度量。操笑曰：「此天子洪福耳。」乃回馬向天子稱賀，竟不獻還寶雕弓，就自懸帶。【毛】【漁】袁術竊玉，曹操竊弓，不意一時（遂）（竟）有二陽貨。圍場已罷，宴於許田。宴畢，駕回許都，衆人各自歸歇。雲長問玄德曰：「操賊欺君罔上，我欲殺之，

〔一三〕「爪」，光本訛作「了」。
〔一四〕周、夏批「開封府」，原作「河南府」。按：《一統志》：許昌，明許州，屬開封府。據改。
〔一五〕「叢」，商本脱。
〔一六〕「箭」，明四本無，齋本、光本作「射」。
〔一七〕「基」，緑本脱。

爲國除害，兄何止我？」玄德曰：「『投鼠忌器』。操與帝相離只一馬頭，其心腹之人，週廻擁侍。吾弟若〔一八〕逞一時之怒，輕有舉動，倘事不成，有傷天子，罪反坐我等矣。」【毛】【漁】大有斟酌。【鍾】劉、關各見其□。雲長曰：「今日不殺此賊，後必爲禍。」【贅】玄德、雲長俱〔一九〕是。【鍾】雲長至（言）。【漁】忠勇之情聞於紙背。玄德曰：「且宜秘之，不可輕言。」【毛】雲長耐不得，玄德偏耐得。

却說獻帝回宮，泣謂伏皇后曰：「朕自即位以來，奸雄並起。先受董卓之殃，後遭傕、汜〔二〇〕之亂，常人未受之苦，吾與汝當之。【漁】的真。後得曹操，以爲社稷之臣，【毛】遥應前文〔二一〕。不意專國弄權，擅作威福。朕每見之，背若芒刺。今日在圍塲上，身迎呼賀，無禮已極！早晚必有異謀，吾夫婦不知死所也！」【毛】異日曹操行兇，先害董妃，後及伏后。此時獻帝密謀，却因伏后，乃及董妃。伏皇后曰：「滿朝公卿，俱食漢禄，竟無一人能救國難乎？」言未畢，忽一人自外而入曰：「帝、后休憂。吾舉一人，可除國害。」帝視之，乃伏皇后之父伏完也。【毛】伏完之死在後，董承之死在先；今却於董承之前，先將伏完引線，叙事妙品。帝掩淚問曰：「皇丈亦知操賊之專橫乎？」完曰：「許田射鹿之事，誰不見之？但滿朝之中，非操宗族，則其門下。若非國戚，誰肯盡忠討賊？老臣無權，難行此事。車騎將軍國舅董承可托也。」【毛】【漁】因一國戚，又引出一國戚。帝曰：「董國舅多赴國難，朕躬素知，可宣入内，共議大事。」完曰：「陛下左右皆操賊心腹，倘事泄，爲禍不淺。」帝曰：「然則奈何？」完曰：「臣有一計：陛下可製衣一領，取玉帶一條，密賜董承。却於帶襯内縫一密詔以賜之，令到家見詔，可以晝夜畫策，神鬼不覺矣。」【毛】【漁】衣帶詔（之謀）（一事）出自伏完，而伏完偏不在（董承等）七人之内，却留在後（文），（又）另

〔一八〕「吾弟若」，商本倒作「若吾弟」，明四本無。
〔一九〕「俱」，緑本作「唯」，形訛。
〔二〇〕「傕汜」，商本作「郭汜」，周本、夏本倒作「汜傕」。
〔二一〕「文」，齋本作「人」，光本作「語」。

作一事，讀者（所）不能測也。【鍾】只可口□。帝然之，伏完辭出。

帝乃自作一密詔，咬破指尖，以血寫之，【毛】臣有刺血上表者矣，未有天子而刺血下詔者也。此亦千古奇事。暗令伏皇后縫於玉帶紫錦襯內，却自穿錦袍，自繫此帶，令內史宣董承入。【三】董承乃靈帝母董太后之姪也。此獻帝之老丈也。蓋上古無「老丈」之稱，只稱爲「國舅」。承見帝，禮畢〔二二〕，帝曰：「朕夜來與后說霸河之苦，【二】帝因汜、傕之亂，與后逃難過霸河時，極受辛苦。念國舅大功，故特宣入慰勞。」承頓首謝。帝引承出殿，到太廟，轉上功臣閣內。帝焚香禮畢，引承觀畫像。中間畫漢高祖容像。帝曰：「吾高祖皇帝，起身何地？如何創業？」【毛】【漁】將說自己，先問高皇。承大驚曰：「陛下戲臣耳？聖祖之事，何爲不知？高皇帝起自泗上亭長，提三尺劍，斬蛇起義，縱橫四海，三載亡秦，五年滅楚，遂有天下，立萬世之基業。」【毛】與首回起處遥遥相應。帝曰：「祖宗如此英雄，子孫如此懦弱，豈不可嘆！」【鍾】帝甚感傷。因指左右二輔之像曰：「此二人非畱侯張良、酇侯蕭何耶？」【毛】【漁】將命董承，先說畱侯、酇侯。承曰：「然也。高祖開基創業，實賴二人之力。」帝回顧左右較遠，乃密謂承曰：「卿亦當如此二人立於朕側。」【毛】【漁】方入正意。承曰：「臣無寸功，何以當此？」帝曰：「朕想卿西都救駕之功，未嘗少忘，無可爲賜。」因指所着袍帶曰：「卿當衣朕此袍，繫朕此帶，常如在朕左右也。」承頓首謝。帝解袍、帶賜承，【毛】意只在帶，却〔二三〕以袍陪之。密語曰：「卿歸可細觀〔二四〕之，勿負朕意。」【鍾】交付一□大事。承會意，穿袍繫帶，辭帝下閣。早有人報知曹操曰：「帝與董承登功臣閣說話。」操即入朝來看。董承出閣，纔過宮門，恰遇操來，急無躲避處，【毛】急殺。只得立於路側施禮。操問曰：「國舅

〔二二〕「禮畢」，原作「禮下」，致本、澹本同。按：「禮畢」語義合，據其他古本改。

〔二三〕「却」，致本作「如」。

〔二四〕「觀」，致本同，其他毛校本作「視」。

何來？」承曰：「適蒙天子宣召，賜以錦袍玉帶。」操問曰：「何故見賜？」承曰：「因念某舊日西都救駕之功，故有此賜。」操曰：「解帶我看。」毛漁（急殺），急殺。承心知衣帶中必有密詔，恐操看破，遲延不解。操叱左右：「急解下來！」毛漁急殺！急殺！如何？如何？看了半晌，笑曰：「果然是條好玉帶！再脱下錦袍來借看。」承心中畏懼，不敢不從，遂脱袍獻上。毛漁帶不自解，袍却自（脱）（解），形容畏懼之態如畫。操親自以手提起，對日影中細細詳看。看畢，自己穿在身上，繫了玉帶，回顧左右曰：「長短如何？」毛一邊着急，一邊故意賣弄，好看。左右稱美。操謂承曰：「國舅即以此袍帶轉賜與吾，何如？」毛急殺！急殺！如何？如何？漁越發急殺。承告曰：「君恩所賜，不敢轉贈，容某別製奉獻。」操曰：「國舅受此衣帶，莫非其中有謀乎？」毛漁嚇〔二五〕殺。承驚〔二六〕曰：「某焉敢？丞相如要，便當留下。」操曰：「公受君賜，吾何相奪？聊爲戲耳。」鍾奸雄。遂脱袍帶還承。毛董承不肯獻，操却偏要；董承願獻，操便不要。奸雄真奸猾之極。漁虧得竟送，方肯退還，不然危哉！

承辭操歸家，至〔二七〕夜獨坐書院中，將袍仔細反覆看了，並無一物。毛曹操細看袍，董承亦先〔二八〕看袍。承思曰：「天子賜我袍帶，命我細觀，必非無意，鍾有箇大大意思在。今不見甚踪跡，何也？」隨又取玉帶檢看，乃白玉玲瓏，碾成小龍穿花，背用紫錦爲襯，縫綴端整，亦並無一物。承心疑，放於桌上，反覆尋之。毛操見袍中無物，故不更疑及帶；承正以袍中無物，故更猜及帶。良久倦甚，正欲伏几而寢，忽然燈花落於帶上，燒着背襯。鍾燈花指路，可恠之極。承驚拭之，已燒破一處，微露素絹，隱見血跡。急取刀拆開視之，乃天子手書血字密詔也。毛不用自己尋着，却用燈花燒出，曲折之甚。漁天巧如此，

〔二五〕毛批「嚇」，商本作「急」。
〔二六〕「驚」，商本脱，明四本作「急答」。
〔二七〕「至」，商本作「是」，明四本無。
〔二八〕「先」，光本、商本作「細」。

何以又不成功？想承命當送于此耳。詔曰〔二九〕：

朕聞人倫之大，父子爲先；尊卑之殊，君臣爲重。近日操賊弄權，欺壓君父，結連黨伍，敗壞朝綱，勑賞封罰，不由朕主。朕夙夜憂思，恐天下將危。卿乃國之大臣，朕之至戚，當念高帝創業之艱難，糾合忠義兩全之烈士，殄滅奸黨，復安社稷，祖宗〔三〇〕幸甚！破指洒血，書詔付卿，再四慎之，勿負朕意！建安四年春三月詔。

董承覽畢，涕淚交流，一夜寢不能寐。毛爲下文隱几而卧伏線。鍾董承有心漢室。晨起，復至書院中，將詔再三觀看，無計可施。乃放詔於几上，沉思滅操之計，忖量未定，隱几而卧。毛因一夜不寐之故。漁好不小心。忽將軍〔三一〕王子服至，門吏知子服與董承交厚，不敢攔阻〔三二〕，竟入書院。見承伏几不醒，袖底壓着素絹，微露「朕」字。毛形容得妙，與董承于燈花燒破處窺見血跡，一樣驚人。子服疑之，默取看畢，藏於袖中，毛又爲董承吃一嚇。呼承曰：「國舅好自在！虧你如何睡得着！」毛只因一夜睡不着，故此時睡着耳。承驚覺，不見詔書，魂不附體，手脚慌亂。子服曰：「汝欲殺曹公！吾當出首。」毛急殺。漁又是一驚。承泣告曰：「若兄如此，漢室休矣！」子服曰：「吾戲耳。吾祖宗世食漢禄，豈無忠心？願助兄一臂之力，共誅國賊。」承〔三三〕曰：「兄有此心，國之大幸！」子服曰：「當於密室同立義狀，毛開口便要立盟書，頗覺書生氣。是文官身分。各捨三族，以報漢君。」毛其言不祥。鍾子服有心漢室。漁不利市話。承大喜，取白絹一幅，先書名

〔二九〕毛本衣帶詔刪、增、改自贊本；鍾本、漁本同贊本，夏本、贊本改自嘉本，周本同嘉本。

〔三〇〕「宗」，商本訛作「命」。

〔三一〕「將軍」，原作「侍郎」，後文作「工部侍郎」，古本同。按：《三國志·蜀書·先主傳》：「遂與承及長水校尉种輯、將軍吴子蘭、王子服等同謀。」《後漢書·百官志》：東漢無工部。據改，後同。

〔三二〕「攔阻」，商本作「攔住」，明四本作「阻」。

〔三三〕「承」，商本作「董」。

畫字。子服亦即書名畫字。書畢，子服曰：「將軍吴子蘭，與吾至厚，可與同謀。」【毛】【漁】子服引出一人。承曰：「滿朝大臣，惟有長水校尉种【二】音冲。輯、議郎吴碩是吾心腹，必能與我同事。」【毛】【漁】董承又引出二人。正商議間，家僮入報种輯、吴碩來探。【毛】來得湊巧，省筆之極。【漁】湊巧。承曰：「此天助我也！」教子服暫避於屏後。【毛】避得妙。承接二人入書院坐定，茶畢，輯曰：「許田射獵之事，君亦懷恨乎？」承曰：「雖懷恨，無可奈何。」碩曰：「吾誓殺此賊，恨無助我者耳！」輯曰：「爲國除害，雖死無怨！」【毛】不用董承先説，却用二人自説，妙。【漁】又是凶讖。王子服從屏後出曰：「汝二人欲殺曹丞相！我當出首，董國舅便是證見。」【毛】亦用逆挑，不用順接，妙。种輯怒曰：「忠臣不怕死！吾等死做漢鬼，强似你阿〔三四〕附國賊！」【毛】同一逆挑之語，而董承聞之着急，种輯聞之着惱，各各不同。【鍾】种輯、吴碩有心漢室。承笑曰：「吾等正爲此事，欲見二公。王將軍之言乃戲耳。」便於袖中取出詔來與二人看。二人讀詔，揮淚不止，承遂請書名。子服曰：「二公在此少待，吾去請吴子蘭來。」子服去不多時，即同子蘭至，【毛】兩人自來，一人請至，又各不同。與衆相見，亦書名畢。承邀於後堂會飲。

忽報：「征西將軍〔三五〕馬騰相探。」【毛】又一個自來的。承曰：「只推我〔三六〕病，不能接見。」門吏回報，騰大怒曰：「我夜來在東華門外，親見他錦袍玉帶而出，【毛】【漁】又將袍帶一提。何故推病耶！吾非無事而來，奈何拒我！」門吏入報，備言騰怒。承起曰：「諸公少待，暫容承出。」隨即出廳延接。禮畢坐定，騰曰：「騰入覲將還，故來相辭，何見拒也？」承曰：「賤軀暴疾，有失迎候，罪甚！」騰曰：「面帶春色，未見病容。」承無言可荅，騰拂

〔三四〕「阿」，光本作「呵」，形訛。

〔三五〕「征西將軍」，原作「西凉太守」，古本同。按：《三國志·蜀書·馬超傳》：「騰爲征西將軍，遣屯郿。」前文第十回「三人密奏獻帝，封馬騰爲征西將軍」，後文第五十七回「初平中年，因討賊有功，拜征西將軍」。據改，後同。

〔三六〕「我」，商本作「吾」。

袖便起，毛自來的幾乎又自去。嗟嘆下堦曰：「皆非救國之人也！」承感其言，挽留之，毛彼來則拒之，彼去則留之，俱用逆寫。問曰：「公謂何人非救國之人？」騰曰：「許田射獵之事，吾尚氣滿胸膛。公乃國之至戚，猶自殢〔三七〕周音詣。夏音替。於酒色，而不思討賊，安得爲皇家救難扶災之人乎！」鍾馬騰有心漢室。承恐其詐，佯驚曰：「曹丞相乃國之大臣，朝廷所倚賴，公何出此言？」毛漁純〔三八〕用逆挑，妙。騰大怒曰：「汝尚以曹賊爲好人耶！」承曰：「耳目甚近，請公低聲。」毛前用王子服反說，董承正告〔三九〕；此用馬騰正告，董承反說，又各不〔四〇〕同。漁可謂斟酌謹密矣。事之不成，天也。騰曰：「貪生怕死之徒，不足以論大事！」說罷，又欲起身。毛寫馬騰〔四一〕與董承落落難合，又非若前四人之一說便是也，妙。承知騰忠義，乃曰：「公且息怒，某請公看一物。」遂邀騰入書院，取詔示之。騰讀畢，毛髮倒豎，咬齒嚼脣，滿口流血，毛漁寫馬騰，又是馬騰身分，與前五人不同。鍾忠義急烈。謂承〔四二〕曰：「公若有舉動，吾即統西涼兵爲外應。」承請騰與諸公相見，取出義狀，教騰書名。騰乃取酒歃血爲盟，毛漁天子刺血，馬騰嚼血，六人歃〔四三〕血。只因一紙血（詔）（書），引（動）（出）一片血誠。曰：「吾等誓死不負所約！」毛其言亦不祥。指坐上五人言曰：「若得十人，大事諧矣。」承曰：「忠義之士，不可多得。若所與非人，則反相害矣。」毛漁人少做不得，人多亦做不得。騰教取《鴛行鷺序簿》三古者，朝廷官員人家皆有一集，名曰《鴛行鷺序》，上面都（有）（是）公卿姓名。來檢看。檢到劉氏宗族，乃拍手言曰：「何不共此人商議？」毛因外戚薦出一外戚，又因一外戚

〔三七〕「殢」，齋本、光本、商本作「滯」，形訛。
〔三八〕毛批「純」，商本訛作「順」。
〔三九〕「告」字原闕，據毛校本補。
〔四〇〕「各不」二字原闕，據毛校本補。
〔四一〕「寫馬騰」三字原闕，據毛校本補。
〔四二〕「謂承」，光本作「馬騰」，明四本作「騰」。
〔四三〕毛批「嚼」，光本作「流」。漁批「歃」，原作「揷」，據衡校本、毛批改。

引出一宗室。衆皆問何人。馬騰不慌不忙，說出那人來。正是：

本因國舅承明詔，又見宗潢佐漢朝。

畢竟馬騰之言如何，且聽下文分解。

許都圍獵，操賊無君，人神共憤。劈頭即欲下手者，雲長先生一人而已，此忠義照人，至今不衰也。吾謂雲長到今爲聖人、爲菩薩、爲佛，都是這點種子發作也，誰人無此種子哉？只是自家不能長養之耳。

雲長先生之外，董承六人亦可取也，即以六人配享關廟，亦見漢家忠義不乏人也。何如，何如？

射鹿示雄，猶然指鹿爲馬，是趙高者，始生之曹操；而曹操者，再生之趙高也。雲長公忠義激烈，奮殺逆賊，真神矣，佛矣！即董承六人，亦有心漢室者哉！

第二十一回

曹操煑酒論英雄
關公賺城斬車胄

天子血詔從許田起見，諸臣〔一〕定盟亦從許田起見。馬騰之知玄德，以雲長而知之；馬騰之知雲長，以許田而知之。想見許田當日，曹操之横，氣焰逼人；雲長之怒，鬚眉皆動。文有敘事在後幅，而適爲前篇加倍襯染者，此類是也。

兩雄不竝立。不竝立，則必相圖。操以備爲英雄，是操將圖備矣，又逆知備之必將圖我矣。備方與董承等同謀，而忽聞此言，安得不失驚落筯耶？是因落筯而假託聞雷，非因聞雷而故作落筯也。若因聞雷而故作落筯，以之欺小兒則可，豈所以欺曹操者？俗本多訛，故依原本校正之。

「一震之威，乃至於此。」只淡淡一語，輕輕溷過，妙在有意無意之間，豈真〔二〕學小兒掩耳縮頸之態耶？古史所載，後人多有誤解之者。即如項羽困于垓下，聞漢兵四面皆楚歌，大驚曰：「漢皆已得楚乎？是何楚人之多也！」〔三〕是張良、韓信欲使羽疑彭城已失，亂其軍心耳。今人看《千金記》，誤以楚歌爲思家之曲，勸楚人還鄉。夫楚人有家，漢人亦有家；將解散客兵，而先解散我兵，爲之奈何？不知作傳奇者，不過分外妝點以圖悦目，而乃錯認其事，訛以〔四〕傳訛，寧不爲識者所笑！此時孫策在江東，曹操更

〔一〕「臣」，齋本、光本作「侯」。

〔二〕「意」字原闕，據毛校本補。「真」，商本作「直」，形訛。

〔三〕「漢皆已得楚乎？是何楚人之多也」，原作「漢已盡得楚乎？何楚人之多也」，毛校本同。據《史記·項羽本紀》改。

〔四〕「訛以」，商本訛作「已訛」。

不以英雄許之。直待後來孫權承襲，乃始歎曰：「生子當如孫仲謀。」然則此老〔五〕眼力大是不謬。當青梅煑酒之日，英雄只有兩人，鼎足尚缺其一也。

自車冑爲雲長所殺，而曹操之兵端起矣。玄德之不欲殺冑者，以此時衣帶詔未洩，董承謀未露，尚欲與操羈縻勿絶，陽和而陰圖之耳。英雄作事，須要審勢量力〔六〕，性急不得。玄德深心人，故有此等算計。雲長直心人，别無此等肚腸。兩人同是豪傑，却各自一様性格，雲長之不及玄德者在此，玄德之不及雲長者亦在此。

此回叙劉、曹相攻之始，而中間夾寫公孫瓚并袁術二段文字。瓚之事只在滿寵口中虚寫，術之事却用一半虚寫、一半實寫。不獨瓚、術兩人于此回中収場，而玉璽下落，亦于此回中結局。前者漢帝失玉璽，今者玉璽歸漢帝，相去十數回，遥遥相對；而又預伏七十回後曹丕受璽篡漢之由。有應有伏，一筆不漏，一筆不繁。每見近人紀事，叙却一頭，抛却一頭，失枝脱節，病在遺忘；未説這邊，又説那邊，手忙脚亂，病在冗雜。今試讀《三國演義》，其亦可以閣筆矣。

董承義狀上大書「左將軍劉備」，備之繼正統而無愧者此也。只「左將軍劉備」五字，消得「漢昭烈皇帝」五字。昔漢高祖討項羽詔〔七〕曰：「願從諸侯王擊楚之殺義帝者。」于是名正言順，海内歸心。今玄德既奉衣帶詔以討賊，則仗義執言；武侯之六出祁山、姜維之九伐中原，皆自〔八〕此詔始矣。然備于斬車冑之後，何不便將此詔布告天下

〔五〕「此老」，商本作「老賊」。
〔六〕「力」，商本作「才」。
〔七〕「漢高祖討項羽」，原無「討」，致本、業本、貫本、齋本、滄本同；商本作「高祖討項羽」。按：「漢高祖項羽」缺謂語，據光本、商本補。
〔八〕「自」，商本作「是」。

乎？曰：詔詞本以賜董承者也。董承在內，若遽〔九〕暴之，恐害董承故也。待承死，而後此詔乃昭然共被于海內耳。

瓚之亡也，積粟三百萬；術之亡也，剩〔一〇〕麥三十斛。糧多亦亡，糧少亦亡，何也？曰：二人之無謀等也。無謀等，則糧之多少無異也。然瓚生平，尚有薦玄德之一節可取；若袁術生平，直是一無足取。初以不發糧而誤人，既乃以絕糧而自斃。天之報施，誠不爽哉！

却說董承等問馬騰曰：「公欲用何人？」馬騰曰：「見有豫州牧劉玄德在此，何不求之？」【毛】因董承轉出馬騰，因馬騰轉出玄德。玄德爲主，董、馬二人不過做一〔一一〕引子耳。**承曰：「此人雖係〔一二〕皇叔，今正依附曹操，安肯行此事耶？」**【毛】玄德依附曹操，與曹操依附董卓，同一識見。**騰曰：「吾觀前日圍場之中，曹操迎受衆賀之時，雲長在玄德背後，挺刀欲殺操，玄德以目視之而止。**【毛】前回事又在馬騰眼中、口中襯寫一徧。【贄】【鍾】騰是有心人。**玄德非不欲圖操，恨操牙爪〔一三〕多，恐力不及耳。**【毛】玄德心事，馬騰一語道着。【漁】天子血詔，從許田起見；諸臣定盟，亦從許田起見。馬騰之知玄德，以雲長知之；其知雲長也，亦以許田知之。**公試求之，當必應允。」吴碩曰：「此事不宜太速，當從容商議。」**【贄】【鍾】碩更老成。**衆皆散去。**

次日黑夜裏，董承懷詔，徑往玄德公館中來。門吏入報，玄德出迎，請入小閣坐定，關、張侍立于側。玄德曰：「國舅夤【二】音寅。**夜至此，必有事故。」**【漁】這一句。**承曰：「白日乘馬相訪，恐操見疑，故黑夜相見。」玄德命取酒相待。承曰：「前日圍**

〔九〕「遽」，齋本、光本作「速」。

〔一〇〕「百」，原作「十」，毛校本同。按：《三國志·魏書·公孫瓚傳》作「積穀三百萬斛」。據改，後正文同改。「剩」，商本作「刈」。

〔一一〕「一」下，商本有「個」字。

〔一二〕「係」，齋本、光本作「則係是」，嘉本、夏本、贄本作「漢室」，周本作「是漢室」。

〔一三〕「牙爪」，滄本、光本、商本倒作「爪牙」。

埸之中，雲長欲殺曹操，將軍動目搖頭而退之，何也？」【毛】【漁】問得突兀。玄德失驚曰：「公何以知之？」承曰：「人皆不見，某獨見之。」【毛】【漁】不説馬騰看見，（竟説自己）（却説自家）看見，（好[一四]）（妙）。玄德不能隱諱，遂曰：「舍弟見操僭越，故不覺發怒耳。」承掩面而[一五]哭曰：「朝廷臣子若盡如雲長，何憂不太平哉！」【毛】【漁】（語殊）慷慨淋漓。玄德恐是曹操使他來試探，乃佯言曰：「曹丞相治國，爲何憂不太平[一六]？」【毛】前馬騰正説，董承反説以試之；今董承正説，玄德反説以試之：妙甚。【贊】粧點得有光景。【鍾】兩人俱有心機。承變色而起曰：「公乃漢朝皇叔，故剖肝瀝膽以相告，公何詐也？」玄德曰：「恐國舅有詐，故相試耳。」於是董承取衣帶詔令觀之，玄德不勝悲憤。又將義狀出示，上止有六位：一，車騎將軍董承；二，將軍王子服；三，長水校尉种輯；四，議郎吴碩；五，昭信將軍吴子蘭；六，征西將軍馬騰。【毛】忽將前六人于此處歷歷叙明，却在玄德眼中看出。妙甚。玄德曰：「公既奉詔討賊，備敢不效犬馬之勞？」承拜謝，便請書名。玄德亦書「左將軍劉備」，【毛】【漁】大書特書（，五字堪傳千古）。押了字，付承收訖。承曰：「尚容再請三人，共聚十義，以圖國賊。」【毛】劉備一人可當百矣，何必湊足十人耶？【贊】定要湊滿十人，便非幹事者。【鍾】□幹事人。【漁】凡做事必要湊數，便孩子氣。做大事者，一二人也侭可做得，如謀事不善，雖多亦奚以爲？玄德曰：「切宜緩緩施行，不可輕洩。」共議到五更，相别去了。

玄德也防曹操謀害，就下處後園種菜，親自澆灌，【贊】【鍾】（玄德種菜）是大豪傑作用。以爲韜晦之計。【毛】邵平種瓜是無聊，玄德種菜是有意。關、張二人曰：「兄不留心天下大事，而學小人之事，何也？」玄德曰：「此非二弟所知也。」【毛】此處且不説明，留在後文補出。二人乃不復言。

[一四]毛批「好」，光本作「妙」。

[一五]「而」，光本脱。

[一六]「不太平」，業本「平」作「乎」，形訛；齋本、光本後有「乎」字；明四本有「哉」字。

一日，關、張不在，玄德正在後園澆菜，許褚、張遼引數十人入園中曰：「丞相有命，請使君便行。」玄德驚問曰：「有甚緊事？」【毛】不特玄德驚疑，即讀者亦爲驚疑。許褚曰：「不知。只教我來相請。」【毛】嚇殺。【漁】不説明，妙。玄德只得隨二人入府〔一七〕見操。操笑曰：「在家做得好大事！」【毛】【漁】嚇殺，讀者（至〔一八〕此，必謂）（只道）衣帶詔（事）洩矣。【贊】粧點得有光景。諕〔一九〕得玄德面如土色。【毛】讀者亦吃一大嚇〔二〇〕。操執玄德手，直至後園，曰：「玄德學圃不易！」【毛】[眉]易，去聲。【三】學圃，種菜也。玄德方纔放心，【毛】【漁】如水上驚濤，忽起忽落。荅曰：「無事消遣耳。」【鍾】答得妙。操曰：「適見枝頭梅子青青，忽感去年征張繡時，道上缺水，將士皆渴。吾心生一計，以鞭虛指曰：『前面有梅林。』軍士聞之，口皆生唾，由是不渴。【毛】【漁】（征張繡）事已隔數回，忽（于）此處（補）（提）出一段閒文，妙絶（，妙絶）。【贊】老奸不可測識，一至于此。【鍾】此亦老奸妙用處。今見此梅，不可不賞。【毛】今見此梅，亦還想張濟妻否？又值煑酒正熟，故邀使君小亭一會。」【毛】恐是觀〔二一〕物懷人，未能忘情，故欲以酒解之耳。玄德心神方定。隨至小亭，已設樽俎，盤置青梅，一樽煑酒。二人對坐，開懷暢飲。【毛】敘得閒閒雅雅，與董承黑夜飲酒又自〔二二〕不同。【漁】情事可畫。

酒至半酣，【周】音甘。忽陰雲漠漠，驟雨將至。從人遥指天外龍挂，【毛】【漁】有景。【贊】粧點得有光景。操與玄德凭【二】音平。欄觀之。【毛】儼如一幅畫圖。操曰：「使君知龍之變化否？」【毛】閒閒説來。【漁】漸漸論到英雄曲致。玄德曰：「未知其詳。」【毛】假呆得妙。操曰：「龍能大能小，能升能隱；大則興雲吐霧，小則隱

〔一七〕「入府」，商本作「來相府」。
〔一八〕「至」，滄本訛作「張」。
〔一九〕「諕」，光本、商本作「嚇」。
〔二〇〕「嚇」，齋本、光本作「驚」。
〔二一〕「觀」，齋本、光本作「覩」。
〔二二〕「自」，光本、商本作「是」。

介〔二三〕藏形，升則飛騰于宇宙之間，隱則潛伏于波濤之内。方今春深，龍乘時變化，猶人得志而縱橫四海。龍之爲物，可比世之英雄。鍾以龍比英雄，論得玅。玄德久歷四方，必知當世英雄。請試指言之。」毛從龍説起，漸漸説到英雄，又漸漸説到當世人物。亦如雨之將至而先有雷，雷之將至而先有龍挂也。玄德曰：「備肉眼安識英雄？」毛漁（一發）假呆得妙。贄玄德妙用，老瞞神奸亦自不測，大豪傑也。操曰：「休得過謙。」玄德曰：「備叨恩庇，得仕于朝。天下英雄，實有未知。」毛一味妝呆詐癡，即種菜之意。操曰：「即〔二四〕不識其面，亦聞其名。」玄德曰：「淮南袁術，兵糧足備，可爲〔二五〕英雄？」毛因術稱帝，故首舉術爲問。不知術之龍非真龍，備之問亦是假問。操笑曰：「冢中枯骨，吾早晚必擒之！」毛袁術即于此回中結局，與後文正相應。玄德曰：「河北袁紹，四世三公，門多故吏。今虎踞冀州之地，部下能事者極多，可爲英雄？」毛爲後文求救袁紹伏筆。操笑曰：「袁紹色厲膽薄，好謀無斷；幹大事而惜身，見小利而忘命，非英雄也。」毛爲後文破袁紹伏線。漁看低多少「四世三公」。玄德曰：「有一人名稱『八俊〔二六〕』，威鎮九郡〔二七〕，劉景升可爲英雄？」毛爲後文依託劉表伏筆。〇此下二段，又變一樣文法。贄鍾玄德粧呆，孟德責奸，深淺便自霄壤。〈贄〉誰謂孟德奸也？淺人耳。操曰：「劉表虚名無實，非英雄也。」毛漁看低（當世）多少名士〔二八〕。玄德曰：「有一人血氣方剛，江東領袖，孫伯符乃英雄也？」毛爲後文借寓江東伏

〔二三〕「介」，光本、嘉本作「芥」。

〔二四〕「即」，致本同，明四本無，其他毛校本作「既」。

〔二五〕「爲」，齋本、光本、商本作「謂」，澹本後一處、商本後三處同。

〔二六〕「俊」，商本作「駿」，形訛。

〔二七〕「九郡」，原作「九州」，古本同。按：「九州」典出《尚書·禹貢》：冀、兖、青、徐、揚、荆、豫、梁、雍；漢代爲十三州，「九州」代指全國。《後漢書·劉表傳》作「荆州八郡」；李注引東漢末應劭《漢官儀》曰：「荆州管長沙、零陵、桂陽、南陽、江夏、武陵、南郡、章陵等是也。」後文多處「九郡」「荆襄九郡」，未見於史書，元代雜劇已有「荆襄九郡」之説，《演義》沿用。據改。

〔二八〕漁批「士」，翼本漫漶，衡校本無此句，據毛批補。

筆。操曰：「孫策藉父之名，非英雄也。」毛看低當世多少公子。漁人謂操看孫策未免太輕。要知操不以英雄予策，直至孫權〔二九〕承襲，方始嘆曰：「生子當如孫仲謀。」然則此老大有眼力。玄德曰：「益州劉季玉，可爲英雄乎？」毛爲後文入川伏筆。○又變一樣文法。操曰：「劉璋雖係宗室，乃守户之犬耳，三與主人死守（其）户不出也。何足爲英雄！」毛看低天下多少宗室。玄德曰：「如張繡、張魯、韓遂等輩皆何如？」毛連問〔三〇〕三人，又變一樣文法。○言韓遂而不及馬騰者，正與備共立義狀，故隱之耳。袁術、袁紹、劉表、孫策、張繡、韓遂事之已見前文者也，劉璋、張魯事之〔三一〕尚在後文者也。前文于此再一總，後文于此先一提。漁獨不及馬騰者，礙〔三二〕衣帶事故耳。操鼓掌大笑曰：「此等碌碌小人，何足挂齒！」毛後三人皆降操〔三三〕。玄德曰：「舍此之外，備實不知。」毛只是一味妝呆。操曰：「夫英雄者，胸懷大志，腹有良謀，有包藏宇宙之機，吞吐天地之志者也。」毛滿懷自負。玄德曰：「誰能當之？」毛倒問一句妙甚，不但不自以爲英雄，且似並不知曹操爲英雄者。操以手指玄德，後自指曰：「今天下英雄，惟使君與操耳！」毛曹操自以爲英雄，又心畏玄德爲〔三四〕英雄，一向只是以心相待，不曾當面説出。今番酒後，不覺一語道破。玄德聞言，吃了一驚，手中所執匙筯，不覺落于地下。毛半晌妝呆，却被一語道破，安得不驚？漁操自以爲英雄，又畏玄德爲英雄，一向只是以心相待，今却一口道破，玄德那得不驚。時正值天雨將至〔三五〕，雷聲大作，玄德乃從容俯首拾筯曰：「一震之威，乃至于此。」毛爲甚説破英雄，便爾舉止失措〔三六〕？曹操心多，安得不疑。虧此一語隨機

〔二九〕「孫權」，原作「孫策」，據衡校本改。
〔三〇〕「問」，光本訛作「片」。
〔三一〕「事之」，光本倒作「之事」，與前句句式異。
〔三二〕「礙」，衡校本作「擬」，形訛。
〔三三〕「皆降」，光本作「當非」。「操」，貫本作「曹」。
〔三四〕「爲」上，齋本、光本、商本有「之」字。
〔三五〕「天雨將至」，澹本「雨」訛作「軍」，明四本作「大雨驟至」。
〔三六〕「失措」，原作「失錯」，致本、業本、齋本、澹本、商本同，據貫本、光本改。

應變，平白地掩飾過去。操笑曰：「丈夫亦畏雷乎？」玄德曰：「聖人云[三七]：『迅雷風烈必變。』安得不畏？」【毛】淡淡一語，妙在有意無意之間。【贊】忽而腐儒，忽而孺子，玄德真如神龍不可測也。老操雖奸，自然瞞過，大作用也。【鍾】玄德真如神龍變化不可測識。【漁】淡語瞞過。將聞言失筯緣故，輕輕掩飾過了，【毛】真是靈警。操遂不疑玄德。【毛】竟被瞞過。後人有詩讚曰：

勉從虎穴暫趨[三八]身，說破英雄驚殺人。
巧借聞雷來掩飾，隨機應變信如神。

天雨方住，見兩箇人撞入後園，手提寶劒[三九]，突至亭前，左右攔擋不住。操視之，乃關、張二人也。【毛】與「鴻門會」樊噲排盾而入，一樣聲勢。原來二人從城外射箭方回，聽得玄德被許褚、張遼請將去了，慌忙來相府打聽。【毛】此處不說二公吃驚，留在後文雲長口中補出，好。聞說在後園，只恐有失，故衝突而入。【毛】真好兄弟。【漁】好弟兄[四〇]。却見玄德與操對坐飲酒，二人按劒而立。【毛】方說天上之龍，席間忽然來了二虎。操問二人何來，雲長曰：「聽知丞相和兄飲酒，特來舞劒，以助一笑。」操笑曰：「此非『鴻門會』，安用項莊、項伯乎？」【毛】語甚趣。【鍾】關、張好□人怕。玄德亦笑。【毛】倒底只是假呆面孔，妙。操命：「取酒與二『樊噲』壓驚。」【毛】語更趣甚[四一]。樊噲不容有二，今乃與樊噲有三矣。【漁】「二樊噲」，語新。關、張拜謝。須臾席散，玄德辭操而歸。雲長曰：「險些驚殺我兩箇！」【毛】補前一筆。○不獨二公吃驚，即讀者亦曾吃驚。玄德以落筯事說與關、張，關、張問是何意[四二]。玄德曰：「吾之學圃，正欲使操知我無大志；【毛】前日不說明，今乃[四三]

〔三七〕「云」，原無，毛校本同，據明四本補。

〔三八〕「趨」，澹本、光本作「棲」。

〔三九〕「寶劒」，原作「寶刀」，致本、業本、貫本、齋本、澹本、商本同。按：後文作「按劒而立」「特來舞劒」。據光本、明四本改。

〔四〇〕漁批「弟兄」，衡校本倒作「兄弟」。

〔四一〕「趣甚」，齋本、光本倒作「甚趣」，澹本訛作「起甚」。

〔四二〕「問是何意」，商本作「便問何意」，明四本作「不解」。

〔四三〕「乃」，齋本、光本作「日」。

補解之。漁前不說明，于此方說明。不意操竟指我爲英雄，我故失驚落筯。又恐操生疑，故借懼雷以揜飾之耳。」毛于玄德口中，將前文下一註脚。贄不必說破更好。鍾何如不說破更（妙）。漁正與學圃同意。關、張曰：「兄真高見！」

操次日又請玄德，正飲間，人報滿寵去探聽袁紹而回，操召入問之。寵曰：「公孫瓚已被袁紹破了。」毛一段大文，只在滿寵口中一句點出，省筆之甚。漁每攝他事於稱述中，此得綜練之法。玄德急問曰：「願聞其詳。」毛漁（前）磐河之戰，玄德曾救公孫，（此處）（故）不得不（急）問。寵曰：「瓚與紹戰不利，築城圍圈，圈上建樓，高十丈，名曰『易京樓』，六（《一統志》云：）易京樓，在保定府雉縣〔四四〕境，南臨易水。〈二〉漢公孫瓚據幽州，有童謠曰：「燕南垂，趙北際，中間不合帶〔四五〕如礪，惟有此中可避世。」瓚以易京地當之，乃築城以自固，修營壘〔四六〕樓觀，積谷于中，尋爲袁紹所破〔四七〕。積粟三百萬以自守。戰士出入不息，或有被紹圍者，衆請救之。瓚曰：『若救一人，後之戰者，只望人救，不肯死戰矣。』贄胡説。遂不肯救。毛瓚之失事在此。因此袁紹兵來，多有降〔四八〕者。鍾此是以衆予敵，安得不□。瓚勢孤，使人持書赴許都求救，不意中途爲紹軍所獲。毛後陳琳檄中以此罪操。瓚又〔四九〕遣書張燕，暗約舉火爲號，裏應外合。下書人又被袁紹擒住，却來城外放火誘敵。瓚自出戰，伏兵四起，軍馬折其大半。退守城中，被袁紹穿地直入瓚所居之樓下，放起火來。瓚無走路，先殺妻子，然後自縊，周音異。全家都被火焚了。毛前文曹操破呂布却用實寫，此處袁紹破公孫都用虛述。一詳一略，皆叙事妙品。今袁紹得了瓚軍，

〔四四〕周批「雄」訛作「雉」。醉本眉注「縣」字原闕，據贄本夾注補。
〔四五〕周、夏批「間」「帶」，原作「央」「大」。據《一統志》改。
〔四六〕夏批「壘」下原有「繕」。據周批、《一統志》刪。
〔四七〕夏批「破」，原作「滅」。據《一統志》改。
〔四八〕「降」下，齋本、光本有「之」字。
〔四九〕「又」，商本訛作「有」，明四本無。

聲勢甚盛。紹弟袁術在淮南〔五〇〕，驕奢過度，不恤軍民，衆皆背反，術使人歸帝號于袁紹。紹欲取玉璽，術約親自送至，見今棄淮南，欲歸河北。若二人協力，急〔五一〕難收復。乞丞相作急圖之。」毛本是探聽袁紹，却并接入袁術，妙。漁只探聽袁紹，忽插入袁術，妙。玄德聞公孫瓚已死，追念昔日薦己之恩，不勝傷感，毛回顧前文，如千丈游絲，忽又〔五二〕一落。又不知趙子龍如何下落，放心不下，毛不獨玄德欲知其下落，即讀者亦急欲知其下落，乃此處偏不叙明，直至後古城聚義時方纔出現。叙〔五三〕事真有草蛇灰線之奇。因暗想曰：「我不就此時尋箇脱身之計，更待何時？」遂起身對操曰：「術若投紹，必從徐州過。備請一軍就半路截擊，術可擒矣。」毛可見青梅煮酒時第一句便説他英雄，真是假話。贊鍾玄德思脱身矣。漁正中玄德脱身卯眼。吾意玄德不獨爲脱身計，亦因公孫瓚後欲探聽子龍下落。操笑曰：「來日奏帝，即便起兵。」

次日，玄德面奏君，操令玄德總督五萬人馬，又差朱靈、路昭二人同行。毛奸狡〔五四〕之極。玄德辭帝，帝泣送之。毛此時董承想已通〔五五〕消息于帝，帝與備已心照矣。玄德到寓，星夜收拾軍器鞍馬，挂了將軍印，催促便行。毛慌速之極。董承趕出十里長亭來送，玄德曰：「國舅寧耐，某此行必有以報命。」承曰：「公宜留意，勿負帝心。」二人分別。毛完却上文立義狀一段事情。關、張在馬上問曰：「兄今番出征，何故如此慌速？」玄德曰：「吾乃籠中鳥、網中魚！此一行如魚入大海、鳥上青霄，不受籠網之羈二音飢。絆二音扮。也！」毛曹操比備爲龍，然龍在網羅之中，與魚鳥無異，故急欲〔五六〕脱此羈絆。贊

〔五〇〕「淮南」，原作「河南」，致本、業本、貫本、齋本、潝本、光本、夏本、贊本同。按：「河南」與後文異，據商本、嘉本、周本改。
〔五一〕「急」，光本作「極」。
〔五二〕「又」，商本作「然」。
〔五三〕「叙」，潝本作「後」，商本作「述」。
〔五四〕「狡」，商本作「猾」。
〔五五〕「通」，潝本作「速」。
〔五六〕「欲」，光本作「要」。

真心話。鍾兄弟説出心腹話。漁弟兄們説心腹話。因命關、張催朱靈、路昭軍馬速行。毛此句亦少不得。時郭嘉、程昱考較錢糧方回，毛虧得二人出外，玄德故能脱然而去。漁瞞得此人〔五七〕不在，玄德方得脱身。知曹操已遣玄德進兵徐州，慌入諫曰：「丞相何故令劉備督軍？」操曰：「欲截袁術耳。」程昱曰：「昔劉備爲豫州牧時，某等請殺之，丞相不聽；毛又將前文一提。今日又與之兵，此放龍入海，縱虎歸山也。後欲治之，其可得乎？」毛程昱直欲殺備。贄遲了。郭嘉曰：「丞相縱不殺備，亦不當使之去。古人云：『一日縱敵，萬世之患。』望丞相察之。」毛郭嘉只欲留備。操然其言，遂令許褚將兵五百前往，務要追玄德轉來。許褚應諾而去。毛讀者至此又爲玄德着急。

却説玄德正行之間，只見後面塵頭驟起，謂關、張曰：「此必曹兵追至也。」遂下了營寨，令關、張各執軍器，立于兩邊。毛如欲廝殺狀，揜卷猜之，必謂下文與許褚交戰矣。許褚至，見嚴兵整甲，乃下馬入營見玄德。玄德曰：「公來此何幹？」褚曰：「奉丞相命，特請將軍回去，别有商議。」玄德曰：「『將在外，君命有所不受。』贄此處玄德大通。漁「將在外，君命有所不受。」只二語，已可壓倒許褚，何須有索金帛閑話也。〔五八〕吾面過君，又蒙丞相鈞語。今别無他議，公可速回，爲我稟覆丞相。」毛數語亦不激不隨。贄停當，停當。鍾□□□最是玄德妙処，别言再打他不倒了。許褚尋思：「丞相與他一向交好，今番又不曾〔五九〕教我來廝殺，只得將他言語回覆，另候裁奪便了。」遂辭了玄德，領兵而回。毛許褚一來，如江潮忽起；許褚一去，又如江潮忽落。回見曹操，備

〔五七〕按：漁批「此人」指漁本正文所涉「郭嘉」，毛本正文作「郭嘉、程昱」，從原文。

〔五八〕按：此句漁批所涉「索金帛閑話」，贄本系正文中，劉備向許褚污程昱、郭嘉向其索要金帛，并向操進讒譖劉備。此段毛本删，後文鍾批作「譖是玄德妙処」亦是評此事。從原文。

〔五九〕「曾」，商本脱，明四本無。

述玄德之言。操猶豫未決，程昱、郭嘉曰：「備不肯回兵，可知其心變矣〔六〇〕。」操曰：「我有朱靈、路昭二人在彼，料玄德未必敢心變。毛遣二人同去之意，此處方〔六一〕說出。況我既遣之，何可復悔？」贄此老到底〔六二〕通得。鍾老瞞亦只得如此說。漁阿瞞不當一愚至此。遂不復追玄德。毛了却曹操一邊。後人有詩歎玄德曰：

束兵秣馬去匆匆，心念天言衣帶中。
撞破鐵籠逃虎豹，頓開金鎖走蛟龍。

却說馬騰見玄德已去，邊報又急，亦回西涼州去了。毛漁又安放馬騰（一句）（去了）。玄德兵至徐州，刺二音次。史車胄出迎。公宴畢，孫乾、糜竺等都來叅見。玄德〔六三〕回家探視老小，毛一向空身在京，家小自在徐州。至此補照出來，極周〔六四〕密。一面差人探聽袁〔六五〕術。探子回報：「袁術奢侈太過，雷薄、陳蘭皆投灊山〔六六〕去了。毛爲後劫糧伏線。術勢甚〔六七〕衰，乃作書讓帝號於袁紹。紹命人召術，術乃收拾人馬、宮禁御用之物，先到徐州來。」

玄德知袁術將至，乃引關、張、朱靈、路昭五萬軍出，正迎著先鋒〔六八〕紀靈至。張飛更不打話，直取紀靈。鬭無十合，張飛大喝一聲，刺紀靈于馬下，毛漁（看）紀靈如此無用，（知）（想）轅門射戟時（，即無呂布），玄德（亦）非真〔六九〕了不得（，而必望呂布救之）也。敗軍奔走。袁術自引軍來鬭。玄德分兵

〔六〇〕「矣」，齋本、光本脱，明四本無。
〔六一〕「方」，商本作「才」。
〔六二〕「底」，緑本訛作「庇」。
〔六三〕「玄德」二字原闕，據毛校本補。
〔六四〕光本「徐」上「在」與「周」互易，爲活字豎排同行互易之訛。「照」，光本作「點」，形訛。
〔六五〕「聽袁」二字原闕，據毛校本補。
〔六六〕「灊山」，原作「嵩山」，古本同。按：《三國志·魏書·袁術傳》：「後爲太祖所敗，奔其部曲雷薄、陳蘭于灊山。」據改，後同。
〔六七〕「勢甚」，齋本、光本作「聲勢」。
〔六八〕「先鋒」，齋本、光本脱。
〔六九〕光本「用」「真」互易，活字豎排同行互易而訛。

三路，朱靈、路昭在左，關、張在右，玄德自引兵居中，與術相見，在門旗下責罵曰：「汝反逆不道，吾今奉明詔前來討汝！汝當束手受降，免你罪犯。」袁術罵曰：「織席編屨〔七〇〕小輩，安敢輕我！」【毛】【漁】還是汜水關〔七一〕（前面孔，今日恐用不着）（身段）。麾兵赶來，玄德暫退，讓左右兩路軍殺出。殺得術軍屍横徧野，血流成渠，士卒逃亡，不可勝計。又被灊山雷薄、陳蘭劫去錢糧草料。欲回壽春，又被羣盜所襲，【毛】【漁】「代漢當塗」，竟成虚讖〔七二〕。公路公路，（竟是）走頭無路（矣）。只得住于江亭，止有一千餘衆，皆老弱之輩。時當盛暑，糧食盡絶，只剩麥三十斛，分派軍士。家人無食，多有餓死者。術嫌飯粗，不能下咽，【毛】昨日「推位讓國」，無復「垂拱平章」。不得「具饍飡飯」，只得〔七三〕「飢饜糟糠」。乃命庖人取蜜〔七四〕水止渴。庖人曰：「止有血水，安有蜜水！」術坐于牀上，大叫一聲，倒于地下，吐血斗餘而死。【毛】未曾吃血水，奈何就〔七五〕還席。【贊】【鍾】此是驕奢之報（，大〔七六〕衆着眼）。【漁】此驕奢之報，可作一段因果看。時建安四年六月也。後人有詩曰〔七七〕：

漢末刀兵起四方，無端袁術太猖狂。
不思累世爲公相，便欲孤身作帝王。
强暴枉誇傳國璽，驕奢妄説應天祥。
渴思蜜水無由得，獨卧空牀嘔〔七八〕血亡。

〔七〇〕「屨」，原作「履」，古本同。按：前文第一回作「販屨織蓆」；第十四回作「織蓆編屨」，且亦爲袁術之語。故同人同語，應作「屨」。據改。

〔七一〕毛、漁批「汜水關」，原作「虎牢關」，毛校本、衡校本同。按：同第十七回校記〔二九〕，據改。

〔七二〕漁批「虚讖」，原作「虎讖」，疑形訛，據衡校本改。

〔七三〕「具膳飡飯」，澹本作「飽膳食飯」，原作「飽膳飡飯」，其他毛校本同。按：此句所引四句皆出自南朝梁周興嗣編《千字文》，據原文改。「只得」，商本訛作「無復」。

〔七四〕「蜜」，原作「密」，形訛。此處及後句據古本改。

〔七五〕「就」，光本作「尚」。

〔七六〕「大」，緑本作「人」，壞字。

〔七七〕毛本評袁術詩改自贊本；鍾本、漁本同贊本，贊本同明三本。

〔七八〕「嘔」，明四本作「吐」。

袁術已死，從弟〔七九〕袁胤將靈柩及妻子奔廬江來，被徐璆【毛】眉音球〔八〇〕。【嘉】音留。【二】音劉。盡殺之。璆奪得玉璽，赴許都獻于曹操。操大喜，封徐璆爲太常〔八一〕。此時玉璽歸操。【毛】【漁】爲後文曹丕（受璽）〔八二〕篡漢張本。【贊】玉璽歸操，此中亦有天意否乎？【鍾】玉璽歸操，斷非天意。

却說玄德知袁術已喪，寫表申奏朝廷，書呈曹操，令朱靈、路昭回許都，留下軍馬保守徐州；一面親自出城，招諭流散人民復業。【毛】愛民是玄德第一作用。【鍾】畢竟有仁民之念。

且〔八三〕說朱靈、路昭回許都見曹操，說玄德留下軍〔八四〕馬。操怒，欲斬二人。荀彧曰：「權歸劉備，二人亦無奈何。」操乃赦之。彧又曰：「可寫書與車冑，就內圖之。」【毛】朱靈、路昭既無可奈何，車冑又復何用？操從其計，暗使人來見車冑，傳曹操鈞旨。冑隨即請陳登商議此事。登曰：「此事極易。今劉備出城招〔八五〕民，不日將還，將軍可命軍士伏于壅城邊，只作接他，待馬到來，一刀斬之。某在城上射住後軍，大事濟矣。」冑從之。陳登回見父陳珪，備言其事，珪命登先往報知玄德。【鍾】陳珪具眼玄德。登領父命，飛馬去報，【毛】【漁】（曹操寫書與車冑而不寫書與）陳登（父子者，以其）素與玄德相善（故耳。）（，故曹操不與相聞。今）車冑無謀，乃反與登商議，宜其死也。正迎著關、張，報說如此如此。【毛】本要報玄德，却先報了關、張，變幻。原來關、張先回，玄德在後。【毛】註一句。張飛聽得，便要去廝殺，【贊】妙人。〔八六〕雲

〔七九〕「從弟」，原作「姪」，古本同。按：《三國志·吴書·孫討逆傳》裴注引《江表傳》作「術從弟胤」。據改。

〔八〇〕醉本闕「音」字，據業本側注補。「球」，澹本作「求」；業本作「妙」，訛誤。

〔八一〕「太常」，原作「高陵太守」，古本同。按：《後漢書·徐璆傳》：「術死軍破，璆得其盜國璽，及還許，上之。」「後拜太常。」據改。

〔八二〕毛批「曹丕受璽」，商本倒作「受璽曹丕」。

〔八三〕「且」，光本作「却」，明四本無。

〔八四〕「軍」，商本作「車」，形訛。

〔八五〕「招」，齋本、光本作「安」，明四本無。

〔八六〕緑本脱此句及下句贊批。

長曰：「他伏甕城邊待我，去必有失。我有一計，可殺車冑：乘夜扮做曹軍到徐州，引車冑出迎，襲而〔八七〕殺之。」【贊】【鍾】妙策。飛然其言。那部下軍原有曹操旗號，衣甲都同，【毛】【漁】本是朱靈、路昭之兵，不消扮得。當夜三更，到城邊叫門。城上問：「是誰？」衆應是曹丞相差來張文遠的人馬。報知車冑，冑急請陳〔八八〕登議曰：「若不迎接，誠有疑；若出迎之，又恐有詐。」【贊】車冑亦通。【鍾】此似請鬼治病。冑乃上城回言：「黑夜難以分辯，平明了〔八九〕相見。」【毛】【漁】車冑此時頗有主意（，曹操所以託爲心腹）。城下荅應：「只恐劉備知道，疾快開門！」【毛】妙。車冑猶豫未定，城外一片聲叫「開門」。車冑只得〔九〇〕披挂上馬，引一千軍出城，跑過弔橋，大叫：「文遠何在？」火光中只見雲長提刀縱馬，直迎車冑，大叫曰：「匹夫安敢懷詐，欲殺吾兄！」車冑大驚，戰未數合，遮攔不住，撥馬便回。到弔橋邊，城上陳登亂箭射下，【毛】前曾説過「我在城上射住後軍」。【漁】初意在城射玄德，今反射了〔九一〕車冑，一時變動，事不可料如此。車冑繞城而走。雲長趕來，手起一刀，砍于馬下，【毛】陳登本欲先報玄德，關、張却先斬車冑，變幻之極。割下首級提回，望城上呼曰：「反賊車冑，吾已殺之。衆等無罪，投降免死！」【贊】是。【鍾】招降大是。諸軍倒戈投降，軍民皆安。

雲長將冑頭去迎玄德，具言車冑欲〔九二〕害之事，今已斬首。玄德大驚曰：「曹操若來，如之奈何？」【毛】是深心人。雲長曰：「弟與張飛迎之。」【毛】是直心人。玄德懊悔不已，遂入徐州。百姓父老，伏道而接。玄德到府，尋張飛，飛已將車冑全家殺盡。【鍾】太過了。玄德曰：「殺了曹操心腹之人，如何肯休？」陳登曰：「某有一計，可退曹操。」正是：

〔八七〕「襲而」，光本倒作「而襲」。
〔八八〕「陳」，商本脱。
〔八九〕「平明了」，齋本、光本作「待明早」。
〔九〇〕「只得」，齋本、光本脱，明四本作「自」。
〔九一〕「了」，衡校本作「下」，形訛；致本無。
〔九二〕「欲」，光本作「殺」。

既把孤身離虎穴，還將妙計息狼烟。

不知陳登説出甚計來，且聽下文分解。

種菜畏雷，事同兒戲，稍有知之，皆能察之，如何瞞得曹操？此皆後人附會，不足信也。凡讀《三國志》者，須先辨此。雖然，此《通俗演義》耳，非正史也。不如此，又何以爲通俗哉？

陳登父子最爲忠義，其智謀又爲餘事矣，其殺曹操之心，即殺呂布之事也。

或曰：玄德何以便知程昱、郭嘉入譖〔九三〕，必有細作來報。白牛和尚答曰：英雄之見畧同，操前惟有兩知事，故逆料之耳，何必一一打探也哉？天下事，必待打探而後知，亦已遲矣。

天下惟英雄難識，亦惟英雄難論。曹瞞一味賣奸，玄德率性粧痴，果孰英雄哉？種菜、畏雷，即是英雄作用，老奸那裡曉得！

〔九三〕「譖」，原作「讚」，吴本、緑本同。按：語義不通，應從贊本本回中前文作「譖」，據改。

第二十二回

袁曹各起馬步三軍
關張共擒王劉二將

薦劉備者公孫瓚也，殺公孫瓚者袁紹也，歸袁紹者袁術也，攻袁術者劉備也。然則欲使袁紹救劉備，不獨劉備意中以爲必無之事，即讀者意中亦以爲必無之事矣。乃劉備偏往求之，袁紹偏肯救之。操之與備，合而忽離；紹之與備，離而忽合。讀其前回，更不料有後回。事之變，文之幻，真令讀者夢亦夢不到也。

陳登欲求援兵，試掩卷猜之，必以爲求救於馬騰矣；乃舍馬騰而求袁紹，何也？曰：馬騰雖同受衣帶詔，而徐州之發使於西凉也遠，冀州之進兵於許都也近。且馬騰勢小，袁紹勢大，舍其遠者小者，求其大者近者，亦是英雄見識。

玄德之求袁紹也，以鄭玄爲之介紹，而首回叙述玄德生平，早有「師事鄭玄」一語遥遥伏線。且鄭玄、盧植俱爲玄德所師，而盧植詳見前文，鄭玄直至此處方纔出現。一先一後，參差錯落，極叙事筆法之妙。况又於關公斬將之後，袁紹興兵之前，忽然夾叙馬氏歌姬、鄭家詩婢一段風流文字，真如霹靂火中偶雜一片清泠雲也。

曹操「十勝」、袁紹「十敗」之説，於第十八回中見之，竊謂繼此以後，必叙袁、曹交鋒之事。乃隔着數回，直至斯篇〔一〕，方始起兵相持，而猶未交鋒也。各各奮勇而來，各各解散而去，虎頭蛇尾，可發一笑。只因袁紹性格，不

〔一〕「篇」，齋本、光本作「編」，形訛。

出謀士料中；遂使《三國》文字，竟出今人意外。

或疑曹操見檄必怒，似宜增病，而病反因之而愈，其故何也？曰：此與「聞許劭之言而大喜」同一意也。人莫能識其奸雄，而有人焉能識之，彼亦自以爲知己；人莫能斥其罪惡，而有人焉能斥之，彼亦自以爲快心。今有詼人者，詼得不着痛癢，受詼者必不樂；然則罵人者罵得切中要害，受罵者豈不覺爽乎！武曌見駱賓王檄，嘆曰：「有如此才而不用，宰相之過也。」〔二〕使武曌見檄而怒罵賓王，便不成武曌；使曹操見檄而怒罵陳琳，便不成曹操矣。

事之成敗不足論，而文人之筆千古常伸。袁本初雖不能勝曹操，徐敬業雖不能除武曌，而陳琳、賓王之文，至今膾炙人口，即謂曹操已爲陳琳所殺、武曌已爲賓王所誅可也。吾所惜者，賓王數武曌之惡已盡；陳琳數曹操之惡未盡。蓋陳琳草檄之時，董妃尚未死，伏后尚未弑，董承等七人及孔融、耿紀等尚未遇害，故數操之惡，止數得一半耳。然而操已聞而汗下矣。若使於董妃既死、伏后既弑，董、孔〔三〕諸人既遇害之後，再邀陳琳之筆以罵之，其〔四〕痛快又當何如哉！

當劉備立公孫瓚背後之時，劉岱固儼然座上一諸侯也。〔五〕孰意今日乃俯首而爲曹操爪牙，又被關、張提起放倒，呼來喝去，直如小

〔二〕按：毛批引武曌語未考。《通鑑·唐紀十九》：「太后見檄，問曰：『誰所爲？』或對曰：『駱賓王。』太后曰：『宰相之過也。人有如此才，而使之流落不偶乎！』」《舊唐書·李勣傳》附《李敬業傳》：「初，敬業傳檄至京師，則天讀之微哂，至『一抔之土未乾』，遽問侍臣曰：『此語誰爲之？』或對曰：『駱賓王之辭也。』則天曰：『宰相之過，安失此人？』」

〔三〕「孔」，光本訛作「昭」。

〔四〕「其」，商本作「而」。

〔五〕按：毛批所評曹操屬下「偏將劉岱」，非前文諸侯「兖州刺史劉岱」，及本回後文「原來劉岱舊爲兖州刺史」數句，皆爲毛氏增補誤筆。明四本第十回中青州黄巾軍作亂，有「將兖州牧劉岱殺訖」句，毛本刪節。人物混淆，源自明四本所遺毛本本回後文玄德語述劉岱處。所涉多處，此處及後文皆從毛本原文。

兒，豈不可恥之甚乎？今之居上座者，切宜仔細，慎勿聞〔六〕立人背後者所竊笑也。

玄德獲岱、忠二人而不殺，尚欲畱爲講和之地；其與袁紹之頓兵河朔、遷〔七〕延不進，毋乃同耶？曰：否。紹之力足以戰，而不戰；備之力不足以戰，故不欲戰。袁紹性慢，是無主意；劉備性慢，是有斟酌。

却說陳登獻計於玄德曰：「曹操所懼者袁紹。紹虎踞冀、青、幽、并諸州〔八〕，帶甲百萬，文官武將極多，今何不寫書遣人到彼求救？」毛 囘想磐河一戰，則此番求紹似乎極難，乃〈毛 漁〉陳登偏計及此，（奇絶）（妙）。鍾 陳登高計。玄德曰：「紹向與我未通往來，今又新破其弟，安肯相助？」登曰：「此間有一人，與袁紹三世通家，若得其一書致紹，紹必來相助。」毛 奇絶，此何人耶？玄德問何人，登曰：「此人乃公平日所折節敬禮者，何故忘之？」毛 奇絶，此何人耶？〔九〕玄德猛省曰：「莫非鄭康成先生乎？」毛 不用陳登說出，却用玄德想出。登笑曰：「然也。」

原來鄭康成名玄，好學多才，嘗受業於馬融。融每當講學，必設絳毛 側絳，音降。帳，前聚生徒，後陳聲妓，侍女環列左右。玄聽〔一〇〕講三年，目不邪視，毛 風流先生，偏有此道學門生。〔一一〕融甚奇之。及學成而歸，融嘆曰：「得我學之秘者，惟鄭玄一人耳！」玄家中侍婢俱通《毛詩》。一婢嘗忤玄意，玄命長跪堦前。一婢戲謂之曰：『胡爲乎泥中？』此婢應聲曰：『薄言往愬，逢彼之怒。』其風雅如此。毛 道學主人，偏有此風流侍婢。或曰：先生有歌姬，弟子亦有詩婢，是先生風流，弟子亦風流也。予笑謂：不然。有如此婢，而忍使跪於泥中，是道學不是風流。

〔六〕「聞」，致本同，其他毛校本作「爲」。
〔七〕「頓」，光本作「屯」。「遷」，商本作「遲」。
〔八〕「州」，原作「郡」，古本同。按：四州非郡，據改。
〔九〕此句毛批，齋本、光本脱。「玄德問何人」至此句毛批，商本脱。
〔一〇〕「聽」上，齋本、光本有「往」字。
〔一一〕此句毛批，齋本、光本脱。

○忙中夾叙此一段閒文，趣甚〔一二〕。靈帝朝，玄官至尚書〔一三〕，後因十常侍之亂，棄官歸田，居於徐州。毛補應前文。〔一四〕玄德在涿郡時，已〔一五〕曾師事之，毛與第一回中照應，又如千〔一六〕丈游絲，至此一落。及爲徐州牧，時時造廬請教，敬禮特甚。毛玄德初到徐州時事，却從此處補出。

當下玄德想出此人，大喜，便同陳登親至鄭玄家中，求其作書。玄慨然依充，寫書一封，付與玄德。玄德便差孫乾星夜齎往袁紹處投遞。紹覽畢，自忖曰：「玄德攻滅吾弟，本不當相助，但重以鄭尚書之〔一七〕命，不得不往救之。」毛袁、劉素不相親，却用鄭玄聯絡之，事出意外。遂聚文武官，商議興兵伐曹操。謀士田豐曰：「兵起連年，百姓疲弊，倉廩無積，不可復興大軍。宜先遣人獻捷天子，毛獻滅公孫瓚之捷也。若不得通，乃表稱曹操隔我王路，然後提兵屯黎陽。更於河内增益舟楫，繕置軍〔一八〕器，分遣精兵屯劄邊鄙。三年之中，大事可定也。」毛漁一箇不要興兵，（是）意在緩戰。鍾□是第□□計，□□用□□。謀士審配曰：「不然。以明公之神武，撫河朔之强盛，興兵討曹賊，易如反掌，何必遷延日月？」毛漁一箇要興兵（，是以勢言），意在速戰。謀士沮授曰：「制勝之策，不在强盛。曹操法令既行，士卒精練，比公孫瓚坐受困者不同。毛提照公孫瓚一句，應前文。今棄獻捷良策，而興無名之兵，竊爲〔一九〕明公不取。」毛漁又一箇不要興兵，是〔二〇〕在

〔一二〕「予笑謂」至「風流」句，及「夾」「趣甚」，齋本、光本脱。

〔一三〕「靈」「尚書」，原作「桓」「尚書」，古本同。按：《後漢書·鄭玄傳》：靈帝末「後將軍袁隗表爲侍中，以父喪不行。」「八世祖（鄭）崇，哀帝時尚書僕射。」「靈」誤作「桓」，據改；「尚書」疑誤引史書而訛，因涉多處，從原文。

〔一四〕此句毛批，齋本、光本脱。「文」，業本訛作「去」。

〔一五〕「已」，光本脱。

〔一六〕「千」，業本、齋本、澹本、光本作「十」，形訛。

〔一七〕「之」，齋本、光本脱。

〔一八〕「軍」，商本與後句「兵」互易。

〔一九〕「爲」上，齋本、光本有「以」字。

〔二〇〕毛批「是」，光本作「意」。

不戰。謀士郭圖曰：「非也。兵加曹操，豈曰無名？公正當及時早定大業。願從鄭尚書之言，與劉備共仗大義，勦滅操〔二一〕賊，上合天意，下合民情，實爲幸甚〔二二〕！」【毛】【漁】又一箇要興兵，（是以理言，意）（心）在宜戰〔二三〕。【鍾】亦説得是。四人争論未定，袁紹躊躇不決〔二四〕。【毛】没主意。忽許攸、荀諶自外而入。紹曰：「二人多〔二五〕有見識，且看如何主張。」二人施禮畢，紹曰：「鄭尚書有書來，令我起兵助劉備，攻曹操。起兵是乎？不起兵是乎？」二人齊聲應曰：「明公以衆克寡，以强攻弱，【毛】是以勢言。討漢賊以扶漢〔二六〕室，【毛】是以理言。起兵是也。」【毛】【漁】又兩箇要興兵（的，是合）（，皆以）理勢而言。紹曰：「二人所見，正合我心〔二七〕。」便商議興兵。【毛】三人占，則從二人之言；六人謀，則依四人之論。【三】斷論此一節可見紹有謀無斷。手下謀士（大臣）（大夫）互相不和，安有不敗（之理）（者也）？【贊】【鍾】袁紹主意也無，如何成得大事（耳）。【漁】袁紹主意不定，至此方纔有定局。先令孫乾回報鄭玄，并約玄德准備接應。一面令審配、逢紀爲統軍，田豐、荀諶、許攸爲謀士，顔良、文醜爲將軍，起馬軍十五〔二八〕萬，步兵十五萬，共精兵三十萬，望黎陽進發。【五】黎陽，漢（之）縣名。今濬縣是也，（今）屬大名府（也）。分撥以定，郭圖進曰：「明公大舉〔二九〕伐操，必須數操之惡，馳檄各郡，聲罪致討，然後名正言順。」【毛】只因郭圖數語，引出一篇絶世妙文來。紹從〔三〇〕之，遂令書記陳琳草檄。琳

〔二一〕「操」，嘉本、齋本、光本作「曹」。
〔二二〕「幸甚」，商本作「萬幸」。
〔二三〕毛批「意在宜戰」，致本作「意在宿戰」，商本作「宜在速戰」。
〔二四〕「袁紹躊躇不決」，明四本無；齋本、光本「不」作「未」，商本脱「袁」。
〔二五〕「多」，商本作「極」。
〔二六〕「漢」，明四本無，商本作「王」。
〔二七〕「我心」，商本作「我意」，明四本作「吾心」。
〔二八〕「十五」，齋本、光本「十」上有「一」字，後句同；明四本作「二」，後句作「八」。
〔二九〕「明」上，齋本、光本有「以」字。「舉」，明四本無，齋本、光本作「義」。
〔三〇〕「從」上，齋本、光本有「於是」字。

字孔璋，素有才名。靈〔三一〕帝時爲主簿，因諫何進不聽，毛 遥應第二回中事。復遭董卓之亂，避難冀州，紹用爲記室。毛 忙中又夾叙陳琳事，極閒極〔三二〕警。當下領命〔三三〕草檄，援筆立就。其文曰〔三四〕：

左將軍領豫州刺史郡國相守：〔三五〕

蓋聞明主圖危以制變，忠臣慮難以立權。是以有非常之人，然後有非常之事；有非常之事，然後立非常之功。夫非常者，固非常人所擬也。數句作一冒。

曩者，彊秦弱主，趙高執柄，專制朝權，威福由己。時人迫脅，莫敢正言。終有望夷之敗，祖宗焚滅，污辱至今，永爲世鑒。將數操祖曹騰之惡，故先以趙高作一樣子。及臻呂后季年，産、呂産。禄呂禄。專政，内兼二軍，外統梁、趙，擅斷萬機，決事省禁，下陵上替，海内寒心。於是絳侯、周勃。朱虚劉章。興兵奮怒，誅夷逆暴，尊立太〔三六〕宗，漢文帝。故能王道興隆，光明顯融。此則大臣立權之明表也。將數曹操之惡，又先以呂産、呂禄作一樣子。紹隱然以絳侯自比，而以朱虚比玄德也。○以上泛論往昔，以下方入本題。

司空曹操，祖父中常侍騰，與左悺、眉 悺，音管。徐璜並作妖孽，饕餮眉 饕，音滔；餮，音

〔三一〕「靈」，原作「桓」，毛校本同，明四本無。按：據前文，陳琳靈帝時爲何進主簿可證，桓帝時是否爲何進主簿未可證僞；進諫何進爲靈帝崩、少帝繼位後，未改元，仍爲靈帝中平六年（末年）。故「桓」「靈」皆不謬，依本句語義作「靈」是。

〔三二〕「又」、「極警」之「極」，齋本、光本脱。

〔三三〕「領命」，齋本、光本作「令」，明四本無。

〔三四〕毛本陳琳所作檄文，依《凡例》述，引自《文選》卷四四《檄》第二篇陳琳《爲袁紹檄豫州》（《討曹操檄》），明四本無。按：毛本引全文，異文據《文選》李善注本、六臣注本原文校正。

〔三五〕本句原無。按：李善注本作「國相」；六臣注本作「相國」，注曰：「善本作『國相』。」張銑注曰：「相國，謂爲侯王相國也。」《後漢書·百官志》：「世祖即位，爲大司徒，建武二十七年，去『大』。」劉注引《漢舊儀》：「（哀帝）十年，更名相國。」又《百官志》：「其二十七王國相，其七十一郡太守。」郡國相，位同太守，非相國。「郡國相守」應謂郡、國之相、太守也。據李善注本補。

〔三六〕「太」，原作「大」，據《文選》二本改。

鐵。放横，傷化虐民。言騰與十常侍同惡。以上先罵其祖。父嵩，乞匄[眉]匃，與「丐」同。携養，嵩本姓夏侯，騰乞爲己子，故曰「乞匄携養」。事見第一回中。因贓假位，輿金輦璧，輸貨權門，竊盗鼎司，傾覆重器。言嵩以賄賂，官至太尉。以上駡其父。紹自以四世三公，家世甚美，故先將曹氏家世醜詆一番。操贅閹遺醜，贅指嵩，閹指騰。本無懿德；獷狡鋒協，好亂樂禍。此方數操惡。

幕府紹自謂。董統鷹揚，掃除凶逆；續遇董卓，侵官暴國。於是提劒揮鼓，發命東夏，收羅英雄，棄瑕取用，故遂與操同諮合謀，授以裨師〔三七〕，謂其鷹犬之才，爪牙可任。此叙紹與操共事之由，事見第五回中。○本是操先起兵，請紹爲盟主；今反説紹自起兵，用操爲偏將。此文人曲筆也。至乃愚佻短畧，輕進易退，傷夷折衂，[眉]衂，音辱。數[眉]數，讀朔。喪師徒。指滎陽之敗。幕府輒復分兵命鋭，修完補輯，表行東郡太守〔三八〕，領兖州刺史，操自領兖州，而紹居功，亦是曲筆。被以虎文，奬蹙威柄，兾獲秦師一剋之報。此言紹第二番不棄曹操，謂操實羊質而被以虎文，乃紹奬成其威福也。秦師是引用孟明事。而操遂承〔三九〕資跋扈，肆〔四〇〕行凶忒，割剥元元，殘賢害善。

故九江太守邊讓，英才俊偉，天下知名，直言正色，論不阿謟〔四一〕，身首被梟懸之誅，妻孥受灰滅之咎。事見第十回中。自是士林憤痛，民怨彌重，一夫奮臂，舉州同聲。故躬破於徐方，地奪於吕布，事見第十一回中。彷徨東裔，蹈據無所。幕府惟强幹弱枝之義，且不登

〔三七〕「師」，六臣注本作「帥」。

〔三八〕「太守」，原無。按：李善注本無，六臣注本注云：「善本無『太守』字。」《三國志·魏書·袁紹傳》裴注引《魏氏春秋》載《紹檄州郡文》曰：「表行東郡太守。」據六臣注本補。

〔三九〕「承」，原作「豖」，據《文選》二本改。

〔四〇〕「肆」，原作「恣」，據《文選》二本改。

〔四一〕「阿謟」，原作「可謟」。按：李善注本作「阿謟」。謟，古同諂。據六臣注本改。

叛人之黨，叛人指吕布。故復援旌擐甲，席卷起征，金鼓響振，布衆奔沮，事在第十四回中。拯其死亡之患，復其方伯之位，此言紹第三番不棄曹操。則幕府無德於兖土之民，而有大造於操也。總頓一筆，歷言操無狀而紹包容之，與吕相絶秦書一樣入妙。

後會鑾駕返旆，羣虜〔四二〕寇攻。時冀州方有北鄙之警，匪遑離局，傕、氾之亂，紹未勤王，此處斡旋得好。○北鄙之警，指公孫瓚磐河之戰。故使從事中郎徐勛，就發遣操，使繕修郊廟，翊衛幼主。本係楊彪請帝召操，而乃謂是紹所使，亦是曲筆。操便放志：專行脅遷，當御省禁；當御謂駕馭也。卑侮王室，敗法亂紀；坐領三臺，專制朝政；爵賞由心，刑戮在口；所愛光五宗，所惡滅三族；羣談者受顯誅，腹議者蒙隱戮；百寮鉗口，道路以目；尚書記朝會，公卿充〔四三〕員品而已。

故太尉楊〔四四〕彪，典歷二司，彪爲司空，又爲司徒。享國極位。操因緣眥睚，眉眥，音恣；睚，音厓。被以非罪；榜楚〔四五〕參并，五毒備至；觸情任忒，不顧憲綱。事見第二十回中。又議郎趙彦，忠諫直言，義有可納，是以聖朝含聽，改容加飾。操欲迷奪時明，杜絶言路，擅收立殺，不俟報聞。事亦見第二十回中。又梁孝王，先帝母昆，同母兄弟。墳陵尊顯；桑梓松栢，猶宜肅恭；而操帥將吏士，親臨發掘，破棺裸屍，掠取金寶。至令聖朝流涕，士民傷懷！操攻徐州，所過發塚，梁孝王塚亦被發，操知而不問。

操又特置「發丘中郎將」「摸金校尉」，此等名色，乃時人呼之耳，非操所立也。今竟云操之特置，亦是深文。所過隳突，無骸不露。身處三公

〔四二〕「虜」，原作「賊」，據《文選》二本改。
〔四三〕「充」，原作「究」，據《文選》二本改。
〔四四〕「楊」，六臣注本作「揚」。
〔四五〕「榜楚」，六臣注本作「楚榜」。

之位，而行桀虜之態，汙國虐〔四六〕民，毒施人鬼！操初時無賴，後頗好名，深諱前事。今斥言之，安得不汗下乎？加其細政苛慘〔四七〕，科防互設；罾繳充蹊，坑阱塞路；舉手掛網羅，動足觸機陷，是以兖、豫有無聊之民〔四八〕，帝都有吁嗟之怨。歷觀載籍，無道之臣，貪殘酷烈，於操爲甚！三句將前文一總。

幕府方詰外姦，未及整訓；加緒含容〔四九〕，冀可彌縫。言紹至此猶不棄操。頓筆絶佳。而操豺狼野心，潛包禍謀，乃欲摧撓棟梁，孤弱漢室，除滅忠正，專爲梟雄。往者伐鼓北征公孫瓚，强寇桀逆，拒圍一年。操因其未破，陰交書命，外助王師，内相掩襲，故引兵造河，方舟北濟〔五〇〕。會其行人發露，瓚亦梟夷，故使鋒芒挫縮，厥圖不果。事見第二十一回中。以上言紹屢次包容曹操，而操無禮特甚，是直在我而曲在彼也。

爾〔五一〕乃大軍過蕩西山，屠各左校，皆束手奉質，爭爲前登，犬羊殘醜，消淪山谷。於是操師震慴，晨夜逋遁〔五二〕，屯據敖倉，眉敖倉，地名，在滎陽西北，中有太倉，俯臨黃河。阻河爲固，欲以螳螂之斧，御隆車之隧。螳螂當車，語見《莊子》。螳螂舉前兩足，狀如執斧，故云斧。隆車，雷車也，雷神名豐隆，故云隆車。隧，轍也。幕府奉漢威靈，折衝宇宙，長戟百萬，胡〔五三〕騎千羣；奮中黃、育、獲之士〔五四〕，中黃、夏

〔四六〕「桀虜」「虐」，原作「盜賊」「害」，據《文選》二本改。

〔四七〕「苛慘」，原作「慘苛」。按：六臣注本「苛」作「荷」，注云：「善本作『苛』。」據李善注本改。

〔四八〕「民」，六臣注本作「人」。

〔四九〕「容」，六臣注本作「覆」。

〔五〇〕「故引兵造河，方舟北濟」，原無，據《文選》二本補。

〔五一〕「爾」，原作「今」。按：李善注本作「耳」。六臣注本作「爾」，注云：「善本作『耳』。」清代胡克家《文選考異》案：「詳文義，作『耳』者當句絶。《魏氏春秋》《後漢書》此處節去，無以相證，恐尤改未必是。」據六臣注本改。

〔五二〕「大軍」至「逋遁」，原無，據《文選》二本補。

〔五三〕「胡」，原作「驍」，據《文選》二本改。

〔五四〕「士」，六臣注本作「材」。

育、烏獲，皆古力士。騁良弓勁弩之勢；并州越太〔五五〕行，眉太行山，在河内野王縣。青州涉濟、漯；（眉漯，音沓。）紹甥高幹〔五六〕爲并州，紹子譚爲青州。大軍汎黄河而角其前，「荊州」下宛、葉眉宛、葉，二縣名。而掎眉掎，音己。其後，荊州劉表與紹相結。掎，擊也。雷霆〔五七〕虎步，並集虜庭，若舉炎火以焫〔五八〕飛蓬，覆滄海以沃熛眉熛，音飄。炭，有何不消〔五九〕滅者哉？前言我直彼曲，是理勝；此言我强彼弱，是勢勝也。

又操軍吏士，其可戰者，皆出自〔六〇〕幽、冀，或故營部曲，咸怨曠思歸，流涕北顧。其餘兖、豫之民，及吕布、張楊之遺〔六一〕衆，覆亡迫脅，權時苟從；各被創夷，人爲讎敵。若回旆方〔六二〕徂，登高崗而擊鼓吹，揚素揮以啟降路，必土崩瓦解，不俟血刃。此言操無可戰之將，勢固易破。○素，白也。揮，播〔六三〕也。

方今漢室陵遲，綱維弛絶；聖朝無一介之輔，股肱無折衝之勢。方畿之内，簡練之臣，皆垂頭搨翼，莫所憑恃；雖有忠義之佐，脅於暴虐之臣，焉能展其節？

又操持〔六四〕部曲精兵七百〔六五〕，圍守宫闕，外託宿衛，内實拘執。懼其篡逆之萌，因

〔五五〕「太」，原作「大」，壞字，據《文選》二本改。

〔五六〕「高幹」，原作「高翰」，致本同。按：李善注本注引《魏志》、六臣注本劉良注皆作「高翰」。《三國志·袁紹傳》《後漢書·袁紹傳》皆作「高幹」。據毛校本及後文改。

〔五七〕「霆」，原作「震」，六臣注本同。按：六臣注本張銑注曰：「雷震虎步，皆軍士威勢也。」據李善注本改。

〔五八〕「並集虜庭」，原無，據《文選》二本補。「焫」，原作「炳」，據《文選》二本改。

〔五九〕「消」，原無，李善注本同。按：六臣注本吕向注曰：「言紹之伐操勢亦如此，何有不消滅者哉？」《三國志·魏書·袁紹傳》裴注引《魏氏春秋》載《紹檄州郡文》曰：「有何不消滅者哉？」據六臣注本補。

〔六〇〕「出自」，李善注本作「自出」。按：《文選考異》案：「此尤本（李善注本）之誤耳。」

〔六一〕「遺」，原作「餘」，據《文選》二本改。

〔六二〕「方」，原作「反」，據《文選》二本改。

〔六三〕「播」，齋本、光本作「幡」。

〔六四〕「持」，六臣注本作「特」。

〔六五〕「百」下，六臣注本有「人」字。

斯而作。此乃忠臣肝腦塗地之秋，烈士立功之會，可不勗哉！此言操有篡逆之漸，理又難容，語殊悲壯。

操又矯命稱制，遣使發兵。恐邊遠州郡，過聽而給與，强寇弱主〔六六〕，違衆旅叛，旅，助也，言助叛人。舉以喪名，爲天下笑，則明哲不取也。此段絶彼之黨。

即日幽、并、青、冀四州並進。紹子熙領幽州。書到荆州，便勒見兵，與建忠將軍協同聲勢。建忠將軍指張繡。言荆州劉表已與張繡勒兵來助矣。州郡各整戎馬〔六七〕，羅落境界，舉師揚威，並匡社稷，則非常之功，於是乎著。此段廣我之助，又應起處非常之人立非常之功意。

其得操首者，封五千户侯，賞錢五千萬。部曲偏裨將校諸吏降者，勿有所問。廣宣恩信，班揚符賞，布告天下，咸使知聖朝有拘偪之難。如律令！

紹覽檄大喜，即命使將此檄遍行州郡，并於各處關津隘口張掛。檄文傳至許都，時曹操方患頭風，卧病在床。【毛】「頭風」二字，近爲吉平事作引，遠爲華佗事伏線。左右將此檄傳進，操見之，毛骨悚然，出了一身冷汗，不覺頭風頓愈，從床上一躍而起，【毛】陳琳之文，勝是華佗之藥。顧謂曹洪曰：「此檄何人所作？」洪曰：「聞是陳琳之筆。」操笑曰：「有文事者，必須以武畧濟之。陳琳文字雖佳，其如袁紹武畧之不足何！」【毛】方嚇得汗出，便强言笑語，真是奸雄。遂聚衆謀士商議迎敵。

孔融聞之，來見操曰：「袁紹勢大，【毛】不説理順，只説勢大，猶婉詞也。不可與戰，只可與和。」【鍾】何必替他憂慮？荀彧曰：「袁紹無用之人，何必議和？」融曰：「袁紹士廣民强。其部下如許攸、郭圖、審配、逄紀皆智謀之士；田豐、沮授皆忠臣

〔六六〕「而」「强寇弱主」，原無，據《文選》二本補。
〔六七〕「戎馬」，原作「義兵」，據《文選》二本改。

也；顔良、文醜，勇冠三軍；其餘高覽、張郃、淳于瓊等俱世之名將。何謂紹爲無用之人乎？」【毛】【漁】曹操孔融此時便有左袒（袁紹）之意，（後）爲（後文）曹操（所）殺（融伏線）。或笑曰：「紹兵多而不整，田豐剛而犯上，許攸貪而不智，審配專而無謀，逢紀果而無用。【贊】如見。此數人者，勢不相容，必生内變。【毛】【漁】歷（詆）（言）衆謀士之短，（俱確中其病）（却言有當），可見知己知彼。〈【毛】〉不獨能知彼之主，亦能知彼之輔也。顔良、文醜，匹夫之勇，一戰可擒。其餘碌碌等輩，縱有百萬，何足道哉！」【毛】荀彧此一段話，與「十勝」「十敗」之説遥應。【鍾】一一勘破，不讓秦鏡。孔融默然。操大笑曰：「皆不出荀文若之料。」【鍾】果能料事。遂喚前軍劉岱、後軍王忠引兵〔六八〕五萬，打着「丞相」旗號，去徐州攻劉備。原來劉岱舊爲兖州刺史，及操取兖州，岱降於操，操用爲偏將〔六九〕，故今差他與王忠一同領兵。【毛】百〔七〇〕忙中夾補前文之所未及。操却自引大軍二十萬進黎陽，拒袁紹。程昱曰：「恐劉岱、王忠不稱其使。」操曰：「吾亦知非劉備敵手，【毛】【漁】爲後二人被擒伏線。權且虚張聲勢。」【鍾】老奸喜□假事。分付：「不可輕進。待我破紹，再勒兵破備。」劉岱、王忠領兵去了。

曹操自引兵至黎陽。兩軍隔八十里，各自深溝高壘，相持不戰，自八月守至十月。原來許攸不樂審配領兵，沮授又恨紹不用其謀，各不相和，不圖進取。【毛】【漁】果應荀彧之言。〈【漁】〉而袁紹方今進兵，亦無主意。【贊】【鍾】因袁紹無主張，以至如此（，奈何，奈何）。袁紹心懷疑惑，不思進兵。【毛】方起兵時先無主張，故今進兵時亦没要緊〔七一〕。操乃喚吕布手下降將臧霸守把〔七二〕青、徐；于禁、李典屯兵河上；【六】河上，（齊景公時，晋伐阿、甄，而燕侵河上。正義曰：）黄河南岸

〔六八〕「兵」，商本作「軍」。

〔六九〕按：此句明四本所無，爲毛本增補，屬誤筆。見本回校記〔五〕。

〔七〇〕「百」，光本訛作「皆」。

〔七一〕「没要緊」，商本訛作「無主張」。

〔七二〕「守把」，光本倒作「把守」。

地，即滄、德二州北〔七三〕界。曹仁總督大軍，屯於官渡。六官渡，城名，在開封府中牟縣北。〈二〉漢末曹操與袁紹相持於官渡口〔七四〕，即此。操自引一軍，竟回許都。毛袁、曹究竟未嘗交手。○按住袁紹一邊，以下獨叙劉備一邊。

且説劉岱、王忠引軍五萬，離徐州一百里下寨。中軍虛打「曹丞相」旗號，未敢進兵，只打聽河北消息。這裡玄德也不知曹操虛實，未敢擅動，亦只探聽〔七五〕河北。忽曹操差人催劉岱、王忠進戰，二人在寨中商議。岱曰：「丞相催促攻城，你可先去。」王忠曰：「丞相先差你。」岱曰：「我是主將，如何先去？」毛漁二人互相推委，（亦如審配、許攸等互相疑沮，竟是一樣局面。）好笑。忠曰：「我和你同引兵去。」岱曰：「我與你拈鬮，三音鳩。拈着的便去。」贊可憐。王忠拈着「先」字，毛袁紹與六人謀，則從其後者；曹操使二人戰，則拈其先者。只得分一半軍馬，來攻徐州。玄德聽知軍馬到來，請陳登商議曰：「袁本初雖屯兵黎陽，奈謀臣不和，尚未進取，曹操不知在何處？聞黎陽軍中，無操旗號，毛此事却從玄德口中補出，妙。漁玄德口中敘出。如何這裡却反有他旗號？」登曰：「操詭計百出，必以河北爲重，親自監督，却故意不建旗號，乃於此處虛張旗號，吾意操必不在此。」毛登之料操，亦如彧之料紹。鍾見得明白。漁登可謂善料人。玄德曰：「兩弟誰可探聽虛實？」張飛曰：「小弟願往。」玄德曰：「汝爲人躁暴〔七六〕，不可去。」飛曰：「便是有曹操也拏將來！」毛漁快人快語。贊老張最爽快，可敬，可敬。鍾老張爽快。雲長曰：「待弟往觀其動靜。」玄德曰：「雲長若去，我却放心。」於是雲長引三千人馬出徐州來。

時直初冬，陰雲布合，雪花亂飄，毛纔見青梅如

〔七三〕「北」，醉本眉注原無，周批原作「此」。按：此注引自《史記·司馬穰苴列傳》唐代張守節正義。醉本眉注據補，周批據改。

〔七四〕周、夏批「口」，周批原作「曰」，夏批原作「疑」。據《一統志》改。

〔七五〕「探聽」，光本作「打聽」，明四本作「等」。

〔七六〕「躁暴」，光本倒作「暴躁」。

荳，又早白雪如花。忽而盃酒，忽而干戈，一年之中，不獨天時變，人事亦變矣。軍馬皆冒雪布陣。雲長〔七七〕驟馬提刀而出，【毛】想見赤面緑袍人在雪光中分外照耀。【漁】雪光中看赤面緑袍人，更覺光耀。大叫王忠打話。忠出曰：「丞相到此，緣何不降？」雲長曰：「請丞相出陣，我自有話說。」忠曰：「丞相豈肯輕見你！」雲長大怒，驟馬向前。王忠挺鎗來迎。兩馬相交，雲長撥馬便走。王忠趕來。轉過山坡，雲長囘馬，大叫一聲，舞刀直取。王忠攔截不住，恰待驟馬奔逃，雲長左手倒提寶刀，右手揪住王忠勒甲絛，拖下鞍鞽，横擔於馬上，囘本陣來。【毛】【漁】王忠（直）如此易捉（，可笑）。【鍾】鳥雀怎比得鳳凰。王忠軍四散奔走。【毛】以雲長趕散王忠兵，亦如湯潑雪。雲長押解王忠，囘徐州見玄德。玄德問：「爾〔七八〕乃何人？見居何職？敢詐稱『曹丞相』！」忠曰：「焉敢有詐？奉命教我虛張聲勢，以爲疑兵。丞相實不在此。」【毛】老實人。老實原是没用，表德〔七九〕。【漁】老實人是没用人也。玄德教付衣服酒食，且暫監下，待捉了劉岱，再作商議。雲長曰：「某知兄有和解之意，故生擒將來。」玄德曰：「吾恐翼德躁暴，殺了王忠，故不教去。此等人殺之無益，留之可爲解和之地。」【毛】此時尚欲求和，以袁紹既不決戰，而自審其力未足拒操也。張飛曰：「二哥捉了王忠，我去生擒劉岱來！」玄德曰：「劉岱昔爲兖州刺【二】音次。史，虎牢關伐董卓時，也是一鎮諸侯〔八〇〕。【鍾】兖州劉岱已爲黄巾所殺，作者失于檢點。今日爲前軍，不可輕敵。」【毛】虎牢關事已隔十餘回，此處忽然提照出來。【漁】虎牢關事於此一提。飛曰：「量此輩何足道哉！我也似二哥生擒將來便了。」玄德曰：「只恐壞了他性命，悞我大事。」飛曰：「如殺了，我償他命！」【毛】【漁】快人快語。【贊】【鍾】老張快人。玄德遂與軍三千。飛引兵前進。

〔七七〕「雲長」，齋本、光本脱。
〔七八〕「爾」，齋本、光本作「你」。
〔七九〕「德」，貫本、商本作「字」，齋本、光本作「號」。
〔八〇〕誤筆。見本回校記〔五〕。

却説劉岱知王忠被擒，堅守不出。張飛每日在寨前叫罵，岱聽知是張飛，越不敢出。【毛】如此人使當劉備，阿瞞亦殊失計。飛守了數日，見岱不出，心生一計。【毛】莽人忽然用計，未嘗莽也。且正妙在以莽惑人耳。【漁】張飛都會用計，粗中有細也。傳令：「今夜二更去劫寨。」日間却在帳中飲酒，【毛】奇絶，妙絶。詐醉，尋軍士罪過，打了一頓，縛在營中，曰：「待我今夜出兵時，將來祭旗！」却暗使左右縱之去。【毛】奇絶，妙絶。【漁】飲酒奇，而縱之使去更奇。軍士得脱，偷走出營，徑往劉岱營中來報劫寨之事。劉岱見降卒身受重傷，遂聽其説，虚劄空寨，伏兵在外。是夜張飛却分兵三路，中間使三十餘人劫寨放火，却教兩路軍抄出他寨後，看火起爲號夾擊之。【鍾】粗人却有細計。三更時分，張飛自引精兵，先斷劉岱後路，中路三十餘人，搶入寨中放火。劉岱伏兵恰待殺入，張飛兩路兵齊出。岱軍自亂，正不知飛兵多少，各自潰散。【毛】前在雪光中照耀赤面，今在火光中照耀黑臉〔八一〕，一樣怕人，敵軍安得不潰。【贊】翼德原自有智。劉岱引一隊殘軍〔八二〕奪路而走，正撞見張飛，狹路相逢，急難回避，交馬只一合，早被張飛生擒過去，【鍾】果應他言。餘衆皆降。飛使人先報入徐州，玄德聞之，謂雲長曰：「翼德自來粗莽，今亦用智，吾無憂矣！」乃親自出郭迎之。【毛】【漁】非獎勵其勇，獎勵其智（也）。飛曰：「哥哥道我躁暴，今日如何？」【毛】其實得意。【鍾】被他説去。【漁】大話要讓莽人説了。玄德曰：「不用言語相激，如何肯使機謀！」【毛】柔人激之則剛，直人激之則反曲。奇甚。【漁】不激他，如何想得此計？飛大笑。

玄德見縛劉岱過來，慌下馬解其縛曰：「小弟張飛誤有冒瀆，望乞恕罪。」【毛】還以兗州刺史待之，比王忠畧有體面。【贊】玄德大是妙人。遂迎入徐州，放出王忠，一同管待。玄德曰：「前因車冑欲害備，故不得不殺之。丞相錯疑備反，遣二將軍前來問罪。備

〔八一〕「臉」，光本作「面」。
〔八二〕「殘軍」，齋本、光本作「步軍」，明四本作「敗殘軍馬」。

受丞相大恩，正思報效，安敢反耶？二將軍至許都，望善言爲備分訴，備之幸也。」【毛】【漁】甘言卑詞，一味虛假，還用青梅煑酒時身分。【鍾】此都是玄德妙處，人不可及。劉岱、王忠曰：「深荷使君不殺之恩，當於丞相處方便，以某兩家老小保使君。」玄德稱謝。次日盡還原領軍馬，送出郭外。劉岱、王忠行不上十餘里，一聲鼓響，張飛攔路，大喝曰：「我哥哥忒【二】音特。沒分曉！捉住賊將如何又放了？」誂〔八三〕得劉岱、王忠在馬上發顫。【二】音占。【鍾】下次再不敢來了。張飛睁眼挺鎗趕來，背後一人飛馬大叫：「不得無禮！」視之，乃雲長也。劉岱、王忠方纔放心。雲長曰：「既兄長放了，吾弟如何不遵法令？」飛曰：「今番放了，下次又來。」雲長曰：「待他再來，殺之未遲。」【毛】關、張二人一收一放，定是玄德作用。【漁】雲長與張飛，一欲擒，一欲放，大有作意。劉岱、王忠連聲告退曰：「便丞相誅我三族，也不來了。望將軍寬恕！」【毛】二人見雲長之刀、翼德之謀〔八四〕，亦如曹操見陳琳之檄，不得不汗下也〔八五〕。【漁】至此二人怎不汗下。飛曰：「便是曹操自來，也殺他片甲不回！今番權且寄下兩顆頭！」【毛】【漁】快人快語。【贊】此段更趣。【鍾】兩語更趣。劉岱、王忠抱頭鼠竄而去。【三】【補註】此乃玄德之計（耳）（也）。

雲長、翼德回見玄德曰：「曹操必然復來。」孫乾謂玄德曰：「徐州受敵之地，不可久居，不若分兵屯小沛，守邳城，爲犄角之勢，以防曹操。」【鍾】孫乾見識也高。玄德用〔八六〕其言，令雲長守下邳，甘、糜二夫人亦於下邳安置。【毛】前呂布以家小住下邳而殞命，今玄德亦以家小住下邳而出奔。婆子氣人又要怨風水不好矣。甘夫人乃小沛人也，【三】【補註】劉禪之母，後封皇后。糜夫人乃糜竺之妹也。【毛】忽然夾叙二夫人出處，筆極閒極警。【漁】二夫人忽然夾敘。孫乾、簡雍、糜竺、糜

〔八三〕「誂」，商本作「嚇」。
〔八四〕「謀」，滄本、光本作「矛」，商本作「槍」。
〔八五〕句尾，齋本、光本有「妙」字。
〔八六〕「用」，商本作「從」。

芳守徐州。玄德與張飛屯小沛。

劉岱、王忠回見曹操，具言劉備不反之事。操怒罵：「辱國之徒，留你何用！」喝令左右推出斬之。正是：

犬豕何堪共〔八七〕虎鬭，魚鰕空自與龍争。

不知二人性命如何，且聽下文分解。

袁紹漫無主張，其部下人持一議，黨同伐異，安有成事之理？

玄德不殺劉岱、王忠最爲有見，妙處更在復後翼德攔住，雲長勸開，更有波瀾。此皆玄德英雄妙筭也。然二公亦是對手，所以做得絶無痕跡。三人真是難兄難弟也。

善將兵者必有獨見獨裁，袁紹漫無主張，人各一説，師各一心，安能成事哉！

劉岱、王忠，命懸旦夕。玄德不殺，示其恩也；翼德攔住，示其威也。恩威相濟，此中紗處，不許淺人闖入。

〔八七〕「共」，齋本、光本作「摟」。

第二十三回

禰正平裸衣罵賊　吉太醫下毒遭刑

禰衡、孔融、楊修三人才同，而其品則有不同。楊修事操者也；孔融不事操，而猶與操周旋者也；禰衡則不事操，而并不屑與操〔一〕周旋者也。三人皆爲操所殺。而三人之中，惟衡最剛；故三人之死，亦惟衡獨蚤。操自負奸雄，其才力足以推倒一世，而禰衡鄙夷傲睨，視若無物，非膽勇過人，安能如此？生前既罵曹操，死後又罵王敦，至今鸚鵡洲英靈不泯，豈得僅以文人才士目之耶！

或謂罵操如陳琳而不殺之，何以獨忌禰正平乎？操之出使正平于諸侯者，以正平恃才而狂，欲使人磨折他一番，挫其鋭氣，然後用之耳；不虞黃祖之遽殺之也。先儒有《代曹操責黃祖書》，備言此意。予曰：不然。爲此説者，未知禰、陳兩人之優劣也。禰衡罵操以口，陳琳罵操以筆。雖同一罵，而衡之罵操，自罵者也；琳之罵操，代人罵者也。夫自罵之與代人罵，則有間矣。琳之言曰：「箭在弦上，不得不發。」使操用之以射人，則其代操罵敵，亦猶是也。陳琳罵操，而終于事操；禰衡罵操，則必不事操。代人罵者可降，自罵者斷不降，此操之所爲〔二〕不殺琳而必殺衡與。

爲劉表計者，既知曹操使禰衡之意，便不當使衡見黃祖，當仍令衡還許都，方是高曹操一頭地。今操借刀于表，表復借刀于祖，是與操〔三〕一般見識，終在曹操術中耳。

〔一〕「操」，光本脱。
〔二〕「爲」，滄本作「以」。
〔三〕「操」，商本作「曹」。

董承元宵一夢，何其快心；奈此夢不應，可爲惋惜。雖然，天地夢藪也，古今夢緣也，人生夢魂也。漢之變而爲三國，三國之變而爲晉，猶之蕉耳，鹿耳，蝴蝶耳，邯鄲與南柯耳。事之真者，何必非夢？則事之夢者，何必非真？夢如董承，直謂之真焉可矣。

嘗讀《曇花記》，見冥王坐勘曹操，拷之問之，打之罵之。或曰：此後人欲洩其憤，無聊之極思耳。予曰：不然。理應如是，不可謂之戲也。古來缺陷〔四〕不平之事，有欲反其事以補之者：一曰鄧伯道父子團圓，一曰荀奉倩〔五〕夫妻偕老，一曰屈大夫重興楚國，一曰燕太子克復秦讐，一曰王明妃再入漢關，一曰侯夫人生逢煬帝，一曰岳武穆寸斬秦檜，一曰南霽雲立滅賀蘭。斯皆以天數俛從人心，以人心挽回天數。然則董承劍起，曹操頭落，忠魂所結，竟當作如是觀。

上醫醫國，其吉平之謂乎？若吉平者，不愧爲太醫矣。以其藥醫曹操之頭風，是毒藥也；以其藥醫獻〔六〕帝之心病，是良藥〔七〕也。人謂其誤以詐病爲真病，不得謂之知病；我謂其能以毒藥爲良藥，斯真謂之知醫。惜乎其藥不行耳。欲生人則生之，欲殺人則殺之，能生人是良醫，能殺人亦是良醫〔八〕。獨怪今之醫家，心則華佗救周泰之心，藥則吉平毒曹操之藥，殺人而猶執生人之方，生人而適作殺人之孽，吾不知其醫術居何等也。

孔融薦禰衡一篇文字，十分光彩。閱至此，掀髯稱快，當滿引一大白。禰衡鼓撾三撾，令

〔四〕「陷」，齋本、光本作「憾」。

〔五〕「倩」，原作「蒨」，同「茜」，致本、業本、貫本、齋本、商本同。按：南朝宋劉義慶編《世説新語·惑溺》：「荀奉倩與婦至篤。」唐代李賀《後園鑿井歌》：「情若何？荀奉倩。」據澹本、光本改。

〔六〕「獻」，齋本、光本作「漢」。

〔七〕「藥」，澹本作「醫」。

〔八〕「醫」，商本作「藥」。

人泣下；吉平血流九指，令人眦裂。閲至此，慷慨悲懷，又當滿引一大白。

此回起處，正是〔九〕曹操欲攻劉備，却因招安表〔一〇〕、繡，放下劉備，忽然接入董承。及董承事露，而首人〔一一〕不知有劉備；至搜出義狀，而曹操始知與承同謀者之有劉備，于是下文攻劉備，更不容緩矣。然則此回雖無劉備之事，而實劉備傳中一大關目也。

却説曹操欲斬劉岱、王忠，孔融諫曰：「二人本非劉備敵手，若斬之，恐失將士之心。」操乃免其死，黜罷爵禄。欲自起兵伐玄德。孔融曰：「方今隆冬盛寒，未可動兵，待來春未爲晚也。【毛】應前「雪花飄」句。【毛】【漁】孔融心向玄德，「來春」（之説）乃緩詞耳。可先使人招安張繡、劉表，【贊】大是。【鍾】孔融止之極是。然後再圖徐州。」操然其言，先遣劉曄【二】音謁。往説張繡。曄至穰城〔一二〕，先見賈詡，【二】音許。陳説曹公盛德。詡乃留曄于家中。次日來見張繡，説曹公遣劉曄招安之事。正議間，忽報袁紹有使至。繡命入，使者呈上書信。繡覽之，亦是招安之意。詡問來使曰：「近日興兵破曹操，勝負何如？」使曰：「隆冬寒月，權且罷兵。【毛】【漁】（此言）與（前）孔融之言相合。今以將軍與荆州劉表，俱有國士之風，故來相請耳。」【毛】【漁】使者口中，（就便）帶（便敘）出劉表（，正與陳琳檄文中相應）。詡大笑曰：「汝可便〔一三〕回見本初，道：『汝兄弟尚不能容，何能容〔一四〕天下國士乎！』」【毛】袁術始而誤糧，紹不能以軍法斬之；繼而僭號，紹不能以大義誅之。責紹者，正當責其不能討術，不當責其不能容術也。賈詡初隨李傕，後隨

〔九〕「正是」，商本脱。
〔一〇〕「表」，齋本、光本訛作「張」。
〔一一〕「首人」，商本訛作「曹操」。
〔一二〕「穰城」，原作「襄城」，古本同。按：同第十八回校記〔一八〕。據改。
〔一三〕「笑」，致本作「怒」。「便」，光本脱。
〔一四〕「容」，光本訛作「用」。

曹操，雖有知謀，不知順逆，故其言如此。〔一五〕贊是。鍾賈詡探本之言。當面扯碎書，叱退來使。

張繡曰：「方今袁強曹弱，今毀書叱使，袁紹若至，當如之何？」詡曰：「不如去從曹操。」繡曰：「吾先與操有讐，安得相容？」毛應前第十六回中事。詡曰：「從操，其便有三：夫曹公奉天子明詔，征伐天下，其宜從一也；紹強盛，我以少從之，必不以我爲重，操雖〔一六〕弱，得我必喜，其宜從二也；毛今之錦上添花者，好向富厚處納欸，不樂向寡乏處通情，〈毛漁〉請聽賈詡之論。曹公王霸〔一七〕之志，必釋私怨以明德于四海，其宜從三也。願將軍無疑焉。」贊大是。鍾宜從有三，亦是正論。繡從其言，請劉曄相見。曄盛稱操德，且曰：「丞相若記舊怨，安肯使某來結好將軍乎？」繡大喜，即同賈詡等赴許都投降。繡見操，拜于階下。操忙扶起，執其手曰：「有小過失，勿記于心。」毛亂其叔母，乃曰「小過失」，虧〔一八〕他這副老面皮。贊鍾奸雄（，奸雄）。漁亂叔母而云「小過」，好副老面皮。遂封繡爲揚〔一九〕武將軍，封賈詡爲執金吾〔二〇〕。毛漁（曹）操又得一謀士。鍾此亦封雍齒之意。操即命繡作書招安劉表。賈詡進曰：「劉景升好結納名流，今必得一有文名之士往說之，方可降耳。」毛只此一句，引出禰正平來。操問荀攸曰：「誰人可去？」攸曰：「孔文舉可當其任。」操然之。攸出見孔融曰：「丞相欲得一有文名之士，以備行人之選。公可當此任否？」融曰：「吾友禰二尼，上聲。衡，字正平，其才十倍於我。此人宜在帝左右，不但可備行人而已。我當薦之天

〔一五〕句尾，齋本、光本有「可笑」二字。

〔一六〕「雖」，光本作「方」。

〔一七〕「王霸」，原作「五霸」，毛校本、周本、夏本、贊本同。按：《孟子》卷六《滕文公章句下》：「大則以王，小則以霸。」據嘉本改。

〔一八〕「虧」上，商本有「多」字。

〔一九〕「揚」，光本作「楊」，形訛。

〔二〇〕「執金吾」下原有「使」，古本同。按：《後漢書·百官志》：「執金吾一人，中二千石。本注曰：掌宮外戒司非常水火之事。」《三國志·魏書·賈詡傳》：「表詡爲執金吾，封都亭侯，遷冀州牧。」據刪。

子。」毛不曰薦之丞相，而曰薦之天子，我〔二一〕知正平固不爲操用者也。漁孔融雖薦，而禰衡竟不爲操所用。於是遂上表奏帝。其文曰〔二二〕：

臣聞洪水横流，帝思俾乂，旁求四方，以招賢俊。昔世宗繼統，指漢武帝。將弘祖〔二三〕業，疇咨熙載，羣士響臻。陛下叡側音胃。聖，纂承基緒，遭遇厄運，勞謙〔二四〕日昃，維嶽降神，異人並〔二五〕出。竊見處士平原禰衡，年二十四，字正平，淑質貞亮，一句言其品。英才卓躒。（側音力。）一句言其才。初涉藝文，升堂覩奥，目所一見，輒誦于〔二六〕口，耳所暫聞，不忘于心。性與道合，思若有神，弘羊潛計，桑弘羊，武帝時人。安世默識，張安世，宣帝時人。以衡準之，誠不足怪。一段美其才。忠果正直，志懷霜雪；見善若驚，嫉惡若讐；任座抗行，任座，魏文侯時人。史魚厲節，殆無以過也。一段美其品。只此數語，便爲禰衡罵曹操張本。鷙鳥累〔二七〕百，不如一鶚；郭嘉、程昱等皆鷙鳥耳。使衡立朝，必有可觀。飛辯騁辭〔二八〕，溢氣坌涌；解疑釋結，臨敵有餘。

昔賈誼求試屬國，詭係單于；詭，責也。終軍欲以長纓，牽致〔二九〕勁越；弱冠慷慨，前世〔三〇〕美之。近日路粹、嚴象，亦用異才，擢拜臺郎，衡宜與爲比。一段言其少年有志，應前

〔二一〕「我」，光本作「融」。

〔二二〕毛本孔融所作表，依《凡例》引自《文選》卷三七《表》第一篇孔融《薦禰衡表》，明四本無。毛本引全文，異文據《文選》二本原文校正。

〔二三〕「祖」，原作「基」，據《文選》二本改。

〔二四〕「謙」，原作「諫」，據《文選》二本改。

〔二五〕「並」，六臣注本作「間」。

〔二六〕「于」，原作「之」，據《文選》二本改。

〔二七〕「累」，原作「類」，據《文選》二本改。

〔二八〕「辭」，原作「詞」，據《文選》二本改。

〔二九〕「致」，原作「制」，據《文選》二本改。

〔三〇〕「世」，李善注本作「代」。

「年二十四」句。如得龍躍天衢，振翼雲漢，揚聲紫微，垂光虹蜺，足以昭近署之多士，增四門之穆穆。鈞天廣樂，必有奇麗之觀；帝室皇居，必畜非常之寶。語亦奇麗非常。若衡等輩，不可多得。《激楚》清辭。《陽阿》，曲名。至妙之容，掌伎者之所貪；飛兔、騕褭，（側音鳥。）古〔三一〕良馬。絶足奔放，良、王良。樂伯樂。之所急也。臣等區區，敢不以聞？陛下篤慎取士，必須效試，乞令衡以褐衣召見。無〔三二〕可觀采，臣等受面欺之罪。

帝覽表，以付曹操。操遂使人召衡至。禮畢，操不命坐。【毛】無禮惹駡。禰衡仰天歎曰：「天地雖闊，何無一人也！」【毛】開口便異。【鍾】有牢騷不平之□。【漁】出口便奇。操曰：「吾手下有數十人，皆當世英雄，何謂無人？」【毛】高祖踞〔三三〕見酈生，生責之，高祖便起謝。今曹操不謝，宜正平之終怒也。衡曰：「願聞。」操曰：「荀彧、荀攸、郭嘉、程昱，機深智遠，雖蕭何、陳平不及也。張遼、許褚、李典、樂進，勇不可當，雖岑彭、馬武不及也。呂虔、滿寵爲從事，于禁、徐晃爲先鋒。夏侯惇天下奇才，曹子孝世間福將。安得無人？」【毛】【漁】曹操（自）誇（其）謀臣、戰將，叙得（參差）（如此）有勢。衡笑曰：「公言差矣！此等人物，吾盡識之：【贊】禰生亦是大暢人。荀彧可使弔喪問疾〔三四〕，荀攸可使看墳守墓，程昱可使關門閉户，郭嘉可使白詞念賦，張遼可使擊鼓鳴金，許褚可使牧牛放馬，樂進可使取狀讀招，李典可使傳書送檄，呂虔可使磨刀鑄劍，滿寵可使飲酒食糟，于禁可使負版築牆，徐晃可使屠猪殺狗；

〔三一〕「古」，貫本作「有」。

〔三二〕「無」上原有「如」字，據《文選》二本删。按：《六臣注文選》「無」上有「必」字，注云：「善本無『必』字。」

〔三三〕「踞」，原作「距」，致本、業本、貫本同；滄本作「倨」，同「踞」。按：《史記·高祖本紀》：「沛公方踞牀，使兩女子洗足。」據其他毛校本改。

〔三四〕「疾」，貫本、商本、嘉本作「病」。

夏侯惇稱爲『完體將軍』，曹子孝呼爲『要錢太守』。毛「完體」反言之也，「要錢」正言之也。然恐天下，不獨一曹子孝矣。其餘皆是衣架、飯囊、酒桶、肉袋耳！」毛漁罵得暢快（有趣）。贊暢言，暢言。鍾禰生明牙利齒，暢所欲言。操怒曰：「汝有何能？」衡曰：「天文地理，無一不通；三教九流，無所不曉。上可以致君爲堯、舜，下可以配德于孔、顏。毛異人處只在此二句。漁其言正大如此。豈與俗子共論乎！」毛禰衡自贊，亦如孔融之贊衡。時止有張遼在側，掣劍欲斬之。操曰：「吾正少一鼓史〔三五〕，早晚朝賀宴享，可令禰衡充此職。」毛衡欲使張遼擊鼓鳴金，操〔三六〕即以其鄙薄張遼者命衡也。漁操以鼓史命衡，正因衡鄙薄〔三七〕張遼也。衡不推辭，應聲而去。毛玩世不恭，有詩人《簡兮》之風。遼曰：「此人出言不遜，何不殺之？」贊鍾張遼（之量）不及老瞞（多矣）。操曰：「此人素有虛名，遠近所聞。今日殺之，天下必謂我不能容物。彼自以爲能，故令爲鼓史以辱之。」毛奸雄作用故欲辱衡，誰知反爲衡所辱也。漁奸雄作用如此。

來日，操于省廳上大宴賓客，令鼓史撾二音查。鼓。舊史云：「撾鼓必換新衣。」衡穿舊衣而入。遂擊鼓爲《漁陽三撾》，三補註至今有《漁陽三撾》，自衡始也。音節殊妙，淵淵有金石聲。毛於革木之器，能作金石之音，正所謂「《激楚》《陽阿》，掌伎所貪」者也。禰正平《漁陽撾》與嵇叔夜《廣陵散》竝稱絕調，惜于今不傳。坐客聽之，莫不慷慨流涕。左右喝曰：「何不更衣！」衡當面脱下舊破衣服，裸體而立，渾身盡露。毛孟嘉落帽以傲桓温，禰衡裸衣以辱曹操。奸雄而遇狂士，大有可觀。坐客皆掩面。衡乃徐徐著褲，顏色不變。毛真是目中無人。贊大暢，大暢。操叱曰：「廟堂之上，何太無禮？」衡曰：「欺君罔上，乃謂無禮。毛漁明明（道）（罵）著老賊〔三八〕。吾露父母

〔三五〕「鼓史」，原作「鼓吏」，古本同。按：《後漢書·文苑列傳》：「聞衡善擊鼓，乃召爲鼓史。」據改，後同，漁批同。

〔三六〕「操」，齋本、光本脱。

〔三七〕「薄」，原作「泊」，衡校本同，據毛批改。

〔三八〕毛批「賊」，商本作「奸」。

之形，以顯清白之體耳！」【毛】既聽「伐鼓淵淵」，又見「白鳥鶴鶴」。【鍾】衡真氣骨兩絶。操曰：「汝爲清白，誰爲汙濁？」衡曰：「汝不識賢愚，是眼濁也；不讀詩書，是口濁也；不納忠言，是耳濁也；不通古今，是身濁也；不容諸侯，是腹濁也；常懷篡逆，是心濁也！【毛】前既力詆其謀臣將士，今却指名獨駡曹操。又駡之于伐鼓之後，可謂「鳴鼓而攻之」矣。○孔融薦禰衡一篇文字，十分光彩；禰衡駡曹操一篇言語，十分鋒鋩〔三九〕：可稱雙絶。【鍾】只此六濁，駡得老賊不值半文。吾乃天下名士，用爲鼓史，是猶陽貨輕仲尼，臧倉毀孟子耳。【毛】【漁】索性駡箇盡情〔四〇〕（暢）絶（意，方才暢快）。欲成王霸之業，而如此輕人耶？」

時孔融在坐，恐操殺衡，乃從容進曰：「禰衡罪同胥靡，不足發明王〔四一〕之夢。」【毛】用「高宗夢傅說」事。古〔四二〕使有罪者充役，謂之「胥靡」；傅說築牆于傅岩之野，是代罪人役也。操指衡而言曰：「令汝往荆州爲使。如劉表來降，便用汝作公卿。」衡不肯往。操教備馬三匹，令二人扶挾而行，【毛】【漁】禰衡崛强之態可掬。却教手下文武，整酒于東門外送之。荀彧曰：「如禰衡來，不可起身。」衡至，下馬入見，衆皆端坐。衡放聲大哭。【贊】妙人，暢人。【鍾】大暢人。【漁】大哭的奇。荀彧問曰：「何爲而哭？」衡曰：「行于死柩之中，如何不哭？」【毛】鼓音之悲，正爲此耳。衆皆曰：「吾等是死屍，汝乃無頭狂鬼耳！」衡曰：「吾乃漢朝之臣，不作曹瞞之黨，安得無頭？」【毛】禰衡以漢帝爲頭，不似彼衆人以曹操爲頭也。【漁】說得正大。衆欲殺之。荀彧急止之曰：「量鼠雀之輩，何足汙刀！」衡曰：「吾乃鼠雀，尚有人性，汝等只可謂之蜾蟲！」【毛】然則其視〔四三〕曹操，不過如蟻中之王，蜂中之長耳。【鍾】絶妙語。【漁】好比。衆恨而散。

〔三九〕「鋩」，商本作「鋭」，澹本訛作「金」。
〔四〇〕毛批「情」，齋本、光本作「性」。
〔四一〕「王」，貫本作「主」，形訛；商本作「公」，明四本無。
〔四二〕「古」，光本作「故」。
〔四三〕「視」，原作「事」，致本、業本、貫本、齋本、澹本、光本同。按：「視」字通，據商本改。

衡至荆州，見劉表畢，雖頌德，實譏諷。表不喜，【毛】表好名士而不喜禰衡，如葉公之好龍，好夫似龍而非龍者。令去江夏見黄祖。或問表曰：「禰衡戲謔主公，何不殺之？」表曰：「禰衡數辱曹操，操不殺者，恐失人望，故令作使于我，欲借我手殺之，使我受害賢之名也。【贊】如見。【鍾】劉表見操肺肝。吾今遣去見黄祖，使曹操知我有識。」【毛】【漁】劉表使見黄祖，即曹操使見劉表之意，（是操[四四]借刀于表，而表復乞諸其鄰而與之耳）（俱是借刀殺人）。衆皆稱善。

時袁紹亦遣使至。表問衆謀士曰：「袁本初又遣使來，曹孟德又差禰衡在此，當從何便[四五]？」從事中郎[四六]韓嵩進曰：「今兩雄相持，將軍若欲有爲，乘此破敵可也。如其不然，將擇其善者而從之。今曹操善能用兵，賢俊多歸，其勢必先取袁紹，然後移兵向江東，恐將軍不能禦。莫若舉荆州以附操，操必重待將軍矣。」【毛】【漁】（此）與賈詡勸張繡（相）同。【鍾】此計的可用。表曰：「汝且去許都，觀其動静，再作商議。」嵩曰：「君臣各有定分。嵩今事將軍，雖赴湯蹈火，一唯所命。將軍若能上順天子，下從曹公，使嵩可也；如持疑未定，嵩到京師，天子賜嵩一官，則嵩爲天子之臣，不得復[四七]爲將軍死矣。」【毛】先説在前，後來不得罪之。【鍾】（好）議論。表曰：「汝且先往觀之，吾别有主意。」嵩辭表，到許都見操。操遂拜嵩爲侍中，領零陵太守。【毛】果應韓嵩所[四八]言。荀彧曰：「韓嵩來觀[四九]動静，未有微功，重加此職[五〇]。禰衡又無音耗，丞相遣而不問，何也？」【毛】荀彧雙問韓、禰二人。操曰：「禰衡辱吾太甚，故借劉表手殺之，何必再問？」【毛】曹操單答禰衡一人。【鍾】果不出表之所（言）。遂遣韓嵩回荆州説

[四四]「操」上，商本有「曹」字。
[四五]「便」，商本作「使」，形訛。
[四六]「從事中郎」下原有「將」，古本同。按：《三國志·魏書·劉表傳》：「從事中郎南陽韓嵩、别駕劉先説表曰。」據删。
[四七]「得復」，嘉本、周本作「復得」，夏本、贊本無「得」。
[四八]「所」，澹本作「之」。
[四九]「觀」字原闕，據毛校本補。
[五〇]「職」，商本作「禄」。

劉表。嵩回見表，稱頌朝廷盛德，勸表遣〔五一〕子入侍。表大怒曰：「汝懷二心耶！」欲斬之。嵩大叫曰：「將軍負嵩，嵩不負將軍！」蒯良曰：「嵩未去之前，先有此言矣。」劉表遂赦之。

人報黃祖斬了禰衡，【毛】此事不用實叙，只在使者口中虛寫，省筆。表問其故，對曰：「黃祖與禰衡共飲，皆醉。祖問衡曰：『君在許都有何人物？』衡曰：『大兒孔文舉，小兒楊德祖。除此二人，別無人物。』祖曰：『似我何如〔五二〕？』衡曰：『汝似廟中之神，雖受祭祀，恨無靈驗。』【鍾】恰似。祖大怒曰：『汝以我爲土木偶人耶！』【毛】衡之視人，不是死屍，即是木偶，所以取禍。【漁】衡視人如死屍木偶，所以取禍。遂斬之，衡至死罵不絕口。」【毛】此非黃祖殺之，而劉表殺之；亦非劉表殺之，而曹操殺之也。【贊】狂口傷人者看樣。【鍾】□到底□訬。劉表聞衡死，亦嗟呀不已，令葬于鸚鵡洲【六】鸚鵡洲，在武昌府城南〔五三〕，〈【五】〉跨城西大江中，尾直黃鵠磯，此黃祖殺禰衡處。〈【二】〉衡嘗作《鸚鵡賦》，故遇害之地得名。邊。後人有詩歎曰〔五四〕：

黃祖才非長者儔，禰衡喪首〔五五〕此江頭。
今來〔五六〕鸚鵡洲邊過，惟有無情碧水流。

卻說曹操知禰衡受害，笑曰：「腐儒舌劍，反自殺矣！」【毛】【漁】不說自己殺他，又不說（別人殺他）（他人所殺），反說（他）自殺，奸雄（之極）（如此）。因不見劉表來降，便欲興兵問罪。荀彧諫曰：「袁紹未平，劉備未滅，而欲用兵江漢，是猶舍心腹而顧手足也。可先滅袁紹，後滅劉備，江漢可一掃而平矣。」【鍾】□

〔五一〕「遣」，原作「請」，致本、業本、貫本、齋本、澹本、商本同。按：「遣」字義合，據光本、明四本改。

〔五二〕「何如」，商本、嘉本、周本倒作「如何」。

〔五三〕醉本眉注、周、夏批、贊本夾注「武昌府城南」，醉本眉注原作「蒲城外」，鍾本夾注原作「武昌府外」，其他本批注原作「蒲城南」。按：蒲城，縣名，明時屬陝西西安府，今爲陝西省渭南市蒲城縣。鸚鵡洲，在今武漢市漢陽區，明時爲武昌府漢陽州。《一統志》：武昌府鸚鵡洲「在府城南」。據改。

〔五四〕毛本歎禰衡詩改自贊本；鍾本、漁本同贊本，贊本同明三本。

〔五五〕「喪首」，明四本作「珠碎」。

〔五六〕「今來」，光本作「而今」。

諫亦甚毒。操從之。毛以上按下荆州一邊，以下再叙許都一邊。

且説董承自劉玄德去後，日夜與王子服等商議，無計可施。建安五年，元旦朝賀，見曹操驕横愈甚，感憤成疾。毛將叙元宵飲酒，先叙元旦染病。老泉詩曰：「佳節久從愁裏過，壯心偶傍醉中來〔五七〕。」正與此合。帝知國舅染病，令隨朝太醫前去醫治。此醫乃洛陽人，姓吉名本，字稱平，人皆呼爲吉平，當時名醫也。平到董承府用藥調治，旦夕不離，常見董承長吁短歎，不敢動問。毛但知其身病，不知其心病也。漁身病易知，心病難知。

時值元宵，吉平辭去，承留住，二人共飲。飲至更餘，承覺困倦，就和衣而睡。毛前二十回中隱几而卧，乃是日裏；今和衣而睡，乃是夜間。前因隔夜未眠，此因病後困倦。寫得有情有景。忽報王子服等四人至，承出接入。贊此段如畫，可稱妙絶。此文人無中生有處。鍾□□□□□成夢，乃積思所致。服曰：「大事諧矣！」承曰：「願聞其説。」服曰：「劉表結連袁紹，起兵五十萬，共分十路殺來。毛快暢之極。馬騰結連韓遂，起西凉軍七十二萬，從北殺來。毛快暢之極。曹操盡起許昌兵馬，分頭迎敵，城中空虚。若聚五家僮僕，可得千餘人。乘今夜府中大宴，慶賞元宵，將府圍住，突入殺之，不可失此機會！」毛更暢快〔五八〕之極。漁説得暢快容易之極。承大喜，隨即唤家奴各人收拾兵器，自己披挂綽鎗上馬，毛疾至此有起色矣。約會都在内門前相會，同時進兵。夜至二〔五九〕鼓，衆兵皆到。董承手提寶劍，徒〔六〇〕步直入，見操設宴後堂，大叫：「操賊休走！」一劍剁去，隨手而倒。毛一路看來，竟似真有此快事，何其天從人願，至于如此之易也〔六一〕？霎時覺來，乃南柯一

〔五七〕「久」「偶」，原作「毎」「猶」，毛校本同。按：毛批引詩句爲北宋蘇洵所作《九日和韓魏公》。據詩句原文校正。
〔五八〕「暢快」，齋本、光本、商本倒作「快暢」。
〔五九〕「二」，毛校本作「一」。
〔六〇〕「徒」，商本作「徐」。
〔六一〕「也」，齋本、光本脱。

夢，【毛】半晌歡喜，讀至此句，不覺掃興。【漁】若真有此快事，豈不大暢人心？惜乎係南柯一夢耳。口中猶罵「操賊」不止。【鍾】董承直欲飛魂刺殺操賊矣。吉平向前叫曰：「汝欲害曹公乎？」承驚懼不能荅。【毛】楚莊王將有所謀，必屏人獨寢，恐夢中漏言，正爲此也。吉平曰：「國舅休慌。某雖醫人，未嘗忘漢。某連日見國舅嗟歎，不敢動問。恰〔六二〕纔夢中之言，已見真情，幸勿相瞞。倘有用某之處，雖滅九族，亦無後悔！」【毛】滿朝文武，不及此一醫生多矣。【漁】如此醫士之言，千古罕有。承揜面而哭曰：「只恐汝非真心！」平遂咬下一指爲誓。【毛】獻帝刺指寫詔，吉平咬指爲誓，二指正復相應。【贊】真丈夫。【鍾】忠心激發。【漁】吉〔六三〕平咬指與獻帝刺指寫詔相應。

承乃取出衣帶詔，令平視之，且曰：「今之謀望不成者，乃劉玄德、馬騰各自去了，無計可施，因此感而成疾。」【毛】【漁】至此方〔六四〕說出真（正）病（源）。平曰：「不消諸公用心。操〔六五〕賊性命，只在某手中。」【毛】今日醫生之手，皆如此之可畏。承問其故。平曰：「操賊〔六六〕常患頭風，痛入骨髓，纔一舉發，便召某醫治。如早晚有召，只用一服毒藥，必然死矣，何必舉刀兵乎？」【毛】【漁】一貼藥勝（是）（過）百萬（雄）兵。【鍾】此計甚便，爭奈天意不從。承曰：「若得如此，救漢朝社稷者，皆賴君也！」【毛】方是真正良醫，不但醫董承身病，并醫董承心病；不但醫承〔六七〕心病，且醫獻帝心病矣。時吉平辭歸。承心中暗喜，步入後堂，忽見家奴秦慶童同侍妾雲英在暗處私語。承大怒，喚左右捉下，欲殺之。夫人勸免其死，【毛】夫人大是誤事。【漁】免死大誤其事。各人杖脊〔六八〕四十，將慶童鎖于冷房。慶童懷恨，夤夜

〔六二〕「恰」，商本作「方」；貫本作「怡」，形訛；明四本作「却」。
〔六三〕「吉」，衡校本脱。
〔六四〕毛批「方」，商本作「乃」。
〔六五〕「操」，商本作「曹」。
〔六六〕「賊」，光本脱。
〔六七〕「承」上，光本、商本有「董」字。
〔六八〕「杖脊」，致本、澹本作「杖責」，齋本、光本作「重責」。

將鐵鎖扭斷，跳牆而出，逕入曹操府中，告有機密事。【毛】前十回中馬宇爲家僮所首，此處董承亦同〔六九〕爲家僮所首。前略後詳，事雖同而文各異。【贊】【鍾】此是老國舅不識大小〔七〇〕處。操喚入密室問之，慶童云：「王子服、吳子蘭、种輯、吳碩、馬騰五人，【毛】只說得五人，妙。在家主府中商議機密，必然是謀丞相。家主將出白絹一段，不知寫道〔七一〕甚的。近日吉平咬指爲誓，我也曾見。」【毛】秦慶童口中，妙在說得不明不白。但見白絹，不見血詔；但知寫字咬指，不知所議謂何。正如斷碑之文，不甚可讀，而以意度之，自能猜〔七二〕測而得也。曹操藏匿慶童於府中，董承只道逃往他方去了，也不追尋。

次日，曹操詐患頭風，召吉平用藥。吉平自思曰：「此賊合休！」暗藏毒藥入府。【毛】操之意〔七三〕是假病，平之醫亦是假醫。【漁】操病雖假，恐藥亦未必真。操卧于牀上，令平下藥。平曰：「此病可一服即愈。」【毛】自然不消第二服。教取藥罐，當面煎之〔七四〕。藥已半乾，平已暗下毒藥，親自送上。【鍾】爲国除奸，纔說国手，于今那得此外郎中。雖然，今之郎中不毒亦死，其毒更甚。操知有毒，故意遲延不服。平曰：「乘熱〔七五〕服之，少汗即愈。」【毛】水二鍾〔七六〕，薑三片，滓不再煎。操起曰：「汝既讀儒書，必知禮義。君有疾飲藥，臣先嘗之；父有疾飲藥，子先嘗之。汝爲我心腹之人，何不先嘗而後進？」【毛】先嘗則不能進矣。【漁】欲吉平先嘗，好奸雄主意。平曰：「藥以治病，何用人嘗？」平知事已泄，縱步向前，扯住操耳而灌之。【贊】吉平是丈夫，是大丈夫。【鍾】大是醫国手。操推藥

〔六九〕「處」，商本作「乃」；「同」，商本脱。
〔七〇〕「小」，緑本作「亦」。按：吳本「小」字筆劃連貫，緑本因之誤作「亦」。
〔七一〕「道」，齋本、光本作「着」。
〔七二〕「猜」，原作「精」，致本、貫本、滄本同，據其他毛校本改。
〔七三〕「意」，光本、商本作「病」。
〔七四〕「之」，致本作「藥」。
〔七五〕「熱」，原作「熟」，致本、業本、貫本同。按：「熱」字義長，據其他古本改。
〔七六〕「鍾」，光本、商本作「碗」。

潑地，磚皆迸裂。操未及言，左右已將吉平執下。【毛】事雖未成，而吉平之勇過於縛諸矣。操曰：「吾豈有疾〔七七〕，特試汝耳！汝果有害我之心！」遂喚二十箇精壯獄卒，執平至後園拷問。【毛】【漁】此（是）（係）一拷吉平。操坐于亭上，將平縛倒于地，吉平面不改容，略無懼怯。【毛】想其懷藥入府時，已置死生〔七八〕于度外。【漁】死生已置之度外矣。操笑曰：「量汝是箇醫人，安敢下毒害我？必有人唆【毛】側音梭。使你來。你說出那人，我便饒你。」平叱之曰：「汝乃欺君罔上之賊，天下皆欲殺汝，豈獨我乎！」【毛】絕似施全〔七九〕對秦檜語。【贊】真漢子。【漁】說得直絕。操再三磨〔八〇〕問，平怒曰：「我自欲殺汝，安有人使我來？【毛】先說人皆欲殺，不獨是我；又說我自欲殺，更不關人。若論有人指使，則天下人皆使我來；若論無人指使，則更無一人使我來也。今事不成，惟死而已！」【鍾】老賊毒不死，定□□死。操怒，教獄卒痛打。打到兩箇時辰，皮開肉裂，血流滿堦。操恐打死，無可對證，令獄卒揪去靜處，權且將息。【毛】惡極。

傳令次日設宴，請衆大臣飲酒，惟董承托病不來。王子服等皆恐操生疑，只得俱至。【毛】一人因恐而不來，數人因恐而皆至。操於後堂設席，酒行數巡，曰：「筵中無可爲樂，我有一人，可爲衆官醒酒。【毛】吉平善用表汗湯，今操用他爲醒酒湯。教〔八一〕二十箇獄卒，與吾牽來！」須臾，只見一長枷釘著吉平，拖至堦下。【毛】【漁】此是二拷吉平。操曰：「衆官不知，此人結連〔八二〕惡黨，欲反背朝廷，謀害曹某。今日天敗，請聽口詞。」操教先打一頓，昏絕於地，以水噴面。【鍾】吉平真漢子。吉平甦醒，【毛】吉平被水噴醒，衆官却被曹操嚇醒。睜目切齒而罵曰：「操賊！不殺

〔七七〕「疾」，齋本、光本作「病」。
〔七八〕「死生」，光本倒作「生死」。
〔七九〕「全」，商本作「空」，形訛。
〔八〇〕「磨」，光本作「盤」。
〔八一〕「教」字原闕，據毛校本補。
〔八二〕「結連」，原作「連結」，致本、業本、貫本、齋本、澹本、商本同。按：「結連」通，據光本、明四本改。

我，更待何時！」（贊）真丈夫。操曰：「同謀者先有六人，與汝共七人耶？」（毛）足七人之數者，劉玄德也。若添一吉平，則八人矣。乃白絹狀上本無吉平，而慶童口中却無玄德，猜測得妙。（鍾）指他罪惡，比藥更毒。平只是大罵。王子服等四人面面相覷，如坐鍼氈。（毛）曹操意中八人，認作七人；曹操座上四〔八三〕人，尚欠二人。參差不齊，錯落有致。操教一面打，一面噴，平並無求饒之意。（毛）硬漢。操見不招，且教牽去。（毛）（漁）還不許他死，惡極。

衆官席散，操只留王子服等四人夜宴。四人魂不附體，只得留待。操曰：「本不相留，爭奈有事相問。汝四人不知與董承商議何事？」子服曰：「並未商議甚事。」操曰：「白絹中寫着何事？」子服等皆隱諱。操教喚出慶童對證。子服曰：「汝於何處見來？」慶童曰：「你迴〔八四〕避了衆人，六人在一處畫字，如何賴得？」（毛）慶童只首得六人。（鍾）慶童死奴才，何不早□死了。（漁）慶童口中只首出六人。子服曰：「此賊與國舅〔八五〕侍妾通姦，被責誣主，不可聽也。」操曰：「吉平下毒，非董承所使而誰？」子服等皆言不知。操曰：「今晚自首，尚猶可恕。若待事發，其實難容！」子服等皆言：「並無此事！」操叱左右將四人拏住監禁。

次日，帶領衆人逕投董承家探病，（毛）前吉平至曹操府中看病，今曹操至董承家中探病，都是不懷好意。（漁）此時探病，與吉平至曹操處看病，俱非好意。承只得出迎。操曰：「緣何夜來不赴宴？」承曰：「微疾未痊，不敢輕出。」操曰：「此是憂國家病耳。」（毛）曹操賺吉平是假病，董承患曹操是真病。承愕然。操曰：「國舅知吉平事乎？」承曰：「不知。」操冷笑曰：「國舅如何不知？」喚左右：「牽來與國舅起病。」（毛）意欲以吉平三拷，當枚生《七發》。〇前日醒酒，

〔八三〕「四」，原作「六」，致本、業本、貫本、齋本、澹本、光本同。按：王子服等四人赴宴，「六」誤。據商本改。

〔八四〕「迴」，光本、商本作「驅」。

〔八五〕「國舅」，商本作「董承」。

是以吉平爲湯；今日起病，是又以吉平爲酒矣。承舉措無地。須臾，二十獄卒推吉平至階下。【毛】【漁】此爲三拷吉平。吉平大罵：「曹操逆賊！」【毛】見曹操便罵，硬漢。【漁】可稱硬好漢。操指謂承曰：「此人曾攀下王子服等四人，吾已拏下廷尉。尚有一人，未曾捉獲。」【毛】曹操只道一人，不知尚〔八六〕有三人。因問平曰：「誰使汝來藥我？可速招出！」平曰：「天使我來殺逆賊！」【毛】妙。人心所存，即天理也。【鍾】天使極□。【漁】回答的妙，正要借他口中痛罵，方快人心。操怒，教打，身上無容刑之處。承在座觀之，心如刀割。操又問平曰：「你原有十指，今如何只有九指？」平曰：「嚼以爲誓，誓殺國賊！」【毛】絶不抵賴，硬漢。【鍾】□大盟□。操教取刀來，就階下截去其九指，【毛】今之庸醫以十指殺人者，亦當以此法殺之。曰：「一發截了，教你爲誓！」平曰：「尚有口可以吞賊，有舌可以罵賊！」【毛】「爲張睢陽齒，爲顏常山舌。」【贊】吉平是真漢子。【鍾】口吞舌斬，尤勝刀殺。操令割其舌。【漁】喪心至此。平曰：「且勿動手。吾今熬刑不過，只得供招，【毛】不知者讀〔八七〕至此，必以爲將供出董承矣。【漁】讀至此，在不知者必爲供出董承矣。可釋吾縛。」【毛】意在此句耳。操曰：「釋之何礙？」遂命解其縛。平起身望闕拜曰：「臣不能爲國家除賊，乃天數也！」拜畢，撞堦而死。【毛】立誓以殺曹操，是其忠也；至死不招董承，是其義也。被禍最慘，性骨最烈，不意醫生中乃有此人。【贊】【鍾】（吉平）真大丈夫。【漁】誓殺操，忠可表也；至死不招董承，義可風也。不意醫士中有如此之人也。操令分其肢體號令。時建安五年正月也。史官有詩曰：

漢朝無起色，醫國有稱平。
立誓除姦黨，捐軀報聖明。
極刑詞愈烈，慘死氣如生。
十指淋漓處，千秋仰異名。

操見吉平已死，教左右牽過秦慶童至面前。操

〔八六〕「尚」，商本作「更」。
〔八七〕「者讀」，商本倒作「讀者」。

曰：「國舅認得此人否？」承大怒曰：「逃奴在此，即當誅之！」操曰：「他首告謀反，今來對證，誰敢誅之？」承曰：「丞相何故聽逃奴一面之說？」操曰：「王子服等吾已擒下，皆招證明白，汝尚抵賴乎？」即喚左右拏下，命從人直入董承臥房內，搜出衣帶詔并義狀。操看了，笑曰：「鼠輩安敢如此！」毛漁曹操（一向）只知有義狀，（今日）（至此）方知有血詔；〈毛〉一向只知有六人，今日方知有七人矣。遂命：「將董承全家良賤，盡皆監禁，休教走脫一箇。」操回府，以詔狀示衆謀士，商議要廢獻帝，更立新君。毛漁（曹操此時，）竟欲（爲）（效）董卓所爲矣。正是〔八八〕：

數行丹詔成虛望，一紙盟書惹禍殃。

未知獻帝性命如何，且聽下文分解。

人誰不死，如禰正平之死可謂不死矣。何也？口所欲言無不言之，一無所趨避，乃是活人也。若夫口欲言而不言，心不欲言而言之，皆怕死耳。斯人也，亦何嘗不死也乎哉！其生時先已死矣。誰能如我正平，死時尚不死也。

吉平是〔八九〕聖人，是大聖人，是佛，是活佛。誰謂其僅醫人乎？此真醫國手也。恨操賊惡貫當盈，故使慶童敗乃公事耳。此天實爲之，于人何尤哉？

想禰生原具英雄氣、骯髒骨，故心慧口快，把老瞞半生豪強，一旦盡掃。然則《漁陽三撾》，亦可當鳴鼓而攻也。

操惡貫盈，其病已入膏肓。若吉平醫國手用一貼毒藥斷送了他，則沉疴立起矣。誰使慶童作鬼，老奸作病，流毒更甚哉？

〔八八〕「正是」，原無，致本、業本、貫本、明四本同。據齋本、澹本補。

〔八九〕「是」，緑本作「真」。按：「是」字合句式。

第二十四回

國賊行兇殺貴妃　皇叔敗走投袁紹

嘗詠唐人弔〔一〕馬嵬詩曰：「如何四紀爲天子，不及盧家有莫愁〔二〕。」其言可謂悲矣。然楊妃之死，死於其兄之誤國；董妃之死，死於其兄之愛君。夫以兄之罪而殺楊妃，今人猶爲之惋惜；况以兄之忠而殺董妃，能不爲之悼嘆乎哉！吾以爲董妃之寃，寃於太真；則獻帝之痛，更痛於玄宗矣。

以天子之尊，而束縛於權臣，不得已耳；以方伯之重，而牽制於小兒，亦不得已耶？衣帶詔之事既聞，董貴妃〔三〕之事甚慘，正忠臣肝腦塗地之秋、義士發憤立功之日；而乃遷延歲月，坐失機會。天子不能保其嬪妃，諸侯且欲戀其家室。己之幼子有疾，猶然繫懷；君之孕嗣遭殃，不爲動念：以四世三公代〔四〕食漢禄者，反不如一醫生之盡節，良可嘆也！

讀徐文長《四聲猿》，有禰衡罵曹操一篇文字，將禰衡死後之事，補罵一番，殊爲痛快。今恨不將陳琳檄後之事，再教陳琳補罵一番也。雖然，「惟無瑕者可以戮人」，袁紹不奉天子之命，而襲取冀州，欺韓馥，又賣公孫瓚，其罪一；傕、汜之亂，不聞勤王，其罪二；袁術僭號而不能討，及術歸帝號而又欲迎〔五〕之，其

〔一〕「弔」，商本作「題」。
〔二〕「如何」「盧」，原作「可憐」「羅」，毛校本同。按：毛批引詩句爲唐代李商隱所作《馬嵬·其二》。據《李義山集》詩句原文改。
〔三〕按：貴妃爲南朝宋始設封號，《南史·后妃列傳》：「及孝武孝建三年，省夫人；置貴妃，位比相國。」《後漢書·伏皇后紀》作「貴人」，因涉多處，從原文。
〔四〕「世」「代」，光本、商本互易。
〔五〕「迎」，貫本、商本作「近」。

罪三。爲紹計者，恐我盡言以責操，而操亦盡言以責我，故一駡之後，不復〔六〕更駡耳。昔齊桓公挾天子以令諸侯，行權力而假仁義。聶北之救，坐視邢亡；楚丘之封，直待衛滅。又兄弟姊妹之間多慚德焉。是以其責楚也，不責其僭稱王號，吞併諸姬，而但問以包茅不貢、昭王不復。舍其大而責其小，舍其近而責其遠，其同此意也夫？

田豐前欲緩戰，今欲急戰；前則無隙可伺，今則有虛可乘：審時勢而爲謀，惜袁紹之不能用耳。然吾怪郭圖、審配獨無一言，何也？蓋二人與田豐不和。故前者豐不欲戰，二人以宜戰之説争之；今者豐既欲戰，二人更不以宜戰之説助之：但從自己門户起見，不從國家大事起見，古來朋黨之害，往往坐〔七〕此。唐有牛、李之互持，宋有朔、洛、蜀之角立，朝廷且受其患，況袁紹一隅之主乎？

爲天下者不顧家。玄德前敗於呂布，遂棄妻小而不顧；今敗於曹操，又棄妻小而不顧。與高祖委呂后於項羽，正復相同。彼袁紹室家情重，戀戀小兒，豈得爲成大事之人！

袁紹與玄德三番相見：第一次在汜水〔八〕，第二次在磐河，第三次在冀州。玄德於袁紹三番求救：第一次鄭玄作柬，第二次自己致書，第三次單騎親往。紹則前倨而後恭，備亦昔疎而今密，非紹之賢而納備，乃備之急而投紹耳。前乎此者，依托呂布，又依托曹操；後乎此者，依托劉表，又依托孫權。煢煢一身，常爲客子〔九〕，然則備之爲君，殆在《旅》之六五云。

操之敵紹，能以寡勝衆；備之敵操，不能以寡勝衆。是備之用兵，不如操矣。然爲將之

〔六〕「復」，齋本訛作「服」，光本作「敢」。

〔七〕「坐」，光本作「如」。

〔八〕「汜水」，原作「虎牢」，毛校本同。按：前文第五回，袁紹首遇玄德在汜水關戰華雄時。據前文改。

〔九〕「客子」，商本作「寄客」。

道，在能用兵；爲君之道，不在能用兵，而在能用用兵之人。備之所以敗者，以此時未遇諸葛亮耳。未遇諸葛，雖關、張之勇無所用之；既遇諸葛，雖曹操之智不能當之〔一〇〕。而諸葛不爲操所得，獨爲備所得，善乎唐太宗之論操曰：「一將之智有餘，萬乘之才不足。」韓信善將兵，一將之智也；高祖不善將兵，而善將將，萬乘之才也。豈非操之用兵則勝於備，而用人則遜於備與？

却說曹操見了衣帶詔，與衆謀士商議，欲廢却獻帝，更擇有德者立之。【贊】【鍾】沒天理（話），可殺（，可殺）。程昱諫曰：「明公所以能威震四方，號令天下者，以奉漢家名號故也。今諸侯未平，遽行廢立之事，必起兵端矣。」【贊】【鍾】荀彧〔一一〕也該殺。操乃止。【毛】操賊幾爲董卓所爲，而卒未爲者，以自己曾討董卓故也。只將董承等五人并其全家老小，押送各門處斬。死者共七百餘人。城中官民見者，無不下淚。【毛】不特當日見者下淚，即今日讀者亦爲酸鼻。【漁】不獨當日見者下淚，至今讀者豈不寒心？後人有詩嘆董承曰：

密詔傳衣帶，天言出禁門。
當年曾救駕，此日更承恩。
憂國成心疾，除奸入夢魂。
忠貞千古在，成敗復誰論。

又有歎王子服等四人詩曰：

書名尺素矢忠謀，慷慨思將君父酬。
赤膽〔一二〕可憐捐百口，丹心自是足千秋。

且說曹操既殺了董承等衆人，怒氣未消，遂帶劍入宮，來弒董貴妃。【毛】咄咄怪事。貴妃乃董承之

〔一〇〕「之」，齋本、光本作「耳」。
〔一一〕按：明四本及贊本系正文作「荀彧」，毛本正文作「程昱」。
〔一二〕「赤膽」，原作「赤青」，致本、貫本、滄本同；明四本無此句。按：「赤膽」與下句「丹心」對仗及平仄較合。據其他毛校本改。

妹，帝幸之，已懷孕五月。【毛】補叙〔一三〕貴妃一筆。當日帝在後宮，正與伏皇后私論董承之事至今尚無音耗。【毛】點綴，好。忽見曹操帶劍入宮，面有怒容，帝大驚失色。【毛】宰相面有怒容，而天子大驚失色，豈不奇絶。操曰：「董承謀反，陛〔一四〕下知否？」帝曰：「董卓已誅矣。」【毛】【漁】操言董承，而帝故意（誤）言董卓，（蓋操乃）（指操即）今日之董卓也。〔一五〕〈【毛】〉帝意不在卓，殆暗指操耳。帝亦善於詞令。操大聲曰：「不是董卓！是董承！」帝戰慄曰：「朕實不知。」【毛】嘗讀《左傳·周鄭交質》篇「王曰無之」句，爲之一歎；今獻帝「朕寔不知」四字〔一六〕，正復相似。〇此時宰相儼如問官，天子竟似罪人矣。【漁】種種所爲，皆奇絶之事。宰相如此威凜，天子如此恐懼，豈非問官制罪人乎？操曰：「忘了破指修詔耶？」帝不能荅。【毛】手跡既真，口詞難賴。操叱武士擒董妃至。帝告曰：「董妃有五月身孕，望丞相見憐！」【毛】帝因孕而欲求免其身。操曰：「若非天敗，吾已被害。豈得復留此女爲吾後患！」伏后告曰：「貶於冷宮，待分娩了，殺之未遲。」【毛】后度不能免其身，但求全其孕。〇宰相作色，帝后哀求，皆絶奇之事。操曰：「欲留此逆種爲母報仇乎？」【毛】天子之嗣，乃曰「逆種」，是何言與！董妃泣告曰：「乞全屍而死，勿令彰露。」【毛】妃度身、孕俱不能免，但泣求全屍矣。可憐可恨，令我不忍注目。操令取白練至面前。【毛】因乃兄列名於白絹，遂使其妹畢命於白練。帝泣謂妃曰：「卿於九泉之下，勿怨朕躬！」【毛】何言之痛也，讀者能不鼻酸而髮指否？言訖，淚下如雨。伏后亦大哭。操怒曰：「猶作兒女態耶！」叱武士牽〔一七〕出，勒死於宮門之外。【毛】巍巍至尊，不能庇一女子，真天翻地覆時也。【贊】【鍾】此時竟不成世界（，君是臣，臣是君矣）。【漁】觀貴妃死之慘，而帝哭泣之悲，甚至天子之嗣，而以「逆種」呼之，皆天翻地覆之事。千百世後，能不心酸

〔一三〕「叙」，商本作「述」。
〔一四〕「陛」，原訛作「陞」，據古本改。
〔一五〕衡校本脱此句漁批。
〔一六〕「四字」，齋本、光本脱。
〔一七〕「牽」，商本、嘉本作「推」。

而髮指否！後人有詩嘆董妃曰：

春殿承恩亦枉然，傷哉龍種並時捐。
堂堂帝主難相救，掩面徒看淚湧泉。

操諭監宮官曰：「今後但有外戚宗族，不奉吾旨，輒入宮門者，斬。守禦不嚴，與同罪。」毛爲後文伏完事露伏筆。又撥心腹人三千充御林軍，令曹洪統領，以爲防察。毛漁獻帝此時，如坐牢獄中（矣）。

操謂程昱曰：「今董承等雖誅，尚有馬騰、劉備亦在此數，不可不除。」鍾□□云：「除惡則□耳。」昱曰：「馬騰屯軍西涼，未可輕取，但當以書慰勞，勿使生疑，誘入京師圖之可也。毛爲後誘殺〔一八〕馬騰伏筆。劉備現在徐州，分布犄角之勢，亦不可輕敵。毛以上將馬、劉二人並説。況今袁紹屯兵官渡，常有圖許都之心。若我一旦東征，劉備勢必求救於紹。紹乘虛來襲，何以當之？」毛放下馬騰，專策〔一九〕劉備；又因劉備，轉策袁紹。操曰：「非也。備乃人傑也，今若不擊，待其羽翼既成，急難圖矣。袁紹雖强，事多懷疑不決，何足憂乎！」毛操以玄德爲英雄，不以本初爲英雄，正與青梅煮酒時談論相合。鍾操算勝于荀彧〔二〇〕。漁以英雄論玄德，以懷疑論本初，奸雄料人如此。正議間，郭嘉自外而入。操問曰：「吾欲東征劉備，奈有袁紹之憂，如何？」嘉曰：「紹性遲而多疑，其謀士各相妬忌，毛比操語又添出謀士一句。不足憂也。劉備新整軍兵，衆心未服，毛二語爲後張、關〔二一〕部卒降曹，降卒詐投關公襲取下邳等事伏筆。丞相引兵〔二二〕東征，一戰可定矣。」操大喜曰：「正合吾意。」遂起大軍二十萬〔二三〕，分兵五路下徐州。毛下徐州，五路分兵；攻小沛，八面遣將。此五路只虛寫，後八面却實敘，俱妙。

〔一八〕「殺」，貫本作「出」。
〔一九〕「專策」，光本作「再説」，商本作「轉策」。
〔二〇〕同本回校記〔一一〕。
〔二一〕「張關」，澹本、光本倒作「關張」。
〔二二〕「兵」，商本作「軍」。
〔二三〕「大軍二十萬」，齋本倒作「二十萬大軍」。

細作探知，報入徐州。孫乾先往下邳報知關公，隨至小沛報知玄德。玄德與孫乾計議曰：「此必求救於袁紹，方可解危[二四]。」於是玄德修書一封，【毛】此時玄德竟親自寫書，不必更煩鄭康成矣。遣孫乾至河北。乾乃先見田豐，具言其事，求其引進。【毛】前托鄭玄致書，今又托田豐引進，不啻先之以子貢、申之以冉有也。豐即引孫乾入見紹，呈上書信。只見紹形容憔悴，衣冠不整。【毛】却又作怪。豐曰：「今日主公何故如此？」紹曰：「我將死矣！」【毛】【漁】（真）令人不解。豐曰：「主公何出此言？」紹曰：「吾生五子，唯最幼者極快吾意。【毛】媍人愛少子，丈夫亦如是耶？今患疥瘡，命已垂絶。【毛】紹所患者，不過小兒之病；小兒所患者，又[二五]不過疥癬之疾。可發一笑。吾有何心更論他事乎？」【毛】可笑。【漁】真令人發笑。豐曰：「今曹操東征劉玄德，許昌空虛。若以義兵乘虛而入，上可以保天子，下可以救萬民。此不易得之機會也，唯明公裁之。」【毛】豐前欲緩戰，今欲急戰，此量時度勢之言，與沮授一味言戰者不同。【鍾】田豐前欲守，今欲進，兵勢少變。紹曰：「吾亦知此最好，奈我心中恍惚，恐有不利。」豐曰：「何恍惚之有？」紹曰：「五子中[二六]唯此子生得最異，儻有疎虞，吾命休矣。」【贊】【鍾】袁紹（真）鼠輩，安得成（大）事（矣）。遂決意不肯發兵，【毛】曹昂死，而曹操只言哭典韋；袁尚[二七]病，而袁紹不肯救劉備。袁、曹優劣，又見如[二八]此。況前鄭玄致書之時，董承未死，血詔未泄；今此事已露，玄德書中必詳言之。乃紹見書而不一發憤，可謂無氣。乃謂孫乾曰：「汝囬見玄德，可言其故。儻有不如意，可來相投，吾自有相助之處。」【毛】【漁】爲後（文）劉備投袁紹伏（筆）（線）。田豐以杖擊地曰：「遭此難

[二四]「危」，明四本作「圍」，致本作「厄」。
[二五]「者又」，商本作「亦」。
[二六]「中」，商本脱。
[二七]「言哭」，光本作「哭一」。「尚」，原作「熙」，致本、業本、貫本、齋本、澹本、商本同。按：《演義》中袁紹幼子爲袁尚。據光本改。
[二八]「如」，商本作「於」。

遇之時，乃以嬰兒之病失此機會，大事去矣！可痛惜哉！」【鍾】忠言不用，可惜，可惜，可嘆！跌足長歎而出。【毛】真正可惜。○玄德求救於紹，不出程昱所料；袁紹不肯發兵，不出郭嘉所料〔二九〕。【漁】真乃可惜，不出郭嘉所料矣。

孫乾見紹不肯發兵，只得星夜回小沛見玄德，具說此事。玄德大驚曰：「似此如之奈何？」張飛曰：「兄長勿憂。曹兵遠來，必然困乏，乘其初至，先去劫寨，可破曹操。」【毛】此計亦可，但瞞不過曹操耳。【漁】算計雖好，但在曹操恐不爲所算也。玄德曰：「素以汝爲一勇夫耳。前者捉劉岱時，頗能用計。【毛】又將前事一提。今獻此策，亦中兵法。」乃從其言，分兵劫寨。

且說曹操引軍往小沛來。正行間，狂風驟至，忽聽一聲響亮，將一面牙旗吹折。【毛】孫堅之死，有風報應；曹操之勝，亦有風報應。【漁】風折牙旗，曹操取勝之應也。操便令軍兵且住，聚衆謀士問吉凶。荀彧曰：「風從何方來？吹折甚顏色旗？」操曰：「風自東南方來，吹折角上牙旗，【毛】【六】單旗曰角，雙旗曰〔三〇〕門。旗乃青紅二色。」【毛】董承之死，只因紅詔一紙，白絹一幅；劉備之敗，却因青紅牙旗一面。【贄】【鍾】此（等）皆曹操（之）惡福惡運（也）。彧曰：「不主別事，今夜劉備必來劫寨。」【毛】【漁】張飛之計，早（被）（爲）荀文若占出。操點頭。忽毛玠入見，曰：「方纔東南風起，吹折青紅牙旗一面。主公以爲主何吉凶？」操曰：「公意若何？」毛玠曰：「愚意以爲今夜必主有人來劫寨。」【毛】謀士所見皆同。後人有詩嘆曰〔三一〕：

吁嗟帝胄勢孤窮，全仗分兵劫寨功。
爭奈牙旗折有兆，老天何故縱奸雄？

操曰：「天報應我，當即〔三二〕防之。」遂分兵

〔二九〕「料」下，光本有「也」字。
〔三〇〕周批二「曰」，皆作「爲」。
〔三一〕毛本嘆折旗詩改自贄本，爲靜軒詩；鍾本、漁本同周本、夏本、贄本；嘉本無。
〔三二〕「當即」，齋本、光本倒作「即當」，嘉本作「吾當亦自」，周本、夏本、贄本作「吾當自」。

九隊，只畱一隊向前虚扎〔三三〕營寨，餘衆八面埋伏。毛漁（與）九里山前，十面埋伏（；小沛城外〔三四〕，八面埋伏）（同）。是夜月色微明，毛既寫風，又寫月，忙中偏有此閒筆。玄德在左，張飛在右，分兵兩隊進發，只畱孫乾守小沛。

且説張飛自以爲得計，領輕騎在前突入操寨，但見零零落落，無多人馬，四邊火光大起，喊聲齊舉。飛知中計，急出寨外。正東張遼、正西許褚、正南于禁、正北李典、東南徐晃、西南樂進、東北夏侯惇、西北夏侯淵，八處軍馬殺來。毛漁（曹操）分撥八面之將（，前不叙明），至此方（點出）（叙明白）。張飛左沖右突，前遮後當。所領軍兵，原是曹操手下舊軍，見事勢已急，盡皆投降去了。毛正是朱靈、路昭及車冑所領之兵也。鍾最壞事在此一着。飛正殺間，逢着徐晃大殺一陣，後面樂進趕到。飛殺條血路突圍而走〔三五〕，只有數十騎跟定。欲還小沛，去路已斷；欲投徐州、下邳，又恐曹軍截住。尋思無路，只得望硭碭山五（《一統志》云：）硭碭，二山名〔三六〕。碭山在徐州碭山縣（東南七十里）。而去。毛按下張飛，下〔三七〕文單叙玄德。

却説玄德引兵〔三八〕劫寨，將近寨門，忽然〔三九〕喊聲大震，後面衝出一軍，先截去了一半人馬。夏侯惇又到，玄德突圍而走，夏侯淵又從後趕〔四〇〕來。玄德回顧，止有三十餘騎跟隨，急欲奔還小

〔三三〕「扎」，原作「托」，致本同，據其他古本改。
〔三四〕「外」，光本訛作「内」。
〔三五〕「走」，光本作「出」。
〔三六〕周、夏批、贊本系夾注「二山名」後原有「屹山在開封府歸德州」，周、夏批又有「城東一百八十里」。按：批註引自《綱目》卷二馮質實。《一統志》：「永城縣，在府城東一百八十里。」《方輿紀要·南直十一》：「碭山在縣東南七十里，與河南永城縣接界。其北八里曰芒山，漢高嘗隱芒、碭山澤間是也。」周、夏批「硭山」誤注，贊本系夾注因之。不録。
〔三七〕「下」，光本、商本作「後」。
〔三八〕「兵」，商本作「軍」。
〔三九〕「忽然」，齋本、光本脱，明四本無。
〔四〇〕「趕」，原作「追」，致本、業本、貫本、澹本、商本同。按：「趕」字優，據齋本、光本、明四本改。

沛，毛叙張飛處既詳，叙玄德處不得不畧；然非畧也，其詳已在張飛劫寨中矣。早望見小沛城中火起，毛順筆虛寫，便筭〔四一〕寔叙，妙。只得棄了小沛。欲投徐州、下邳，又見曹軍漫山塞野，截住去路。毛亦虛寫一句。玄德自思無路可歸，想：「袁紹有言『儻不如意，可來相投』，今不若暫往依棲，別作良圖。」毛還記磐河相遇時否？正是「明知不是伴，事〔四二〕急且相隨」也。漁至此不得不投，也是出于無奈。遂望青州路而走，正逢李典攔住。玄德匹馬落荒望北而逃，李典擄將從騎去了。毛李典在正北，夏侯惇在東北，夏侯淵在西〔四三〕北。玄德望北而逃，正當與此三路軍相遇，一筆不亂。

且説玄德匹馬投青州，五〔四四〕青州，（禹貢九州之一，）即今山東道青州府（是也）。日行三百里，奔至青州城下叫門。門吏問了姓名，來報刺周音次。史。刺史乃袁紹長子袁譚。譚素敬玄德，聞知匹馬到來，即便開門出〔四五〕迎，毛袁譚較勝乃翁，而乃翁反愛其少子，何也？接入公廨，細問其故，玄德備言兵敗相投之意。譚乃畱玄德於舘驛中住下，發書報父袁紹，一面差本州人馬，護送玄德至平原界口。袁紹親自引衆出鄴郡〔四六〕五（《一統志》云：）鄴郡，古邑名，（即今鄴縣是也，）屬彰德府。三十里迎接玄德。毛漁囬想汜水〔四七〕關時，真前倨而後恭（矣）（也）。玄德拜謝，紹忙荅禮曰：「昨爲小兒抱病，有失救援，於心怏怏二音養。不安。今幸得相見，

〔四一〕「便筭」，齋本作「便筆」，光本作「不消」。

〔四二〕「事」，光本訛作「時」。

〔四三〕「西」，商本作「四」，形訛。

〔四四〕按：鍾本版款行二十六字；第二十四回末葉行三十二字，爲補刻，無批、注。鍾本夾注皆同贊本，此處至本回末，據贊本補。

〔四五〕「出」，商本作「相」。

〔四六〕「鄴郡」，致本作「鄴城」。按：《通鑑·唐紀一》：唐武德元年（隋大業十四年，六一八年）「（隋煬帝）詔以（王）德仁爲鄴郡太守」，始稱鄴郡。《後漢書·郡國志》：東漢時爲鄴縣，魏郡治所。「鄴郡」涉後文多處，皆從原文。

〔四七〕「汜水」，原作「虎牢」，毛校本同。按：同本回校記〔八〕，毛、漁批據改。

大慰平生渴想之思。」毛繁禮多儀，虚文無當。玄德曰：「孤窮劉備，毛玄德此時止剩一身，自稱「孤窮劉備」，真不誣也。漁此時一人一騎，「孤窮」真不誣也。久欲投於門下，奈機緣未遇。今爲曹操所攻，妻子俱陷，毛天子不能保其一貴妃，董承等不能保其七百餘口，玄德又安能保其二〔四八〕夫人乎？想將軍容納四方之士，故不避羞慚，逕來相投。望乞收録，誓當圖報。」紹大喜，相待甚厚，同居冀州。毛按下玄德，下文單叙雲長。五（《一統志》云：）冀州，今真定府信都縣（是也）。

且説曹操當夜取了小沛，隨即進兵攻徐州。糜竺、簡雍守把不住，只得棄城而走。陳登獻了徐州，曹操大軍入城。安民已畢，隨唤衆謀士議取下邳。荀彧曰：「雲長保護玄德妻小，死守此城。若不速取，恐爲袁紹所竊〔四九〕。」毛或已知備之必投紹矣。操曰：「吾素愛雲長武藝人材，欲得之以爲己用，不若令人説之使降。」毛漁（欲）（若）説降關公，亦大難事。郭嘉曰：「雲長義氣深重，必不肯降。毛曹操但知其武藝人材，郭嘉獨知其義氣。漁曹公只知武藝人材，而獨不知義氣深重。若使人説之，恐被其害。」帳下一人出曰：「某與關公有一面之交，願往説之。」衆視之，乃張遼也。毛回想白門樓相救之事，已隔數回，此處忽然炤應。漁有當日白門〔五〇〕樓相救之事，而張遼方有胆量。程昱曰：「文遠雖與雲長有舊，吾觀此人，非可以言詞説也。某〔五一〕有一計，使此人〔五二〕進退無路，然後用文遠説之，彼必歸丞相矣。」正是：

整備窩弓射猛虎，安排香餌釣鰲魚。

未知其計若何，且聽下文分解。

〔四八〕「二」，商本訛作「三」。
〔四九〕「竊」，光本作「得」。
〔五〇〕「門」，原作「雲」，據衡校本改。
〔五一〕「某」，致本作「我」；澹本作「其」，形訛。
〔五二〕「此人」，齋本作「人」，光本作「其」。

操賊勒死董妃，此通天之罪，何容誅也！但操賊亦有惡運，似天助之者，此事若無秦慶童發覺，操賊休矣，了于吉平之手矣。不使吉平成功者，天也，人也何尤？雖然，操雖不死于吉平之手，而實死于吉平之口久矣。吉平真聖人也，真菩薩也，真佛也。

風折牙旗并秦慶童等事，此皆操賊惡運所招。如天欲敗之，安有此事？固知凶人亦自有天相，不特吉人而已也。

第二十五回

屯土山關公約三事
救白馬曹操解重圍

雲長本來事漢，何云「降漢」?「降漢」云者，特爲「不降曹」三字下一〔一〕註脚耳。曹操借一「漢」字籠絡天下，雲長即提一「漢」字壓倒曹操。如張繡、張魯、韓遂等輩，名爲降漢，而實則降曹者〔二〕也。吕布、袁術等輩，不降曹而亦不降漢者也。華歆、王朗、郭嘉、程昱、張遼、許褚等輩，不知有漢而但知有曹者也。荀彧、荀攸，誤以爲漢即是曹、曹即是漢，而不知漢必非曹、曹必非漢者也。漢是漢，曹是曹，將兩下劃然分開，較然明白，是雲長十分學問，十分見識。非熟讀〔三〕《春秋》，不能到此。

關公三事之約，先有張遼三罪之説以引起之。張遼三罪，第一是負皇叔，第二是陷二嫂，第三是不能匡扶漢室。關公三事，首言歸漢，次言保嫂，末言尋兄；第一辨君臣之分，第二嚴男女之別，第三明兄弟之義。以張遼所云第三者爲第一，以張遼所云第一者爲第三，而曹操聽之不以第一事爲難，獨以第三事爲難，不知第三事即在第一事中矣。操曰「漢即吾也」，此特奸雄欺人之語。而關公以皇叔爲漢，不以曹操爲漢，即云「歸漢不歸曹」，是到底歸劉〔四〕不歸操耳。

劉備與董承同謀，儼然列七人之數。而曹操於董貴妃則殺之，於五家七百口則殺之，獨

〔一〕「一」，齋本、光本脱。
〔二〕「則降曹」，光本作「降曹操」。
〔三〕「熟讀」，光本倒作「讀熟」。
〔四〕「劉」，齋本、光本作「漢」。

至甘、糜二夫人不惟不殺，又加禮焉，何也？曰：此非愛玄德而獨能忘其讎，乃愛關公而以此結其心也。故凡操之不殺甘、糜者，爲關公也。使關公而死於土山之圍，則甘、糜二夫人，其不同於董貴妃與五家七百口者幾希矣。

觀雲長秉燭達旦一事，操欲亂其上下内外〔五〕之禮，設心亦甚惡矣。忌玄德，讎玄德，故欲以此辱玄德；愛關公，敬關公，而又欲以此試關公。奸雄之奸，真是〔六〕如鬼如蜮。

關公受袍則内之，受馬則拜之，一舉一動，處處不忘兄長，何其恩義之篤耶！「樂莫樂於新相知」，凡今之人，喜新而棄舊者多矣。讀「我行其野」之篇，諷〔七〕「習習谷風」之什，令人嘆想雲長〔八〕之不置也。

玄德既在袁紹處，則袁之將即劉之將也。關公而殺袁之將，是即殺劉之將也。使紹因顔良之死而殺玄德，與關公殺之何異？然此不得爲關公咎也。紹之約〔九〕備，雖有「倘不如意，可〔一〇〕來相投」之語，而第一次致書，發兵而不戰；第二次致書，并兵亦不發。關公此時，安知備之必投紹、紹之必納備乎？曹操軍中細作料已探知，而奸如曹操，又何難蒙蔽關公之耳目，而不使之知乎？關公曰：「我當立功報曹而後去。」則其殺袁將者，正謂歸劉地耳。曹操知之，欲借此以絶其歸劉之路；關公不知，欲借此以遂其歸劉之心：故曰不得爲關公咎也。

曹操厚待雲長，袁紹亦厚待玄德。然曹操則始終不渝，袁紹則忽而加禮，忽而欲殺，主

〔五〕「上下内外」，商本倒作「内外上下」。

〔六〕「是」，商本脱。

〔七〕「諷」，商本作「誦」。

〔八〕「雲長」，業本脱「長」，商本作「公」。

〔九〕「約」，貫本、商本作「納」。

〔一〇〕「可」，原作「當」，毛校本同。按：前文第二十四回兩處原句作「可來相投」，皆袁紹語；如作「當」則爲劉備語。前文有袁紹邀約，並無劉備許諾。據前文及本句文義改。

張不定。袁、曹優劣，又見於此。

却説程昱獻計曰：「雲長有萬人之敵，非智謀不能取之。今可即差劉備手下〔一一〕投降之兵，入下邳見關公，只説是逃回的，伏於城中爲內應。却引關公出戰，詐敗佯輸，誘入他處，以精兵截其歸路，然後説之可也。」【毛】【漁】此計（亦）甚善。【鍾】程昱計（妙）。操聽其謀，即令徐州降兵數十，徑投下邳來降關公。【贊】【鍾】君子自不防小人。關公以爲舊兵，留而不疑。【毛】程昱所以欲用降卒也。次日，夏侯惇爲先鋒，領兵五千來搦戰。關公不出，惇即使人於城下辱罵。【毛】非罵不足以激公。【漁】此是激戰之法。關公大怒，引三千人馬出城，與夏侯惇交戰。約戰十餘合，惇撥回馬〔一二〕走，關公趕來，惇且戰且走。關公約趕二十里，恐下邳有失，提兵便回。【毛】公亦見及此，但恨稍遲耳。只聽得一聲砲響，左有徐晃，右有許褚，兩隊軍截住去路。關公奪路而走，兩邊伏兵排下硬弩百張，箭如飛蝗。關公不得過，勒兵再回，徐晃、許褚接住交戰。關公奮力殺退二人，引軍欲回下邳，夏侯惇又截住厮殺。公戰至日晚，無路可歸，只得到一座土山，引兵屯於山頭，權且少歇。曹兵團團將土山圍住。【毛】此時甘、糜二嫂失陷城中矣。〇前張飛失陷二嫂於徐州，今關公亦失陷二嫂於下邳。一是夜間，一是日裏；一是醉後，一是醒時。關公於山上遥望下邳城中火光沖天。却是那詐降兵卒偷開城門，曹操自提大軍殺入城中，只教舉火以惑關公之心。【毛】不從曹操一邊特敘起，却從關公一邊帶敘出，好〔一三〕。【漁】好計。關公見下邳火起，心下〔一四〕驚惶，【毛】不特爲失下邳着急，更爲陷二嫂着急。【漁】恐陷二位嫂嫂，故此着急，意不在下邳。連夜幾番衝下山來，皆被亂箭射回。捱到天曉，再〔一五〕欲整頓下山衝突，忽見一

〔一一〕「手下」，齋本、光本脱，明四本無。
〔一二〕「回馬」，光本倒作「馬回」。
〔一三〕「好」，商本作「妙」。
〔一四〕「下」，商本作「中」。
〔一五〕「再」，商本作「正」。

人跑馬上山來，視之乃張遼也。關公迎〔一六〕謂曰：「文遠欲來相敵耶？」【毛】以己度人，各爲其主。是關公語。遼曰：「非也。想故人舊日之情，特來相見。」遂棄刀下馬，與關公叙禮畢，坐於山頂。公曰：「文遠莫非説關某乎？」【毛】不是敵，便是説。關公此時語氣，落落難合。遼曰：「不然。昔日蒙兄救弟，今日弟安得不救兄？」【毛】【漁】又將（白門樓）（往）事一提。公曰：「然則文遠將欲助我乎？」【毛】既非敵，又非説，則是助矣。以己度人，朋友情重。又確是關公語。遼曰：「亦非也。」公曰：「既不助我，來此何幹？」【毛】語氣又落落難合。遼曰：「玄德不知存亡，翼德未知生死。昨夜曹公已破下邳，軍民盡無傷害，差人護衛玄德家眷，不許驚擾。【毛】先言二嫂無恙，以安其心。【漁】先安其心，亦是説法。如此相待，弟特來報兄。」【毛】二句又含吐〔一七〕得妙。關公怒曰：「此言特説我也！【毛】不是敵，不是助，竟是説矣。吾今雖處絶地，視死如歸。【贊】聖人，聖人。汝當速去，吾即下山迎戰。」【毛】【漁】凜凜數語，（至今讀之，鬚眉如戟〔一八〕）（真令人稱絶）。【鍾】雲長公忠義凜凜。張遼大笑曰：「兄此言豈不爲天下笑乎？」公曰：「吾仗忠義而死，安得爲天下笑？」遼曰：「兄今即死，其罪有三。」【毛】凡説英雄人，譬之不動，責之則動；甘言卑詞，不若嚴氣正色。此極得説關公法。【漁】凡説英雄，不以正色嚴氣責之，不足以動其心。此真良策也。公曰：「汝且説我那三罪？」遼曰：「當初劉使君與兄結義之時，誓同生死，今使君方敗，而兄即戰死〔一九〕，倘使君復出，欲求兄相助，而不可復〔二〇〕得，豈不負當年之盟誓乎？其罪一也。【毛】是。玄德若死，關公不得獨生；玄德若生，關公安得獨死。【贊】【鍾】文遠（亦善言語，）即以忠義説之（，自

〔一六〕「迎」，商本作「遥」。

〔一七〕「吐」，澹本訛作「此」，商本作「蓄」。

〔一八〕「鬚眉」，業本作「髮肩」，形訛。「如戟」，齋本、光本作「欲動」。

〔一九〕「即戰死」，原作「即死戰」，毛校本同，嘉本作「今欲死於此地」，周本、夏本、贊本作「今欲戰死」。按：「戰死」義長，據周本、夏本、贊本乙。

〔二〇〕「復」，齋本、光本脱，明四本無。

爲忠義動矣，此說法也）。劉使君以家眷付托於兄，兄今戰死〔二一〕，二夫人無所依賴，負却使君倚〔二二〕托之重。其罪二也。【毛】是。公死而使二夫人亦死，是公有憾於死；儻公死而二夫人或未必能死，則公益有憾於死。【贊】【鍾】只說劉使君，不說曹丞相，妙極（，妙極）。兄武藝超羣，兼通經史，不思共使君匡扶漢室，徒欲赴湯蹈火，以成匹夫之勇，安得爲義？其罪三也。【毛】關公心存漢室，遼即以漢室二字動之。〇關公以死爲義，乃張遼偏說不是義，妙。【漁】先言公死而玄德不能獨存，次言公死而二夫人無所依賴，三言匡扶社稷之重，豈屑爲匹夫之勇。而關公所重在義，句句皆以不義罪之。兄有此三罪，弟不得不告。」

公沉吟曰：「汝說我有三罪，欲我如何〔二三〕？」遼曰：「今四面皆曹公之兵，兄若不降，則必死，徒死無益，不若且降曹公，却打聽劉使君音信，如知〔二四〕何處，即往投之。【毛】【漁】此三〔二五〕句方（剌）入關公（之）耳（中）。一者可以保二夫人，二者不背桃園之約，三者可留有用之身。有此三便，兄宜詳之。」【毛】三便又以三罪中第二爲第一，以三罪中第一爲第二，錯綜得妙。古人本無印板說話，今人奈何有印板文字也？【鍾】三罪三便，言極詳明。公曰：「兄言三便，吾有三約。若丞相能從，我即當卸甲；如其不允，吾寧受三罪而死。」【毛】遼因三罪說出三便，公又因三便說出三約。【贊】聖人，聖人。【漁】有三罪，方引出三便；因三便，又引出三事。遼曰：「丞相寬洪大量，何所不容？願聞三〔二六〕事。」公曰：「一者，吾與皇叔設誓，共扶漢室，吾今只降漢帝，不降曹操；【毛】辨君臣之分。【鍾】本不叛漢，何云（降）漢，千（古）義士。二者，二嫂處請給皇叔俸祿養贍，一應上下人等，皆不許到門；

〔二一〕「戰死」，齋本、光本倒作「死戰」。

〔二二〕「依」，齋本、光本作「倚」。「倚」，致本同，其他毛校本作「依」。

〔二三〕「如何」，貫本、商本、嘉本作「何如」。

〔二四〕「知」，原作「在」，毛校本同。按：「知」字佳，據明四本改。

〔二五〕毛、漁批「三」，致本同，其他毛校本作「二」。按：批語評「却打聽劉使君音信，如在何處，即往投之」爲三句。

〔二六〕「何」，商本作「無」。「三」，光本訛作「一」。

【毛】嚴男女之别〔二七〕。三者，但知劉皇叔去向，不管千里萬里，便當辭去。【毛】明兄弟之義。三者缺一，斷不肯降。望文遠急急回報。」【漁】言降漢者，正君臣之分也；言皆不許到門者，嚴内外之義也；不辭而去者，明兄弟之義也。張遼應諾，遂上馬回見曹操，先説降漢不降曹之事。操笑曰：「吾爲漢相，漢即吾也。【毛】曹操欺天下，而天下受其欺，正爲此語。此可從之。」【毛】第一件似難却易。遼又言：「二夫人欲請皇叔俸給〔二八〕，并上下人等不許到門。」操曰：「吾於皇叔俸内，更加倍與之。至於嚴禁内外，乃是家法，又何疑焉！」【毛】第二件直〔二九〕是不難。遼又曰：「但知玄德信息，雖遠必往。」操摇首曰：「然則吾養雲長何用？此事却難從。」【毛】操之所難，正在第三件。【漁】三件事，獨此件難。遼曰：「豈不聞豫讓『衆人國士』之論乎？【二】

考證補註 春秋趙襄子殺知伯，知伯之臣豫讓欲爲之報仇，乃詐爲刑人，藏短刀，入襄子宫中塗廁，欲行刺之。襄子如廁，心動，索之得讓，問曰：「子嘗事范、中行氏，破知伯滅之，子不爲報仇，反爲知伯之臣。知伯死，（獨）（子）何爲報仇之深也？」讓曰：「范、中行氏衆人（遇）（畜）我，我故衆人報之。知伯國士待我，我故國士報之。」襄子曰：「（義士也，）舍之謹避而已。」

劉玄德待雲長不過恩厚耳。丞相更施厚恩以結其心，何憂雲長之不服也？」【毛】爲後文贈袍、贈金、贈馬諸事張本。【贊】文遠亦爲雲長極矣。【鍾】文遠善于周旋。【漁】爲後文贈金、贈袍伏線。操曰：「文遠之言甚當，吾願從此三事。」

張遼再往山上回報關公。關公曰：「雖然如此，暫請丞相退軍，容我入城見二嫂，告知其事，然後投降。」【毛】幾於三事之後，又請一事。張遼再回，以此言報曹操，操即傳令退軍三〔三〇〕十里。【毛】奸雄可愛。【漁】奸雄威凜如此。荀彧曰：「不可，恐有詐。」操曰：「雲長義士，必不失信。」【毛】曹操生平以詐待人，

〔二七〕「别」，原作「義」，毛校本同。按：回前批作「嚴男女之别」，義長。「義」字與後句批語「明兄弟之義」重。據回前批改。

〔二八〕「給」，光本移至前文「皇叔」前。

〔二九〕「直」，齋本、光本作「真」，澹本作「事」。

〔三〇〕「三」，齋本、光本作「至」。

獨於關公則信之。贄鍾老瞞知人。遂引軍退。關公引兵入下邳，見人民安妥不動，毛應前張遼所云「軍民盡無傷害」。竟到府中來見二嫂。甘、糜二夫人聽得關公到來，急出迎之。公拜於堦下曰：「使二嫂受驚，某之罪也。」二夫人曰：「皇叔今在何處？」公曰：「不知去向。」二夫人曰：「二叔今將若何？」公曰：「關某出城死戰，被困土山，張遼勸我投降，我以三事相約。曹操已皆允從，故特退兵，放我入城。我不曾得嫂嫂主意，未敢擅便。」毛事嫂如事兄，稟命于嫂，如稟命于兄也。漁不曾稟命，未敢擅從，可欽可敬。二夫人問：「那三事？」關公將上項三事備述一遍。甘夫人曰：「昨日曹軍入城，我等皆以爲必死，誰想毫髮不動，一軍不敢入門。毛應前張遼所云「不許驚擾」。叔叔既已領諾，何必問我二人？只恐日後曹操不容〔三一〕叔叔去尋皇叔。」毛曹操難在第三事，二夫人亦疑操之難於第三事。漁二夫人亦能料事。公曰：「嫂嫂放心，關某自有主張。」毛爲後文五關斬將伏筆。二夫人曰：「叔叔自家裁處，凡事不必問俺〔三二〕女流。」毛女流偏要插口，只〔三三〕此二語，可爲女流之箴。

關公辭退，遂引數十騎來見曹操。操自出轅門相接。關公下馬入拜，操慌忙答禮。關公曰：「敗兵之將，深荷不殺之恩。」操曰：「素慕雲長忠義，今日幸得相見，足慰平生之望。」毛與袁紹接玄德語相似。然紹繁禮虛文，操深心厚貌，各自不同。贄老奸大是湊趣。鍾老奸識趣。漁奸雄語氣各自不同。關公曰：「文遠代稟三事，蒙丞相應允，諒不食言。」毛再面決一句，妙。贄對面説過，停當，停當。操曰：「吾言既出，安敢失信。」關公曰：「關某若知皇叔所在，雖蹈〔三四〕水火，必往從之。毛漁獨將第三事（再申明）（重提）一遍。此時恐不及拜辭，伏乞見原。」毛

〔三一〕「日後曹操不容」，齋本、光本倒作「曹操日後」，光本「容」上有「肯」字；明四本作「久後曹丞相不容」，其中周本「丞」訛作「承」。

〔三二〕「俺」字原闕，據毛校本補。

〔三三〕「插」，齋本、光本作「歃」，形訛；澹本作「留」。「只」，齋本作「致」，光本脱。

〔三四〕「蹈」，明四本作「赴諸」。

漁（又）爲後文不辭而去伏筆。鍾預先説過，真聖智也。操曰：「玄德若在，必從公去，但恐亂軍中亡矣。公且寬心，尚容緝聽。」毛緩語，亦妙。關公拜謝，操設宴相待。次日班師還許昌。關公收拾車仗，請二嫂上車，親自護車而行。於路安歇館驛，操欲亂其君臣之禮，使關公與二嫂共處一室。關公乃秉燭立於户外，自夜達旦，毫無倦色。毛操以三事中第二事試之，而公男女之辨凜然不亂。操見公如此，愈加敬服。既到許昌，操撥一府與關公居住。關公分一宅爲兩院，内門撥老軍十人把守，關公自居外宅。二考證補註《三國志》關羽本傳：羽戰敗下邳，與昭烈之后俱爲曹操所虜。操欲亂其君臣之義，使后與羽共居一室。羽避嫌疑，執燭待后，以至天明。正是一宅分爲兩院之時也。故《通鑑總論〔三五〕》有曰：「明燭以達旦，乃雲長之大節（耳）（也）。」漁公之大體，凜然不亂。操引關公朝見獻帝，帝命爲偏將軍，公謝恩歸宅。操次日設大宴，會衆謀臣武士，以客禮待關公，延之上坐，毛禮貌不足以結之。贄鍾雲長忠義，（當時便）已奪老奸之魄（矣，况今日乎？）又備綾錦及金銀器皿相送。關公都送與二嫂收貯。毛金帛不足以動之。○爲後封金伏筆。關公自到許昌，操待之甚厚，小宴三日，大宴五日，又送美女十人，使侍關公。關公盡送入内門，令伏侍二嫂。毛好色不足以眩之。贄鍾事事停當，老奸何敢不敬重（也）。漁禮貌不足以結其心，金帛不足以移其志，美色不足以眩其念。却又三日一次於内門外躬身施禮，動問「二嫂安否」。二夫人回問皇叔之事畢，曰「叔叔自便」，關公方敢退回。毛今天下有如此悌弟否？漁自古及今，有如此之盟弟乎？操聞之，又嘆服關公不已。

一日，操見關公所穿緑錦戰袍已舊，即度其身品，取異錦作戰袍一領相贈。關公受之，穿於衣底，上仍用舊袍罩之。毛「衣錦尚絅」非「惡其文之著」，惡其舊之没也。贄好粧點。操笑曰：「雲長何如此之儉

〔三五〕周、夏批「總論」，原作「斷論」。按：後「明燭以達旦」句引自元代潘榮《通鑑總論》。據改。

乎？」公曰：「某非儉也。舊袍乃劉皇叔所賜，某穿之如見兄面〔三六〕，不敢以丞相之新賜而忘兄長之舊賜，故穿於上。」【毛】至性至情，讀至此令人淚下。【贊】聖人，聖人，老奸懼矣。【鍾】舊袍戀恩，情深義重。【漁】今人則棄舊而貪新矣。操嘆曰：「真義士也！」然口雖稱羡，心實不悦。

一日，關公在府，忽報：「内院二夫人哭倒於地，不知爲何，請將軍速入。」關公乃整衣跪於内門外，問：「二嫂爲何悲泣？」甘夫人曰：「我夜夢皇叔身陷於土坑之内，覺來與糜夫人論之，想在九泉之下矣！是以相哭。」【毛】董承有夢，甘夫人亦有夢；董之夢似吉反凶，甘之夢似凶反吉。夢長夢短，各自成趣。【漁】夢凶得吉。關公曰：「夢寐之事，不可憑信。此是嫂嫂想念之故，請勿憂愁。」

正説間，適曹操命使來請關公赴宴。公辭二嫂，往見操。操見公有淚容，【毛】前不敘關公下淚，此於曹操眼中補出。○關公之淚亦自難落。【漁】公之泪容，於曹操口中寫出。問其故。公曰：「二嫂思兄痛哭，不由某心不悲。」操笑而寬解之，頻以酒相勸。公醉，自綽其髯而言曰：「生不能報國家，而背其兄，徒爲人也！」【毛】酒後心熱，乘醉綽髯，寫關公如畫。【贊】聖人，聖人。【鍾】公言至此，老奸懼矣。操問曰：「雲長髯有數乎？」【毛】【漁】不慰其言中之意，而但問其手中之髯，（極力把閒話漾〔三七〕開去，最得爲人）（此爲公）解悶之法（也）。公曰：「約數百根。每秋月約退三五根。冬月多以皂紗囊裹之，恐其斷也。」【毛】陸士龍自愛其鬚〔三八〕，惟公亦然。操以紗錦作囊，與關公護髯。【毛】媚其人，并媚其髯，媚人當如是矣。【贊】好粧點。次日，早朝見帝。帝見關公一紗錦囊垂於胸次，帝問之。【鍾】如何垂囊見帝？關公奏曰：「臣髯頗長，丞相賜囊貯之。」帝令當殿披拂，過於其腹。帝曰：「真美髯公也！」【毛】此鬚既貯相囊，又經御賞，〈【毛】【漁】〉鬚之遭際，

〔三六〕「面」，嘉本作「顔」。

〔三七〕「話漾」，齋本、光本、商本作「話説」，澹本作「語漾」。

〔三八〕「鬚」，齋本、光本、商本作「髯」。

可謂（獨）奇（矣）。贊須有此遇乎，妬之，妬之。因此人皆呼爲「美髯公」。毛閒筆〔三九〕，趣甚。

忽一日，操請關公宴。臨散，送公出府，見公馬瘦，操曰：「公馬因何而瘦？」關公曰：「賤軀頗重，馬不能載〔四〇〕，因此常瘦。」操令左右備一馬來。須臾牽至，那馬身〔四一〕如火炭，狀甚雄偉。贊好粧點。操指曰：「公識此馬否？」公曰：「莫非吕布所騎赤兔馬乎？」毛自白門樓後此馬不知下落，今忽然出現。操曰：「然也。」遂并鞍轡送與關公，毛漁（人擇主，馬亦擇主。）幸哉（赤兔）（此馬），今（乃）得其主矣。○赤面人騎〔四二〕赤兔馬，正如秋水長天。關公再拜稱謝。操不悦曰：「吾累送美女金帛，公未嘗下拜，毛公前〔四三〕日之不輕下拜，今在曹操口中補出。今吾贈馬，乃喜而再拜，何賤人而貴畜〔四四〕耶？」關公曰：「吾知此馬日行千里，今幸得之，若知兄長下落，可一日而見面矣。」毛非爲馬而拜，爲兄而拜也。贊何處忘玄德乎？孟德雖奸，不能妬之也。鍾此是真實之言。操愕然而悔。關公辭去。後人有詩歎曰〔四五〕：

威傾三國著英豪，一〔四六〕宅分居義氣高。
奸相枉將虛禮待，豈知關羽不降曹。

操問張遼曰：「吾待雲長不薄，而彼常懷去心，何也？」遼曰：「容某探其情。」次日，往見關公。禮畢，遼曰：「我薦兄在丞相處，不曾落後？」公曰：「深感丞相厚意。只是吾身雖在此，心念皇叔，未嘗去懷。」毛漁心口如一，（略）（全）無隱諱。鍾□心話。遼曰：「兄言差矣。處世不分輕重，非丈夫也。玄德待兄，未必過於丞相，兄何故只懷去

〔三九〕「筆」，光本作「中」。
〔四〇〕「載」，光本作「戰」，形訛；明四本作「乘」。
〔四一〕「身」，齋本、光本脱。
〔四二〕漁批「騎」，衡校本作「乘」。
〔四三〕「前」，致本同，其他毛校本作「平」。
〔四四〕「畜」，齋本、光本作「馬」。
〔四五〕毛本歎詩從贊本，爲静軒詩；鍾本、漁本同贊本，夏本、贊本同周本；嘉本無。
〔四六〕「一」，齋本、光本作「二」。

志？」公曰：「吾固知曹公待吾甚厚。奈吾受劉皇叔厚恩，誓以共死，不可背之，吾終不留此。要必立效以報曹公，然後去耳。」毛出言如金石。贄聖人，聖人。鍾報曹歸劉，聖人作用。漁此語非關公不能言出。遼曰：「倘玄德已棄世，公何所歸乎？」公曰：「願從於地下。」毛不負桃園同死之盟。遼知公終不可留，乃告退，回見曹操，具以實告。贄文遠亦通。操歎曰：「事主不忘其本，乃天下之義士也！」毛漁關公之義（如此），（能使）奸雄（豈不）心折。贄鍾老奸知人愛〔四七〕士（，亦不可及也）。荀彧曰：「彼言立功方去，若不教彼立功，未必便去。」操然之。毛按住雲長一邊，以下再叙玄德一邊。

却説玄德在袁紹處，旦夕煩惱。紹曰：「玄德何故常憂？」玄德曰：「二弟不知音耗，妻小陷於曹賊〔四八〕，毛漁玄德（處處先説）（出語重在）兄弟，（而）後及妻小。上不能報國，下不能保家，安得不憂？」紹曰：「吾欲進兵赴許都久矣。方今春煖，正好興兵。」便商議破曹之策。田豐諫曰：「前操攻徐州，許都空虚，不及此時進兵。今徐州已破，操兵方鋭，未可輕敵。不如以久持之，待其有隙而後可動也。」毛田豐第一次不欲戰，第二次欲戰，今第三次又不欲戰，隨時通變，正與沮授不同。贄大是，大是。鍾田豐得兵家要（術）。紹曰：「待我思之。」因問玄德曰：「田豐勸我固守，何如〔四九〕？」玄德曰：「曹操欺君之賊，明公若不討之，恐失大義於天下。」毛玄德只以衣帶詔爲重。紹曰：「玄德之言甚善。」遂欲興兵。田豐又諫，紹怒曰：「汝等弄文輕武，使我失大義！」田豐頓首曰：「若不聽臣良言，出師不利。」紹大怒，欲斬之。玄德力勸，乃囚於獄中。毛不聽其言，又辱其身。待士如此，安能勝操乎？漁待士如此，焉能取勝乎？沮授見田豐下獄，乃會其宗族，盡散家〔五〇〕財，與之訣曰：「吾隨軍而去，勝則威無

〔四七〕「愛」，緑本作「憂」，形訛。
〔四八〕「賊」，光本作「操」。
〔四九〕「何如」，齋本、光本脱。
〔五〇〕「家」上，齋本、光本有「其」字。

不加，敗則一身不保矣！」衆皆下淚送之。毛與蹇叔哭師相似。

紹遣大將顔良作先鋒，進攻白馬。嘉白馬者，今屬滑州〔五一〕。五白馬，漢（之）縣名，屬東郡，（本春秋衛之曹邑，三國魏廢之，故址）今在大名府城南（二百三十里，滑縣治南是也）。沮授諫曰：「顔良性狹，雖驍勇，不可獨任。」紹曰：「吾之上將，非汝等可料。」大軍進發至黎陽，東郡太守劉延告急許昌。曹操急議興兵抵敵。關公聞知，遂入相府見操曰：「聞丞相起兵，某願爲前部。」毛只爲欲去，故急欲立功。鍾關公欲立功報□。漁急欲立功者，欲去之心急矣。操曰：「未敢煩將軍。早晚有事，當來相請。」關公乃退。操引兵十五萬，分三隊而行。於路又連接劉延告急文書，操先提五萬軍親臨白馬，靠土山劄住。毛又是一座土山。遥望山前平川曠野之地，顔良前部精兵十萬，排成陣勢。操駭然，回顧呂布舊將宋憲曰：「吾聞汝乃呂布部下猛將，今可與顔良一戰。」宋憲領諾，綽鎗上馬，直出陣前。顔良横刀立馬於門旗下，見宋憲馬至，良大喝一聲，縱馬來迎。戰不三合，手起〔五二〕刀落，斬宋憲於陣前。曹操大驚曰：「真勇〔五三〕將也！」魏續曰：「殺我同伴，願去報讎！」操許之。續上馬持矛，徑出〔五四〕陣前，大罵顔良。良更不打話，交馬一合，照頭一刀，劈魏續於馬下。毛漁呂布之馬（已）爲關公所騎，呂布之將又爲顔良所殺。操曰：「今誰敢當之？」徐晃應聲而出，與顔良戰二十合，敗歸本陣。毛漁寫得顔良聲勢，越襯得雲長（聲勢，正與寫華雄〔五五〕一樣筆法）（英雄）。諸將慄然。曹操收軍〔五六〕，良亦引軍退去。

〔五一〕「滑州」，原作「華州」。按：《方輿紀要·北直七》：滑縣「漢置白馬縣，屬東郡……金復曰滑州。元因之，明洪武初以州治白馬縣省入」。據改。
〔五二〕「三」，商本作「一」。「起」，光本訛作「提」。
〔五三〕「勇」，光本作「猛」。
〔五四〕「出」，光本作「至」。
〔五五〕「雄」，商本作「容」。
〔五六〕「慄」，齋本、光本作「悚」，澹本作「慓」，皆形訛。「收軍」，齋本作「敗軍」，形訛；光本作「軍敗」。

操見連折二將，心中憂悶。程昱曰：「某舉一人，可敵顏良。」操問是誰。昱曰：「非關公不可。」操曰：「吾恐他立了功便去。」昱曰：「劉備若在，必投袁紹。今若使雲長破袁紹之兵，紹必疑劉備而殺之矣〔五七〕。備既死，雲長又安往乎？」【毛】是直欲借雲長之手以殺玄德也，昱之計亦譎矣哉！【贊】惡便惡，是却是。【鍾】説得是。操大喜，遂差人去請關公。關公即入辭二嫂。二嫂曰：「叔今〔五八〕此去，可打聽皇叔消息。」【毛】早爲後回伏線〔五九〕。

關公領諾而出，提青龍刀，上赤兔馬，【毛】【漁】此（關公）（是）第一次試馬。〈毛〉○青龍、赤兔，正復成對。引從者數人，直至白馬來見曹操。操叙説：「顏良連誅二將，勇不可當，特請雲長商議。」【漁】誇獎顏良，正所以激動関公。妙甚。關公曰：「容某觀之。」操置酒相待。忽報顏良搦戰。操引關公上土山觀看。操與關公坐，諸將環立。【毛】所謂以客禮相待。曹操指山下顏良排的陣勢，旗幟【二】音雉。鮮明，鎗刀森布，嚴整有〔六〇〕威，乃謂關公曰：「河北人馬如此雄壯！」關公曰：「以吾觀之，如土雞瓦犬耳！」【三】（言）不能鳴吠，皆無用之物（者）也。【毛】語殊趣。○鷄犬矣，又以土瓦爲之，輕之殊甚。【贊】賣弄，亦所以彈壓老奸也。【漁】語言有趣。操又指曰：「麾【周】音虛。【夏】音揮。蓋之下，綉袍金甲，持刀立馬者，乃顏良也。」關公舉目一望，謂操曰：「吾觀顏良，如插標賣首耳！」【毛】山前顏鋪，出賣首級，不誤主顧。○關公出語，亦甚風流。然則世之建虛名者，大半皆賣首之標矣。【三】如插草標賣（其頭也）（頭一般）。【贊】關先生言語〔六一〕亦甚風流。操曰：「未可輕視。」【毛】誇獎顏良，正激怒關公。不用請他，却用激他，妙甚〔六二〕。【漁】至此又一激。關公起身曰：「某雖不才，願去萬軍中取其首

〔五七〕「矣」，光本作「也」，明四本無。
〔五八〕「今」，光本作「叔」。
〔五九〕「線」，光本作「筆」。
〔六〇〕「有」，商本作「而」。
〔六一〕「語」，緑本作「話」。
〔六二〕「妙甚」，滄本、商本倒作「甚妙」。

級，來獻丞相。」鍾雲長賣弄英雄，因是彈壓老奸，然亦英雄本色。張遼曰：「軍中無戲言，雲長不可忽也。」毛漁（亦）（又）激他一句。關公奮然上馬，倒提青龍刀，跑下土〔六三〕山來，鳳目圓睜，蠶眉直竪，直衝彼陣。河北軍如波開浪裂，關公徑奔顏良。顏良正在麾蓋下，見關公衝來，方欲問時，關公赤兔馬快，早已跑到面前。顏良措手不及，被雲長手起一刀，刺於馬下。毛漁殺得出其不意，（所以）（此）謂之刺（也）。忽地下馬，割了顏良首級，拴於馬項之下，毛揷標賣首，今已被青龍刀買去矣。飛身上馬，提刀出陣，如入無人之境。贊天人也，神人也。毛描寫神威，真如生龍活虎。河北兵將大驚，不戰自亂，曹軍〔六四〕乘勢攻擊，死者不可勝數，馬匹器械，搶奪極多。關公縱馬上山，衆將盡皆稱賀。公獻首級於操前。

三補註原來顏良辭袁紹時，劉玄德曾暗囑曰：「吾有一弟，乃關雲長也，身長九尺五寸，（鬚）（髯）長一尺八寸，面如重棗，丹鳳眼，臥蠶眉，（喜）（愛）穿綠錦戰袍，騎黃驃馬，使青龍大刀，必在曹操處。如見他，可教急來。」因此顏良見關公來，只道〔六五〕是他來投奔，故不准備迎敵，被關公斬於馬下。漁首級已買來矣。操曰：「將軍真神人也！」關公曰：「某何足道哉！吾弟張翼德，於百萬軍中取上將之頭〔六六〕，如探囊取物耳。」毛既念其兄，又誇其弟，公固處處不忘兄弟也。○「探囊取物」與「揷標賣首」，正映射成趣。○叙〔六七〕關公一邊太熱，覺翼德一邊太冷，却從關公口中突然一提。鍾又說翼德英勇，老奸益（懼）矣。漁翼德之勇於此一提。操大驚，回顧左右曰：「今後如遇張翼德，不可輕敵。」令寫於衣袍襟底以記之。毛爲長坂橋伏筆。贊好粧點。

却說顏良敗軍奔回，半路迎見袁紹，報說被赤面長鬚〔六八〕使大刀一勇將，毛不知其名，但言其狀，

〔六三〕「土」，齋本、光本脱。
〔六四〕「軍」，商本作「兵」。
〔六五〕嘉批「道」，原作「到」，據周、夏批改。
〔六六〕「之頭」，商本作「首級」。
〔六七〕「成」，齋本作「正」，光本作「極」。「叙」，商本訛作「然」。
〔六八〕「鬚」，光本作「髯」，明四本無。

在河北軍士眼中口中，畫出一關公。漁不知姓名，但言其狀。虛寫出関公，有趣。匹馬入陣，斬顔良而去，因此大敗。紹驚問曰：「此人是誰？」沮授曰：「此必是劉玄德之弟關雲長也。」紹大怒，指玄德曰：「汝弟斬吾愛將，汝必通謀，留爾〔六九〕何用！」喚刀斧手推出玄德斬之。毛漁（若）使袁紹（此時）果殺玄德，雲長（知之，必立）誓（必）報讐，（務）（必）〔七〇〕殺袁紹而後死。是既借雲長之手以殺玄德，又借雲長之手以殺袁紹也。程昱之計，真（是）可畏（也）。

正是：

初見方爲座上客，此日幾同堦下囚。

未知玄德性命如何，且聽下文分解。

雲長處事詳慎周密，不以倉皇而苟且也，所以老瞞雖奸如神鬼，無所用之。正氣自能勝邪氣也，吾輩永以爲師程可也。

今見關廟對聯極多，雅俗不等，反不如用「馬奔赤兔翻紅霧，刀偃青龍起白雲」一聯爲妥也。余舊有題關廟桃花一聯，云：「屋角桃花留漢色，簾前燭影照忠魂」，不知有當忠義否也。

雲長推遜翼德，一以奪老瞞之魄，一以壯玄德之威，一以破諸人之膽，一以固自己之籓。真聖智也，何可及哉。

雲長義氣深重，孟德素敬服之。然百般承奉，不能得他一降，可見忠義既立，奸邪無所用也。其刺顔良，已破諸人之膽；復遜翼德，益奪老瞞之魄。

〔六九〕「爾」，齋本、光本作「你」。

〔七〇〕漁批「報讐必」，衡校本無。

第二十六回　袁本初敗兵折將　關雲長挂印封金

今人見關公爲漢壽亭侯，遂以「漢」爲國號，而直稱之曰「壽亭侯」，即博雅家亦時有此。此起於俗本演義之誤也。俗本云：「曹瞞鑄『壽亭侯』印貽公而不受，加以『漢』字而後受。」是齊東野人之語，讀者不察，遂爲所誤。夫漢壽，地名也。亭侯，爵名也。漢有亭侯、鄉侯、通侯之名，如孔愉爲餘不亭侯，鍾繇爲東武亭侯，玄德爲宜城亭侯之類。《蜀志》：「大將軍費禕（眉禕，音依。）會諸將于漢壽。」則漢壽亭侯猶言漢壽之亭侯耳，豈可去「漢」字而以「壽亭侯」爲名耶？雞籠山關廟内題主曰：「漢前將軍漢壽亭侯之神。」本自了然。余則謂當於外額亦加一「漢」字，曰「漢漢壽亭侯之祠」，則人人洞曉矣。俗本之[一]誤，今依古本校正。

曹操棄糧與馬以餌敵，損金與印以餌士。同一餌也，欲殺之則餌之，欲用之則亦餌之。然文醜爲操所[二]餌，關公必不爲操所餌，操亦無可如何耳。

顔良之死，出其不意；文醜之死，則非出其不意也。使醜亦如龔都之以玄德消息告雲長，則必不至於死。故公之刺顔良，或爲顔良惜；公之誅文醜，更不得爲文醜惜。

關公之斬袁將者再，袁紹之欲殺玄德者亦再，玄德此時，其不死也間不容髮，而關公陷於不知。直待見孫乾、遇龔都，而始知我之所以報曹操者，幾至於殺玄德，則安得不流涕北

[一]「之」，商本作「多」。

[二]「所」，商本脫。

顧、奮然而决去哉！即使曹操追公而殺之，公所不顧也。即袁紹讐公而殺之，亦公所不顧也。前之愛一死，所以全其嫂；今之輕一死，所以報其兄。觀其「見兄一面，萬死不辭〔三〕」之語，真一字一血淚矣。

曹操一生奸僞，如鬼如蜮，忽然遇著堂堂正正、凛凛烈烈、皎若青天、明若白日之一人，亦自有「珠玉在前，覺吾形穢」之愧，遂不覺愛之敬之，不忍殺之。此非曹操之仁有以容納關公，乃關公之義有以折服曹操耳。雖然，吾奇關公，亦奇曹操。以豪傑折服豪傑不奇，以豪傑折服奸雄則奇；以豪傑敬愛豪傑不奇，以奸雄敬愛豪傑則奇。夫豪傑而至折服奸雄，則是豪傑中有數之豪傑；奸雄而能敬愛豪傑，則是奸雄中有數之奸雄也。

人情未有不愛財與色者也；不愛財與色，未有不重爵與禄者也；不重爵與禄，未有不重人之推心置腹、折節敬禮者也。曹操所以駕馭人才，籠絡英俊者，恃此數者已耳。是以張遼舊事吕布，徐晃舊事楊奉，賈詡舊事張繡，文聘舊事劉表，張郃乃袁紹之舊臣，龎德乃馬超之舊將，無不棄故從新，樂爲之死。獨至關公，而心戀故主，堅如鐵石。金銀美女之賜，不足以移之；偏將軍、漢壽亭侯之封，不足以動之；分庭抗禮、杯酒交歡之異數，不足以奪之：夫而後奸雄之術窮矣。奸雄之術既窮，始駭天壤間不受駕馭、不受籠絡者，乃有如此之一人，即欲不吁嗟景〔四〕仰，安可得乎？

來得明白，去得明白。推斯〔五〕志也，縱無二嫂之羈絆而孑然一身，亦必不紿曹操而遁去也。明知袁紹爲曹操之讐，而致書曹操明明説出，更不隱諱。不知兄在，則斬其將；既知

〔三〕「一」「辭」，商本作「之」「顧」。
〔四〕「景」，光本作「敬」。
〔五〕「斯」，齋本、光本作「此」。

兄在，則歸其處：心事無不可對人言者。有人如此，安得不與日月爭光。

却説袁紹欲斬玄德，玄德從容進曰：「明公只聽一面之詞，而絶向日之情耶？備自徐州失散，二弟雲長未知存否。天下同貌者不少，豈赤面長鬚〔六〕之人，即爲關某也？明公何不察之？」毛此時雲長尚在疑似之間，故〔七〕玄德只説不是雲長以解之。贄鍾（玄德）詞色雍容（，大英雄也）。漁此時人在半信半疑，故玄德説不是関公解之。袁紹是箇没主張的人，聞玄德之言，責沮授曰：「誤聽汝言，險殺好人。」毛第一次欲殺，被玄德躲過。漁玄德躲過一次殺了。遂仍請玄德上帳坐，議報顏良之讐。帳下一人應聲而進曰：「顏良與我如兄弟，今被曹賊所殺，我安得不雪〔八〕其恨？」玄德視其人，身長八尺，面如獬豸，毛眉獬，音蟹；豸，音稚。乃河北名將文醜也。毛文醜之意，只在報顏良之讐，更不去打聽關公消息，故卒爲關公所殺也。漁文醜急欲報讐，故不打聽関公虚寔，卒爲所殺。

袁紹大喜曰：「非汝不能報顏良之讐。吾與十萬軍兵，便渡黄河，追殺操〔九〕賊！」沮授曰：「不可。今宜留屯延津，六（《一統志》云：）延津，在大名府滑縣境（，靈河廢縣東北二十里）。分兵官渡，乃爲上策。若輕舉渡河，設或有變，衆皆不能還矣。」毛沮授分兵守險之説，亦與田豐相合。贄是。鍾若用此言，必無延津之敗。紹怒曰：「皆是汝等遲緩軍心，遷延日月，有妨大事！豈不聞『兵貴神速』乎？」毛漁既知「兵貴神速」，何（以）前番（兩次）不肯速戰（，何也）？贄胡説。沮授出，歎曰：「上盈其志，下務其功。悠悠黄河，吾其濟乎！」毛與田豐以杖擊地之言，亦復相同。鍾□人知□。遂託疾不出議事。玄德曰：「備蒙大恩，無可報効，意欲與文將軍同行。一者報明公之

〔六〕「鬚」，光本作「髯」，明四本無。
〔七〕「故」，光本作「欲」。
〔八〕「雪」，商本作「泄」。
〔九〕「操」，貫本、齋本、光本作「曹」。

德，二者就探雲長的實信。」【毛】【漁】玄德意（只重）（正）在此（句）。【贊】是。【鍾】□本心□。紹喜，喚文醜與玄德同領前部。文醜曰：「劉玄德屢敗之將，於軍不利。既主公要他去時，某分三萬軍，教他爲後部。」【毛】【漁】若使玄德在前，文醜（不）（何）至於死。於是文醜自領七萬軍先行，令玄德引三萬軍隨後。

且說曹操見雲長斬了顏良，倍加欽敬，表奏朝廷，封雲長爲漢壽亭侯，【毛】漢壽，地名；亭侯，爵名。俗本此處多訛，今依古本削去。鑄印送關公〔一〇〕。【毛】爲後挂印張本。【贊】漢壽亭原是地名，此皆附會之言，不足憑信。【鍾】□乎漢□。忽報袁紹又使大將文醜渡黃河，已據延津之上。操乃先使人移徙居民於西河，然後自領兵迎之，傳下將令：以後軍爲前軍，以前軍爲後軍；【毛】文醜與玄德分前、後軍，曹操却以前軍、後軍互相倒轉。糧草先行，軍兵在後。【毛】【漁】譎詐得妙。【贊】奇。【鍾】此亦兵家一變。呂虔曰：「糧草在先，軍兵在後，何意也？」操曰：「糧草在後，多被剽〔一一〕掠，故令在前。」【毛】此是假話。【漁】總一片假。虔曰：「倘遇敵軍劫去，如之奈何？」操曰：「且待敵軍到時，却又〔一二〕理會。」【毛】【漁】（只）（再）不説明。虔心疑未決。操令糧食輜【二】音兹。重沿河塹至延津。操在後軍，聽得前軍發喊，急教人看時，報説：「河北大將文醜兵至，我軍皆棄糧草，四散奔走。後軍又遠，將如之何？」操以鞭指南〔一三〕阜【三】阜，土山也。曰：「此可暫避。」【毛】譎詐得妙。人馬急奔土〔一四〕阜。操令軍士皆解衣卸甲少歇，盡放其馬。【毛】既棄糧，又棄馬，真令人不測。【漁】譎詐得妙，而解衣卸甲更奇。文醜軍掩至。衆將曰：「賊至矣！可急收馬匹，退回白

〔一〇〕「漢壽亭侯」，明四本無「漢」。「送關公」，齋本脱「送」，光本作「貽公」，嘉本作「送與關公」。「公」下，明四本有「印文曰壽亭侯印」。按：贊批「附會之言」指「壽亭侯」「壽亭侯印」。

〔一一〕「剽」，原作「摽」，致本、業本、貫本、齋本、澹本、商本、明四本同。據光本改。

〔一二〕「又」，光本作「有」。

〔一三〕「南」，光本作「兩」，形訛。

〔一四〕「土」，商本作「上」。

馬！」荀攸急止之曰：「此正可以餌敵，【二】餌，音（平）（二）。猶以物（誘）引（誘）之。何故反退？」【毛】荀攸獨知曹操之意。操急以目視荀攸而笑。【贊】老奸到底通得。攸知其意，不復言。【毛】曹操只不要說明。【鍾】兩人相視而笑□趣于□。文醜軍既得糧草車仗，又來搶馬。軍士不依隊伍，自相雜亂。曹操卻令軍將一齊下土阜擊之，文醜軍大亂。曹兵圍裹將來，文醜挺身獨戰，軍士自相踐踏。文醜止遏不住，只得撥回馬〔一五〕走。【毛】曹操能兵。【漁】至此方顯曹操善能用兵。操在土阜〔一六〕上指曰：「文醜爲河北名將，誰可擒之？」張遼、徐晃飛馬齊出，大叫：「文醜休走！」文醜回頭見二將赶上，遂按住鐵鎗，拈弓搭箭，正射張遼。徐晃大叫：「賊將休放箭！」張遼低頭急躲，一箭射中頭盔，將簪纓射去。遼奮力再赶，坐下戰馬又被文醜一箭射中面頰，【二】音結。那馬跪倒前蹄，張遼落地。文醜回馬復來，徐晃急輪大斧，截住厮殺。只見文醜後面軍馬齊到，晃料敵不過，撥馬而回。文醜沿河赶來。【毛】【漁】此亦先寫文醜（之）聲勢，以襯雲長聲勢。忽見十餘騎馬，旗號翩翻，一將當頭提刀飛馬而來，乃關雲長也，【毛】【漁】突如其來，與斬顏良時又自〔一七〕一樣氣色。大喝：「賊將休走！」與文醜交馬，戰不二〔一八〕合，文醜心怯，撥馬遶河而走。關公馬快，赶上文醜，腦後一刀，將文醜斬下馬來。【毛】文醜此時若以玄德消息告關公，則不至於死矣。【鍾】雲長英雄。曹操在土阜上，見関公砍了文醜，大驅人馬掩殺。河北軍大半落水，【毛】【漁】沮授言不可渡河，此處方驗。糧草馬匹仍被曹操奪回。【毛】如「垂棘之璧」「屈產之乘」。

雲長引數騎東衝西突，正殺之間，劉玄德領三萬軍隨後到。【毛】讀者至此，必謂二人相會矣〔一九〕。前

〔一五〕「回馬」，齋本脱「回」，光本作「馬而」，商本倒作「馬回」。

〔一六〕「阜」，光本作「山」。

〔一七〕毛批「自」，商本作「是」。

〔一八〕「與文醜交馬」，齋本、光本脱。「不二」，毛校本作「不三」，明四本作「二」。

〔一九〕「會矣」，齋本、光本脱「矣」，商本作「見矣」。

面哨馬探知，報與玄德云：「今番又是紅面長髯的斬了文醜。」【毛漁】(但)聞其形，(而)未見其人。玄德慌忙驟馬來看，隔河望見一簇人馬，往來如飛，旗上寫着「漢壽亭侯關雲長」七字。【毛漁】(但)見其旗，(而)不見其面[二〇]。玄德暗謝天地曰：「原來吾弟果然在曹操處！」【毛】知其在曹而反喜者，信其必不降曹[二一]也。【鍾】到此纔信。欲待招呼相見，被曹兵大隊擁來，只得收兵回去。【毛】此時宜必相見矣，而竟[二二]不相見。方喜在原之近，又恨陟岡[二三]之遠，〈【毛漁】(何)〉咫尺天涯，爲之一歎。袁紹接應至官渡，下定寨柵。郭圖、審配入見袁紹，說：「今番又是關某殺了文醜，劉備佯推不知。」袁紹大怒，罵曰：「大耳賊！焉敢如此！」少頃，玄德至，紹令推出斬之。【毛漁】讀(者)至此，爲玄德吃嚇(，又代關公吃嚇)。玄德曰：「某有何罪？」紹曰：「你故使汝弟又壞我一員大將，如何無罪？」玄德曰：「容伸一言而死：曹操素忌備，今知備在明公處，恐備助公，故特使雲長誅殺二將，公知必怒。此借公之手而[二四]殺劉備也，願明公思之。」【毛漁】程昱所言，不出玄德之料。【三】斷論此是玄德(極)梟雄處。【贊鍾】玄德(更)長于言語(。大英雄)，(天生)大英雄(也)。袁紹曰：「玄德之言是也。汝等幾使我受害賢之名。」【毛】第二番欲殺，又被玄德躲過。【漁】玄德二番欲殺，又躲過了。喝退左右，請玄德上帳而坐。玄德謝曰：「荷明公寬大之恩，無可補報，欲令一心腹人，持密書去見雲長，使知劉備消息，彼必星夜來到，輔佐明公，共誅曹操，以報顏良、文醜之讐，若何？」【毛】前者雲長尚在疑似之間，則玄德只言不是雲長以解之；今者雲長更無疑惑矣，則又言招來雲長以解之。【鍾】(妙)。袁紹大喜曰：「吾得雲長，勝顏良、文醜十倍也。」【毛漁】(還記)汜

[二〇]「面」，齋本、光本作「人」。
[二一]「曹」，貫本、齋本、光本作「操」。
[二二]「竟」，澹本作「音」，形訛。
[二三]「陟岡」，齋本作「涉岡」，形訛；光本作「陟巘」。
[二四]「公知」，光本倒作「知公」。「而」，商本作「以」。

水關前，盟主高坐而叱之（時，還記得）否？〔二五〕【贊】【鍾】（此時）袁紹亦心折〔二六〕雲長（，欣欲得之）矣。玄德修下書劄，未有人送去。【毛】此時不即寄去，又作一頓，妙。紹令進軍陽武〔二七〕，【三】地名。連營數十里，按兵不動。【毛】袁紹此番又是虎頭蛇尾。

操乃使夏侯惇領兵守住官渡隘口，自己班師回許都，大宴衆官，賀雲長之功。因謂呂虔曰：「昔日吾以糧草在前者，乃餌敵之計也。惟荀公達知吾心耳。」【毛】【漁】此時方纔説明。【二】公達，荀攸表字也。衆皆歎服。正飲宴間，忽報：「汝南有黄巾劉辟、龔都，甚是猖獗。【二】音决。曹洪累戰不利，乞遣兵救之。」雲長聞言，進曰：「關某願施犬馬之勞，破汝南賊寇。」【毛】惟其急欲歸劉，故急欲報曹〔二八〕耳。操曰：「雲長建立大功，未曾重酬，豈可復勞〔二九〕征進？」公曰：「關某久閒，必生疾病，願再一行〔三〇〕。」【毛】英雄語。玄德「髀肉復生」之歎，亦是此意。【贊】【鍾】豪傑之語。【漁】英雄語自不同。曹操壯之，點兵五萬，使于禁、樂進爲副將，次日便行。荀彧密謂操曰：「雲長常有歸劉之心，倘知消息必去，不可頻令出征。」【贊】雲長急欲報曹，正是急歸劉也。操曰：「今次收〔三一〕功，吾不復教臨敵矣。」【鍾】俱有心人。

且説雲長領兵將近汝南，劄住營寨。當夜營外拏了兩箇細作人來，雲長視之，内中認得一人，乃孫乾也。【毛】【漁】來得突兀，出於意外〔三二〕。關公叱退左

〔二五〕毛、漁批「汜水關前，盟主高坐而叱之」，「汜水」原作「虎牢」，毛校本、衡校本同。按：前文第五回：「袁紹曰：『使一弓手出戰，必被華雄所笑。』」鄙薄雲長在汜水關戰華雄時，誤作「虎牢」，據前文改。「叱之」者爲袁術，改則無據，從原文。

〔二六〕「折」，緑本作「熱」。

〔二七〕「進軍陽武」，原作「退軍武陽」，毛校本同，周本、夏本、贊本「武」上有「於」，嘉本作「退軍於陽武」。按：《三國志·魏書·武帝紀》：「公還軍官渡，紹進保陽武。」《後漢書·郡國志》：武陽縣屬益州犍爲郡；後文第三十回亦作「陽武」。據改。

〔二八〕「曹」，齋本、光本、商本作「操」。

〔二九〕「勞」字原闕，據毛校本補。

〔三〇〕「疾病願再一行」，齋本、光本作「病疾」。

〔三一〕「收」，致本同，其他毛校本作「取」。

〔三二〕漁批「意外」，衡校本作「不意」。

右，問乾曰：「公自潰散之後，一向踪跡不聞，今何爲〔三三〕在此處？」乾曰：「某自逃難，飄泊汝南，幸得劉辟收留。【毛】孫乾一向踪跡，只用他口中一句敘出，極省筆。今將軍爲何在曹操處？未識甘、糜二夫人無恙否？」関公因將上項事細説一遍。乾曰：「近聞玄德公在袁紹處，欲往投之，未得其便。今劉、龔二人歸順袁紹，相助攻曹。天幸得將軍到此，因特令小軍引路，教某爲細作，來報將軍。來日二人當虛敗一陣，公可速引二夫人投袁紹處，與玄德公相見。」【毛】【漁】玄德（寄書未到，孫乾相見在前。雲長欲知乃兄）消息，不從河北知之，却從汝南知之，皆出意外。關公曰：「既兄在袁紹處，吾必星夜而往。但恨吾斬紹二將，恐今事變矣。」【毛】恐事變者，非恐袁紹殺己也，恐因此而玄德又不在袁紹處耳。【漁】恐玄德又往他去矣。乾曰：「某〔三四〕當先往探彼虛實，再來報將軍。」【毛】亦探玄德尚在袁紹處與否也。〇爲後文途中報信伏筆。公曰：「吾見兄長一面，雖萬死不辭。」【毛】言兄長果然在袁紹處，則紹雖欲殺我，亦必往也。【贊】聖人，聖人。今回許昌，便辭曹操也。」【鍾】丹心映日，有死（而已）。【漁】如此之言，真英雄之語。當夜密送孫乾去了。次日，關公引兵出，龔都披挂出陣。關公曰：「汝等何故背反朝廷？」都曰：「汝乃背主之人，何反責我？」關公曰：「我爲何〔三五〕背主？」都曰：「劉玄德在袁本初處，汝却從曹操，何也？」【毛】孫乾在營中密語，龔都在陣上明言。〇爲後文軍士報二夫人張本。關公更不打話，拍馬舞刀向前。龔都便走，關公趕上。都回身告關公曰：「故主之恩，不可忘也。公當速進，我讓汝南。」【毛】【漁】讓汝南者，欲其立功報曹〔三六〕，以便速去耳。關公會意，驅軍掩殺。劉、龔二人佯輸詐敗，四散去了。雲長奪得郡〔三七〕縣，安民已定，班

〔三三〕「何爲」，光本倒作「爲何」，明四本無。
〔三四〕「某」，齋本作「吾」。
〔三五〕「爲何」，明四本作「何」。
〔三六〕毛批「曹」下，光本有「操」字。
〔三七〕「郡」，原作「州」，古本同。按：《後漢書·郡國志》：汝南郡屬豫州。據改。

師回許昌。曹操出郭迎接，賞勞軍士。宴罷，雲長回家，叅拜二嫂於門外。甘夫人曰：「叔叔兩番出軍，可知皇叔音信否〔三八〕？」公答曰：「未也。」【毛】此時不即實告，是精細處。【鍾】有嚴□。【漁】此時不以寔告，大有深意。關公退，二夫人於門内痛哭曰：「想皇叔休矣！二叔恐我姊妹煩惱，故隱而不言。」【毛】將聞喜信，反先痛哭，叙事至此，又復〔三九〕一頓。正哭間，有一隨行老軍，聽得哭聲不絶，【贊】好粧點。於門外告曰：「夫人休哭，主人見在河北袁紹處。」【毛】不用關公説知，却用軍人報信，事曲而文亦曲。【漁】関公不言，而軍人報信，其文更曲。夫人曰：「汝何由知之？」軍曰：「跟關將軍出征，有人在陣上説來。」【毛】應龔都語。夫人急召雲長責之曰：「皇叔未嘗負汝，汝今受曹操之恩，頓忘舊日之義，不以實情告我，何也？」【贊】好粧點。〔四〇〕【鍾】二嫂亦用激法。關公頓首曰：「兄今委實在河北，未敢教嫂嫂知者，恐有泄漏也。」【毛】恐有泄漏者，公意曹操不知玄德在河北耳。豈知操固與程昱籌之熟乎〔四一〕？【漁】恐泄露與曹操知，却殊不知曹操與程昱籌之熟矣。事須緩圖，不可欲速。」【毛】爲欲待孫乾回報也，却又不説明，妙。【鍾】□□話。甘夫人曰：「叔宜上緊。」公退，尋〔四二〕思去計，坐立不安。

原來于禁探知劉備在河北，報與曹操。【毛】公則必待孫乾報而後知，操豈待于禁報而後知耶？操令張遼來探關公意。關公正悶坐，張遼入賀曰：「聞兄在陣上知玄德音信，特來賀喜。」【毛】公方欲秘之，而遼已明言之，妙。【漁】方欲秘之，而遼已明言。關公曰：「故主雖在，未得一見，何喜之有！」【毛】【漁】遼既明言，公（即）（亦〔四三〕）不隱諱（矣）。遼曰：「兄〔四四〕與玄德

〔三八〕「否」上，齋本、光本有「與」字。
〔三九〕「復」，光本作「從」，澹本訛作「姜」。
〔四〇〕緑本脱此句贊批。
〔四一〕「乎」，貫本作「耳」。
〔四二〕「尋」，齋本、光本作「急」。
〔四三〕漁批「亦」，衡校本作「也」。
〔四四〕「兄」，齋本、光本作「公」。

交，比弟與兄交何如〔四五〕？」公曰：「我與兄，朋友之交也；我〔四六〕與玄德，是朋友而兄弟、兄弟而主臣者〔四七〕也，豈可共論乎？」毛看他輕重較然，只二語中，已備五倫之三矣。贊鍾一毫不欺，聖人也。（今人便不能如此。）漁與玄德相交，與文遠相交，輕重較然，語言直絕。遼曰：「今玄德在河北，兄往從否？」關公曰：「昔日之言，安肯〔四八〕背之！文遠須爲我致意丞相。」毛直心快口〔四九〕。漁直人快口。張遼將關公之言回告曹操，操曰：「吾自有計留之。」毛恐亦無甚妙計矣。漁看他又有何計？

且說關公正尋思間，忽報有故人相訪。毛讀者至此，必謂孫乾有信至矣。及請入，却不相識。毛漁奇。關公問曰：「公何人也？」荅曰：「某乃袁紹部下南陽陳震也。」關公大驚，急退左右，問曰：「先生此來，必有所爲？」震出書一緘，毛眉緘，音兼。遞與關公。公視之，乃玄德書也。毛漁（玄德）寄書人（直至此處方來，）來得突兀（，出人意外）。其略云〔五〇〕：

備與足下，自桃園締盟，誓以同死。今何中道相違，割恩斷義？君必欲取功名、圖富貴，願獻備首級以成全功。毛兩番幾被袁紹所殺，故言之激如此。書不盡言，死待來命。贊鍾好狠書。

關公看書畢，大哭曰：毛不得不哭。漁自此一哭，歸心更不容緩矣。「某非不欲尋兄，奈不知所在也。安肯圖富貴而背舊盟乎？」毛既得此書，則知玄德尚在袁紹處，不必待孫乾回報。而公之去，更不容緩矣。鍾關先生是真君（子）。震曰：「玄德望公甚切，公

〔四五〕「何如」，光本倒作「如何」。
〔四六〕「我」，原作「兄」，明四本作「吾」。按：「兄」字與文意矛盾，據毛校本改。
〔四七〕「主臣者」，致本同；齋本、光本、商本作「又君臣」，其他毛校本作「主君臣」，明四本無此句。
〔四八〕「肯」，商本作「可」。
〔四九〕「快口」，貫本倒作「口快」，齋本、光本作「快語」。
〔五〇〕毛本劉備所作書信删、增、改自贊本；鍾本同贊本，漁本删、增、改自贊本；周本、夏本、贊本增自嘉本。

既不背舊盟，宜速往見。」關公曰：「人生天地間，無終始者，非君子也。【贊】關先生是大聖人。吾來時明白，去時不可不明白。【毛】【漁】明明白白，是公一生過人處。【贊】聖人，聖人。【鍾】□是大聖人。吾今〔五一〕作書，煩公先達知兄長，容某辭却曹公〔五二〕，奉二嫂來相見。」震曰：「倘曹操不允，爲之奈何？」【毛】陳震之意，公不告而竟去；公爲人明白，則必告而後去。公曰：「吾寧死，豈肯久〔五三〕留於此！」【毛】【漁】言（不死則必去〔五四〕，）不去則必死（也）（矣）。震曰：「公速作回書，免致劉使君懸望。」關公寫書荅云〔五五〕：

竊聞義不負心，忠不顧死。羽〔五六〕自幼讀書，粗知禮義，觀羊角哀、左伯桃之事，未甞不三歎而流涕也。前守下邳，內無積粟，外無援兵，欲即効死，【贊】【鍾】真情實〔五七〕話。奈有二嫂之重，未敢斷首捐軀，致負所託，故爾暫且羇身，冀圖後會。近至汝南，方知兄信，即當面辭曹公，奉二嫂歸。羽但〔五八〕懷異心，神人共戮。披肝瀝膽，筆楮難窮。瞻拜有期，伏惟照鑒。【毛】玄德來書，從關公眼中看出；關公荅書，即從〔五九〕關公筆下寫出，叙得參差有致。【漁】真情實語，於此見矣。

陳震得書自回。關公入內告知二嫂，隨即至相府拜辭曹操。操知來意，乃懸廻避牌於門。【毛】操所謂有計留之者，別無他計，只是一箇不肯相見耳。【漁】廻避

〔五一〕「吾今」，原作「今吾」，致本、業本、貫本、澹本、商本同；明四本作「吾」。據齋本、光本乙。

〔五二〕「公」，齋本、光本、商本作「操」。按：關羽受曹操恩遇，稱「曹公」當。

〔五三〕「久」，齋本、光本脱。

〔五四〕「去」，貫本作「告」。

〔五五〕毛本關羽所作書信刪、增，改自贊本；鍾本、漁本同贊本，周本、夏本、贊本改自嘉本。

〔五六〕「羽」，嘉本作「某」。

〔五七〕「實」，緑本作「寃」。

〔五八〕「但」，光本作「倘」。

〔五九〕「從」，澹本、商本作「在」。

牌即曹操之計也。關公怏怏二音養。而回，命舊日跟隨人役收拾車馬，早晚伺候；分付宅中所有原賜之物，盡皆留下，分毫不可帶去。毛一塵不染，澄然以清。贄聖人，聖人。鍾千金不易其志。漁今人愛小便宜，誤了許多大事。次日再往相府辭謝，門首又挂迴避牌。毛操此時留公之計亦窮矣。關公一連去了數次，皆不得見。毛省筆。乃往張遼家相探，欲言其事，遼亦託疾不出。漁計將窮矣，遼之托病不出，想〈毛漁〉（此當）亦曹操教之〔六〇〕（也）。關公思曰：「此曹丞相不容我去之意。我去志已決，豈可復留！」贄鍾丈夫！丈夫！即寫書一封，辭謝曹操。書略曰〔六一〕：

羽少事皇叔，誓同生死；皇天后土，實聞斯言。前者下邳失守，所請三事，已蒙恩諾。今探知故主見在袁紹軍中，毛漁明明說出，（更）（全）不隱諱。回思昔日之盟，豈容違背？新恩雖厚，舊義難忘。茲特奉書告辭，伏惟照察。其有餘恩未報，願以俟之異日。毛漁爲後文華容道伏（線）（筆）。贄鍾字字從赤心流出。

寫畢封固，差人去相府投遞。一面將累次所受金銀，一一封置庫中，懸漢壽亭侯印於堂上，毛漁封金挂印，（至今傳爲）千古（傳爲）美談。請二夫人上車。關公上赤兔馬，手提青龍刀，率領舊日跟隨人役，護送車仗，徑出北門。毛果於去，勇於去，更不躊躇疑沮於其去。門吏擋之，關公怒目橫刀，大喝一聲，門吏皆退避。毛漁先爲五關斬將作一引。贄鍾神人。關公既出門，謂從者曰：「汝等護送車仗先行，但〔六二〕有追趕者，吾自當之，勿得驚動二位夫人。」從者推車，望官道進發。

却說曹操正論關公之事未定，左右報關公呈

〔六〇〕毛批「此當亦」「教之」，致本同；貫本作「此想亦」「之故」，其他毛校本「當」作「想」，滄本「亦」作「曹」。

〔六一〕毛本關公辭曹操書信刪、增、改自贄本；鍾本、漁本同贄本，周本、夏本、贄本改自嘉本。

〔六二〕「但」，光本作「倘」。

書。操即看畢，大驚曰：「雲長去矣！」【毛】【漁】四字有無限愛惜（、無限）嗟呀之意。〈毛〉○曹操見書是第一段。忽北門守將飛報：「關公奪門而去，車仗鞍馬二十餘人，【毛】人數在北門守將口中補出。皆望北行。」【毛】北門守將來報是第二段。又關公宅中人來報說：「關公盡封所賜金銀等物。美女十人，另居內室。【毛】此句又於關公宅中人口內補出。其漢壽亭侯印懸於堂上。丞相所撥人役，皆不帶去，只帶原跟從人，及隨身行李，出北門去了。」【毛】關公宅中人來報是第三段。只關公一去，用三段文字以描寫之。來得昂藏，去亦去得英烈。【漁】関公去後，一從相府守門人說出，二從北門守將說出，三從関公宅中人說出。関公一去，用三段文法以描寫之。衆皆愕然。一將挺身出曰：「某願將鐵騎三千，去生擒關某，獻與〔六三〕丞相！」衆視之，乃將軍蔡陽也〔六四〕。【毛】預爲後文斬〔六五〕蔡陽伏筆。正是：

欲離萬丈蛟龍穴，又遇三千狼虎兵。

蔡陽要赶關公，畢竟如何，且聽下文分解。

「關某久閑必生疾病」，此聖人之言也。人生陽世，電光石火耳，能幾何時，尚使之閒乎？可發皓歎也。

只去就分明，如日月中天，非聖人何以有此？其名垂千古也，豈倖也哉！吾師也，吾師也。

延津誅文醜，急于報曹，正急于歸劉也。封金掛印，去就分明，非聖人何以有此！

〔六三〕「與」，光本作「於」。

〔六四〕「也」，商本脱。

〔六五〕「預爲後文斬」五字原闕，業本作「頂爲後文斬」。按：「頂」字形訛，據其他毛校本補。

第二十七回

美髯公千里走單騎
漢壽侯五關斬六將

吾讀此回而嘆曹操之義，又未甞不嘆曹操之奸也。其於關公之去，贈金、贈袍，親自送行，而獨吝一紙文憑，不即給與。使關公而死於卞喜之伏兵，或死於王植之縱火，則操必曰：「非我也，守關將吏也。」已則居愛賢之名，而但責將吏以誤殺之罪，斯其奸不已甚與！以小人而行君子之事，則雖似君子，而終懷小人之心。今人但見「各爲其主」之語，便嘖嘖曹操不置，可謂不知烏之雌雄矣。

文有伏線之妙。滎陽城中之事，先於東嶺關前伏線，此即〔一〕伏於一回之内者也。玉泉山頂之事，早於鎮國寺中伏線，此伏於數十回之前者也。其間一傳家信，一叙鄉情，閒閒冷冷，極没要緊處却是極要緊處。如此叙事，雖龍門復生，無以過之。

關公斬蔡陽在後回，而此回先有蔡陽欲趕關公一段文字；廖化歸關公尚隔十數回，而此回先有廖化救二夫人一段文字：皆所謂隔年下種者也。至於關公，行色匆匆，途中所歷，忽然遇一少年，忽然遇一老人，忽然遇一强盜，忽然遇一和尚：點綴生波，殊不寂寞。天然有此妙事，助成此等妙文。若但過一關殺一將，五處關隘一味殺去，有何意趣？

自二十五回至此，皆爲雲長立傳，而玄德、翼德兩邊，未免冷淡。乃於白馬之役，忽有翼德探囊取物一語，文中雖無翼德，而翼德之威靈如見。至於玄德行藏，或在袁紹一邊致書，

〔一〕「即」，商本脱。

或在關公一邊接柬，或在襲都陣上口傳，或在孫乾途中備述：處處提照出來，更不疎漏。真叙事妙品。

關公此行，其難有三。保二嫂車仗而行，必須緩轡相隨，非比獨行可以馳騁，雖有千里馬，無所用之，一難也。自許昌而出，關隘重重，非止一處兩處，可以僥倖而越，二難也。又所投之處乃曹操之讐，守關將士防禦甚嚴，非比別處可以通融，三難也。有此三難，卒能脱然而去，雖邀天幸，實仗神威。總之，志不决，雖易者亦難；志既决，雖難者亦易耳。

五關斬將，非關公意也，觀其不殺劉延可見矣。延雖不肯借船，而不敢拒公，則公竟舍之而不殺。推此而論，使胡班救公之後，王植不追，公亦何必索植而殺之乎？其餘或以力敵，或以計害，皆〔二〕不得已而殺之耳。故曰非公意也。

却説曹操部下諸將中，自張遼而外，只有徐晃與雲長交厚，其餘亦皆敬服，獨蔡陽不服關公，故今日聞其去，欲往追之。操曰：「不忘故主，來去明白，真丈夫也。汝等皆當效之。」【毛】【漁】操視諸將中，未（嘗有此）（必有其）人。【贊】知己。【鍾】老瞞知己之言。遂叱退蔡陽，不令去趕。程昱曰：「丞相待關某甚厚，今彼不辭而去，亂言片楮，冒瀆鈞威，其罪大矣。若縱之使歸袁紹，是與虎添翼也。不若追而殺之，以絶後患。」【毛】又是一箇要趕的〔三〕。操曰：「吾昔已許之，豈可失信！彼各爲其主，勿追也。」【毛】【漁】袁紹欲殺玄德，而曹操不追關公。（有始有終，）是曹操高袁〔四〕紹一頭地。【贊】老瞞亦有大量。【鍾】雲長亦獵得操心，故卸甲而來，叱門而去。因謂張遼曰：「雲長封金

〔二〕「皆」，商本脱。
〔三〕「的」，齋本、光本作「了」。
〔四〕漁批「是」，衡校本作「實」。毛批「曹」「袁」，齋本、光本脱。

掛印，財賄不以〔五〕動其心，爵禄不以移其志，此等人吾深敬之。【毛】操所以餌人者，不過財賄、爵禄耳。今二者不足以動關公〈【毛】【漁】〉（如此之人），操安得不敬。【鍾】有此節操，不怕老賊不（放）。想他去此不遠，我一發結識他做箇人情。汝可先去請住他，待我與他送行，更以路費征袍贈之，使爲後日記念。」【毛】既不追之，則必餞之，〈【毛】【漁】〉索性加厚（一倍）（到底）。有心人算計，往往如此。【贄】賊。〔六〕【鍾】孟德做箇人情，爲華容〔七〕道□□。張遼領命，單騎先往。曹操引數十騎隨後而來。

却説雲長所騎赤兔馬，日行千里，本是趕不上，因欲護送車仗，不敢縱馬，按轡徐行。【漁】解説得妙。忽聽背後有人大叫：「雲長且慢行！」【毛】公此時必謂追兵至矣。回頭視之，見張遼拍馬而至。【毛】尊恙已愈乎〔八〕？【漁】病好得快。關公教車仗從人，只管望大路緊行，【毛】爲後被劫伏筆。自己勒住赤兔馬，按定青龍刀，問曰：「文遠莫非欲追我回乎？」遼曰：「非也。丞相知兄遠行，欲來相送，特先使我請住台駕，别無他意。」關公曰：「便是丞相鐵騎來，吾願決一死戰！」【毛】其言剛甚。【贄】大英雄。【鍾】（真）英雄。【漁】説得剛直。遂立馬於橋上望之，見曹操引數十騎，飛奔前來，背後乃是許褚、徐晃、于禁、李典之輩。操見關公横刀立馬於橋上，【毛】此時何不掛迴避牌？恐關公此時，反急〔九〕欲迴避矣。令諸將勒住馬匹，左右擺〔一〇〕開。關公見衆人手中皆無軍器，方始放心。操曰：「雲長行何太速？」關公於馬上欠身荅曰：「關某前曾稟過丞相，今故主在河北，不由某不急去。累次造府，不得叅見，故拜書告辭，封金掛印，納還〔一一〕丞相。望丞相勿忘昔日之言。」【毛】

〔五〕「不以」，齋本、光本作「不足以」，後一句同；明四本作「可」。
〔六〕緑本脱此句贄批。
〔七〕「容」，原作「雲」，據後文改。
〔八〕「乎」，光本作「矣」。
〔九〕「急」，光本、商本脱。
〔一〇〕「擺」，齋本、光本作「排」。
〔一一〕「納還」，齋本、光本倒作「還納」。

【漁】言簡而意盡。操曰：「吾欲取信於天下，安肯有負前言。【鍾】的是老奸本心。恐將軍途中乏用，特具路資相送。」一將便從馬上托過黃金一盤。關公曰：「累蒙恩賜，尚有餘資。畱此黃金，以賞戰〔一二〕士。」【毛】【漁】其人光明，其言磊落。操曰：「特以少酬大功於萬一，何必推辭？」關公曰：「區區微勞，何足掛齒。」【贊】亦是。操笑曰：「雲長天下義士，恨吾福薄，不得相畱。【毛】自歎緣慳分淺，乃愛極慕極之語。【漁】自歎緣慳〔一三〕分淺，因愛慕之極，故出此語。錦袍一領，略表寸心。」【鍾】此出不□。令一將下馬，雙手捧袍過來。雲長恐有他變，不敢下馬，【毛】精細。用青龍刀尖挑錦袍披於身上，勒馬囬頭稱謝曰：「蒙丞相賜袍，異日更得相會。」【毛】須賈以綈袍而得不死〔一四〕，則曹操此袍可畱異日華容道一命矣。【漁】異日華容道留得一命，全賴此袍。遂下橋望北而去。【毛】操甚殷殷，公甚落落；操甚欵欵，公甚匆匆。許褚曰：「此人無禮太甚，何不擒之？」操曰：「彼一人一騎，吾數十餘人，安得不疑？【毛】代爲之解。吾言既出，不可追也。」【毛】又〔一五〕自爲解。【贊】雲長膽大，孟德量大，真都是英雄。曹操自引衆將囘城，於路嘆想雲長不已。【毛】見如此人，安得不惜別？
不說曹操自囘，且說關公來趕車仗，約行三十里，却只不見。【毛】【漁】不知者（讀至此，）必疑（是）曹操使人截去矣。雲長心慌，縱馬四下尋之，忽見山頭一人高叫：「關將軍且住！」【毛】與張遼背後相呼正復相似，不知者讀至此，〈【毛】【漁】〉又疑（是）曹操使人來畱（公）矣。關公〔一六〕舉目視之，只見一少年，黃巾錦衣，持鎗跨馬，馬項下懸着首級一顆，引百餘步卒，飛奔前來。【毛】奇。公問曰：「汝何人也？」少年棄鎗下馬，拜伏於地。雲長恐是詐，【毛】【漁】精細。勒馬持刀問曰：「壯士願通姓名。」荅曰：「吾本襄陽人，

〔一二〕「戰」，澹本作「軍」，商本作「將」。
〔一三〕「慳」，衡校本脱。
〔一四〕「死」，光本作「殺」。
〔一五〕「又」，商本作「人」。
〔一六〕「關公」，商本作「雲長」。

姓廖名化，字元儉。因世亂流落江湖，聚衆五百餘人，劫掠爲生。恰纔同伴杜遠下山巡哨，誤將兩夫人劫掠上山。吾問從者，知是大漢劉皇叔夫人，且聞將軍護送在此，吾即欲送下山來。杜遠出言不遜，被某殺之〔一七〕。今獻頭與將軍請罪。」【毛】【漁】此事（只）（却）在廖化口中叙出，省筆。【鍾】廖化亦（得）俠氣。

關公曰：「二夫人何在？」化曰：「現在山中。」關公教急取下山。不移時，百餘人簇擁車仗前來。關公下馬停刀，叉手於車前問候曰：「二嫂受驚否？」二夫人曰：「若非廖將軍保全，已被杜遠所辱。」【毛】【漁】（又在）二夫人口中畧述一遍。關公問左右曰：「廖化怎生救夫人？」左右曰：「杜遠劫上山去，就要與廖化各分一人爲妻。廖化問起根由，好生拜敬，杜遠不從，已被廖化殺了。」【毛】【漁】又在左右口中詳述一遍。關公聽〔一八〕言，乃拜謝廖化。廖化欲以部下人送關公。關公尋思：「此人終是黃巾餘黨，未可作伴。」乃謝却之。【毛】精細。【漁】俱是精細之處。廖化又拜送金帛，關公亦不受。【毛】丞相之金且不受，况强盗之金乎？然不受丞相之金，亦不受强盗之金者，其視丞相之金與强盗之金無以異也。【漁】丞相金帛尚且不受，何况盗人之金帛乎？廖化拜別，自引人伴投山谷中去了。【毛】廖化終從關公，而此處不即相從，合而復離，遥爲後文伏線，妙。【嘉】後來化爲將軍。【二】〔考證補註〕廖化，後來諸葛亮六出祁山用爲將，甚有功績〔一九〕。

雲長將曹操贈袍事告知二嫂，催促車仗前行。至天晚，投一村莊安歇。莊主出迎，鬚髮皆白，問曰：「將軍姓甚名誰？」關公施禮曰：「吾乃劉玄德之弟關某也。」老人曰：「莫非斬顏良、文醜的關公否？」【毛】二人爲河北名將，而公能殺之，則殺名將者之爲名將，其名更著矣。○前回事又從老人口中一提。公曰：「便是。」老人大喜〔二〇〕，便請入莊。關公曰：

〔一七〕「之」，齋本、光本作「死」。
〔一八〕「聽」，齋本、光本作「聞」。
〔一九〕周、夏批「績」，原作「蹟」，形訛。
〔二〇〕「喜」，貫本、商本作「驚」。

「車上還有二位夫人。」老人便喚妻女出迎。二夫人至草堂上，關公叉手立於二夫人之側。老人請公坐，公曰：「尊嫂在上，安敢就坐！」毛極似范蠡在石室中光景。鍾□真哥嫂，踰于至親。老人乃令妻女請二夫人入內室欵待，自於草堂欵待關公。關公問老人姓名。老人曰：「吾姓胡，名華。桓帝時曾爲議郎，致仕歸鄉。今有小兒胡班，在滎陽太守〔二一〕王植部下爲從事。將軍若從此處經〔二二〕過，某有一書寄與〔二三〕小兒。」毛漁未（至第）（曾過）一關，先爲第四關脱難伏線，妙。關公允諾。

次日早膳畢，請二嫂上車，取了胡華書信，相別而行，取路投洛陽來。前至一關，名東嶺關。毛漁（此係）第一關。把關將姓孔名秀，引五百軍兵在嶺上把守。當日關公押車仗上嶺，軍士報知孔秀，秀出關來迎。關公下馬，與孔秀施禮。秀曰：「將軍何往？」公曰：「某辭丞相，特往河北尋兄。」秀曰：「河北袁紹，正是丞相對頭。將軍此去，必有丞相文憑？」毛前曹操送行，贈金、贈袍，而不與以文憑，是不畱而畱，送而不送也。漁曹操不與文憑，是不留而留之意。公曰：「因行期慌迫〔二四〕，不曾討得。」毛不説曹操不給，只説自己不討。秀曰：「既無文憑，待我差人稟過丞相，方可放行。」關公曰：「待去稟時，須悞了我行程。」秀曰：「法度所拘，不得不如此。」關公曰：「汝不容我過關乎？」毛漁其語漸硬。秀曰：「汝要過去，留下老小爲質。」毛此言無禮。二音至。關公大怒，毛不得不怒。舉刀就殺孔秀。秀退入關去，嗚鼓聚軍，披掛上馬，殺下關來，大喝曰：「汝敢過去麽！」關公約退車仗，縱馬提刀，竟不打話，直取孔秀，秀挺鎗來迎。兩馬相交，只一合，鋼刀起處，孔秀屍橫馬下，毛孔秀前恭後倨，

〔二一〕「滎」，業本、澹本作「榮」，形訛。按：《後漢書·郡國志》：滎陽縣、洛陽縣屬河南郡，洛陽爲郡治所。「滎陽太守」「洛陽太守」應作「滎陽令」「河南尹」。「過五關」地名成習，從原文。

〔二二〕「經」，原作「徑」，致本、業本、貫本同。據其他古本改。

〔二三〕「與」，光本作「於」。

〔二四〕「慌迫」，光本作「匆迫」，明四本作「慌速」。

關公亦先禮後兵。○斬却一將。衆軍〔二五〕便走。關公曰：「軍士休走。吾殺孔秀，不得已也，毛可見五關斬將，原非關公本意。贄真。〔二六〕鍾仁人之言。漁此處先斬去一將，到後來五関斬却六將，豈関公有意爲之乎？與汝等無干。借汝衆軍之口，傳語〔二七〕曹丞相，言孔秀欲害我，我故殺之。」毛愼〔二八〕切周至之極。衆軍俱拜於馬前。

關公即請二夫人車仗出關，望洛陽進發。毛漁（此係）第二關。早有軍士報知洛陽太守韓福，韓福急聚衆將商議。牙將孟坦曰：「既無丞相文憑，即係私行，若不阻擋，必有罪責。」毛畏曹操，故不畏關公。韓福曰：「關公勇猛〔二九〕，顏良、文醜俱爲所殺。毛漁又將（殺顏良、文醜）（往事）一提。今不可力敵，只須設計擒之。」孟坦曰：「某有一計〔三〇〕：先將鹿角攔定關口，待他到時，小將引兵和他交鋒，佯敗誘他來追，公可用暗箭射之。若關某墜馬，即擒解許都，必得重賞。」毛既欲免罪，又復貪賞。商議停當，人報關公車仗已到。韓福彎弓插箭，引一千人馬擺〔三一〕列關口，問：「來者何人？」關公馬上欠身言曰：「吾漢壽亭侯關某，敢借過路。」韓福曰：「有曹丞相文憑否？」毛已知其無〔三二〕，却又假問。關公曰：「事冗不曾討得。」韓福曰：「吾奉丞相鈞命，鎮守此地，專一盤詰往來奸細。若無文憑，即係逃竄。」關公怒曰：「東嶺孔秀，已被吾殺。汝亦欲尋死耶？」韓福曰：「誰人與我擒之？」孟坦出馬，輪雙刀來取關公。關公約退車仗，拍馬來迎。孟坦戰不三合，撥回馬便走，關公趕來。孟坦只指望引誘關公，不想關公馬快，早已趕上，只一刀，

〔二五〕「軍」，光本作「將」。
〔二六〕緑本脱此句贄批。
〔二七〕「傳語」，商本作「傳話」，明四本作「告訴」。
〔二八〕「愼」，貫本、商本作「愷」，光本作「剴」。
〔二九〕「勇猛」，毛校本倒作「猛勇」。
〔三〇〕「某有一計」，明四本無；齋本、光本「某」作「吾」；光本「計」作「言」。
〔三一〕「擺」，齋本、光本、商本作「排」。
〔三二〕「無」，齋本、光本作「人」。

砍爲兩段。毛漁斬却二將（矣）。關公勒馬回來，韓福閃在門首，盡力放了一箭，正射中關公左臂。公用口拔出箭，血流不住，鍾英雄。飛馬徑奔韓福，衝散衆軍。韓福急走不迭〔三三〕，關公手起刀落，帶頭連肩，斬於馬下，毛此頭與肩，足以報吾臂之恨矣。○斬却三將。漁斬却三將矣。殺散衆軍，保護車仗。

關公割帛束住箭傷，於路恐人暗筭，不敢久住，連夜投汜水關〔三四〕六汜水關，（春秋時爲鄭巖〔三五〕邑，漢置成皋縣，東漢廢縣爲關，）今開封府汜水縣（是也）（是）。來。毛漁（此係）第三關。把關將乃并州人氏，姓卞名喜，善使流星鎚，原是黃巾餘黨，毛廖化是强盜餘黨，卞〔三六〕喜亦是强盜餘黨。乃既做官之强盜，反不若未做官之强盜能識好人也。後投曹操，撥來守關。二補註黃巾降者多，話中無用，多不載。當下聞知關公將到，尋思一計：就關前鎮國寺中，埋伏下刀斧手二百餘人，誘關公至寺，約擊盞爲號，欲圖相害。毛在佛地上謀殺好人，是强盜所爲，然未必非和尚所爲也。漁在佛地前要害好人，恐也未必。安排已定，出關迎接關公。公見卞喜來迎，便下馬相見。喜曰：「將軍名震天下，誰不敬仰！今歸皇叔，足見忠義！」毛小人欺君子，偏能爲君子之言。漁虛恭敬，假小心，最爲奸險。關公訴說斬孔秀、韓福之事，三考證這（箇）韓福不是冀州韓馥。韓馥（自）在那張邈處，心疑刎死。這箇是納糧買官的。卞喜曰：「將軍殺之是也。某見丞相，代稟衷曲。」毛言之太甘，其中必苦。關公甚喜，同上馬過了汜水關，到鎮國寺前下馬。衆僧鳴鐘出迎。原來那鎮國寺乃漢明帝御前香火院，本寺有僧三十餘人。內有一僧，却是關公同鄉人，法名

〔三三〕「走不迭」，齋本、光本、商本作「閃不及」。

〔三四〕「汜水關」，原作「沂水關」，古本同。按：沂水在今山東省臨沂市。據正文，前過洛陽、後至滎陽，皆在今河南省。僧人普淨伏線至後文第七十七回，敘作「汜水關」。據改，後正文、批語同。後注作「沂」，亦改作「汜」。

〔三五〕周、夏批「巖」，原作「嚴」。按：《一統志》：「春秋時爲鄭巖邑。」形訛，據改。

〔三六〕「卞」，商本作「卡」，形訛。

普浄。當下〔三七〕普浄已知其意，向前與關公問訊，【毛】胡班救關公，却於胡華家先期伏線；普浄救關公，即在鎮國寺當日相逢。【二】音信。【鍾】長老是一點救星。【漁】此是大救星。曰：「將軍離河東〔三八〕幾年矣？」關公曰：「將及二十年矣。」普浄曰：「還認得貧僧否？」【毛】雖然當〔三九〕日相逢，却叙昔年舊識。然則伏線又在二十年之前。公曰：「離鄉多年，不能相識。」普浄曰：「貧僧家與將軍家只隔一條河。」【毛】離鄉人好與同鄉人言鄉，出家人亦與俗家人言家。意中欲報極要緊的事，口中却説没要緊的話。卞喜見普浄叙出鄉里之情，恐有走泄，乃叱之曰：「吾欲請將軍赴宴，汝僧人何得多言！」關公曰：「不然。鄉人相遇，安得不叙舊情耶？」【毛】不是「逢僧話」，却是叙鄉情；不是「浮生半日閒」，却是旅况幾年濶。如唱《西廂》曲者，不是「隨喜到」，却是「望蒲東」耳。普浄請關公方丈待茶。關公曰：「二位夫人在車上，可先獻茶。」【鍾】頃刻不忘。普浄教取茶先奉夫人，然後請關公入方丈。普浄以手舉所佩戒刀，以〔四〇〕目視關公。【毛】此僧大通，是慧〔四一〕明不是法聰。【漁】此僧大智人也。公會意，命左右持刀緊隨。卞喜請關公於法堂筵席。關公曰：「卞君請關某，是好意，還是歹意？」卞喜未及回言，關公早望見壁衣中有刀斧手，乃大喝卞喜曰：「吾以汝爲好人，安敢如此！」卞喜知事泄，大叫：「左右下手！」左右方欲動手，皆被關公拔劒砍之。卞喜下堂遶廊而走，關公棄劒執大刀來趕。卞喜暗取飛鎚擲打關公。關公用刀隔開鎚，趕將入去，一刀劈卞喜爲兩段。【毛】要在佛地上殺好人，是真强盗；能在佛地上殺歹人，是真菩薩。〇斬却四將。【漁】斬却四將矣。隨即回身來看二嫂，早有軍人圍住，見關公來，四

〔三七〕「下」，商本作「時」，明四本無。

〔三八〕「河東」，原作「蒲東」，古本同。按：第一回關羽自述籍貫作「河東解良」。《方輿紀要·山西三》：古蒲阪，「秦置河東郡，兩漢、魏、晉皆因之」，「後周改曰蒲州」。據前文改。

〔三九〕「當」，商本作「今」。

〔四〇〕「以」，光本脱。

〔四一〕「慧」，齋本、光本訛作「惠」。

下〔四二〕奔走。關公趕散，謝普淨曰：「若非吾師，已被此賊害矣。」【毛】救關公者普淨，殺卞喜者亦普淨。殺之而當，殺即生也。此僧可謂深通佛法。普淨曰：「貧僧此處難容，收拾〔四三〕衣鉢，亦往他處雲遊也。後會有期，將軍保重。」【毛】早爲玉泉山伏筆。【三】〔補註〕這僧後（來）（果）有相（見）（會）處。關公稱謝，護送車仗，往滎陽進發。【毛】【漁】（此係）第四關（矣）。

滎陽太守王植，却與韓福是兩親家，聞得關公殺了韓福，商議欲暗害關公，【毛】關公念兄恩，王植重姻〔四四〕誼，閒閒相對。乃使人守住關口。待關公到時，王植出關，喜笑相迎。關公訴說尋兄之事，植曰：「將軍於路驅馳，夫人車上勞困，且請入城，館驛中暫歇一宵，來日登途未遲。」【毛】與卞喜一樣騙法。關公見王植意甚慇懃，遂請二嫂入城。館驛中皆鋪陳了當，王植請公赴宴，公辭不往，【毛】前赴卞喜席，今遂不赴王植席，足見精細。【漁】前畨卞喜請，即赴席；今王植請，遂不赴席。足見精細。植使人送筵席至館驛。關公因於路辛苦，請二嫂晚膳畢，就正房歇定，令從者〔四五〕各自安歇，飽喂馬匹。關公亦解甲憩息。

却說王植密喚從事胡班聽令曰：「關某背丞相而逃，又於路殺太守并守關將校，死罪不輕！此人武勇〔四六〕難敵。汝今晚點一千軍圍住館驛，一人一箇火把，待三更時分，一齊放火，不問是誰，盡皆燒死！【毛】【漁】（不用壁中）（前卞喜用）刀斧，（却〔四七〕用門外）（今王植用）火把。一在日裡，一在夜間。吾亦自引軍接應。」【毛】爲後追趕關公張本。胡班領命，便點起軍士，密將乾柴引火之物搬於館驛門首，約時舉事。胡班尋思：「我久聞關雲長之名，不識如何模樣，試往窺之。」乃至〔四八〕驛中，問驛吏曰：「關

〔四二〕「下」，齋本、光本、嘉本、周本作「散」。
〔四三〕「拾」，光本訛作「持」。
〔四四〕「姻」，商本訛作「親」。
〔四五〕「令從者」，貫本作「遂分付從者」，明四本無「令」。
〔四六〕「武勇」，商本倒作「勇武」，嘉本作「武藝」。
〔四七〕毛批「不」「却」，商本作「前」「此」。
〔四八〕「至」，商本作「往」。

將軍在何處？」荅曰：「正廳上觀書者是也。」胡班潛至廳前，見關公左手綽髯，於燈下凭几看書。【毛】【漁】寫得如畫。班見了，失聲嘆曰：「真天人也！」【毛】不特其人可敬，其貌亦可敬。【贊】【鍾】却有天倖。公問何人，胡班入拜曰：「滎陽太守部下從事胡班。」關公曰：「莫非許都城外胡華之子否？」班曰：「然也。」公喚從者於行李中取書付班。【毛】普淨叙鄉情，胡班見家信，又聞閒相對。【漁】前者関公遇鄉親，今者胡班得家信。班看畢，歎曰：「險些悮殺忠良！」遂密告曰：「王植心懷不仁，欲害將軍，暗令人四面圍住館驛，約於三更放火。今某當先去開了城門，將軍急收拾出城。」【毛】方信胡華寄書不是閒文。關公大驚，忙披掛提刀上馬，請二嫂上車，盡出館驛，果見軍士各執火把聽候。關公急來到城邊，只見城門已開，關公催車仗急急出城。胡班還去放火。【毛】【漁】前是王植賺關公，此則胡班賺王植矣。關公行不到數里，背後火把照耀，人馬趕來。【毛】來送命了。當先王植大叫：「關某休走！」關公勒馬大罵：「匹夫！我與你無讎，如何令人放火燒我？」王植拍馬挺鎗，徑奔關公，被關公攔腰一刀，砍爲兩段，【毛】【漁】斬却五將（矣）。人馬都趕散。關公催車仗速行，於路感胡班不已。【毛】爲後文胡班歸蜀伏筆。【三】考證後（関）公聞知胡班被王植家人所殺。【漁】後來胡班歸蜀，正爲此耳。

行至白馬〔四九〕界首，有人報與〔五〇〕劉延，延引數十騎出郭而迎。關公馬上欠身而言曰：「太守別來無恙！」【毛】照應白馬之役。延曰：「公今欲何往？」公曰：「辭了丞相，去尋家兄。」延曰：「玄德在袁紹處，紹乃丞相讎人，如何容公去？」公曰：「昔日曾言定來。」延曰：「今黃河渡口關隘，夏侯惇部將秦琪據守，恐不容將軍過渡〔五一〕。」【毛】【漁】先報一信。公曰：「太守應付船隻若何？」延曰：「船隻雖有，不敢應付。」【毛】無用之人。公曰：「我前

〔四九〕「白馬」，原作「滑州」，古本同。按：滑州，隋代地名，今河南省安陽市滑縣；秦漢時爲白馬縣，東漢時屬兖州東郡。

〔五〇〕「與」，齋本、光本、商本作「於」。

〔五一〕「渡」，齋本、光本作「去」。

者誅顏良、文醜，亦曾與足下解厄，【毛】【漁】（往事）又在關公口中（將前事）一提。今日求一渡船而不與，何也？」延曰：「只恐夏侯惇知之，必然罪我。」【毛】無用之人。關公知劉延無用之人，遂自催車仗前進。【毛】有殺有不殺，妙甚。若逢人便殺，便不成關公矣。【漁】以無用之人而殺之，亦不成爲関公矣。到黃河渡口，【毛】【漁】（此係）第五關（矣）。秦琪引軍出問：「來者何人？」關公曰：「漢壽亭侯關某也。」琪曰：「今欲何往？」關公曰：「欲投河北去尋兄長劉玄德，敬來〔五二〕借渡。」琪曰：「丞相公文何在？」公曰：「吾不受丞相節制，有甚公文！」【毛】【漁】前（托）言（行忙）事冗（行忙），此（則）竟說不受節制，更是直捷痛快。【贊】大聖人。【鍾】不受他節制，是雲長絕高處。琪曰：「吾奉夏侯將軍將令，守把〔五三〕關隘，你便插翅也飛不過去！」關公大怒曰：「你知我於路斬戮〔五四〕攔截者乎？」琪曰：「你只殺得無名下將，敢殺我麼？」關公怒曰：「汝比顏良、文醜若何？」【毛】【漁】又將前事一提。秦琪大怒，縱馬提刀，直取關公。二馬相交，只一合，關公刀起，秦琪頭落。【毛】【漁】斬却六將（矣）。關公曰：「當吾〔五五〕者已死，餘人不必驚走。速備船隻，送我渡河。」軍士急撐舟傍岸。關公請二嫂上船渡河。渡過黃河，便是袁紹地方。關公所歷關隘五處，斬將六員。【毛】將行程圖總結一筆，斬將帳〔五六〕總算一盤。後人有詩嘆曰〔五七〕：

掛印封金辭漢相，尋兄遥望遠途還。
馬騎赤兔行千里，刀偃青龍出五關。
忠義慨然沖宇宙，英雄從此震江山。
獨行斬將應無敵，今古留題翰墨間〔五八〕。

〔五二〕「敬來」，光本作「敬求」，商本作「故來」，明四本作「徑來」。
〔五三〕「守把」，商本作「把守」。
〔五四〕「戮」，商本作「戳」，形訛；明四本無。
〔五五〕「吾」，商本作「我」。
〔五六〕「帳」，齋本、光本作「數」。
〔五七〕毛本嘆詩從贊本；鍾本同贊本，贊本同明三本；漁本無。
〔五八〕「間」，齋本、光本、商本作「閒」，形訛。

關公於馬上自嘆曰：「吾非欲沿途殺人，奈事不得已也。贊真心。〔五九〕鍾是這點心便可成神□佛。曹公知之，必以我爲負恩之人矣。」毛觀〔六〇〕公此語，知後日華容道相遇，定然不殺。漁真非本意。正行間，忽見一騎自北而來，大叫：「雲長少住！」關公勒馬視之，乃孫乾也。毛孫乾至此方來，來得突兀，亦〈毛漁〉來得凑巧。關公曰：「自汝南相別，一向消息若何？」乾曰：「劉辟、龔都自將軍回兵之後，復奪了汝南，毛此事只在孫乾口中補出，好〔六一〕。遣某往河北結〔六二〕好袁紹，請玄德同謀破曹之計。不想河北將士，各相妒忌，田豐尚囚獄中，沮授黜退不用，審配、郭圖各自爭權，袁紹多疑，主持不定。某與劉皇叔商議，先求脱身之計。今皇叔已往汝南會合劉辟去了。毛此回叙關公一邊，十分熱鬧；放下玄德一邊，未免冷落。今就〈毛漁〉孫乾（口中，）（又）將河北事細述一遍（，筆法又密又省）。〔六三〕恐將軍不知，反到袁紹處，或爲所害，特遣某於路迎接將來〔六四〕，幸於此得見！將軍可速往汝南與皇叔相會。」毛陳震致書，在孫乾未至〔六五〕之前；孫乾報信，又在關公已行之後。叙得參差歷落。關公教孫乾拜見夫人，毛寫得周至。夫人問其動静，孫乾備説：「袁紹二次欲斬皇叔，毛漁前孫乾在汝南時未説此事，（故）至此方言。今幸脱身往汝南去了。夫人可與皇叔此處〔六六〕相會。」二夫人皆掩面垂淚。毛寫得入情。關公依言，不投河北去，徑取汝南來。毛本赴河北，忽轉汝南。只因古人踪跡無常，遂使後人文字變幻。正行之間，背後塵埃

〔五九〕緑本脱此句贊批。
〔六〇〕「觀」，齋本、光本作「關」。
〔六一〕「孫乾口中補出」，齋本作「孫乾口中補出的」，光本作「孫乾的口中補出」。「好」，齋本、光本作「極妙」。
〔六二〕「結」上，齋本、光本有「約」字。
〔六三〕衡校本脱此句漁批。
〔六四〕「接將來」，齋本、光本「來」作「軍」，明四本無。
〔六五〕「至」，貫本作「知」，訛誤。
〔六六〕「皇叔此處」，原作「雲長到此」，致本、業本、貫本、澹本、商本同；明四本作「公宜速去」。按：「與皇叔此處相會」佳，據齋本、光本改。

起處，一彪人馬趕來。當先夏侯惇大叫：「關某休走！」正是：

六〔六七〕將阻關徒受死，一軍攔路復爭鋒。

畢竟關公怎生脱身，且聽下文分解。

孟德既親身餞行，何無文憑相送也？揔之奸人之態變詐不測，不必多〔六八〕責。極妙是雲長之言，曰：「吾不受他節制，有甚公文！」磊磊落落，真丈夫哉！

五關斬將，千里獨行，非廿分膽、廿分識、廿分才，決不能爲也，惟我雲長先生一人而已，千古不能兩也。

曹操奸狡，身親餞行，不給文憑相送，以爲可拘制之也。雲長曰：「吾不受他節制，有甚公文？」詞嚴義正。千里獨行，五関斬將，今古無兩哉！

〔六七〕「六」，光本作「大」，形訛；明四本無。

〔六八〕「多」，緑本作「亦」，文意不通。

第二十八回 斬蔡陽兄弟釋疑 會古城主臣聚義

曹操於關公之行，不使人導之出疆者，陽美其大義而陰忌其歸劉，故聽彼自往。若其於路阻截而復回，則是不留之留也；若其中途爲人所害而死，則是不殺之殺也。迨至斬關而出，渡過黃河，當此之時，留之不可，殺之不得矣〔一〕；於是又恐不見了自己人情，然後令人齎送文憑以示恩厚〔二〕。斯其設心，不大可見乎？文憑之送，不送於需用文憑〔三〕之時，而送於不必用文憑之後。讀書者至此，慎勿被曹操瞞過也。

關公既遇廖化，又遇周倉。廖化是黄巾，周倉亦是黄巾。化之從公後於倉，而倉之慕公切於化。夫使倉而不與公遇，不過緑林一豪客耳。今日立廟繪像，倉得捧大刀立於公之側，竟附公以並垂不朽。可見人貴改圖，士貴擇主。雖失足萑苻，未甞不可以更新；而單身作僕，勝似擁嘍囉稱大王也〔四〕。

人但知「降漢不降曹」爲雲長大節，而不知大節如翼德，殆視雲長而更烈也。雲長辨漢與曹甚明，翼德辨漢與曹又〔五〕甚明。操爲漢賊，則從漢賊者亦漢賊；彼誤以關公爲降曹，故罵曹操并罵關公，而桃園舊好所不暇顧矣。蓋有君臣，然後有兄弟。君臣之義乖，即兄弟之義亦絶。衣帶詔之公憤爲重，而桃園之私盟爲輕。推斯〔六〕志也，使翼德而處土山之

〔一〕「矣」，貫本作「也」。
〔二〕「恩厚」，齋本、光本倒作「厚恩」。
〔三〕「文憑」，商本脱。
〔四〕「也」，光本作「矣」。
〔五〕「又」，商本作「亦」。
〔六〕「斯」，齋本、光本作「此」。

圍，寧蹈白刃而死，豈肯權宜變通，姑與曹操周旋乎哉！翼德生平最怒吕布，以其滅倫絶理，故一見便呼爲「三姓家奴」，而嗣後屢欲殺之，其怒曹操，亦猶是耳。惡吕布以正父子之倫，惡曹操以正君臣之禮，如翼德者，斯可謂之真孝子，斯可謂之真忠臣。

翼德失徐州，而雲長責之；雲長寄許都，而翼德責之。能如此以義相責，方是好兄弟。每怪今人好立朋黨；一締私盟，便互相遮護，雖有大過，不嫌其非。此以水濟水耳，豈所稱「和而不同」之君子乎？

玄德之於關公也，隔河望見旗幟而以手加額；翼德之於關公也，古城覿面相逢而綽鎗欲戰，一兄一弟，何其不同如此哉？曰：既不降曹，而何以在曹？此翼德所以責關公者也。知其身雖在曹，而必不降曹，此玄德所以信關公者也。觀弟之責其兄，則能爲翼德之兄者，固自不易；觀兄之信其弟，則能爲雲長之主〔七〕者，大非偶然矣。

只因關公以弟尋兄、以叔保嫂，遂引出一派親戚來：胡華與胡班爲父子，韓福與王植爲姻家，蔡陽與秦琪爲甥舅。不唯各主其主，又復各親其親矣。至於不殺郭常之子，以存人祀；收養關定之子，以立己嗣：關公父子是初相見，桃園兄弟是重會合，玄德夫婦是再團圓。合前回與此回，殆共成一篇親親文字云。

玄德在許都聽滿寵報信，但知公孫瓚下落，不知趙子龍下落，令人鬱鬱不快。關公在汝南見孫乾報信，但知玄德下落，並不提起張翼德下落，又令人鬱鬱不快。今至此回，不約而同，不期而會，不特當日見者快然，即今日讀者亦爲之快然矣〔八〕。由前而觀，則桃園爲初聚義，古城爲再聚義；由後而觀，則南陽會諸葛方爲

〔七〕「主」，齋本、光本、商本訛作「弟」，澹本作「兄」。

〔八〕「矣」，齋本、光本脱。

大聚義，古城合子龍已爲小聚義也。

劉、關、張三人兩番聚散：一散於吕布之攻小沛，再散于曹操之攻徐州。而玄德則前投曹操，後投袁紹；關公則前在東海，後在許都；翼德則兩次俱在芒碭山中。乃叙事者於前之散也，略關、張而獨詳玄德；於後之散也，則略翼德，稍詳玄德，而獨甚詳關公。所以然者，三面之事，不能並時同叙，故取其事之長者而備載焉，取其事之短者而簡括焉。史遷筆法，往往如此。

前回埋伏後文，此〔九〕回收拾前文。如胡班、廖化、普淨輩，俱於前〔一〇〕回埋伏；糜竺、糜芳、簡雍、趙雲等，俱於此回收拾。

却説關公同孫乾保二嫂向汝南進發，不想夏侯惇領三〔一一〕百餘騎，從後追來。孫乾保車仗前行，關公回身勒馬按刀問曰：「汝來趕我，有失丞相大度。」夏侯惇曰：「丞相無明文傳報，汝於路殺人，又斬吾部將，無禮太甚！我特來擒你，獻與丞相發落！」言訖，便〔一二〕拍馬挺鎗欲鬬。只見後面一騎飛來，大叫：「不可與雲長交戰！」關公按轡不動。來使於懷中取出公文，謂夏侯惇曰：「丞相敬愛關將軍忠義，恐於路關隘攔截，故遣某特賫公文，遍行諸處。」【毛】【漁】直待〔一三〕渡河之後公文方到，（此）曹操奸猾（處）（至此）。【贊】此時公文方到，奸計也。【鍾】□□□公文方到，正是奸計也。惇曰：「關某於路殺把關將士，丞相知否？」來使曰：「此却未知。」【毛】第一次斬關之時，關吏必已飛報許都矣。豈有五關俱斬，而操猶未知者乎？其曰「未知」者，曹操教之也，恐知之而後發使，不見了自己人情耳。【漁】頭一次斬関之時，関吏

〔九〕「此」，商本作「後」。
〔一〇〕「前」，光本作「兩」，形訛。
〔一一〕「三」，齋本、光本作「二」。
〔一二〕「與」，光本作「於」，「便」，商本作「遂」，明四本皆無。
〔一三〕毛批「待」，致本同，其他毛校本作「在」。

已飛報許都矣。豈有五関俱斬，而操猶尚未知乎？要顯人情，故佯爲不知。惇曰：「我只活捉他去見丞相，待丞相自放他。」【贊】夏侯惇大通。關公怒曰：「吾豈懼汝耶！」拍馬持刀，直取夏侯惇。惇挺鎗來迎。兩馬相交，戰不十合，忽又一騎飛至，大叫：「二將軍少歇！」惇停〔一四〕鎗問來使曰：「丞相叫擒關某乎？」【毛】此句問得更妙。惇意亦以斬關之事操必知之矣。使者曰：「非也。丞相恐守關諸將阻擋關將軍，故又差某馳公文來放行。」【毛】【漁】未渡河前，（公文）一紙（公文）不見；既渡河後，公文連〔一五〕片而（至。曹操大是）（來。何）奸猾（至此）。【贊】老瞞絕通。【鍾】老瞞更做得好人情。惇曰：「丞相知其於路殺人否？」使者曰：「未知。」【毛】第二番使命猶云「未知」，一發是詐。惇曰：「既未知其殺人，不〔一六〕可放去。」【贊】夏侯惇大是。指揮手下軍士，將關公圍住。關公大怒，舞刀迎戰〔一七〕。兩箇正欲交鋒，陣後一人飛馬而來，大叫：「雲長、元讓，休得争戰！」衆視之，乃張遼也。二人各勒住馬。張遼近前言曰：「奉丞相鈞旨：因聞知雲長斬關殺將，恐於路有阻，特差我傳諭各處關隘，任便放行。」【毛】前兩〔一八〕次言不知者，恐知其斬關而後發使，不見了人情也。此直言已知者，見得知其斬關而並不怒，索性再賣箇人情也。皆是曹操奸猾處。【鍾】（入）□□（答老）□（留）保（一命）。惇曰：「秦琪是蔡陽之甥。他將秦琪托付我處，今被關某所殺，怎肯干休？」【毛】伏後蔡陽厮殺事。遼曰：「我見蔡將軍，自有分解。既丞相大度，教放雲長去，公等不可廢丞相之意。」夏侯惇只得將軍馬約退。【毛】五關俱已斬過，一夏侯惇何足阻之，此時亦落得做個人情矣。【贊】【鍾】正是奸狡，人不知也。【漁】已知斬関而並不怒，索性再賣箇人情，真是大奸滑處。遼曰：「雲長今欲何往？」關公曰：「聞兄長又不在袁紹處，吾今將遍天下尋

〔一四〕「停」，齋本、光本作「挺」；澹本作「惇」，形訛；明四本無。
〔一五〕毛批「連」，光本作「雪」。
〔一六〕「不」，商本作「未」。
〔一七〕「迎戰」，貫本作「來迎」，明四本無。
〔一八〕「兩」，光本作「二」。

之。」遼曰：「既未知玄德下落，且再回見丞相，若何？」毛本爲放行而來，却轉出〈毛漁〉挽畱一語，趣甚。關公笑曰：「安〔一九〕有是理！文遠回見丞相，幸爲我謝罪。」說畢，與張遼拱手而別。毛公之來以遼始〔二〇〕，公之去亦以遼終。於是張遼與夏侯惇領軍自回。

關公趕上車仗，與孫乾說知此事，二人並馬而行。行了數日，忽值大雨滂沱，行裝盡濕。毛出路人每有如此苦事。漁行路苦楚。遥望山崗〔二一〕邊有一所莊院，關公引着車仗，到彼借宿。莊内一老人出迎，毛又遇一老人。漁又遇一莊主。關公具言來意。老人曰：「某姓郭名常，世居於此。久聞大名，幸得瞻拜。」遂宰羊置酒相待，請二夫人於後堂暫歇。郭常陪關公、孫乾於草堂飲酒，毛漁（此老之待客）（相待雲長亦）與胡華相似。一邊烘焙行李，毛照上「行裝盡濕」一句，細甚。一邊喂養馬匹。毛漁（閒中）（此處）帶出馬匹（二字），爲後偷馬一逗（，細甚）。至黄昏時候，忽見一少年毛又遇一少年。引數人入莊，徑上〔二二〕草堂。郭常喚曰：「吾兒來拜將軍。」因謂關公曰：「此愚男也。」關公問何來，常曰：「射獵方回。」毛代荅。少年見過關公，即下堂去了。毛寫得閃閃忽忽。常流淚〔二三〕言曰：「老夫耕讀傳家，止生此子，不務本業，唯以遊獵爲事，是家門不幸也！」毛漁胡華之子（何其）賢，郭常之子（何其）不肖（，閒閒相對）。關公曰：「方今亂世，若武藝精熟，亦可以取功名，何云不幸？」贄文夫語。鍾英雄語。常曰：「他若肯習武藝，便是有志之人。今專務遊蕩，無所不爲，毛漁伏偷馬事。老夫所以憂耳！」關公亦爲歎息。至更深，郭常辭出。關公與孫乾方欲就寢，忽聞後院馬嘶人叫。毛讀者至此，疑又有卞喜伏兵、王植縱火之事。關公急喚從人，却都不

〔一九〕「安」，商本作「豈」。
〔二〇〕「始」，貫本作「終」，訛誤。
〔二一〕「崗」，致本、澹本、商本、嘉本作「岡」。
〔二二〕「徑上」，商本作「竟上」，明四本作「徑奔」。
〔二三〕「淚」，商本作「涕」。

應，乃與孫乾提劍往視之。只見郭常之子倒在地上叫喚，從人正與莊客厮打。【毛】好看。公問其故，從人曰：「此人來盜赤兔馬，【毛】【漁】前有劫車仗之盜，此又有偷馬匹之賊，（亦閒閒）（遥遥）相對。被馬踢倒。【毛】公不可犯，公之馬亦不可犯。我等聞叫喚之聲，起來巡看，莊客們反來厮鬧。」公怒曰：「鼠賊焉敢盜吾馬！」恰待發作，郭常奔至，告曰：「不肖子爲此歹事，罪合萬死！奈老妻最憐愛此子，【毛】人情多愛獨子，而婦人之情，又每憐不肖之子。則此子之不肖，未必非憐愛釀成之也。乞將軍仁慈寬恕！」關公曰：「此子果然不肖，適纔老翁所言，真『知子莫若父』也。【毛】不知子者又莫若母。我看翁面，且姑恕之。」【鍾】真仗義人。遂分付從人看好了馬，喝散莊客，與孫乾回草堂歇息。

次日，郭常夫婦出拜於堂前，謝曰：「犬子冒瀆虎威，深感將軍恩恕。」關公令：「喚[二四]出，我以正言教之。」常曰：「他於四更時分，又引數個無賴之徒，不知何處去了。」【毛】【漁】爲後劫馬伏筆。

關公謝別郭常，請[二五]二嫂上車，出了莊院，與孫乾並馬護着車仗，取山路而行。不及三十里，只見山背後擁出百餘人，爲首兩騎馬，【毛】本爲盜一匹馬，却引出兩騎馬來。前面那人，頭裹黃巾，身穿戰袍，後面乃郭常之子也。【毛】【漁】奇絶。（此子兩番忽伏忽現。）黃巾者曰：「我乃天公將軍張角部將也！來者快留下赤兔馬，放你過去！」關公大笑曰：「無知狂賊！汝既從張角爲盜，亦知劉、關、張兄弟三人名字否？」【毛】第一回中事，忽于此一提。〇〈【毛】【漁】〉（劉、張）于關公口中補炤[二六]（劉、張），妙甚。黃巾者曰：「我只聞赤面長髯者[二七]名關雲長，【毛】此人口中却放下劉、張，獨問關公，又妙。【漁】而此人口中單問関公，妙。却未識其面。【毛】現對赤面，何云未識？汝何

[二四]「喚」，致本同；其他毛校本作「將」。
[二五]「請」，商本作「奉」。
[二六]「炤」，商本作「出」。
[二七]「髯者」，貫本、齋本作「鬚者」，光本訛作「鬚著」。

人也？」公乃停刀立馬，解開鬚囊，出長髯令視之。毛此人所以舍劉、張而獨問關公者，蓋已疑公之赤面，而特未見有〔二八〕長髯耳。故公即開囊〔二九〕示之。其人滚鞍下馬，腦揪郭常之子拜獻於馬前。毛前有殺杜遠之廖化，今有擒郭〔三〇〕子之裴元紹，又遥遥相對。漁前廖化殺杜遠，今裴元紹擒郭常之子，遥遥相對。關公問其姓名。告曰：「某姓裴名元紹。自張角死後，一向無主，嘯聚山林，權於此處藏伏。今早這厮來報：『有一客人，毛更不問此客姓名，這厮可謂鹵莽。騎一匹千里馬，在我家投宿。』特邀某來劫奪此馬。不想却遇將軍。」毛前杜遠事只在廖化口中虛述，今郭子事亦只在元紹口中虛述，皆省筆之法。郭常之子拜伏乞命。關公曰：「吾看汝父之面，饒你性命！」毛篤于兄弟者，不絶人之父子。贊鍾佛（心）。〔三一〕郭子抱頭鼠竄而去。

公謂元紹曰：「汝不識吾面，何以知吾名？」元紹曰：「離此二〔三二〕十里，有一卧牛山。山上有一關西人，姓周名倉，兩臂有千斤之力，板肋〔三三〕毛眉肋，音勒。虬三音求。髯，形容甚偉。漁周倉形狀又在裴元紹口中說出。原在黄巾張寶部下爲將，張寶死，嘯聚山林。他多曾與某説將軍盛名，恨無門路相見。」毛因郭常引出郭常之子，因郭常之子引出裴元紹，又〔三四〕因裴元紹引出周倉，方知郭常相見一段文字並非閒筆。郭常爲周倉引頭，亦如胡華爲胡班伏線耳。關公曰：「緑林中非豪傑托足之處。公〔三五〕等今後可各去邪歸正，勿自陷〔三六〕其身。」贊鍾先生又講道學（，何也）。元紹拜謝。正説話間，遥望一彪人馬來到。元紹曰：「此必周倉也。」關公乃立馬待之。

〔二八〕「而特」，澹本訛作「而持」。「有」，商本作「其」。
〔二九〕「囊」，澹本訛作「裴」。
〔三〇〕「郭」，貫本作「常」。
〔三一〕緑本脱此句贊批。
〔三二〕「二」，貫本、商本作「三」。
〔三三〕「板肋」，齋本訛作「板觔」，光本作「黑面」。
〔三四〕「又」，光本脱。
〔三五〕「公」，商本作「汝」，明四本無。
〔三六〕「陷」，商本作「棄」。

果見一人，黑面長身，持鎗乘馬，引衆而至，【毛】周倉形狀，前在元紹口中敘出，今又在關公眼中看出。見了關公，驚喜曰：「此關將軍也！」疾忙下馬，俯伏道旁曰：「周倉參拜。」【毛】【漁】（畫）（寫）出驚喜之狀。關公曰：「壯士何處曾識關某來？」倉曰：「舊隨黄巾張寶時，曾識尊顏，【毛】元紹但聞公名，周倉已識公面。【漁】不意周倉竟識関公之面，誠心至此，倉亦可稱人傑矣。恨失身賊黨，不得相隨。今日幸得拜見，願將軍不棄，收爲步卒，早晚執鞭隨鐙，死亦甘心！」【毛】勇于徙義，誠于慕賢，倉亦人傑矣哉！【贊】【鍾】周郎具眼（雲長）。公見其意甚誠，乃謂曰：「汝若隨我，汝手下人伴若何？」倉曰：「願從則俱從，不願從者，聽之可也。」於是衆人皆曰：「願從。」關公乃下馬至車前稟問二嫂。【毛】稟命而行，儼然有父兄在。【贊】此事何必謀之婦人，先生豈講學人，乃腐氣逼人如此耶？甘夫人曰：「叔叔自離許都，於路獨行至此，歷過多少艱難，並未嘗〔三七〕要軍馬相隨。前廖化欲相投，叔既却之，【毛】【漁】夫人口中，又將廖化事一提，（炤應前文）（句句俱係大丈夫見識）。今何獨容周倉之衆耶？我輩女流淺見，叔自斟酌。」公曰：「嫂嫂之言是也。」遂謂周倉曰：「非關某寡情，奈二夫人不從。汝等且回山中，待我尋見兄長，必來相招。」周倉頓首告曰：「倉乃一粗莽之夫，失身爲盜，今遇將軍，如重見天日，豈忍復錯過！若以衆人相隨爲不便，可令其盡跟裴元紹去。倉隻身步行跟隨將軍，雖萬里不辭也！」【毛】有匹馬尋兄之主人，自有隻身隨主之從者。○倉〔三八〕之誠于從公如此，宜其與公同享血食于千秋也〔三九〕。【贊】【鍾】周倉的是有（氣）骨（頭）人。【漁】不有今日之誠心，焉能與公同享千秋之血食也？關公再以此言告二嫂。甘夫人曰：「一二人相從，無妨於事。」公乃令周倉撥人伴隨裴元紹去。元紹曰：「我亦願隨關將軍。」周倉曰：「汝若去時，人伴皆散，且當權

〔三七〕「並未嘗」，嘉本、周本作「未曾」，商本、夏本、贊本無「並」。
〔三八〕「倉」上，商本有「周」字。
〔三九〕「也」下，齋本、光本有「哉」字。

時〔四〇〕統領。我隨關將軍去，但有住扎處，便來取你。」【毛】伏一筆。元紹快快而別。【毛】元紹之不得從公，亦有幸有不幸也。

周倉跟着關公，往汝南進發。行了數日，遥見一座山城。公問土人：「此何處也？」土人曰：「此名古城。數月前有一將軍，姓張名飛，引數十騎到此，將縣官逐去，【毛】逐縣官，正與鞭督郵遥對〔四一〕。占住古城，招軍買馬，積草屯糧。今聚有三五千人馬，四遠無人敢敵。」【毛】芒碭一去，令人想殺。至此忽然出現〔四二〕，爲之色喜。【贊】【鍾】（妙人）（老張）妙事，膾炙千古。【漁】硭碭山一去，直想至今，忽然出現，令人喜絶。關公喜曰：「吾弟自徐州失散，一向不知下落，誰想却在此！」【毛】本爲尋兄，却先遇弟，奇文幻事。乃令孫乾先入城通報，教來迎接二嫂。【毛】本謂尋常家數〔四三〕耳，不料下文幻出絶奇之事。【漁】不料引出許多絶奇之事。

却説張飛在硭碭山中住了月餘，因出外探聽玄德消息，【毛】又是一位尋兄的。偶過古城，入縣借糧。縣官不肯，【毛】此土人所未述。○這縣官大不曉事。飛怒，因就逐去縣官，奪了縣印，【毛】將軍權署知縣印。【贊】佛，佛。占住城池，權且安身。【毛】補叙張飛事，斷不可少。當日孫乾領關公命，入城見飛，施禮畢，具言：「玄德離了袁紹處，投汝南去了。今雲長直從許都送二位夫人至此，請將軍出迎。」張飛聽罷，更不回言，隨即披掛持矛〔四四〕上馬，引一千餘人，逕出北〔四五〕門。【毛】【漁】奇絶怪絶，（令人）不解其（故）（意）。【贊】佛，佛。〔四六〕孫乾驚訝，又不敢問，只得隨出城來。關公望見張飛到來，喜不自勝，付刀與周

〔四〇〕「時」，致本作「持」。

〔四一〕「對」，貫本作「望」。

〔四二〕「殺」，商本作「煞」。「出現」，業本作「中現」，光本倒作「現出」。

〔四三〕「謂」，貫本、齋本、光本、商本作「爲」。「數」，光本作「事」。

〔四四〕「矛」上，齋本、光本有「丈八」二字，嘉本有「丈八蛇」三字，周本、夏本、贊本有「丈八神」三字。

〔四五〕「北」，齋本、光本、商本作「城」。

〔四六〕緑本脱此句贊批。

倉接了，拍馬來迎。只見張飛圓睁環眼，倒竪虎鬚，吼聲如雷，揮矛望〔四七〕關公便搠。毛奇絶怪絶。一路胡華、郭常、廖化、周倉等輩，無不出莊拜迎、下馬拜伏〔四八〕，至此愛弟相見，忽然挺矛便搠，真驚殺人。贊安得翼德盡天下無義漢也。鍾義氣所激。漁奇絶，又令人驚殺。關公大驚，連忙閃過，便叫：「賢弟何故如此？豈忘了桃園結義耶？」毛首回中事，此忽一提。飛喝曰：「你既無義，有何面目來與我相見！」毛前此稱兄稱弟〔四九〕，今忽作你我之呼。蓋你我之爲兄弟，本以義合也；你既無義，則你是你、我是我，你是〔五〇〕做你的人，我是做我的人，你無面目見我，我亦無面目見你矣。説得字字憤，聲聲激。〇前回極力寫雲長，此回極力寫翼德。贊鍾翼德自是直人。關公曰：「我如何無義？」飛曰：「你背了兄長，降了曹操，封侯賜爵。今又來賺我！毛竟説來賺我，冤屈得好。我今與你併箇你死我活〔五一〕！」毛桃園之誓，不求同生，但求同死。今你既背義，則你死我活，方爲快〔五二〕也。字字憤，聲聲激。漁讀至此，令人替関公叫屈。關公曰：「你原來不知！我也難説。現放着二位嫂嫂在此，賢弟請自問。」毛漁公不自説，推二嫂説，情景逼〔五三〕真。二夫人聽得，揭簾而〔五四〕呼曰：「三叔何故如此？」飛曰：「嫂嫂住着。且看我殺了負義的人，然後請嫂嫂入城。」毛嫂猶兄也，殺負兄之人于嫂之前，猶殺之于兄前也。字字憤，聲聲激。〇降曹即是負劉，負劉即是負義；義則兄之，負義則殺〔五五〕之：翼德真聖人也。鍾又是義人。甘夫人曰：「二叔因不知你等下落，故暫時

〔四七〕「望」，商本作「向」。

〔四八〕二「絶」，光本作「極」。「廖化周倉」「拜伏」，光本倒作「周倉廖化」「伏拜」。

〔四九〕「稱兄稱弟」，商本作「真兄真弟」。

〔五〇〕「是」，光本作「自」，後一句同。

〔五一〕「併箇你死我活」，齋本、光本作「併箇死活」。

〔五二〕「快」，商本作「休」。

〔五三〕毛批「逼」，光本作「迫」；滄本作「遍」，形訛。

〔五四〕「而」，光本脱。

〔五五〕「殺」，原作「人」，致本、貫本、齋本、滄本同；業本作「責」。按：「人」字不通，據光本、商本改。

棲身曹氏。今知你哥哥在汝南，特不避險阻，送我們到此。三叔休錯見了。」糜夫人曰：「二叔向在許都，原出於無奈。」【毛】前翼德失陷二嫂于吕布，則雲長責之，而玄德解之；今雲長失陷二嫂于曹操，則翼德責之，而二嫂解之。前後亦遥遥相對。飛曰：「嫂嫂休要被他瞞過了〔五六〕！忠臣寧死而不辱，大丈夫豈有事二主之理！」【毛】可知雲長之事，翼德所不能爲，亦不肯爲。【贊】佛，佛。【鍾】大丈夫語。關公曰：「賢弟休屈了我。」孫乾曰：「雲長特來尋將軍。」【毛】夾孫乾語，更妙。飛喝曰：「如何你也胡説！他那裏有好心，必是來捉我！」【毛】直〔五七〕認雲長爲曹操心腹，故作此等語。【贊】佛，佛。【鍾】却是好心。【漁】到底直認雲長爲曹操心腹。關公曰：「我若捉你，須帶軍馬來。」【毛】借此一語，帶起下文，如針引線，極叙法之妙。○幸是不曾帶得廖化、裴元紹等一班人伴來，不然直是没得辨。飛把手指曰：「兀的不是軍馬來也！」【毛】來得突兀。叙事妙品。

關公回顧，果見塵埃起處，一彪人馬來到。風吹旗號，正是曹軍。【毛】關公此時，真渾身是口費〔五八〕分説矣。【漁】來得奇突。関公至此，渾身是口難分説矣。張飛大怒曰：「今還敢支吾麽？」【毛】不特翼德心疑，即關公亦心疑，讀者至此亦心疑。挺丈八蛇矛便搠將來。關公急止之曰：「賢弟且住。你看我斬此來將，以表我真心。」【毛】絶妙辨冤法。飛曰：「你果有真心，我這裏三通鼓罷，便要你斬來將！」【毛】禰衡之鼓三撾，其節悲；張飛之〔五九〕鼓三通，其聲壯。【漁】鼓聲壯矣哉！關公應諾。須臾，曹軍至，爲首一將，乃是蔡陽，挺〔六〇〕刀縱馬大喝曰：「你殺吾外甥秦琪，却原來逃在此！吾奉丞相命，特來拿你！」關公更〔六一〕不打話，舉刀便砍。張飛親自擂鼓。只見一通鼓未盡，

〔五六〕「了」，光本脱。
〔五七〕「直」，貫本作「真」。
〔五八〕「費」，商本作「難」。
〔五九〕「撾」，貫本、滄本、光本、商本作「通」。「之」，光本移至後文「壯」之下。
〔六〇〕「挺」，光本作「提」，明四本作「横」。
〔六一〕「更」，滄本、光本作「便」，明四本無。

關公刀起處，蔡陽頭已落地，【毛】關公事借蔡陽頭爲辨揭，蔡陽頭以張飛鼓爲邀帖。【漁】至此，張飛之疑已釋大半矣。衆軍士俱走。關公活捉執認旗的小〔六二〕卒過來，【三】旗（上）寫名姓爲認旗也。問取來由。小卒告說：「蔡陽聞將軍殺了他外甥，十分忿怒，要來河北與將軍交戰。丞相不肯，因差他往汝南攻劉辟，不想在這裏遇着將軍。」【毛】曹操一邊事在軍人口中補出，省筆。關公聞言，教去張飛前告說其事。飛將關公在許都時事細問小卒，小卒從頭至尾，說了一遍，飛方纔信。【毛】既借曹將頭辨心跡于目前，又借〔六三〕曹軍口証往事于前日，張飛又不得不信服矣。【鍾】也忒多心。【漁】曹操一邊事，在軍人口中說出。而関公之〔六四〕心迹，又在曹軍人口中敘出。

正說間，忽城中軍士來報：「城南門外，有十數〔六五〕騎來的甚緊，不知是甚人。」【毛】一波未平，一波又起。〇讀者至此，又疑是曹兵至矣。張飛心中疑慮，便轉出南門看時，果見十數騎輕弓短箭而來。見了張飛，滾鞍下馬，視之乃糜竺、糜芳也。【毛】張飛在古城遇二糜，與關公在汝南遇孫乾，一樣出人意外。【漁】又出意外。飛亦下馬相見。竺曰：「自徐州失散，我兄弟二人逃難回鄉。使人遠近打聽，知雲長降了曹操，主公在於河北，又聞簡雍亦投河北去了，【毛】又在二糜口中帶表簡雍下落，妙。只不知將軍在此。昨於路上遇見一夥客人，說有一姓張的將軍，如此模樣，今據古城。我兄弟度量必是將軍，故來尋訪。幸得相見！」【毛】二糜蹤跡，亦只借他口中敘出，省筆。飛曰：「雲長兄與孫乾送二嫂方到，已知哥哥下落。」二糜大喜，同來見關公，并叅見二夫人。飛遂迎請二嫂入城。至衙中坐定，二夫人訴說關公歷過之事，張飛方纔大哭，叅拜雲長。【毛】不知則大怒欲殺，知之則大哭下拜，英雄血性，固應爾爾。【漁】前何等辱罵，今何等欽

〔六二〕「小」，光本作「將」，明四本無。
〔六三〕「借」，商本作「將」。
〔六四〕「之」，衡校本脱。
〔六五〕「十數」，齋本、光本、周本、夏本、贊本倒作「數十」。

敬，英雄血性往往如此。二糜亦俱傷感。張飛亦自訴別後之事，毛叙事簡到。一面設宴賀喜。

次日，張飛欲與關公同赴汝南見玄德。毛寫張飛。關公曰：「賢弟可保護二嫂暫住此城，待我與孫乾先去探聽兄長消息。」毛保嫂尋兄之事，前此關公獨任之，今則與翼德分任之矣。飛允諾。關公與孫乾引數〔六六〕騎奔汝南來。劉辟、龔都接着，關公便問：「皇叔何在？」劉辟曰：「皇叔到此住了數日，爲見軍少，復往河北袁本初處商議去了。」毛前赴河北，却在汝南；今至汝南，又在河北。古詩云：「人生不相見，動如參與商。」散而求復聚，如此之難，可發一嘆。漁令人發嘆。關公怏怏不樂，孫乾曰：「不必憂慮。再苦一番驅馳，仍往河北去報知皇叔，同至古城便了。」關公依言，辭了劉辟、龔都，回至古城，與張飛說知此事。張飛便欲同至河北，毛漁寫張飛。關公曰：「有此一城，便是我等安身之處，未可輕棄。我還與孫乾同往袁紹處，尋見兄長，來此相會。賢弟可堅守此城。」飛曰：「兄斬他顔良、文醜，如何去得？」毛漁斬顔良、文醜事，又（在張飛口中）一提。關公曰：「不妨，我到彼，當見機而變〔六七〕。」毛爲後不入境伏筆。遂喚周倉問曰：「卧牛山裴元紹處，共有多少人馬？」倉曰：「約計〔六八〕四五百。」關公曰：「我今抄近路去尋兄長。汝可往卧牛山招此一枝人馬，從大路上接來〔六九〕。」毛欲使彼接應，以防不虞，不意後文又殊不然。倉領命而去。

關公與孫乾只帶〔七〇〕二十餘騎投河北來。將至界首，乾曰：「將軍且〔七一〕未可輕入，只在此間暫歇。毛孫乾甚精細。〇千里尋兄，及至兄所，却不即入見，變幻之極。漁孫乾可爲精細。待某先入見皇叔，別作商議。」關公依言，先打發孫乾去了。遥望前村

〔六六〕「數」，明四本作「十數」，光本作「數十」。
〔六七〕「變」，澹本作「作」，光本作「行」。
〔六八〕「約計」，明四本作「有」，毛校本作「約有」。
〔六九〕「接來」，商本作「接應」，嘉本作「迎來」。
〔七〇〕「帶」，齋本作「得」，光本作「隨」，明四本作「收拾」。
〔七一〕「且」，齋本、光本脱。

有一所莊院，便與從人到彼投宿。莊內一老翁携杖而出，【毛】又遇一老人。【漁】遇一老人，又遇二子，爲後收關平伏筆。與關公施禮，公具以實告〔七二〕。老翁曰：「某亦姓關，名定。久聞大名，幸得瞻謁。」遂命二子出見〔七三〕，【毛】又遇兩少年。○此處且不叙明二子，妙。欵留關公，并從人俱留於莊內。【毛】胡華之後有郭常，郭常之後有關定。一樣谿徑，各自出奇。

且說孫乾匹馬入冀州見玄德，具言前事。玄德曰：「簡雍亦在此間，【毛】先有二糜報信，此處便不突然。可暗請來同議。」少頃〔七四〕，簡雍至，與孫乾相見畢，共議脫身之計。雍曰：「主公明日見袁紹，只說要往荊州說〔七五〕劉表，共破曹操，便可乘機而去。」【毛】前在許都脫身，托言攻袁術；今在河北脫身，托言說劉表：一樣騙法。【漁】好騙法。玄德曰：「此計大妙！但公能隨我去否？」雍曰：「某亦自有脫身之計。」【毛】此計且不說出。商議已定。次日，玄德入見袁紹，告曰：「劉景升鎮守荊襄九郡，兵精糧足，宜與相約，共攻曹操。」紹曰：「吾嘗遣〔七六〕使約之，奈彼未肯相從。」玄德曰：「此人是備同宗，備往說之，必無推阻。」紹曰：「若得劉表，勝劉辟多矣。」遂命玄德行。紹又曰：「近聞關雲長已離了曹操，欲來河北。吾當殺之，以雪〔七七〕顔良、文醜之恨！」【毛】【漁】（孫乾）不與關公同入，確有主見。玄德曰：「明公前欲用之，吾故召之。【毛】又將前事一提。今何又欲殺之耶？且顔良、文醜比之二鹿耳，雲長乃一虎也。失二鹿而得一虎，何恨之有？」【毛】若紹之優柔無斷，直一羊耳。羊安能用虎乎？【贊】都是奸雄，所以也幹得些小事業〔七八〕。【鍾】玄德英雄見解。紹笑曰：「吾

〔七二〕「具以實告」，光本「具」作「俱」，嘉本作「實告之」，周本、夏本、贊本作「將實告之」。

〔七三〕「見」，商本脫，明四本作「拜」。

〔七四〕「頃」，原作「項」，明四本無，據毛校本改。

〔七五〕「說」，光本作「見」，明四本作「結連」。

〔七六〕「遣」，原作「遺」，據古本改。

〔七七〕「雪」，商本作「泄」。

〔七八〕「業」，吴本漫漶，緑本脫。

實〔七九〕愛之，故戲言耳。公可再使人召之，令其速來。」玄德曰：「即遣孫乾往召之可也。」【毛】玄德脱身之計，簡雍預先畫定；〈【毛】【漁】〉孫乾脱身之計，玄德隨機化出〔八〇〕。紹大喜，從之。玄德出，簡雍進曰：「玄德此去，必不回矣。某願與偕往，一則同説劉表，二則監住玄德。」【毛】妙人妙計。【贄】【鍾】簡雍更妙。【漁】是一夥人，如何監得？只好做弄痴子。紹然其言，便命簡雍與玄德同行。【毛】玄德請攻袁術，曹操使朱靈、路昭監之；玄德請約劉表，袁〔八一〕紹即使簡雍監之：袁、曹愚智又别于此。郭圖諫紹曰：「劉備前去説劉辟，未見成事，【毛】此事不實叙，只用虛筆點綴。今又使與簡雍同往荆州，必不返矣。」【漁】郭圖也是箇智人。紹曰：「汝勿多疑，簡雍自有見識〔八二〕。」【毛】可發一笑。郭圖嗟呀而出。

却説玄德先命孫乾出城回報關公，一面與簡雍辭了袁紹，上馬出城。行至界首，孫乾接着，同往關定莊上。關公迎門接拜，執手啼哭不止。【毛】劉、關至此方纔相見。○「啼哭」二字，宛然孺慕之誠。【漁】劉備、關公於此方纔相見。關定領二子拜於草堂之前。玄德問其姓名，關公曰：「此人與弟同姓，有二子：長子關寧，學文；次子關平，學武。」【毛】二子姓名學業，至此方補叙，却用關公代説，妙。○郭常之子不肖，關定之子又賢，又復閒閒相對。【漁】前面不説，此處述出，得省筆之法。關定曰：「今愚意欲遣次子跟隨關將軍，未識肯容納否？」【毛】郭子不肖，而郭常乞留之；關子賢，而關定欲遣之。畢竟郭常不脱常情，關定自有定見。玄德曰：「年幾何矣？」定曰：「十八歲矣。」玄德曰：「既蒙長者厚意，吾弟尚未有子，今即以賢郎爲子，若何？」【毛】此從同姓上想出。異姓者既爲兄弟，同姓者豈不當爲父子耶？關定大喜，便命

〔七九〕「實」，原作「故」，業本、貫本、齋本、商本同；光本作「固」，同「故」。按：「實」字義長，據滄本、明四本改。

〔八〇〕毛批「出」下，光本有「妙」字。

〔八一〕「袁」，商本訛作「玄」。

〔八二〕「見識」，齋本、光本倒作「識見」。

關平拜關公爲父，呼玄德爲伯父。毛漁關公本爲尋兄，忽然得子（；玄德方見一弟，又認一侄），奇文奇事。〈毛〉○前玄德于途中，遇殺妻爲食之劉安；今關公于途中，遇遣子爲嗣之關定：亦遥相映照〔八三〕。玄德恐袁紹追之，急收拾起行。關平隨着關公，一齊起身。關定送了一程自囘。

關公教取路往卧牛山來。正行間，忽見周倉引數十人帶傷而來。毛漁（奇文）奇事，雜沓而來。關公引他見了玄德，毛細。問其何故受傷，倉曰：「某未至卧牛山之前，先有一將單騎而來，與裴元紹交鋒，只一合，刺死裴元紹，毛關平爲養子，有不必隨行之關寧以陪之；周倉爲部〔八四〕將，有不得隨行之裴元紹以陪之。一虛一實，天然奇妙。盡數招降人伴，占住山寨。倉〔八五〕到彼招誘人伴時，止有這幾個過來，餘者俱懼怕，不敢擅離。倉不忿〔八六〕，與那將交戰，被他連勝數次，身中三鎗。因此來報主公。」玄德曰：「此人怎生模樣？姓甚名誰？」倉曰：「極其雄壯，不知姓名。」毛關公遇張飛，妙在先知姓名；周倉見趙雲，妙在不知姓名。於是關公縱馬當先，玄德在後，逕投卧牛山來。周倉在山下叫罵，只見那將全副披掛，持鎗驟馬，引衆下山。玄德早揮鞭出馬大叫曰：「來者莫非子龍否？」毛漁意外出奇。〈漁〉自徐州一別，至今方見。那將見了玄德，滚鞍下馬，拜伏道旁，原來果然是趙子龍。毛徐州一別，令人想殺。今此處忽然出現，又爲之色喜。玄德、關公俱下馬相見，問其何由至此。雲曰：「雲自別使君，不想公孫瓚不聽人言，以致兵敗自焚。毛遥應第二十一囘中語〔八七〕。袁紹屢次招雲，雲想紹亦非用人之人，因此未往。毛有見識。後欲至徐州投使君，毛是其生平一片之心。又聞徐州失守，雲長已歸曹操，使君

〔八三〕「相映照」，齋本、光本作「遥相對」。

〔八四〕「陪」，貫本作「倍」，形訛。「部」，貫本作「前」，商本作「陪」。

〔八五〕「倉」上原有「周」，毛校本、周本、夏本、贊本同。按：周倉自述，後句亦作「倉不忿」，無「周」通。據嘉本删。

〔八六〕「不忿」，齋本、商本作「大忿」，光本作「大怒」，明四本無。

〔八七〕「語」，商本作「事」。

又在袁紹處。雲幾番欲來相投，只恐袁紹見怪。【毛】又精細。【贄】英雄行動如此，你道似世上那一班秀才否？四海飄零，無容身之地。前偶過此處，適遇裴元紹下山來欲奪吾〔八八〕馬，【毛】莫非又被郭常之子所誤？雲因殺之，借此安身。近聞翼德在古城，欲往投之，未知真實。今幸得遇使君！」【毛】子龍一向踪跡，即借他口中歷歷叙出，又周至，又省筆，又妙在夾帶劉、關、張三人事。【鍾】賢臣擇主，子龍□之。【漁】有見識，又精細，皆係一片真心。玄德大喜，訴説從前之事。關公亦訴前事。【毛】「魚書欲寄何由達」，「舊事淒涼不可聽」。〔八九〕玄德曰：「吾初見子龍，便有留戀不捨之情。【毛】遥應第七回中事〔九〇〕。今幸得相遇！」雲曰：「雲奔走四方，擇主而事，未有如使君者。今得相隨，大稱平生，雖肝腦塗地無恨矣！」【毛】【漁】剖心瀝胆〔九一〕之言。當日就燒毁山寨，率領人衆，盡隨玄德前赴古城。

張飛、糜竺、糜芳迎接入城，各相拜訴。二夫人具言雲長之事，玄德感歎不已。【毛】前劉、關相見時，雲長但執手啼哭，並無一語自明。今二夫人代爲言之。○雲長心事，光明磊落，玄德已深信之；雖微二夫人言，固將感歎不已也。於是殺牛宰馬，先拜謝天地，【毛】【漁】宛（如）（然似）桃園結義之時。然後遍勞諸軍。玄德見兄弟重聚，將佐無缺，又新得了趙雲，關公又得了關平、周倉二人，歡喜無限，連飲數日。【毛】其實可喜。【漁】快樂之至極。後人有詩讚之曰〔九二〕：

當時手足似瓜分，信斷音稀杳不聞。
今日君臣重聚義，正如龍虎會風雲。

〔八八〕「吾」，光本作「我」。

〔八九〕「魚」，原作「東」，毛校本同。按：上句出自北宋晏殊《寓意》，下句出自唐代竇叔向《夏夜宿表兄話舊》。據原詩句改。

〔九〇〕「中事」，齋本、光本作「之情」。

〔九一〕毛批「胆」，致本訛作「朋」，商本作「肝」。

〔九二〕毛本後人讚詩自贄本八句删後四句，爲静軒詩，漁本同；鍾本同贄本，周本、夏本、贄本改自嘉本。

時玄德、關、張、趙雲、孫乾、簡雍、糜竺、糜芳、關平、周倉部領馬步〔九三〕軍校共四五千人。毛上已將前事一總，此又總叙一筆，老甚。○上文單叙將，此兼叙兵。玄德欲棄了古城，去守汝南，毛究竟古城只作得書過文。恰好〔九四〕劉辟、龔都差人來請。毛省却多少筆墨，叙事妙品。漁省筆之妙。於是遂起軍往汝南住〔九五〕扎，招軍買馬，徐圖征進，不在話下。毛放下玄德一邊。

且說袁紹見玄德不回，大怒，欲起兵伐之。郭圖曰：「劉備不足慮。曹操乃勍〔九六〕二音禽。敵也，不可不除。劉表雖據荊州，不足爲强。江東孫伯符威鎮〔九七〕三江，地連六郡，謀臣武士極多，可使人結之，共攻曹操。」毛放下劉備，專重曹操，又放下〔九八〕劉表，轉出孫策：此文字過枝接葉處。漁此處忽地又轉出孫策，文章過接，如此之巧。紹從其言，即修書，遣陳震爲使，來會孫策。正是〔九九〕：

只因河北英雄去，引出江東豪傑來。

未知其事如何，且聽下文〔一〇〇〕分解。

出關後，文憑方到，畢竟是老瞞奸狡也。可笑史官無識，反謂其不奸狡也。世上具眼漢子，實如龜毛兔〔一〇一〕角，可發浩〔一〇二〕歎。簡雍真〔一〇三〕是大妙人，弄袁紹如小兒。趙雲是真漢

〔九三〕「部領」，光本、商本作「統領」，明四本無。「步」，齋本、光本作「部」。
〔九四〕毛批「書過文」，商本作「一過脈」。正文「好」，商本作「得」。
〔九五〕「住」，光本、商本作「駐」。
〔九六〕「勍」，澹本、商本作「勁」。
〔九七〕「鎮」，原作「振」，致本、夏本、贊本同。按：「鎮」字義長，據其他毛校本、嘉本、周本改。
〔九八〕「下」，齋本、光本作「過」。
〔九九〕以下至回末闕字，醉本回末葉背面闕，據毛校本補。
〔一〇〇〕「文」，明四本無，致本作「回」。
〔一〇一〕「兔」，原作「鬼」。按：「龜毛兔角」喻不可能存在或有名無實之物，劉本形訛，據贊校本改。緑本作「兎」。
〔一〇二〕「浩」，原作「皓」，吴本同。按：「浩歎」即長歎，據緑本改。
〔一〇三〕「真」，原作「是」，緑本同。按：「真」字義通，據吴本改。

子，歸玄德慈母。張飛是一誠無僞聖賢，故欲殺無義人如狗彘、如虎狼、如蛇蝎，幸雲長非其人耳。不然，亦危矣哉！

大丈夫喜則清風明月，怒則鼓浪崩沙。三通鼓斬蔡陽，雖其勇勝，實緣義激。

古城義聚，亦人生一奇會也。故臣主之際，俱覺躍然生色。

第二十九回　小霸王怒斬于吉　碧眼兒坐領江東

前孫堅以三十騎輕出，而至於死；今孫策以單騎輕出，而至於傷。輕而無備，此吴子諸樊之所以卒於巢也。萬乘至〔一〕重，壯者慮輕，堅與策之不得爲帝王者在此。

智伯之客只一，許貢之客有三。未知許貢之待此三人，亦能如智伯之待豫讓否也。又未知此三人之事許貢，其先亦如豫讓之曾事他人否也。乃豫讓伏橋入廁，吞炭漆身，未嘗損趙襄子〔二〕分毫，但能斬其衣袍而已。若三人之箭射鎗搠，孫策皆以〔三〕身親受之，其事比豫讓爲尤快，其人亦比豫讓爲更烈。雖其姓名不傳，固當表而出之，以愧後世之爲人臣而忘其〔四〕君者。

孫策不信于神仙，是孫策英雄處。英明如漢武，猶且惑神仙、好方士，而孫策不然，此其識見誠有大過人者。其死也，亦運數當絶，適逢其會耳，非于吉之能殺之也。世人不察，以爲孫策死於于吉，然則張角所云「南華老仙授以《太平要術》」，亦將謂其有是事否？若于吉能殺孫策，何以南華老仙不能救張角乎？

孫策之怒，非怒于吉，怒士大夫之羣然拜之也。至今吴下風俗，最好延僧禮道，并信諸巫祝鬼神之事，蓋自昔日而已然矣。席間耳語，

〔一〕「諸樊」，原作「壽夢」，毛校本同。按：吴王壽夢爲吴王諸樊之父。《左傳·襄公二十五年》：「十二月，吴子諸樊伐楚，以報舟師之役。門于巢……吴子門焉，牛臣隱於短牆以射之，卒。」據改。「至」，貫本作「之」。

〔二〕「趙襄子」，原作「趙簡子」，致本、業本、貫本、滄本同。按：《史記·刺客列傳》：晉國智伯瑶敗于趙襄子而亡；智伯瑶家臣豫讓爲其報讐而三次刺殺趙襄子未遂。趙簡子爲趙襄子之父。「簡」應作「襄」，據其他毛校本改。

〔三〕「皆以」，齋本作「蓋以」，光本作「蓋已」。

〔四〕「其」，貫本脱。

紛紛下樓，此等光景實不可耐。孫策見之，安得不怒乎？若于吉果係神仙，殺亦不死，何索命之有？其索命者，或孫策將亡，别有妖孽托言，必非〔五〕于吉。正史但曰孫策爲許貢之客所刺，傷重而殞，並不載于吉一事，所以破世人之惑也。予今存而辨之，亦以破世人之惑云。

有父刱業以遺其子者矣，未有兄刱業以遺其弟者也。策無年而權有年，策無嗣而權有嗣；策也竭蹶而取之，權也安坐而享之。所以然者，何也？良由策之爲策，衝鋒陷陣，克敵之勇有餘；雅俗〔六〕坐鎮，君人之度未足〔七〕耳。孫策死而以帝業讓之孫權，亦猶劉縯（眉縯，引、衍二音。）死而以帝業讓之劉秀。策於舉事之初，便夣光武，此其應已在孫權矣。

魯肅之濟周瑜，是篤友，不是市恩。周瑜之舉魯肅，是薦賢，不是酧惠。試觀魯肅初見孫權數語，與孔明隆中所見畧同。人但知其爲謹厚，而不知其慷慨；但知其爲誠實，而不知其英敏。豈得爲知子敬者耶！

人謂管仲不如鮑叔，以鮑叔能薦賢，而管仲不能薦賢也。今周瑜薦魯肅，魯肅又薦諸葛瑾，張紘（眉紘，音横。）亦薦顧雍，其轉相汲引如此。彼管仲於臨終時，力短賔須無、甯越等諸人，而未甞薦一賢士以自代。然則如瑜、如肅、如紘者，賢於管仲遠矣。

使劉表截孫堅者，袁紹也。使曹仁婚孫匡者，曹操也。孫策欲結袁紹以拒曹操，則合者忽離，離者忽合；孫權又却袁紹而順曹操，則合者將〔八〕離而終合，離者將合而終離。事之變幻，何其不可捉摸乃爾乎！前回正叙劉備脱離袁紹之事，後回將叙袁紹再攻曹操之事，而

〔五〕「必非」，齋本、光本倒作「非必」。
〔六〕「雅俗」，光本作「文雅」。
〔七〕「未足」，齋本作「未定」，光本作「不足」。
〔八〕「將」，齋本作「終」，光本作「既」，後一句同。

此回忽然夾叙東吴，如天外奇峰横插入來。事既變，叙事之文亦變。《三國》一書，誠非他書所能及。

却説孫策自霸江東，兵精糧足。建安四年，襲取廬江，敗劉勳，【毛】廬江太守。使虞翻馳檄豫章，豫章太守華歆投降。【毛】【漁】後孫權使華歆至許昌，先於此（處）伏筆。〈毛〉〇王朗不降孫策而歸曹操，華歆則既降孫策而又歸曹操。華歆人品，又在王朗之下。自此聲勢大振，乃遣張紘【二】音宏。往許昌上表獻捷。曹操知孫策强盛，歎曰：「獅兒難與争鋒也！」【毛】劉景升之兒如豚犬，孫文臺之兒如獅。遂以曹仁之女許配孫策幼弟孫匡，兩家結婚。【毛】曹操結婚孫策，與袁術求婚吕布一様主〔九〕意。留張紘在許昌。【毛】伏筆。孫策求爲大司馬，曹操不許。策恨之，常有襲許都之心。【毛】【漁】吕與袁以絶婚而不睦，孫與曹〔一〇〕以結婚而亦不睦，兩様局面。於是吴郡〔一一〕太守許貢乃暗遣使赴許都上書於曹操。其畧曰〔一二〕：

孫策驍勇，與項籍相似。【毛】「小霸王」。朝廷宜外示榮寵，召還京師；不可使居外鎮，以爲後患。【贊】【鍾】許貢亦通。

使者齎書渡江，被防江將士所獲，解赴孫策處。【毛】吕布獲着劉備書是荅書，孫策獲着許貢書是送書。荅書猶可原，送書不可耐。策觀書大怒，斬其使，遣人假意請許貢議事。貢至，策出書示之，叱曰：「汝欲送我於死地耶！」命武士絞殺之。【毛】孫曹之交至此愈離。【漁】許貢多事，該殺。貢家屬皆逃散，【毛】借家屬襯出家客，妙。有家客三人，欲爲許貢報仇，恨無其

〔九〕「主」，商本訛作「注」。

〔一〇〕毛批「曹」，原作「操」，致本、業本、滄本、商本同。按：此句「吕」「袁」「孫」皆爲姓，「操」應作「曹」，據其他毛校本改。

〔一一〕「郡」，原作「羣」，形訛，致本同，據其他古本改。

〔一二〕毛本許貢上書改自贊本；鍾本、漁本同贊本，周本、夏本、贊本改自嘉本。按：嘉靖本引自《三國志·吴書·孫討逆傳》裴注引《江表傳》。

便。毛此三客惜不傳其〔一三〕姓名。贄三人可用。鍾有三人報仇，貢死亦何恨。

一日，孫策引軍會獵於丹徒之西山，趕起一大鹿，策縱馬上山逐之。毛曹操許田射鹿，何其嚴整；孫策丹徒逐鹿，何其輕率。正趕之間，只見樹林之内有三箇人持鎗帶弓而立。毛比豫讓伏橋更覺閃忽。策勒馬問曰：「汝等何人？」荅曰：「乃韓當軍士也，在此射鹿。」策方舉轡欲行，一人拈〔一四〕鎗望策左腿便刺。毛漁寫得突兀。策大驚，急取佩劍從馬上砍去，劍刃忽墜，止存劍靶二音霸。在手。一人早拈弓搭箭射來，正中孫策面頰。毛不是射鹿，却在〔一五〕射獅。二音結。漁原爲射鹿而來，今先爲人所射了。策就扳面上箭，取弓回射，放箭之人應弦而倒。毛獅兒甚能。贄孫郎亦通。那二人舉鎗向孫策亂搠，大叫曰：「我等是許貢家客，特來爲主人報仇！」毛即在家客口中説明，省筆。〇三人來所〔一六〕，却在兩人口中説出，更妙。鍾好家客。漁報讐於〔一七〕家客口中説出，省筆。策別無器〔一八〕械，只以弓拒之，毛前太史慈以一盔抵一戟，今孫策以一弓抵二鎗，前後映射。且拒〔一九〕且走，二人死戰不退。策身被數鎗，馬亦帶傷，毛前周泰以保護孫權而被創〔二〇〕，今孫策以無人保護而被傷〔二一〕，又前後映射。正危急之時，程普引數人至。孫策大叫：「殺賊！」程普引衆齊上，將許貢家客砍爲肉泥。毛漁義哉，三客！（勝徐晃、張遼輩〔二二〕多矣！）看孫策時，血流滿面，被傷至重，乃以刀割袍，裹其傷處，救回吴會養病。後人有詩贊許家三客曰〔二三〕：

〔一三〕「其」，齋本前移至「不」上，光本前移至「惜」上。
〔一四〕「拈」，滄本、光本作「挺」。
〔一五〕「在」，貫本、齋本、光本、商本作「是」。
〔一六〕「所」，光本作「歷」。
〔一七〕「於」，原作「與」，據衡校本改。
〔一八〕「器」，光本作「兵」。
〔一九〕毛批「射」，商本作「對」。正文「拒」，商本作「戰」，明四本無。
〔二〇〕「創」，貫本、齋本、光本作「鎗」，滄本作「劍」，皆形訛。
〔二一〕「傷」，商本作「創」。
〔二二〕毛批「義」，齋本、光本作「善」。「輩」，商本脱。
〔二三〕毛本贄許家三客詩改自贄本，爲静軒詩；鍾本同周本、夏本、贄本，漁本、嘉本無。

孫郎智勇冠江湄，射獵山中受困危。
許客三人能死義，殺身豫讓未爲奇。

却說孫策受傷而回，使人尋請華佗醫治。不想華佗已往中原去了，【毛】華佗前醫周泰，後醫關公，故於此處更爲一提。【漁】又影現華佗。止有徒弟在吴，命其治療。其徒曰：「箭頭有藥，毒已入骨。須静養百日，方可無虞。若怒氣衝激，其瘡難治。」【毛】【漁】先伏一筆。孫策爲人最是性急，恨不得即日便愈。將息到二十餘日，忽聞張紘有使者自許昌回，策喚問之。使者曰：「曹操甚懼主公，其帳下謀士亦俱敬服，惟有郭嘉不服。」【毛】此在使者口中補叙，省甚。策曰：「郭嘉曾有何説？」使者不敢言。策怒，固問之。【漁】寫性急。使者只得從實告曰：「郭嘉曾對曹操言主公不足懼也：『輕而無備，性急少謀，乃匹夫之勇耳〔二四〕，他日必死於小人之手。』」【毛】正與射獵受傷相炤。嘉之料策，不於射獵知之，早於戰太史慈知之矣。【贊】蠢才，此物不死何用。【鍾】説出孫策骨髓。【漁】句句喫他説着。正與射獵受傷相炤，嘉可爲善料人矣。策聞言，大怒曰：「匹夫安敢料吾！吾誓取許昌！」【鍾】性子這等急，莫説華佗徒弟，就是華佗自己亦難救藥。遂不待瘡愈，便欲商議出兵。張昭諫曰：「醫者戒主公百日休動，今何因一時之忿，自輕萬金之軀？」

正話間，忽報袁紹遣使陳震至。【毛】接引前回。〇〈【毛】【漁】〉陳震此來，恰中機會。策喚入問之，震具言袁紹欲結東吴爲外應，共攻曹操。【毛】正中下懷。策大喜，即日會諸將於城樓上，設宴欵待陳震。飲酒之間，忽見諸將互相偶語〔二五〕，紛紛下樓。【毛】此等光景，其實可笑可惡。策怪問何故，左右曰：「有于神仙者，【二】【考証】按《一統志》云：「于吉，瑯琊人，精苦脩道，忽得痼疾，晨夕告天，誠感老君，令仙翁授吉〔二六〕

〔二四〕「耳」，嘉本無，貫本作「也」。
〔二五〕「偶語」，嘉本、周本作「耳語」。按：「偶語」，意謂相聚議論或竊竊私語。
〔二六〕周批「吉」，原無，據夏批、《一統志》補。

經曰：『非但愈疾，當得長生，化行天下。』吉得之，疾遂除。凡消灾治疾，無不驗者。後老君屢降，親授其旨〔二七〕。孫策平江東，將士多病，請吉噀水輒瘥。天久〔二八〕旱，縛吉曝日中即大雨，策忌而殺之。俄失其尸，周旋人間又百餘年仙去。」今從樓下過，諸將欲往拜之耳。」【毛】此時不即說明于神仙來歷，留俟〔二九〕後文叙出，有情景。策起身凭【二】音平。欄觀之，見一道人，身披鶴氅，【二】音敞。手携藜杖，立於當道，百姓俱焚香伏道而拜。【毛】【漁】吴人風俗，往往如此。策怒曰：「是何妖人？快與我擒來！」【鍾】英雄確見。【漁】又性急。左右告曰：「此人姓于名吉，寓居東方，往來吴會，普施符水，救人萬病，無有不驗。當世呼爲神仙，未可輕瀆。」【毛】華佗是醫中之仙，于吉又〔三〇〕是仙中之醫。然則孫策被傷，諸將何不即薦于吉療治之，而必求華佗之徒也？【漁】于吉係仙中之醫，何不薦于孫策醫被傷處，而必求華佗之徒也？策愈怒，喝令：「速速擒來！違者斬！」左右不得已，只得下樓，擁于吉至樓上。策叱曰：「狂道〔三一〕怎敢煽惑人心！」【贊】這是孫策是。【鍾】說得是。

于吉曰：「貧道乃瑯琊宫道士，順帝時曾入山採藥，得神書於曲陽泉水上，號曰《太平青領道》，凡百餘卷，皆治人疾病方術。【毛】此與張角得《太平要術》，俱是自說，無人看見。貧道得之，惟務代天宣化，普救萬人，未曾取人毫釐之物，【毛】不取人物，則與今之方士不同。安得煽惑人心？」策曰：「汝毫不取人，衣服飲食，從何而得？【漁】問得不差。汝即黄巾張角之流，【毛】張角事已隔二十餘回，忽又於此提動。今若不誅，必爲後患！」【贊】【鍾】大是。【漁】種種躁暴。〔三二〕叱左右斬之。張昭諫曰：「于道人在江東數十年，並無過犯，不可殺害。」【贊】更是。策曰：「此等妖人，吾殺之何

〔二七〕夏批「後」，原無，據周批、《一統志》補。周批「旨」，原作「詣」，據夏批、《一統志》改。

〔二八〕周、夏批「久」，原作「大」，據《一統志》改。

〔二九〕「俟」，齋本作「敘」，光本作「在」。

〔三〇〕「又」，光本作「反」。

〔三一〕「道」，齋本、滄本、光本作「士」，明四本作「夫」。

〔三二〕衡校本脱此句漁批。

異屠猪狗！」毛俗呼之爲神仙，策乃罵之爲猪狗，快絶。漁衆人皆以神仙稱之，策罵之爲猪狗，怪絶。衆官皆苦諫，陳震亦勸。策怒未息，命且囚於獄中。衆官俱散，陳震自歸館驛安歇。

孫策歸府，早有内侍傳説此事與策母吴太夫人知道。毛男子或有不信僧道者，却又拗娘人不過。夫人唤孫策入後堂，謂曰：「我聞汝將于神仙下於縲二音雷。絏。二音屑。此人多曾醫人疾病，軍民敬仰，不可加害。」贊夫人是，是。鍾女流大抵信邪。策曰：「此乃妖人，能以妖術惑衆，不可不除！」贊孫郎亦是。鍾孫郎〔三三〕乃是丈夫。漁孫策責的極是，後來于吉之死，是諸將殺之也。夫人再三勸解。策曰：「母親勿聽外人妄言，兒自有區處。」乃出，唤獄吏取于吉來問。原來獄吏皆敬信于吉，吉在獄中時盡去其枷鎖，及策唤取，方帶枷鎖而出。策訪知大怒，痛責獄吏，仍將于吉械繫下獄。毛漁策之殺吉，皆衆人激之〔三四〕也。贊是，是。張昭等數十人，連名作狀，拜求孫策，乞保于神仙。毛今有寫連名保狀爲病人拜〔三五〕神仙而求保者矣，未有代神仙拜凡人而求保者也。可發一笑。策曰：「公等皆讀書人，何不達理？昔交州刺〔三六〕史張津，聽信邪教，鼓瑟焚香，常以紅帕裹頭，自稱可助出軍之威，後竟爲敵軍所殺。毛百忙中又於張角之前遠引一故事。張角用黄巾，張津用紅帕；張角是黄天當立，張津是赤地當興矣。兩下映射成趣。贊是，是。漁忙中映〔三七〕射有趣。此等事甚無益，諸君自未悟耳。鍾妖人之爲害不（淺）。吾欲殺于吉，正思禁邪覺迷也。」

吕範曰：「某素知于道人能祈風禱雨。方今天旱，何不令其祈雨以贖罪？」毛漁（前）（先）言治病，（此）忽（然）轉出祈雨，幻甚。策曰：「吾且看此妖人若何。」遂命於獄中取出于吉，開其枷鎖，令登

〔三三〕「郎」，原作「郭」，形訛。
〔三四〕毛批「激之」，貫本倒作「之激」。
〔三五〕「拜」，商本作「祈」。
〔三六〕「刺」上，齋本、光本有「有一」二字。
〔三七〕「映」，原作「引」，衡校本同，誤。

壇求雨。吉領命，即沐浴更衣，取繩自縛於烈日之中。毛前孫策欲拘囚于吉，則獄吏私開其枷鎖；今孫策命開其枷鎖，則于吉反取繩自縛。映射成趣。百姓觀者，填街塞巷。毛夾寫百姓一句，好。于吉謂衆人曰：「吾求三尺甘霖，以救萬民，然我終不免一死。」毛神仙不死，死者必非神仙。贊于吉原通。衆人曰：「若有靈驗，主公必然敬服。」于吉曰：「氣數至此，恐不能逃。」毛極似郭璞語。既知氣數難逃，便不當對孫策矣。王敦之死，未聞郭璞作祟，然則孫策之死，安得謂是于吉作祟耶？鍾于吉神仙，此亦□幻。少頃，孫策親至壇中下令：「若午時無雨，即焚死于吉。」先令人堆積乾柴伺候。毛漁（此）亦是〔三八〕（一）祈雨法。將及午時，狂風驟起，風過處，四下陰雲漸合。毛不便寫下雨，妙有頓折。○前者「不速之客三人來」，此則「密雲不雨，自我西郊」〔三九〕。策曰：「時已近午，空有陰雲，而無甘雨，正是妖人！」叱左右將于吉扛上柴堆，四下舉火，燄隨風起。毛偏有此一折，妙甚。忽見黑煙一道，沖上空中，一聲響喨，雷電齊發，大雨如注。頃刻之間，街市成河，溪澗皆滿，足有三尺甘雨。毛遇雨之吉，羣疑亡也。贊好看，好看。鍾呼風喚雨，的是妖人。于吉仰卧於柴堆之上，大喝一聲，雲收雨住，復見太陽。毛看他一時寫出風、雲、煙、火、雷、電、雨、日，令讀者驚心悦目。漁令人驚心悦目。於是衆官及百姓共將于吉扶下柴堆，解去繩索，再拜稱謝。孫策見官民俱羅拜於水中，不顧衣服，乃勃然大怒，毛此時衆人不羅拜，孫策或未必殺吉。使策果於殺吉者，皆衆人之過也。漁催命鬼又到矣。叱曰：「晴雨乃天地之定數，妖人偶乘其便，爾〔四〇〕等何得如此惑亂！」毛若果能欲雨而雨，欲晴而晴，則亦可欲死而死，欲生而生矣。今死生〔四一〕既云有定數，則晴雨安得無定數。贊孫郎自是好雄。鍾孫郎正論。漁也説得正氣。

〔三八〕毛批「亦是」，原作「是亦」，其他毛校本同，據光本乙。
〔三九〕「則」，光本脱。「郊」下，商本有「也」字。
〔四〇〕「爾」，明四本無，齋本、光本作「你」。
〔四一〕「死生」，商本倒作「生死」。

掣寶劍令〔四二〕左右速斬于吉。衆官力諫，策怒曰：「爾等皆欲從于吉造反耶！」衆官乃不敢復言。策叱武士將于吉一刀斬頭落地，【毛】【漁】能避火劫，不能避刀（兵）劫，（畢）（究）竟不（成）（爲）神仙。只見一道青氣，【毛】太平青領道。投東北去了。【毛】瑯琊山在東北。策命將其屍號令於市，以正妖妄之罪。【贊】于吉自仙，孫郎自伯，不相碍也。

是夜風雨交作，及曉，不見了于吉屍首。【毛】能於既死之後攝去其屍，何不先於未死之前遁去其身乎？守屍軍士報知孫策，策怒，欲殺守屍軍士。忽見一人，從堂前徐步而來，視之，却是于吉。【毛】既往東北，何又來東〔四三〕南？策大怒，正欲拔劍斫〔四四〕之，忽然昏倒於地。左右急救入卧内，半晌方甦〔四五〕。【二】音蘇。吴太夫人來視疾，謂策曰：「吾兒屈殺神仙，故招此禍。」【毛】【漁】四字（好）（可）笑。策笑曰：「兒自幼隨父出征，殺人如麻，何曾有爲禍之理？今殺妖人，正絶大禍，安得反爲我禍？」【毛】孫策明理，畢竟英雄。【贊】到底是硬漢子。【鍾】自信□□。【漁】英雄出口不同。夫人曰：「因汝不信，以致如此，今可作好事以禳之。」【毛】確是婦人聲口。今日吴下，此風尤甚。○若云作好事，是將追薦神仙矣。豈有神仙而望人追薦者乎？好笑。【漁】婦人言語行事却像。策曰：「吾命在天，妖人決不能爲禍，何必禳耶！」夫人料勸不信，乃自令左右暗修善事禳解。【毛】婦人信鬼之事，慈母愛子之情。○何不并禳許貢及其家客三人？豈鬼不爲祟〔四六〕，而神仙反爲祟乎？

是夜二〔四七〕更，策卧於内宅，忽然陰風驟起，燈滅而復明。燈影之下，見于吉立於床前。【毛】人之將死，而鬼物侮之，非真于吉之能爲禍也。策大喝曰：「吾平生誓誅妖妄，以靖天下！汝既爲陰鬼，何敢近

〔四二〕「令」字原闕，據毛校本補。
〔四三〕「東」，光本作「西」。
〔四四〕「斫」，古本作「砍」。
〔四五〕「甦」，商本作「醒」。
〔四六〕「祟」，致本、貫本、商本作「崇」，形訛，後一處同。
〔四七〕「二」，齋本、光本作「三」。

我！」贊孫郎自是豪傑，不可及也。鍾的不可及。取床頭劒擲之，忽然不見。吴太夫人聞之，轉生憂悶。策乃扶病强行，以寬母心。毛孫策事母至孝，豈有神仙而害孝子者〔四八〕？母謂策曰：「聖人云：『鬼神之爲德，其盛矣乎！』又云：『禱爾于上下神祇。』鬼神之事，不可不信。毛今之信佛信仙者，偏會〔四九〕引孔孟之言爲証，不獨一吴太夫人也。贊夫人也會説鬼。鍾夫人説鬼。汝屈殺于先生，豈無報應？吾已令人設醮於郡之玉清觀内，毛設醮玉清，前不叙明，至此借吴太夫人口中説出，好。汝可親往拜禱，自然安妥。」策不敢違母命，只得勉强乘轎至玉清觀。毛漁（孫）策不得已而從母命，（與）（較）今之信媍（言而拜仙佛者不同）（人言者差多矣）。道士接入，請策焚香，策焚香而不謝。毛畢竟是强漢。忽香〔五〇〕爐中煙起不散，結成一座華蓋，上面端坐着于吉。毛種種興妖作怪，神仙必不爲此。策怒，唾罵之，走離殿宇，又見于吉立於殿門首〔五一〕，怒目視策。毛種種興妖作怪，神仙必不爲此。策顧左右曰：「汝等見妖鬼否？」左右皆云：「未見。」策愈怒，拔佩劒望于吉擲去，一人中劒而倒。衆視之，乃前日動手殺于吉之小卒，被劒斫〔五二〕入腦袋，七竅流血而死。毛小卒動手殺于吉，非小卒之意；吉若恨而殺之，亦不成神仙矣。漁殺于吉之小卒係孫策之令，若〔五三〕恨而殺之，豈成爲神仙乎？策命扛出葬之。比及出觀，又見于吉走入觀門來。毛種種興妖作怪，神仙必不爲此。策曰：「此觀亦藏妖之所也！」毛直以玉清觀與瑯琊宫一例〔五四〕看。遂坐於觀前，命武士五百人拆毁之。武士方上屋揭瓦，却見于吉立於屋上，飛瓦擲地。毛種種興妖作怪，神仙必不爲此。〇不能禁其拆毁，只得反助其揭瓦，亦甚着乖。

〔四八〕「者」，商本作「乎」。
〔四九〕「會」，商本作「爲」。
〔五〇〕「香」，貫本作「然」。
〔五一〕「首」，光本脱，明四本作「之前」。
〔五二〕同本回校記〔四三〕。
〔五三〕「若」，衡校本作「者」，屬上句。
〔五四〕「例」，齋本、光本作「樣」。

策大怒，傳令逐出本觀道士，放火燒燬殿宇。火起處，又見于吉立於火光之中。毛種種興妖作怪，神仙必不爲此。○此時何不更求甘〔五五〕雨以滅火耶？策怒歸府，又見于吉立於府門前。毛漁種種興妖作怪，（神仙必不爲此。）（豈神人爲之乎？）策乃不入府，隨點起三軍，出城外下寨，傳喚衆將商議，欲出〔五六〕兵助袁紹夾攻曹操。毛忙中同顧陳震通好一事，妙甚。贊至此則着迷矣。鍾孫郎到底不信妖人。衆將俱曰：「主公玉體違和，未可輕動。且待平愈，出兵未遲。」是夜孫策宿於寨內，又見于吉披髮而來，毛種種興妖作怪，神仙必不爲此。○「披髮而來」，一發像鬼，不像神仙〔五七〕。策於帳中叱喝不絕。

次日，吴太夫人傳命召策回府，策乃歸見其母。夫人見策形容憔悴，泣曰：「兒失形矣！」策即引鏡自炤，果見形容十分瘦損，不覺失驚，顧左右曰：「吾奈何憔悴至此耶！」言未已，忽見于吉立於鏡中。毛漁種種興妖作怪，神仙必不爲此。〈毛〉○聞神仙有炤妖鏡，不意凡人又有炤神仙之鏡。贊奇。鍾亦奇恠。策拍鏡大叫一聲，金瘡迸裂，昏絶於地，毛漁（曰）「金瘡迸裂」，則孫策仍死於許貢之（三）客，非死於于吉也。夫人令扶入卧內。須臾甦醒，自歎曰：「吾不能復生矣！」隨召張昭等諸人及弟孫權至卧榻前，囑付曰：「天下方亂，以吴越之衆，三江之固，大可有爲。子布等幸善相吾弟。」乃取印綬與孫權曰：「若舉江東之衆，決機於兩陣之間，與天下爭衡〔五八〕，卿不如我；舉賢任能，使各盡力以保江東，我不如卿。毛孫策深自知，亦深知其弟。贊英雄具眼。鍾自知之〔五九〕。漁孫策深知其弟，亦能自知。卿宜念父兄刱業之艱難，善自圖之！」權大哭，拜受印綬。策告母曰：「兒天年已盡，不能奉慈母。今將

〔五五〕「甘」，光本作「大」。
〔五六〕「出」，齋本、光本作「起」，明四本無。
〔五七〕「仙」下，齋本、光本有「也」字。
〔五八〕「衡」，原作「衝」，致本、業本、齋本同，據其他古本改。
〔五九〕「自知之」，原作「自知知」，語義不通，酌改。

印綬付弟，望母朝夕訓之。父兄舊人，慎勿輕怠。」母哭曰：「恐汝弟年幼，不能任大事，當復如何？」【毛】孫策可謂〔六〇〕孝於父母，友於兄弟。【漁】孝哉，可敬。策曰：「弟才勝兒十倍，足當大任。儻内事不決，可問張昭；外事不決，可問周瑜。【毛】【漁】内事、外事分得妙。恨周瑜不在此，不得面囑之也！」【毛】此句補得妙。又喚諸弟囑曰：「吾死之後，汝等並輔仲謀。宗族中敢有生異心者，衆共誅之。骨肉爲逆，不得入祖墳安葬。」【毛】【漁】早爲後文孫峻、孫綝伏線。【贊】【鍾】大英雄舉事，了了如此。諸弟泣受命。又喚妻喬夫人謂曰：「吾與汝不幸中途相分，汝須孝養尊姑。早晚汝妹入見，可囑其轉致周郎，盡心〔六一〕輔佐吾弟，休負我平日相知之雅。」【毛】周郎〔六二〕之於孫策，猶樊噲之於漢高，皆兩姨之親也。○此處〈【毛】【漁】〉（又）將二喬點叙一筆（，爲後文伏線）。言訖，瞑目而逝，年止二十六歲。【毛】此是孫策當死，切勿認作于吉有靈。若于吉果能捉殺孫策，則後文左慈何不捉殺曹操耶？後人有詩讚曰〔六三〕：

獨戰東南地，人稱「小霸王」。
運籌如虎踞，決策似鷹揚。
威鎮三江靖，名聞四海香。
臨終遺大事，專意屬周郎。

孫策既死，孫權哭倒於床前。張昭曰：「此非將軍哭時也。【毛】語亦壯。宜一面治喪事，一面理軍國大事。」【贊】大是，大是。是真正英雄語。【鍾】張昭真英雄語。【漁】語壯〔六四〕而意亦正。權乃收淚。張昭令孫靜理會喪事，請孫權出堂受衆文武謁〔六五〕賀。孫權生得方頤大口，碧眼紫髯。【毛】曹操有黃鬚兒，孫堅有紫鬚兒，紫鬚勝

〔六〇〕「謂」，光本作「爲」。
〔六一〕「盡心」，明四本作「在意」。
〔六二〕「郎」，光本作「瑜」。
〔六三〕毛本讚孫策詩改自贊本；鍾本、漁本同贊本，周本、夏本、贊本改自嘉本。
〔六四〕「壯」，原作「狀」，據衡校本改。
〔六五〕「謁」，光本、商本作「慶」。

黃鬚多〔六六〕矣。昔漢使劉琬入吳，見孫家諸昆仲，因語人曰：「吾徧觀孫氏兄弟，雖各才氣秀達，然皆祿祚不終〔六七〕。惟仲謀形貌奇偉，骨格非常，乃大貴之表，又享高壽，衆皆不及也。」毛 百忙中忽補叙劉琬善相，是閒筆，却又是緊筆。贊 此人亦通。鍾 此人亦好風鑑。

且説當時孫權承孫策遺命，掌江東之事。經理未定，人報周瑜自巴丘提兵回吳。權曰：「公瑾已回，吾無憂矣。」原來周瑜守禦巴丘，聞知孫策中箭被傷，因此回來問候。將至吳郡，聞策已亡，故星夜來奔喪。毛漁（看他）補叙處何等周緻〔六八〕。當下周瑜哭拜於孫策靈柩之前。吳太夫人出，以遺囑之語告瑜，瑜拜伏於地曰：「敢不效犬馬之力，繼之以死！」少頃，孫權入。周瑜拜見畢，權曰：「願公無忘先兄遺命。」毛 孫策不能面囑周瑜，而特自囑其妻，以轉囑其妻之妹；周瑜亦不能面見孫策，而但聞其母與弟述策之言。〈毛漁〉與白帝城托孤者，又是一樣局面。瑜頓首曰：「願以肝腦塗地，報知己之恩。」權曰：「今承父兄之業，將何策以守之？」瑜曰：「自古『得人者昌，失人者亡』。爲今之計，須求高明遠見之人爲輔，然後江東可定也。」贊 片言居要。鍾 理道之言。權曰：「先兄遺言：內事托子布，外事全賴公瑾。」瑜曰：「子布賢達之士，足當大任。瑜不才，恐負倚托之重，願薦一人以輔將軍。」毛 才〔六九〕如周郎，而能推賢讓能，是其大過人處。漁 從來能國者，必薦賢爲先。權問何人，瑜曰：「姓魯名肅，字子敬，臨淮東城〔七〇〕人也。」毛 周瑜始薦張昭于孫策，今又薦魯肅

〔六六〕「多」上，齋本、光本有「者」字。

〔六七〕「終」，原作「永」，致本、業本、貫本、滄本、光本、商本同。按：《三國志·吳書·吳主傳》：「琬語人曰：『吾觀孫氏兄弟雖各才秀明達，然皆祿祚不終。』」「永」字義反，作「終」是。據齋本、明四本改。

〔六八〕毛批「緻」，同「致」，光本、商本作「到」。

〔六九〕「才」字原闕，據毛校本補。

〔七〇〕「臨淮東城」，原作「臨淮東川」，毛校本同。按：各本後文作「（魯肅）祖母亡，還葬東城」。《三國志·吳書·魯肅傳》：「魯肅字子敬，臨淮東城人也。」《後漢書·郡國志》：「武帝置爲臨淮郡，永平十五年更爲下邳國。」《晉書·地理志》：「太康元年，復分下邳屬縣在淮南者置臨淮郡。」東漢三國疑無臨淮郡。據明四本改。

于孫權，始終以薦人爲主，妙。漁推賢讓能是其大過人處。此人胸懷韜略，腹隱機謀。早年喪父，事母至孝。贊仁孝乃英雄本色，此公瑾所以取子敬也。鍾求忠臣于孝子之門，此公瑾所以取子敬耶？其家極富，甞散財以濟貧乏。瑜爲〔七一〕居巢長之時，將數百人過臨淮，因乏糧，聞魯肅家有兩囷毛[眉]囷，音窘，圓廩。二音郡。米，各三千斛，因往求助。肅即指一囷相贈，其慷慨如此。毛漁孝親篤友，輕財好施，此（人可欽可敬。）〈毛〉等人豈易于富翁中求之？○能孝親篤友，則必能忠君矣；能輕財好施，則必不私其家以負國矣。平生好擊劍騎射，寓居曲阿〔七二〕。祖母亡，還葬東城。其友劉子揚欲約彼往巢湖投鄭寶，肅尚躊躇未往。今主公可速召之。」權大喜，即命周瑜往聘。瑜奉命親往，見肅叙禮畢，具道孫權相慕之意。肅曰：「近劉子揚約某往巢湖，某將就之。」瑜曰：「昔馬援對光武云：『當今之世，非但君擇臣，臣亦擇君。』毛馬援舍隗囂而從光武，魯肅亦當舍鄭寶而從孫權。漁言之甚切。今吾孫將軍親賢禮士，納奇録異，世所罕有。足下不須他計，只同我往投東吴爲是。」鍾公瑾所諭，皆英雄本色。肅從其言，遂同周瑜來見孫權。權甚敬之，與之談論，終日不倦。

一日，衆官皆散，權留魯肅共飲，至晚同榻抵足而卧。毛極似李鄴侯見唐肅宗時。夜半，權問肅曰：「方今漢室傾危，四方紛擾。孤承父兄餘業，思爲桓、文之事，三桓、文乃齊桓、晋文之事。君將何以教我？」肅曰：「昔漢高祖欲尊事義帝而不獲者，以項羽爲害也。今之曹操可比項羽，毛許貢以孫策比項羽，是言其驍勇；魯肅以曹操比項羽，是言其跋扈。贊凡做〔七三〕事者，决有成筭，不草草也。將軍何由得爲桓、文乎？肅竊料漢室不可復興，曹操不可卒除。爲將軍計，惟有鼎足江東以觀天下之釁。今乘

〔七一〕「爲」，光本作「當」。

〔七二〕「曲阿」，原倒作「阿曲」，致本、業本、貫本、滄本同。據其他古本乙正。

〔七三〕「做」，緑本作「傳」。

北方多務，勸除黃祖，進伐劉表，竟長江所極而據守之，然後建號帝王，以圖天下。此高帝〔七四〕之業也。」【毛】【漁】天下大勢，已了然（于）胸中，其識見不在孔明之〔七五〕下。【二】〔評論〕魯肅首見孫權便語以帝王之大畧，誠〈三〉好議論（也）。【鍾】子敬胸有成筭。權聞言大喜，披衣起謝。次日厚賜〔七六〕魯肅，并將衣服幃帳等物賜肅之母。【毛】君能推其孝以及臣，則臣必將推其孝以事〔七七〕君。肅又薦一人見孫權：【贊】【鍾】英雄轉展相薦（，小人惟解妬人耳）。此人博學多才，事母至孝，【毛】【漁】君（能）孝，則所用之臣亦孝；臣（能）孝，則所薦之人亦孝。覆姓諸葛名瑾，字子瑜，琅琊陽都〔七八〕人也。權拜之爲上賓。瑾勸權勿通袁紹，且順曹操，然後乘便圖之。【贊】【鍾】是。權依言，乃遣陳震回，以書絶袁紹。【毛】了前案。〇孫策本欲通紹而攻曹，今權乃通曹而絶紹，機謀轉變，倏忽不同。〔七九〕

却説曹操聞孫策已死，欲起兵下江南。侍御史張紘諫曰：【毛】【漁】用張紘諫，妙。「乘人之喪而伐之，既非義舉，若其不克，棄好成仇。不如因而善遇之。」操然其説，【鍾】操方懼紹，故紘言得入。乃即奏封孫權爲將軍，兼領會稽太守，即令張紘【周】音弘。【夏】音宏。爲會稽東部〔八〇〕都尉，賫印往江東。【毛】後文曹操獨留華歆，而此處不留張紘者，以紘之兄弟久事東吴，終不爲操用耳。孫權大喜，又得張紘回吴，【三】〔考證〕三年，孫策遣張紘〔八一〕獻方物至許都，拜（爲）侍御史。因封孫權，仍回吴輔孫權。即命與張昭同理政事。張紘又薦一人於孫權：此人姓顧名雍，字元嘆，【三】雍字元

〔七四〕「高帝」，齋本、光本作「高祖」。
〔七五〕毛批「之」，貫本作「以」。
〔七六〕「賜」，明四本無，商本作「贈」。
〔七七〕「事」，貫本作「及」。
〔七八〕「陽都」，原作「南陽」，古本同。按：《三國志·吴書·諸葛瑾傳》：「諸葛瑾字子瑜，琅邪陽都人也。」據改。
〔七九〕句尾，齋本、光本有「妙絶」二字。
〔八〇〕「東部」，原無，古本同。按：《三國志·吴書·張紘傳》：「出紘爲會稽東部都尉。」據補。
〔八一〕周批「紘」，原訛作「昭」，據嘉、夏批改。

嘆。言爲蔡伯〔八二〕喈所嘆，因以爲字。乃左中郎將〔八三〕蔡邕之徒，毛漁又（是一）（係）孝子之徒。其爲人少言語，不飲酒，嚴厲正大。毛雍性不飲酒，孫權嘗曰：「顧公在座，使人不樂。」其人之嚴正可知。漁其人嚴正如此。權以爲丞，行太守事。自是孫權威震江東，深得民心。

且說陳震回見袁紹，具說：「孫策已亡，孫權繼立。曹操封之爲將軍，結爲外應矣。」袁紹大怒，遂起冀、青、幽、并等處人馬七十餘萬，復來攻取許昌。正是：

江南兵革方休息，冀北干戈又復興。

未知勝負若〔八四〕何，且聽下文分解。

孫郎不信于吉，亦是英雄之見。不比今之道學先生，口攻異端，妻子稍有疾病，便請和尚道士念佛看經、修齋做醮也。即有自立者，老婆做主，不怕他不從也。

魯子敬所見，即孔明隆中之言也，真是英雄之見畧同。人知孔明，不知子敬，亦聞見相沿耳。凡讀史者，定須自出眼目，乃是丈夫。

周瑜、魯肅、諸葛瑾、張紘、顧雍，彼此引薦，真君子也。嗟彼小人，媢嫉妬忌，真可愧也，真可憐也。

真正英雄决無女子氣。伯符之言曰：「妖妄之人，幻惑諸將，使不顧君臣之禮。」又曰：「自幼從父縱橫四海，未嘗見吾父敬何鬼神。」琅琅數語，自是伯江東本色。

魯子敬所見即孔明隆中之言也，真是英雄之見畧同。人知孔明，不知子敬哉！

〔八二〕周批「伯」字重衍。

〔八三〕「左中郎將」，原作「中郎」，毛校本同；明四本作「漢中郎將」。按：《後漢書·蔡邕列傳》：「初平元年，拜左中郎將。」據補。

〔八四〕「若」，光本、明四本作「如」。

第三十回 戰官渡本初敗績 劫烏巢孟德燒糧

當曹操攻呂布之時，袁紹可以全師襲許都而不襲，一失也。當曹操攻劉備之時，袁紹又可以全師襲許都而不襲，是再〔一〕失也。迨呂布已滅，劉備已敗，然後争之，斯已晚矣。然苟能以全師屯官渡而拒其前，以偏師襲許都而斷其後，未嘗不可以取勝，而紹又不爲，是三失也。既已失之於始，諒不能得〔二〕之於終，此田豐之所以知其必敗耳。

項羽與高帝約割鴻溝以王，而高帝欲歸；若非張良勸之勿歸，楚、漢之勝負，未可知也。今袁紹與曹操相拒於官渡，而操以乏糧而欲歸；若非荀彧勸之勿歸，袁、曹之勝負，亦未可知也。讀書至此，正是大關目處。如布棋者，滿盤局勢，所争只在一着而已。

袁紹善疑，曹操亦善疑。然曹操之疑，荀彧決之而不疑，所以勝也；袁紹之疑，沮授決之而仍疑，許攸決之而愈疑，所以敗也。曹操疑所疑，亦能信所信。韓猛之糧，不疑其誘敵；許攸之來，不疑其詐降，所以勝也。袁紹疑所不當疑，又信所不當信。見曹操致荀彧之書，則疑其虚；見審配罪許攸之書，則信其實；聽許攸襲許都之語，則疑其詐；聽郭圖譖張郃之語，則信其真：所以敗也。一敗於白馬而顔良死，再敗於延津而文醜亡，猶小敗耳。至三敗，而七十萬大軍止存八百餘騎。前者「十勝」「十敗」之説〔三〕，不於此大驗乎哉！

〔一〕「再」，齋本、光本作「二」。
〔二〕「得」，商本訛作「行」。
〔三〕「説」，光本作「語」。

凡用兵之法，以糧爲重。然於己之糧，有棄之者矣；於人之糧，亦有棄之者矣。或兩軍相當，我棄我糧以誘敵，敵争取我糧則必亂，敵〔四〕亂則我勝，我勝則糧仍歸我，是棄未嘗棄也。或大敵猝至，我欲堅壁，堅壁則必清野，清野則必自焚其積，不焚則糧爲敵資，焚之則敵無所取，是非棄我糧，實斷寇糧也。若夫糧之在敵，可劫則劫之，劫之而我因糧於敵，是敵糧皆我糧也。不可劫則焚之；劫之不盡，則我小受其利，而敵未必大損，焚之則敵之大損，即〔五〕我之大利，是焚勝於劫也。總之以少攻多，以弱攻强，非用奇不能取勝。故高帝有給漢糧之蕭何，不可無燒楚糧之彭越。曹操有能應糧之荀彧，不可無請燒糧之許攸。

高帝踞床洗〔六〕足而見英布，是過爲傲慢，以挫其氣；曹操披衣跣足而迎許攸，是過爲慇懃，以悦其心。一則善駕馭，一則善結納。其術不同，而其能用人則同也。光武焚書以安反側，是恕之於人心既定之後；曹操焚書以靖衆疑，是忍〔七〕之於人心未定之時。一則有度量，一則有權謀。其事同，而其所以用心〔八〕不同也。帝王有帝王氣象，奸雄有奸雄心事，真是好看。

袁紹兵多，可分之以襲許昌；曹操兵少，安能分之以襲鄴郡，并取黎陽乎？故許攸之獻計袁紹，是欲以實計破曹操，使曹操不及知之；荀攸之獻計曹操，是欲以虚聲恐袁紹，正欲使袁紹知之。此兵家虚虚實實之大不同者。《三國》一書，直可作《武經七書〔九〕》讀。

〔四〕「敵」，商本脱。

〔五〕「即」，商本訛作「則」。

〔六〕「洗」，致本訛作「跣」。按：《漢書·英布傳》：「漢王方踞牀洗，而召布入見。」顔注曰：「洗，濯足也。」後句作「曹操披衣跣足」，「跣足」意亦足，與「高帝踞床洗足」對應。

〔七〕「忍」，商本訛作「恕」。

〔八〕「心」下，商本有「者」字。

〔九〕「書」，商本訛作「篇」。

韓信、陳平，初皆在楚，而項羽驅之入漢；許攸、張郃，初皆事袁，而本初驅之歸曹。良可歎也。其驅之不動者，在楚唯有范增，在袁惟有沮授而已。嗚呼，如增，如授，能有幾人哉！

却説袁紹興兵望官渡進發。【三】（《一統志》云：）官渡，（城名，）在開封府[一〇]中牟縣北。【二】〈〉漢末曹操與袁紹相持於官渡口即此。夏侯惇發書告急，曹操起軍七萬，前往迎敵，留荀彧守許都。紹兵臨發，田豐從獄中上書諫曰：「今且[一一]宜靜守以待天時，不可妄興大兵，恐有不利。」【毛】【漁】田豐第一次請緩戰，第二次請急戰，今第三、第四次皆請勿戰，確有斟酌。逢紀譖曰：「主公興仁義之師，田豐何得出此不祥之語！」【贊】田豐、沮授不能善用袁紹，原是一對滯貨。紹因怒，欲斬田豐，【毛】没主意。衆官告免。紹恨曰：「待吾破了曹操，明正其罪！」【毛】若破了曹操，倒未必殺。正與後文反炤。遂催軍進發，旌旗遍野，刀劍如林。行至陽武，【嘉】地名。【五】陽武，古地名，（漢始置陽武縣，）今屬開封府（也）。下定寨栅。沮授曰：「我軍雖衆，而勇猛不及彼軍；彼軍雖精，而糧草不如我軍。彼軍無糧，利在急戰；我軍有糧，宜且緩守。若能曠以日月，則彼軍不戰自敗矣。」【毛】知彼知我。此即賈詡勸李傕拒馬騰之計也。【贊】【鍾】沮授（稍）（大）通。紹怒曰：「田豐慢我軍心，吾[一二]回日必斬之。汝安敢又如此！」叱左右：「將沮授鎖禁軍中，待我破曹之後，與田豐一體治罪！」【毛】田豐意在不戰，沮授意在緩戰。不戰但可免敗，緩戰實可致勝。乃皆不見用而反見罪，惜哉！【漁】緩戰實可取勝，惜乎皆不見用而反見罪，何也？於是下令，將大軍七十萬，東西南北，週圍安營，連絡九十餘里。

[一〇] 嘉批「開封府」，原作「鄭州」。按：《一統志》：「開封府領州四、縣三十。」中牟縣爲開封府直領縣，「鄭州領縣四：滎陽縣、滎澤縣、河陰縣、汜水縣」。據周、夏批改。
[一一] 「今且」，商本訛作「今日」，明四本作「各」。
[一二] 「吾」，光本作「我」。

細作探知虛實，報至官渡，曹軍新到，聞之皆懼。曹操與衆謀士商議。荀攸曰：「紹軍雖多，不足懼也。我軍俱精鋭之士，無不以一〔一三〕當十。但利在急戰，若遷延日月，糧草不敷，事可憂矣。」【毛】【贊】【鍾】（荀攸）所見與沮授同。此用而彼不用者，所遇之（主）（主）異耳。操曰：「所言正合吾意。」【漁】曹操可爲善用人矣。遂傳令軍將鼓譟而進。紹軍來迎，兩邊排成陣勢。審配撥〔一四〕弩手一萬，伏於兩翼；弓箭手五千，伏於門旗內：約砲響齊發。三通鼓罷，袁紹金盔金甲，錦袍玉帶，立馬陣前。左右擺列着〔一五〕張郃、高覽、韓猛、淳于瓊等諸將，旌旗節鉞，甚是嚴整。曹陣上門旗〔一六〕開處，曹操出馬。許褚、張遼、徐晃、李典等，各持兵器，前後擁衛。【毛】前寫二人交戰，俱未親身對壘。〈【毛】【漁】〉此番（方是）（二人）大決雌雄。曹操以鞭指袁紹曰：「吾於天子之前，保奏你爲大將軍，今何故謀反？」紹怒曰：「汝托名漢相，實爲漢賊！罪惡〔一七〕彌天，甚於莽、卓，乃反誣人造反耶！」操曰：「吾今奉詔討汝！」【贊】必稱詔者，何也？天子寵靈〔一八〕所攝也，亦奸雄所必惜也。【鍾】操稱詔者，借天子寵靈也。【漁】出語正大光明。紹曰：「吾奉衣帶詔討賊！」【毛】只此七字，抵得一篇陳琳檄文。【漁】回答亦光明正大。操怒，使張遼出戰，張郃躍馬來迎。二將鬬了四五十合，不分勝負。曹操見了暗暗稱奇。【毛】爲後收用張郃伏筆。許褚揮刀縱馬，直出助戰，高覽挺鎗接住。四員將捉對兒廝殺。曹操令夏侯惇、曹洪，各引三千軍，齊衝彼陣。審配見曹軍來衝陣，便教〔一九〕放起號砲：兩下萬弩並發，中軍內弓箭手一齊擁出陣前亂射。【毛】【漁】袁軍

〔一三〕「以一」，齋本倒作「一以」，嘉本無「以」。
〔一四〕「撥」，光本作「發」。
〔一五〕「左右擺列着」，明四本作「兩掖下大將」，齋本、光本、商本「擺」作「排」。
〔一六〕「門旗」，商本倒作「旗門」。
〔一七〕「罪惡」，原作「惡罪」，致本、業本、貫本、澹本、商本同。按：「罪惡」通，據齋本、光本、明四本乙正。
〔一八〕「寵靈」，緑本作「爲人」。
〔一九〕「教」，齋本作「令」，澹本、周本、夏本作「叫」，嘉本無。

慣以箭取勝，此北人（長技）（善射）也。曹軍如何抵敵，望南急走。袁紹驅兵掩殺，曹軍大敗，盡退至官渡。

袁紹移軍逼近官渡下寨。審配曰：「今可撥兵十萬守官渡，就曹操寨前築起土山，令軍人下視寨中放箭。操若棄此而去，吾得此隘口，許昌可破矣。」毛漁（亦是）好計。鍾審配之言可用。紹從之，於各寨内選精壯軍人，用鐵鍬土擔，齊來曹操寨邊壘土成山。曹營内〔二〇〕見袁軍堆築土山，欲待出去衝突，被審配弓弩手當住咽喉要路，不能前進。十日之內，築成土山五十餘座，上立高櫓，三（高〔二一〕櫓，）即雲梯也。分撥弓弩手於其上射箭。曹軍大懼，皆頂着遮箭牌守禦。贊好看。土山上一聲梆子響處，箭下如雨。毛前之箭自北而南，今之箭則自上而下。曹軍皆蒙楯嘉音盾。二音笋。伏地，三楯，即遮箭牌也。袁軍吶喊而笑。毛吶喊與笑相連，〈毛漁〉此等軍聲從來未有。曹操見軍慌亂，集衆謀士問計。劉曄二音謁。進曰：「可作發石車以破之。」毛漁以石禦箭，妙計。鍾兵法十守五攻，此用攻法也。操令曄進車式，連夜造發石車數百乘，分布營牆內，正對着土山上雲梯。候弓箭手射箭時，營內一齊拽動石車，砲石飛空，往上亂打，贊好看。人無躲處，弓箭手死者無數。袁軍皆號其車爲「霹靂車」，毛箭自上而下，則謂之雨；石自下而上，則謂之雷。雨從天降，雷自地起。由是袁軍不敢登高射箭。審配又獻一計：令軍人用鐵鍬暗打地道，直透曹營內，號爲「掘子軍」。毛霹靂車是「震來厲」，掘子軍又是「明入地」矣。〔二二〕曹兵望見袁軍於山後掘土坑，報知曹操。操又問計於劉曄，曄曰：「此袁軍不能攻明而攻暗，發掘伏道，欲從地下透營而入耳。」毛不能自上而下，又將

〔二〇〕「壘」，光本作「疊」，形訛。「曹營内」，商本作「操寨内」，明四本作「曹操」。

〔二一〕周批「高」，原作「音」，不通，形訛，據夏批改。

〔二二〕「震來厲」「明入地」，貫本、光本作「震爲雷」「坤爲地」，滄本「入」訛作「天」。按：「震來厲」出自《易經》第五十一卦《震卦》；「明入地」出自第三十六卦《明夷卦》，作「明入地中」。「震爲雷」出自第五十一卦；「坤爲地」出自第二卦。

自下而上。【贊】【鍾】（審、劉二人）却是對手。操曰：「何以禦之？」曄曰：「可遶營掘長塹，則彼伏道無用也。」【毛】兵在山上，禦之以石；兵在地中，禦之以水，計更妙。【漁】好計。操連夜差軍掘塹。袁軍掘伏道到塹邊，果不能入，空費軍力。

却説曹操守官渡，自八月起，至九月終，軍力漸乏，糧草不繼。意欲棄官渡退回許昌，遲疑未決，乃作書遣人赴許昌問荀彧。彧以書報之。【毛】【漁】此袁、曹成敗關頭。書畧曰〔二三〕：

承尊命，使決進退之疑。愚以袁紹悉衆聚於官渡，欲與明公決勝負，公以至弱當至强，若不能制，必爲所乘，是天下之大機也。紹軍雖衆，而不能用；以公之神武明哲，何向而不濟！【贊】文若大通，可用，可用。今軍實雖少，未若楚、漢在滎陽、成皋間也。公今畫地而守，扼其喉而使不能進，情見勢竭，必將有變。此用奇之時，斷不可失。惟明公裁察焉。【毛】【漁】（曹）（言）操此時進則勝，退則敗，文若一書關係非小〔二四〕。

曹操得書大喜，令將士效力死守。紹軍約退三十餘里，操遣將出營巡哨。有徐晃部將史渙獲得袁軍細作，解見徐晃。晃問其軍中虛實。荅曰：「早晚大將韓猛運糧至軍前接濟，先令我等探路。」徐晃便將此事報知曹操。荀攸曰：「韓猛匹夫之勇耳。若遣一人引輕騎數千，從半路擊之，斷其糧草，紹軍自亂。」【毛】【漁】我軍缺糧，則（必）斷敵（軍）之糧，自是（兵〔二五〕）（軍）家要着。【贊】二荀都好。【鍾】荀攸斷糧之見極是。操曰：「誰人可往？」攸曰：「即遣徐晃可也。」操遂差徐晃將帶史渙并所部兵先出，後使張

〔二三〕毛本荀彧所作書信删、改自贊本；鍾本同贊本，漁本删、改自贊本，贊本改自明三本。按：嘉本增、改自《三國志·魏書·荀彧傳》。

〔二四〕毛批「小」，原作「少」，致本、業本、澹本同，商本作「淺」。按：「少」字不通，據其他毛校本、漁批改。

〔二五〕「兵」，貫本作「軍」。

遼、許褚引兵救應。當夜韓猛押糧車數千輛，解赴紹寨。正走之間，山谷内徐晃、史渙引軍截住去路。韓猛飛馬來戰，徐晃接住厮殺。史渙便殺散人夫，放火焚燒糧車。【毛】此是第一次燒糧，小試其端。【漁】此是第一次劫糧。韓猛抵當不住，撥回馬走〔二六〕，徐晃催軍燒盡輜重。袁紹軍中望見西北上火起，正驚疑間，敗軍報來：「糧草被劫！」紹急遣張郃、高覽去截大路，正遇徐晃燒糧而回。恰欲交鋒，背後許褚、張遼〔二七〕軍到。兩下夾攻，殺散袁軍，四將合兵一處，回官渡寨中。曹操大喜，重加賞勞。又分軍於寨前結營，爲犄【二】音机。角之勢。

却說韓猛敗軍還營，紹大怒，欲斬韓猛，衆官勸免。審配曰：「行軍以糧食爲重，不可不用心隄防。烏巢乃屯糧之處〔二八〕，必得重兵守之。」【毛】韓猛所運是行糧，烏巢所積是坐糧。一是糧之小者，一是糧之大者。因失小，故思防大。【漁】因失了行糧，故思防坐糧也。袁紹曰：「吾籌策已定。【贊】【鍾】未必。汝可回鄴都監督糧草，休教缺乏。」審配領命而去。袁紹遣大將淳于瓊，部領督將眭〔二九〕元進、韓莒子、呂威璜、趙叡等，引二萬人馬守烏巢。那淳于瓊性剛好酒，軍士多畏之，既至烏巢，終日與諸將聚飲。【毛】楚國子反以飲酒誤事，淳于瓊者將毋同？【贊】妙人，以此等〔三〇〕人守糧，却又是妙事，妙不可言。【鍾】用這等人守糧，（如）何不（誤）事？【漁】好酒之人，如何當得重任？

且說曹操軍糧告竭，急發使往許昌，教荀彧作速措辦糧草，星夜解赴軍前接濟。使者賫書而往，

〔二六〕「回馬走」，澹本作「馬便回」，光本作「馬回走」。

〔二七〕「許褚張遼」，明四本、商本作「張遼許褚」。

〔二八〕「烏巢」周、夏批，贊本系夾注「烏巢，今雍州有烏亭，屬河南」，周、夏批後有「或云此即古烏巢也」。按：《方輿紀要·河南五》：「巢亭在（睢）州南二十里」，即今河南省商丘市睢縣；《河南二》：「烏巢澤在（酸棗）縣東南……今故市城在鄭州北。」《後漢書·郡國志》：陳留郡酸棗縣，劉注曰：「東有地烏巢，曹公破袁紹處。」今河南省延津縣境内。各本「烏巢」注誤，不録。

〔二九〕「部領督」，光本作「領部」。「眭」，齋本、光本、商本作「睦」，形訛，後同。

〔三〇〕「等」，吴本闕，緑本作「得」。按：「得」不通。

行不上三十里，被袁軍捉住，縛見謀士許攸。【毛】袁家細作爲徐晃所獲，曹家使者爲許攸所獲，正復相似。乃操能用晃，而紹不能用攸，爲之一歎。那許攸字子遠，少時曾與曹操爲友，此時却在袁紹處爲謀士。【毛】先叙明許攸來歷。當下搜得使者所賫曹操催糧書信，逕來見紹曰：「曹操屯軍官渡，與我相持已久，許昌必空虛。若分一軍星夜掩襲許昌，則許昌可拔，而操〔三一〕可擒也。今操糧草已盡，正可乘此機會，兩路擊之。」【毛】【漁】此計（若）（一）行，操無葬身之地矣。（惜乎不用。）【贄】亦是着數。【鍾】此是許攸好着。紹曰：「曹操詭計極多，此書乃誘敵之計也。」【毛】與吕布不用陳宫之謀前後一轍。攸曰：「今若不取，後將反受其害。」【贄】紹固匪才，然亦機會如此。正話間，忽有使者自鄴郡〔三二〕來，呈上審配書。【毛】荀彧答書於〔三三〕曹操，審配致書於袁紹，亦復相似。書中先説運糧事，後言許攸在冀州時，嘗濫受民間財物，且縱令子姪輩多科税，錢糧入己，今已收其子姪下獄矣。【毛】因運糧便借錢糧事尋出罪案，而又加以濫受民財一欵，惡甚。【漁】因運糧便尋出罪案，惡極。紹見書大怒曰：「濫行匹夫！尚有面目於吾前獻計耶！【毛】善用人者，使貪使詐，即攸果濫行，其計自是可用。獨不聞陳平有受金之謗，而高祖捐金以予之乎？【漁】善用人者，即攸有過，其計自有可用之時，何必太急？是教攸投曹也。汝與曹操有舊，想今亦受他財賄，爲他作奸細啜賺吾軍耳！【毛】此疑所不當疑，是教之投操也。本當斬首，今權且寄頭在項！可速退出，今後不許相見！」許攸出，仰天嘆曰：「忠言逆耳，豎子不足與謀！吾子姪已遭審配之害，吾何顔復見冀州之人乎！」【鍾】不能不知英雄之嘆。遂欲拔劍自刎。【毛】此處不即寫投操，又作一曲折，妙。左右奪劍勸曰：「公何輕生至此？袁紹不納直言，後必爲曹操所擒。公既與曹公有舊，何不棄暗投明？」【毛】投操之計，反出自左右，寫得曲折。只這兩句言語，

〔三一〕「而操」，致本同，其他毛校本「操」上有「曹」字。
〔三二〕「郡」，商本作「都」。
〔三三〕「於」，齋本、光本作「與」。

點醒許攸，於是許攸逕投曹操。漁忽然警醒。後人有詩嘆曰〔三四〕：

本初豪氣蓋中華，官渡相持枉歎嗟。
若使許攸謀見用，山河争〔三五〕得屬曹家？

却說許攸暗步出營，逕投曹寨，伏路軍人拿住。攸曰：「我是曹丞相故友，快與我通報，說南陽許攸來見。」軍士忙報入寨中。時操方解衣歇息，聞說許攸私奔到寨，大喜，不及穿履，跣足出迎。毛郭嘉所謂「體任自然」〔三六〕，與紹「繁禮多儀」者異也。遥見許攸，撫掌歡笑，携手共入。贊老奸、老奸。鍾大奸雄。操先拜於地，毛漁看老奸何等慇懃。攸慌扶起曰：「公乃漢相，吾乃布衣，何謙恭如此？」操曰：「公乃操故友，豈敢以名爵相上下乎！」毛漁袁紹怒罵之，而曹操敬禮之，許攸安得不墮其術中耶？攸曰：「某不能擇主，屈身袁紹，言不聽，計不從，今特棄之，來見故人，願賜收録。」操曰：「子遠三子遠，許攸字（也）。肯來，吾事濟矣！願即教我以破紹之計。」贊鍾都是作家。攸曰：「吾曾教袁紹以輕騎乘虛〔三七〕襲許都，首尾相攻。」毛操欲求破紹之計，攸乃先說明破操之計，妙，妙。漁破操之計先自說出，妙。操大驚曰：「若袁紹用子言，吾事敗矣。」攸曰：「公今軍糧尚有幾何？」毛問得妙。操曰：「可支一年。」毛誕得妙。攸笑曰：「恐未必。」毛冷，妙。操曰：「有半年耳。」毛漸減，妙。攸拂袖而起，趨步出帳曰：「吾以誠相投，而公見欺如是，豈吾

〔三四〕毛本嘆許攸投曹詩改自贊本；鍾本同贊本，贊本同明四本；漁本無。按：嘉本詩爲唐代胡曾七絶詩《詠史詩·官渡》。《全唐詩》原句作：「本初屈指定中華，官渡相持勒虎牙。若使許攸財用足，山河争得屬曹家。」

〔三五〕「争」，齋本、光本、商本作「豈」。

〔三六〕「郭嘉所謂『體任自然』」，原作「荀彧所謂『盾在自然』」，致本同，其他毛校本「盾在」作「體任」。按：前文第十八回郭嘉「十勝十敗之説」曰：「紹繁禮多儀，公體任自然。」《三國志·魏書·郭嘉傳》裴注引魏晉傳玄《傅子》：「（郭嘉）對曰：『紹繁禮多儀，公體任自然。』」「荀彧」爲「郭嘉」之訛，「體任」訛作「盾在」，據前文改。

〔三七〕「乘虛」，齋本脱「虛」，光本作「掩」。

所望哉！」【毛】文勢至此，又一曲折。操挽留曰：「子遠勿嗔，尚容實訴，軍中糧實可支三月耳。」【毛】既云實訴，仍是虛言，妙甚。【贄】老奸到底不曾輸服，惡人，惡人。攸笑曰：「世人皆言孟德奸雄，今果然也。」【毛】又冷，妙。操亦笑曰：「豈不聞『兵不厭詐』！」【毛】却又〔三八〕道「朋友有信」。遂附耳低言曰：【毛】好做作。「軍中止有此月之糧。」【毛】曹操口中漸漸減來，凡作四番跌頓。【漁】一個問的妙，一個誕的妙。曹先云一年糧，即減至〔三九〕半年，復又減至三月，後又減至此月，作四番跌頓。攸大聲曰：「休瞞我！糧已盡矣！」【毛】大聲說破，正對附耳低言，妙。操愕然曰：「何以知之？」攸乃出操與荀彧之書以示之曰：「此書何人所寫？」【毛】摹寫逼真。操驚問曰：「何處得之？」攸以獲使之事相告。【毛】先問糧，然後出書；先出書，然後說得書緣故：亦作兩番跌頓。操執其手曰：「子遠既念舊交而來，願即有以教我。」攸曰：「明公以孤軍抗大敵，而不求急勝之方，此取死之道也。【毛】與荀彧書中之意畧同。【贄】許攸亦通。攸有一策，不過三日，使袁紹百萬之衆，不戰自破。明公還肯聽否？」【毛】妙在不即說出何策。【鍾】許攸良策不行于紹，必行于操。操喜曰：「願聞良策。」攸曰：「袁紹軍糧輜重盡積烏巢，今撥淳于瓊守把〔四〇〕，瓊嗜酒無備。公可選精兵，詐稱袁將蔣奇領兵到彼護糧，乘間燒其糧草輜重，則紹軍不三日將自亂矣〔四一〕。」【毛】燒韓猛所〔四二〕運之糧，不如燒烏巢所屯之糧。【漁】好計。操大喜，重待許攸，留於寨中。【毛】留許攸於寨中，是曹操精細處。

次〔四三〕日，操自選馬步軍士五千，准備往烏巢劫糧。張遼曰：「袁紹屯糧之所，安得無備？丞相未可輕往，恐許攸有詐。」【毛】【漁】以張遼襯出曹操之

〔三八〕「又」，光本、商本作「不」。
〔三九〕「至」，衡校本作「之」。後一處同。
〔四〇〕「守把」，光本倒作「把守」，明四本作「爲將軍」。
〔四一〕「將自亂矣」四字原闕，據毛校本補。
〔四二〕「猛所」二字原闕，據毛校本補。
〔四三〕「攸於寨中」「操精細處次」九字原闕，據毛校本補。

知人。文勢至此，又〔四四〕作一曲。【贊】【鍾】亦是。操曰：「不然。許攸此來，天敗袁紹。今吾軍糧不給，難以久持，若不用許攸之計，是坐而待困也。【毛】【漁】善於料己。【贊】大奸，大奸。彼若有詐，安肯留我寨中？【毛】【漁】（又）善於料人。〈【毛】〉〇然則操之留攸於寨，正所以試之也。且吾亦欲劫寨久矣。【毛】又爲後文伏筆。【鍾】奸雄之見。今劫糧之舉，計在必行，君請勿疑。」遼曰：「亦須防袁紹乘虛來襲。」【毛】將欲劫人，先防人來劫我，亦是兵家要着。操笑曰：「吾已籌之熟矣。」便教荀攸、賈詡、曹洪同許攸守大寨，【毛】同許攸守寨，又是精細處。【贊】荀或幾時來，沮授幾時放，何作者不照管也？夏侯惇、夏侯淵領一軍伏於左，曹仁、李典領一軍伏於右，以備不虞。教張遼、許褚在前，徐晃、于禁在後，操自引諸將居中，【毛】居者分左右，行者分前後，有法。共五千人馬，盡〔四五〕打着袁軍旗號，軍士皆束草負薪，人啣枚，馬勒口，黃昏時分〔四六〕，望烏巢進發。是夜星光滿天。【毛】忙中偏有此閒筆〔四七〕。

且說沮授被袁紹〔四八〕拘禁在軍中，是夜因見衆星朗列，乃命監者引出中庭，仰觀天象。忽見太白逆行，侵犯牛、斗〔四九〕之分，【毛】正欲叙曹操燒糧，却忽叙沮授觀星，奇妙。大驚曰：「禍將至矣！」【漁】沮授可爲善於觀星。遂連夜求見袁紹。時紹已醉卧，聽說沮授有密事啓報，喚入問之。授曰：「適觀天象，見太白逆行於柳、鬼之間，流光射入牛、斗之分，恐有賊兵劫掠之害。烏巢屯糧之所，不可不隄備。宜速遣精兵猛將，於間道山路巡哨，免爲曹操所算。」【毛】【漁】前若用許攸之言，則（紹可以勝）（操久破矣）；今若（用）（聽）沮授之言，則紹（猶〔五〇〕）（必）

〔四四〕毛批「又」下，齋本、光本有「是」字。
〔四五〕「盡」，齋本、光本脱，明四本作「皆」。
〔四六〕「分」，貫本、明四本無。
〔四七〕「筆」，商本作「文」。
〔四八〕「被袁紹」，齋本、光本脱，明四本無。
〔四九〕「牛斗」，夏本、贊本、光本倒作「斗牛」，後一處同。
〔五〇〕「猶」，商本作「又」。

不至於（取）敗。（文勢至此，又作一曲）（可惜）。鍾沮授如神。紹怒叱曰：「汝乃得罪之人，何敢妄言惑衆！」贊妙人。鍾可恨。因叱監者曰：「吾令〔五一〕汝拘囚之，何敢放出！」遂命斬監者，別喚〔五二〕人監押沮授。毛袁紹一誤再誤，天下事能堪幾誤耶！授出，掩淚歎曰：「我軍亡在旦夕，我屍骸不知落何處也〔五三〕！」毛漁爲後曹操殯瘞（沮授）作反炤。後人有詩歎曰〔五四〕：

逆耳忠言反見仇，獨夫袁紹少機謀。
烏巢糧盡根基拔，猶欲區區守冀州。

却說曹操領兵夜行，前過袁紹別寨，寨兵問是何處軍馬。操使人應曰：「蔣奇奉命往烏巢護糧。」毛漁此是假蔣奇，去賺（真）（醉）淳于（瓊也）。袁軍見是自家旗號，遂不疑惑。凡過數處〔五五〕，皆詐稱蔣奇之兵，並無阻礙。毛畧得好〔五六〕。鍾兵以詭勝，此類是也。及到烏巢，四更已盡。毛前云黃昏進發，此云四更已盡，時候一些不亂，細甚。操教軍士將束草週圍舉火，衆將校鼓譟直入。時淳于瓊方與衆將飲了酒，醉卧帳中，毛漁紹醉卧，瓊亦醉卧，（是君〔五七〕是臣）（可爲好酒者戒）。聞鼓譟之聲，連忙跳起問：「何故喧鬧？」言未已〔五八〕，早被撓鉤拖翻。毛醉漢倒了。眭元進、趙叡運糧方回，見屯上火起，急來救應。曹軍飛報曹操，說：「賊兵在後，請分軍拒之。」操大喝曰：「諸將只顧奮力向前，待賊至背後，方可回戰！」毛漁有進無退，（真）善（能）用兵。

〔五一〕「令」，光本、商本作「命」。
〔五二〕「喚」，原作「換」，其他毛校本、周本同，據商本、嘉本、夏本、贊本改。
〔五三〕「落何處也」，光本作「落於何處也」，嘉本作「何處汙土也」，周本、夏本、贊本作「汙何處土地」。
〔五四〕毛本歎詩從贊本，爲靜軒詩；鍾本同周本、夏本、贊本；嘉本、漁本無。
〔五五〕「處」，齊本、光本作「次」。
〔五六〕「好」，貫本作「妙」。
〔五七〕「君」，齊本、光本作「主」。
〔五八〕「已」，商本作「畢」，明四本無。

於是衆軍將無不争先掩殺，一霎時，火燄四起，烟迷太空。眭、趙二將驅兵來救，操勒馬回戰。二將抵敵不住，皆被曹軍所殺，糧草盡行燒絶。毛前後兩番燒糧，前是小燒，此是大燒〔五九〕。淳于瓊被擒見操，操命割〔六〇〕去其耳、鼻、手指，縛於馬上，放回紹營以辱之。毛醉漢此時想已醒矣。贄此後如何飲酒？悶人，悶〔六一〕人。鍾以後不可飲酒。漁醉漢此時未知可曾醒否。

却説袁紹在帳中，聞報正北上火光滿天，毛不信星光，遂有火光。知是烏巢有失，急出帳召文武各官，商議遣兵往救。毛此時何不放出沮授耶？此時不放〔六二〕沮授，則知後日必殺田豐。張郃曰：「某與高覽同往救之。」郭圖曰：「不可。曹軍劫糧，曹操必然親往。操既自出，寨必空虛〔六三〕，可縱兵先擊曹操之寨，操聞之必速還。此孫臏『圍魏救韓』〔六四〕之計也。」毛計非不佳，惜已爲張遼所料。張郃曰：「非也。曹操多謀，外出必爲内備，以防不虞。毛郃之言正與遼之計相合。今若攻操營而不拔，瓊等見獲，吾屬皆被擒矣。」贄亦是，亦是，只是撞着對手，無所用耳。畢竟張郃曉得老奸也。郭圖曰：「曹操只顧劫糧，豈留兵在寨耶！」再三請劫曹營。紹乃遣張郃、高覽引軍五千，往官渡擊曹營，遣蔣奇領兵一萬，往救烏巢。毛使真蔣奇去敵假蔣奇。〇〈毛漁〉若此時并力盡（去）救烏巢，則糧或不至盡燒。（紹）不聽郃言，是一誤、再誤，（而又）三誤矣。

且説曹操殺散淳于瓊部卒〔六五〕，盡奪其衣甲旗幟，僞作淳于瓊部下敗軍回寨，至山僻小路，正遇

〔五九〕二「燒」，貫本皆作「糧」。

〔六〇〕「割」，光本作「削」。

〔六一〕「悶」，吴本漫漶，緑本作「刼」。按：吴本漫漶，至緑本誤補。

〔六二〕「放」下，齋本、光本有「出」字。

〔六三〕「空虛」，業本、貫本、滄本、商本倒作「虛空」。

〔六四〕「圍魏救韓」，嘉本、周本作「圍魏救燕」。按：「圍魏救趙」係桂陵之戰（公元前三五四年）；「圍魏救韓」係馬陵之戰（公元前三四三年），兩戰皆爲齊國孫臏指揮。

〔六五〕「卒」，滄本作「下」，明四本無。

蔣奇軍馬。奇軍問之，稱是〔六六〕烏巢敗軍奔回。【毛】前是假蔣奇去賺真淳于，〈【毛】【漁】〉此（時）又是假淳于（來）賺真蔣奇，（的）妙。【贊】【鍾】妙計，妙計。奇遂不疑，驅馬逕過。張遼、許褚忽至，大喝：「蔣奇休走！」奇措手不及，被張遼斬於馬下，盡殺蔣奇之兵。又使人當先僞報云：「蔣奇已自殺散烏巢兵了。」【贊】【鍾】更妙，更妙。袁紹因不復遣人接應烏巢，只添兵往官渡。【毛】既以假淳于賺真蔣奇，〈【毛】【漁】〉又以死蔣奇賺活袁紹，（文法）愈出愈幻〔六七〕。

卻説張郃、高覽攻打曹營，左邊夏侯惇，右邊曹仁，中路曹洪，一齊衝出，三下攻擊，袁軍大敗。比及接應軍到，曹操又從背後殺來，四下圍住掩殺。張郃、高覽奪路走脱。袁紹收得烏巢敗殘軍馬歸寨，見淳于瓊耳鼻皆無，手足盡落。紹問：「如何失了烏巢？」敗軍告説：「淳于瓊醉卧，因此不能抵敵。」紹怒，立斬之。郭圖恐張郃、高覽回寨證對是非，先於袁紹前譖曰：「張郃、高覽見主公兵敗，心中必喜。」【贊】妙人，妙人。紹曰：「何出此言？」圖曰：「二人素有降曹之意，今遣擊寨，故意不肯用力，以致損折士卒。」【毛】審配之書，是驅謀士以資敵；郭圖之譖，又驅猛將以資敵矣。【鍾】圖亦奸□。【漁】小人兩舌之毒如此。紹大怒，遂遣使急召二人歸寨問罪。【毛】没主意。郭圖先使人報二人云：「主公將殺汝矣。」【毛】極力驅之。及紹使至，高覽問曰：「主公喚我等爲何？」使者曰：「不知何故。」覽遂拔劍斬來使，郃大驚。覽曰：「袁紹聽信讒言，必爲曹操所擒，吾等豈可坐而待死？不如去投曹操。」郃曰：「吾亦有此心久矣。」於是二人領本部兵馬，往曹操寨中投降。【毛】【漁】曹操（既）（今）得許攸，又得二將，非操〔六八〕（有意）得之，（乃紹）（寔紹自）棄之耳。夏侯惇曰：

〔六六〕「稱是」，齊本、光本脱「是」，嘉本作「皆曰」，周本、夏本、贊本作「皆稱」。

〔六七〕毛批「幻」，業本作「奇」，滄本作「刻」，光本、商本、漁批衡校本作「妙」。

〔六八〕毛批「操」，貫本作「曹」。

「張、高二人來降，未知虛實。」操曰：「吾以恩遇之，雖有異心，亦可變矣。」【毛】老奸。【贊】【鍾】至言。遂開營門命二人入。二人倒戈卸甲，拜伏於地。操曰：「若使袁紹肯從二將軍之言，不至有敗。【贊】【鍾】老奸神矣。今二將軍肯來相投，如微子去殷，【二考證】微子，紂之親戚也。見紂王無道之極，遂去殷，以全其難也。韓信歸漢也。」【毛】純用甘言撫慰，是老奸慣家〔六九〕。【二考證】韓信，淮陰人。初仕楚，爲執戟郎。數以策諫楚王，楚王不用。棄歸漢，佐高祖而定天下。【贊】老面皮實是來得，可兒，可兒。遂封張郃爲偏將軍、都亭侯，高覽爲偏將軍、東萊侯，二人大喜。【毛】既慰以甘言，又縻以好爵，二人安得不墮其術中？

却說袁紹既去了許攸，又去了張郃、高覽，又失了烏巢糧，軍心皇皇。許攸又勸曹操作速進兵，張郃、高覽請爲先鋒，【毛】【漁】袁家人（都）爲曹家用，可發一（歎）（笑）。【贊】【鍾】此皆袁家人（也），今爲曹家用（矣），可發一嘆。操從之。即令張郃、高覽領兵往劫紹寨。【毛】以敵攻敵。○應前「吾久欲劫寨」句。【漁】盡謀盡力，皆係敵家之人，可見得人、失人相去遠矣。當夜三更時分，出軍三路劫寨，混戰到明，各自收兵，紹軍折其大半。【毛】畧得好。荀攸獻計曰：「今可揚言調撥人馬，一路取酸棗、攻鄴郡；一路取黎陽，斷袁兵歸路。袁紹聞之，必然驚惶，分兵拒我，我乘其兵動時擊之，紹可破也。」【毛】許攸勸紹襲許昌是實話，荀攸勸操襲鄴郡、黎陽是虛話，一實一虛，各是妙策。○先亂其心、分其勢，然後乘其動而擊之，〈【毛】【漁】〉此以少勝多之法。【贊】筭得盡情，荀攸可用。【鍾】荀攸算得盡情。操用其計，使大小三軍，四遠揚言。紹軍聞此信，來寨中報說：「曹操分兵兩路：一路取鄴郡，一路取黎陽去也。」紹大驚，急遣袁尚分兵五萬救鄴郡〔七〇〕，辛明分兵五萬救黎陽，連夜起行。【毛】【漁】（果）不出（其）所料。曹操探知袁紹兵動，便分大隊

〔六九〕「慣家」，商本作「本相」。

〔七〇〕「急遣袁尚分兵五萬救鄴郡」，明四本「袁」上有「子」，齊本「尚」作「譚」。按：袁尚是否隨袁紹參與此戰，於史無據，爲《演義》虛構。「袁尚」「袁譚」皆通。

軍馬，八路齊出，直衝紹營。袁軍俱無鬭志，四散奔走，遂大潰。袁紹披甲不迭，單衣幅巾上馬，毛與前「金盔金甲、錦袍玉帶，立馬陣前」，相映成趣。其子袁譚〔七一〕後隨。張遼、許褚、徐晃、于禁四員將引軍追趕袁紹。紹急渡河，盡棄圖書、車仗、金帛，止引隨行八百餘騎而去。毛漁袁紹官渡之敗，與曹操赤壁之敗，一樣狼狽之極。操軍追之不及，盡獲遺下之物。所殺八〔七二〕萬餘人，血流盈溝，溺水死者不計其數。操獲全勝，將所得金寶緞疋，給賞將〔七三〕士。於圖書中檢出書信一束，皆許都及軍中諸人與紹暗通之書。左右曰：「可逐一點對姓名，收而殺之。」操曰：「當紹之强，孤亦不能自保，況他人乎？」毛漁奸雄可愛。贊大豪傑。鍾大奸雄。遂命盡焚之，更不再問。毛光武嘗焚書，使反側子〔七四〕自安，曹操頗學此法。

却説袁紹兵敗而奔，沮授因被囚禁，急走不脱，爲曹軍所獲，擒見曹操。操素與授相識。授見操，大呼曰：「授不降也！」毛沮授與許攸皆爲操故人，乃攸降而授不降，〈毛漁〉人品特絶。操曰：「本初無謀，不用君言，君何尚執迷耶？吾若早得足下，天下不足慮也。」因厚待之，留於軍中。授乃於營中盜馬，欲歸袁氏。操怒，乃殺之。授至死神色不變，毛有人如此，可謂羣空冀北。贊沮授漢子，認得老奸。老奸亦無如之何也。〔七五〕鍾沮授不降老奸，真漢子哉。操歎曰：「吾誤殺忠義之士也！」命厚禮殯殮，爲建墳安葬於黄河渡口，題其墓曰：「忠烈沮君之墓」。毛袁紹不能識而曹操識之，爲之一歎。贊此都是孟德醜態，不知者以爲盛德也。漁忠良義士，曹操能識而袁紹不能識，

〔七一〕「其子袁譚」，原作「幼子袁譚」，致本、業本、貫本、澹本、商本同；齋本、光本作「幼子袁尚」。按：《三國志·魏書·袁紹傳》：「紹衆大潰，紹與譚單騎退渡河。」袁紹幼子爲袁尚。據明四本改。

〔七二〕「八」，商本作「人」，形訛。

〔七三〕「將」，齋本、光本、嘉本、周本作「軍」。

〔七四〕「子」，澹本作「于」，形訛；光本作「者」。按：《後漢書·光武帝紀》：「光武不省，會諸將軍燒之，曰：『令反側子自安。』」

〔七五〕漁批衡校本此句闕九字。

可發一嘆。〔七六〕**後人有詩贊曰**〔七七〕**：**

河北多名士，忠貞推沮君：凝眸知陣法，仰面識天文。至死心如鐵，臨危氣似雲。曹公欽義烈，特與建孤墳。

操下令攻冀州。正是：

勢弱只因多筭勝，兵强却爲寡謀亡。

未知勝負如〔七八〕**何，且看下文分解。**

本初自非孟德敵手，即聽許攸之言，亦無用也，勿遂以成敗爲攸一人口實，方是具眼者。

要知國破家亡消息，止看袁本初所作所爲，便是樣子。老瞞將私書燒却不究，此安將士妙訣。若一點，便人人自危，自此反多事矣。此正老瞞大奸處，非大度也，讀者要辨。

本初不聽許攸之言，其敗宜也。孟德步步奸雄，私書盡焚，彼正欲用人，故假作大肚腸，以安將士。此正老瞞大奸處，非真大量也。

〔七六〕漁批衡校本此句闕九字。
〔七七〕毛本贊沮授詩改自贊本；鍾本同贊本，贊本同明三本；漁本無。
〔七八〕「如」，致本同，其他毛校本作「若」。

第三十一回

曹操倉亭破本初　玄德荆州依劉表

前陳琳檄中未及衣帶詔一事，以爾時董承謀未泄，故詔未宣布耳。及官渡之戰，袁紹聲言曰：「吾奉衣帶詔討賊！」此語差强人意，不勞陳琳再作檄文一篇矣。然猶未誦此詔於軍前也。至玄德在軍前將此詔朗誦一番，尤爲痛快。《易》曰：「孚號有厲。」玄德有焉。大義所在，豈可以成敗論之耶！

蘇老泉讀書至此而嘆曰：「此孟德、本初之所以興亡乎！」〔一〕孟德既勝烏桓，曰：「吾所以勝者，幸也。前諫吾者，乃萬全之策也。」遂賞諫者，曰：「後勿難言。」本初敗於官渡，曰：「諸人聞吾敗必相哀，惟田別駕不然，幸其言之中也。」乃教〔二〕田豐爲明主謀而忠其言，雖不驗而見褒；爲庸主謀而忠其言，雖已驗而見罪。何其不同如此哉！

玄德勢小，曹操不敢小覷之；本初勢大，曹操偏能小覷之。然徐州之役，八面埋伏，是小題大做，固不敢小視玄德也；倉亭之戰，十面埋伏，是大題大做，亦不敢小視本初也。獅子搏兔搏象，皆用全力，曹操可謂能兵矣。

劉備之於〔三〕曹操，初與之爲交而後與之爲讐者也。劉備之於袁紹，初與之爲敵而後托之爲援者也。劉備之於吕布，初與之爲敵而後與之爲交，既與之爲交而又與之爲敵者

〔一〕按：《東坡全集》卷九十二《評史四十六首》之《曹袁興亡》原句作「今吾知孟德、本初所以興亡者」。世説「老泉」爲蘇洵號，南宋始訛傳。北宋葉夢得《石林燕語》：「蘇子瞻謫黄州，號『東坡居士』，其所居地也。晚又號『老泉山人』，以眉山先塋有老翁泉，故云。」

〔二〕「教」，齋本、光本、商本作「殺」。

〔三〕「於」，商本作「與」。

也。劉備之於孫權，初托之爲援而後與之爲敵，既與之爲敵而終托之爲援者也。在徐州則先爲主而後爲客，在西川則先爲客而後爲主。惟其於劉表可謂始終如一，惜表之不足與有爲耳。

劉備與諸將聚飲沙灘之時，惜衆人，遣衆人，正所以留衆人也；亦如舅犯從重耳歸晉國之時，辭公子，别公子，正所以要公子也。遣之而其心愈堅，辭之而其心愈固。一是患難方深，一是安樂將至；一是以君慰臣，一是以臣結主。雖是兩樣局面，却是一樣方法。

此回有伏筆，有補筆，有轉筆，有换筆。如袁氏譚、尚相争〔四〕尚在後回，而在郭圖口中先伏一筆；劉備投托孫權尚隔數回，而在孫乾口中先伏一筆；檀溪躍馬逃難亦在後文，而於蔡瑁口中先伏一筆：此伏筆之法也。黄星垂象本桓帝時事，而於此方補一筆；袁紹愛幼子已見前回，尚未説明何人，而於此方補一筆；袁譚守青州已見前文，若袁熙、高幹之守幽、并，未經敘明，而於此方補一筆：此補筆之法也。袁紹兵敗心灰，正議後嗣，忽因二子一甥來助，復與曹操相持，是忽轉一筆；操欲乘勝〔五〕攻紹，忽因秋成在即，又因劉備來襲，回救許昌，是忽轉一筆；劉備既投荆州，曹操欲攻劉表，忽因程昱之諫，置表而圖紹，又忽轉一筆：此轉筆之法也。倉亭之戰，曹操設計，袁紹中計，前後詳叙兩番，至汝南之襲，但敘劉備中計，不敘曹操設計，前隱後現，又换一樣筆法；袁紹授劒，田豐伏劒，劉備投表，劉表接備，皆詳敘兩邊，至劉備之敗，則用實寫，龔都之死，却用虚寫，又换一樣筆法：此换筆之法也。諸如此類，妙不可言。

〔四〕「争」，商本作「攻」。
〔五〕「欲」上，齋本、光本有「正」字。「勝」，貫本、滄本作「勢」。

却說曹操乘袁紹之敗，整頓軍馬，迤【二】音移。邐【二】音里。追襲。袁紹幅巾單衣，引八百餘騎，奔至黎陽北岸，大將蔣義渠出寨迎接，紹以前事訴與義渠。義渠乃招諭離散之衆，衆聞紹在，又皆蟻聚，軍勢復振，議還冀州。軍行之次，夜宿荒山。紹於帳中聞遠遠有哭聲，【毛】【漁】軍中聞夜哭，抵得唐人《塞上行》數篇。遂私往聽之。却是敗軍相聚，訴說喪兄失弟，棄伴亡親之苦，各各搥胸大哭，【毛】李華《弔古戰塲文》是聞鬼哭，袁紹此夜是聞人哭。皆曰：「若聽田豐之言，我等怎遭此禍！」【毛】不罵袁紹，只哭想田豐，袁紹愈覺不〔六〕堪。紹大悔曰：「吾不聽田豐之言，兵敗將亡，今回去，有何面目見之耶！」【毛】【漁】不因其言驗而敬信之，（乃）（却）因其言驗而羞見之，讒人之言自此得入矣。【鍾】此亦本初良心□愧。次日，上馬正行間，逄【毛】［眉］逄，音旁。紀引軍來接。紹對逄紀曰：「吾不聽田豐之言，致有此敗。吾今歸去，羞見此人。」【毛】開之以譖端。逄紀因譖曰：【毛】來了。〔七〕「豐在獄中聞主公兵敗，撫掌大笑曰：『果不出吾之料〔八〕！』」【毛】哭是耳聞，笑是傳說；哭是實，笑是虛。【三】［考證］逄紀累被田豐面折，心中常恨。至此，因紹問，故發譖言。【贄】【鍾】小人譖人（，每每）如此。袁紹大怒曰：「豎【二】音移。儒怎敢笑我！我必殺之！」【毛】逄紀之譖田豐，亦如郭圖之譖張郃、高覽，而紹皆信之，是當疑而不疑也。遂命使者齎寶劍先往冀州獄中殺田豐。【毛】晉惠公殺慶鄭而後入，慶鄭固有可死之罪也。袁紹殺田豐而後歸，田豐有何可死之罪乎？

却說田豐在獄中，一日，獄吏來見豐曰：「與別駕賀喜。」【毛】用反擊法，妙。【二】別駕，官名，時田豐居此職。豐曰：「何喜可賀？」獄吏曰：「袁將軍大敗而回，君必見重矣。」【毛】純用反擊〔九〕。豐笑曰：「吾

〔六〕「不」，貫本作「難」。
〔七〕此句毛批，貫本、齋本、澹本脱。
〔八〕「果」，商本作「固」。「料」上，光本、商本有「所」字。
〔九〕「擊」，致本同，其他毛校本作「筆」。

今死矣！」毛漁奇。獄吏問曰：「人皆爲〔一〇〕君喜，君何言死也？」豐曰：「袁將軍外寬而內忌，不念忠誠。若勝而喜，猶能赦我，毛賀得袁紹喜，方可賀得田豐喜。今戰敗則羞，吾不望生矣。」毛知人〔一一〕必敗，又知其必羞，田豐真知人哉！鍾田豐前□惜不□去。獄吏未信。忽使者賫劍至，傳袁紹命，欲取田豐之首，獄吏方驚。豐曰：「吾固知必死也。」獄吏皆流淚。毛軍士〔一二〕夜哭，是思活田豐；獄吏流淚，是惜死田豐。豐曰：「大丈夫生於天地間，不識其主而事之，是無智也！今日受死，夫何〔一三〕足惜！」毛此紹不識豐，非豐不識紹也。然豐不怨紹，只怨自己；怨自己，真〔一四〕深於怨紹也。鍾真大丈（夫）。乃自刎於獄中。漁先該自刺雙目。後人有詩曰〔一五〕：

昨朝沮授軍中失〔一六〕，今日田豐獄內亡。
河北棟梁皆折斷，本初焉不喪家邦！

田豐既死，聞者皆爲歎惜。

袁紹回冀州，心煩意亂，不理政事。其妻劉氏勸立後嗣。毛漁兵敗之後，忽然勸立後嗣，（正）爲後文伏筆。紹所生三子：長子袁譚，字顯思〔一七〕，出守青州；次子袁熙，字顯奕〔一八〕，出守幽州；三子袁尚，字顯甫，是紹後妻劉氏所出，生得形貌俊偉，紹甚愛之，因此留在身邊。毛漁方知前日因幼子患病而不肯發兵（者），正是此人。自官渡兵敗之後，劉氏勸立尚爲後嗣，紹乃與審配、逢紀、辛評、郭圖四人商議。原來審、逢二人向輔袁尚，辛、郭二人向輔袁譚，四人各爲其主。毛漁一家之中又分二黨。鍾

〔一〇〕「爲」，致本作「言」。
〔一一〕「人」，光本作「其」。
〔一二〕「士」，齋本、光本作「中」。
〔一三〕「夫何」，光本、商本作「本無」。
〔一四〕「真」，商本作「正」。
〔一五〕毛本後人詩從贊本；鍾本、漁本同贊本，贊本同明三本。
〔一六〕「失」，致本同，其他毛校本作「死」。
〔一七〕「思」，光本作「忠」，形訛。
〔一八〕按：《三國志·魏書·袁紹傳》裴注引《典略》：「熙，字顯奕」；《後漢書·袁紹傳》：「熙字顯雍。」

兄弟各自樹党，亂本兆矣。當下袁紹謂四人曰：「今外患未息，内事不可不早定，吾將議立後嗣。長子譚，爲人性剛好殺；次子熙，爲人柔懦難成；三子尚，有英雄之表，禮賢敬士，吾欲立之。公等之意若何？」毛袁紹與劉表正是一流人。郭圖曰：「三子之中，譚爲長，今又居外，主公若廢長立幼，此亂萌也。贄好話。鍾郭圖乃探本之言。目下〔一九〕軍威稍挫，敵兵壓境，豈可復使父子兄弟自相爭亂耶？毛漁下回事早伏於〔二〇〕此。主公且理會拒敵之策，立嗣之事，毋容多議〔二一〕。」毛言亦侃侃。漁且擱開。袁紹躊躇未決。忽報袁熙引兵六萬自幽州來，袁譚引兵五萬自青州來，外甥高幹亦引兵五萬自并州來，各至冀州助戰。紹喜，再整人馬來戰曹操。毛立嗣之事，至此忽然放下，文勢一頓。

時操引得勝之兵，陳列於河上，有土人簞食壺漿以迎之。操見父老〔二二〕數人，鬚髮盡白，乃命入帳中賜坐，問之曰：「老丈多少年紀？」答曰：「皆近百歲矣。」操曰：「吾軍士驚擾汝鄉，吾甚不安。」贄老奸。鍾大是。父老曰：「桓帝時，有黄星見於楚、宋之分，遼東人殷馗毛眉二（馗，）音逵。善曉〔二三〕天文，夜宿於此，對老漢等言：『黄星見於乾象，正照此間。後五十年，當有真人起於梁、沛之間。』毛前回於百忙中，忽敘沮授夜觀天象；此回於百忙中，忽敘殷馗預卜星文。一是當時事，一是往年事，又各不同。漁于百忙〔二四〕中忽然提起往事。今以年計之，整整五十年。袁本初重斂於民，民皆怨之。丞相興仁義之兵，弔民伐罪，官渡一戰，破袁紹百萬之衆，正應當時殷馗之言，兆民可望太平矣。」操笑曰：「何敢當老丈所言？」遂取酒食絹帛賜老人而遣之。號令三軍：「如有下鄉殺人家雞犬者，如

〔一九〕「目下」，商本作「目今」，明四本作「今」。
〔二〇〕毛批「於」，貫本作「在」。
〔二一〕「毋容多議」，光本作「再容後議」，明四本作「勿使家亂」。
〔二二〕「父老」，商本倒作「老父」。
〔二三〕「曉」，齊本、光本作「觀」。
〔二四〕「忙」，原作「怯」，致本作「姓」。按：「忙」字通，據衡校本改。

殺人之罪！」毛漁有時賤人如雞犬，有時〔二五〕貴雞犬如（貴）人，（皆老奸權變處）（老奸滑賊）。贄老奸停當之甚。鍾老瞞雖奸，此却好處。於是軍民震服。操亦心中暗喜。毛喜得惡。

人報袁紹聚四州之兵，得二三十萬，前至倉亭三（倉亭，）地名。下寨。操提兵前進，下寨已定。次日，兩軍相對，各布成陣勢。操引諸將出陣，紹亦引三子一甥及文官武將〔二六〕出到陣前。操曰：「本初計窮力盡，何尚不思投降？直待刀臨項上，悔無及矣！」鍾甚是。紹大怒，回顧衆將曰：「誰敢出馬？」袁尚欲於父前逞能，便舞雙刀飛馬出陣，來往奔馳。操指問衆將曰：「此何人？」有識者答曰：「此袁紹三子袁尚也。」言未畢，一將挺鎗早出。操視之，乃徐晃部將史渙也。兩騎相交，不三合，尚撥馬刺斜而走。史渙趕來，袁尚拈弓搭箭，翻身背射，正中史渙左目，墜馬而死。袁紹見子得勝，揮鞭一指，大隊人馬擁將〔二七〕過來混戰，大殺一塲，各鳴金收軍還寨。毛敘戰處亦先作一頓。漁還算不得全勝。

操與諸將商議破紹之策。程昱獻「十面埋〔二八〕伏」之計，勸操：「退軍於河上，伏兵十隊，誘紹追至河上，我軍無退路，必將死戰，可勝紹矣。」毛十面埋伏，是韓信破項羽之計；背水爲陣，是韓信破陳餘之計。今抄兩篇舊文字，合成一篇新文字。鍾程昱好個十面埋伏計。操然其計。左右各分五隊。毛分左右妙。左：一隊夏侯惇，二隊張遼，三隊李典，四隊樂進，五隊夏侯淵；右：一隊曹洪，二隊張郃，三隊徐晃，四隊于禁，五隊高覽。中軍許褚爲先鋒。毛名爲十面，却是十一隊；名爲十一隊，却只是左右中三隊。變化之極。次日，十隊先進，埋伏左右已定。至半夜，操令許褚引兵前進，毛漁中軍先進。僞作劫

〔二五〕漁批「時」，原作「如」。按：「時」字通，據衡校本改。
〔二六〕「文官武將」，致本倒作「文武官將」。
〔二七〕「將」，齋本作「衆」，商本作「殺」。
〔二八〕「埋」，原作「理」，據古本改。

寨之勢。【毛】好。袁紹五寨人馬一齊俱起，【毛】五寨十隊，彼此相〔二九〕對。【漁】五寨正與十隊相應。許褚回軍便走。袁紹引軍趕來，喊聲不絕，比及天明，趕至河上。曹軍無去路，操大呼曰：「前無去路，諸軍何不死戰！」【毛】所謂「置之死地而後生」〔三〇〕。衆軍回身奮力向前，許褚飛馬當先，力斬十數將，袁軍大亂。袁紹退軍急回，背後曹軍趕來。正行間，一聲鼓響，左邊夏侯淵，右邊高覽，兩軍衝出。【毛】【漁】第五隊爲第一。【贊】好看，好看。袁紹聚三子一甥，死衝血路奔走。又行不到十里，左邊樂進，右邊于禁殺出，【毛】【漁】第四隊爲第二。殺得袁軍〔三一〕屍橫遍野，血流成渠。又行不到數里，左邊李典，右邊徐晃，兩軍截殺一陣。【毛】【漁】第三隊爲第三。袁紹父子膽喪心驚，奔入舊寨，令三軍造飯，方欲待食，左邊張遼，右邊張郃，徑來衝寨。【毛】【漁】第二隊爲第四。（尚有一隊在後。）紹慌上馬，前奔倉亭，人困馬乏〔三二〕，欲待歇息，後面曹操大軍趕來，【毛】忽説曹操大軍，幾疑忘却一隊，不知其正是作頓跌也。袁紹捨命而走。正行之間，右邊曹洪，左〔三三〕邊夏侯惇，擋住去路。【毛】【漁】第一隊爲第五。〈毛〉○以上隊隊分明，前用順敘，後用倒出，不惟陣法縱橫，筆法亦甚錯落。【鍾】十隊伏兵，逐一（數盡）。紹大呼曰：「若不決死戰，必爲所擒矣！」奮力衝突，得脱重圍。袁熙、高幹皆被箭傷，軍馬死亡殆盡。紹抱三子痛哭一塲，【贊】【鍾】也只得哭了（，别無恁好計策也）。不覺昏倒，衆人急救，紹口吐鮮血不止，【毛】【漁】此時袁紹不即死，又（作）（是）一頓。歎曰：「吾自歷戰數十塲，不意今日狼狽至此！此天喪吾也！汝等各回本州，誓與曹賊一決雌雄！」便教辛評、郭圖火急隨袁譚前往青州整頓，恐曹操犯境；令袁熙仍回幽州，高幹仍回并州，各去收拾人馬，以備調用。

〔二九〕「相」，光本作「爲」。

〔三〇〕句尾，光本、商本有「也」字。

〔三一〕「袁軍」，原作「袁譚」，致本同，明四本作「紹軍」。據其他毛校本改。

〔三二〕「人困馬乏」，致本同，其他毛校本作「人馬困乏」。

〔三三〕「右」「左」，光本、商本易作「左」「右」。

袁紹引袁〔三四〕尚等入冀州養病，令尚與審配、逢紀暫掌軍事。【毛】【漁】此時立尚之意已決。

却説曹操自倉亭大勝，重賞三軍。令人探察冀州虚實，細作回報：「紹臥病在床，袁尚、審配緊守城池。袁譚、袁熙、高幹皆回本州。」衆皆勸操急攻之。操曰：「冀州糧食極廣，審配又有機謀，未可急拔。見今禾稼在田，恐廢民業，姑待秋成後取之未晚。」【毛】【漁】前與吕布相持，以歲荒解兵；今與袁紹相持，（又）以秋成解兵。前止爲軍食計，今却爲民食計：此皆老人拜〔三五〕迎之力也。【三】【斷論】此是操買民心也。【贄】此是孟德有見識處〔三六〕。【鍾】曹操大有主見，勝袁紹□倍。正議間，忽荀彧有書到，報説：「劉備在汝南得劉辟、龔都數萬之衆。聞丞相提軍出征河北，乃令劉辟守汝南，備親自引兵乘虚來攻許昌。丞相可速回軍禦之。」【毛】忽然接入劉玄德，鬭笋絶妙。操大驚，留曹洪屯兵河上，虚張聲勢，操自提大兵往汝南來迎劉備。【毛】前使劉岱、王忠當劉備而自當袁紹，今使曹洪當袁紹而自當劉備，又與前異。

却説玄德與關、張、趙雲等，引兵欲襲許都，行近穰【毛】【眉】穰，壤平聲。山地面，正遇曹兵殺來，玄德便於穰山下寨。軍分三隊：雲長屯兵於東南角上，張飛屯兵於西南角上，玄德與趙雲於正南立寨。【毛】前曹兵分左右十隊，今劉兵却分東南、西南、正南三隊，相對成趣。曹操兵至，玄德鼓譟而出。操布成陣勢，叫玄德打話。玄德出馬於門旗下，操以鞭指罵曰：「吾待汝爲上賓，汝何背義忘〔三七〕恩？」玄德曰：「汝托名漢相，實爲國賊。吾乃漢室宗親，奉天子密詔，來討反賊！」遂於馬上朗誦衣帶詔。【毛】讀至此爲之一快。【鍾】□□□□不□玄德□□。【漁】前袁紹聲言「吾奉衣帶詔討賊」，未曾朗誦，今玄德于馬上朗誦，大爲痛快。操大怒，教許褚出戰，玄德背後趙雲挺鎗出馬。二

〔三四〕「袁」，原作「退」，致本、澹本同，據其他古本改。
〔三五〕漁批「拜」，原作「祥」，形訛，據衡校本改。
〔三六〕「處」，緑本脱。
〔三七〕「忘」，商本作「亡」，形訛。

將相交三十合，不分勝負。忽然喊聲大震，東南角上雲長衝突而來，西南角上張飛引軍衝突而來，三處一齊掩殺。操軍遠來疲困，不能抵當，大敗而走，玄德得勝回營。【毛】不是以少勝多，實是以逸勝勞。

次日，又使趙雲搦戰，操兵旬日不出。玄德再使張飛搦戰，操兵亦不出。玄德愈疑。【毛】【漁】此正曹操遣兵截〔三八〕龔都、襲汝南時也。於此却不敘明（，令人測摸不出）。忽報龔都運糧至，被曹軍圍住，玄德急令張飛去救。忽又報夏侯惇引軍抄背後徑取汝南，【毛】不敘曹操一邊發兵，單敘玄德一邊聞報，省筆之法。玄德大驚曰：「若如此，吾前後受敵，無所歸矣！」急遣雲長救之。兩軍皆去。不一日，飛馬來報，夏侯惇已打破汝南，劉辟棄城而走，雲長現今被圍。玄德大驚。又報張飛去救龔都，也被圍住了。【毛】俱用虛筆，不用實敘。妙甚。【漁】於報中敘下關、張兩處，文章不散不亂，妙極。玄德急欲回兵，又恐操兵後襲。忽報寨外許褚搦戰，玄德不敢出戰，候至天晚〔三九〕，教軍士飽飡，步軍先起，馬軍後隨〔四〇〕，寨中虛傳更點。玄德等離寨約行數里，轉過土山，火把齊明，山頭上大呼曰：「休教走了劉備！丞相在此專等！」【毛】來得突兀。【漁】好怕人。玄德慌尋走路。趙雲曰：「主公勿憂，但跟某來。」趙雲挺鎗躍馬，殺開條路，玄德掣雙股劍後隨。正戰間，許褚追至，與趙雲力戰。背後于禁、李典又到〔四一〕。玄德見勢危，落荒而走。聽得背後喊聲漸遠，玄德望深山僻路，單馬逃生。捱到天明，側首一彪軍衝出，【毛】讀至此爲之一急。玄德大驚，視之，乃劉辟引敗軍千餘騎，護送玄德家小前來，孫乾、簡雍、糜芳亦至，【毛】讀至此爲之一寬。訴說：「夏侯惇軍勢甚銳，因此棄城而走。曹兵趕來，幸得雲長當住，因此得脫。」【毛】只在劉辟

〔三八〕毛批「截」，商本作「襲」。
〔三九〕「晚」，原作「明」，致本、業本、齋本、澹本、光本、商本同。按：後文作「虛傳更點」「火把齊明」「捱到天明」，作「晚」是。據貫本、明四本改。
〔四〇〕「後隨」，光本、嘉本、周本倒作「隨後」。後一處光本、商本同。
〔四一〕「到」，貫本作「至」。

口中一敘，省却無數筆墨。玄德曰：「不知雲長今在何處？」毛急問雲長，妙。劉辟曰：「將軍且行，却再理會。」毛不直説雲長被圍，最得慰人之法。行到數里，一棒鼓響，前面擁出一彪人馬。當先大將乃是張郃，大叫：「劉備快下馬受降！」玄德方欲退後，只見山頭上紅旗磨動〔四二〕，一軍從山塢内擁出，爲首大將乃高覽也。玄德兩頭無路，仰天大呼曰：「天何使我受此窘極耶！事勢至此，不如就死！」鍾窘極而（適）謂非天意否。欲扳劍自刎。漁玄德發急，便行此道。〈毛漁〉讀至此爲之一急。劉辟急止之曰：「容某死戰，奪路救君。」毛漁讀至此爲之一寬。言訖，便來與高覽交鋒。戰不三合，被高覽一刀砍於馬下。毛先寫劉辟之死，以襯趙雲之勇。玄德正慌，方欲自戰，毛漁（讀）至此又爲〔四三〕一急。高覽後軍忽然自亂，一將衝陣而來，鎗起處，高覽翻身落馬。視之，乃趙雲也，毛漁（讀）至此又爲一寬。玄德大喜。雲縱馬挺鎗，殺散後隊，又來前軍獨戰張郃。郃與雲戰三十餘合，撥馬敗走。雲乘勢衝殺，却被郃兵守住山隘，路窄不得出。毛讀至此又爲一急。正奪路間，只見雲長、關平、周倉引三百軍到。兩下夾攻，殺退張郃，各出隘口，占住山險下寨。毛讀至此又爲一寬。玄德使雲長尋覔張飛。毛急尋張飛，又妙。原來張飛去救龔都，龔都已被夏侯淵所殺。飛奮力〔四四〕殺退夏侯淵，贊鍾妙人。〔四五〕迤邐趕去，却被樂進引軍圍住。漁張飛、龔都一節，作正敘則雜，作旁敘又不遠，今用「使」「覔」二字活出，此文字之最巧也。雲長路逢敗軍，尋踪而去，殺退樂進，與飛同回見玄德。毛敘得簡淨。人報曹軍大隊趕來，玄德教孫乾等保護老小〔四六〕先行，玄德與關、張、趙雲在後，且戰且走。操見玄德去遠，收軍不趕。

玄德敗軍不滿一千，狼狽而奔。前至一江，喚

〔四二〕「磨動」，滄本、光本、商本作「麾動」。
〔四三〕毛批「爲」下，光本有「之」字，後三處同。
〔四四〕「力」，光本作「勇」，明四本無。
〔四五〕贊批原句漫漶，據贊校本補。
〔四六〕「小」，光本訛作「少」。

士人問之，乃漢江也。玄德權且安營，士人知是玄德，奉獻羊酒，【毛】前老人獻酒於曹操，是畏其勝；今士人獻酒於玄德，是憐其敗。勝時之酒易得，敗時之酒難當〔四七〕。【漁】曹操，老人獻酒是畏勢；玄德，老人獻酒是憐敗。乃聚飲於沙灘之上。玄德歎曰：「諸君皆有王佐之才，不幸跟隨劉備。備之命窘，累及諸君。今日身無立錐〔四八〕，誠恐有悞諸君。君等何不棄備而投明主，以取功名乎？」【毛】數語嗚咽慷慨，令人泣數行下。【贄】玄德不濟，緣何便如此起來，毋乃激將之術乎？抑真心也？【鍾】此是玄德激將之（法）。【漁】玄德與諸將聚飲沙灘，惜衆人、遣衆人，正所以留衆人，一如舅犯〔四九〕從重耳歸國，辭公子、別公子，正所以要公子。衆皆掩面而哭。雲長曰：「兄言差矣。昔日高祖與項羽爭天下，數敗於羽，後九里山一戰成功，而開四百年基業。勝負兵家之常，何可自隳【毛】[眉]隳，音灰。其志！」【毛】玄德此時不減高祖睢水、滎陽時矣。【贄】關先生是。【鍾】老關是大英雄。

孫乾曰：「成敗有時，不可喪志〔五〇〕。此離荆州不遠，劉景升坐鎮九郡〔五一〕，兵强糧足，更且與公皆漢室宗親，何不往投之？」【毛】此處突然接入劉表，鬬笋又妙。【贄】孫乾可用。【鍾】往投景升極是。【漁】忽然轉入劉表，鬬笋甚奇。玄德曰：「但恐不容耳。」乾曰：「某願先往說之，使景升出境而迎主公。」【毛】不用備自往，却使表來迎，妙甚。玄德大喜，便令孫乾星夜往荆州。到郡入見劉表，禮畢，劉表問曰：「公從玄德，何故至此？」乾曰：「劉使君天下英雄，雖兵微將寡，而志欲匡扶社稷。汝南劉辟、龔都素無親故，亦以死報之。明公與使君同爲漢室之胄，今使君新敗，欲往江東投孫仲謀，【毛】此句只是虛話，不意後文却成實

〔四七〕「當」，光本作「得」。

〔四八〕「立錐」，光本作「立地」，明四本作「置錐」。

〔四九〕「舅犯」二字原闕，致本作「列國」，據衡校本補。

〔五〇〕「可喪志」，齋本作「可喪心」，光本作「必傷心」。

〔五一〕「郡」，原作「州」，業本、貫本、齋本、滄本、商本同。按：前文第二十八回作「荆襄九郡」，同第二十一回校記〔二七〕。據前文及光本改。

事。【贊】【鍾】（孫乾）會説。乾諫〔五二〕言曰：『不可背親而向疎。荆州劉將軍禮賢下士，士歸之如水之投東，何況同宗乎〔五三〕？』因此使君特使乾先來拜白。唯明公命之。」【毛】乾亦善爲説詞〔五四〕。表大喜曰：「玄德吾弟也，久欲相會而不可得。今肯惠顧，實爲幸甚！」【漁】戰國時口吻，妙，妙。可見人只是好奉承。蔡瑁【毛】眉瑁，音妹。譖曰：「不可。劉備先從吕布，後事曹操，近投袁紹，皆不克終，足可見其爲人。【贊】【鍾】蔡人可惡。今若納之，曹操必加兵於我，枉動干戈。不如斬孫乾之首以獻曹操，操必重待主公也。」【毛】先言劉備不可納，次言曹操不可忤，後言殺孫乾以媚曹操，其言甚毒。孫乾正色曰：「乾非懼死之人也。劉使君忠心爲國，非曹操、袁紹、吕布等比。前此〔五五〕相從，不得已也。【贊】孫乾大通。【鍾】孫乾能言，可謂有舌者矣。今聞劉將軍漢朝苗裔，誼切同宗，故千里相投。爾何獻讒而妬賢如此耶？」劉表聞言，乃叱蔡瑁曰：「吾主意已定，汝勿多言。」蔡瑁慚恨而出。【毛】便伏後文謀害劉備事。【漁】早爲蔡瑁謀害伏線。劉表遂命孫乾先往報玄德，一面親自出郭三十里迎接。玄德見表，執禮甚恭，表亦相待甚厚。玄德引關、張等拜見劉表，表遂與玄德等同入荆州，分撥院宅居住。【毛】表之迎備，與紹之迎備相同。然備之依紹，止是一人，今則與雲長等同依劉表，比前又不同。

却説曹操探知玄德已往荆州投奔劉表，便欲引兵攻之。【漁】又轉入曹操，鬭笋甚妙。程昱曰：「袁紹未除，而遽攻荆襄，儻袁紹從北而起，勝負未可知矣。不如還兵許都，養軍蓄鋭，待來年春煖，然後引兵先破袁紹，後取荆襄，南北之利，一舉可收也。」【毛】前放下袁紹，轉出劉備、劉表；今又放下二劉，仍轉入袁紹，俱鬭笋妙處。【贊】是，是。【鍾】程昱此諫甚爲□

〔五二〕「諫」，原作「僭」，致本、業本、貫本、澹本、明四本同。按：「僭」字不通，據其他毛校本改。
〔五三〕「乎」，貫本作「也」。
〔五四〕「詞」，齋本、光本作「辭」。
〔五五〕「此」，光本作「次」，明四本無。

力。操然其言，遂提兵回許都。至建安七〔五六〕年春正月，操復商議興師〔五七〕，先差夏侯惇、滿寵鎮守汝南，以拒劉表，留曹仁、荀彧守許都，親統大軍前赴官渡屯扎。

且説袁紹自舊歲感冒吐血症候，今方稍愈，商議欲攻許都。審配諫曰：「舊歲官渡、倉亭之敗，軍心未振，尚當深溝高壘，以養軍民之力。」毛前諫戰者，田豐、沮授也；勸戰者，郭圖、審配也。〈毛漁〉今（番）審配亦（諫）（勸止），大勢可知。鍾審配亦是。正議間，忽報曹操進兵官渡，來攻冀州。紹曰：「若候兵臨城下，將至壕邊，然後拒敵，事已遲矣。吾當自領大軍出迎。」袁尚曰：「父親病體未痊，不可遠征。兒願提兵前去迎敵。」紹許之，遂使人往青州取袁譚，幽州取袁熙，并州取高幹，四路同破曹操。正是：

纔向汝南鳴戰鼓，又從冀北動征鼙。

未知勝負如何，且聽下文分解。

孟德雖國賊，猶然知民爲邦本，不害禾稼。固知興王定霸者，即假仁仗義，亦須以民爲念，方幹得些少事業。何故今之爲民父母、代天子稱牧民者，止知有妻子，不知有百姓也？卒之男盜女倡也，又何尤焉！

孫乾對劉表之言，字字沁入肺腑，安有不從之理？乾可謂言語之士矣。

民爲邦本，孟德國賊，猶能知之，不害禾稼，況興王定霸者乎？故曰：「民爲貴，社稷次之，君爲輕。」

孫乾未見劉表，先與玄德曰：「乾一往，景升必出境迎。」及見，果然。孫乾不獨能言，亦可謂有膽、有識、有力者矣。

〔五六〕「七」，原作「八」，毛校本同。按：《三國志·魏書·武帝紀》：「（建安）七年春正月……進軍官渡。」據明四本改。

〔五七〕「師」，商本作「兵」。

第三十二回

奪冀州袁尚争鋒
決漳河許攸獻計

君子觀於袁氏之亂，而信古來圖大事者，未有兄弟不協而能有濟者也。桃園兄弟，以異姓而如骨肉，固無論已；他如權之據吴，則有「汝不如我，我不如汝」之兄；操之開魏，則有「寧可無洪，不可無公」之弟：同心同德，是〔一〕以能成帝業。彼袁氏者，紹與術既相左於前，譚與尚復相争於後，各自矛盾，以貽敵人之利，豈不重可惜哉！

善處人骨肉之間者，其惟王修乎！若執從父之見，則當以袁尚爲嗣；若執立長之説，則當以袁譚爲嗣。然使譚而能爲泰伯，則尚可受之；譚而不能爲泰伯，則尚不宜受之矣。使尚而能爲叔齊，則譚可取之；尚而不能爲叔齊，則譚不宜争之矣。故審配之助弟以攻兄者，非也；郭圖之助兄以攻弟者，亦非也。惟王修之語，爲金玉之論云。

甚矣，朋黨之爲禍烈也！以袁氏觀之，初則衆謀士立黨，後則兩公子亦立黨。初則田豐、沮授爲一黨，審配、郭圖爲一黨；後則郭圖與審配又因譚、尚而分爲二黨，於是逢紀黨審配，辛評又黨郭圖。甚至審配之姪，背其叔而黨其友；辛評之弟，背其兄而黨其讎。然則謂袁氏之亡，亡於朋黨可也。

曹操決漳河以渰冀州，與決泗水以渰下邳，前後兩篇大約相類。然用水於南境不奇，用水於北境爲奇；渰下邳之計出於曹操之謀士不奇，渰冀州之策即出於袁氏之舊臣爲奇。且下邳之渰，止一水耳；若渰冀州，則先遏一水，通一

〔一〕「是」，商本脱。

水以運糧，然後決一水以破敵，是有三水矣。下邳之水，所以報濮陽之火，兩家各用其一耳；若渰冀州，則先有劫韓猛、燒烏巢之火於前，而乃有通白溝、決漳河之水於後，是一家兼用其兩矣。侯成以獻酒被責而降曹，馮禮亦以飲酒被責而降曹。降曹同也，而一降於決水之後而不死，一降於決水之前〔一〕而隨死，則大異。魏續爲友人抱憤而獻門，審榮亦爲友人抱憤而獻門。獻門同也，而呂布在城中而被執，袁尚在城外而未擒，則又異。就其極相類處，却有極不相類處，若有特特犯之而又特特避之者，真是絶妙文章。

觀烏巢之焚，令人追念易京樓之焚；觀審配之死，令人追念耿武、閔純之死。一冀州耳，韓忽變而爲袁，袁忽變而爲曹。其始也，馥失之，瓚争之，而紹取之；其既也，譚失之，尚争之，而操取之。興亡彈指，得喪轉眄，奪人者，曾幾何時而爲人所奪。讀書至此，爲之三嘆。

陳琳之檄，罵曹嵩，又罵曹騰，其罵也勝似殺矣。陶謙殺操之父，而操欲報讎；陳琳罵操之祖、父，勝於殺操之祖、父，而操不報讎，何也？曰：琳爲袁紹而罵，則非琳罵之，而紹罵之也。紹爲主而琳爲從，不罪陳琳而歸罪於袁紹，猶之不罪張闓而歸罪於陶謙耳。雖然，使琳爲曹操罵紹而爲紹所獲，則紹必殺琳。紹不能爲此度外之事，而操獨能爲此度外之事，君子於此益識袁、曹之優劣矣。

此回敘袁、曹相攻，各有三層轉變：袁尚始欲救譚，既而不救，終而復救；袁譚始欲降曹，既而合尚，終復降曹；曹操始攻冀州，既攻荆州，後復仍攻冀州。諸如此類，皆不測之極。

〔一〕「前」，貫本作「後」，訛誤。

却説袁尚自斬史渙之後，自負其勇，不待袁譚等兵至，自引兵數萬出黎陽，與曹軍前隊〔三〕相迎。【鍾】□命（獻）□。張遼當先出馬，袁尚舞雙刀〔四〕來戰，不三合，架隔遮攔不住，大敗而走。張遼乘勢掩殺，袁尚不能主張，急急引軍奔回冀州。袁紹聞袁尚敗回，又受了一驚，舊病復發，吐血數斗，昏倒在地。【毛】【漁】尚之敗，袁紹實縱之；紹之死，袁尚實速之也。劉夫人慌救入臥内，病勢漸危。劉夫人急請審配、逢紀，直至袁紹榻前，商議後事。紹但以手指而不能言。劉夫人曰：「尚可繼後嗣否？」紹點頭。【毛】袁紹此時即不點頭，亦不容不立尚矣。審配便就榻前寫了遺囑。紹翻身大叫一聲，又吐血斗餘而死。【毛】【漁】孫策死得磊磊落落，袁紹死得昏昏悶悶。後人有詩曰〔五〕：

累世公卿立大名，少年意氣自縱橫。
空招俊傑三千客，漫有英雄百萬兵。
羊質〔六〕虎皮功不就，鳳毛雞膽事難成。
更憐一種傷心處，家難徒延兩弟兄。

袁紹既死，審配等主持喪事。劉夫人便將袁紹所愛寵妾五人盡行殺害，【毛】妬性猖獗矣。又恐其陰魂於九泉之下再與紹相見，【毛】癡極，可發一笑！乃髡【二】髡音坤，去髮也。其髮，刺【二】音七。其面，毀其屍：其妬惡如此。【毛】妬至於鬼，妬亦奇矣。妬其生，故欲其死；如又妬其死，則何不亦從之死耶？我爲人，而人終不能防鬼；不若我亦爲鬼，而鬼庶可以防鬼耳。【贊】【鍾】妬至鬼乎？可發一笑。【漁】妬及于鬼，可發一笑。袁尚恐寵妾家屬爲害，并收而殺之。【毛】惠帝見人彘而泣，今袁尚助

〔三〕「隊」，光本、商本作「來」。

〔四〕「舞雙刀」，原作「挺鎗」，古本同。按：前回有「舞雙刀飛馬出陣」，據前文改。

〔五〕毛本後人詩改自贊本；鍾本同贊本，贊本同明三本；漁本無。

〔六〕「羊質」，原作「羊盾」，致本同。按：「羊質虎皮」出自漢黃石公《素書》：「棄玉取石者盲，羊質虎皮者柔。」據其他古本改。

母爲虐，毋乃太甚。審配、逢紀立袁尚爲大將〔七〕軍，領冀、青、幽、并四州牧，遣書〔八〕報喪。此時袁譚已發兵離青州，知父死，便與郭圖、辛評商議。圖曰：「主公不在冀州，審配、逢紀必立顯甫爲主矣。當速行。」辛評曰：「審、逢二人必預定機謀。【贊】【鍾】是。今若速往，必遭其禍。」袁譚曰：「若此當何如〔九〕？」郭圖曰：「可屯兵城外，觀其動靜。某當親往察之。」譚依言。郭圖遂入冀州，見袁尚禮畢，尚問：「兄何不至？」圖曰：「因抱病在軍中，不能相見。」【毛】【漁】尚既僭立，譚不奔喪；尚固不弟，譚（亦）（固）不子。尚曰：「吾受父親遺命，立我爲主，加兄爲車騎將軍。目下曹軍壓境，請兄爲前部，吾隨後便調兵接應也。」圖曰：「軍中無人商議良策，願乞審正南、逢元圖二人爲輔。」【毛】【漁】郭圖索二謀士，欲去尚之左右手也。獨不思譚而謀尚，乃自去其手足耶！【二】【補註】審正南、逢元圖乃審配、逢紀二人表字也。【贊】【鍾】妙，妙！尚曰：「吾亦欲仗此二人早晚畫策，如何離得！」圖曰：「然則於二人内遣一人去，何如〔一〇〕？」【贊】郭圖可用。【鍾】内自生亂，如何□人？尚不得已，乃令二人拈鬮，【二】音鳩。拈着者便去。逢紀拈着，尚即命逢紀賫印綬，同郭圖赴袁譚軍中。紀隨圖至譚軍，見譚無病，心中不安，獻上印綬。譚大怒，欲斬逢紀。郭圖密諫曰：「今曹軍壓境，且只欵留逢紀在此，以安尚心。待破曹之後，却來争冀州不遲。」【鍾】郭圖巧計。

譚從其言，即時拔寨起行，前至黎陽，與曹軍相抵。譚遣大將汪昭出戰，操遣徐晃迎敵。二將戰不數合，徐晃一斧〔一一〕斬汪昭於馬下。曹軍乘勢掩殺，譚軍大敗。譚收敗軍入黎陽，遣人求救於

〔七〕「將」上原有「司馬」，古本同。按：「大司馬、將軍」誤，前文第十八回，拜袁紹爲大將軍。袁紹死，袁尚繼位。據刪。

〔八〕「書」，商本作「使」。

〔九〕「何如」，齋本、光本、商本、夏本、贄本倒作「如何」。

〔一〇〕「何如」，明四本無，致本、瀹本、光本倒作「如何」。

〔一一〕「斧」，原作「刀」，古本同。按：徐晃使斧，據前文改。

尚。【毛】【漁】「原隰裒矣，兄弟求矣。」尚與審配計議，只發兵五千餘人相助。曹操探知救軍已到，遣樂進、李典引兵於半路接着，兩頭圍住，盡殺之。【毛】救如無〔一二〕救。袁譚知尚止撥軍〔一三〕五千，又被半路坑殺，大怒，乃喚逢紀責罵。紀曰：「容某作書致主公，求其親自來救。」譚即令紀作書，遣人到冀州致袁尚。尚與審配共議，配曰：「郭圖多謀，前次不争而去者，爲曹軍在境也。今若破曹，必來争冀州矣。不如不發救兵，借操之力以除之。」【毛】【漁】是何言語？〈【漁】〉郭圖、審配運籌，此人更有識。【贊】却是對手。【鍾】配亦（對手）。尚從其言，不肯發兵。【毛】前止少發兵，後竟不發兵，計愈左矣。使者回報，譚大怒，立斬逢紀，【毛】譖田豐之報。議欲降曹。早有細作密報袁尚。尚與審配議曰：「使譚降曹，并力來攻，則冀州危矣。」乃留審配并大將蘇由固守冀州，自領大軍來黎陽救譚。【毛】第一次少發兵，第二次不發兵，第三次親自領兵：其反覆無常，酷肖其父。【漁】袁尚反復無常，酷肖乃父。尚問軍中：「誰敢爲前部？」大將呂曠、呂翔兄弟二人願去。【毛】亦是兄弟二人，正與譚、尚映射。尚點兵三萬，使爲先鋒，先至黎陽。譚聞尚自來，大喜，遂罷降曹之議。【毛】鬩墻則鬩，禦侮則禦，固兄弟之常理也。譚屯兵城中，尚屯兵城外，爲犄【二】音机。角之勢。

不一日，袁熙、高幹皆領軍到城外，屯兵三處，每日出兵與操相持。尚屢敗，操兵屢勝。至建安八年春二月，操分路攻打，袁譚、袁熙、袁尚、高幹皆大敗，【毛】敘四路兵交戰，却甚省筆。棄黎陽而走，操引兵追至冀州。譚與尚入城堅守，熙與幹離城三十里下寨，虚張聲勢。【毛】【漁】四路合成二〔一四〕路。操兵連日攻打不下。郭嘉進曰：「袁氏廢長立幼，而兄弟之間，權力相併，各自樹黨，急之則相救，緩之則相爭。【毛】【漁】（奉孝洞燭情形，）後來遺計定遼東，

〔一二〕「無」，商本作「不」。
〔一三〕「軍」，齋本、光本、商本作「兵」。
〔一四〕毛批「二」，齋本作「兩」，貫本訛作「一」。

亦是此意。贊是。不如舉兵南向荆州，征討劉表，以候袁氏兄弟之變。變成而後擊之，可一舉而定也。」毛漁正攻冀州，忽（作）（然）一頓，匪夷所思。鍾候其變成擊之，郭嘉之（言）極善。操善其言，命賈信屯黎陽〔一五〕，曹洪引兵守官渡。操引大軍向荆州進兵。

譚、尚聽知曹軍自退，遂相慶賀。袁熙、高幹各自辭去。袁譚與郭圖、辛評議曰：「我爲〔一六〕長子，反不能承父業。尚乃繼母所生，反承大爵。心實不甘。」毛不出郭嘉之〔一七〕料。圖曰：「主公可勒兵城外，只做請顯甫、審配飲酒，伏刀斧手殺之，大事定矣。」譚從其言。適别駕王修自青州來，二别駕，官名。王脩，北海〔一八〕營陵人。譚將此計告之。修曰：「兄弟者，左右手也。今與他人爭鬭，斷其右手〔一九〕，而曰我必勝，安可得乎？夫棄兄弟而不親，天下其誰親之？彼讒人離間骨肉，以求一朝之利，願塞耳勿聽也！」毛數語抵得一篇《棠〔二〇〕棣》之詩。贊老成之言，非講道學也。鍾王脩苦言，藥也，當聽當聽。漁桃園兄弟固無論矣；他如權之據吴，則有「汝不如我，我不如汝」之兄；操之開魏，則有「寧可無洪，不可無公」之弟，是以皆成帝業。彼袁氏者，紹與術既相左于前，譚與尚復相左于後，豈能相濟哉！譚怒，叱退王修，使人去請袁尚。尚與審配商議，配曰：「此必郭圖之計也。主公若往，必遭奸計，不如乘勢攻之。」袁尚依言，便披掛上馬，引兵五萬出城。毛未有帶五萬人赴席者，爲之一笑。漁領兵五萬來赴席。袁譚見袁尚引軍來，情知事泄，亦即披掛上馬，與尚交鋒。

〔一五〕「賈信屯黎陽」，原作「賈詡爲太守守黎陽」，古本同。按：《三國志·魏書·武帝紀》：「五月還許，留賈信屯黎陽。」《後漢書·郡國志》：黎陽縣屬冀州魏郡。據改。

〔一六〕「爲」，商本作「乃」。

〔一七〕「之」，貫本作「所」。

〔一八〕周、夏批「北海」，原作「城陽」。按：《三國志·魏書·王脩傳》：「王脩字叔治，北海營陵人也。」《晉書·王裒傳》：「王裒字偉元，城陽營陵人也。祖脩，有名魏世。」《方輿紀要·山東六》：「漢爲營陵縣地，北海郡治焉。後漢屬北海國。晉初屬城陽郡。」據改。

〔一九〕「右手」，齊本作「手足」，光本脱「右」。

〔二〇〕「棠」，商本作「唐」。

尚見譚大罵，譚亦罵曰：「汝藥死父親，【毛】【漁】劈空造（出）一罪〔二一〕（案）（業〔二二〕）。（凡）（此）兄弟相争（者），往往如此。篡奪爵位，今又來殺兄耶！」二人親自交鋒，【毛】豈復成兄弟耶〔二三〕？【鍾】弟兄尋戈，喪無日矣。袁譚大敗。尚親冒矢石，衝突掩殺。【毛】戰操何其怯，追〔二四〕兄何其猛。譚引敗軍奔平原，【六】平原，（漢之縣名，即）（即）今濟南府平原縣（也）。尚收兵〔二五〕還。袁譚與郭圖再議進兵，令岑璧爲將，領兵前來，尚自引兵出冀州。兩陣對圓，旗鼓相望，璧出罵陣〔二六〕。尚欲自戰，大將呂曠拍馬舞刀，來戰岑璧。二將戰無數合，曠斬岑璧於馬下。譚兵又敗，再奔平原。審配勸尚進兵，追至平原。譚抵當不住，退入平原，堅守不出。尚三面圍城攻打。譚與郭圖計議，圖曰：「今城中糧少，彼軍方鋭，勢不相敵。愚意可遣人投降曹操，使操將兵攻冀州，尚必還救。將軍引兵夾擊之，尚可擒矣。若操擊破尚軍，我因而斂其軍實以拒操。操軍遠來，糧食不繼，必自退去，我可以仍據冀北，以圖進取〔二七〕也。」【毛】一袁尚且不能勝，乃欲勝既〔二八〕破袁尚之曹操，恐無是理，但説得好聽耳。【鍾】圖計亦（巧）。譚從其言，【毛】始〔二九〕議降曹，既而合尚，今復從降曹之議：其没主意，亦酷肖其父。問曰：「何人可爲使？」圖曰：「辛評之弟辛毗，字佐治，見爲平原令。此人乃能言之士，可命〔三〇〕爲使。」【毛】【眉】【二】（毗，）音皮。【毛】又是兄弟二人，映射成趣。譚即召辛毗，毗欣然而至。【漁】兄弟相争，而欲遣兄弟和睦之人，郭圖出語豈不可羞？辛毗〔三一〕欣然應命，

〔二一〕毛批「罪」，齋本作「罵」，形訛。
〔二二〕漁批「業」，原作「葉」。按：「業」字通，據衡校本改。
〔二三〕「耶」，貫本作「也」。
〔二四〕「追」，齋本、光本作「戰」。
〔二五〕「兵」，商本作「軍」。
〔二六〕「罵陣」，光本倒作「陣罵」。
〔二七〕「冀北」，貫本、光本、商本作「冀州」，明四本無。「取」，致本作「兵」，明四本無。
〔二八〕「既」，光本脱，後一處同。
〔二九〕「始」，商本作「先」。
〔三〇〕「命」，致本作「令」。
〔三一〕「辛毗」，原作「辛評」，衡校本、致本同。據正文改。

亦更可鄙。譚修書付毗，使三千軍送毗出境。毗星夜齎書往見曹操。

時操屯軍西平【六】西平，（漢之縣名，）今（屬）汝寧（府[三二]）西平縣（也）。【嘉】地名。伐劉表，表遣玄德引兵爲前部以迎之。未及交鋒，辛毗到操[三三]寨。見操禮畢，操問其來意，毗具言袁譚相求之意，呈上書信[三四]。操看書畢，留辛毗於寨中，聚文武計議。程昱曰：「袁譚被袁尚攻擊太急，不得已而來降，不可准信。」【鍾】程昱所見與郭嘉同。呂虔、滿寵亦曰：「丞相既引兵至此，安可復舍表而助譚？」【漁】看出所長，皆近于理。荀攸曰：「三公之言未善。以愚意度[三五]之：天下方有事，而劉表坐保江、漢之間，不敢展足，其無四方之志可知矣。【毛】【漁】料劉表如見。（是定論。）袁氏據四州之地，帶甲數十萬，若二子和睦，共守成業，天下事未可知也。今乘其兄弟相攻，勢窮而投我，我提兵先除袁尚，後觀其變，并滅袁譚，天下定矣。此機會不可失也。」【毛】【漁】（荀攸欲）（意）先滅尚而後滅譚，後（來却）（反）先（滅）譚而後（滅）尚，變化不同。〈【毛】〉若説一句是一句，便是今人[三六]印板文字矣。【贊】更好。【鍾】荀攸更（妙）。操大喜，便邀辛毗飲酒，謂之曰：「袁譚之降，真耶詐耶？袁尚之兵，果可必勝耶？」毗對曰：「明公勿問真與詐也，只論其勢可耳。袁氏連年喪敗，兵革疲於外，謀臣誅於內；兄弟讒隙，國分爲二；加之饑饉並臻，天災人困。無問智愚，皆知土崩瓦解，此乃天滅袁氏之時也。今明公提兵攻鄴，袁尚不還救，則失巢穴；若還救，則譚踵襲其後。以明公之威，擊疲憊[三七]【周】音敗。之衆，如迅風之掃秋葉也。不此之圖，而伐荊州，荊州豐樂之地，國和民順，未

[三二] 醉本眉批、周、夏批、贊本系夾注「汝寧府」，醉本眉批、周、夏批原作「汝南府」，贊本系夾注原作「汝南河」，贊校本、衡校本同。按：《一統志》：西平縣屬汝寧府。據改。

[三三] 「操」，商本作「曹」。

[三四] 「信」，商本作「札」，明四本無。

[三五] 「度」，商本訛作「圖」。

[三六] 「人」，致本同，其他毛校本作「日」。

[三七] 「憊」，齋本、光本作「敗」。

可摇動。況四方之患，莫大於河北，河北既平，則霸業成矣。願明公詳之。」【毛】【漁】其言（全）（絶）不爲袁譚，竟（是）（耑）爲曹操。辛氏兄弟（各懷一心，）與袁氏兄弟正復相似。【贊】此君有成筭于胸中。迫而後起者也，非于〔三八〕人者也。操大喜曰：「恨與辛佐治【三】（佐治，）辛毗（表）字（也）。相見之晚也！」【贊】老奸。即日督軍還取冀州。玄德恐操有謀，不敢追襲，引兵自回荆州。【毛】【漁】正攻荆州，又忽（作）一頓，匪夷所思。

却説袁尚知曹軍渡河，急急引軍還鄴，命吕曠、吕翔斷後。袁譚見尚退軍，乃大起平原軍馬，隨後趕來。行不到數十里，一聲砲響，兩軍齊出：左邊吕曠，右邊吕翔，兄弟二人截住袁譚。譚勒馬告二將曰：「吾父在日，吾並未慢待二將軍，今何從吾弟而見逼耶？」二將聞言，乃下馬降譚。譚曰：「勿降我，可降曹丞相〔三九〕。」二將因隨譚歸營。譚候操〔四〇〕軍至，引二將見操。操大喜，以女許譚爲妻，即令吕曠、吕翔爲媒。【毛】人謂袁譚此時失却一弟，得却一妻，背却一父，得却一翁矣。孰知後來皆成畫餅耶〔四一〕？【贊】【鍾】老賊。【漁】誰知後來竟成畫餅。譚請操攻取冀州。操曰：「方今糧草不接，搬運勞苦，我欲濟河，遏淇水入白溝〔四二〕，以通糧道，然後進兵。」【毛】【漁】運糧用水，後來攻城亦用水。遏淇水入白溝，

〔三八〕「于」，緑本漫漶，藜本作「一」。

〔三九〕「丞相」，商本作「操」。

〔四〇〕「操」，齋本、光本、商本作「曹」。

〔四一〕「背却一父」，齋本、光本脱。「耶」，致本、齋本作「矣」，光本作「乎」。

〔四二〕「淇」，光本訛作「其」。「欲」，原作「由」，古本同。「淇水」「白溝」醉本眉注、周、夏批、贊本系夾注原有「淇水，出懷慶府濟源縣。白溝，河名，在保定府新城縣」；「濟源縣」下，周、夏批有「西八十里」；「新城縣」下，周、夏批有「南三十五里拒馬河下流，即宋與遼分界處」，贊本系夾注無「南三十五里」，「遼」作「元」。按：批注引自《綱目》卷十三王集覽、馮質實。《三國志·魏書·武帝紀》：「濟河，遏淇水入白溝以通糧道。」濟，意渡過，《演義》誤作河名。《水經注》卷九《淇水》：「出河内隆慮縣西大號山（今河南省林州市）。」「白溝又南入于巨馬河」《疏》曰：「白溝有二：此《注》所云白溝，北白溝也，《淇水注》之白溝，南白溝也。」卷四《河水四》之《疏》曰：「《隋志》：濟源有淇水。淇即瀙之省。」瀙水在今河南省濟源市。各本誤注，不録。

先爲決〔四三〕漳河伏線。令譚且居平原。操引軍退屯黎陽，封吕曠、吕翔爲列侯，隨軍聽用。郭圖謂袁譚曰：「曹操以女許婚，恐非真意。今又封賞吕曠、吕翔，帶去軍中，此乃牢籠河北人心，後必終〔四四〕爲我禍。主公可刻將軍印二顆，暗使人送與〔四五〕二吕，令作内應。待操破了袁尚，可乘便圖之。」[毛]孰知二吕之不復爲袁氏用乎？[贊][鍾]郭圖大通（，然亦生事）。[漁]已封列侯，何愛將軍之印耶？況譚原語二將「降曹丞相」，豈復爲我用？郭圖之計左矣。譚依言，遂刻將軍印二顆，暗送與二吕。[毛]二印只算謝媒。二吕受訖，徑將印來禀曹操。操〔四六〕大笑曰：「譚暗送印者，欲汝等爲内助，待我破袁尚之後，就中取事耳。汝等且權〔四七〕受之，我自有主張。」[贊]老賊。[鍾]□（誰）操□。自此曹操便有殺譚之心。[毛]曹操許女之意，既是假非真；郭圖刻印之謀，亦弄巧成拙。

且説袁尚與審配商議：「今曹兵運糧入白溝，必來攻冀州，如之奈何？」配曰：「可發檄使武安長尹楷屯毛城，通上黨[六]上黨，（漢時郡名，）今潞州長子縣（是也）。[嘉]地名。運糧道，令沮授之子沮鵠守邯鄲，[六]邯鄲，（古邑名，）今（屬）廣平府邯鄲縣（也）。〈[毛]眉〉邯鄲，音寒單。遠〔四八〕爲聲援。主公可進兵平原，急攻袁譚。先絶袁譚，然後破曹。」[毛][漁]不（急）（去）攻（讎）（敵）而先攻兄，爲計亦左〔四九〕。袁尚大喜，留審配與陳琳守冀州，使馬延、張顗[毛]眉顗，音以。二將爲先鋒，連夜起兵攻打平原。譚知尚兵來近，告急於操。操曰：「吾今番必得冀州矣！」正説間，適許攸自許昌來，聞尚〔五〇〕又攻譚，入見操曰：「丞相坐守於此，豈欲待天雷擊殺二袁乎？」

〔四三〕漁批「爲」，原脱，據衡校本補。毛批「決」，光本脱。
〔四四〕「終」，齋本、光本作「將」。
〔四五〕「與」，致本脱。
〔四六〕「操」上，致本有「曹」字。
〔四七〕「且權」，光本作「權且」。
〔四八〕「遠」，商本作「遥」。
〔四九〕毛批「左」下，齋本、光本、商本有「矣」字。
〔五〇〕「尚」，原作「當」，據古本改。

毛不用「震爲雷」，將用「坎爲水」。鍾妙話。操笑曰：「吾已料定矣。」遂令曹洪先進兵攻鄴，操自引一軍來攻尹楷。兵臨本境，楷引軍〔五一〕來迎。楷出馬，操曰：「許仲康三（仲康，）許褚（表）字（也）。安在？」許褚應聲而出，縱馬直取尹楷。楷措手不及，被許褚一刀斬於馬下，毛敘許褚戰功，爲後殺許攸伏線。餘衆奔潰。三補註原來許褚未聞操喚，先已出陣。操盡招降之，毛完却尹楷。即勒兵取邯鄲。沮鵠進兵來迎。張遼出馬，與鵠交鋒。戰不三合，鵠大敗，遼從後追趕。兩馬相離不遠，遼急取弓射之，應弦落馬。操指揮軍馬掩殺，衆皆奔散。毛完却沮鵠。於是操引大軍前抵冀州。曹洪已近城下。操令三軍遶城築起土山，又暗掘地道以攻之。毛前官渡之戰，袁紹用土山地道；今冀州之攻，曹操亦用土山地道。孰知「艮爲山」「坤爲地」，總不如「坎爲水」也〔五二〕。審配設計堅守，法令甚嚴，東門守將馮禮因酒醉有悮巡警，毛漁淳于瓊以酒失事，今馮禮又以酒失事，何袁將之善飲也？配痛責之。馮禮懷恨，潛地出城降操。操問破城之策，禮曰：「突門内土厚，可掘地道而入。」操便命馮禮引三百壯士，夤夜掘地道而入。

却説審配自馮禮出降之後，每夜親自登城點視軍馬。當夜在突門閣上，望見城外無燈火，配曰：「馮禮必引兵從地道而入也。」急喚精兵運石擊突閘門，門閉，馮禮及三〔五三〕百壯士，皆死於土内。贊鍾（此亦）狠〔五四〕毒，然（亦）不得不如此。操折了這一塲，遂罷地道之計，毛袁紹掘地道，曹操當之以塹；曹操掘地道，袁兵拒之以門〔五五〕。前後遥映。退軍於洹〔五六〕毛眉洹，音完。水三洹水離冀州五十里。之上，以候袁尚回兵。袁尚攻平原，聞曹操已破尹楷、

〔五一〕「軍」，商本作「兵」。
〔五二〕「坎爲水也」，齋本、光本作「坎之爲水」。
〔五三〕「三」，商本訛作「五」。
〔五四〕贊批「狠」，緑本作「大」。
〔五五〕「門」，貫本作「明」。
〔五六〕「洹」，齋本作「垣」，澹本作「揎」，皆形訛。

沮鵠，大軍圍困冀州，乃掣兵回救。部將馬延曰：「從大路去，曹操必有伏兵。可取小路，從西山出滏【毛】【眉】【嘉】（滏，）音甫。【二】音輔。水口去劫曹營，必解圍也。」尚從其言，自領大軍先行，令馬延與張顗斷後。早有細作去報曹操。操曰：「彼若從大路上來，吾當避之；若從西山小路而來，一戰可擒也。【贊】【鍾】老賊（大奸）。吾料袁尚必舉火爲號，【毛】袁尚之火，不如曹操之水。【漁】曹公〔五七〕料事多中。令城中接應。吾可分兵擊之。」於是分撥已定。

却說袁尚出滏水界口，東至陽平，【嘉】地名。屯軍陽平亭，離冀州十七里，一邊靠着滏水。尚令軍士堆積柴薪乾草，至夜焚燒爲號，遣主簿李孚扮作曹軍都督，直至城下，大叫：「開門！」審配認得是〔五八〕李孚聲音，放入城中，說：「袁尚已陳兵在陽平亭，等候接應。若城中兵出，亦舉火爲號。」配教城中堆草放火，以通音信。【毛】【漁】屢用火字，引出下文水來。孚曰：「城中無糧，可發老弱殘兵并婦人出降，彼必不爲備，我即以兵繼百姓之後出攻之。」【毛】爾時冀州百姓，未死於水而先死於兵〔五九〕矣。【贊】【鍾】（孚見）亦是。〔六〇〕配從其論。次日，城上豎起白旗，上寫「冀州百姓投降」。操曰：「此是城中無糧，教老弱百姓出〔六一〕降，後必有兵出也。」【毛】又早猜破。【贊】賊，賊。【鍾】操賊如鬼。操教張遼、徐晃各引三千軍馬，伏於兩邊。操自乘馬、張麾蓋至城下，果見城門開處，百姓扶老携幼，手持白旗〔六二〕而出。【漁】總是有詐，救了百姓是實。百姓纔出盡，城中兵突出。操教將紅旗一招，【毛】白旗、紅旗，映射成趣。張遼、徐晃兩路兵齊出亂殺，城中兵只得復回。操自飛馬趕來，到弔橋邊，城中弩箭如雨，射中操盔，險透其頂。【毛】【漁】前在下邳城下，射中麾蓋；今在冀州城下，射中

〔五七〕「曹公」，衡校本作「阿瞞」。
〔五八〕「是」，光本脱。
〔五九〕「兵」，商本訛作「火」。
〔六〇〕贊校本脱此句贊批。
〔六一〕「出」，商本作「投」。
〔六二〕「旗」，貫本、明四本作「旛」。

頭盔。兩番用水之前，其被射亦復相似。衆將急救回陣。操更衣換馬，引衆將來攻尚寨，尚自迎敵。時各路軍馬一齊殺至，兩軍混戰，袁尚大敗。尚引敗兵退往西山下寨，令人催取馬延、張顗軍來。不知曹操已使呂曠、呂翔去招安二將，二將隨二呂來降，操亦封爲列侯。【毛】【漁】敘法甚省筆。【贊】賊，賊。即日進兵攻打西山，先使二呂、馬延、張顗截斷袁尚糧道。【毛】譚、尚相攻，是以袁攻袁；操即用袁氏之將，以截袁氏之糧，亦是以袁攻袁。【鍾】（亦）巧。尚情知西山守不住，夜走濫〔六三〕口。【嘉】地名。安營未定，四下火光並起，伏兵齊出，人不及甲〔六四〕，馬不及鞍，尚軍大潰。退走五十里，勢窮力極，只得遣故〔六五〕豫州刺史陰夔【二】音葵。至操營請降。操佯許之，却連夜使張遼、徐晃去劫寨，【毛】操于譚之降，則納之；于尚之降，則劫之。又是一樣做法。【漁】許其降而即劫之，好着數。尚盡棄印綬、節鉞、衣甲、輜重，望中山【六】（《一統志》云：）中山，（即古狄都，即）今屬真定〔六六〕府定州（是也）。而逃。

操回軍攻冀州。許攸獻計曰：「何不決漳河之水以渰之？」【毛】前下邳之渰，其計出于曹操之謀士郭嘉；〈【毛】【漁】〉（今）漳河之決，（其）計出（于）袁氏之客許攸，是（亦）以袁攻袁也。【二】《一統志》云：交漳水，在潞城縣西三十五里交漳村，濁漳水與絳水至此交流，故名；又東流一百八十里，至彰德府林縣界合清漳水。〔六七〕操然其計，先差軍於城外掘壕塹，週圍四十里。審配在城

〔六三〕「濫」，光本作「溢」，貫本作「隘」，皆形訛；商本訛作「滏」。

〔六四〕「人不及甲」，商本脱。

〔六五〕「故」，原無，古本同。按：《三國志·魏書·武帝紀》：「未合，尚懼，遣故豫州刺史陰夔及陳琳乞降。」據補。

〔六六〕周批「定」，原無，據醉本眉注、夏批、贊本系夾注補。

〔六七〕周、夏批原作「漳河，水出彭城縣東三十五里，至漳林又東流一百八十里至彰德府林縣界合清漳水，謂之交漳水」。按：《一統志》：潞州府交漳水「在潞城縣西三十五里交漳村，濁漳水與絳水至此交流，故名；又東流一百八十里，至彰德府林縣界合清漳水」；彰德府漳河「其源有二：一出山西潞州長子縣，名濁漳，自林縣西北入境；一出平定州樂平縣，名清漳，自涉縣西入境。俱東至林縣，合流經臨漳、館陶縣界入衛河。」據改。

上見操軍在城外掘塹，却掘得甚淺。毛妙。配暗笑曰：「此欲決漳河之水以灌城耳。壕深可灌，如此之淺，有何用哉？」遂不爲備。當夜曹操添十倍軍士，併力發掘。比及天明，廣深二丈，引漳水灌之，城中水深數尺，毛操之掘塹，先淺後深，詭譎可喜。贊鍾老賊（大奸）。更兼糧絶，軍士皆餓死。辛毗在城外，用鎗挑袁尚印綬衣服，招安城内之人。贊鍾此亦惹事。審配大怒，將辛毗家屬老小八十餘口，就於城上斬之，將頭擲下。辛毗號哭不已。審配之姪審榮，素與辛毗相厚，見辛毗家屬被害，心中懷忿，乃密寫獻門之書，拴毛眉拴，音千。於箭上，射下城來。毛審配前收捕許攸子姪，今又誅殺辛毗家屬，而不能自禁其姪，可發一嘆〔六八〕。漁審榮不是全爲朋友，只是見勢不愛耳。軍士拾獻辛毗，毗將書獻操。操先下令：如入冀州，休得殺害袁氏一門老小，軍民降者免死。贊鍾此是老賊好處。次日天明，審榮大開西門，放操〔六九〕兵入。毛前洊下邳，有獻門之宋憲、魏續〔七〇〕；今洊冀州，有獻門之審榮。前後亦復相似。辛毗躍馬先入，軍將隨後殺入冀州。審配在東南城樓上，見操〔七一〕軍已入城中，引數騎下城死戰。正迎徐晃交馬，晃〔七二〕生擒審配，綁出城來。路逢辛毗，毗咬牙切齒，以鞭鞭配首曰：「賊殺才！今日死矣！」配大罵：「辛毗賊徒！引曹操破我冀州，我恨不殺汝也！」贊鍾審配是漢子。徐晃解配見操，操曰：「汝知獻門接我者乎？」配曰：「不知。」操曰：「此汝姪審榮所獻也。」配怒曰：「小兒不行〔七三〕，乃至於此！」毛漁（袁氏兄弟相左，）審氏叔姪亦相左，俱（是）骨肉之變。操曰：「昨孤至城下，何城中弩箭之多耶？」配曰：「恨少！恨少！」毛漁與張遼（答）（在）濮陽之（火）（時）語氣相似。操曰：「卿忠

〔六八〕「嘆」，齋本、光本、商本作「笑」。
〔六九〕「操」，毛校本作「曹」。
〔七〇〕「魏續」，商本脱。
〔七一〕「操」，商本作「曹」。
〔七二〕「晃」上，商本有「徐」字。
〔七三〕「不行」，明四本作「不足用」，致本作「不終」，光本作「無行」。

於袁氏，不容不如此。今肯降吾否？」配曰：「不降！不降！」辛毗哭拜於地曰：「家屬八十〔七四〕餘口，盡遭此賊殺害。願丞相戮之，以雪此恨！」配曰：「吾生爲袁氏臣，死爲袁氏鬼，不似汝輩讒諂阿諛之賊，可速斬我！」鍾 好硬漢。操教縛出。臨受刑，叱行刑者曰：「吾主在北，不可使吾面南而死！」乃向北跪，引頸就刃。毛 贊（既是）審正南，緣何正北而死？（一笑）（呵呵）！鍾 審正南不可及。漁 此北面，與北面而降，審正南緣何北面而死？一笑。後人有詩嘆曰〔七五〕：

河北多名士，誰如審正南！
命因昏主喪，心與古人參。
忠直言無隱，廉能志不貪。
臨亡猶北面，降者盡羞慚。

審配既死，操憐其忠義，命葬于城北。漁 葬於城北，其魂亦安。衆將請曹操入城，操方欲起行，只見刀斧手擁一人至，操視之，乃陳琳也。操謂之曰：「汝前爲本初作檄，但罪狀孤可也，何乃辱及祖、父耶？」毛 陳琳作檄事已隔數回，至此忽然〔七六〕一提。琳答曰：「箭在弦上，不得不發耳。」毛 以箭自比，以弦比袁紹。箭非自發，乃弦發之也。操若能爲琳之弦，琳亦願爲操之箭矣〔七七〕。左右勸操殺之，操憐其才，乃〔七八〕赦之，命爲從事。毛 殺審配極似殺陳宮，赦陳琳極似赦張遼，與渰下邳一篇文字遥遥相對。○曹操頭風虧得陳琳醫治，此時不殺，只算謝醫。

却説操長子曹丕，字子桓，時年十八歲。丕初生時，有雲氣一片，其色青紫，員如車蓋，覆於其室，終日不散。有望氣者密謂操曰：「此天子

〔七四〕「十」，原作「百」，致本、業本、貫本、齋本同。按：「百」與前文異，據其他古本改。
〔七五〕毛本嘆審配詩改自贊本；鍾本、漁本同贊本，夏本、贊本改自嘉本、周本。
〔七六〕「然」，商本作「焉」。
〔七七〕「矣」，商本作「也」。
〔七八〕「乃」，商本下移至「命」上。

氣〔七九〕也。令嗣貴不可言！」丕八歲能屬文，有逸才，博古通今，善騎射，好擊劍。毛漁百忙中（忽）（插）入曹丕一（小）傳，（早）爲後〔八〇〕（文曹丕）稱帝伏線。○敘袁家兒子（將）完，忽接敘曹家〔八一〕兒子（事），妙筆。時操破冀州，丕隨父在軍中，先領隨身軍，徑投袁紹家下馬，拔劍而入。有一將當之曰：「丞相有命，諸人不許入紹府。」丕叱退，提劍入後堂。見兩箇婦人相抱而哭，丕向前〔八二〕欲殺之。正是：

四世公侯已成夢，一家骨肉又遭殃。

未知性命如何，且聽下文分解。

辛毗竟爲曹公，亦有見之士也。袁氏弟兄不和，自然喪亡矣。安有弟兄不和而不喪亡者乎？凡有兄弟者，鑒之。如審配輩，如何便筭得忠義也？主非堯舜之主，死之不過自盡其心耳。謂之硬漢則可，謂之忠義則未也。

水渰冀州，曹瞞以陰謀取勝。最痛快者，惟審配不屈數語也。雖未純忠，以視許攸賣主獻城，不啻霄壤。配真漢子哉！

〔七九〕「氣」上，光本、商本有「之」字。

〔八〇〕毛批「後」字原闕，據毛校本補。

〔八一〕毛批「將」上，光本有「事」；商本「將」作「事」。「接敘」，貫本作「接入」。「曹家」，商本作「曹操」。

〔八二〕「向前」，商本脫。

第三十三回

曹丕乘亂納甄氏
郭嘉遺計定遼東

袁尚母劉氏之妬，其酷烈也甚矣。乃城破之後，不能死節，而獻甄氏於曹丕，以圖苟全，又何其無烈性至此乎！可見婦之貞者必不妬，婦之妬者必不貞。吕后〔一〕爲項羽所得而不死，所以有人彘之刑；飛燕曾事射鳥兒，所以多殺皇嗣；武曌有聚麀之恥，所以弑王后、殺〔二〕蕭妃：豈非妬婦之明驗哉？

袁譚不得娶曹操之女，曹丕反得娶袁紹之婦，是曹操失一婿而得一婦，袁紹失一婦〔三〕而又失一婦也。曹操之女未嫁而已寡，猶當悼其死壻；袁熙之妻未寡而再嫁，毋乃負其生夫乎！婚可絶，壻可易，曹操不妨舍譚求後壻；壻可續，兒不可續，劉氏亦將認丕爲繼兒乎？紹妾毁既死之容，熙妻何不毁欲生之面？爲紹妻者，妬及於既死之夫；爲熙母者，何不念及於未死之子？總只因兄弟之變，遂引出夫婦之變、母子之變、翁壻之變、姑媳之變。君子讀書至此，蓋深有感於骨肉之間矣。

沮授不屈，審配亦不屈。同一不屈也，而沮授則一於事袁，審配則知有袁尚而不知有袁譚，審配不如沮授多矣。許攸降操，王修亦降操。同一降也，而許攸則助曹謀袁，王修則不忍助曹謀袁，王修賢於許攸遠矣。是不可以無辨。

殺許攸者，曹操也，非許褚也。許攸數侮曹操，操欲殺攸久矣。欲自殺之，而恐有殺故

〔一〕「后」，貫本作「氏」。
〔二〕「殺」，光本作「弑」。
〔三〕「婦」，齋本、光本、商本作「媳」。

人、殺功臣之名，特假手於許褚耳。昔顛頡焚僖負羈〔四〕之家，而重耳殺顛頡以狥於軍；今許褚殺攸而操曾不之罪，故曰非許褚殺之，而曹操殺之也。曹操資許攸之力以得冀州，劉備資法正之力以得西川。而法正恃功而横，未聞見殺於關、張；許攸恃功而驕，遂乃見殺於許褚。君子以是知劉備之厚而曹操之薄。

王修和解二袁之言，是真語、激語、熱語。劉表和解二袁之言，是假語、緩語、冷語。然在〔五〕劉表，不過自解其不發兵之故〔六〕，而在二袁聽之，則當以表之言爲良言也。董卓嘗和解袁紹與公孫瓚矣，曹操嘗和解劉備與吕布矣。讐敵相争，猶〔七〕可暫時和解，況兄弟耶？而二袁不能聽，悲夫！

曹操有時而仁，有時而暴。免百姓秋租，仁矣；而使百姓敲氷拽船，何其暴也。不殺逃民而縱之，仁矣；又戒令勿爲軍士所獲，仍不禁軍之殺民，何其暴也。其暴處多是真，其仁處多是假。葢曹操待冀州之民，與其待袁紹無以異耳。殺其子，奪其婦，取其地，而乃哭其墓；然則其哭也，爲真慈悲乎，爲假〔八〕慈悲乎？奸雄之奸，非復常人意量所及。

「急之則合，緩之則離〔九〕」，此郭嘉所以策冀州者也；其策遼東亦猶是矣。曹操進軍攻北，而譚與尚相和；及其回兵向南，而譚與尚遂相鬭。觀譚之與尚，而熙、尚之與公孫康，豈異此哉！但操於〔一〇〕譚則兩滅之，於熙、尚與康則一存而一滅之；於冀州則待其亂而我滅

〔四〕「羈」，光本作「覊」，形訛。
〔五〕「在」，貫本作「則」。
〔六〕「故」字原闕，據毛校本補。
〔七〕「猶」，商本作「獨」，形訛。
〔八〕「爲真」「爲假」，貫本倒作「真爲」「假爲」。
〔九〕「離」，貫本作「争」。
〔一〇〕「操」，商本訛作「尚」。「於」，致本作「與」。「於」上，貫本有「之」字。

之，於遼東則聽其自滅而更不煩我滅之：此則微有不同者爾。

却説曹丕見二婦人啼哭，拔劍欲斬之。忽見紅光滿目，【毛】爲甄氏立皇后伏筆。○曹操有黄星之應，曹丕有青雲紫雲之祥，正與紅光相映成趣。【漁】爲後甄氏立皇后張本。遂按劍而問曰：「汝何人也？」一婦人告曰：「妾乃袁將軍之妻劉氏也。」丕曰：「此女何人？」劉氏曰：「此次男袁熙之妻甄【二】音真。氏也。因熙出鎮幽州，甄氏不肯遠行，故留於此。」丕拖此女近前，見披髪垢面。丕以衫袖拭其面而觀之，見甄氏玉肌花貌，有傾國之色。【毛】【漁】（二語）包（着）一篇《洛神賦》。【贊】袁家父子，誰不能有〔一一〕其妻子，咳！遂對劉氏曰：「吾乃曹丞相之子也。願保汝家，汝勿憂慮。」遂按劍坐於堂上。【鍾】亦是前（緣）。

却説曹操統領衆將入冀州城，將入城門，許攸縱馬近前，以鞭指城門而呼操曰：「阿瞞，汝不得我，安得〔一二〕入此門？」【毛】【漁】驕甚，（淺甚）（取死之道也）。操大笑。【毛】奸甚。【三】〖論曰〗此是（曹）操智高處。【漁】阿瞞笑中已有刀矣。衆將聞言，俱懷不平。【毛】爲後許褚殺許攸張本。操至紹府門下，問曰：「誰曾入此門來？」守將對曰：「世子在内。」操喚出責之。劉氏出拜曰：「非世子不能保全妾家，願獻甄氏爲世子執箕箒。」【毛】【漁】妬婦此時何無烈性？操教喚出，甄氏拜於前，操視之曰：「真吾兒婦也！」遂令曹丕納之。【毛】本謂袁譚得妻，却弄出袁熙失妻；本是袁氏欲娶曹氏之女，却弄出曹氏取袁氏之婦。奇絶，幻絶。【三】〖考證〗〖斷論〗操見其女有貴相，故知是袁熙之妻，佯呆而不問，遂令丕納之。此是操明見，能識貴人也。【漁】殺其子，奪其婦，亦奸亦真。

操既定冀州，親往袁氏〔一三〕墓下設祭，【二】袁

〔一一〕「有」，緑本作「存」。
〔一二〕「安得」，貫本作「安能」，明四本作「不得」。
〔一三〕「氏」，明四本作「紹」。

紹墓在彰德府臨漳縣西北一十六里。再拜而哭甚哀，毛奸雄身段。贊賊，賊。鍾貓兒哭老鼠，真耶？假耶？漁并其地矣，而哭其墓，真耶假耶？○盟伯之墓理該拜。顧謂衆官〔一四〕曰：「昔日吾與本初共起兵時，本初問我曰：『若事不輯〔一五〕，方面何所可據？』吾問之曰：『足下意欲若何？』本初曰：『吾南據河，北阻燕、代，兼沙漠之衆，南向以爭天下，庶可以濟乎？』吾答曰：『吾任天下之智力，以道御之，無所不可。』毛虎牢關以前之語，却從此處補出。漁此虎牢關前時之語，補前遺失〔一六〕。此言如昨，而今本初已喪，吾不能不爲流涕也！」衆皆歎息。操以金帛糧米賜紹妻劉氏。毛劉氏受賜，不羞愧否？漁妬婦此時能無愧耶？乃下令曰：「河北居民遭兵革之難，盡免今年租賦。」毛漁（此奸雄）收拾民心（處）。贊鍾（奸）賊。一面寫表申朝，操自領冀州牧。

一日，許褚走馬入東門，正迎許攸，攸喚褚曰：「汝等無我，安能出入此門乎？」褚怒曰：「吾等千生萬死，身冒血戰，奪得城池，汝安敢誇口！」漁對粗人説大話，更速其禍。攸罵曰：「汝等皆匹夫耳，何足道哉！」褚大怒，拔劍殺攸，毛漁（許）攸（之）當死，不在此時，（早）（已）在呼「阿瞞」之時矣。提頭來見曹操，説：「許攸如此無禮，某殺之矣。」操曰：「子遠與吾舊交，故相戲耳，何故殺之！」毛奸〔一七〕雄假話。贊鍾此必老奸〔一八〕賊計，然亦攸之自取（也）。漁褚之殺攸，不正其罪，焉知非操使之殺攸乎？深責許褚，令厚葬許攸。毛都是奸雄欺人處〔一九〕。三論曰此是曹操奸雄處，（心）自（已）有殺許攸之心，恐人議論，故詐言（是）（之）也。贊許攸極陋劣，然今天下最多此等人，安能盡殺之也？〔二〇〕乃令人

〔一四〕「官」，光本作「將」。

〔一五〕「我」，明四本作「吾」。「輯」，光本作「濟」。

〔一六〕「失」，衡校本作「去」，形訛。

〔一七〕「奸」上，貫本有「此」字。

〔一八〕贊批「奸」，緑本作「瞞」。

〔一九〕「處」上，貫本有「之」字。

〔二〇〕原首六字漫漶，緑本脱整句，據吴本補。

遍訪冀州賢士。冀民曰：「騎都尉崔琰，字季珪，清河東武城人也。數曾獻計於袁紹，紹不從，因此托疾在家。」操即召琰爲本州別駕從事，毛此奸雄收拾士心處。因謂曰：「昨按本州户籍，共計三十萬衆，可謂大州。」琰曰：「今天下分崩，九州幅裂，二袁兄弟相争，冀民暴骨原野，丞相不急存問風俗，救其塗炭，而先校計〔二一〕户籍，豈本州士女所望於明公哉？」毛曹操方誇其衆多，崔琰却惜其匱乏，賢士之名洵不虚傳。贄至言，至言。鍾崔琰至（言）。漁名不虚傳。操聞言，改容謝之，待爲上賓。

操已定冀州，使人探袁譚消息。時譚引兵劫掠甘陵、安平、渤海、河間等處，聞袁尚敗走中山，乃統軍攻之。尚無心戰鬭，徑奔幽州投袁熙。譚盡降其衆，欲復圖冀州。操使人召之，譚不至。操大怒，馳書絶其婚，毛呂布與袁氏既絶婚而又送女，曹操與袁氏既許女而又絶婚，前後遥遥相對。漁女不妻譚，熙妻却取作婦。自統大軍征之，直抵平原。譚聞操自統軍來，遣人求救於劉表。表請玄德商議。玄德曰：「今操已破冀州，兵勢正盛，袁氏兄弟不久必爲操擒，救之無益。贄是，是。況操常有窺荆襄之意，我只養兵自守，未可妄動。」表曰：「然則何以謝之？」玄德曰：「可作書與袁氏兄弟，以和解爲名，婉詞謝之。」毛正敘譚、操相攻，忽夾敘備、表共議，文勢至此又作一頓。漁正叙譚、曹，忽夾叙劉備。表然其言，先遣人以書遺譚。書略曰〔二二〕：

君子違難，二去聲。不適讎國。日前聞君屈膝降曹，則是忘先人之讎，棄手足之誼，而遺同盟之耻矣。若「冀州」不弟，二袁尚，弟也，（領）（爲）冀州牧。謂引兵攻其兄譚，是不弟也。當降心相從。待事定之後，使天下平其曲直，不亦高義耶？毛漁（同書俱好，）先責其降（操）

〔二一〕「校計」，貫本、齋本、光本、商本倒作「計校」。
〔二二〕毛本劉表與袁譚、袁尚兩篇書信删、改自贄本；鍾本、漁本同周本、夏本、贄本；嘉本無。按：書信删、改自《三國志·魏書·劉表傳》裴注引東晉孫盛《魏氏春秋》。

（曹），後勸其睦尚。【贊】實實經濟，非道學家語也。要知，要知。

又與袁尚書曰：

「青州」天性峭急，【二】袁譚領守青州，之我故云「青州」。迷於曲直。君當先除曹操，以卒先公之恨。事定之後，乃計曲直，不亦善乎？若迷而不返，則是「韓盧東郭」【二】補註韓國有良犬，名曰盧。譬言馳良犬而逐東郭外之狡兔，必被人所得也。自困於前，而遺田父之獲也。【毛】【漁】先言睦譚之利，後言攻譚之害。〈毛〉〇本爲袁譚求救，而書并致袁尚，可見善和事人，不止勸一邊也。

譚得表書，知表無發兵之意，又自料不能敵操，遂棄平原，走保〔二三〕南皮。【六】南皮，即〈全〉今河間南皮縣〔二四〕（是也）。曹操追至南皮，時天氣寒肅，河道盡凍，糧船不能行動。操令本處百姓敲冰拽船，百姓聞令而逃。操大怒，欲捕斬之。【毛】露出奸雄本相。百姓聞得，乃親往營中投首。操曰：「若不殺汝等，則吾號令不行；若殺汝等，吾又〔二五〕不忍：汝等快往山中藏避，休被我軍士擒獲。」【毛】已則放之，而若使〔二六〕軍士獲之，則曰：「殺人者軍士也，非我也。」奸雄之極。【贊】賊，賊。【鍾】奸賊。【漁】先免其糧，後令其敲冰拽船；已免其死，又不禁軍士殺戮，何前仁而後暴耶？大約仁處是假，暴處是真。百姓皆垂淚而去。【三】斷論此操之奸雄也。

袁譚引兵出城，與曹軍相敵。兩陣對圓，操出馬以鞭指譚而罵曰：「吾厚待汝，汝〔二七〕何生異心？」譚曰：「汝犯吾〔二八〕境界，奪吾城池，賴吾妻子，【毛】照應前文〔二九〕，趣甚。反說我有異心

〔二三〕「保」，光本作「往」。
〔二四〕醉本眉注「即」「河間」「縣」四字原闕，據業本補。
〔二五〕「行若殺汝等吾又」七字原闕，據毛校本補。
〔二六〕「若使」，貫本作「復使」，光本作「又使」，澹本作「又令」。
〔二七〕「汝」，光本脱。
〔二八〕「吾」，光本作「我」。
〔二九〕「文」，貫本、澹本作「言文法」。

耶〔三〇〕！」鍾說得通。操大怒，使徐晃出馬。譚使彭安接戰。兩馬相交，不數合，晃斬彭安於馬下。譚軍敗走，退入南皮，操遣軍四面圍住。譚着慌，使辛評見操約降。毛漁（此時）何不仍與（袁）尚相和（，求救於袁尚）耶？操曰：「袁譚小子，反覆無常，吾難准信。汝弟辛毗，吾已重用，汝亦留此可也。」評曰：「丞相差矣。某聞『主貴臣榮，主憂臣辱』。某久事袁氏，豈可背之！」毛袁譚不與弟合是爲私，辛評不與弟合是爲公。鍾評亦漢子。操知其不可留，乃遣回。評回見譚，言操不准投降。譚叱曰：「汝弟見事曹操，汝懷二心耶？」評聞言，氣滿填胸，昏絕於地。譚令扶出，須臾而死。毛漁辛評之死，勝辛毗之生。鍾爲袁氏臣，不亦難乎？譚亦悔之。郭圖謂譚曰：「來日盡驅百姓當先，以軍繼其後，與曹操決一死戰。」毛漁不惜百姓者，能保土地乎？鍾此下下計。譚從其言。當夜盡驅南皮百姓，皆執刀鎗聽令。次日平明，大開四門，軍在後，驅百姓在前，喊聲大舉，一齊擁出，直抵曹寨。兩軍混戰，自辰至午，勝負未分，殺人遍地。操見未獲全勝，棄〔三一〕馬上山，親自擊鼓。將士見之，奮力向前，譚軍大敗，百姓被殺者無數。毛漁（此時）北方百姓〔三二〕大是當災。曹洪奮威突陣，正迎袁譚，舉刀亂砍，譚竟被曹洪殺於陣中。毛殺袁譚者，乃是曹操之弟。何曹氏有兄弟，而袁氏無兄弟耶？〇曹洪殺袁譚，是叔翁殺姪壻矣。一笑。郭圖見陣大亂，急馳入城中。樂進望見，拈弓搭箭，射下城壕，人馬俱陷〔三三〕。毛郭圖驅民爲兵，宜其死也。操引兵入南皮，安撫百姓。忽有一彪軍來到，乃袁熙部將焦觸、張南也。操自引軍迎之，二將倒戈卸甲，特來投降，操封爲列侯。又黑山賊張燕，引軍十萬來降，操封爲平北將軍。

下令將袁譚首級號令，敢有哭者斬。頭掛北門

〔三〇〕「耶」，貫本脱，明四本作「何也」。
〔三一〕「棄」，齋本、光本作「乘」。
〔三二〕毛批「百姓」，商本作「之民」。
〔三三〕「陷」，貫本作「死」。

外，一人布冠衰【二】音崔。衣，哭於頭下。【贊】奇。【鍾】□人。左右拏來見操，操問之，乃青州別駕王修也。【毛】【漁】王修哭袁譚之首，（極）（酷）似[三四]欒布哭彭越之（頭）（首）。因諫袁譚被逐，【毛】應前。今知譚死，故來哭之。操曰：「汝知吾令否？」修曰：「知之。」操曰：「汝不怕死耶？」修曰：「我生受其辟命[三五]，【二】辟，薦也。謂生受袁氏之薦命而爲別駕。亡而不哭非義也。畏死忘義，何以立世乎！若得收葬譚屍，受戮無恨。」【毛】語從血性中流出，讀之可以作忠。操曰：「河北義士，何其如此之多也！可惜袁氏不能用。【贊】果然，果然。若能用，則吾安敢正眼覷此地哉！」【毛】【漁】連前沮授、審配、辛評等，（總）（說二）贊（一句）。遂命收葬譚屍，禮修爲上賓，以爲司金中郎將。【漁】列其身，而身始存也。【贊】曹、王都好。因問之曰：「今袁尚已投袁熙，取之當用何策？」修不答。【毛】好王修。操曰：「忠臣也。」【毛】明於兄弟之義者，必知君臣之分。問郭嘉，嘉曰：「可使袁氏降將焦觸、張南等自攻之。」操用其言，隨差焦觸、張南、呂曠、呂翔、馬延、張顗各引本部兵，分三路進攻幽州。【毛】【漁】（數人皆）（俱是）袁氏舊將，（正與）（總爲）王修反照。一面使李典、樂進會合張燕，打并州，攻高幹。【毛】前止策熙、尚，此[三六]忽帶補高幹。

且說袁尚、袁熙知曹兵將至，料難迎敵，乃棄城引兵星夜奔遼西，【六】遼西，漢（之）郡名，（東漢末廢之，）故城在永平府（治東）（治）。投烏桓【五】烏丸，《綱目》作烏桓，東胡（故）國名，〈【六】〉番邦（是）也。去了。幽州刺史烏桓觸[三七]，【三】（烏桓觸，）番人（之）名（也）。聚幽州衆官，歃【二】音殺。血爲盟，共議背袁向曹之事。烏桓觸先言曰：「吾知曹丞相當

[三四] 漁批「似」，原作「所」，形訛，據衡校本改。

[三五] 「辟命」，光本作「禄」，商本作「辟今」，嘉本無。

[三六] 「止」，商本作「正」，形訛。「此」，貫本作「今」。

[三七] 「烏桓觸」，明四本作「烏丸觸」。按：《三國志·魏書·袁紹傳》：「熙、尚爲其將焦觸、張南所攻，奔遼西烏丸。觸自號幽州刺史。」嘉本據史句讀有誤，誤解作「奔遼西。烏丸觸自號幽州刺史」，前文焦觸已降曹，涉文多處，從原文。明三本及贊本系各本正文及批語皆作「烏丸」，據改，不另出校。

世〔三八〕英雄，今往投降，有不遵令者斬！」依次歃血，循至别駕韓珩。珩乃擲〔三九〕劍於地，大呼曰：「吾受袁公父子厚恩，今主敗亡，智不能救，勇不能死，於義缺矣！若北面而降曹，吾不爲也！」【毛】【漁】（韓珩自）（亦）是奇士。【贊】韓、烏都好。衆皆失色。烏桓觸曰：「夫興大事，當立大義。事之濟否，不待一人。韓珩既有志如此，聽其自便。」推珩而出。【毛】【漁】（烏桓）不殺韓珩，亦是奇士。烏桓觸乃出城迎接三路軍馬，徑來降操。操大喜，加爲鎮北將軍。

忽探馬來報：「樂進、李典、張燕攻打并州，高幹守住壺口關〔四〇〕，【六】（《一統志》云：）壺關，在山西潞州城東南〈二〉一十三里，山形〔四一〕似壺，漢于此置關。不能下。」【毛】敘事甚省。操自勒兵前往。三將接着，説幹拒關難擊。操集衆將共議破幹之計。荀攸曰：「若破幹，須用詐降計方可。」【鍾】詐降計是。操然之。唤降將吕曠、吕翔，附耳低言如此如此。【毛】方敘韓珩不降，接敘二吕詐降，又與韓珩反照。吕曠等引軍數十，直抵關下，叫曰：「吾等原係袁氏舊將，不得已而降曹。曹操爲人詭譎，薄待吾等，吾今還扶舊主。可疾開關相納。」高幹未信，只教二將自上關説話。二將卸甲棄馬而入，謂幹曰：「曹軍新到，可乘其軍心未定，今夜劫寨。某等願當先。」幹喜從其言，【毛】二吕舍尚而降譚，又舍譚而降操〔四二〕，今復舍操而降幹。即使真降，亦當慮其反覆矣。幹乃信而不疑，宜其敗也。【漁】吕曠等反復無定，幹不之疑，宜其敗也。是夜教二吕當先，引萬餘軍前去。將至曹寨，背後喊聲大震，伏兵四起。高幹知是中計，急回壺關城，樂進、李典已奪了關。【毛】敘事又省筆。高幹奪路

〔三八〕「丞相當世」四字原闕，據毛校本補。
〔三九〕「至别駕韓珩珩乃擲」八字原闕，據毛校本補。
〔四〇〕「壺口關」，原作「壺關口」，致本、業本、貫本、齋本、澹本、光本、明四本同。按：《三國志·魏書·武帝紀》：「幹聞公討烏丸，乃以州叛，執上黨太守，舉兵守壺關口。」《袁紹傳》及《後漢書·袁紹傳》：「執上黨太守，舉兵守壺口關。」《集解》引《水經注·濁漳水》曰：「有壺口關，故曰壺關。」據商本乙正。
〔四一〕周批「形」，原作「刑」，據夏批改。
〔四二〕「操」，貫本作「曹」，後一處同。

走脱，往投單于。操領兵拒住關口，使人追襲高幹。幹到單于界，正迎北番左賢王。幹下馬拜伏於地，言：「曹操吞併疆土，今欲犯王子地面，萬乞救援，同力克復，以保北方。」左賢王曰：「吾與曹操無讎，豈有侵我土地？汝欲使我結怨於曹氏耶！」叱退高幹。毛漁後有公孫康不（敢）（肯）納二袁，（此先）（今）有左賢王不肯納高幹作引。贊鍾（左）老明白。幹尋思無路，只得去〔四三〕投劉表。行至上洛〔四四〕，二地名。被都尉王琰所殺，將頭解送曹操。毛漁後有公孫康送二袁之頭，（此）先有王琰送高幹之頭作引。操封琰爲列侯。

并州既定，毛先取青州，次取冀州，又次取幽州，今又定并州，〈毛漁〉四州於此一結。操商議西擊烏桓，曹洪等曰：「袁〔四五〕熙、袁尚兵敗將亡，勢窮力盡，遠投沙漠。我今引兵西擊，儻劉備、劉表乘虛襲許都，我救應不及，爲禍不淺矣。請回師勿進爲上。」毛此言二袁投烏桓不足患，而劉備投劉表爲足患。贊通，通。鍾亦通。郭嘉曰：「諸公所言錯〔四六〕矣。主公雖威震天下，沙漠之人，恃其邊遠，必不設備。乘其無備，卒然擊之，必可破也。毛漁先（說）（言）烏桓可擊。且袁紹與烏桓有恩，而尚與熙兄弟猶存，不可不除。毛漁次〔四七〕（說）（定）烏桓不可不擊。贊大是，大是。劉表坐談之客耳，毛漁先〔四八〕言劉表不足慮。自知才不足以御劉備，重任之則恐不能制，輕任之則備不爲用。雖虛國遠征，公無憂也。」毛漁次言劉備可慮而不足慮。鍾郭奉孝□議大佳，洪等不及矣。操曰：「奉孝之言極是。」遂率大小三軍，車數千

〔四三〕「去」，貫本脱。

〔四四〕「上洛」，原作「上潞」，毛校本、周本、夏本、贊本同；嘉本作「路上」。按：《三國志·魏書·袁紹傳》：「獨與數騎亡，欲南奔荆州，上洛都尉捕斬之。」裴注引《典論》：「上洛都尉王琰獲高幹，以功封侯。」上洛，東漢、三國時縣名，屬京兆尹，今屬陝西省商洛市。據改。

〔四五〕「等」，貫本、商本脱。「袁」上，貫本有「但」字，商本有「今」字。

〔四六〕「錯」，商本作「差」。

〔四七〕漁批「次」，原作「攻」，形訛，據衡校本改。

〔四八〕毛批「先」，光本作「此」，商本作「後」。

輌，望前進發。但見黄沙漠漠，狂風四起，道路崎嶇，人馬難行。毛漁（四句〔四九〕抵得）（數語可抵）一篇《塞上行》。操有回軍之心，問於郭嘉。嘉此時不伏水土，卧病車中〔五〇〕。操泣曰：「因我欲平沙漠，使公遠涉艱辛，以至染病，吾心何安？」嘉曰：「某感丞相大恩，雖死不能報萬一。」操曰：「吾見北地崎嶇，意欲回軍，若何？」嘉曰：「兵貴神速。今千里襲人，輜重多而難以趨利，不如輕兵兼道以出，掩其不備。但須得識徑路者爲引導耳。」毛漁病人能作（如此壯健）（此健壯）語，〈毛〉毋怪今之壯健人反奄奄如作病中語也。贊是，是。鍾嘉得孫子秘笈。

遂留郭嘉於易州〔五一〕養病，求鄉道官以引路。人薦袁紹舊將〔五二〕田疇二田疇，無終人也。深知此境，操召而問之，疇曰：「此道秋夏〔五三〕間有水，淺不通車馬，深不載舟楫，最難行動。不如回軍，從盧龍口六（《一統志》云：）盧龍，古（之）塞〔五四〕名，（本漢肥如縣之地，）即今（改屬）永平府盧龍縣（是也）。越白檀六白檀，在順天府密雲縣（南二〔五五〕十五里）。〈二〉其山之陽古有白檀樹，故名。之險，出空虚之地，前近柳城，六柳城，漢（之）縣名，（屬遼西郡，晋廢之，）故城在永平府城西（二十里）。掩其不備，蹋頓可一戰而擒也。」毛漁地勢如在指掌。鍾田疇果深知其境者。操從其言，封田疇爲靖北將軍，作鄉道官，爲前驅。張遼爲次，操自押後，倍道輕騎而進。田疇引張遼前至白狼山，六白狼山，在幽州

〔四九〕「句」，貫本作「語」。

〔五〇〕「伏」，光本、明四本作「服」。「中」，貫本、明四本作「上」。

〔五一〕按：易州，隋代地名，今河北省保定市易縣。正史無，《演義》撰易州，涉多處，從原文。

〔五二〕按：《三國志·魏書·田疇傳》：田疇爲劉虞舊將，虞死後歸鄉，「袁紹數遣使招命，又即授將軍印，因安輯所統，疇皆拒不受。紹死，其子尚又辟焉，疇終不行。」涉後正文及批語，從原文。

〔五三〕「秋夏」，光本倒作「夏秋」。

〔五四〕醉本眉注「塞」，原作「寨」。按：《一統志》：「魏曹操北征，田疇自盧龍引軍出盧龍塞，塹山湮谷五百餘里即此。」據周、夏批、贊本夾注改。後正文「盧龍之塞」，「塞」原作「寨」，古本同，據改。

〔五五〕周、夏批「二」，原作「一」。按：《一統志》作「二」，據改，後一處同。

東北〔五六〕(上)。正遇袁熙、袁尚會合蹋頓等數萬騎前來。張遼飛報曹操，操自勒馬登高望之，見蹋頓兵無隊伍，參差不整。操〔五七〕謂張遼曰：「敵兵不整，便可擊之。」乃以麾授遼。遼引許褚、于禁、徐晃分四路下山，奮力急攻，蹋頓大败〔五八〕。遼拍馬斬蹋頓於馬下，餘衆皆降。袁熙、袁尚引數千騎投遼東去了。

操收軍入柳城，封田疇爲柳亭侯，以守柳城。疇涕泣曰：「某負義逃竄之人耳，蒙厚恩全活，爲幸多矣，豈可賣盧龍之寨，以邀賞祿哉！死不敢受侯爵。」【毛】【漁】田疇爲操設謀，雖不及王修（之不答；而不受侯爵，則）高於吕曠等多矣。操義之，乃拜疇爲議郎。操撫慰單于人等，收得駿馬萬匹，即日回兵。時天氣寒且旱，二百里無水，軍又乏糧，殺馬爲食，鑿地〔五九〕三四十丈方得水。【毛】回想決漳河、通白溝之〔六〇〕時，何水之多；而今何水之少也。濕則極濕，乾則極乾，前後映射成趣。操回至易州，重賞先曾諫者，因謂衆將曰：「孤前者乘危遠征，僥倖成功。【贊】賊。雖得勝，天所佑也，不可以爲法。諸君之諫，乃萬安之計，是以相賞。後勿難言。」【毛】【漁】與袁紹之殺田豐，真霄壤之隔。【鍾】易州賞諫，奸雄作爲。操到易州時，郭嘉已死數日，停柩在公廨。操往祭之，大哭曰：「奉孝死，乃天喪吾也！」回顧衆官曰：「諸君年齒，皆孤等輩，惟奉孝最少，吾欲托以後事。不期中年夭折，使吾心腸崩裂矣！」【毛】方哭袁紹是假哭，此〔六一〕哭郭嘉是真哭。【漁】說真情，又慰衆心，甚〔六二〕

〔五六〕周批「北」，原作「去」。按：批注引自《綱目》卷十三王集覽，作「幽州東北」。《漢書·地理志》右北平郡白狼縣，顏注曰：「有白狼山，故以名縣。」《方輿紀要·北直九》：「白狼山，在營州西南。」今屬遼寧省朝陽市喀喇沁左翼蒙古族自治縣。「東北」是，據改。

〔五七〕「操」，致本作「曹」。

〔五八〕「敗」，原作「亂」，其他古本同，不通，據嘉本改。

〔五九〕「地」，原作「池」，致本、業本、貫本、齋本、澹本、夏本、贊本同。按：《三國志·魏書·武帝紀》裴注引《曹瞞傳》：「鑿地入三十餘丈乃得水。」據光本、商本、嘉本、周本改。

〔六〇〕「之」，光本脱。

〔六一〕「方」，貫本、齋本、光本、商本作「前」。「此」，貫本作「後」。

〔六二〕「甚」，衡校本作「真」。

妙。嘉之左右，將嘉臨死所封之書呈上，曰：「郭公臨亡〔六三〕，親筆書此，囑曰：『丞相若從書中所言，遼東事定矣。』」毛先微露一句，却不敍明，妙。操拆書視之，點頭嗟嘆。諸人皆不知其意。毛此處更不説明，妙甚。漁不説破，妙。次日，夏侯惇引衆人禀曰：「遼東太守公孫康，久不賓服。毛此處諸將口中點出，妙甚。今袁熙、袁尚又往投之，必爲後患。不如乘其未動，速往征之，遼東可得也。」操笑曰：「不煩諸公虎威。數日之後，公孫康自送二袁之首至矣。」毛漁奇語，疑惑煞人。贄奇，大奇。鍾不對衆人説出，大奸，大奸。諸將皆不肯信。毛不獨當時諸將不肯信，即今讀者亦不肯信。

却説袁熙、袁尚引數千騎奔遼東。遼東太守公孫康，本襄平人，武威將軍公孫度之子也。當日知袁熙、袁尚來投，遂聚本部屬官商議此事。公孫恭曰：「袁紹在〔六四〕日，常有吞遼東之心。今袁熙、袁尚兵敗將亡，無處依棲，來此相投，是鳩奪鵲巢之意也。若容納之，後必相圖。不如賺入城中殺之，獻頭與曹公，曹公必重待我。」毛所言亦大是，然使公孫康此時即聽其言，又不足爲奇。康曰：「只怕曹操引兵下遼東，又不如納二袁使爲我助。」毛漁有此一折，方見郭嘉遺計之〔六五〕（奇）（妙）。恭曰：「可使人探聽。如曹兵來攻，則留二袁；如〔六六〕其不動，則殺二袁送與曹公。」毛漁皆在郭嘉料中。贄通，通。〔六七〕鍾此更周□。康從之，使人去探消息。

却説袁熙、袁尚至遼東，二人密議曰：「遼東軍兵數萬〔六八〕，足可與曹操争衡。今暫投之，後當殺公孫康而奪其地，養成氣力而抗中原，可復河北

〔六三〕「亡」，原作「死」，致本、業本、齋本、澹本、光本、商本同。按：「亡」字佳，據貫本、明四本改。

〔六四〕「在」，原作「存」，致本、業本、齋本、澹本、光本、商本同。按：「在」字佳，據貫本、明四本改。

〔六五〕毛批「之」下，貫本有「爲」字。

〔六六〕「如」，商本作「若」。

〔六七〕緑本脱此句贄批。

〔六八〕「萬」下，貫本有「騎」字。

也。」毛不出公孫恭〔六九〕之料。鍾袁氏兄弟亦有詭計，畢竟死于公孫氏手，以公孫氏計更詭也。商議已定，乃入見公孫康。康留於館驛，只推有病，不即相見。不一日，細作回報：「曹操兵屯易州，並無下遼東之意。」公孫康大喜，乃先伏刀斧手於壁衣中，使二袁入。毛皆在郭嘉料中。相見禮畢，命坐。時天氣嚴寒，尚見床榻上無裀褥，謂康曰：「願鋪坐席。」康瞋㊁音稱。目言曰：「汝二人之〔七〇〕頭，將行萬里，何席之有！」毛寫得突兀驚人。漁驚殺尚，語亦新鮮。尚大驚。康叱曰：「左右何不下手！」刀斧手擁出，就坐席上砍下二人之頭，用木匣盛㊁音成。貯，使人送到易州來見曹操。毛皆在郭嘉料中。時操在易州，按兵不動。夏侯惇、張遼入稟曰：「如不下遼東，可回許都。恐劉表生心。」操曰：「待二袁首級至，即便回兵。」毛漁（更）不說明（緣）（原）故，正不知葫蘆裡〔七一〕賣（的）甚藥。鍾主張定了。衆皆暗笑。忽報遼東公孫康遣人送袁熙、袁尚首級至，衆皆大驚。使者呈上書信，操大笑曰：「不出奉孝之料！」重賞來使，封公孫康爲襄平侯、左將軍。衆官問曰：「何爲不出奉孝之所料？」操遂出郭嘉書以示之。毛漁（一路隱隱躍躍，）至此方出書相示，文勢絶妙。書略曰〔七二〕：

今聞袁熙、袁尚往投遼東，明公切不可加兵。公孫康久畏袁氏吞併，二袁往投必疑。若以兵擊之，必併力迎敵，急不可下；若緩之，公孫康、袁氏必自相圖，其勢然也。毛郭嘉遺書在衆人眼中看出，妙。贊如此人，如何可死？鍾此等人死，実可（惜）。

衆皆踴躍稱善。操引衆官復設祭於郭嘉靈前。

〔六九〕「恭」，光本訛作「康」。
〔七〇〕「人之」二字原闕，據毛校本補。
〔七一〕毛批「更」，貫本作「便」。「裡」，齋本、光本作「內」。漁批「裡」，原作「理」，據毛批改。
〔七二〕毛本郭嘉遺書改自贊本；鍾本、漁本同贊本，贊本同明三本。

亡年三十八歲，從征伐〔七三〕十有一年，多立奇勳。毛此處又補〔七四〕郭嘉行狀。後人有詩讚曰〔七五〕：

天生郭奉孝，豪傑冠羣英。
腹内藏經史，胸中隱甲兵。
運謀如范蠡，二音里。決策似陳平。
可惜身先喪，中原樑棟傾。

操領兵還冀州，使人先扶郭嘉靈柩於許都安葬。漁了死葬事，不漏。程昱等請曰：「北方既定，今還許都，可早建下江南之策。」操笑曰：「吾有此志久矣！諸君所言，正合吾〔七六〕意。」毛早爲後文赤壁鏖兵伏線。是夜宿於冀州城東角樓上，凭欄仰觀天文。毛將敘地下金光，先敘天上星文。鬬笋絶妙。時荀攸在側，操指曰：「南方旺氣燦然〔七七〕，恐未可圖也。」毛漁（又）爲後〔七八〕（文）赤壁兵敗伏線。攸曰：「以丞相天威，何所不服？」正看間，忽見一道金光，從地而起。攸曰：「此必有寶於地下。」操下樓令人隨光掘之。正是：

星文方向南中指，金寶旋從北地生。

不知所得何物，且聽下文分解。

老瞞易州賞諫，真帝王之策也。如以成敗論事，便同小兒，老瞞豈觀場者哉？固知若是丈夫，決不從人啼笑也。

史官以郭奉孝爲若在，可西無蜀、東無吴也。此亦童子之言。當時奉孝死，智過奉孝者尚多，何卒三分也？固知隆中之言，非一時之言，彼已冷眼窺之久矣。

老瞞賞諫恍惚帝王故事，果出真心，固是丈夫所爲；然賞之可也，賞必易州，正其奸也，豈真開言路者哉！

〔七三〕「伐」，齋本、光本、商本脱。
〔七四〕「補」，光本作「敘」。
〔七五〕毛本讚郭嘉詩從贊本；鍾本同贊本，贊本同明三本；漁本無。
〔七六〕「吾」，商本作「我」。
〔七七〕「旺氣燦然」，貫本作「旺風依然」。
〔七八〕漁批「爲後」，衡校本倒作「後爲」。

第三十四回　蔡夫人隔屏聽密語　劉皇叔躍馬過檀溪

管仲之有三歸，或云是臺，或云是女。以今度之，意者管仲喜得三歸之女，而即以此名其臺，未可知也。然則是臺亦是女，非有兩三歸也。若銅雀之二橋則不然：曹植所欲建者，玉龍、金鳳所接之二橋；曹操所欲得者，乃孫策、周瑜所娶之二喬。橋之與喬，則有辨矣。

此回以雀始，以馬終。有曹操得雀，却遠引舜母夢雀；有舜母夢雀，却便有禪母夢斗。又因銅雀生出金鳳，又因金鳳生出玉龍。前有鳳與龍，後有鶴與馬。將有的盧之躍，先有白鶴之鳴。至於張武〔一〕喪馬、趙雲奪馬、劉備送馬、劉表還馬、蒯越相馬、伊籍諫馬，種種波瀾，無不層折〔二〕入妙，此文中佳境。

前回百忙中忽敘曹丕生時之異，此回百忙中忽敘劉禪生時之祥，皆爲後日稱帝張本也。然敘曹丕於入冀州之時，是追敘已往；此敘劉禪於屯新野之日，是現敘目前，又是一樣筆〔三〕法。

袁紹暱後妻，劉表亦暱後妻；袁紹愛幼子，劉表亦愛幼子；袁紹優柔不斷，劉表亦優柔不斷，兩〔四〕人性情何其相似至於如此之甚也！一則以家世自矜，大而無當；一則以虛名自愛，文而無用：雖冑美三公，名高八俊，亦何益哉！然劉表亦不〔五〕過於袁紹者：紹以逢紀之譖而

〔一〕「武」，原作「虎」，業本、齋本、澹本同，據正文及其他毛校本改，後文鍾批同改。
〔二〕「折」，原作「拆」，業本同，據其他毛校本改。後文多處，徑改不記。
〔三〕「筆」下，貫本有「敘」字。
〔四〕「兩」，貫本、商本作「二」。
〔五〕「不」，貫本、商本作「有」。

殺田豐，表不以蔡瑁之譖而殺玄德，畢竟聲望中人，猶較勝於閥閲中人。

曹操攻冀州之時，備不勸表襲許都；至操擊烏桓〔六〕之時，備乃勸表襲許都：其故何也？從冀州回救許都也近，近則不可襲；從烏桓回救許都也遠，遠則可襲：勢不同也。且有不救袁譚以〔七〕示怯於前，操必輕表而不設備；乘其不備而襲之，此所謂始如處女，後若脱兔，真兵家之妙算也。劉表不用備言，失此機會，可勝歎哉！

蔡夫人從屏風後竊聽，大是怕人，玄德襄陽赴會，幾乎喪命，皆此一聽所致。不獨景升害怕，玄德亦當害怕；不獨玄德害怕，即讀者至此亦爲之寒心咋舌也。今日懼内之家，多有此風。凡賓客至堂中敘〔八〕話者，切宜仔細，不可妄言，恐驚動屏風後竊聽之人，不是耍處。

天下怕老婆之人，未有不緣於愛老婆者也。愛極生怕，怕則不敢，愛則不忍。不忍與不敢之心合，而於是妻之旨不可違，妻之鋒不可犯，而妻黨之權遂牢固而不可破矣。雖然，今天下豈少劉景升哉！笑景升者復爲景升，吾正恐景升笑人耳。

光武過滹沱之馬，安行水上；昭烈過檀溪之馬，幾陷水中。李世民過澗之馬，却有三跳；劉玄德過溪之馬，只是一躍。金太祖混同江之馬，按轡而行；劉先主檀溪之馬，超越而過。宋高宗渡江之馬，死馬當活馬騎；漢昭烈過溪之馬，劣馬作神馬用。讀書至此，真千古奇觀。

范增欲殺沛公，而項羽不忍；蔡瑁欲殺玄德，而劉表不忍。然鴻門之宴，項羽在，故范

〔六〕「烏桓」，原作「烏丸」，致本、業本、齋本、澹本同。據前文及其他毛校本改，後同。

〔七〕「以」，齋本、光本作「而」。

〔八〕「敘」，商本作「聚」。

增不能爲政；襄陽之宴，劉表不在，則蔡瑁爲政。由此言之，襄陽一會，其更險於鴻門哉！

却說曹操於金光處掘出一銅雀，問荀攸曰：「此何兆也？」攸曰：「昔舜母夢玉雀入懷而生舜，今得銅雀，亦吉祥之兆也。」毛後曹丕欲學舜之禪堯，於此先伏一筆。贄鍾同一雀也，而銅與玉分聖、狂矣。操大喜，遂命作高臺以慶之。乃即日破土斷木，燒瓦磨磚，築銅雀臺於漳河之上。約計一年而工畢。毛大兵之後，又興大役，愛民者如是乎？少子曹植進曰：「若建層臺，必立三座：中間高者，名爲銅雀；左邊一座，名爲玉龍；右邊一座，名爲金鳳。毛又生出玉龍、金鳳以配銅雀，更覺分外生色。更作兩條飛橋，橫空而上，乃爲壯觀。」毛此所云二橋，乃「橋」也，非「喬」也。漁二喬疑指此二喬。操曰：「吾兒所言甚善。他日臺成，足可娛吾老矣！」毛漁爲後（大宴銅雀臺及）臨終（時）遺命伏線。原來曹操有五子，惟植性敏慧，善〔九〕文章，毛爲後七步成章伏線。曹操平日最愛之。毛漁（前文敘）袁紹愛少子，（後文敘）劉表愛少子，（此又敘）曹操（亦）愛少子（，正與前後相映射。）（耶？）贄鍾此等兒子便是寃債，不足喜也。於是留曹植與曹丕在鄴郡造臺，使張燕守北寨。操將所得袁紹之兵，共五六十萬，班師回許都，漁接前文甚清。大封功臣，又表贈郭嘉爲貞侯，養其子奕〔一〇〕於府中。毛漁以上了却北方事，以下專〔一一〕敘南方事。三補註後奕爲太子文學，早薨，子深嗣。深薨，子獵嗣。贄鍾重既死之嘉者，爲未死之嘉也。老奸，老奸。復聚衆謀士商議，欲南征劉表。荀彧曰：「大軍方北征而回，未可復動。且待半年，養精蓄鋭，劉表、孫權可一鼓而下也。」毛帶說孫權，早爲赤壁〔一二〕伏線。操從之，遂分兵屯田，以候調用。

〔九〕「善」，光本作「喜」。
〔一〇〕「奕」，瀋本、光本作「弈」，形訛。
〔一一〕毛批「專」，商本作「再」。
〔一二〕「赤壁」，貫本作「後文」。

却説玄德自到荆州，劉表待之甚厚。一日，正相聚飲酒，忽報降將張武、陳孫在江夏擄掠人民，共謀造反。表驚曰：「二賊又反，爲禍不小！」玄德曰：「不須兄長憂慮，備請〔一三〕往討之。」表大喜，即點三萬軍，與玄德前去。玄德領命即行，不一日來到江夏。張武、陳孫引兵來迎。玄德與關、張、趙雲出馬在門旗〔一四〕下，望見張武所騎之馬，極其雄駿，玄德曰：「此必千里馬也。」毛曹操喜得死雀，劉備却愛活馬。言未畢，趙雲挺鎗而出，逕衝彼陣。張武縱馬來迎，不三合，被趙雲一鎗刺落馬下，隨手扯住轡頭，牽馬回陣。毛漁子龍凑趣。贄通，通。陳孫見了，隨趕來奪。張飛大喝一聲，挺矛〔一五〕直出，將陳孫刺死，贄如此不耐厮殺之人也，混帳。可恨，可恨。〔一六〕鍾張武、陳孫自來尋死。衆皆潰散。玄德招安餘黨，平復江夏諸縣，班師而回。毛漁此段專爲得馬而敘，爲檀溪張本。〈毛〉○此番爲得馬而敘，而奪馬殺將，偏用子龍、翼德，不用騎赤兔馬之人，是其用筆閒處、抝〔一七〕處。表出郭迎接入城，設宴慶功。酒至半酣，表曰：「吾弟如此雄才，荆州有倚賴也。但憂南越不時來寇，張魯、孫權皆足爲慮〔一八〕。」毛但慮南越、張魯、孫權，而獨不慮及曹操，可謂知近不知遠矣。玄德曰：「弟有三將，足可委用：使張飛巡南越之境；雲長拒固子城，以鎮張魯；趙雲拒三江以當孫權。何足慮哉？」毛玄德所慮只在曹操耳。表喜，欲從其言。蔡瑁告其姊蔡夫人曰：毛不告姊丈而告其姊，其姊之爲姊可知，而姊丈之爲姊丈亦可知矣。漁蔡瑁爲表諫則忠。「劉備遣三將居外，而自居荆州，久必爲患。」蔡夫人乃夜對劉表曰：毛

〔一三〕「請」，貫本作「親」，明四本無。按：「親」不符語境，「請」義合。

〔一四〕「門旗」，原作「旗門」，致本、業本、貫本、瀹本同。按：「門旗」義合，據其他古本乙正。

〔一五〕「矛」，齋本、光本作「鎗」。

〔一六〕贄批原闕五字，據贄校本補。

〔一七〕「是其用筆」，貫本作「是其時筆」，商本作「其用筆之」。「抝」，同「拗」，貫本作「幻」，形訛。

〔一八〕「爲慮」，貫本作「慮也」，明四本作「以爲慮」。

夜對妙，譖得其時矣。「我聞荆州人多與劉備往來，不可不防之。今容其住居城中無益，不如〔一九〕遣使他往。」表曰：「玄德仁人也。」蔡氏曰：「只恐他人不似汝心。」【毛】呼夫曰「汝」，夫人之尊如此。表沉吟不答。【毛】此時不即遣玄德，又作一頓，是劉表緩處，是文字曲處。

次日出城，見玄德所乘之馬極駿，問之，知是張武之馬，表稱讚不已。玄德遂將此馬送與劉表，【毛】玄德〔二〇〕讚馬，趙雲湊趣奪來；劉表讚馬，玄德又湊趣送去。【漁】也湊趣。表大喜，騎回城中。蒯越見而問之。表曰：「此玄德所送也。」越曰：「昔先兄蒯良，【毛】蒯良之死，只在蒯越口中帶出。最善相馬，越亦頗曉。此馬眼下有淚槽，額邊生白點，名爲『的盧』，騎則妨主。【二】妨主猶〔二一〕言不利于主也。張武爲此馬而亡，主公不可乘之。」【毛】若云亡張武者是的盧，則亡呂布者豈赤兔〔二二〕耶？恐馬不任咎也。【漁】馬能妨人，然則呂布之死因騎赤兔馬耶？表聽其言。次日請玄德飲宴，因言曰：「昨承惠良馬，深感厚意。但賢弟不時征進，可以用之。敬當送還。」【漁】聽了老婆説話，嫡親兄弟多致分離，何况遠族？玄德起謝。表又曰：「賢弟久居此間，恐廢武事。襄陽屬邑新野縣，頗有錢糧。弟可引本部軍馬於本縣屯扎〔二三〕，何如？」【毛】【漁】數語已在前沉吟不語（時算定矣）（中）。【贄】【鍾】老婆説話靈驗至此。玄德領諾。次日，謝別劉表，引本部軍馬逕〔二四〕往新野。【毛】從荆州移屯新野，與前從徐州移屯小沛同一局面。方出城門，只見一人在馬前長揖曰：「公所騎馬，不可乘也。」玄德視之，乃荆州幕賓伊籍，字機伯，山陽人也。玄德忙下馬問之，

〔一九〕「住居」，明四本作「在」。「如」，商本作「若」。
〔二〇〕「玄德」，貫本作「劉備」。
〔二一〕周批「猶」，原作「由」。按：「由」不通。據夏批改。
〔二二〕「兔」下，貫本有「馬」字。
〔二三〕「扎」，原作「札」，致本、業本、齋本、澹本、夏本、贄本同；商本作「紮」，光本作「紥」；嘉本、周本作「劄」。按：「札」，別字。據貫本改。
〔二四〕「逕」，商本脱。

籍曰：「昨聞蒯異度對劉荊州云：『此馬名的盧，乘則妨主。』因此還公。【漁】有後一言須妨大耳。公豈可復乘之？」【毛】蒯越學蒯良之相馬以告劉表，伊籍又述蒯越之相馬以告玄德。只一馬耳，却生出無數曲折。玄德曰：「深感先生見愛。但凡人死生有命，豈馬所能妨哉！」【毛】劉表懼妨〔二五〕，玄德不懼妨，即此便見兩人高下。【贊】達。【鍾】玄德達天知命。【漁】高人之見。籍服其高見，自此常與玄德往來。【毛】爲後伊籍兩番救玄德伏線。

玄德自到新野，軍民皆喜，政治一新。建安十二年春，甘夫人生劉禪。是夜有白鶴一隻，飛來縣衙屋上，【毛】雀從地出，鶴自〔二六〕天來，前後閒閒映射。高鳴四十餘聲，望西飛去。【毛】應後劉禪稱帝西川四十餘年。【漁】爲後劉禪稱帝張本。臨分娩時，異香滿室。甘夫人嘗夜夢仰吞北斗，因而懷孕，故乳名阿斗。【毛】前見黃星，此夢北斗，又閒閒映射。○忙中忽夾敘阿斗降生事，却又並非閒筆。【贊】【鍾】後主原是（福）（橋）星，今之封翁公子皆此泒也。此時曹操正統兵北征。玄德乃往荊州，說劉表曰：「今曹操悉兵北征，許昌空虛，若以荊襄之衆，乘間襲之，大事可就也。」【毛】【漁】讀前回曹操北征烏桓（之）時，（深恠）劉備在荊州何便〔二七〕睡着；今觀此處，方知英雄（謀略）（未嘗須臾忘此）。表曰：「吾坐據九郡〔二八〕足矣，豈可別圖？」【毛】不出前回郭嘉所料。玄德默然。表邀入後堂飲酒，酒至半酣，表忽然長嘆，玄德曰：「兄長何故發嘆〔二九〕？」表曰：「吾有心事，未易明言。」【毛】此時不即說出緣故，是劉表緩處，是文字曲處。【漁】先描個影子，不就說破，妙。玄德再欲問時，蔡夫人出立屏後，【漁】先寫蔡夫人出，却無所聞。劉表乃垂頭不語。【毛】寫盡悍婦防〔三〇〕察之嚴、閫夫畏忌之狀。○先寫蔡夫人此番竊

〔二五〕「妨」，貫本作「怕」，後句同。
〔二六〕「自」，貫本、光本作「從」，對仗有誤。
〔二七〕毛批「便」，貫本作「處」。
〔二八〕「九郡」，原作「九州」，致本、業本、貫本、齋本、澹本、商本、明四本同；光本作「荊州」。按：同第二十一回校記〔二七〕。據改。
〔二九〕「發嘆」，明四本作「有不足之意」，齋本、光本、商本作「長嘆」。
〔三〇〕「防」，貫本作「妨」，形訛。

聽，却無所聞，妙甚。須臾席散，玄德自歸新野。

至是年冬，聞曹操自柳城回，玄德甚嘆表之不用其言。忽一日，劉表遣使至，請玄德赴荆州相會。玄德隨使而往，劉表接着，敘禮畢，請入後堂飲宴，因謂玄德曰：「近聞曹操提兵回許都，勢日强盛，必有吞併荆襄〔三一〕之心。昔日悔不聽賢弟之言，失此好機會。」【毛】【漁】九郡〔三二〕鐵，鑄不成此（一）大錯。玄德曰：「今天下分裂，干戈日起，機會豈有盡乎？若能應之於後，未足爲恨也。」【毛】往者不可諫，來者猶可追。【贄】是，是。【鍾】（機）會亦□□，玄（德）特寬表矣。表曰：「吾弟之言甚當。」相與對飲。酒酣，表忽潸然下淚〔三三〕。【毛】前止長嘆，此寫下淚，文勢紆徐有致。【漁】前止此嘆，今且淚下。玄德問其故，表曰：「吾有心事，前者欲訴與賢弟，未得其便。」玄德曰：「兄長有何難決之事？倘有用弟之處，弟雖死不辭。」表曰：「前妻陳氏所生長子琦，爲人雖賢，而柔懦不足立事〔三四〕；後妻蔡氏所生少子琮，頗聰明。【毛】此在劉表口中〔三五〕敘出，省筆。吾欲廢長立幼，恐礙於禮法；欲立長子，争奈蔡氏族中皆掌軍務，後必生亂。因此委決不下。」【毛】前不説明，此方説出，文勢紆徐有致。○既愛少子，又憐長子；既憐〔三六〕長子，又畏蔡氏，活畫一没主意無〔三七〕決斷人。【漁】自怕老婆，問人何用？○既愛少子，又憐長人，族畫没〔三八〕主意無決斷人。玄德曰：「自古廢長立幼，取亂之道。若憂蔡氏權重，可徐徐削之，不可溺愛而立少子也。」【毛】自是正論。【贄】佛，佛。【鍾】千古定論。表默然。

原來蔡夫人素疑玄德，凡遇玄德與表敘論，必

〔三一〕「荆襄」，光本作「荆州」，明四本無。

〔三二〕毛、漁批「九郡」，原作「九州」，致本、業本、貫本、齋本、滄本、商本、衡校本同；光本作「荆州」。按：同第二十一回校記〔二七〕，毛、漁批據改。

〔三三〕「下淚」，貫本、商本、夏本、贄本倒作「淚下」。

〔三四〕「事」上，齋本、光本有「大」字。

〔三五〕「中」，貫本脱。

〔三六〕「憐」，貫本作「愛」。

〔三七〕「無」，光本作「没」。

〔三八〕「人族」，衡校本作「子活」。「没」，原作「後」，據衡校本改。

來竊聽。毛前既先寫蔡夫人出立屏後，此處所敘便不突然。是時正在屏風後，聞玄德此言，心甚恨之。毛後文孔明不對劉琦之問，直至登樓去梯，而後言者，正恐此屬垣之有耳也。玄德自知語失〔三九〕，遂起身如廁，因見己身髀肉復生，二髀，音皮。髀肉，腿股肉也。亦不覺潸二音山。然流淚〔四〇〕。毛劉表下淚是兒女態，玄德下淚是英雄氣。贄佛，佛。漁劉表是骨肉淚，此亦骨肉淚，丈夫兒女相去天淵。少頃復入席，表見玄德有淚容，怪問之，玄德長嘆曰：「備往常身不離鞍，髀肉皆散，今久不騎，髀裏肉生。日月蹉跎，老將至矣，而功業不建，是以悲耳！」毛劉表爲家庭繫情，玄〔四一〕德爲天下發憤。贄是丈夫。鍾英雄作老大之悲，誠耶？詐耶？漁真丈夫語，能使丈夫墮淚。表曰：「吾聞賢弟在許昌，與曹操青梅煮酒，共論英雄，賢弟盡舉當世名士，操皆不許，而獨曰：『天下英雄，惟使君與操耳。』毛青梅煮酒事已隔數回，忽于此處一提。漁前事又一提。以曹操之權力，猶不敢居吾弟之先，何慮功業不建乎？」玄德乘着酒興，失口答曰：「備若有基本，天下碌碌之輩，誠不足慮也。」毛前于曹操面前，假作愚人身分；今在劉表面前，却露出英雄本色。鍾英雄本色，不□□露。漁失言矣。表聞言默然。玄德自知失語〔四二〕，托醉而起，歸舘舍安歇。毛前寫玄德默然，後寫劉表默然；前寫劉表長嘆，後寫玄德長嘆；前寫劉表下淚，後寫玄德下淚；前云玄德自知失語，起身如廁，後又云玄德自知失語，托醉而起：皆故意作此兩兩相對之筆，閒甚，細〔四三〕甚。後人有詩讚玄德曰〔四四〕：

曹公屈指從頭數，「天下英雄獨使君」。
髀肉復生猶感嘆，爭教寰宇不三分？三論曰此

〔三九〕「語失」，商本倒作「失語」，滄本作「失言」。
〔四〇〕「潸」，商本作「潸」，形訛。「流淚」，貫本、周本、夏本、贄本作「流涕」，嘉本作「淚下」。
〔四一〕「玄」上，齋本、光本有「劉」字。
〔四二〕「失語」，貫本、滄本、明四本作「語失」。
〔四三〕「細」，貫本作「妙」。
〔四四〕毛本讚玄德詩改自贄本；鍾本同贄本，贄本同明三本；漁本無。

言玄德不忘患難，安得不爲君乎？

却說劉表聞玄德語，口雖不言，心懷不足〔四五〕，別了玄德，退入內宅。蔡夫人曰：「適間我於屏後聽得劉備〔四六〕之言，甚輕覷人，足見其有吞併荆州之意。今若不除，必爲後患。」毛屏後所聞，着怒只在前語；今激劉表，却只說他後語。婦人狡猾。贊婦人、小人每與英雄作對，何也？漁專在屏風後聽說話，豈是好婦人？表不答，但摇頭而已。毛活畫劉表。漁描寫得像。蔡氏乃密召蔡瑁二音昧。入，商議此事。瑁曰：「請先就館舍殺之，漁「必在荆州」亦成語讖。然後告知主公。」毛讀至此，爲玄德捏一把汗。鍾恨殺婦人、小人。蔡氏然其言。瑁出，便連夜點軍。毛蔡瑁不奉劉表之命，便欲點軍殺玄德，想見蔡瑁之橫，蔡夫人之專，而劉表之弱。

却說玄德在館舍中秉燭而坐，三更以〔四七〕後，方欲就寢，忽一人叩門而入，視之乃伊籍也。毛來得閃忽。原來伊籍探知蔡瑁欲害玄德，特夤夜來報。毛漁此伊籍第一番救玄德。當下伊籍將蔡瑁之謀報知玄德，催促玄德速速起身。玄德曰：「未辭景升，如何便去？」籍曰：「公若辭，必遭蔡瑁之害矣。」玄德乃謝別伊籍，急喚從者，一齊上馬，不待天明，星夜奔回新野。比及蔡瑁領軍到館舍時，玄德已去遠矣。瑁悔恨無及，乃寫詩一首於壁間，毛幻想。逕入見表曰：「劉備有反叛之意，題反詩於壁上，不辭而去矣。」毛玄德諫劉表是幾句真話，蔡瑁陷玄德是一首假詩。表不信，親詣館舍觀之，果有詩四句。詩曰〔四八〕：

數年徒守困，空對舊山川。
龍豈池中物，乘雷欲上天！毛龍躍池中，正應馬

〔四五〕「足」，光本作「樂」。
〔四六〕「劉備」，貫本作「玄德」，語境不合。
〔四七〕「以」，貫本作「之」，明四本無。
〔四八〕毛本蔡瑁僞詩改自贊本，依《凡例》七言改作五言；鍾本、漁本同贊本；贊本、夏本改自嘉本、周本。

躍溪中。假詩之句，已預爲之讖矣。【贊】【鍾】（此）雖代筆，却也（説得）相似。

劉表見詩大怒，拔劍言曰：「誓殺此無義之徒！」行數步，猛省曰：「吾與玄德相處許多時，不曾見他〔四九〕作詩，此必外人離間之計也。」【贊】【鍾】（劉表）到底是箇人。【漁】自三思者終是君子。會作詩的多惹禍招灾，虧玄德不是建安才子。遂回步入館舍，用劍尖削去此詩，棄劍上馬。【毛】忽而大怒，忽而猛省，忽而拔劍，忽而棄劍，如潮起潮落，是劉表好處，是文字曲處。蔡瑁請曰：「軍士已點齊，可就往新野擒劉備。」表曰：「未可造次，容徐圖之。」【毛】既識破假詩，不即説明，乃作此葫蘆提語，是劉表緩處，是文字曲處。【三】【斷論】此可見劉表（無）（能）決斷處。蔡瑁見表持〔五〇〕疑不決，乃暗與蔡夫人商議，即日大會衆官於襄陽，就彼處謀之。【贊】【鍾】玄德此年流年必有陰人作耗。一笑。次日，瑁禀表曰：「近年豐熟〔五一〕，合聚衆官於襄陽，以示撫勸之意。請主公一行。」表曰：「吾近日氣疾作，實不能行，可令二子爲主待客。」瑁曰：「公子年幼，恐失於禮節。」表曰：「可往新野請玄德待客。」【毛】請玄德赴會，不用蔡瑁説，却用劉表説。妙甚。【鍾】□他圈套了。【漁】也忒没心事得快。瑁暗喜正中其計，便差人請玄德赴襄陽。

却説玄德奔回新野，自知失言取禍，未對衆人言之。忽使者至，請赴襄陽。孫乾曰：「昨見主公匆匆而回，意甚不樂。愚意度之，在荊州必有事故。今忽請赴會，不可輕往。」【毛】一箇説不該去。玄德方將前項事訴與諸人。【毛】歸時不説，至此方説，曲甚。雲長曰：「兄自疑心語失。劉荊州並無嗔責之意。外人之言，未可輕信。襄陽離此不遠，若不去，則荊州反生疑矣。」【毛】一箇説不該不去。【贊】【鍾】君子心

〔四九〕「不曾見他」，齋本、光本脱「他」，明四本作「未嘗見」。
〔五〇〕「持」，齋本、光本作「遲」。
〔五一〕「熟」，商本作「稔」，明四本作「足」。

事光明（坦易，自是如此）。漁孫乾有識，雲長有度，張飛有氣，子龍有膽。玄德曰：「雲長之言是也。」漁一個説該去。張飛曰：「『筵無好筵，會無好會』，不如休〔五二〕去。」毛漁（又）一箇説不該去。贊妙人，妙語。鍾（老張）妙人。趙雲曰：「某將馬步軍三百人同往，可保主公無事〔五三〕。」毛漁一箇（願領兵）（説）隨去。玄德曰：「如此甚好。」遂與趙雲即日同〔五四〕赴襄陽。

蔡瑁出郭迎接，意甚謙謹。毛寫蔡瑁之詐。隨後劉琦、劉琮二子引一班文武官僚出迎。玄德見二公子俱在，並不疑忌。是日請玄德於舘舍暫歇，趙雲引三百軍圍繞保護。雲披甲掛劍，行坐不離左右。毛寫趙雲之忠。劉琦告玄德曰：「父親氣疾作，不能行動，特請叔父待客，撫勸各處守牧之官。」玄德曰：「吾本不敢當此，既有兄命，不敢不從。」次日，人報九郡四十二縣〔五五〕官員俱已到齊。蔡瑁預請蒯越計議曰：「劉備世之梟雄，久畱於此，後必爲害，可就今日除之。」越曰：「恐失士民之望。」瑁曰：「吾已密領劉荊州言語在此。」毛漁（蔡瑁欺劉表既用）（既作）假詩，（欺蒯越）又傳假命。越曰：「既如此，可預作准備。」瑁曰：「東門峴周音显。山大路，已使吾弟蔡和引軍守把〔五六〕；南門外已使蔡中守把；北門外已使蔡壎守把。毛三蔡伏兵只在蔡瑁口中敘出，最省筆。鍾小人奸惡，可恨可恨！止有西門不必守把，前有檀溪阻隔，雖〔五七〕數萬之衆，不易過也。」毛先説得如此之險，方見後文脱難之奇。越曰：「吾見趙雲行坐〔五八〕不離玄德，恐難下手。」瑁曰：「吾伏五百軍在城内准備。」越曰：「可使文聘、王

〔五二〕「如休」，貫本作「如不」，明四本作「可」。

〔五三〕「事」下，貫本有「矣」字。

〔五四〕「同」，齋本、光本脱。

〔五五〕此處及後回「四十二縣」，原作「四十二州」「四十二州縣」，致本、業本、貫本、滄本、商本、贊本同；齋本、光本「二」作「一」；明三本前後皆作「四十二州縣」。據改。

〔五六〕「守把」，貫本、滄本倒作「把守」，明四本作「把住」。

〔五七〕「雖」下，明四本、貫本有「有」字。

〔五八〕「行坐」，齋本、光本脱，滄本作「有坐」。

威二人另設一席于外廳，以待武將。先請住趙雲，然後可行事。」毛漁與張繡欲謀曹操，先使人灌醉典韋，同一方法。瑁從其言。當日殺牛宰馬，大張筵席。玄德乘的盧馬至州衙，命牽入後園拴〔五九〕繫。毛此處寫馬、寫後園，極似閒筆，却俱暗爲〔六〇〕後文伏線。妙。衆官皆至堂中，玄德主席，二公子兩邊分坐，其餘各依次而坐。趙雲帶劍立於玄德之側。文聘、王威入請趙雲赴席，雲推辭不去。毛極寫趙雲精細。玄德令雲就席，雲勉强應命而出。蔡瑁在外収拾得鐵桶相似，將玄德帶來三百軍都遣歸館舍，只待半酣，號起下手。毛讀至此，又爲玄德捏一把汗。酒至三巡，伊籍起把盞，至玄德前，以目視玄德，低聲謂曰：「請更衣。」玄德會意，即起如廁。伊籍把盞畢，疾入後園，接着玄德，附耳報〔六一〕曰：「蔡瑁設計害君，城外東、南、北三處，皆有軍馬守把，惟西門可走，公宜急〔六二〕逃！」毛漁（此）伊籍第二番救玄德。（寫得又閃忽，又精微。）贊好箇救星。玄德大驚，急解的盧馬，開後園門牽出，飛身上馬，不顧從者，匹馬望西門而走。門吏問之，玄德不答，加鞭而出。門吏當之不住，飛報蔡瑁。瑁即上馬，引五百軍隨後追趕。毛漁前云伏軍〔六三〕五百在城，正爲此（句）伏線。

却說玄德撞出西門，行無數里，前有大溪攔住去路。毛讀至此，又爲玄德捏一把汗。那檀溪五（《一統志》云：）檀溪，在襄陽府城西（四里）。〈二〉漢昭烈乘的盧馬西走至此溪，一躍而過。闊數丈，水通襄江〔六四〕，其波甚緊。毛極言其險，愈見後文脱難之奇。

〔五九〕「拴」，原作「攄」，致本、業本、貫本、澹本同；齋本、商本作「攔」，光本作「擐」。按：「攄」同「閂」，別字。據明四本改。

〔六〇〕「爲」，光本作「無」。

〔六一〕「報」，致本作「言」。

〔六二〕「急」，貫本作「速」。

〔六三〕毛批「軍」，貫本作「兵」。

〔六四〕「襄江」，原作「湘江」，古本同。按：湘江在長江之南，流經今廣西、湖南。襄陽位於長江之北，在今湖北省。襄江，即今漢江襄陽以下古別稱。後文第七十三回：「渡襄江攻打樊城。」據改。

玄德到溪邊，見不可渡，勒馬再回，毛若此時〔六五〕便寫躍馬，則無步驟矣。勒馬再回，情勢逼真。遥望城西塵頭大起，追兵將至。玄德曰：「今番〔六六〕死矣！」遂回馬到溪邊，回頭看時，追兵已近〔六七〕。毛急極矣，險極矣。玄德着慌，縱〔六八〕馬下溪。毛縱馬下溪是慌極，舉動情勢逼〔六九〕真。行不數步，馬前蹄忽陷，浸濕衣袍。毛不便寫躍馬，偏有此一折。愈急〔七〇〕愈奇，愈險愈妙。漁説得光景危險，脱處方才得力。文字不貴一直去，皆類此。玄德乃加鞭大呼曰：「的盧，的盧！今日妨吾！」毛急到没去處，險到没去處，讀者以爲必無生路矣。下文忽然死裏逃生，真乃出人意表。漁「的盧，的盧！今日妨吾」，危急中尚作韻語，誰謂玄德不能詩耶？言畢，那馬忽從水中〔七一〕湧身而起，一躍三丈，飛上西岸。玄德如從雲霧中起。毛文不險不奇，事不急不快。急絶險絶之際〔七二〕，忽翻出奇絶快絶之事，可驚可喜。贊鍾（尚能救主，）誰云妨主（耶）？後來蘇學士有古風一篇，單咏躍馬檀溪事。詩曰〔七三〕：

老去花殘春日暮，宦遊偶至檀溪路。
停驂遥望獨徘〔七四〕徊，眼前零落飄紅絮。
暗想咸陽火德衰，龍争虎鬭交相持。
襄陽會上王孫飲，坐中玄德身將危。
逃生獨出西門道，背後追兵復將到。
一川烟水漲檀溪，急叱征騎往前跳。
馬蹄踏碎青玻璃，天風響處金鞭揮。

〔六五〕「時」，光本作「處」。
〔六六〕「今番」，光本作「今日」，明四本作「吾」。
〔六七〕「已近」，貫本倒作「近矣」，嘉本作「在後趕」，周本、夏本、贊本作「在背後」。
〔六八〕「縱」上，光本有「急」字。
〔六九〕「逼」上，貫本有「是」字。
〔七〇〕「急」，致本同，其他毛校本作「出」。
〔七一〕「忽從水中」，致本作「從水中忽」。
〔七二〕「際」，齋本、光本作「時」。
〔七三〕「咏」，商本作「吟」。毛本「蘇學士」所作詩改自贊本；鍾本同贊本，漁本改自贊本；周本、夏本、贊本改自嘉本。
〔七四〕「驂」，齋本、光本作「驧」。「徘」字原闕，據毛校本補。

耳畔但聞千騎走，波中忽見雙龍飛。
西川獨霸真英主，坐下〔七五〕龍駒兩相遇。
檀溪溪水自東流，龍駒英主今何處？
臨流三歎心欲酸，斜陽寂寂照空山。
三分鼎足渾如夢，踪跡空留〔七六〕在世間。

玄德躍過溪西，顧望東岸。蔡瑁已引軍趕到溪邊，大叫：「使君何故逃席而去？」毛本是逃死，乃云逃席。玄德曰：「吾與汝無仇，何故欲相害？」瑁曰：「吾並無此心，使君休聽人言！」玄德見瑁手將拈弓取箭，乃急撥馬望西南而去。毛寫蔡瑁尚有餘勢，玄德尚有餘慌。瑁謂左右曰：「是何神助也？」毛不特蔡瑁喫驚，即讀者至今猶未信。方欲收軍回城，只見西門内趙雲引三百軍趕來。毛漁（前頻〔七七〕）（好收拾法。前極）寫趙雲（隨身保護，讀者以爲玄德全仗此人矣）（，只道救玄德者乃〔七八〕此人也）。不謂報信者（乃）伊籍，（躍溪者乃）（救玄德者）的盧，趙雲竟未及相助。今玄德已去，蔡瑁將歸，而趙雲（忽然）劈面趕來，讀者又疑後文趙雲必殺蔡瑁也。正是：

躍去龍駒能救主，追來虎將欲誅仇。

未知蔡瑁性命如何，且聽下文分解。

的盧妨主，其言甚驗。畢竟劉表是主，救玄德而去，非妨劉表而何？余之註脚的盧者如此，聊發讀者一笑而已。但看蔡夫人及其弟蔡瑁，乃見婦人、小人得陰氣偏多，偏與君子爲難也。吁！人亦徒爲婦人，徒爲小人耳，何妨于君子乎哉！何妨于君子乎哉！

人言的盧妨主，余觀玄德英主檀溪逃難，此馬一躍三丈，飛上西岸，的盧不啻千里龍駒，能救主耳，誰云妨主哉！

〔七五〕「下」，原作「上」，毛校本同。按：「下」字通，據明四本改。
〔七六〕「留」，齋本、光本作「流」。
〔七七〕「頻」，齋本、光本作「頗」，形訛。
〔七八〕國圖本該卷脱末葉，漁批下闕五十二字；衡校本亦示「以下闕字」。末葉批語據法圖本補。

第三十五回

玄德南漳〔一〕逢隱淪
單福新野遇英主

此回爲玄德訪孔明、孔明見玄德作一引子耳。將有南陽諸葛廬，先有南漳水鏡莊以引之；將有孔明爲軍師，先有單福爲軍師以引之。不特此也，前回有玉龍金鳳，此回乃有伏龍鳳雛；前回有一雀一馬〔二〕，此回乃有一鳳一龍：是前回又爲此回作引也。究竟一鳳一龍未曾明〔三〕指其爲誰，不但水鏡不肯説龍鳳姓名，即單福亦不肯自道其真姓名。「龐統」二字，在童子口中輕輕逗〔四〕出，而玄德却不知此人之即爲鳳雛；「元直」二字，在水鏡夜間輕輕逗出，而玄德却不知此人之即爲單福。隱隱躍躍，如簾内美人，不露全身，只露半面，令人心神恍惚，猜測不定。至于「諸葛亮」三字，通篇更不一露，又如隔牆聞環珮聲，并半面亦不得見。純用虚筆，真絶世妙文。

趙雲在襄陽城外，檀溪水邊，接連幾箇轉身，不見玄德，可謂急矣。若使翼德處此，必殺蔡瑁；若使雲長處此，縱不殺蔡瑁，必拏〔五〕住蔡瑁，要在他身上尋還我兄：安肯將蔡瑁輕輕放過，却自尋到新野，又尋到南漳乎？三人忠勇一般，而子龍爲人又極精細〔六〕、極安頓，一人有一人性格，各各不同，寫來真是好看。

前玄德以髀肉復生而悲，何其壯也；今至南漳，道中見牧童吹笛而來，乃有「吾不如也」之嘆，頓使英雄氣盡。蓋馬蹄甚危，牛背甚穩；長鞭甚急，短笛甚閒。碌碌半生，征鞍勞苦，豈若散髮林間，行吟澤畔，爲足逍遥而適志耶！非但玄德不如，即效死之龐統，盡瘁之孔明，皆不如也。

〔一〕按：《隋書·地理志》：南漳，注曰：「開皇初郡廢，十八年改縣曰南漳。」涉回目、正文及批語多處，從原文。
〔二〕「馬」，齋本、光本、商本作「臺」。
〔三〕「明」，光本脱。
〔四〕「逗」，商本作「流」。
〔五〕「拏」上，貫本有「要」字。
〔六〕「極精細」，貫本作「精細而」。

水鏡先生寧老於南漳而不出，有以夫！

玄德於波翻浪滾之後，忽聞童子吹笛，先生鼓琴；于雷走風馳之後，忽見石案香清，松軒茶熟；正在心驚膽戰，俄而氣定神閒。真如過弱水而訪蓬萊，脱苦海而遊閬苑，恍疑身在神仙境界矣。至於夜半聽水鏡與元直共語，彷彿王積薪聽婦姑弈碁，雖極分明，却費揣度，可聞而不可知，可聽而不可見，尤神妙之至。

水鏡述襄陽童謡曰「泥中蟠龍向天飛」，是以玄德比龍也；前蔡瑁捏造玄德反詩曰「龍豈池中物」，亦以玄德比龍也；蘇子瞻檀溪古風一篇，有「波中忽見雙龍飛」之句，是又〔七〕謂真主一龍，駿馬亦一龍也。然人但知如龍之主，自有如龍之馬以救之；不知如龍之主，不可無如龍之士以佐之。「泥中龍」「池中龍」「波中龍」，凡寫無數「龍」字，總只爲引起伏龍一人而已。

水鏡之薦伏龍、鳳雛，不肯明指其人，是薦而猶未薦也；然不便説出，正深於薦者也。何也？其人鄭重，而言之不甚鄭重，則聽者不知其爲鄭重矣；唯鄭重言之，使知其人之重，説且不可輕説，見又不可輕見，用又何〔八〕可輕用耶？此三顧之勤所以不敢後，而百里之任所以不敢辱也。

袁紹之信逢紀，不知其惡也；其殺田豐，囚沮授，不知其善也。若劉表既知玄德之賢而不能用，既知蔡瑁之惡而不能去，是好賢不如《緇衣》，與不知賢者等；惡惡不如《巷伯》，與不知惡者等耳。元直之辭之也，宜哉！

觀玄德遇元直一段文字，何其紆徐而曲折也。在水鏡莊上，彼此各不相見。水鏡與元直語，並不説出玄德；明日與玄德語，並不説出元直。及玄德歸新野，元直亦更不造謁；直待市上行歌，馬前邂逅，然後邀入縣衙。讀者至此，以爲此時方得〔九〕遇合矣，而不知其猶未即合也，又借相馬作一波瀾。一則將欲事之，乃先試之；一則將欲用之，忽欲拒之：迨説明相試之故，然後彼此歡洽。可見人之輕率徑遂者，必非妙人；文之輕率徑遂者，必非妙文。今人作稗官，每到兩人相合處，便急欲其就，唯恐其不就，

〔七〕「又」，光本作「亦」。
〔八〕「何」，商本作「烏」。
〔九〕「得」，商本脱。

有如此之紆徐曲折者乎？故讀稗官，愈思《三國》一書之妙也。

却說蔡瑁方欲回城，趙雲引軍趕出城來。原來趙雲正飲酒間，忽見人馬動，急入内觀之，席上不見了玄德。毛 前先敘蔡瑁路上見趙雲，此方補敘趙雲席上不見玄德，敘事妙品。雲大驚，出投舘舍，聽得人說：「蔡瑁引軍望西趕去了。」雲火急綽鎗上馬，引着原帶來三百軍，奔出西門，正迎見〔一〇〕蔡瑁，急問曰：「吾主何在？」瑁曰：「使君逃席而去，不知何往。」趙雲是謹〔一一〕細之人，不肯造次，毛 此時不殺蔡瑁，是子龍精細處，然實讀者所不測。即策馬前行。遥望大溪，别無去路，乃復回馬，喝問蔡瑁曰：「汝請吾主赴宴，何故引着軍馬追來？」瑁曰：「九郡四十二縣官僚俱在此，吾爲上將，豈可不防護？」贊 鍾 也說得是。雲曰：「汝逼吾主何處去了？」毛 問語一句緊一句。瑁曰：「聞使君匹馬出西門，到此却又不見。」雲驚疑不定，直來溪邊看時，只見隔岸一帶水跡。毛 寫到隔岸水跡，閒甚，細甚。雲暗忖曰：「難道連馬跳過了溪去？」毛 以爲必無之〔一二〕事。令三百軍四散觀望，並不見踪跡。毛 雲先遥望，次近看，次令衆人四散觀望，寫得情景逼真。雲再回馬時，蔡瑁已入城去了。雲乃拏守門軍士追問，皆說：「劉使君飛馬出西門而去。」雲再欲入城，又恐有埋伏，遂急引軍歸新野。毛 寫子龍四番盤問，兩度到溪，兩次回馬：極慌張又極精細。漁 若是老張，蔡瑁一矛〔一三〕矣；若是関公，必然要在蔡瑁身上尋玄德。寫趙雲精細之人，又與二人不同。

却說玄德躍馬過溪，似醉如癡，想：「此潤潤一躍而過，豈非天意！」毛 非惟讀者不信，即玄德當日亦自不信。漁 見追之後接閒適之事，却政是緊関處。冰冷

〔一〇〕「迎見」，貫本作「遇見」。
〔一一〕「謹」，光本作「精」。
〔一二〕「之」，商本作「此」。
〔一三〕「矛」，原作「刀」，衡校本同，致本無。按：張飛用丈八蛇矛。酌改。

之際，弄出火熱人〔一四〕來。迤邐望南漳策馬而行，日將沉西。正行之間，見一牧童跨於牛背上，口吹短笛而來，毛忽然別出奇境。玄德嘆曰：「吾不如也！」毛馬背不〔一五〕如牛背穩，誰云騎馬勝騎牛？贊鍾真不如（也）。遂立馬觀之。牧童亦停牛罷笛，熟視玄德，曰：「將軍莫非破黃巾劉玄德否？」毛奇絶，幻絶。玄德驚問曰：「汝乃村僻小童，何以知吾姓字？」毛馬背上人不識牛背上人，牛背上人却偏識馬背上人。牧童曰：「我本不知，因常侍師父，有客到日，多曾說有一劉玄德，身長七尺五寸，垂手過膝，目能自顧其耳，漁虧兩耳作招牌。乃當世之英雄。今觀將軍如此模樣，想必是也。」毛借牧童口中畫出一玄德。贊真不如也。鍾玄德英雄，小童亦知。玄德曰：「汝師何人也？」牧童曰：「吾師覆姓司馬，名徽，字德操，潁川〔一六〕人也。三水者，先天一氣，能養萬物，可方可圓。鏡（者），知人妍蚩之意也。道號『水鏡先生』。」毛能識英雄，不愧水鏡之目。玄德曰：「汝師與誰爲友？」毛不知其人視其友；亦以其自號「水鏡」，故有此問也。小童曰：「與襄陽龐德公、龐統爲友。」毛漁（此回）敘玄德見司馬徽，正爲見諸葛亮伏線耳。〈毛〉乃童子口中不說諸葛，只說龐統，又添出一龐德公以陪之，奇〔一七〕妙。玄德曰：「龐德公乃龐統何人？」童子曰：「叔姪也。龐德公字山民，長俺師父十歲；三補註龐姓，德名，字山民。公者，因其齒德皆尊，故稱曰「龐德公」也。龐統字士元，小〔一八〕俺師父五歲。一日，我師父在樹上採桑，適龐統來相訪，坐於樹下，共相議論，終日不倦。吾師甚愛龐統，呼之爲弟。」毛詳述〔一九〕龐統，略述德公，俱妙。玄德曰：「汝

〔一四〕「人」，衡校本脫。

〔一五〕「不」，貫本作「何」。

〔一六〕「潁川」，原作「穎州」，致本、業本、貫本、齋本、光本、夏本、贊本作「潁州」，滄本作「穎州」，嘉本、周本作「潁川」。按：同第十回校記〔三二〕，據商本改。

〔一七〕「奇」，商本脫。

〔一八〕「小」，商本作「少」。

〔一九〕「述」，貫本作「敘」，後句同。

師今居何處？」牧童遙指曰：「前面林中，便是莊院。」玄德曰：「吾正是劉玄德。汝可引我去拜見你師父。」

童子便引玄德行二里餘，到莊前下馬，入至中門，忽聞琴聲甚美。【贊】【鍾】知音。玄德教童子且休通報，側耳聽之。【毛】既聞笛聲，又聽琴聲，與從前馬蹄〔二〇〕聲、波濤聲大不同矣。琴聲忽住而不彈，【漁】好頓挫。一人笑而出曰：「琴韻清幽，音中忽起高抗之調，必有英雄竊聽。」【毛】前不必玄德通名，而童子先知；今亦不必童子通報，而先生先出。是童子眼中看出一玄德，先生耳中又聽出一玄德。【鍾】□□□善操。童子指謂玄德曰：「此即吾師水鏡先生也。」玄德視其人，松形鶴骨，器宇不凡，慌忙進前施禮，衣襟尚濕。【毛】點逗閒細。水鏡曰：「公今日幸免大難！」【毛】仙乎，仙乎！玄德驚訝不已。小童曰：「此劉玄德也。」水鏡請入草堂，分賓主坐定。玄德見架上滿堆書卷，窗外盛栽松竹，橫琴於石牀之上，清氣飄然。【毛】【漁】隱然爲諸葛草廬先〔二一〕寫一樣子。水鏡問曰：「明公何來？」玄德曰：「偶爾經由此地，因小童相指，得拜尊顏，不勝欣幸〔二二〕！」水鏡笑曰：「公不必隱諱。公今必逃難至此。」【鍾】的是高人。玄德遂以襄陽一事告之。【毛】【漁】至此方說出，曲折之甚。水鏡曰：「吾觀公氣色，已知之矣。」因問玄德曰：「吾久聞明公大名，何故至今猶落魄【毛】〔眉〕魄讀託。不偶耶？」【漁】叙論委蛇，使人躁心欲〔二三〕乎。玄德曰：「命途多蹇，所以至此。」水鏡曰：「不然。葢因將軍左右不得其人耳。」【毛】將欲薦出兩人，先說他左右無人，是作一跌。【漁】一語便刺。玄德曰：「備雖不才，文有孫乾、糜竺、簡雍之輩，武有關、張、趙雲之流，竭忠輔相，頗頼其力。」【毛】自〔二四〕說左右有人，並不向水鏡求人，是作一頓。【贊】也直得賣弄，可憐，可憐。水鏡

〔二〇〕「蹄」，商本訛作「跡」。
〔二一〕漁批「先」，原作「去」，據衡校本改。
〔二二〕「欣幸」，貫本、明四本作「萬幸」。
〔二三〕「欲」，原作「欽」，據衡校本改。
〔二四〕「自」，貫本作「葢」。

曰：「關、張、趙雲皆〔二五〕萬人敵，惜無善用之之人。若孫乾、糜竺輩，乃白面書生，非經綸濟世之才也。」**毛**隱然說他左右之人不及我〔二六〕意中之人，又作一跌。**贊**妙論。**鍾**水鏡先生經世妙論。玄德曰：「備亦嘗側身以求山谷之遺賢，奈未遇其人何！」**毛**竟說山谷無人，更不向水鏡求人，又作一頓。水鏡曰：「豈不聞孔子云：『十室之邑，必有忠信。』何謂無人？」**毛**不說我意中有人，只說天下未嘗無人，又作一跌。**贊**真。玄德曰：「備愚昧不識，願賜〔二七〕指教。」**毛**直待水鏡說未嘗無人，然後玄德請問其人。至此方是極力一迎。水鏡曰：「公聞荊襄諸郡小兒謠言乎？其謠曰：『八九年間始欲衰，至十三年無孑**三**音結。遺。到頭天命有所歸，泥中蟠龍向天飛。』**毛**謠言大奇。**漁**此時必謂道出姓名矣，何期反述童謠，是文字蕩樣法。此謠始於建安初：建安八年，劉景升喪却前妻，便生家亂，此所謂『始欲衰』也；『無孑遺』者，不久則〔二八〕景升將逝，文武零落無孑遺矣；『天命有歸』『龍向天飛』，蓋應在將軍也。」**毛**且不答所問之人，忽自述所聞之謠，又極力一縱。〇蔡瑁題假詩，以龍比玄德；水鏡解童謠，亦以龍比玄德。**鍾**善解謠言。玄德聞言，驚謝曰：「備安敢當此！」**毛**不問所求之人，且謝所解之謠，又極力一縱。**漁**此語玄德聞之，那不驚喜？水鏡曰：「今天下之奇才盡在於此，公當往求之。」**毛**彼方驚謝所解之謠，此則隱示以當求之人，亦極力一迎。玄德急問曰：「奇才安在？果係何人？」**毛**直待說出此間有人，然後急問何人，又極力一迎。水鏡曰：「伏龍、鳳雛，兩人得一，可安天下。」**毛**只「伏龍鳳雛」四字，凡作如許跌頓，如許迎縱，方纔說出。何等曲折，何等鄭重。玄德曰：「伏龍、鳳雛何人也？」水鏡撫掌大笑曰：「好！好！」**毛**如此一番跌頓迎縱，說出「伏龍鳳雛」四字，却又不明指其姓名，只言「好好」，真

〔二五〕「皆」，貫本作「乃」，明四本作「雖有」。
〔二六〕「我」，光本作「吾」，後一處同。
〔二七〕「賜」，光本作「求」。
〔二八〕「不久則」，光本作「謂」，齋本作「則」。

絶世妙文。【漁】妙在不説出姓名。玄德再問時，水鏡曰：「天色已晚，將軍可於此暫宿一宵，明日當言之。」【毛】此時宜説出姓名矣，乃又欲遲至明日。逼近之至，又復漾開去。妙絶。即命小童具飲饌相待，馬牽入後院喂養。【毛】此等句，俗筆幾忘之。

玄德飲饍畢，即宿於草堂之側。【毛】早爲後文宿諸葛廬中作一引子。玄德因思水鏡之言，寢不成寐。約至更深，忽聽一人叩門而入，【毛】寫得隱隱躍躍，閃閃忽忽。水鏡曰：「元直何來？」【毛】將從市上相見，先在廬中聽得，此伏筆之妙。玄德起牀竊聽之，【贄】【鍾】玄德（自）（大）是有心人。【漁】有心哉！伏「元直」二字入玄德耳中〔二九〕。聞其人答曰：「久聞劉景升善善惡惡，特往謁之。及至相見，徒有虛名，蓋善善而不能用，惡惡而不能去者也。【毛】此郭〔三〇〕公之所以亡。故遺書別之，而來至此。」水鏡曰：「公懷王佐之才，宜擇人而事，奈何輕身往見景升乎？且英雄豪傑，只在眼前，公自不識耳。」【毛】隱隱道着起牀竊聽之人。【贄】這班人何故如此？可笑，可笑。【鍾】責他没得説。【漁】俱從聲影中映帶出情事來，妙甚。其人曰：「先生之言是也。」玄德聞之大喜，暗忖此人必是伏龍、鳳雛，【毛】妙在並不是伏龍、鳳雛。即欲出見，又恐造次。【毛】妙在不即相見。

候至天曉，玄德求見水鏡，問曰：「昨夜來者是誰？」水鏡曰：「此吾友也。」玄德求與相見，水鏡曰：「此人欲往投明主，已到他處去了。」【毛】妙在不説出將投玄德。玄德請問其姓名，水鏡笑曰：「好！好！」【毛】【漁】（又）妙在不説出姓名。玄德再問：「伏龍、鳳雛，果係何人？」水鏡亦只笑言〔三一〕：「好！好！」【毛】昨夜不説〔三二〕，待至明日；及至明日，只是不

〔二九〕「中」，衡校本、致本脱。
〔三〇〕「郭」，齋本、光本、商本作「劉」。按：漢代應劭《風俗通義·山澤》：「郭氏，古之諸侯，善善不能用，惡惡不能去，故善人怨焉，惡人存焉，是以敗爲丘墟也。」
〔三一〕「言」，貫本作「曰」。
〔三二〕「説」，貫本作「語」。

說。妙，妙。三自此名「好好先生」。贊鍾今世（上）好好先生又不如此。玄德拜請水鏡出山相助，同扶漢室。水鏡曰：「山野閒散之人，不堪世用。自有勝吾十倍者來助公，公宜訪之。」毛自己不出，只是薦人；及至薦人，又待其自訪。妙，妙。漁若輕易説了，便不鄭重。使人思而得之、求而得之者，其人始足鄭重。正談論間，忽聞莊外人喊馬嘶，小童來報：「有一將軍，引數百人到莊來也。」毛讀者至此，疑是蔡瑁追兵至矣。玄德大驚，急出視之，乃趙雲也，玄德大喜。雲下馬入見曰：「某夜來回縣，尋不見主公，連夜跟問到此。毛極寫趙雲之忠。主公可〔三三〕作速回縣，只恐有人來縣中厮殺。」毛此時只恐蔡瑁兵來，後文却是曹仁兵到〔三四〕。玄德辭了水鏡，與趙雲上馬投新野來。行不數里，一彪人馬來到，視之乃雲長、翼德也，毛前寫趙雲，此寫關、張。相見大喜。玄德訴説躍馬檀溪之事，共相嗟訝。

到縣中，與孫乾等商議。乾曰：「可先致書於景升，訴告此事。」玄德從其言，即令孫乾齎書至荆州。劉表喚入問曰：「吾請玄德襄陽赴會，緣何逃席而去？」孫乾呈上書札，具言蔡瑁設謀相害，賴躍馬檀溪得脱。表大怒，急喚蔡瑁責罵曰：「汝焉敢害吾弟！」命推出斬之。漁真是好人，只是耳朵軟些。蔡夫人出，哭求免死，表怒猶未息。孫乾告曰：「若殺蔡瑁，恐皇叔不能安居於此矣。」毛語中有刺，妙〔三五〕在隱而不露。表乃責而釋之，毛所謂「惡惡而不能去」。使長子劉琦同孫乾至玄德處請罪。琦奉命赴新野，玄德接着，設宴相待。酒酣，琦忽然墮淚。毛劉表席間墮淚，是愛心難割；劉琦席間墮淚，是憂心未安。漁又是一個墮淚，劉家門可謂流淚眼觀流淚眼矣。玄德問其故。琦曰：「繼母蔡氏，常懷謀害之心；姪無計免禍，幸叔父指教。」毛先爲後文求計諸

〔三三〕「可」，光本脱，明四本無。
〔三四〕「到」，致本同，其他毛校本作「來」。
〔三五〕「妙」，齋本作「便」。

葛作一引。玄德勸以「小心盡孝，自然無禍」。毛漁是叔父語。鍾至言。次日，琦泣別。玄德乘馬送琦出郭，因指馬謂琦曰：「若非此馬，吾已爲泉下之人矣。」毛點逗檀溪事，有情景。漁又炤應前事。琦曰：「此非馬之力，乃叔父之洪福也。」説罷相別，劉琦涕泣〔三六〕而去。

玄德回馬入城，忽見市上一人，葛巾布袍，皂縧烏履，長歌而來。毛一人泣而去，一人歌而來，接筆〔三七〕成趣。歌曰〔三八〕：

天地反覆兮，火欲殂；大廈將崩兮，一木難扶。山谷有賢兮，欲投明主；明主求賢兮，却不知吾。贊癡子，癡子。竟道出吾意中事。鍾如泣如訴。

玄德聞歌，暗思：「此人莫非水鏡所言伏龍、鳳雛乎？」毛玄德自聞伏龍、鳳雛之後，不知伏龍、鳳雛爲誰，刻刻以此關心，處處以此猜測。妙，妙。漁念茲在茲。遂下馬相見，邀入縣衙，問其姓名，答曰：「某乃潁川〔三九〕人也，姓單名福。毛妙在不説出真名姓〔四〇〕。久聞使君納士招賢，欲來投托，未敢輒造，故行歌於市，以動尊聽耳。」毛孰知市上行歌之人，即莊上叩門之人乎？玄德大喜，待爲上賓。單福曰：「適使君所乘之馬，再乞一觀。」毛玄德方喜得人，單福却先欲看馬。奇妙。玄德命去鞍牽於堂下。單福曰：「此非的盧馬乎？雖是千里馬，却只〔四一〕妨主，不可乘也。」毛又與蒯越相馬、伊籍〔四二〕諫馬相

〔三六〕「涕泣」，貫本作「泣別」，嘉本、周本作「泣涕」。

〔三七〕「筆」，貫本作「應」。

〔三八〕毛本單福所歌改自贊本；鍾本、漁本同贊本，贊本同明三本。

〔三九〕「潁川」，原作「潁上」，古本同。「潁上」周、夏批、贊本系夾注原有「潁上即今河南潁州」，周、夏批後有「是也」。按：《三國志·蜀書·諸葛亮傳》：「惟博陵崔州平、潁川徐庶元直與亮友善。」《隋書·地理志》曰：「潁上，大業初縣改名焉。」東漢潁川郡，今屬河南省；潁上縣隋代始見，明代屬鳳陽府潁州，今安徽省阜陽市。正文據改，後一處同；各本誤注，不録。

〔四〇〕「名姓」，貫本、齋本、商本作「姓名」。

〔四一〕「只」，光本作「要」，明四本作「是」。

〔四二〕「籍」，齋本作「藉」，形訛，後一處同。

應。【漁】又在馬上生發，甚有情致。玄德曰：「已應之矣。」遂具言躍檀溪之事。【毛】妨主當應在張武之死，不應在檀溪之奔。福曰：「此乃救主，非妨主也。終必妨一主。某有一法可禳。」【毛】蒯越相馬，伊籍諫馬，單福又會禳馬，妙〔四三〕。【鍾】的盧不妨英主，何消禳得？玄德曰：「願聞禳法。」福曰：「公意中有仇怨之人，可將此馬賜之。待妨過了此人，然後乘之，自然無事。」【毛】借禳馬作波瀾，逆折而入，妙甚。○前回既詳敘馬，此處不好便住，亦即借此一段作収科。玄德聞言變色曰：「公初至此，不教吾以正道，便教作利己妨人之事，備不敢聞教！」【毛】本欲相合，忽若相離，曲折之極〔四四〕。【贊】賊。【鍾】□人之□。福笑謝曰：「向聞使君仁德，未敢便信，故以此言相試耳。」【毛】本欲相投，忽先相試，曲折之極。玄德亦改容起謝曰：「備安能有仁德及人，惟先生教之。」【毛】幾若〔四五〕相離，然後相合，曲折之極。福曰：「吾自潁川來此，聞新野之人歌曰：『新野牧，劉皇叔。自到此，民豐足。』可見使君之仁德及人也。」【毛】水鏡述襄陽之謠，單福述新野之歌，前後正相對。玄德乃拜單福爲軍師，調練本部人馬。

却説曹操自冀州回許都，常有取荊州之意，特差曹仁、李典并降將吕曠、吕翔等領兵三萬，屯樊城，虎視荊襄〔四六〕，就探看虛實。【毛】此處補敘曹操一邊，最是省筆。時吕曠、吕翔稟曹仁曰：「今劉備屯

〔四三〕「單福又會禳馬，妙」，貫本作「單福禳馬，真乃妙妙」。

〔四四〕「極」，貫本、光本作「甚」，後一處同。

〔四五〕「若」，貫本作「欲」。

〔四六〕「荊襄」，貫本作「襄陽」。按：樊城，《三國志·吴書·孫破虜傳》：「表遣黄祖逆於樊、鄧之間。」同前文第七回；《蜀書·先主傳》：「子琮代立，遣使請降。先主屯樊，不知曹公卒至。」《關羽傳》：「曹公定荊州，先主自樊將南渡江。」同後文第四十至四十三回；《關羽傳》：「是歲，羽率衆攻曹仁於樊。」同後文第七十三回。《方輿紀要·湖廣五》：「樊城，府城北漢江上，與襄陽城隔江對峙。」「承聖末屬于西魏，置樊城縣。」「貞元二十一年移縣於古鄧城，改爲鄧城縣，而樊城如故。」《一統志》：鄧州「秦爲穰邑，漢爲穰縣，屬南陽郡。」本回此處至第三十九回戰曹仁所得及趙雲所守之「樊城」方位誤，疑混鄧城縣（今湖北省襄陽市樊城區）與鄧州（今河南省南陽代管鄧州市），爲「穰城」之訛。涉多處，從原文。

兵新野，招軍買馬，積草儲〔四七〕糧，其志不小，不可不早圖之。吾二人自降丞相之後，未有寸功，願請精兵五千，取劉備之頭，以獻丞相。」毛没用人偏會説大話。曹仁大喜，與二吕兵五千，前往新野厮殺。毛不想子龍所云厮殺，却應在此。探馬飛報玄德，玄德請單福商議，福曰：「既有敵兵，不可令其入境。毛便是勝算。可使關公引一軍從左而出，以敵來軍中路；張飛引一軍從右而出，以敵來軍後路；公自引趙雲出兵前路相迎，敵可破矣。」毛左軍右軍中軍，却分作中路後路前路，大有變化。鍾三路截攻，神機妙算。玄德從其言，即差關、張二人去訖；然〔四八〕後與單福、趙雲等，共引二千人馬，出關相迎。行不數里，只見山後塵頭大起，吕曠、吕翔引軍來到。兩邊各射住陣角，玄德出馬於門旗下〔四九〕，大呼曰：「來者何人，敢犯吾境？」吕曠出馬曰：「吾乃大將吕曠也。奉丞相命，特來擒汝！」玄德大怒，使趙雲出馬。二將交戰，不數合，趙雲一鎗刺吕曠於馬下。毛如此不耐殺之人，何苦無事討事做？漁如此不耐戰，何苦無事尋煩惱？玄德麾軍掩殺，吕翔抵敵不住，引軍便走。正行間，路傍一軍突出，爲首大將乃關雲長也。衝殺一陣，吕翔折兵大半，奪路走脱。行不到十里，又一軍攔住去路，爲首大將挺矛大叫：「張翼德在此！」毛敘法與前變。直取吕翔。翔措手不及，被張飛一矛刺中，翻身落馬而死，毛不耐殺。餘衆四散奔走。玄德合軍追趕，大半多被擒獲。毛此番得勝，是單福第一功。漁單福出門第一場功勞。玄德班師回縣，重待單福，犒賞三軍。

却説敗軍回見曹仁，報説：「二吕被殺，軍士多被活捉。」曹仁大驚，與李典商議。典曰：「二將欺敵而亡，今只宜按兵不動，申報丞相，起大兵來征勦，乃爲上策。」毛早爲後文伏筆〔五〇〕。仁曰：

〔四七〕「儲」，商本、夏本、贊本作「屯」，嘉本、周本作「聚」。
〔四八〕「然」，商本作「從」。
〔四九〕「門旗下」，原作「旗門下」，致本、業本、齋本、澹本、光本同；貫本作「旗下」。據商本、明四本乙正。
〔五〇〕「筆」，貫本作「線」。

「不然。今二將陣亡，又折許多軍〔五一〕馬，此仇不可不急報。量新野彈丸之地，何勞丞相大軍？」【毛】曹仁輕視其地。典曰：「劉備人傑也，不可輕視。」【毛】李典重視其人。【贊】李典知事。仁曰：「公何怯也！」典曰：「兵法云：『知彼知己，百戰百勝。』某非怯戰，但恐不能必勝耳。」【鍾】李典善料敵，曹仁自速禍矣。仁怒曰：「公懷二心耶？吾必欲生擒劉備！」典曰：「將軍若去，某守樊城。」【毛】爲後失樊城反照。【漁】爲後樊城失守伏線。仁曰：「汝若不同去，真懷二心矣！」典不得已，只得與曹仁點起二萬五千軍馬，渡河投新野而來。正是：

偏裨既有輿尸辱，主將重興雪耻兵。

未知勝負何如，且聽下文分解。

世上只有好好先生不好，人何故定欲做好好先生也？然當此世界，却又不做好好先生不得，若不做好好先生，便不好了。好反不好，不好反好，柰何？

世上只有好好先生好做，亦只有好好先生難做。當今之世，欲做好好先生不能，不做好好先生不得；好反不好，不好反好矣。

〔五一〕「軍」，光本作「兵」，明四本作「人」。

第三十六回

玄德用計襲樊城 元直走馬薦諸葛

孔明乃《三國志》中第一妙人也。讀《三國志》者必貪看孔明之事，乃閲過三十五回，尚不見孔明出現，令人心癢難熬；及〔一〕水鏡説出「伏龍」二字，偏不肯便道姓名，愈令人心癢難熬。至此回徐庶既去之後，再同身轉來，方纔説出孔明。讀者至此，急欲觀其與玄德相遇矣；孰意徐庶往見，而孔明作色，却又落落難合。寫來如海上仙山，將近忽遠。絶世妙人，須此絶世妙文以副之。

叙單福用兵處，不多幾筆〔二〕，然設伏料敵、破陣取城之能，已畧見一班矣。後文有孔明無數神機妙算，此先有單福小試其端以引之。如將觀名優演名劇，而此一〔三〕回則是副末登場也。

此〔四〕回以孔明爲主，而單福其賓也，即龐統亦其賓也。水鏡雙〔五〕薦伏龍、鳳雛，而單福專薦伏龍，帶言鳳雛。於孔明則詳之〔六〕，於龐統則畧之，是又〔七〕有賓主之别焉。蓋主爲重，則賓爲輕。故玄德既知單福之即是元〔八〕直，並不提起水鏡莊上先曾聽見；既知鳳雛之〔九〕即是龐統，並不提起牧童口中先曾説出。此非玄德於此有所不暇言，而實作者於此亦有

〔一〕「及」，貫本作「乃」。
〔二〕「不多幾筆」，貫本作「不須幾句」，其他毛校本作「不須幾筆」。
〔三〕「一」，貫本脱。
〔四〕「此」字原闕，據毛校本補。
〔五〕「雙」字原闕，據毛校本補。
〔六〕「之」字原闕，據毛校本補。
〔七〕「又」，齋本、光本作「文」。
〔八〕「元」上，齋本、光本有「徐」字。
〔九〕「見」，齋本、光本作「得」。「之」，貫本脱。

所不暇記。總之注意在正筆，而旁筆皆在所省耳。

龐統有叔，孔明亦有叔；徐庶有弟，孔明亦有弟。龐統之叔與水鏡爲友，孔明之叔與劉表爲交〔一〇〕。徐庶則母在而弟亡，孔明則弟在而父亡〔一一〕。龐統來歷在牧童口中敘出，徐庶來歷在程昱口中敘出，孔明來歷在徐庶口中敘出。敘龐統止及其叔，敘徐庶止及其母與弟，敘孔明則不但及其弟與叔，并及其父與祖。或先或後，或畧或詳，參差錯落，真敘事妙品。

漸離以筑擊秦皇而秦皇殺漸離，徐母以硯擊曹操而曹操不敢殺徐母，是徐母之威更烈於漸離矣。張良擊秦不中而不見執於秦，徐母擊操不中而拚見執於操，是徐母之膽更壯於張良矣。奇婦人勝似奇男子，不獨《列女傳》中罕有〔一二〕之，即豪士傳中亦罕有之。

蔡瑁假玄德之詩而劉表疑之，程昱假徐母之書而徐庶信之，豈庶之智不如表哉？情切於母子故也。緩則易於審量，急則不及致詳；疎則旁觀者清，親則關心者亂。若徐庶遲疑不赴，不成其爲孝子矣。故君子於徐庶無譏焉。

曹操不强留關公，以全其兄弟之義；玄德不强留徐庶，以全其母子之恩。兩人之心同乎？曰：不同。曹操之於關公，佯〔一三〕縱之而陰阻之，及阻之不得而後送之；若玄德之於徐庶，則竟送之而已。且曹操深欲袁紹之殺玄德，而玄德惟恐曹操之殺徐母。一詐一誠，相去何啻天淵。

觀玄德與徐庶作别一段，長亭分手，腸斷陽關，「瞻望弗及，佇立以泣」，勝讀唐人送别

〔一〇〕「交」，商本作「友」。
〔一一〕「弟在而父亡」，原作「父在而弟亡」，致本同。按：「父在而弟亡」與正文矛盾，據其他毛校本改。
〔一二〕「有」，貫本作「見」。後句同。
〔一三〕「佯」，光本、商本作「陽」。

詩數十首，幾令人潸然淚下〔一四〕矣。乃忽然薦起一卧龍先生，頓使玄德破涕爲歡，回愁作喜。一回之内，半幅之間，而哀樂倏變，奇事奇文。

却説曹仁忿怒，遂大起本部之兵，星夜渡河，意欲踏平新野。【毛】【漁】（極）寫曹仁聲勢，（以顯）（正寫）單福之能。

且説單福得勝回縣，謂玄德曰：「曹仁屯兵樊城，今知二將被誅，必起大軍來戰。」玄德曰：「當何以迎之？」福曰：「彼若盡提兵而來，樊城空虚，可乘間奪之。」【毛】寫單福宛然一武侯小樣。玄德問計，福附耳低言如此如此。【毛】此處妙在不叙明白。【鍾】不出所□。玄德大喜，預先准備已定。忽報馬〔一五〕報説：「曹仁引大軍渡河來了。」單福曰：「果不出吾之料。」遂請玄德出軍迎敵。兩陣對圓，趙雲出馬，唤彼將荅話。曹仁命李典出陣，與趙雲交鋒。約戰十數合，李典料敵不過，撥馬回陣。雲縱馬追趕，兩翼軍射住，遂各罷兵歸寨。李典回見曹仁，言彼軍精鋭，不可輕敵，不如回樊城。【毛】又與下文失樊城反〔一六〕炤。【漁】爲後樊城失守伏線。曹仁大怒曰：「汝未出軍時，已慢吾軍心；今又賣陣，罪當斬首！」便喝刀斧手推出李典要斬，衆將苦告〔一七〕方免。乃調李典領後軍，仁自引兵〔一八〕爲前部。次日，鳴鼓進軍，布成一箇陣勢，使人問玄德曰：「識吾陣勢〔一九〕？」【毛】極寫曹仁弄巧，以顯單福之智。單福便上高處觀看畢，謂玄德曰：「此『八門金鎖陣』也。【毛】武侯八陣圖，陸遜入而不覺；曹仁八陣勢，單福一見便知。八門者：休、生、傷、杜、景、死、驚、開。【鍾】□□公□識此陣也。如從生門、景門、開門而入則吉；從傷門、驚門、休門而入則傷；從杜門、死門

〔一四〕「淚下」，貫本倒作「下淚」。
〔一五〕「忽報馬」，光本、商本作「忽探馬」，明四本作「白河邊人」。
〔一六〕「反」，貫本作「相」。
〔一七〕「告」，商本作「求」。
〔一八〕「兵」，貫本作「軍」。
〔一九〕「勢」，光本、商本作「否」，明四本無。

而入則亡。今八門雖布得整齊，只是中間通〔二〇〕欠主持。【毛】見笑大方。【漁】貽笑大方。如從東南角上生門擊入，往正西景門而出，其陣必亂。」【毛】寫單福又宛然一武侯小樣。玄德傳令，教軍士把住陣角，命趙雲引五百軍從東南而入，逕〔二一〕往西出。雲得令，挺鎗躍馬，引兵逕投東南角上，吶喊殺入中軍。曹仁便投北走，雲不追趕，却突出西門，又從西殺轉東南角上來，曹仁軍大亂。【毛】此非寫趙雲，是寫單福。玄德麾軍衝擊，曹兵大敗而退。單福命休追趕，收軍自回。

却說曹仁輸了一陣，方信李典之言，因復請典商議，言：「劉備軍中必有能者，【毛】妙在此時不知是單福。吾陣竟爲所破。」李典曰：「吾雖在此，甚憂樊城。」【毛】又爲後文失樊城反炤。【贊】李典通。【鍾】李典高見。【漁】前守樊城，此憂樊城，俱有識。曹仁曰：「今晚去劫寨。如得勝，再作計議；如不勝，便退軍回樊城。」李典曰：「不可。劉備必有准備。」仁曰：「若如此多疑，何以用兵！」【漁】雖然劉備有備，却是曹仁不仁，又不聽好人言，以致損兵折將。李典亦不能爲典要也。遂不聽李典之言。自引軍爲前隊，使李典爲後應，當夜二更劫寨。

却說單福正與玄德在寨中議事，忽信〔二二〕風驟起。福曰：「今夜曹仁必來劫寨。」玄德曰：「何以敵之？」福笑曰：「吾已預算定了。」【毛】又宛然一武侯小樣。【鍾】徐庶胸有定筭。遂密密分撥已畢。至二更，曹仁兵將近寨，只見寨中四圍火起，燒着寨柵。曹仁知有准備，急令退軍。趙雲掩殺將來，仁不及收兵回寨，急望白河〔二三〕而走。將到河邊，纔欲尋船渡河，岸上一彪軍殺到，爲首大將乃張飛也。【毛】此皆在前附耳低言之中，不是寫張飛，是寫單福。【三】補註 原來（益）（翼）德預先埋伏在此。曹仁死戰，李典保

〔二〇〕「通」，光本作「還」。
〔二一〕「逕」，齋本、光本作「邊」。
〔二二〕「信」，齋本、光本、商本作「狂」，澹本作「大」。
〔二三〕「白河」，原作「北河」，古本同。按：後文第四十、四十一回等皆作「白河」。「北河」疑誤，據後文改。

護曹仁下船渡河，曹軍大半渰死水中。曹仁渡過河面〔二四〕，上岸奔至樊城，令人叫門。只見城上一聲鼓响，一將引軍而出，大喝曰：「吾已取樊城多時矣！」衆驚視之，乃關雲長也。【毛】此亦在前附耳低言之中，不是寫雲長，是寫單福。○寫襲樊城不用實叙，最省筆。【三】補註原來單福預使雲長早（已）襲了樊城。仁大驚，撥馬便走。雲長追殺過來，曹仁又折了好些軍馬，星夜投許昌。於路打聽，方知有單福爲軍師，設謀定計。【毛】妙在路上方知，曲折之甚。【漁】于此時方打聽出。

不說曹仁敗回許昌，且說玄德大獲全勝，引軍入樊城，縣令劉泌出迎。玄德安民已定。那劉泌乃長沙人，亦漢室宗親，遂請玄德到家，設宴相待。只見一人侍立於側，玄德視其人器宇軒昂〔二五〕，因問泌曰：「此何人？」泌曰：「此吾之甥寇封，本羅侯〔二六〕寇氏之子也，因父母雙亡，故依於此。」玄德愛之，欲嗣爲義子。劉泌欣然從之，遂使寇封拜玄德爲父，改名劉封。【毛】忙中夾叙劉封承嗣事，却並非閒筆。玄德帶回，令拜雲長、翼德爲叔。雲長曰：「兄長既有子，何必用螟蛉？後必生亂。」【毛】雲長收關平爲子，而獨不欲玄德收寇封者，臣之子無争立之嫌，君之子則有争立之嫌，故也。【漁】雲長亦繼螟蛉，何不悦人之繼螟蛉□□□□□□□□□□之嫌故也。爲孟達勸劉封伏線。玄德曰：「吾待之如子，彼必事吾如父，何亂之有！」【贊】【鍾】英雄（語）。雲長不悦。【毛】爲後孟達説劉封伏案〔二七〕。【三】補註此是結冤之處。玄德與單福計議，令趙雲引一千軍守樊城，玄德領衆自回新野。

却說曹仁與李典回許都見曹操，泣拜於地請罪，具言損將折兵之事。操曰：「勝負乃兵〔二八〕家

〔二四〕「面」，業本作「而」，光本作「西」，明四本無。

〔二五〕「器宇軒昂」，原作「器宇斬昂」，致本同，明四本作「人品壯觀聲音清亮」，據其他毛校本改。

〔二六〕「侯」，原作「睺」，同「睺」，古本同。按：《三國志·蜀書·劉封傳》：「劉封者，本羅侯寇氏之子。」羅睺爲九曜星官之一。據改。

〔二七〕「案」，貫本作「線」。

〔二八〕「兵」，原作「軍」，致本、業本、貫本、齋本、澹本、光本同。據商本、明四本改。

之常。但不知誰爲劉備畫策？」毛問得緊要。贊賊。鍾操賊大奸。漁急問，妙。曹仁言是單福之計。操曰：「單福何人也？」毛不但曹操不知其爲何人，即玄德此時亦未知其果何人也。程昱咲曰：「此非單福也。毛奇絶。漁直到程昱口中方出真姓名，曲甚。此人幼好學擊劍，中平末年，二中平，漢靈帝年號也。嘗爲人報讎殺人，披髮塗面而走，爲吏所獲，問其姓名不荅，吏乃縛於車上，擊鼓行於市，令市人識之，雖有識者不敢言，而同伴竊解救之。乃更姓名而逃，折節向學，遍訪名師，嘗與司馬徽談論。毛始爲豪俠〔二九〕，繼爲名士。此人乃潁川〔三〇〕徐庶，字元直，單福乃其托名耳〔三一〕。」毛單福真姓名，直至此處，方借程昱口中叙明。妙甚。漁直到此時方出真姓名。不但曹操不知，連玄德也不知。操曰：「徐庶之才，比君何如？」昱曰：「十倍於昱。」毛與後元直讚孔明語相似。贊鍾（二君）（程昱）真知人、真愛才（者也）。〔三二〕操曰：「惜乎賢士歸於劉備！羽翼成矣！奈何？」昱曰：「徐庶雖在彼，丞相要用，召來不難。」操曰：「安得彼來歸？」昱曰：「徐庶爲人至孝。毛求忠臣必於孝子之門。庶既孝子，即安肯爲操用乎？幼喪其父，止有老母在堂。現今其弟徐康已亡，老母無人侍養。丞相可使人賺其母至許昌，令作書召其子，則徐庶必至矣。」毛不以丞相召之，而以母召之，固知庶之不可召也。

操大喜，使人星夜前去取徐庶母，不一日取至。毛省筆。操厚待之，因謂之曰：「聞令嗣徐元直，乃天下奇才也。今在新野，助逆臣劉備，背叛朝廷，正猶美玉落於汙泥之中，誠爲可惜。今煩老母作書，喚回許都，吾於天子之前保奏，必有重賞。」毛先以助逆背叛恐之，繼以美玉汙泥動之，而後復

〔二九〕「俠」，光本、商本作「傑」。

〔三〇〕「潁川」，原作「潁州」，毛校本、夏本、贊本同；嘉本、周本作「潁川」。按：同第十回校記〔三二〕，據改，本回後同。

〔三一〕「托名耳」，貫本作「托名也」，明四本作「更名也」。

〔三二〕贊批原闕首字、第五字，緑本、藜本作「曹」「人」。據吳本補。

稱天子以壓之，舉重賞以啗〔三三〕之，全是欺婦人語。【贊】老奸真英雄。【鍾】老賊奸□。【漁】句句是欺婦人語。遂命左右捧過文房四寶，令〔三四〕徐母作書。徐母曰：「劉備何如人也？」【毛】不便發作，先問一句。妙甚。【漁】開口便問得妙。操曰：「涿郡〔三五〕小輩，妄稱『皇叔』，全無信義，所謂外君子而内小人者也。」【毛】先説玄德並非宗室，後説玄德並非好人，全〔三六〕是欺婦人語。徐母厲聲曰：「汝何虚誑之甚也！吾久聞玄德乃中山靖王之後，孝景皇帝閣下玄孫，【毛】説玄德的是宗室〔三七〕。【贊】好婆子。屈身下士，恭己待人，仁聲素著，世之黄童、白叟、牧子、樵夫皆知其名，真當世之英雄也。【毛】説玄德的是好人。【鍾】丈夫識見。吾兒輔之，得其主矣。【毛】破「美玉汙泥」句。汝雖托名漢相，實爲漢賊。【毛】破「天子之前保奏」句。乃反以玄德爲逆臣，【毛】破「逆臣背叛」句。【贊】聖婆、聖母，漢朝第一忠臣也。【鍾】聖母。欲使吾兒背明投暗，豈不自耻乎！」【毛】破「作書唤回」句。○先極口讚玄德，後極口罵曹操，比禰衡、吉平尤爲痛快。【漁】罵得痛快，勝陳琳檄百倍。言訖，取石硯便打曹操。【毛】此一石硯抵得博浪椎。【鍾】打得痛快。操大怒，叱武士執徐母出，將斬之。程昱急止之，入諫操〔三八〕曰：「徐母觸忤丞相者，欲求死也。丞相若殺之，則招不義之名，而成徐母之德。徐母既死，徐庶必死心助劉備以報讎矣。不如留之，使徐庶身心兩處，縱使助劉備，亦不盡力也。且留得徐母在，昱自有計賺徐庶至此，以輔丞相。」【毛】昱之爲操謀誠善。【贊】程昱大通。【鍾】程昱諫殺徐母，絶有識見。【漁】昱策〔三九〕甚惡，束縛徐庶一生矣。操然其言，

〔三三〕「啗」，齋本、澹本、光本、商本作「陷」。
〔三四〕「令」，貫本作「命」。
〔三五〕「涿郡」，原作「沛郡」，古本同。按：《後漢書·郡國志》：東漢末年無沛郡，有沛國及沛縣（作「小沛」）。此處述人物出身籍貫，而非昔日暫居地。前文敘劉備爲涿郡涿縣人，後文劉備亦自稱「涿郡愚夫」，據改。
〔三六〕「全」上，貫本有「又」字。
〔三七〕「室」，貫本作「親」。
〔三八〕「操」，貫本脱。
〔三九〕「昱策」，衡校本作「程昱」。按：「昱策」義合。

遂不殺徐母，送於別室養之。毛漁操（之）不殺徐母（者），（懲〔四〇〕）（有鑒）於王陵（母）故事也。程昱日往問候，詐言曾與徐庶結爲兄弟，待徐母如親母，時常餽送物件，必具手啟，徐母因亦作手啟荅之。程昱賺得徐母筆跡，乃倣其字體，詐修家書一封，毛甚矣，婦人識字之爲累也！爲之一嘆。贊程昱大通。鍾奸詐至此。差一心腹人，持書逕奔新野縣，尋問「單福」行幕，軍士引見徐庶。庶知母有家書至，急喚入問之。來人曰：「某乃舘下走卒，奉老夫人言語，有書附達。」毛雲長在曹操處得兄書，徐庶在玄德處得母書。一真一假，遥遥相對〔四一〕。庶拆封視之。書曰〔四二〕：

近汝弟康喪，舉目無親。正悲悽〔四三〕間，不期曹丞相使人〔四四〕賺至許昌，言汝背反，下我於縲絏，賴程昱等救免。贊鍾書詞亦肖，妙手，妙手。若得汝來〔四五〕降，能免我死。如書到日，可念劬勞之恩，星夜前來，以全孝道，然後徐圖歸耕故園，毛妙在此句，不教他事曹操，宛似其母聲口。免遭大禍。吾今命若懸絲，耑望救援！更不多囑。

徐庶覽畢，淚如泉湧，持書來見玄德曰：「某本潁川徐庶，字元直，爲因〔四六〕逃難，更名單福。毛直至將去，方說出真名；向來不露真名者，亦正恐曹操知之而收其母耳。漁至此，方自說出真姓名。前聞劉景升招賢納士，特往見之。及與論事，方知是無用之人，故作書別之，夤夜至司馬水鏡莊上，訴說其事。水鏡深責庶不識主，因說：『劉豫州在此，何不事

〔四〇〕「懲」，貫本作「念」。
〔四一〕「對」，貫本作「應」。
〔四二〕毛本程昱作僞徐母書改自贊本；鍾本、漁本同贊本，周本、夏本、贊本改自嘉本。
〔四三〕「悽」，齋本、光本作「慘」。
〔四四〕「使人」，齋本、光本脫。
〔四五〕「來」，貫本、明四本無。
〔四六〕「爲因」，貫本倒作「因爲」。

之？』毛只此句話玄德不曾聽得，至此補出。妙甚。贄元直、玄德都是人傑。鍾元直固□衷。漁補前玄德竊聽中未清白語。庶故作狂歌於市，以動使君，幸蒙不棄，即賜重用。争奈老母今被曹操奸計賺至許昌囚禁，將欲加害。老母手書來喚，庶不容不去。非不欲效犬馬之勞，以報使君，奈慈親被執，不得盡力。今當告歸，容圖後會。」毛油油然孝子之言，比絶裾之温嶠，不啻天淵矣。玄德聞言大哭曰：「子母乃天性之親，元直無以備爲念。待與老夫人相見之後，或者再得奉教。」毛玄德更不相留，真善體孝子之情。鍾玄德更知己。漁玄德可謂曲體孝子之情。徐庶便拜謝欲行，玄德曰：「乞再聚一宵，來日餞行。」孫乾密謂玄德曰：「元直天下奇才，久在新野，盡知我軍中虚實。今若使歸曹操，必然重用，我其危矣。贄鍾孫乾（小人，）以小人度君子（也）。主公宜苦留之，切勿放去。操見元直不去，必斬其母。元直知母死，必爲母報讎，力攻曹操也。」毛此計亦妙，但非仁人所忍爲。漁所慮亦是，但非仁人所爲。玄德曰：「不可。使人殺其母，而吾用其子，不仁也；留之不使去，以絶其子母之道，不義也。吾寧死，不爲不仁不義之事。」毛玄德謝孫乾留庶之計，與謝單福相馬之説一樣意思。贄玄德通。鍾不爲不仁不義，真慈母也。漁與謝單福相馬一樣語氣。衆皆感歎。

玄德請徐庶飲酒，庶曰：「今聞老母被囚，雖金波玉液，二音亦。不能下咽矣。」玄德曰：「備聞公將去，如失左右手，雖龍肝鳳髓，亦不甘味。」毛「龍」「鳳」二字，隱然逗下一龍一鳳。漁龍肝鳳髓不下味，若得伏龍、鳳雛便下味矣。二人相對而泣，坐以待旦。諸將已於郭外安排筵席餞行。玄德與徐庶並馬出城，至長亭，下馬相辭。毛送别光景，寫得悽惻不勝。玄德舉盃謂徐庶曰：「備分淺緣薄，不能與先生相聚。望先生善事新主，以成功名。」毛漁「還將舊來意，憐取眼前〔四七〕人」（，何其言之痛也）！庶泣曰：「某才微智

〔四七〕漁批「前」，原作「中」，衡校本同。按：毛、漁批詩句引自元代王實甫《西廂記》（以下簡稱《王西廂》）第四本第三折《長亭送别》，據詩句原文改。

淺，深荷使君重用。今不幸半途而別，實爲老母故也。縱使曹操相逼，庶亦終身不設一謀。」【毛】是血性語。其急歸見母，則依依孺子；其誓不佐操，則烈烈丈夫。【贊】【鍾】（是）一副好君臣。玄德曰：「先生既去，劉備亦將遠遁山林矣。」【毛】【漁】此（句）（語）方逼出下文。庶曰：「某所以與使君共圖王霸之業者，恃此方寸耳。【二】方寸是指中心而言也。今以老母之故，方寸亂矣，縱使在此，無益於事。【毛】真情實話〔四八〕。【贊】【鍾】（元直）真〔四九〕情（真話，元直大賢）（實話）。使君宜別求高賢輔佐，共圖大業，何便灰心如此？」【毛】此處但説不宜灰心，尚不提起孔明。玄德曰：「天下高賢，恐無出先生右者〔五〇〕。」【毛】【漁】此（句）（語）宜逼〔五一〕出孔明矣。庶曰：「某樗【二】音樞。櫟【嘉】音書力。【二】音力。庸材，何敢當此千〔五二〕譽。」【毛】【漁】（只自謙遜，尚）（却又）不提起孔明。臨別，又顧謂諸將曰：「願諸公善事使君，以圖名垂竹帛，功標青史，切勿效庶之無始終也。」【毛】【漁】（哀痛之詞，）（言之）令人酸鼻。【贊】【鍾】更好。諸將無不傷感。玄德不忍相離，送了一程，又送一程。庶辭曰：「不勞使君遠送，庶就此告別。」【毛】此時還只辭遠送，不提起孔明。玄德就馬上執庶之手曰：「先生此去，天各一方，未知相會却在何日！」説罷，淚如雨下。【毛】依依不捨，極寫玄德愛賢之篤。庶亦涕泣而別。玄德立馬于林畔，看徐庶乘馬與從者匆匆而去。【毛】匆匆而去，極寫元直念母之孝。○元直匆匆之狀，在玄德眼中看出。妙甚。【贊】【鍾】敘出別離情況（，丹青妙手也）。玄德哭曰：「元直去矣！吾將奈何？」【毛】只此二語，抵得江文通《別賦》一篇。【漁】二句無限凄涼。凝淚而望，却被一樹林隔斷，玄德以鞭指曰：「吾欲盡伐此處樹木。」衆問何故，玄德曰：「因阻吾望徐元直之目

〔四八〕「真情實話」，商本「真」「實」互易，貫本「話」作「語」。
〔四九〕贊批「真」字原闕，據贊校本補。
〔五〇〕「恐無出先生右者」，商本「恐無」作「無有」，明四本作「恐天下無如先生者」。
〔五一〕毛批「宜逼」，光本、商本作「直逼」，齋本作「直迫」。
〔五二〕「千」，明四本無，瀹本作「美」，齋本、光本、商本作「重」。

也。」【毛】【漁】（《西廂》曲云：）「青山隔送行，疎〔五三〕林不做美。」〈【毛】〉玄德之望元直也似之。

正望間，忽見徐庶拍馬而回。【毛】上文寫到徐庶去後，已是水窮山盡，更無他望矣。此處忽然拍馬而回，如絶處逢生，真奇妙之筆。【漁】水窮山盡，忽又轉來，真絶處逢生。玄德曰：「元直復回，莫非無去意乎？」【毛】此元直必無之事，玄德必有之想。遂欣然拍馬向前迎問曰：「先生此回，必有主意。」庶勒馬謂玄德曰：「某因心緒如麻，忘却一語：此間有一奇士，只在襄陽城外二十里隆中。【嘉】地名。使君何不求之？」【毛】此時方説出一句要緊話，薦出一個要〔五四〕緊人，却又不言其名，先言其地。【贊】【鍾】（徐庶）非忘之也。必如此薦（人），（方）薦得着力。【漁】此時方薦出此人。玄德曰：「敢煩元直爲備請來相見。」【毛】此語正與後文三顧草廬反映成趣。庶曰：「此人不可屈致，使君可親往求之。若得此人，無異周得呂望、漢得張良也〔五五〕。」【毛】只讚其人，不言其名。玄德曰：「此人比先生才德何如〔五六〕？」【毛】玄德亦不問其名，先問其人。庶曰：「以某比之，譬猶駑馬並麒麟、寒鴉配鸞鳳耳。此人每嘗自比管仲、樂毅，以吾觀之，管、樂殆不及此人。此人有經天緯地之才，蓋天下一人也！」【毛】還只讚其人，不言其名。玄德喜曰：「願聞此人姓名。」【毛】玄德至此方問姓名。庶曰：「此人乃瑯琊陽都人，覆姓諸葛，名亮，字孔明，【毛】至此方説出孔明姓名，紆徐之極，鄭重之極。乃漢司隸校尉諸葛豐之後。其父名珪，字君貢，爲泰山郡丞，早卒。亮從其叔玄，玄與荊州劉景升有舊，因往依之，遂家於襄陽。後玄卒，亮與弟諸葛均躬耕於南陽。【毛】細叙其家門履歷。嘗好爲《梁父吟》。【毛】補叙其生平。所居之地有一崗〔五七〕，名臥龍

〔五三〕漁批「疎」，原作「樹」，衡校本同。按：毛、漁批詩句引自《王西廂》第四本第三折《長亭送別》，據詩句原文改。

〔五四〕「要」上，齋本、光本有「至」字。

〔五五〕「也」，貫本作「矣」，明四本無。

〔五六〕「何如」，光本倒作「如何」。

〔五七〕「崗」，原作「岡」，毛校本、周本、夏本、贊本同，據嘉本改。後文毛批已有作「卧龍崗」者，毛校本同，凡後正文、批語涉及「卧龍岡」者，皆據改「岡」作「崗」。

崗，毛補叙其住處。因自號爲『卧龍先生』。毛補叙其別號。○自比管、樂與好爲《梁父吟》分作兩次叙出；南陽與卧龍崗、姓名與別號，亦都分作兩次叙出，妙甚。此人乃絶代奇才，使君急宜枉駕見之。若此人肯相輔佐，何愁天下不定乎！」玄德曰：「昔水鏡先生曾爲備言：『伏龍、鳳雛，兩人得一，可安天下。』今所云莫非即『伏龍、鳳雛』乎？」毛漁因「卧龍」（二字）憶起「伏龍」，又因「伏龍」憶起「鳳雛」（，曲〔五八〕甚）。鍾玄德有心兩人久矣。庶曰：「『鳳雛』乃襄陽龐統也，『伏龍』正是諸葛孔明。」毛水鏡雙薦兩人，却並不曾説出一人；元直單薦一人，却早説出兩人。妙極〔五九〕。玄德踴躍曰：毛半晌涕泣，此時踴躍。悲則極悲，喜則極喜。「今日方知『伏龍、鳳雛』之語。何期大賢只在目前！非先生言，備有眼如盲也！」漁賢人每苦交臂失之。後人有讚徐庶走馬薦諸葛詩曰〔六〇〕：

痛恨高賢不再逢，臨岐泣〔六一〕別兩情濃。
片言却似春雷震，能使南陽起卧龍。

徐庶薦了孔明，再別玄德，策馬而去。玄德聞徐庶之語，方悟司馬德操之言，似醉方醒，如夢初覺。引衆將回至新野，便具厚幣，同關、張前去南陽請孔明。毛寫玄德求賢之急。

且説徐庶既別玄德，感其留戀之情，恐孔明不肯出山輔之，遂乘馬直至卧龍崗下，入草廬見孔明。毛寫元直爲人之忠。漁有心人爲人必爲徹，即極慌亂〔六二〕時亦不草已。孔明問其來意。庶曰：「庶本欲事劉豫州，奈老母爲曹操所囚，馳書來召，只得捨之而往。臨行時，將公薦與玄德。玄德即日將來奉謁，望公勿推阻，即展平生之大才以輔之，幸甚！」贊鍾古之豪傑，背地爲人誠切如此。〈贊〉今之小人背後惟謗毀而已。孔明聞言作色曰：「君以我爲享祭之犧牲乎！」

〔五八〕「曲」，齋本、光本、商本作「妙」。
〔五九〕「極」，齋本、光本、商本作「甚」。
〔六〇〕毛本讚徐庶薦諸葛詩改自贊本；鍾本、漁本同贊本，贊本同明三本。
〔六一〕「泣」，明四本作「哭」。
〔六二〕衡校本該卷脱末葉，以下至本回末批語皆闕。

説罷，拂袖而入。【毛】寫孔明處己之高。【三】所言享祭之犧牲者，乃郊（祀）（祭）之牛，閑當以草料喂〔六三〕養，（以衣綬）（衣以文）錦，臨期殺之〔六四〕。此言因（徐）庶所相輕也。【漁】有不爲而後可以有爲。庶羞慚而退，上馬趲【二】音斬。程，赴許昌見母。正是：

囑友一言因愛主，赴家千里爲思親。

未知後事若何，下文便見〔六五〕。

徐元直不奇，其母大奇，真元直之母也，可敬，可敬。若是單福，又安得此母乎？一笑，一笑。

元直畢竟是大賢，能薦己以上之人。今人見己以上者，百方排擯，萬態萋菲，惟恐其見知當世，掩己聲名。以徐庶薦孔明視之，真犬彘不如也。

〔六三〕周批「喂」，原作「畏」，形訛，據嘉、夏批改。

〔六四〕「之」，夏批脱，據嘉、周批補。

〔六五〕「下文便見」，齋本作「且聽下文便見」，澹本、光本作「且聽下文分解」。

第三十七回　司馬徽再薦名士　劉玄德三顧草廬

徐庶之母與王陵之母，皆賢母也。陵母之死，恐其子之歸楚；庶母之死，怒其子之歸曹。然庶母不死於曹操召見之初，而死於徐庶既歸之日，或恨其死之晚矣。予曰：不然。曹操非項羽比也，羽直而操詐。庶母即欲先死以絶庶之望，而奸詭如操，何難秘之而不使庶知，又何難於母死之後，假作母書以召庶乎？此不得爲庶母咎也。

水鏡之薦孔明，與元直之薦孔明又自不同：元直則相告相囑，唯恐玄德之無人，唯恐孔明之不出，是極忙極熱者也；水鏡則自言自語，反以元直之薦爲多事，反以孔明之出爲可惜，是極閒極冷者也。一則特爲薦孔明而返，一則偶因訪元直而來；一有心，一無意。寫來更無一筆相似，而各各入妙。

玄德望孔明之急，聞水鏡而以爲孔明，見崔州平而以爲孔明，見石廣元、孟公威而以爲孔明，見諸葛均、黄承彦而又以爲孔明。正如永夜望曙者，見燈光而以爲曙也，見月光而以爲曙也，見星光而又以爲曙也；又如旱夜望雨者，聽風聲而以爲雨也，聽泉聲而以爲雨也，聽漏聲而又以爲雨也。《西廂》曲云：「風弄竹聲，則道金珮響；月移花影，疑是玉人來。」〔一〕玄德求賢如渴之情，有類此者。孔明即欲不出，安得而不出乎？

順天者逸，逆天者勞。無論徐庶有始無

〔一〕「弄」「則」，原作「動」「只」，毛校本同。業本「道」「移」作「遊」「多」。按：毛本回前評《西廂》句引自《王西廂》第四本第一折。據《王西廂》原句改。

終，不如不出；即如孔明盡瘁至死，畢竟魏未滅、吴未吞，濟得甚事！然使春秋賢士盡學長沮、桀溺、接輿、丈人，而無知其不可而爲之仲尼，則誰著尊周之義于萬年〔二〕？使三國名流盡學水鏡、州平、廣元、公威，而無志决身殲、不計利鈍之孔明，則誰傳扶漢之心于千古？玄德之言曰：「何敢委之數與命？」孔明其同此心與！

淡泊寧静之語，是孔明一生本領。淡泊則其人之冷可知，寧静則其人之閒可知。天下非極閒極冷之人，做不得極忙極熱之事。後來自博望燒屯以至六出祁山，無數極忙極熱文字，皆從極閒極冷中積蓄得來。

此回極寫孔明，而篇中却無孔明。蓋善寫妙人者，不於有處寫，正於無處寫。寫其人如閒雲野鶴之不可定，而其人始遠；寫其人如威鳳祥麟之不易覩，而其人始尊。且孔明雖未得一遇，而見孔明之居則極其幽秀，見孔明之童則極其古淡，見孔明之友則極其高超，見孔明之弟則極其曠逸，見孔明之丈人則極其清韵，見孔明之題咏則極其俊妙；不待接席言歡，而孔明之爲孔明，于此領略過半矣。玄德一訪再訪，已不覺入其玄中，又安能已于三顧耶〔三〕！

每到玄德訪孔明處，必夾寫張翼德幾句性急語以襯之。或謂孔明粧腔，玄德做勢，一對空頭，不若張翼德十分老實。予笑曰：爲此言者，以論今人則可，以論玄德、孔明則不可。孔明真正養重，非比今人之本欲求售，只因索價，假意留難；玄德真正慕賢，非比今人之本不愛客，只因好名，虚修禮貌也。

觀水鏡「未得其時」之言及州平「徒費心

〔二〕「年」，光本作「世」。
〔三〕「耶」，商本作「乎」。

力」之語，令讀者眼光直射注五丈原一篇。蓋在孔明未起手時，早爲他結尾伏下一筆矣。今有作稗官者，往往前不顧後，後不顧前；更有閱稗官者，亦往往前忘其後，後忘其前。或曰：此等人當令其讀《三國》。予曰：此等人正未許其讀《三國》。

却說徐庶趲程赴許昌。曹操知徐庶已到，遂命荀彧、程昱等一班謀士往迎之。庶入相府拜見曹操，操曰：「公乃高明之士，何故屈身而事劉備乎？」【毛】爲親屈，非爲操屈也。【鍾】（笑）話。庶曰：「某幼逃難，流落江湖〔四〕，偶至新野，遂與玄德交厚。老母在此，幸蒙慈念〔五〕，不勝愧感。」【毛】人欲殺其母，而反謝其慈念，真萬不得已之言。操曰：「公今至此，正可晨昏侍奉令堂，吾亦得聽清誨矣。」【毛】孰知此後晨昏永不得侍奉，而清誨亦誓不賜教乎！庶拜謝而出，急往見其母，泣拜于堂下。母大驚曰：「汝何故至此？」庶曰：「近于新野事劉豫州，因得母書，故星夜至此。」徐母勃然大怒，拍案罵曰：「辱子飄蕩江湖數年，吾以爲汝學業有進，何其反不如初也！【毛】元直始不過爲俠客，繼則居然作名士，本是後勝于初，乃責其反不如初。妙甚。【贊】聖母也，活佛也。【鍾】今世那得此賢母？汝既讀書，須知忠孝不能兩全。豈不識曹操欺君罔上之賊？劉玄德仁義布于四海〔六〕，況又漢室之胄，汝既事之，得其主矣。今憑一紙僞書，更不詳察，遂棄明投暗，自取惡名，真愚夫也！吾有何面目與汝相見？汝玷辱祖宗，空生于天地間耳！」【毛】前罵曹操可敬，今罵徐庶更可敬。〈【毛】【漁】〉罵庶深于罵操（矣）。罵得徐庶拜伏于地，不敢仰視，母自轉入屏風後去了。少頃，家人出報曰：「老夫人自縊于梁間。」徐庶慌入救時，母氣已絕。【毛】【漁】本欲全母之

〔四〕「湖」，商本作「河」。
〔五〕「念」，商本作「愛」。
〔六〕「海」，光本作「方」。

生以歸，乃歸而（反）速母之死，元直其抱〔七〕恨終天乎！贊死得快活！人生有此等死，大幸也。後人有《徐母讚》〔八〕曰：

賢哉徐母，流芳千古。守節無虧，于家有補。教子多方，處身自苦。氣若丘山，義出肺腑。讚美「豫州」，毁觸魏武。不畏鼎鑊，不懼刀斧。唯恐後嗣，玷辱先祖。贊詩亦〔九〕大好。伏劍同流，斷機堪伍。生得其名，死得其所。賢哉徐母，流芳千古！鍾□是徐（母）實事□□也。

徐庶見母已死，哭絶于地，良久方甦。二音蘇。曹操使人賫禮弔問，又親往祭奠。毛母而有靈，母其吐之！漁操賊致死其母，庶不恨操非庶，有人遺憾。徐庶葬母柩于許昌之南原，居喪守墓。凡操有所賜，庶俱不受。毛漁以上了却徐庶（，以下專叙孔明）。

時操欲商議南征，荀彧諫曰：「天寒未〔一〇〕可用兵，毛「天寒」二字，照後風雪。姑待春煖，方可長驅大進。」操從之，乃引漳河之水作一池，名玄武池，于内教練水軍，准備南征。毛漁漢武習水戰于昆明池，是天子窮兵〔一一〕外國；曹操習水戰于玄武池，是權臣點武中華。〈毛〉〇以上〔一二〕按下曹操，以下再叙玄德。

却説玄德正安排禮物，欲往隆中二按《通鑑》：瑯邪諸葛亮寓居襄陽隆中。隆中，本傳註云：孔明家於南陽鄧縣，號曰隆中。謁諸葛亮，忽人〔一三〕報：「門外有一先生，峩冠博帶，道貌非常，特來相探。」毛伊何人乎？玄德曰：「此莫非即孔明否？」毛不獨玄德疑是孔明，即讀者至此亦疑是孔明矣。然孔明决不如此容

〔七〕漁批「抱」，原作「報」，别字，據衡校本改。

〔八〕毛本《徐母讚》詩改自贊本；鍾本同贊本，漁本改自贊本；周本、夏本、贊本删自嘉本。

〔九〕「詩亦」，吴本首字漫漶，緑本脱。

〔一〇〕「未」，商本作「不」。

〔一一〕漁批「兵」，原作「喪」，據衡校本、毛批改。

〔一二〕漁批「黷」，原作「點」，據衡校本、毛批改。毛批「上」，原作「下」，致本同，據其他毛校本改。

〔一三〕「人」，光本作「入」，形訛。

易見也。遂整衣出迎，視之，乃司馬徽也。【毛】突如其來，幻絕。玄德大喜，請入後堂高坐，拜問曰：「備自別仙顏，日因軍務倥傯，有失拜訪。今得光降，大慰仰慕之私。」徽曰：「聞徐元直在此，特來一會。」【毛】【漁】不（是）來薦孔明，却（是來尋）（來侯）徐庶。妙在極閒。玄德曰：「近因曹操囚其母，徐母遣人馳書喚回許昌去矣。」【毛】只答還他尋徐庶，尚不提起薦孔明。亦妙在極閒。徽曰：「此中曹操之計矣！吾素聞徐母最賢，雖爲操所囚，必不肯馳書召其子，此書必詐也。【贊】如見。【鍾】德操神見。元直不去，其母尚存；今若去，母必死矣！」【毛】水鏡之明于知人，與徐母之勇于死義，可稱雙絕。【漁】知其子，更知其母，何知人如此？玄德驚問其故，徽曰：「徐母高義，必羞見其子也。」【毛】【漁】其子不知而（其）友知之，所謂「（關心者亂）（當境者昏），旁觀者清」。玄德曰：「元直臨行，薦南陽諸葛亮，其人若何？」【毛】此處方是正文，以上只算閒話。徽笑曰：「元直欲去，自去便了，何又惹他出來嘔心血也？」【毛】不薦之薦，不讚之讚。妙在極閒極冷。【三】此是司馬徽先見之明也，便知孔明肯盡心事其主也。【贊】好隱語。自然有道者之言，凡耳如何知道？〔一四〕【鍾】此是隱語。玄德曰：「先生何出此言？」徽曰：「孔明與博陵崔州平、潁川〔一五〕石廣元、汝南孟公威【二】博陵、潁川、汝南並郡名。與徐元直四人爲密友。【毛】本因徐庶知孔明，却又于徐庶之外，閒閒叙出三人。○前者一人姓名不肯道，今則連片説出。奇妙。【漁】前一人不肯通出姓名。此四人務于精純，唯孔明獨觀其大略。【毛】藏精純于大略之中。【贊】【鍾】便有分別。嘗抱膝長吟，而〔一六〕指四人曰：『公等仕進可至刺史、郡守。』衆問孔明之志若何，孔明但笑而不答。【毛】既述其言，又述其所不言；其言可知，其所不言不可量。○此補徐庶語中所未及。【贊】妙。每常自比管仲、樂毅，其才不可量也。」【毛】此申徐庶語中所已及。【二】考證按《通鑑》：孔明每自比管仲、樂毅，

〔一四〕贊批原闕二字，據贊校本補。

〔一五〕同第三十五回校記〔一六〕，據改，本回後同。

〔一六〕「而」，商本作「又」。

時人莫之許也。管仲、樂毅，春秋、戰國〔一七〕時人。鍾過人處。玄德曰：「何潁川之多賢乎！」徽曰：「昔有殷馗二音逵。善觀天文，嘗謂『羣星聚于潁分，其地必多賢士』。」毛玄德所求，水鏡所薦，止一賢耳。乃舍一賢而美多賢，一稱地靈，一稱天文。妙在極忙中夾此閒語。漁引證妙。時雲長在側曰：「某聞管仲、樂毅乃春秋、戰國名人，功蓋寰宇，漁見雲長深於《春秋》處。孔明自比此二人，毋乃太過？」毛漁雲長（高擡管、樂，）將孔明一抑。鍾（的）是此一流人。徽笑曰：「以吾觀之，不當比此二人，我欲另以二人比之。」毛極似順雲長語氣。贊孔明實〔一八〕不如管、樂，勿爲司馬德操哄弄也。雲長問：「那二人？」徽曰：「可比興周八百年之姜子牙、旺漢四百年之張子房也。」毛雲長意中必謂于管、樂之下更求其次矣，不想水鏡却于管、樂之上請出太公、留侯來，索性抹倒管、樂，將孔明極力一揚。妙極，妙極。漁水鏡將孔明一擡。衆皆愕然。徽下階相辭欲行，玄德留之不住。徽出門，仰天大笑曰：「卧龍雖得其主，不得其時，惜哉！」毛漁預爲後文伏筆。言罷，飄然而去。毛寫水鏡如閒雲野鶴，忽然飛來，忽然飛去，颺〔一九〕洒之極。玄德歎曰：「真隱居賢士也！」

次日，玄德同關、張并從人等來隆中。遥望山畔數人，荷鋤耕于田間，而作歌曰〔二〇〕：

蒼天如圓蓋，陸地似〔二一〕棊局。
世人黑白分，往來争榮辱。
榮者自安安，辱者定〔二二〕碌碌。贊至言，至言。
南陽有隱居，高眠卧不足！毛的是好歌。

〔一七〕周、夏批「春秋戰國」，原作「俱戰國」。按：管仲爲春秋時人，據後正文改。

〔一八〕「實」，吴本脱整句；緑本作「寧」，形訛。

〔一九〕「颺」，光本作「飄」，後一處同。

〔二〇〕毛本田間人歌改自贊本，鍾本同贊本，漁本改自贊本；周本、夏本、贊本改自嘉本。

〔二一〕「似」，原作「如」，毛校本、贊本同。按：「似」字對仗較佳，據明三本改。

〔二二〕「定」，光本作「自」。

玄德聞歌，勒馬喚農夫問曰：「此歌何人所作？」答曰：「乃卧龍先生所作也。」【毛】【漁】未見其人，先聞其歌。玄德曰：「卧龍先生住何處？」農夫曰：「自此山之南，一帶高崗，乃卧龍崗也。崗前疎林内茅廬中，即諸葛先生高卧之地。」玄德謝之，策馬前行。不數里，遥望卧龍崗，果然清景異常。【毛】【漁】未見其人，先觀其地。後人有古風一篇，單道卧龍居處。詩曰〔二三〕：

襄陽城西二十里，一帶高崗枕流水。
高崗屈曲壓雲根，流水潺【二】音殘。湲【二】音員。飛石髓。【贊】詩亦通。
勢若困龍石上蟠，形如單鳳松陰裏。
柴門半掩閉茅廬，中有高人卧不起。
修竹交加列翠屏，四時籬落野花馨。
床頭堆積皆黄卷，座上往來無白丁。
叩戶蒼猿時獻菓，守門老鶴夜聽經。
囊裏名琴藏古錦，壁間寶劍映松文〔二四〕。
廬中先生獨幽雅，閒來親自勤畊稼。
專待春雷驚夢回，一聲長嘯安天下。【毛】詩亦不俗。

玄德來到莊前，下馬親叩柴門，一童出問。玄德曰：「漢左將軍、宜城亭侯、領豫州牧、皇叔劉備，特來拜見先生。」【毛】直是一箇脚色手本。童子曰：「我記不得許多名字。」【毛】每見人家閽奴接着一大字名帖，輒便喫嚇。今童子聽得如許官銜，竟似不聞也者，真不愧爲卧龍先生之童也。【贊】童子便是妙人了。【鍾】童子便□。【漁】《西廂》内云：「小生姓張名珙，字君端，西洛人也，年方二十三歲，正未有妻。」紅娘云：「我又不是筭命先生，如何說年庚？」玄德曰：「你只說劉備來訪。」【毛】稱名而去其官，則得之矣。童子曰：「先生今早

〔二三〕毛本道卧龍崗古風詩改自贊本。鍾本同贊本，漁本改自贊本，周本、夏本、贊本改自嘉本。

〔二四〕「映松文」，明四本作「掛七星」。

少〔二五〕出。」【毛】第一番不遇。玄德曰：「何處去了？」童子曰：「踪跡不定，不知何處去了。」【毛】「只在此山中，雲深不知處。」玄德曰：「幾時歸？」童子曰：「歸期亦不定，或三五日，或十數日。」【毛】寫童子閒冷之甚〔二六〕。玄德惆悵不已。張飛曰：「既不見，自歸去罷了。」玄德曰：「且待片時。」雲長曰：「不如且歸，再使人來探聽。」玄德從其言，囑付童子：「如先生回，可言劉備拜訪。」【毛】臨行再囑，極寫慇懃。

遂上馬行數里，勒馬回觀隆中景物，果然山不高而秀雅，水不深而澄清，地不廣而平坦，林不大而茂盛，猿鶴相親，松篁交翠，觀之不已。【毛】再將卧龍所居之處賞鑒一番，妙在勒馬回觀。蓋玩山色者，宜于遥看；遊勝地者，不忍遽别也。【贊】亦善叙景物，固是妙手。【鍾】隆中景□（果）與他處不同。【漁】盼寫得有情有景。忽見一人，容貌軒昂，丰姿俊爽，頭戴逍遥巾，身穿皂布袍，杖藜從山僻小路而來。【毛】伊何人乎？玄德曰：「此必卧龍先生也！」【毛】我亦疑是卧龍先生。急下馬向前施禮，問曰：「先生非卧龍否？」其人曰：「將軍是誰？」【毛】妙在不即通名，先問玄德。【漁】妙在先問。玄德曰：「劉備也。」其人曰：「吾非孔明，乃孔明之友，博陵崔州平也。」【毛】妙在此人不是孔明，使玄德望箇空。【漁】誰知不是孔明，却望一個空。玄德曰：「久聞大名，幸得相遇。乞即席地權坐，請教一言。」二人對坐于林間石上，關、張侍立于側。【毛】忙中偏有此閒筆。州平曰：「將軍何故欲見孔明？」玄德曰：「方今天下大亂，四方雲擾，欲見孔明，求安邦定國之策耳。」州平笑曰：「公以定亂爲主，雖是仁心，但自古以來，治亂無常：【鍾】轉亂爲治，畢竟有主張造化者。自高祖斬蛇起義，誅無道秦，是由亂而入治也；至哀、平之世二百年，太平日久，王莽篡逆，又由治而入亂；光武中興，重整基業，復由亂而入治；至今二百年，民安已久，故干戈又復四起，此正由治入亂之時，未可猝定也。【贊】極似設帳賣藥

〔二五〕「少」，澹本作「布」，光本、商本作「已」。

〔二六〕「甚」，光本作「極」。

者。將軍欲使孔明斡旋天地，補綴乾坤，恐不易爲，徒費心力耳。豈不聞『順天者逸，逆天者勞』『數之所在，理不得而奪之；命之所定，人不得而强之』乎？」【毛】妙在極忙極熱之時，偏聽此極閒極冷之語。○説孔明徒費心力，是于孔明未出山時，早爲他臨終結局伏下一筆。妙。【贊】腐談可厭。【漁】此冷淡處又衍出一番大議論，亦有做作。玄德曰：「先生所言，誠爲高見。但備身爲漢冑，合當匡扶漢室，何敢委之數與命？」【毛】與孔明「成敗利鈍，非所逆覩」之言，一樣意思〔二七〕。【贊】【鍾】（總是）丈夫語言。州平曰：「山野之夫，不足與論天下事，適承明問，故妄言之。」【毛】州平更不往復，便作收科。玄德曰：「蒙先生見教。但不知孔明往何處去了？」【毛】玄德見話不投機，亦借問孔明作收科。【漁】話不投机半句多。州平曰：「吾〔二八〕亦欲訪之，正不知其何往。」【毛】愈閒愈冷。玄德曰：「請先生同至敝縣，若何？」【毛】如此閒冷之人，安肯到縣？玄德此言，不過了世事語。州平曰：「愚性頗樂閒散，無意功名久矣，容他日再見。」【毛】既無意功名，安肯他日再見？州平此言，亦是了世事。言訖長揖而去。【毛】去得飄洒，與水鏡一般。玄德與關、張上馬而行。張飛曰：「孔明又訪不着，却遇此腐儒，閒談許久！」【毛】偏是腐儒最喜閒談，翼德罵之，誠〔二九〕爲暢快；但州平非其人耳。玄德曰：「此亦隱者之言也。」【毛】昔之隱士，翼德見之猶以爲腐儒；若今之腐儒，恐玄德見之必不以爲隱士也。

三人回至新野，過了數日，玄德使人探聽孔明。回報曰：「卧龍先生已回矣。」玄德便教備馬。張飛曰：「量一村夫，何必哥哥自去，可使人喚來便了。」【毛】【漁】（有）（寫）翼德阻擋〔三〇〕，愈（襯）（見）得玄德慇懃。【贊】【鍾】（畢竟）老張爽快。玄德叱曰：「汝豈不聞孟子云：『欲見賢人〔三一〕而不以其道，猶欲

〔二七〕「思」，業本作「恐」，光本作「心」。
〔二八〕「吾」，商本作「我」。
〔二九〕「誠」，光本作「誡」，形訛。
〔三〇〕漁批「擋」，原作「播」，據衡校本、毛批改。
〔三一〕「人」，原無，古本同。按：《孟子》卷十《萬章章句下》：「欲見賢人而不以其道，猶欲其入而閉之門也。」據補。

其入而閉之門也。』孔明當世大賢，豈可召乎！」毛孔明能比管、樂，玄德能讀《孟子》。贄玄德記得一肚皮《四書》，上可講道學，下可教蒙館矣。呵呵。鍾《四書》句爛熟，只是腐儒，玄德英雄，何亦如此？漁舊本云：「故將大有爲之君，必有所不召之臣。」是儼然以君自任了，故改去。遂上馬再往訪孔明，關、張亦乘馬相隨。時值隆冬，天氣嚴寒，彤雲密布。行無〔三二〕數里，忽然朔風凜凜，瑞雪霏霏，山如玉簇，林似銀粧。毛卧龍崗雪景必更可觀。張飛曰：「天寒地凍，尚不用兵，毛正與前荀彧「天寒未可用兵」一語〔三三〕相應。豈宜遠見無益之人乎！不如回新野以避風雪。」毛寫翼德愈襯出玄德。贄老張快人。鍾快語。玄德曰：「吾正欲使孔明知我慇懃之意。漁此語是有意要孔明，恐亦非玄德語氣。如弟輩怕冷，可先回去。」飛曰：「死且不怕，豈怕冷乎！但恐哥哥空勞神思。」毛訪客不怕冷，用兵却〔三四〕怕冷。一笑。贄老張活佛。鍾老張妙人妙話。玄德曰：「勿多言，只相隨同去。」將近茅廬，忽聞路旁酒店中有人作歌。毛此何人？玄德立馬聽之。其歌曰〔三五〕：

壯士功名尚未成，嗚呼久不遇陽春！
君不見，東海老叟辭荊榛，二音争。後車遂與文王親。
八百諸侯不期會，白魚入舟涉孟津。二武王伐紂，率諸侯渡孟津河，有白魚入舟〔三六〕。

〔三二〕「無」，滄本、商本作「不」。

〔三三〕「天」，貫本作「大」，形訛。「未」，原作「不」，毛校本同。按：本回前文作「未」，據改。「語」下原有「相反而」，毛校本同。按：各本正文皆作「尚不用兵」，與前文荀彧「未可用兵」義同，毛批「相反」義反。

〔三四〕「訪客」「用兵」，原作「用兵」「訪客」，毛校本同。按：同前，毛批義反。

〔三五〕毛本酒店人作歌删，改自贄本；鍾本同贄本，漁本改自贄本；周本、夏本、贄本改自嘉本。按：此詩依唐代李白《梁甫吟》前半部詩意仿作。

〔三六〕正文及周、夏批「白魚入舟」，正文原作「白魚入舟」，毛校本同；明四本正文及周、夏批作「黃龍負舟」。按：《史記·周本紀》：「武王渡河，中流，白魚躍入王舟中。」戰國呂不韋編《呂氏春秋》卷二十：「禹南省，方濟乎江，黃龍負舟。」「黃龍負舟」用典誤，周、夏批據改。

牧野一戰血流杵，鷹揚偉烈冠武臣。
又不見，高陽酒徒起草中，長揖芒碭〔三七〕「隆準公」。
高談王霸驚人耳，輟洗延坐欽英風〔三八〕。
東下齊城七十二，天下無人能繼踪。
兩人非際聖天子〔三九〕，至今誰復識〔四〇〕英雄？

毛 歌中之意，獨有取于吕望與酈生者，隱然合着管仲、樂毅也。管仲相于齊，而吕望封于齊；樂毅下齊七十餘城，而酈生亦下齊七十餘城。孔明自比管、樂，而此作歌之人與孔明相彷彿，故其所歌之人，亦與管、樂相彷彿耳。

歌罷，又有一人擊桌而歌，毛 此又何人？**其歌曰**〔四一〕**：**

吾皇提劍清寰海，剏業垂基四百載。
桓靈季業火德衰，奸臣賊子調鼎鼐。
青蛇飛下御座旁，又見妖虹降玉堂〔四二〕。

毛 首回中事，忽于此處一提。

羣盜四方如蟻聚，奸雄百輩皆鷹揚。
吾儕長嘯空拍手，悶來村店飲村酒。
獨善其身盡日安，何須千古名不朽！

毛 前歌是弔古，此歌是感今；前歌是嗟遇，此歌是自慰。一唱一和，如相贈答。

二人歌罷，撫掌大笑。玄德曰：「卧龍其在此間乎？」毛 我亦疑二人中必有一卧龍。贊 若是孔明如此，又不好矣。然〈贊 鍾〉處處孔明，（亦）足見玄德之誠（也）。**遂下馬入店，見二人憑桌對飲，上首者白面**

〔三七〕「揖芒碭」，明四本作「揖山中」。
〔三八〕「輟洗延坐欽英風」，毛校本「輟」作「輒」；明四本作「二女濯足何賢逢」。按：「輟洗」出自成語「吐哺輟洗」，喻禮賢下士。《史記·魯周公世家》：「然我一沐三捉髮，一飯三吐哺，起以待士，猶恐失天下之賢人。」《高祖本紀》：「於是沛公起，攝衣謝之，延上坐。」
〔三九〕「兩人非際聖天子」，明四本作「二人功蹟尚如此」。
〔四〇〕「復識」，明四本作「肯論」。
〔四一〕毛本酒店人歌二改自贊本；鍾本、漁本同贊本，夏本、贊本同嘉本，周本改自嘉本。
〔四二〕「堂」，光本作「在」。

長鬚，下首者清奇古貌。【毛】先聞其歌，後見其貌。玄德揖而問曰：「二公誰是卧龍先生？」長鬚者曰：「公何人？欲尋卧龍何幹？」【毛】亦妙在不即通名，先問玄德。【漁】又妙在先問。玄德曰：「某乃劉備也。欲訪先生，求濟世安民之術。」【鍾】其志遠大。長鬚者曰：「吾等非卧龍，皆卧龍之友也。【毛】又妙在兩人都不是孔明，使玄德又望一箇空。【漁】誰知又是一个空。吾乃潁川石廣元，此位是汝南孟公威。」【毛】水鏡説孔明之友，自徐庶而外，更有崔、石、孟三人，今玄德俱不期而會。一則遇于初訪孔明之後，一則遇于再訪孔明之前；或一人獨遇，或兩人並遇：參差錯落，妙事妙文。玄德喜曰：「備久聞二公大名，幸得邂逅。今有隨行馬匹在此，敢請二公同往卧龍莊上一談。」廣元曰：「吾等皆山野慵懶之徒，不省治國安民之事，不勞下問。明公請自上馬，尋訪卧龍。」【毛】【漁】（又妙在）極閒極冷。

玄德乃辭二人，上馬投卧龍崗來。到莊〔四三〕前下馬，扣門問童子曰：「先生今日在莊否？」童子曰：「現在堂上讀書。」【毛】讀者至此，疑其只有兩顧，不消三顧矣。【漁】今番是了。玄德大喜，遂跟童子而入。至中門，只見門上大書一聯云：「淡泊以明志，寧静以致遠。」【毛】觀此二語，想見其爲人。玄德正看間，忽聞吟咏之聲，乃立于門側窺之，【毛】不即入見，且窺聽之。寫得紆徐有致。見草堂之上，一少年擁爐抱膝，歌曰〔四四〕：

鳳翱翔于千仞兮，非梧不棲；【毛】疑其人之爲龍，而聽其歌，則又以鳳自況〔四五〕。
士伏處于一方兮，非主不依。
樂躬畊于隴畝兮，吾愛吾廬；
聊寄傲于琴書兮，以待天時。

玄德待其歌罷，上草堂施禮曰：「備久慕先生，無緣拜會。昨因徐元直稱薦，敬至仙莊，不遇空回。

〔四三〕「莊」，光本作「岡」。
〔四四〕毛本諸葛均歌删，改自贊本；鍾本同贊本，漁本改自贊本；周本、夏本、贊本改自嘉本。
〔四五〕「況」，齋本、光本、商本作「比」，滄本作「居」。

今特冒風雪而來，得瞻道貌，實爲萬幸！」【毛】此時玄德意中以爲既遇孔明，即今讀者意中亦以爲既遇孔明矣。【漁】讀者至此，必謂是孔明矣，誰知又是一个空。那少年慌忙答禮曰：「將軍莫非劉豫州，欲見家兄否？」【毛】妙在又不是孔明，又使玄德望箇空。玄德驚訝曰：「先生又非卧龍耶？」【贊】那裡便是卧龍？少年曰：「某乃卧龍之弟諸葛均也。愚兄弟三人：長兄諸葛瑾，現在江東孫仲謀處爲幕賓；孔明乃二家兄。」【毛】前徐庶止叙孔明之弟而未及其兄，今却在諸葛均口中補叙出諸葛瑾。只一兄一弟，分作兩番出落，真叙事妙品。【漁】補徐庶語中所未及。玄德曰：「卧龍今在家否？」均曰：「昨爲崔州平相約，出外閒遊去矣。」【毛】第二番又不遇。〇方欲邀石、孟同來，誰知反爲州平約去。【漁】崔州平同往，不意反爲崔州平約去。玄德曰：「何處閒遊？」均曰：「或駕小舟游于江湖〔四六〕之中，或訪僧道于山嶺之上，或尋朋友于村落之間，或樂琴棊于洞府之內。往來莫測，不知去所。」【毛】說出高人韵事，又妙在〈【毛】【漁】〉極閒極冷。【鍾】寫出孔明樂趣。玄德曰：「劉備直如此緣分淺薄，兩番不遇大賢！」均曰：「少坐獻茶。」張飛曰：「那先生既不在，請哥哥上馬。」【毛】我知翼德此時〔四七〕決耐不得矣。【贊】畢竟老張是個有主意的人。【鍾】老張有血性。【漁】老張實耐不得了。玄德曰：「我既到此間，如何無一語而回？」因問諸葛均曰：「聞令兄卧龍先生熟諳韜略，日看兵書，可得聞乎？」均曰：「不知。」【毛】又答得極閒極冷。【漁】又閒又冷。張飛曰：「問他則甚！風雪甚緊，不如早歸。」【毛】又借翼德焦燥，襯出玄德謙恭。玄德叱止之。均曰：「家兄不在，不敢久畱車騎，容日却來回禮。」【漁】越閒越冷。玄德曰：「豈敢望先生枉駕。數日之後，備當再至。願借紙筆作一書，畱達令兄，以表劉備慇懃〔四八〕之意。」【毛】第一次通名，第二次致書，以次而來，漸漸相近。均遂進文房四寶。玄德呵開凍筆，拂展雲

〔四六〕「湖」，商本作「河」。
〔四七〕「翼德此時」，光本倒作「此時翼德」。
〔四八〕「慇懃」二字原闕，據毛校本補。

箋，寫書曰〔四九〕：

備久慕高名〔五〇〕，兩次晉謁，不遇空回，惆悵何似！竊念備漢朝苗裔，濫叨名爵，伏覩朝廷陵替，綱紀崩摧，羣雄亂國，惡黨欺君，備心膽俱裂。雖有匡濟之誠，實乏經綸之策。鍾亦愷切。仰望先生仁慈忠義，慨然展呂望之大才，施子房之鴻略，毛稱呂望、子房，正與司馬徽、徐元直所言相應。天下幸甚！社稷幸甚！先此布達，再容齋戒薰沐，特拜尊顔，面傾鄙悃。統希鑒原。漁情辭流動，絶好書啓。

玄德寫罷，遞與諸葛均收了，拜辭出門。均送出，玄德再三慇懃致意而別。毛第一次囑其童，第二次囑其弟，以次而來，又漸漸相近。方上馬欲行，忽見童子招手籬外，叫曰：「老先生來也！」毛此必孔明無疑矣。玄德視之，見小橋之西，一人煖帽遮頭，狐裘蔽體，騎着一驢，後隨一青衣小童，携一葫蘆酒，踏雪而來。毛絶妙一幅畫圖。轉過小橋，口吟詩一首，毛又寫得極閒極冷。詩曰〔五一〕：

一夜北風寒，萬里彤雲厚。
長空雪亂飄，改盡江山舊。
仰面觀太虛，疑是玉龍鬬。
紛紛鱗甲飛，頃刻遍宇宙。毛堂上之歌有鳳，雪中之歌有龍：鳳與龍又閒閒相對。
騎驢過小橋，獨歎梅花瘦！毛通篇咏雪，末句咏梅，比石、孟二人弔古感今之歌更覺瀟洒〔五二〕。二考證古本作「盛感皇天佑」。鍾（好）韻。

玄德聞歌曰：「此真卧龍矣！」毛我亦以爲此

〔四九〕毛本劉備留書删、增、改自贊本；鍾本同贊本，漁本删、增、改自贊本；周本、夏本、贊本改自嘉本。

〔五〇〕「名」，商本作「明」，明四本無。

〔五一〕毛本黄承彦所吟詩删、改自贊本；鍾本、漁本同贊本，周本、夏本、贊本改自嘉本。

〔五二〕二「咏」，商本訛作「永」。「之」，光本脱。「洒」，貫本作「酒」，形訛。

番定然不誤。滾鞍下馬，向前施禮曰：「先生冒寒不易！劉備等候久矣！」那人慌忙下驢答禮。諸葛均在後曰：「此非卧龍家兄，乃家兄岳父黄承彦也。」毛妙在又不是孔明，又使玄德望箇空。〇不用黄承彦通名，却用諸葛均代説，又變一樣文法。漁又一番。玄德曰：「適聞所吟之句，極其高妙。」承彦曰：「老夫在小壻家觀《梁父吟》，記得這一篇。適過小橋，偶見籬落間梅花，故感而誦之，不期爲尊客所聞。」毛宋太祖雪中訪趙普，見了《論語》半部；劉玄德雪中訪孔明，聽了詩歌幾篇。然半部致〔五三〕太平，是趙普欺人之語，不若詩歌之足以動聽也。贊也不是個俗文人。鍾有好女婿，不可無好丈人。玄德曰：「曾見令壻否？」承彦曰：「便是老夫也來看他。」毛又妙在荅得極閒極冷。三考證黄承彦乃沔南〔五四〕名士，一見諸葛孔明而異之。後孔明要娶妻，承彦曰：「聞君擇婦，吾有一醜女，黄頭而黑色〔五五〕，才堪相配，肯容納乎？」孔明忻然而娶之。時人乃咲（孔明），爲之諺曰：「莫作〔五六〕孔明擇婦，正得阿承醜女。」漁問語甚急，答得極閒極冷。玄德聞言，辭別承彦，上馬而歸。正值風雪又大，回望卧龍岡，悒怏不已。毛前番玩景，此番無心玩景，惟有悒怏。寫得有情致。後人有詩單道玄德風雪訪孔明，詩曰〔五七〕：

一天風雪訪賢良，不遇空回意感傷。
凍合溪橋山石滑，寒侵鞍馬路途長。
當頭片片梨花落，撲面紛紛柳絮狂。
回首停鞭遥望處，爛銀堆滿卧龍岡。漁有首二句清雅，并引用下二句成語亦妙。

〔五三〕「致」上，光本、商本有「足」字。

〔五四〕嘉、周、夏批「沔南」，原作「河南」。按：《三國志·蜀書·諸葛亮傳》裴注引《襄陽記》：「黄承彦者，高爽開列，爲沔南名士。」據改。

〔五五〕嘉、周批「黑色」，原作「色黑」。按：《三國志·蜀書·諸葛亮傳》裴注引《襄陽記》作「黄頭黑色」。據夏批乙正。

〔五六〕嘉、周、夏批「作」，原作「學」。按：《三國志·蜀書·諸葛亮傳》裴注引《襄陽記》：「鄉里爲之諺曰：『莫作孔明擇婦，正得阿承醜女。』」據改。

〔五七〕毛本玄德風雪訪孔明詩從贊本；鍾本同贊本，贊本改自明三本。

玄德回新野之後，光陰荏【二】音忍。苒，又早新春。【毛】冬雪則龍蟄，春雷則龍起。訪卧龍者，固當于春時訪之。乃命〔五八〕卜者揲蓍，【三】音舌〔五九〕尸。選擇吉期，齋戒三日，薰沐更衣，再往卧龍崗謁孔明。【毛】明禋休享，成王以敬神之道敬周公；齋戒薰沐，昭烈亦以敬神之道敬孔明。關、張聞之不悦，遂一齊入諫玄德。【贊】二公真聖人。正是：

高賢未服英雄志，屈節偏生傑士疑。

未知其言若何，下文便曉〔六〇〕。

崔州平所言，大是有見，只不合説出，説出便似能言鸚鵡，終不濟事耳。到底孔明雖出也不曾濟得恁事，又似不及州平之先見云。

《梁父吟》末句云「獨嘆梅花瘦」，何等清韻。有俗士改之曰：「盛感皇天祐。」如此則不成《梁父吟》矣。嗚呼，俗士可與言詩文乎哉？

孔明粧腔，玄德做勢，一對空頭。不如張翼德果然老實也。呵呵。

治亂相尋，古今已然，崔州平之言固也。雖然，撥亂反治，屬之人事，不徒歸之造化。畢竟州平隱士腐談，不若玄德英雄本色。

〔五八〕「命」，商本作「令」。
〔五九〕周批「舌」，原作「揲」，與正文同，據嘉、夏批改。
〔六〇〕「下文便曉」，光本作「且聽下文分解」。